KB062799

TARA DUNCAN
Dans le Piège de Magister

타라 덩컨

6 마지스터의 함정

TARA DUNCAN, Dans le Piège de Magister
by SOPHIE AUDOUIN-MAMIKONIAN

TARA DUNCAN
Dans le Piège de Magister

타라 덩컨
⑥ 마지스터의 함정

펴 낸 날 | 2014년 5월 15일 초판 1쇄

지 은 이 | 소피 오두인 마미코니안
옮 긴 이 | 이원희
펴 낸 이 | 이태권
펴 낸 곳 | (주) 태일소담
　　　　　 서울시 성북구 성북동 178-2 (우)136-020
　　　　　 전화 | 745-8566~7 팩스 | 747-3235
　　　　　 e-mail | sodam@dreamsodam.co.kr
　　　　　 등록번호 | 제2-42호(1979년 11월 14일)

ISBN 978-89-7381-904-1 04860
　　　 978-89-7381-830-3 (세트)

● 책값은 뒤표지에 있습니다.
● 잘못된 책은 구입하신 곳에서 교환해드립니다.
● 이 도서의 국립중앙도서관 출판시도서목록(CIP)은 서지정보유통지원시스템 홈페이지
　 (http://seoji.nl.go.kr)와 국가자료공동목록시스템(http://www.nl.go.kr/kolisnet)에서
　 이용하실 수 있습니다.(CIP제어번호: CIP2014013904)

www.dreamsodam.co.kr

TARA DUNCAN
Dans le Piège de Magister

타라 덩컨

6 마지스터의 함정

소피 오두인 마미코니안 지음 | 이원희 옮김

소담출판사

내가 한 등장인물을 죽였다고 몹시 화를 냈던
남편 필리프, 사랑하는 딸 디안과 마린에게 이 책을 바칩니다.

— 소피 오두인 마미코니안

축척 1:52 500 000

0   1417.5 km

북극

남극

금지된 대륙
타투렌쉬바르

레베드

아더월드
동쪽바다

이전 줄거리

::『타라 덩컨 1』, 「아더월드와 마법사들」::

　타라 덩컨은 자신의 탄생에 관한 비밀을 모른 채 프랑스의 타공 마을에서 할머니와 평화롭게 살고 있다. 어느 날 갑자기 나타난 마지스터의 공격으로 할머니 이사벨라가 중상을 입으면서 타라는 자신이 마법사라는 것과 아마존 정글에서 바이러스에 감염되어 죽은 줄 알았던 어머니 셀레나가 살아 있다는 사실을 알게 된다.

　한편 마법의 세계를 지배하고, 마법 능력이 없는 인간들을 노예로 만들겠다는 야망에 불타는 마지스터는 악마의 힘을 지닌 사물들을 얻기 위해 타라를 납치하려고 혈안이다. 영문도 모른 채 마지스터의 끈질긴 추격을 받는 12세 소녀 타라는 영생하는 마법을 사용하다 잘못되어 사냥개로 변한 증조할아버지 마니투와 마법의 행성 아더월드로 피신한다.

　아더월드의 랑코비트라는 나라에서 살게 된 타라는 페가수스와 정신적으로 결합되는 놀라운 경험을 한다. 아더월드는 수많은 종족의 마법사들과 수시로 풍경을 바꾸는 살아 있는 궁전, 뱀파이어, 키마이라, 하르퀴아, 유니콘 같은 전설의 동물들, 악마……등이 버젓이 활개를 치는 무시무시한 세계지만, 다행히 타라는 지구의 친구 파브리스, 공주의 신분인 무아노, 어린 도둑 칼리반 달 살란, 난쟁이 파프니르, 하프엘프 로빈 등을 만나면서 신기하기 이를 데 없는 마법의 세계에 빠져든다.

　데미데루스의 직계 후손인 타라와 오무아 제국의 여제 리스베스만 악마의 힘을 지닌 사물에 접근할 수 있기 때문에 마지스터는 타라를 납치한다. 그러나 소녀 마법사는 친구들의 도움으로 억류되어 있던 어머니를 구하고, '실루르의 옥좌'를 파괴한다.

　마지스터는 사라지기 직전 죽은 것으로 알고 있는 타라의 아버지가 사실은 오무아의 황제 단비우 탈 바르미 압 산타 압 마루이며, 따라서 타라가 아더월드의 오무아 제국을 계승할 후계자라고 밝히는데…….

::『타라 덩컨 2』, 「비밀의 책」::

　칼이 살인죄로 고소되어 감옥에 갇히자 타라는 하는 수 없이 아더월드로 돌아간다. 땅신령들이 흉악한 마법사에게 억류된 식구들을 구해달라는 조건으로 칼을 탈옥시킨다. 그러나 땅신령들의 함정에 걸려든 칼이 치명적인 벌레에 감염되었기 때문에 타라와 친구들은 악당 마법사와 맞서 싸울 수밖에 없다. 마침내 문제의 마법사를 굴복시키고 땅신령들을 구하지만 칼의 무죄를 증명하기 위해서는 악마들의 세계 림보에 있는 조각상 재판관이 있어야 한다. 죽음을 무릅쓴 모험 끝에 그들은 목적을 달성하고 무사히 아더월드로 돌아온다.

그러나 이번에는 불과 며칠 사이에 아더월드를 정복한 영혼 약탈자의 기상천외한 공격에 맞서야 한다. 타라의 목숨이 위험해지자 마지스터가 그 싸움에 개입하게 되고, 드래곤으로 변신한 타라와 마지스터는 서로 협력하여 영혼 약탈자를 물리치기에 이른다. 일단 영혼 약탈자를 제거한 뒤에 마지스터는 림보로 홀연히 사라지고, 타라는 마지스터가 죽었다고 생각한다.

한편 자식이 없는 오무아의 여제는 타라가 자신의 후계자라는 걸 알게 되고, 타라를 아더월드로 데려가겠다고 주장한다. 거절하면 지구가 위험에 처하게 되는데…….

::『타라 덩컨 3』, 「저주받은 왕홀」::

폭탄 테러로 어머니가 부상당했다는 소식을 듣고 황급히 아더월드로 돌아간 타라는 림보로 영원히 사라졌다고 믿었던 상그라브들의 보스 마지스터가 돌아왔음을 알게 된다.

공간이동의 문 폭발 사고, 도서관의 좀비 살해 사건 등 테러 행위와 이상한 사건이 잇달아 발생하는 가운데 타라는 오무아의 궁전에서 공식적으로 여제 후계자 수업을 받기 시작한다.

여제를 함정에 빠뜨려서 악마의 힘을 지닌 사물들 중 '저주받은 왕홀'을 손에 넣은 마지스터는 아더월드에 있는 모든 마법사의 능력을 빼앗아버린 데 이어서 악마 군단을 앞세워 오무아 제국을 침략하고 드래곤들을 몰살하겠다고 선전포고한다.

여제와 황제가 포로로 잡혀 있기 때문에 타라는 여제 후계자로서 오무아 제국과 아더월드를 지키기 위해 또다시 온갖 위험을 무릅써야 한다. 하는 수 없이 타라는 각자의 조국으로 돌아가 있는 친구들을 오무아로 불러들이고 의문의 사건들에 얽힌 미스터리를 하나씩 풀어나간다. 그리고 마지스터가 심복인 여자 뱀파이어와 스파이를 궁전에 심어놓았음을 알게 된다.

타라는 이번에도 하프엘프 로빈, 지구 소년 파브리스, 면허 받은 도둑 칼리반, 난쟁이 파프니르, 개로 둔갑한 증조할아버지 마니투, 특히 놀라운 기지를 발휘한 '야수'

무아노의 도움, 그리고 상그라브들의 감옥에서 탈출한 스너피가 전해준 정보 덕분에 마지스터와 가공할 만한 악마 군단을 물리치기에 이른다.

한편 타라는 자신의 열네 번째 생일파티를 엉망으로 만드는 것을 시작으로 말썽을 일으키고 다니는 쌍둥이 남매가 놀랍게도 친동생들이라는 사실을 알게 된다.

여러 가지 이유로 타라의 유전자가 조작되었을 거란 의혹이 제기되면서 여제는 정밀분석을 지시한다. 로빈은 마침내 사랑을 고백하기 위해 타라를 만나러 가지만 소녀의 방은 텅 비어 있다. 후계자가 사라진 것이다…….

::『타라 덩컨 4』, 「드래곤의 배반」::

아더월드 오무아 제국의 실험실에서 드래곤과 유전학자가 맞서고 있다. 이 싸움의 결과에 지구의 미래와 어린 마법사들의 운명이 달려 있다. 그러나 학자가 사망하면서 사건은 오리무중에 빠진다.

한편 아더월드를 몰래 빠져나온 타라는 이집트의 한 박물관에서 양피지 문서를 훔치는 데 성공하지만, 유전자 조작으로 너무 강력해진 마법 능력 때문에 목숨이 위태롭다. 게다가 로빈을 공격한 하르퀴아들에게서 알아낸 정보 때문에 초능력 있는 지구 소년을 구하러 가지 않을 수 없는 상황에 처한다.

두렵지만 단호하게 결정을 내린 타라는 영국 스톤헨지 유적지로 향한다. 증조할아버지 마니투와 하프엘프 로빈, 난쟁이 파프니르, 야수 무아노, 파브리스, 칼의 도움을 받아 타라는 스톤헨지에 얽힌 비밀로 최대 위기를 맞는 지구를 구하고, 유전자 조작으로 인한 마법 능력의 수수께끼를 풀 수 있을까?

::『타라 덩컨 5』, 「금지된 대륙」::

마지스터가 지구에 사는 타라의 친구 베티를 납치하는 사건이 발생한다. 그런데 베티가 억류되어 있는 곳은 드래곤들이 접근을 금하고 있어서 아무도 들어갈 수 없는 대륙이다. 그러나 마지스터는 마법의 장벽을 넘어 베티를 가둬놓는 데 성공한다. 게다가 하르퀴아의 독에 감염된 베티를 살리려면 후계자의 피가 있어야 한다는데…….

마법 능력을 잃고 모처에서 비밀리에 요양하고 있던 타라는 지구의 친구를 구하기 위해 오무아의 황궁으로 돌아가고, 랑코비트에 있는 친구들을 소집한다. 그러나 오무아 여제의 음모에 걸려든 로빈이 행방불명된 상태다.

　우여곡절 끝에 마법 능력을 되찾은 타라가 엘프 군단을 이끌고 마침내 금지된 대륙을 향해 출발한다. 그런데 거기서 발견한 것은 붉은 여왕이 지배하는 무시무시한 세계……. 그리고 드래곤들이 비밀에 부치던 끔찍한 비밀을 알게 되는데…….

　타라는 흉악한 붉은 여왕에게서 베티를 구해내고 철천지원수 마지스터를 궁지에 몰아넣을 수 있을까?

:: 『타라 덩컨 6』, 「마지스터의 함정」 ::

　이 이야기는 이제부터 읽어야지요. 그럼 친애하는 독자 여러분, 재미있게 읽기 바랍니다. 준비하시고…… 읽기 시작!

TARA DUNCAN
Dans le Piège de Magister

타라 덩컨

6 마지스터의 함정 ┃ 차례

일러두기
이 책의 본문에 표시된 *부분은 부록 '아더월드의 용어 해설'에 자세히 소개되어
있습니다.

⑥ 마지스터의 함정

프롤로그

*

 똑, 똑 떨어지던 피가 흥건하게 괴어 있었다. 비릿한 피 냄새가 목구멍에 톡 쏘는 맛을 남겼다.

 마지스터는 자신의 판단이 옳다고, 자신에게는 책임이 없다고 생각했다.

 특별히 살인을 좋아해서가 아니라 멍청한 인간이 방해를 했기 때문에 없애버린 것이었다. 마지스터는 검정 장화 발로 시체를 떠밀어버리고 사랑하는 여자를 향해 반사경 마스크로 가린 얼굴을 돌렸다.

 미래도 기쁨도 없는 절망적인 사랑.

 그러나 흔들리지 않는 사랑이었다.

 셀레나는 증오심이 가득한 눈길로 외쳤다.

 "당신이 죽였어! 잔인한 인간, 당신이 죽였어!

"그래서? 미안하다는 말이라도 하라고? 그럴 수야 없지. 마지스터는 사과하지 않았다.

"이자는 간섭하지 말아야 했어." 마지스터가 그 특유의 물기 어린 목소리로 말했다. "셀레나, 나와 함께 갑시다. 당신은 이제 선택의 여지가 없어."

거의 3년이란 긴 시간이 흐르면서 마지스터는 깨달았다. 셀레나가 잊혀질 거라고 생각하면서 일과 연구에 몰두했지만, 날이 갈수록 그녀에 대한 그리움은 커져만 갔다.

마지스터는 이미 한 번 셀레나를 납치했지만, 그때는 어쩌다 보니 그렇게 된 것이지 본의가 아니었다. 그리고 셀레나를 사랑하게 되면서 그녀의 온화한 인품과 자신의 잔혹한 욕망 사이에서 혼란스러웠다.

한 번 더 납치하는 건 그리 어려운 일이 아니었다.

셀레나는 마지스터의 유일한 아킬레스건이었다. 적들이 그걸 알아차린다면 셀레나를 이용할 것이 틀림없었다. 마지스터는 셀레나를 데려가는 것으로 이러한 문제를 해결하고 싶었다.

그의 이성이, 용서를 빌면 동정이라도 받겠지만 또다시 납치하는 건 멍청한 짓이라고 말하고 있는데도.

셀레나가 일어났는데 파란 드레스에 피가 묻어 있고, 얼굴은 공포로 일그러졌다. 비단결 같은 갈색 머리가 구불구불 흘러내렸다.

셀레나는 눈부시게 아름다웠다.

"당신의 여자가 되느니 차라리 죽어버리겠어!" 그녀가 내뱉었다.

마지스터는 처량하게 고개를 끄덕였다.

"그렇겠지. 하지만 당신은 그러지 못해. 타라에게는 당신이 필요하니까. 열다섯 살밖에 안 된 딸이 제국이라는 무거운 짐을 지고 있는데 당신이 저버린다면 어떻게 될까? 타라가 무기력하게 목숨을 끊은 당신을 용서할까? 아니, 죽는 날까지 당신의 혼령을 저주할 텐데 자살을 하겠다?"

셀레나는 마스크의 비밀을 알아낼 생각으로 마지스터를 뚫어져라 쳐다보다 마침내 물었다.

"왜 나를 가만 내버려두지 않는 거죠? 당신의 권력욕은 이해하지만 나한테 왜 이러는 거예요? 나한테 원하는 게 뭐예요?"

"원하는 게 뭐냐고? 당신이 나를 사랑하길 바라오!" 마지스터는 갑자기 태도를 바꾸고 사랑을 구걸했다. "내가 사랑하는 만큼 당신도 나를 미치도록 사랑하기 바라오. 나 때문에, 나를 위해서 살기 바라오. 당신을 위해서라면 나는 권력에 대한 욕심을 포기할 수도 있고, 드래곤들에 대한 복수를 잊을 수도 있소. 나에게 그 기회를 주겠소, 셀레나? 나를 구원해주겠소?"

마지스터가 애원하듯 손을 내밀자, 셀레나는 다리가 후들거렸다. 지금 이 순간은 마지스터의 말이 진심이라는 것이 느껴졌다. 하지만 위험한 제안이었다. 늑대를 길들인다는 것, 표범을 사로잡는다는 것, 거의 병적으로 사랑에 빠진 남자를 정상적인 인간으로 만든다는 것, 어떤 여자가 그런 위험을 무릅쓸 수 있을까?

무엇보다 셀레나는 마지스터를 잘 알고 있었다. 그가 약속을 지키지 않으리라는 걸 너무나 잘 알았다. 권력욕이 너무 크다는 것도, 그녀를 사랑하는 것도 알고 있었다. 얼마나 사랑하면 셀레나가 카보르 달리르란 이름의 부드럽고 매력적인 새 연인과 산책하고 있는 오무아 궁전의 정원에 직접 나타나서 납치 시도를 했을까? 카보르는 영문도 모른 채 마지스터에게 달려들었고, 마지스터는 악마의 힘을 지닌 마법으로 카보르를 쓰러뜨렸다.

셀레나는 맞설 생각을 하지 않았다. 예전에도 여러 번 마지스터와 싸웠지만 번번이 실패했다. 마법을 사용하자마자 마지스터의 반격에 막혀 아무런 힘을 쓰지 못했다. 그녀는 재빨리 주위를 둘러봤다. 이른 시간이라 금빛 미모사들로 둘러싸인 크리스털 오솔길을 산책하는 사람이 아무도 없었다.

두 사람의 너무 격한 감정이 성가신 듯 미모사들이 빨간색으로 변했다.

마지스터가 해치운 경비병들이 바닥에 쓰러져 있는 데다 경보 사이렌이 울리고 있었다. 그는 서둘러야 했다.

"셀레나?" 마지스터의 목소리가 간절했다.

셀레나는 뻣뻣해졌다. 그리고 독하게 마음먹었다. 있을 수 없는 일이다. 절대로 믿을 수 없는 남자다. 무엇보다 셀레나는 마지스터를 사랑하지 않았다.

마지스터는 셀레나가 대답하기 전에 이미 느끼고 있었다. 그도 뻣뻣해졌다. 손을 들자 검은 불덩어리가 만들어졌다.

"미안하지만 이제 결정을 내리는 것이 현명할 거요."

"나도 미안해요." 셀레나가 부드럽게 응수했다. "우리는 영원한 적이에요."

마지스터가 마비시킬 겨를도 없이 셀레나는 땅바닥에 뭔가를 던졌다. 번개 같은 것이 번쩍했고, 순식간에 셀레나가 사라졌다.

어리둥절한 마지스터는 그제야 마법을 작동할 필요가 없는 트랜스미투스로 이동했다는 걸 알아차렸다.

마지스터가 내지르는 분노의 고함소리에 정원의 나무들이 부르르 떨었다.

1
트롤족

누군가의 영역을 침범할 때 이마를 몽둥이로
얻어맞고 싶지 않으면 사전에 알리는 것이 좋은데……

＊

타라는 숨이 막혔다. 커다란 덩치가 위에서 짓누르고 있어서 숨을 쉴 수 없었다. 조금만 더 있다가는 숨이 넘어갈 것 같았다.

"그르룰!" 타라는 소리를 지르려고 했지만 속삭이는 정도로밖에 나오지 않았다. "숨막혀 죽겠어."

"후계자를 보호하는 것임!" 그르룰은 꿈쩍도 않고 퉁명스럽게 내뱉었다.

"내가 묵사발이 되고 있잖아!" 타라가 받아쳤다. "이건 나를 보호하는 게 아니라 죽이는 거지!"

초록 트롤 그르룰이 거대한 몸집을 일으키고 노란 눈으로 타라의 쪽빛 눈을 뚫어져라 응시했다.

"대신 움직이면 안 됨." 그르룰이 타라 옆에 몸을 웅크리면서 엄하게 말했다.

타라는 우선 숨을 길게 들이쉬고 나서 고개를 끄덕였다. 타라 일행을 향해 창이며 몽둥이, 각종 무기가 빗발치듯 날아오는 상황에서 그것은 트롤이 할 수 있는 최선의 방어가 아니겠는가.

타라 일행은 공격을 받고 있었다. 빈터에 이르렀을 때 갑자기 엄청난 수의 트롤 무리가 튀어나왔다. 함정에 빠진 것이었다.

"휴, 너의 사촌들은 심하게 불친절하다!" 타라가 말했다.

"야생 트롤들임." 그르룰이 인정 못하겠다는 듯 볼멘소리를 했다. "그르룰처럼 문, 명, 화, 된(그르룰이 이 부분에서 힘주어 발음했다) 경호원들이 아님!"

그렇지만 타라는 공식적인 임무를 띠고 온 것이었다. 강력한 오무아 제국을 대표하는 미래의 후계자로서(어쨌든 이 상황에서 살아남는다면!) 뱀파이어 셀렌바를 변호해주기 위해 뱀파이어의 나라 크라살비를 방문하러 가는 길이었다. 그것은 공식적인 이유였고, 타라의 진짜 임무는 훨씬 위험하고 어려운 것이었다.

오무아 제국은 후계자의 목숨을 노리는 수많은 적을 피하기 위해 출발 날짜와 여정을 극비에 부쳤다. 너무 지나쳤을까, 크라살비를 몰래 방문한다는 것은 좋은 생각이 아니었다. 어쨌든 외교적 절차에 따라 트롤들의 나라를 통과해야 했는데…….

원래, 타라와 친위대원들로 구성된 호위대는 공간이동의 문을 통해 여행할 예정이었다. 피곤하면서 위험한 여행 대신 태피스트리들로 둘러싸인 중앙에 서서 원하는 곳을 외치면 눈 깜짝할 사이에 목적지에 도착하는, 공간이동의 문보다 더 빠르고 편리한 수단이 있을까.

지구에서 마법을 자유롭게 사용하는 날이 온다면 보잉 비행기나 에어버스의 경영진들을 실업자로 만들어버릴 텐데. 그러나 트롤들의 나라에는 공간이동의 문이 아예 없는 데다 난쟁이들이나 뱀파이어들의 나라에 있는 공간이동의 문이 안전하지 않다는 것도 문제였다. 공간이동의 문에 이상이 생길 경우 승객들이 어딘지도 모르는 곳, 가령 마딕스나 타딕스[1]에서 발견되는 경우가 종종 있었다.

한편 오무아 제국은 트롤들의 나라에 전령을 보내서(야생 숲을 너무 가까이 날던 드래코티라노사우루스에게 전령이 잡아먹히는 바람에 두 번째 전령을 보냈었다) 타라 일행의 통행 허락을 분명히 받았다.

그런데 타라 일행을 공격하고 있는 트롤들은 그 사실을 모르는 것 같았다.

만약 타라가 제대로 마법을 사용할 수 있었다면 전투 따위는 벌어지지도 않았을 것이다. 모든 트롤을 얼어붙게 만들거나 움직이지 못하게 마비시켜놓고 아무 일도 없었다는 듯이 통과했을 텐데. 트롤들이 숲에서 불쑥 나타났을 때 타라는 마법의 힘을 확실히 보여줬을 것이다. 그러나 파란 마법의 빛은 번쩍번쩍하면서 적들을 해치우기는커녕 손가락 끝에서 지지직거리다가 맥없이 꺼졌다.

은빛 페가수스 갈랑을 타고 있던 타라는 괴성을 질러대는 트롤 무리에 과감하게 맞섰다. 그르룰은 선택의 여지가 없었다. 그르룰은 타라를 보호하기 위해 달려들었고, 안전벨트(페가수스를 탈 때 필수적인)

---

1. 아더월드의 두 달에는 공기가 있어서 주민들이 살고 있다. 하지만 중력이 약하기 때문에 차나 커피, 코코아 등 각종 음료를 거품 상태로 마신다.

를 채우지 않은 타라는 낙마했다.

　그것으로 끝난 게 아니었다. 초록 트롤이 그 커다란 몸집으로 땅바닥에 떨어진 타라를 겨우 숨만 쉴 수 있을 정도로 깔아뭉개 버렸으니. 그래도 명색이 아더월드에서 가장 강력한 마법사인데 이게 무슨 망신이란 말인가. 다행히 만능코디네이터이자 보디가드인 체인지라인이 제 몸을 부풀려서 충격을 흡수하고 갑옷 차림으로 바꿔준 덕분에 타라는 최악의 상황을 면할 수 있었다. 마법의 체인지라인은 무기 기능이 정지되어 있기 때문에 트롤들을 제거할 수 있는 폭탄이나 미사일 기능을 제외한 다른 기능만 정상적으로 작동했다.

　마법이 사라지는 순간 날아다니는 양탄자들도 땅바닥에 떨어져버렸다. 호위대의 절반이 눈 깜짝할 사이에 죽거나 부상을 당했다. 그런데다 크리스털 볼을 사용할 수 없기 때문에 그들은 도움을 청할 수도 없었다. 마법을 철석같이 믿고 있던 호위대는 검을 뽑아들지 않았다. 마법사들의 도움을 받지 않고서는 몸무게가 무려 500킬로그램에 이르는 트롤과 대적할 수가 없기 때문이다.

　그르룰이 몸을 돌릴 때 타라는 숨을 죽였다. 창 세례를 받은 초록 트롤의 등이 마치 고슴도치 같았다. 그 정도에는 끄떡도 없다는 듯 그르룰이 창들을 제거했지만 초록색 피가 흘러내렸다. 그르룰이 강력한 어깨를 수축시키자 피가 멈췄다. 트롤에게도 그 같은 치료 능력이 있다는 걸 타라는 모르고 있었다. 부상당한 트롤들은 빠른 속도로 회복되었다. 가죽처럼 질긴 트롤의 피부 속에 있는 지방층이 꿰뚫을 수 없는 갑옷 역할을 하는 것이었다.

　싸움에 뛰어들고 싶은 그르룰이 이빨을 부드득 갈았지만, 경호원이라는 역할 때문에 타라에게서 떨어질 수 없었다. 가까이 접근하는 무모한 트롤을 때려눕히는 것으로 만족했다.

느닷없이 둥둥 떠오르는 양탄자들 때문에 모두 깜짝 놀랐다. 마법이 갑자기 돌아온 것이다. 공격하던 트롤 중 하나가 비틀거리다가 양탄자에 있는 휴대용 변기에 머리를 처박는 사고가 일어났다. 소용돌이에 휩쓸리듯 변기 구멍으로 쓸려 내려가는 순간 트롤의 비명이 뚝 그쳤다. 타라는 변기 배출구가 다른 차원의 공간으로 이르는 일종의 통로라는 걸 알고 있었다. 그래서 사람들이 우주의 쓰레기로 떠도는 오물을 뒤집어쓰게 되는 날이 오지 않을까 이따금 의문이 들었다.

여전히 전투가 계속되었다. 타라는 정신을 집중하면서 마법을 작동하려고 애를 썼지만 또다시 마법이 사라졌다. 타라는 알고 있는 온갖 언어로 욕설을 내뱉었다. 티그족 호위대가 아직은 꿋꿋하게 버티고 있지만 오래가지 못할 텐데…….

갑자기 페가수스가 울음소리를 내면서 머릿속으로 전하는 경고에 타라는 소스라치게 놀랐다. 그러나 너무 늦었다. 접시만 한 크기의 초록색 손 하나가 타라를 들어 올렸다. 그러고는 발버둥치는 타라의 목에 커다란 칼을 들이대면서 완벽한 오무아 언어[2]로 외쳤다.

"모두 무기를 내려놔라, 아니면 이 인간을 죽이겠다!"

· · · · · · · · · · · · · · · ·

2. 마법이 사라질 때 통역 주문도 작동하지 않았지만, 다행히 20여 개의 언어를 머릿속에 입력시켜준 무아노 덕분에 타라는 오무아 언어를 알아들을 수 있었다. 그러나 타라는 이따금 같은 사물을 가리키는 대여섯 개의 언어가 동시에 떠오르는 통에 당황할 때가 있다. 예를 들어 빵을 표현할 때 오무아 언어로는 '블리프', 식인귀의 언어로는 '부프', 엘프 언어로는 '스보올리', 빌랭의 언어로는 '트랭', 땅신령의 언어로는 '룰룰'이라고 한다.

모두 싸움을 중단했다. 트롤 둘과 상대하던 뱀파이어 사피르 드라고쉬와 호위대가 일제히 돌아봤다. 드라고쉬의 빨간 눈빛에 절망의 빛이 감돌더니 느닷없이 변신했다. 커다란 박쥐로 변신한 뱀파이어**3**는 잠시 후 석양 속으로 사라졌다.

드라고쉬 선생님이 그들을 저버린 것이었다.

타라는 이를 악물었다. 트롤들에게 붙잡힌 것보다 더 나쁜 상황 아닌가?

엄청나게 많은 트롤이 포위망을 좁혀왔다. 후계자를 경호하기 위해 자진해서 호위대를 이끌고 온 오무아 제국의 친위대장 크산디아르는 승산이 전혀 없음을 깨닫고 항복 표시를 했다. 팔이 네 개인 티그족이 이를 부드득 갈았지만 선택의 여지가 없었다. 호위대원이 하나둘 무기를 땅바닥으로 던지자 성난 그르룰도 마지못해서 몽둥이를 내려놨다. 트롤들이 아주 침착하게 호위대를 결박했다. 그러자 한 손으로 타라를 쳐들고 위협하던 트롤도 소녀를 땅바닥에 내려놨다. 그 틈에 갈랑이 울음소리를 내면서 휙 날아올랐는데 두 태양의 빛을 받아 하얀 날개가 눈부시게 반짝였다. 페가수스는 강한 근육들을 힘차게 움직이면서 중력과 싸우고 있었다. 트롤들이 끈끈한 그물을 던졌지만 페가

---

3. 마법이 사라졌는데 뱀파이어가 어떻게 변신할 수 있는지 의문이 들겠지만, 뱀파이어는 마법에 의존하지 않고 변신할 수 있는 유전자를 지니고 있다.

수스는 날렵하게 피하면서 비웃는 소리를 냈다. 이윽고 페가수스는 보랏빛 하늘로 유유히 사라졌다.

타라는 꼼짝하지 않았다. 패밀리어에게 정신적으로 도망치라는 지시를 내린 것이 자신이기 때문이다. 페가수스를 고문하는 것은 너무나 쉬운 일인 데다 고문당하는 갈랑을 보는 것만은 피하고 싶었다.

"나는 그르로그 대장이다. 너희는 포로다. 당장 갑옷을 벗어라." 트롤들의 대장이 명령했다. "어린 인간아, 너의 패밀리어가 구해줄 거란 희망은 갖지 마라. 여기서 제일 가까운 인간의 도시는 며칠을 날아야 하는 거리니까."

타라는 갈랑이 안전한 곳으로 피하기를 바랄 뿐 그 이상은 바라지도 않았다. 타라는 순순히 복종했고, 체인지라인이 마법복으로 바꿔 주었다.

타라 일행은 몸수색을 받았고, 크리스털 볼과 다른 통신 기계 등 압수당한 물건이 잔뜩 쌓였다.

그러나 트롤들은 아더월드의 자연계 마법의 저장소이자 타라가 크리스털 볼로 사용하는 살아있는 돌(체인지라인이 감쪽같이 감춰놨기 때문에)을 찾지 못했다. 미니 크리스털 볼이라 할 수 있는 귀걸이 모양의 클릭도 알아채지 못했다.

따라서 변덕스러운 마법이 돌아오면 트롤들 모르게 통신할 수 있었다.

깜짝 놀란 타라는 점점 더 의문이 일었다. 외교적인 임무를 띠고 왔는데도 이런 봉변을 당하다니……. 여기서는 뭔가 석연치 않은 일이, 아니 생각보다 훨씬 위험한 일이 일어나고 있는 것이 틀림없었다.

무엇보다 타라는 이 정도로 조직적인 트롤들을 만나기는 처음이었다. 종족을 차별하는 것이 아니라 인간과 유사한 모습의 초록색 트롤들에게 전술이나 사고력이 있다는 평판은 들어본 적이 없었기 때문이다.

게다가 대장이라는 트롤은 이상할 정도로 영리했다. 문득 떠오르는 생각에 타라는 등골이 오싹해졌다.

이건 불청객들이 침입한 영토를 지키기 위한 행동이 아니었다.

이건 함정이었다.

2

숲

무슈티크의 나라를 방문해서
야외에서 산책하는 기쁨

*

트롤들의 대장 그르로그가 부하들에게 뭐라고 호통을 치고 나서 타라의 어깨를 가볍게 손가락으로 퉁겼는데 타라는 그대로 고꾸라질 뻔했다. 그래, 알았다, 알았어. 앞서서 걸어가란 뜻인 줄 안다고!

트롤들이 둘둘 만 양탄자들을 발이 여섯 개인 초록색 동물에 실었는데 등에 오톨도톨한 혹이 달려 있는 생김새로 보아 자이언트 두꺼비였다. 고함을 지르면서 행렬이 움직이자 타라는 따라갔다.

놀랍게도 타라의 눈에서 눈물이 흘러내리기 시작했다. 스톤헨지에서 마법 능력을 잃어버리는 사고를 당한 지 여러 달이 지났건만 아직 완전히 회복되지 않아서일까, 이따금 뜬금없이 눈물이 흘렀다.

소설의 여주인공들은 대개의 경우 아주 우아하게 울던데, 어떻게 하면 그렇게 울 수 있지? 타라는 눈물을 많이 흘리면 코는 물론이고 눈이 빨개지고 오랫동안 두통까지 일어나는데……. 체인지라인이 손수건과 휴지에 이어서 쓰레기통까지 준비해주었고, 다행히 타라는 손이 앞으로 묶여 있어서 펑펑 쏟아지는 눈물을 닦을 수 있었다.

크산디아르가 이끄는 호위대는 난처한 눈길을 던졌다. 제국의 후계자가 울고 있는데 아무것도 할 수 없다는 것에 울분이 치밀어서일까, 냉정하기로 이름난 평판과 전혀 어울리지 않게 티그족들의 눈에도 눈물이 그렁그렁했다.

행렬이 야생 숲 속 깊이 들어갔다. 아더월드의 숲은 대체로 빨갛고 파란색인 데 반해 이 숲은 초록색이었다. 꽃을 제외한 모든 것이 초록색이었다. 주위의 온갖 동물이 갑자기 요란하게 등장한 행렬을 먹잇감인지 파악하려는 듯 코를 킁킁거렸다. 몽둥이와 창을 발견한 동물들이 이건 아니지? 하는 낯짝으로 슬금슬금 숲 속으로 사라졌다. 트롤들이 육식을 하지 않지만[4] 방어를 위해 공격하기 때문이었다.

소리와 냄새 때문에 귀가 멍하고 현기증이 났다. 주위를 날아다니던 에메랄드빛의 작은 새 트리 * 들이 트롤의 머리 위에 내려앉았다. 아마도 힘들이지 않고 이동할 생각인 모양이었다. 초록색 털이 반들반들한 네 발 짐승 가즈즈 * 들이 나뭇가지 사이로 뿔 달린 머리를 내밀다가 그들을 발견하기가 무섭게 줄행랑쳤다. 덤불숲은 커다란 발로 르키데들이 향기와 꽃가루를 날리자 동물인지 식물인지도 모르면서 흥분하기 시작했다. 숲의 초록색 배경에 유난히 두드러져 보이는 흰색

· · · · · · · · · · · · ·
4. 트롤은 육식을 할 경우 식인귀로 변한다.

과 금색의 브르리르들은 트롤들이 들이대는 수많은 창을 향해 으르렁거리고 나서 여섯 개의 발로 날렵하게 사라졌다. 장밋빛과 초록색 여우원숭이들이 날쌔게 나무를 타고 올라갔는데 그중 한 마리는 나뭇가지인 척하는 올리브색 뱀에게 잡아먹혔다.

티그족 친위대원 한 명이 무심코 나뭇가지를 부러뜨렸을 때는 숲 전체가 파르르 떨었다. 그때부터 이 친위대원의 전진은 악몽이나 다름없었다. 나무뿌리에 걸려서 비틀거렸고, 가시덤불에 손과 옷이 찢겼고, 일행은 무사히 지나간 길도 그의 발밑에서는 구멍이 쩍쩍 벌어졌다. 그뿐만이 아니었다. 오늘 내 일진이 왜 이렇지? 하는 얼굴로 걸어가던 그는 느닷없이 떨어지는 묵직한 통나무에 머리를 맞고 쓰러지고 말았다.

트롤들의 대장이 티그족에게 그를 들쳐 업으라고 명을 내렸다.

이건 우연이 아냐, 이때부터 타라는 조심하기 시작했다. 고맙게도 원망하는 것 같지 않은 풀 포기를 제외하고는 무엇이든 밟거나 부러뜨리지 않으려고 주의했다.

지나가는 드래코티라노사우루스 때문에 모두 얼어붙은 듯 걸음을 멈췄다. 다행히 다른 먹이를 쫓느라고 정신이 없는지 드래코티라노사우루스는 그들을 거들떠보지도 않았다.

타라는 울음을 그쳤다. 아가리를 쩍쩍 벌리며 침을 흘리는 포식동물에게 놀라기도 했지만 무엇보다 소리를 내고 싶지 않기 때문이었다.

좀 떨어진 곳에 블루룹스가 군락을 이루고 있어서 그들은 빙 돌아가야 했다. 블루룹스는 커다란 배낭 모양으로 흙 속에 숨어 있다가 가까이 지나가는 것을 모조리 집어삼키기도 하고, 강가 쪽으로 내린 뿌리로 물을 빨아들이면서 다양한 물고기를 잡아먹기도 했다. 어린 블루 룹스들은 지나가는 동물들을 유인해서 탐욕스러운 입으로 집어삼키 기 때문에 어리다고 깔볼 수 없는 위험한 식충식물이었다.

타라는 혐오하는 눈길로 블루룹스들을 쳐다봤다. 동물이든 인간이 든 산 채로 삼켜서 천천히 소화시키는 식충식물이 우글거리는 숲, 이런 데서 살려면 비위가 정말 좋아야겠는걸.

갑자기 넘어진 친위대원 한 명이 데굴데굴 구르면서 고통스러운 비명을 질렀다. 대장 그르로그는 정지 명령을 내리지 않은 채 한 트롤에게 가서 살펴보라고 신호했다. 멀어져가던 행렬은 뒤쪽에서 폭발음이 울렸을 때 소스라치게 놀랐다. 그르로그가 무슨 일인지 확인하기 위해 트롤 둘을 보냈다. 잠시 후 돌아온 트롤 둘은 동료와 친위대원이 사라졌다는 보고를 했다. 그르로그가 불안한 얼굴로 크산디아르에게 물었지만, 친위대장은 묶여 있는 사람이 어떻게 자기보다 덩치가 두 배나 크고 무장까지 한 트롤을 없앨 수 있겠느냐며 부하의 짓이 아니라고 딱 잘라 말했다.

그들은 계속 전진했다. 트롤들은 몽둥이를 움켜잡고 있는데도 불안한 기색이 역력했다.

타라는 속으로 생각했다. '다행이야. 트롤들이 겁을 먹고 당황한다는 것은 일단 우리에게 유리하니까.'

벌써 몇 번째 공격적인 곤충을 쫓던 타라는 금빛 곤충이 끈질기게 따라오는 것을 느꼈다. 그런데 뭔가가 엿보고 있다는 느낌을 떨칠 수가 없었다. 물론 타라 일행이 트롤들에게 감시받고 있는 상황이지만 이 경우는 그 느낌과는 분명히 달랐다. 마치 뇌가 뭔가를 간파해서 경고를 보내고 있는데 해독할 수가 없었다.

그때였다. 고통스러운 괴성이 울리다가 뚝 그쳤다. 그르로그가 확 돌아서서 달려갔다. 타라는 초록색 트롤 둘의 감시를 받고 있기 때문에 무슨 일인지 알 수 없었다. 대장이 어두운 얼굴로 돌아왔다.

"무슨 일입니까?" 크산디아르가 별 뜻 없이 물었다.

"내 수하의 트롤 하나가 공격을 받고 죽었다. 이빨이 뾰족한 네 발 짐승에게 당했는데 상처나 발자국으로 봐서 우리 숲에 사는 것이 아니다. 두 가지 가능성이 있다고 본다. 첫째는 우리가 모르는 야생동물이 한 짓일 수 있다. 둘째는 너희 무리 중 우리가 붙잡지 못한 놈이 불안정한 마법에도 불구하고 변신하는 데 성공하여 너희를 구출하려는 시도로 볼 수 있다. 후자라면 당장 항복하라고 말하는 게 좋을 것이다. 우리에게 붙잡히면 내 수하의 트롤 둘을 비열하게 죽인 것에 대한 죄를 물어 가차 없이 처치할 것이다."

크산디아르는 멍한 눈길을 던졌다.

"나는 할 말이 전혀 없소이다. 솔직히 말해서 내 부하인지도 의심스럽소. 따라서 원하는 사람을 죽이든 말든 당신 마음대로 하시오."

그르로그는 의심쩍은 눈길로 노려봤지만 크산디아르의 말이 진심이라는 걸 느꼈다. 그르로그는 트롤 셋에게 후미를 맡기고 다시 출발했다.

얼마쯤 가자 신경이 날카롭던 트롤들이 긴장을 약간 풀었다. 그때 왼쪽 중간쯤에서 연이어 울려 퍼지는 비명소리에 모두 깜짝 놀랐다. 트롤들이 공포에 질려서 달려갔다. 이번에는 타라도 두 트롤의 시체를 볼 수 있었다.

트롤들의 목이 뽑혀 있었다.

타라는 구토가 일어 눈길을 돌렸다. 그것은 인간의 소행이라고 할 수 없었다. 야생동물의 짓이 틀림없었다.

"우리의 무기를 돌려주시오." 크산디아르가 단호한 어조로 요구했다. "다시 공격해올 경우 손이 묶여 있어서 짐승과 싸울 수가 없단 말이오!"

타라는 불안한 마음으로 주위를 둘러보면서 침을 꼴깍 삼켰다. 상황이 이 정도로 나쁘다고 생각하지 않았는데 잘못 생각한 것 같았다.

그러나 그르로그 대장은 그들을 풀어주지도 무기를 돌려주지도 않았다. 그르로그는 계속 전진했고, 트롤들이 어찌나 빠르게 가는지 타라와 호위대는 따라가기가 힘들었다. 그르로그가 한 걸음을 뗄 때 타라는 크게 내딛는 걸음으로 세 걸음을 가야 간신히 따라잡을 수 있었다. 인간들 못지않게 그 빠른 걸음을 감당할 수 없는지 자이언트 두꺼비들 역시 뒤처지자 트롤들이 목이 터져라 괴성을 지르면서 걸음을 재촉했다.

그들은 숨이 차서 여러 번 멈춰야 했고, 그때마다 트롤들이 갈가리 찢겨서 죽어나갔다. 티그족 호위대는 잔뜩 긴장했다. 타라의 시중을 드는 시녀들과 시종장도 파랗게 질려 있었다. 식사나 침실 시중을 들 뿐이지 전투를 해본 경험이라곤 없어서 부들부들 떨면서 주위를 힐끔힐끔 쳐다봤다.

순간, 타라는 심장마비를 일으킬 뻔했다. 새 한 마리가 크게 날갯짓을 하면서 타라 앞을 휙 날아가는 것이 아닌가. 타라는 침을 삼키면서 무슨 소리가 날 때마다 깜짝깜짝 놀랐다. 얼굴에 흐르는 땀 때문에 눈이 따가워서 앞이 잘 보이지 않았다. 그걸 알아챈 체인지라인이 예의에 어긋나지 않는 범위 내에서 타라를 가벼운 옷차림으로 바꿔주었다.

트롤들이 갑자기 승리의 고함을 내지르면서 걸음을 재촉했다. 그들은 성벽을 넘어 트롤의 마을로 몰려 들어갔다.

트롤들의 고함소리에 도개교(위로 열리는 구조로 만든 다리—옮긴이)가 내려오더니 숲이 갈라졌다.

타라 일행은 이제 정말로 포로가 된 것이었다.

마을이 아니라 도시였다. 나무들에 에워싸여 있으니 반은 지상, 반은 공중에 건설한 도시라고 할 수 있었다. 타라는 눈부신 광경에 깊은 인상을 받았다. 아더월드의 두 태양 빛을 받아 금빛으로 빛나는 초록색 숲, 꽃비처럼 떨어지는 꽃잎들이 흡사 향기를 뿜어내는 화사한 커튼 같았다.

가까이 다가가면서 타라는 눈이 휘둥그레졌다. 이럴 수가! 나무들의 가운데에 자리 잡은 도시가 아니라 수많은 나무가 하나의 나무로 덩어리를 이룬 숲의 도시였다. 어마어마하게 거대한 나무…… 어떻게 이런 나무가 존재할 수 있지? 숲을 이룰 정도로 거대한 나무의 싹과 뿌리, 나뭇가지가 지붕과 벽이 되어주고, 심지어는 트롤들을 위한 탁자와 의자가 되기도 했다. 악천후를 효과적으로 피하기 위해서는 돌과 진흙만 추가하면 되었다. 마치 나무 그 자체가 멋진 입체감을 내어 조각해놓은 듯 집들이 모난 부분이라곤 없이 둥글둥글했다. 몇 층짜리 집도 있어서 호기심이 동한 트롤들이 발코니에서 구경하고 있었다. 지나치게 꾸몄다고 할까, 모든 것이 타라가 예상한 것과는 아주 달랐다. 타라는 책에서 트롤족에 대해 읽었던 것이 떠올랐다. 트롤은 그리스신화 속 나무의 요정 드리아데스와 비슷한 종족이며[5], 쇠약해서 거의 죽어가는 나무에 더욱 애착을 갖는다고 기록되어 있는데…….

타라의 경호원 그르룰은 오무아의 황궁을 에워싸는 숲이나 정원에서 많은 시간을 보냈다. 키가 3미터에 이르는 거대한 트롤이 보잘것없는 데이지에게 다정하게 말을 건네고 조심스럽게 물을 주는 광경은 뜻밖의 모습이었다.

대장 그르로그가 지시를 내리자 수많은 트롤이 부리나케 달려나갔다. 타라는 트롤들이 그들을 공격했던 동물을 찾아오길 바랐다. 긍정적으로 생각하자. 그래야 이곳을 벗어나게 될 때 목을 물어뜯는 동물 때문에 더 이상 불안해할 필요가 없지.

트롤들이 다시 전진했는데 먼 길을 걸어온 탓에 타라 일행은 지칠 대로 지쳐서 다리가 후들거렸다. 길을 따라 살아 있는 나무가 지붕을 이루고 있어서 그들이 지날 때 환영하듯 나뭇가지를 흔들었다. 트롤들이 길들인 트라둑들이 무거운 짐을 아주 가볍게 끌고 있었다. 나무 꼭대기에서 빛을 번쩍이면서 수백의 트롤이 오르락내리락하는데 타라는 트롤들이 어떻게 움직이는지 알 수가 없었다.

인도와 하수구까지 보이다니!

점점 더 이상했다. 아더월드의 책들은 왜 트롤족을 야생적이며 원시적으로 묘사하고 있는 걸까? 이 정도 수준이면 절대 원시적이라고 할 수 없는데.

⋯⋯⋯⋯⋯⋯⋯

5. 초록색 트롤과 우아한 요정 드리아데스는 나무를 사랑하고 나무에 의존하는 것을 제외하고 공통점이 별로 없다.

이 난감한 상황을 어떻게 하면 빠져나갈까 생각하던 타라는 아더월드의 숲과 달리 왜 트롤들의 숲이 초록색인지 이해할 수 없었다. 트롤들의 색깔과 조화를 이루기 위해서인가?

다른 동물의 공격을 피하고 눈에 띄지 않으려는 일종의 보호색인가? 트롤들이 위장술을 쓰기 위해 나무들과 진정한 공생 관계를 이루고 있는 것이 틀림없었다.

타라는 트롤들이 어떤 대가를 요구할지 불안했다.

먹이? 참혹한 죽음?

"아주 오래된, 지구의 고목임." 타라의 호기심을 알아챈 그르룰이 넌지시 말했다. "수천 년 전에 심은 지구의 떡갈나무가 여기서 살면서 변한 것임. 그러나 처음의 초록색은 그대로 유지하고 있음. 우리의 피가 초록색인 것은 부분적으로 엽록소이기 때문임."

타라는 속으로 말했다. 아, 이제 이해가 되네. 상상할 수 없을 정도로 위용이 넘치게 변형된 떡갈나무의 모습은 인상적이군. 이 마법의 행성에 오면 모두 변형되고 있어. 그럼 나도? 지구에서 온 나도 다른 사람으로 변하는 걸까? 하지만 아직은 뭐가 뭔지 정말 모르겠어.

이윽고 대장 그르로그가 멈춰 섰다. 아직도 어깨가 아픈 타라는 조심스럽게 걸음을 멈췄다.

"그르랄를룰를를그르르르르르.[6]" 그르로그가 두 손으로 가슴을 치면서 외쳤다.

．．．．．．．．．．．

6. 트롤의 언어로 '집 안에 있는 동족들이여, 우리 아이들이 재미있게 갖고 놀 만한 적들을 잡아왔다'는 뜻이다. 트롤의 언어는 미묘한 뉘앙스가 넘친다고 할 수 있다.

대장이 숲에서 '장난감'[7]을 찾아왔다는 말에 여러 집에서 남녀노소에 해당하는 트롤들이 우르르 몰려나왔다.

어린 트롤들은 팔이 네 개나 달린 티그족을 아주 재미있는 장난감으로 생각했다.

티그족은 어린 트롤들을 재미있다고 전혀 생각하지 않는데.

티그족 호위대는 도시의 광장 주위에 매달아놓은 새장 같은 데에 갇혔다. 호위대의 수와 정확하게 일치하는 새장을 보면서 타라는 트롤들이 그들이 오는 걸 이미 알고 있었다는 결론을 내렸다.

어린 트롤(그래도 키가 2미터에 이르는)들에게 붙잡혀 있는 타라는 긴 금발 때문에 여성 트롤들에게 에워싸였다. 서로 머리를 땋아주겠다고, 잘라주겠다고, 곱슬곱슬하게 해주겠다고, 말꼬리처럼 묶어주겠다고, 틀어 올려주겠다고 아우성이었다. 타라는 문득 바비 인형이 된 것 같은 두려움을 느꼈다. 게다가 타라가 괴로워하는 걸 느낀 체인지라인이 숲에서 뛰어다니기 편하게 입혀놓았던 간편한 티셔츠와 반바지 차림을 마법복으로 바꿨을 때 공포의 순간이 되고 말았다. 여성 트롤들이 그들의 인형이 옷을 바꿀 수도 있다는 걸 알고 아주 기뻐했던 것이다.

호기심이 가득한 얼굴로 어린 트롤들이 타라의 옷을 벗기기 시작했을 때 마침 대장 그르로그가 다가와서 천만다행이었다. 타라는 그 순간 자신의 인형들을 떠올리면서 다짐했다. 절대로 인형들을 괴롭히

. . . .

7. 트롤들이 하는 농담 중에 '깨진 머리', '부러진 다리', '빠진 팔' 등의 표현이 많다. 힘이 장사인 트롤들은 다른 종족을 정말 허약하다고 생각한다.

않겠어!

그르로그가 타라의 손에 묶은 끈을 풀어주었다.

"여기서는 마법이 통하지 않는다." 그르로그가 오무아 언어로 말했다. "숲이 마법을 사용하게 내버려두지 않을 것이다. 그러니까 얌전히 있을 것! 아니면 내 나무들에게 너를 먹이로 주겠다. 알았나?"

얼마 전부터 손가락이 가려운 타라는 마법이 돌아왔음을 느끼고 있었다. 타라는 미소를 지었다.

"알았어요. 아무도……."

말하는 도중에 마법의 광선이 그르로그에게 날아갔다. 첫째는 겁이 났고, 둘째는 화가 났기 때문에 마법의 세기가 강해져 있었다. 그르로그가 초록색 대리석 조각상처럼 굳어버렸다.

"…… 꼼짝 마, 특히 당신." 타라가 중단된 말을 끝맺었다.

타라는 만족스러운 얼굴로 손에서 번쩍이는 마법의 강도를 높였다. 그러고는 그 자리에서 굳어버린 그르로그를 노려봤다.

"이제 우리는 떠날 것이다." 타라가 외치자 트롤들이 일제히 쳐다봤다. "우리는 외교적 임무 때문에 온 것이며, 너희를 해치고 싶은 생각이 없다. 우리의 목적지는 뱀파이어들의 나라 크라살비의 수도 우를라이다. 너희 정부로부터 통행 허가를 받았는데 우리를 체포했으니 오무아 제국과의 관계에 엄청난 해를 끼치게 될 것이다. 따라서 지금이라도 나의 일행을 풀어주고 우리를 조용히 떠나게 해준다면……."

그때였다. 초록색의 큼직한 손이 멱살을 잡아서 답삭 들어 올리는 바람에 타라는 말을 맺지 못했다. 타라는 어이없게도 또다시 그르로그의 얼굴 앞에 있게 되었다.

"숲이 너를 가만 내버려두지 않을 거라고 분명히 말했다, 밀매꾼!" 그르로그가 으르렁거렸다. "너는 원하는 마법을 사용할 수 있지만 오래 작동하지 않을 것이다!"

마비되어 있던 그르로그가 금방 자유로워지는 걸 보면서 타라도 알 수 있었다. 숲이 타라의 마법을 무력화시켰던 것이다. 근데 그르로그가 한 말은 뭐지? 밀매꾼이라고? 내가 왜 밀매꾼이라는 거지?

"하지만 마마는 너희를 죽일 수 있다!" 여전히 포박된 크산디아르가 새장이 흔들릴 정도로 있는 힘을 다해 버둥거리면서 외쳤다. "숲이 너희를 구할 수 있다고 생각하지 않는다."

타라의 목을 움켜잡은 트롤의 손에 힘이 가해졌다. 타라는 그르로그가 목을 조르고 있기 때문에 크산디아르가 제발 자극하는 말을 멈추기를 바랐다.

감히 후계자를 이런 식으로 대하다니, 화가 머리끝까지 난 그르룰이 트롤의 언어로 뭐라고 고함을 질렀는데 타라는 무슨 말인지 이해하지 못해 유감스러웠다.

트롤의 대장 그르로그가 한숨을 내쉬면서 타라를 내려놨다. 타라는 아픈 목을 만지면서 단언했다.

"나를 산 채로 붙잡아둘 생각이라면 목덜미를 잡아서 들어 올리지 않는 게 좋을 것이다. 두 번은 참아도 세 번은 참지 않을 테니까……."

그 말에 그르로그가 몸을 숙이더니 타라의 발목을 잡아서 거꾸로 들어 올리고 말했다.

"그럼 이렇게 해줄까?"

마법복을 뒤집어쓰면서 분홍색 속옷(분홍색 속옷을 좋아하는 체인

40

지라인이 타라의 반대에도 불구하고 고집을 피우더니 끝내 이런 꼴을 당하게 만들었군!)이 드러나는 망신을 당하게 된 타라가 소리쳤다.

"멈춰라! 나를 내려놔!"

트롤이 비웃음을 흘리면서 땅에 내려놓는 순간 타라는 약간 비틀거렸다. 타라가 고개를 쳐들었는데 새파래진 눈이 비인간적인 분노의 빛으로 이글거리고 있었다. 그르로그도 그제야 좀 지나쳤다는 생각이 든 모양이었다. 타라의 손에서 번쩍이는 마법의 광선이 짙은 파란색으로 변했다.

이어서 또다시 마법이 지지직거리다가 사라졌다. 눈빛이 다시 정상으로 돌아온 타라가 욕설을 내뱉자 트롤이 안도의 숨을 내쉬었다.

그때였다. 크리스털 볼처럼 동그란 돌이 타라의 주머니에서 튀어나와 머리 위에 올라앉았다.

살아있는 돌은 기분이 좋지 않았다. 기분이 좋지 않은 정도가 아니라 몹시 불쾌했다.

타라를 질질 끌고 다니질 않나, 마구 들었다 놨다 하질 않나, 마법이 돌아왔다 사라졌다 변덕을 부리질 않나(다행히 살아있는 돌은 변덕을 부리는 마법 따위에 끄떡없지만 그래도 불쾌했다), 깨지기 쉬운 석영으로 이뤄진 살아있는 돌은 함부로 대하는 트롤 때문에 타라가 휘청거릴 때마다 공포에 질렸던 것이다. 그런데 타라의 영혼의 친구는 성나면 치를 떨면서 물불 가리지 않는 난쟁이 못지않게 성깔이 대단했다. 정적이 흐르는 숲에서 살아있는 돌의 목소리가 머릿속을 진동했다.

'예쁜 타라, 힘을 원해?'

'응!' 타라가 대답했다.

'힘을 줄게.'

살아있는 돌에게는 아주 쉬운 일이었다. 엄청난 마법의 저장소인 살아있는 돌에서 직접 힘을 끌어낸 타라는 공중 부양을 해서 트롤들을 내려다봤다. 다시 새파래진 타라의 눈이 분노의 빛으로 이글거렸다. 몸매를 강조하는 번쩍거리는 갑옷 차림의 타라가 허리에는 검을 차고 양쪽 허벅지에 단도를 매달고 두 손으로 트리크로크를 들고 있었다. 땋은 머리에 황금 머리띠도 둘렀다.

그렇게 무장한 타라를 허약한 인간이라고 할 수 있을까? 트롤들이 입을 멍하니 벌린 채 작은 태양처럼 빛을 번쩍이며 공중에서 떠도는 타라를 쳐다봤다.

"너의 마법으로는 우리를 해칠 수 없다!" 그르로그가 자신만만하게 외쳤다.

트롤의 목소리는 단호했지만, 후계자를 잘 아는 크산디아르의 짧막한 지시에 따라 호위대가 일제히 새장 안에서 머리를 숙이고 몸을 웅크리자 그제야 아차 싶었는지 부들부들 떨었다.

"아, 정말?" 타라와 살아있는 돌이 합창하는 목소리로 응수했다. "어디 두고 보자."

살아있는 돌은 발밑에 버티고 있는 트롤 대신에 하나의 도시라고 할 수 있는 어마어마한 나무를 후려쳤다. 괴성을 지르던 트롤들이 살아있는 돌의 공격에 마비가 되어 옴짝달싹 못하고 있었다.

타라는 식물성 존재와 교감이 일어나는 묘한 느낌을 받았다. 타라는 숲이었다. 타라는 둔탁해지는 심장의 고동소리와 태양을 향해 수많은 나무를 밀어내는 수액을 느꼈다. 그리고 몸이 수백, 수천 킬로미터로 쭉쭉 늘어난 타라는 숲과 하나가 되고, 전체가 되는 느낌이 들었다. 이어서 숲이 마치 타라를 알고 있는 듯 힘을 줄였다. 숲은 적대적이지 않았다. 다만 호기심이 동한 것처럼 숲은 찬란한 태양을 머금은 꽃 같은 타라의 마법을 차츰 빨아들이기 시작했다.

흥, 천만에, 그렇게 호락호락 당할 내가 아니지! 타라는 자주 마법을 저주했지만 무한한 잠재력을 지닌 마법을 남에게 빼앗긴다는 것은 절대 용납할 수 없었다. 타라는 잘 알고 있다는 듯 미소를 지었다. 태양은 먹여 살리는 것만 하는 것이 아니라 죽일 수도 있단 말이지!

타라가 숲을 이룰 정도로 거대한 나무의 아가리에 마법을 마구 쑤셔 넣자 나무는 신음소리를 내기 시작했다.

트롤들이 합동으로 신음했고, 그중에는 엉금엉금 기어 다니면서 소화가 되다 만 당근과 므르모움을 토해내는 트롤도 있었다. 소화불량에 걸린 트롤에게 이보다 더 시원하게 해결해주는 방법이 있을까.

나무가 꽤 오랫동안 분투하고 있지만 소용없었다. 나무가 안간힘을 다해보지만 타라의 마법은 고갈되지 않는 것 같았다.

그 많은 트롤의 일방적인 지지에도 불구하고 나무는 타라의 성난 마법을 저지하지 못했다. 나무는 선택의 여지가 별로 없었다. 계속 싸우면서 트롤들과 함께 죽든가, 아니면 수천 년 이래 처음으로 역부족이라는 걸 인정하든가 둘 중 하나였다.

나무는 자신을 파괴하면 안 된다는 걸 타라에게 이해시키기로 결정했다. 무엇보다도 자신은 아더월드의 존속에 없어서는 안 된다는 걸 이해시켜야 했다.

그 순간 머릿속에 나타난 끔찍한 이미지 때문에 타라는 집중력이 흐트러졌다. 거대한 나무 무리가 피 묻은 송곳니를 드러내면서 아더월 드에 사는 모든 존재, 움직이는 모든 것을 추격하고 있었다. 거인들과 거대한 나무들의 대결, 이윽고 싸움에 패한 거인들이 산 쪽으로 밀려 났다. 거인들이 타도르 산에 자리를 잡은 것은 선택에 의한 것이 아니 라 패했기 때문이었다! 타라가 방금 본 이미지는 수천 년 전에 일어난 일이었다. 나무의 기억은 저장량이 엄청났다.

이어서 마치 텔레비전 채널을 돌린 것처럼 타라의 머릿속에 나타난 것은 아더월드 해안에 상륙한 선박들에서 쏟아져 나오는 드래곤, 뱀 파이어, 엘프들의 모습이었다. 그런데 드래곤을 공격하는 저 괴물들 은? 타라는 괴물의 이름을 떠올렸다. 식인귀?

끔찍한 악몽 속에서나 볼 법한 통제 불능의 굶주린 괴물들이 아닌가.

다음은 드래곤들이 회의하는 장면이었다. 영리한 파충류에게는 아 더월드의 기준에 맞지 않는다는 명목으로 한 종족을 제거하는 것이 아무런 문제가 되지 않았다. 드래곤들이 힘을 합해서 식인귀들에게 주문을 걸었다. 믿을 수 없는 마법의 힘이 모든 식인귀를 덮쳤다. 타라 는 새끼를 밴 식인귀의 배 속을 보는 순간 토할 뻔했다. 식인귀의 태반 에 있는 씨눈을 보았던 것이다. 태어나기도 전에 트롤로 변형되는 것 이 아닌가!

이윽고 숲이 펼쳐지더니 차츰 식인귀들의 모습이 사라졌다. 타라는 이제 트롤이 원래는 흉측한 식인귀였다는 걸 알았다. 초식동물인데 납작한 이빨이 아니라 날카로운 송곳니가 있는 것이 이상하다 했더니 바로 그런 이유 때문이었다. 드래곤들이 더 유순해지도록 식인귀 종 족에게 걸어놓은 주문 때문이었다. 그러나 트롤이 살코기를 먹을 경우에는 주문의 일부분이 사라져서 야생성이 되살아났다. 드래곤의 주문이 너무 강력해서 단번에 깨지지 않기 때문이었다.

고기를 먹은 것 때문에 반쯤 변형된 트롤이 너무 오랫동안 마법이 없는 영역에 있을 경우, 드래곤들의 주문이 완전히 깨지면서 식인귀의 본성을 되찾은 이미지가 보였다. 괴물은 키가 10미터에 이르는 살인마가 되어 허기를 채우기 위해 닥치는 대로 잡아먹었다. 제2의 마지스터가 이 위험한 정보를 이용해서 끔찍한 짓을 저지를지도 모른다는 생각에 이르자 타라는 온몸에 소름이 끼쳤다.

나무는 이런 이미지들을 보내고 나서 항복했다.

나무는 타라에게 트롤들을 살필 수 없게 되면 엄청난 재앙이 일어나니까 파괴하지 말아달라고 부탁했다. 나무의 부탁을 받아들이면서 타라는 자신과 호위대에 아무 짓도 하지 말라는 조건을 달았다. 나무와 타라 사이에 그렇게 암묵적 협약이 이뤄졌다. 타라는 이 기묘한 숲을 떠날 수만 있다면 더 이상 바랄 게 없었다.

타라는 살아있는 돌과의 결합을 풀려고 했지만 놀랍게도 그리 쉽지가 않았다. 한참 밀고 당기면서 애를 쓴 끝에 타라와 살아있는 돌은 떨어졌다. 그러나 마법의 빛 때문에 붉게 빛나는 하늘에 떠 있는 타라의 정신은 여전히 살아있는 돌과 연결된 상태였다. 타라는 정신을 집중하기 위해 눈을 감았다.

'무슨 일이지?' 타라가 머릿속으로 살아있는 돌에게 물었다. '네 힘을 돌려주기가 힘들었어!'

'모르겠어.' 살아있는 돌도 깜짝 놀란 것 같았다. '한순간 너와 내가 멍청한 나무를 묵사발로 만든 다음, 어떻게 된 일인지 타라를 떠날

수가 없었어. 괜찮아?'

'응, 고마워. 또다시 이렇게 되지 않기를 빌어. 겁나서 혼났어.'

'그렇게 걱정할 것 없어!' 살아있는 돌이 태평하게 말했다. '나는 타라의 머릿속에서도 살 수 있어. 그게 더 안전할지도 모르니까!'

오! 그건 아니지. 타라는 소름이 돋았다. 살아있는 돌을 머릿속에서 살게 하는 것은 그리 좋은 생각이 아닌 것 같았다. 다음에 살아있는 돌의 마법이 필요할 때는 더 조심해야겠어. 타라는 눈을 뜨고 딸꾹질을 했다.

타라가 나무와 결판을 내고 있는 동안에 끔찍한 싸움이 벌어져 있었다. 사방에서 몽둥이와 창이 갈퀴발톱, 송곳니와 대립하고 있었다.

타라의 마법에서 풀려 움직일 수 있게 된 트롤들이 털북숭이들과 필사적으로 싸우고 있었다.

3
파브리스

친구를 만들 때는
특별한 이유 없이 야수로 변하지 않는 것이 나은데……

*

숲의 동물들이 공격하는 것으로 생각하고 트롤들을 도우려던 타라는 아연실색한 얼굴로 동작을 멈췄다. 이 동물들은? 늑대인간들이었다! 늑대인간들은 날쌔고 맹렬하고 강력하게 트롤들을 제압했다. 그러고는 나무에 기어 올라가서 새장을 열고 묶여 있는 타라의 호위대를 풀어주었다.

그러니까 민첩성에 있어서는 엽록소 괴물보다 헤모글로빈 괴물이 더 나은 건가?

타라는 귀에 익은 날갯짓 소리에 고개를 들었다. 페가수스 갈랑이 타라 앞에 사뿐히 착륙했는데 금빛 털의 늑대인간이 타고 있었다. 랑코비트 왕국을 상징하는 파란색 마법복이 마치 우아한 망토처럼 펄럭였다.

"파브리스[8]?" 타라가 외쳤다.

"안녕!" 늑대인간이 호랑이가 부러워할 정도로 날카로운 이빨을 드러내면서 미소를 지었다. "너 또 곤경에 빠졌지? 맙소사, 이걸 네 글자로 뭐라고 하게? 아이의 첫 글자, 수학의 첫 글자, 음계의 여섯째 음, 장기의 첫 글자, 다 합하면? 아수라장! 그야말로 아수라장 그 자체다!"

타라는 한숨을 내쉬었다. 늑대인간이 된 뒤로 파브리스는 빈정거리는 말투가 심해졌고, 수수께끼를 내는 버릇도 여전했다.

"너 여기서 뭐 하는 거야? 대체 나를 어떻게 찾았어?"

"정확하게 말하면 너를 찾은 게 아니지." 파브리스가 설명했다. "처음부터 너를 미행한 거니까."

"뭐라고?"

"네 고모인 여제께서 너를 돌봐줄 베이비시터가 필요하다고 판단하셨거든. 나도 그렇게 생각하던 참에 그 일이 나한테 떨어진 거야. 그래서 내가 금지된 대륙에서 알게 된 친구들을 데려왔지."

타라는 마음을 가다듬으면서 속으로 되뇌었다. '아무리 짜증 나도 친구를 개구리로 둔갑시키지 말자. 아무리 짜증 나도 친구를 개구리로 둔갑시키지 말자……'

"베이비시터, 와, 진짜 어이가 없다." 타라는 놀라울 정도로 차분하게 응수했다. "그런데 왜 트롤들이 우리를 공격했을 때 개입하지 않았

....

8. 타라의 지구인 친구 파브리스는 금지된 대륙에서 늑대에게 물리면서 늑대인간이 되었다. 아더월드에서는 누군가에게 물리거나 발톱에 할퀴어서 상처가 났을 경우, 변화가 있는지 주의 깊게 살펴야 한다.

48

어? 나를 호위하는 티그족 친위대원들이 중상을 입었는데!"

파브리스는 태연하게 손사래를 쳤다.

"하지만 죽지는 않았잖아. 다친 건 레파루스로 모두 치료할 수 있는데 뭐. 그리고 트롤들이 호위대를 공격하는 중에 갑자기 일어난 사고라서 우리는 개입하고 싶지 않았어. 숨어서 트롤들의 주의가 산만해지길 기다리다가 네가 마법을 사용하는 순간에 뛰어든 거야. 트롤들이 마비된 틈을 타서. 게다가 내가 데려온 늑대인간들이 그렇게 강력한 마법을 쓰는 인간을 처음 봐서 아주 감동을 받았지."

타라는 인상을 썼다. 수천 년 동안 미친 드래곤들의 노예로 살아온 늑대인간들을 구해준 자신이지만 지금까지도 그것이 잘한 일인지 잘못한 일인지 여전히 확신이 없었다. 늑대인간들 특유의 힘을 생각하면 아더월드를 쑥대밭으로 만들 수 있는 위험한 존재들이었다. 비록 지금은 늑대인간들이 정부를 수립하기 위해 자기들에게 알맞은 민주주의의 원칙과 법을 만들려고 애쓰면서 관광에 열을 올리고 있지만[9]. 타라의 머릿속에서는 수많은 시체가 어른거렸다. 파브리스가 미쳐버린 걸까?

"그럼 트롤들을 죽인 게 너야?"

파브리스는 눈살을 찌푸렸다.

"어떤 트롤들?"

"숲에서 목이 뽑힌 트롤들 말이야."

. . . .

9. 늑대인간들은 요리가 발달한 팅가푸르에 스파슌 요리 방법이 2000가지가 넘는다는 걸 안 뒤로 특히 관광을 많이 하고 있다.

"목을 뽑아? 천만에. 우리는 그런 적 없어! 어쨌든 이번에는 아냐. 숲에서 죽은 친위대원을 봤는데 폭발한 것 같았어. 그 옆에 쓰러진 트롤은 네가 말한 대로 목이 뽑혀 있더라고. 그래서 이상하다고 생각은 했지만……."

귀를 멍하게 만드는 울음소리에 숲이 흔들렸다. 울음소리를 알아들은 타라는 눈썹 하나 까딱하지 않았다. 겁에 질린 트롤들은 무언가**10**가 공격해오는 것이라고 생각하고 고함을 지르기 시작했다. 그렇지만 빈터에 불쑥 나타난 것은 송곳니가 있는 동물이 아니라 파란 매머드였다. 파브리스가 활짝 웃으면서 패밀리어의 긴 코를 쓰다듬어주었다. 커다란 동물이 금빛 늑대인간에게 몸을 비벼대면서 덩치에 어울리지 않게 아양을 떨었다.

"미안해, 바룬." 파브리스가 말했다. "너는 너무 눈에 띄잖아. 그래서 작전 수행을 위해 갈랑을 탔던 거야. 하지만 오는 길에 너를 위해 찾은 것이 뭐게?"

그렇게 말하고 나서 파브리스는 마법복 주머니에서 바룬이 제일 좋아하는 빨간 바나나 한 송이를 꺼냈다. 패밀리어의 눈이 기쁨으로 반짝이면서 게걸스럽게 먹어치웠다.

"매머드를 축소시키지 않을 거야?" 타라가 물었다.

....

10. 아더월드에는 정체불명의 무언가로 변신할 수 있는 동물(대체로 갈퀴발톱과 촉수, 송곳니가 있는)이 있다. 따라서 숲에 사는 트롤들은 정체를 알 수 없는 동물에 '무언가'라고 이름 붙이는 습관이 있다. '아르르르그흐'는 '무언가 우리를 공격하고 있다'는 뜻이고, '아르르그그흐'는 '티라노사우루스와 허물 벗은 뱀, 자이언트 닭의 잡종이 우리를 잡아먹으려고 한다'는 뜻이다.

"응." 파브리스가 퉁명스럽게 대답했다. "내 마법의 힘으로는 매머드를 계속 작게 유지할 수 없거든. 그래서 꼭 필요한 때를 위해 힘을 비축해두기로 했어. 긴급한 경우에만 축소할 거야."

갈랑이 하얀 이마를 타라의 어깨에 대고 비볐다. 타라는 페가수스가 보내는 감정과 이미지에 집중했다. 페가수스는 싸움이 한창 벌어지고 있는 때에 타라의 곁을 떠나는 것이 싫었다면서 파브리스가 점점 이상해지고 있다는 생각을 전했다. 타라는 갈랑을 안심시키면서 친구를 관찰했다. 파브리스는 3년 전 아더월드에 온 뒤로 정말 몰라보게 달라져 있었다.

파브리스가 몸을 흔들더니 아주 쉽게 다시 변신했다. 털이 사라지고 주둥이 대신에 훨씬 세련된 입, 이어서 몸이 줄어들더니 검은 눈에 금발의 건장한 소년으로 돌아왔다. 마법복까지 단정하게 입은 파브리스는 마치 몸이 제대로 돌아왔는지 확인하듯 어깨를 흔들었다.

절친한 친구의 멋진 모습에 감동한 타라는 눈을 깜박였다. 파브리스가 트롤들을 향해 돌아서더니 포로들의 심문을 감독했다. 그러나 타라는 트롤들의 대장 그르르그를 거칠게 다루는 친구의 태도가 마음에 들지 않았다.

파브리스는 트롤의 팔뚝에 손가락 자국이 날 정도로 우악스럽게 잡아끌면서 타라 앞으로 왔다. 인간의 모습으로 돌아왔지만 파브리스에게는 늑대인간의 힘이 남아 있었다. 크산디아르가 벌레 씹은 얼굴로 다가왔는데 네 개의 손목에 생긴 밧줄 자국을 문질렀다.

"도대체 왜 공식적인 외교 임무를 수행하는 우리를 공격한 것이오? 당신 머리가 잘못된 거 아니오? 감히 오무아 제국의 후계자에게 부상을 입히거나 죽이려고 하다니, 정녕 이 숲을 쑥대밭으로 만들고 싶은 것이오? 오무아의 여제께서는 절대 용서하지 않을 것이오.”

그르로그가 덩치에도 불구하고 부들부들 떨었다.

“이건 속임수라는 말을 들었소. 당신들의 임무는 우리의 숲에 들어와서 뱅뱅*을 빼돌리기 위한 것이라고 했소. 우리 속에 밀매꾼들이 있는 걸 원치 않아요.”

아, 그래, 아까도 타라를 밀매꾼이라고 부르더니…… 왜 자꾸 밀매꾼이라고 하는 거지?

크산디아르는 한숨을 내쉬었다.

“아무래도 우리는 비공식 회담을 열어야겠소.” 크산디아르가 목소리를 낮추면서 말했다. “여기에 시청이나 그런 비슷한 것이 있소, 대장?”

“있지요.” 그르로그가 묶인 손으로 초록색과 오렌지색의 웅장한 건물을 가리키면서 대답했다. “저기가 시청이오.”

“그럼 그쪽으로 갑시다.”

건물 안에 들어선 타라와 파브리스는 눈이 휘둥그레졌다. 건물 내부가 뜻밖에도 화려하게 장식되어 있었던 것이다. 코니스(벽기둥 윗부분에 장식으로 두른 쇠시리 모양의 돌출부―옮긴이), 석고 장식, 높은 천장, 쪽매붙임을 한 널빤지 바닥, 근사한 가구, 세련된 그림, 화려한 태피스트리 등 호화로운 궁전에 들어와 있는 느낌이었다.

무엇보다 빨강, 노랑, 파랑, 초록의 벨벳 쿠션과 커튼이 실내를 화려하게 장식하고 있었다.

크산디아르의 반대에도 불구하고 타라는 그르로그 대장에게 품위를 보여주기로 결정했다. 타라는 그르로그를 묶은 끈을 풀어주게 했고, 모두 편안한 의자에 자리를 잡고 앉았다.

바닥에 발이 닿았다면 위엄을 보일 수 있었을 텐데. 타라는 어린애가 어른용 의자에 앉은 것 같은 느낌을 떨칠 수 없었다.

"내가 무언가를 밀매한다고 말했는데 그게 뭐죠?" 타라가 물었다.

"뱅뱅이에요." 크산디아르가 굳은 얼굴로 대답했다. "사람들을 행복감에 젖게 만드는 일종의 마약입니다. 뱅뱅을 복용하면 밥 먹는 걸 잊는 바람에 굶어서 죽을 정도지요. 뱅뱅나무에서 추출한 빨간 가루로, 물에 타서 한 잔을 마시면 행복을 느끼고, 두 잔을 마시면 황홀경에 빠져서 죽음을 맞게 된다고 합니다. 오무아 제국에서는 금지된 식물인 데다 수확하기 힘들고, 공식적이든 비공식적이든 구하기도 힘들기 때문에 엄청나게 비쌉니다. 그런데 마마를 뱅뱅 밀매꾼이라고 하는 건 정말 말도 안 됩니다. 대장, 마마께서는 뱅뱅이 어떻게 생긴 건지도 모른단 말이오!"

트롤들의 대장 그르로그는 멜빵바지 주머니[11]에서 꺼낸 상자를 열었다. 작은 자루에 든 빨간색 가루가 커다란 창문을 통해 비쳐드는 햇살에 반짝였다. 타라는 한 번도 본 적이 없는 것이라서 시큰둥한 표정을 지었다.

"우리 트롤에게는 그런 효력이 없죠." 그르로그가 말했다. "우리는 치통이나 류머티즘 같은 통증을 가라앉힐 때 사용하니까요. 그러나

••••••••••••
11. 마법복의 주머니와 마찬가지로 트롤이 입는 옷의 주머니도 많은 것을 집어넣을 수 있다.

인간들은 중독 증세 때문에 죽게 됩니다."

나무를 공격하는 타라의 힘에 놀라면서 오무아의 후계자가 틀림없다고 확신한 그르로그는 덜덜 떨다가 뱅뱅이 든 자루를 떨어뜨렸다. 파브리스가 얼른 자루를 집어 들었다.

타라는 이맛살을 찌푸렸다. 그래, 정말 밀매꾼들이라면 나라도 공격했을 거야.

"우리가 외교적 임무를 수행하러 오는 것이 아니라고 한 사람이 누구죠?" 타라가 그르로그에게 다가서면서 냉담하게 물었다.

화들짝 놀란 그르로그는 의자에서 몸을 움츠렸다. 타라는 잠시 얼굴을 뚫어져라 처다봤다. 트롤이 겁을 먹다니! 나를 무서워한단 말이야?

타라가 불편해하는 걸 느낀 체인지라인이 헤어밴드를 없애고 머리를 흘러내리게 하여 좀 더 부드러운 이미지로 만들었다.

"제발 우리를 해치지 말기 바랍니다." 그르로그는 시선을 피하기 위해 고개를 숙이면서 중얼거렸다.

파브리스는 눈살을 찌푸렸다.

"뭐야? 반 톤에 이르는 트롤이 너를 무서워하다니, 내가 꿈꾸는 거 아냐?"

그르로그가 돌아보자 파브리스는 본능적으로 이빨을 드러냈는데 변신하지 않으려고 애쓰는 것이 역력했다.

"후계자가 우리의 나무를 파괴할 뻔했다. 어린 인간아, 잘 봐. 너도 후계자와 대결하면 두려울 테니까."

깜짝 놀란 파브리스는 마치 처음 보는 것처럼 타라를 응시했다. 창문을 통해 들어오는 바람에 흩날리는 긴 금발, 반짝이는 쪽빛 눈, 몸에 꼭 맞는 금빛 갑옷을 통해 드러나 보이는 긴 다리, 친구가 어찌나 아름다운지 심장이 멎는 것 같았다. 타라의 코가 빨개져 있는 건 좀 이상했지만.

강력한 마법을 좋아하는 파브리스는 갑자기 타라에게 마음이 끌렸다. 파브리스는 속마음을 들키지 않으려고 고개를 숙였다. 그 순간 머릿속에 현재의 여친 무아노의 얼굴이 어른거려 신경질적으로 떨쳐냈다.

타라는 몹시 당황했다. 비록 어쩔 수 없이 마법 능력을 받아들였지만 다른 사람들의 눈에 자신이 얼마나 놀랍게 보이는지 모르고 있었다. 사실, 타라는 평범한 소녀로 살고 싶을 뿐 강력한 사람이고 싶지 않았다.

"내 질문에 대답하시지요."

본론을 놓치고 싶지 않은 타라가 말했다.

뜻밖의 예를 갖춘 말투에 그르로그도 공손하게 말했다.

"우리 정부로부터 사절단이 온다는 기별을 받은 직후 한 남자가 찾아왔습니다. 그 사람은 오무아 황궁의 인식 패스를 소지하고 있었지요. 그 사람이 외교사절단은 가짜라면서 그중에 우리 도시 부근에 있는 뱅뱅 숲의 위치를 탐지하러 온 밀매꾼들이 있다고 했습니다. 그러면서 모두 생포하되 밀매꾼들을 이끄는 금발 소녀부터 제압해서 죽여야 한다고 했습니다."

타라는 침을 삼켰다.

"하지만 당신은 나를 붙잡아놓고서 죽이지는 않았어요. 왜죠? 그걸 탓하는 것은 아니지만 일관성이 없잖아요."

"우리는 확인하고 싶었습니다. 무조건 이방인들을 믿지 않으니까요. 그래서 제거하기 전에 우선 심문하고 싶었던 건데 결과적으로 잘했던 거라고…….”

타라는 속으로 말했다. ‘이건 설득력이 있네. 나라도 그렇게 했을 거야.’

“그 사람은 마마가 후계자라고 사칭하면서 모습까지 변장하고 있다고 했습니다.” 그르로그가 말을 이었다. “하지만 아까 보여준 강력한 마법은 마마가 확실하다는 명백한 증거였습니다. 변장을 했다면 절대로 나무를 이길 수 없었을 테니까요. 그리고 마마가 뱅뱅을 전혀 모르고 있다는 걸 알았습니다. 정말 죄송합니다. 그런 인간의 말을 믿다니 내가 정말 어리석었습니다.”

타라는 잠자코 있었다. 누군가가 자신을 죽이려고 하는 것이 처음도 아니니 새삼 놀랄 일이 아니었다. 그렇다고 마지막이 될 가능성도 없지 않은가. 새로운 적일까? 테러리스트 명단에 한 명 더 추가해야 하나.

그래도 자신의 적들이 대체로 빨리 죽는 경향이 있다는 걸 고려하면 오래 생각할 필요가 없긴 한데……. 게다가 모두 희한한 죽음이 아니었던가. 영혼 약탈자는 유령이 되었고, 반디우 대군은 우물 속에서 목이 부러진 상태로 죽었고, 미친 드래곤 붉은 여왕은 폭발했고…….

“이번에는 마지스터가 꾸민 짓이 아냐.” 파브리스가 말했다. “악마의 힘을 지닌 사물에 접근하기 위해 너를 생포하려고 혈안이 된 자인데 너를 죽인다는 건 그의 짓이 아니라는 증거야.”

“맞아, 파브리스.” 크산디아르가 네 개의 팔을 가슴에 포개면서 동의했다. “그러나 이 트롤들이 외교사절단을 공격했다는 것을 크랑카르 정부와 우리 오무아 정부에 알려야 합니다, 마마."

"당신을 속였다는 그 인간이 어떻게 생겼습니까?" 타라가 물었다.

그르로그는 근육질의 초록색 어깨를 으쓱했다.

"내 눈에는 여러분과 비슷합니다. 그자도 마마와 같은 금발이었고, 키가 크고 눈빛은 우리 트롤과 같은 색이었습니다."

"초록색이요?"

"네." 그르로그가 대답했다.

이사벨라가 초록색 눈이지만, 타라는 할머니가 남자로 변장해서 자신을 죽이려고 할 이유는 전혀 없다고 생각했다. 난쟁이 전사 파프니르도 초록색 눈이지만 마법을 싫어할 뿐만 아니라 절친한 친구 중 한 명이 아닌가. 그동안 얼마나 도움을 많이 준 친구인데!

"그자의 모습을 보여줄 수 있습니다." 그르로그가 말했다. "숲이 그자를 봤어요. 숲은 절대 잊지 않지요."

그르로그의 말이 끝나기가 무섭게 갑자기 나타난 남자 때문에 모두 소스라치게 놀랐다. 남자가 빙그르르 돌자 타라는 숲이 마법으로 그 이미지를 투영하고 있다는 걸 알아차렸다. 얼마나 실용적인 장치인가!

전혀 모르는 사람이었다. 그렇지만 타라는 이미 만난 적이 있던 것 같은 느낌이 들었다. 남자의 거만한 태도가 어딘지 낯익었다.

크산디아르는 커다란 눈이 있는 종 모양의 동물 탈루디를 꺼내서 이미지를 녹화한 다음 주머니에 도로 집어넣었다.

그 순간 그르르르르, 그라아아아아…… 그르룰이 괴성을 질러댔다. 타라는 통역 주문을 작동하지 않았기 때문에 그르룰이 무슨 말을 하는지 전혀 알아들을 수 없었다.

"이제 그만!" 침울한 얼굴이 된 그르로그 대장이 오무아 언어로 그르룰의 말을 잘랐다. "내가 멍청했다는 건 충분히 깨달았으니까 그렇게 다그칠 필요 없소."

그때 경호원 그르룰이 타라를 깜짝 놀라게 했다.

"머리는 장식으로 달고 다니는 거예요? 이런 벽창호, 드래코의 머리통!" 평소에는 늘 어눌하게 말하던 그르룰이 트롤의 언어 못지않게 유창한 오무아 언어로 으르렁거렸다. "내 동족들의 공격 때문에 벌어진 싸움이라는 걸 알았을 때 내가 얼마나 공포에 떨었는지! 외교적 관점에서 크랑카르가 어떤 대가를 치러야 하는지 당신이 알기나 하는 거예요? 당신이 떠들어댄 말을 모두 들었으니! 우리가 5000년 넘게 공들여 준비해온 위장술이 당신 때문에 완전히 망쳐졌잖아요!"

"숲은 우리의 도시와 조직을 본 이들의 기억을 지워버리는 것이 정상인데……." 그르로그는 한숨을 내쉬었다. "그 비쩍 마른 초록빛 눈의 인간은 우리보다 더 강력하다고 생각할 수밖에 없어요."

타라는 그들의 대화를 들으면서 트롤들이 동물 이상으로 보이지 않으려고 한 이유를 알 것 같았다.

"왜죠?" 타라는 묻지 않을 수 없었다.

타라가 질문한 뜻을 알아차린 그르룰이 대답했다.

"인간들이 우리를 미련한 동물이라고 생각할수록 우리는 더 평화롭게 살 수 있으니까요. 우리는 복잡하게 긴 문장으로 말하는 걸 피했고, 우리의 철학, 우리의 조각가나 화가들에 대해 말하지 않았고, 경호원이 되는 것으로 만족했고, 우리의 숲은 인간들을 들어오게 내버려두지만 다시 나가게 두지 않는다는 평판 때문에 수천 년 동안 아무도 우리를 침략하지 않았던 겁니다."

타라는 호화로운 실내장식을 보면서 손가락에 닿는 부드러운 감촉에 미소를 지었다.

"그러니까 누군가를 죽이는 것이 항상 드래코−티라노사우루스는 아니라는 뜻이네." 타라가 말했다.

"항상 그런 것은 아니죠. 우리 트롤들은 쇠뇌를 멘 사냥꾼이나 겁을 주는 모험가들, 멋진 송곳니와 갈기가 없다는 이유로 브르리르를 죽이는 자들을 용서하지 않으니까요."

그르룰이 이빨을 드러내고 미소를 지으면서 덧붙였다.

"크랑카르에서는 항상 사냥감만 쫓기는 것도 아니지만……."

파브리스는 눈을 치켜떴다.

"그럼 지금까지 '그르룰 기분 나쁨', '그르룰 지금 식사 중임' 하고 말한 게 다 연기였다는 뜻이야?"

"그르룰 그렇다고 대답함."

그르룰이 예의 어눌한 말투로 돌아왔다.

"와우! 오스카 연기 대상이라도 받겠네. 거기다 몸짱인데."

"오스카가 뭔지 모르지만 칭찬이라면 고마워." 그르룰이 허리를 굽혀 공손한 자세를 보였다. "이제 우리의 비밀이 밝혀졌는데 이 사실은 아무에게도 말하지 않겠다고 약속할 수 있습니까?"

"그건 안 되지요." 크산디아르가 분개했다. "여제께서는 아서야 하니까!"

"알리지 않는다고 할까 봐 겁났습니다." 그르로그가 안도의 숨을 내쉬었다. "이 작전을 실패한 이유를 어머니에게 설명해드려야겠습니다.”

타라는 그르로그의 어머니를 만난 적이 없지만 몹시 불안해하는 초록 트롤의 얼굴로 보아 다혈질의 과격한 트롤이 틀림없었다.

“할 수 없지, 오랫동안 연기는 할 만큼 했으니까.” 그르룰이 매서운 눈길을 던지면서 체념하듯 말했다. “이 행성은 날이 갈수록 발전하고 있는데 우리의 비밀을 더 오래 지키겠다고 생각하는 건 꿈이겠죠.”

펄럭, 펄럭, 펄럭…… 커다란 박쥐가 긴 날개를 접으면서 창틀에 내려앉았다. 허공에서 떨림 현상이 일어나더니 시커먼 실루엣이 커지면서 뱀파이어가 되었다. 드라고쉬 선생님! 사피르 드라고쉬가 우아하게 방으로 펄쩍 뛰어내렸다.

뱀파이어는 트롤의 피를 먹지 않기 때문에 두려워할 이유가 없는데도 그르로그와 그르룰이 뻣뻣해졌다. 타라의 기억으로는 트롤과 뱀파이어가 대적한 적이 없었다. 트롤과 뱀파이어 사이에 무슨 비밀이 있는 걸까? 뱀파이어가 무슨 짓을 했기에 트롤들이 저토록 두려워하는 걸까?

타라는 사피르 드라고쉬의 하얀 얼굴, 빨간 눈, 랑코비트를 상징하는 짙은 파란색 망토, 검정 바지와 가슴 장식이 달린 셔츠를 살폈다. 이렇게 자세히 보기는 처음인데 뱀파이어가 아주 세련된 모습이었다. 몸에 딱 맞는 멋진 옷차림으로 근육질 복근을 강조한 드라고쉬는 모델 같았다.

드라고쉬는 마치 랑코비트 사람들의 눈에 띄지 않기 위해 매력을 감추고 있었던 듯 크라살비에 가까워질수록 점점 더 매력적인 모습이 되어갔다.

첫눈에 홀딱 반할 만한 용모라고 해도 과언이 아니었다.

"나는 도와줄 준비가 되어 있었지만 늘 그랬듯이 마마가 완벽하게 해결할 줄 알았습니다." 드라고쉬 선생님이 너무 긴 송곳니를 드러내면서 정중하게 말했다. "이제 출발해도 되는 겁니까?"

불안한 어조는 아니지만 아주 간절했다. 크라살비에 빨리 가야 하는 드라고쉬는 1분이라도 지체하는 것이 고문이었다. 살인죄로 피소되어 죽음을 면할 수 없게 된 약혼녀 셀렌바를 구제해줄 수 있는 사람은 타라밖에 없었다. 아더월드의 모든 사람이 셀렌바가 모든 죄를 시인하면서 그래도 인간의 피가 최고였다고 부르짖는 장면을 생방송으로 지켜봤다. 타라는 아주 난처한 상황에 빠졌었다. 닥치는 대로 목을 깨물고 피를 빨아먹었던 미친 뱀파이어를 변호하고 싶은 마음이 추호도 없었기 때문이다.

죄를 만회하고 싶은 그르로그는 타라에게 사적으로 부리는 트롤 호위대를 딸려 보내겠다고 제안했다. 타라는 정체불명의 인간이 놓은 함정에 빠진 또 다른 트롤들에게 공격을 받는 일이 없도록 그르로그의 호의를 기꺼이 받아들였다.

그렇게 해서 한 시간 후, 강력하게 보강된 호위대는 길 떠날 채비를 마쳤다.

늑대로 변신한 파브리스는 패밀리어에게 신경도 쓰지 않고 정찰을 위해 숲 속으로 들어갔다. 바룬이 내지르는 불안한 울음소리에 곧바로 돌아온 파브리스가 안심시키자 그제야 매머드는 양탄자에 올랐다. 그러나 그 무게 때문에 양탄자가 신음소리를 내자 파브리스는 한숨을 내쉬더니 다시 숲으로 사라졌다. 파란 매머드를 태워서 거대해진 양탄자가 파브리스 뒤를 쫓아 숲을 날아갔다.

파브리스의 말이 맞았다. 매머드는 정말 덩치 때문에 눈에 띄지 않을 수가 없었다.

갈랑에 올라탄 타라는 출발 신호를 하기에 앞서서 체인지라인에게 메시지[12]를 속삭였다.

"앞으로는 나에게 경호원들을 붙일 필요가 없다고 고모에게 말해야겠어. 경호원들이 고집을 피우면 무언가로 둔갑시킬 거야. 아니면 아주 기발한 방법을 궁리할 수도 있고."

메시지가 녹음되자 타라는 허리띠를 채운 다음 머릿속으로 살아있는 돌과 접속했다.

'고마운 마음을 어떻게 표현해야 할지 모르겠어, 살아있는 돌.' 타라가 진심으로 말했다. '네가 없었다면 우리는 궁지에 빠졌을 거야.'

'타라는 살아있는 돌을 구해줬어[13].' 살아있는 돌이 타라의 머릿속을 기쁨으로 가득하게 했다. '친절한 타라가 살아있는 돌에게 아더월드에서 가장 흥미로운 친구들을 만나게 해줬어.'

· · · · · · · · · · · · · ·

12. 타라는 체인지라인에게 녹음 기능이 있다는 걸 알았다. 전혀 모르고 있던 이 기능은 오무아 궁전의 많은 이가 지켜보는 자리에서 작동했는데 불행히도 그것이 로빈과의 대화였다. 로빈이 사랑한다고 속삭이던 말을 모두 듣고 말았으니…… 그 바람에 창피해서 꼼짝 않는 타라를 방에서 나오게 하려고 여제는 일주일을 설득해야 했다.

13. 정확하게 말하면 마니투는 흙 속에 묻힌 살아있는 돌을 파내느라고 어금니 두 개가 빠졌다.

62

'좀 공격적이라는 건 나도 알아.'

타라는 한숨을 내쉬었다. 파브리스와 함께 있어서 기쁘면서도(물론 파브리스에게 표현하진 않았지만!) 가족과 다른 친구들이 그리웠다. 실수 때문에 사냥개로 둔갑한 증조할아버지 마니투는 할머니 이사벨라와 지구로 돌아갔고, 빨간 머리 난쟁이 파프니르와 야수 무아노, 면허 받은 도둑 칼도 랑코비트로 돌아가 있었다.

하프엘프 로빈은 리스베스 여제를 위해 아주 먼 안개 대양의 해적선에 침투하라는 미션을 받고 임무를 수행 중이었다.

타라는 혼자서 해결해야 하는 어려운 상황에 처해 있기 때문에 이번만은 마법을 저주할 수 없었다.

드라고쉬 선생님이 오무아의 황궁에 와서 마지스터에게 몸과 영혼을 바치고 인간의 피를 빨아먹는 뱀파이어 셀렌바를 구제해달라고 간청했을 때 타라는 단호하게 거절했다.

셀렌바는 너무 위험한 뱀파이어였다. 타라는 드라고쉬 선생님을 존경하지만, 드라고쉬 역시 타라가 악마의 힘을 지닌 사물에 접근할 수 있다는 이유로 아더월드에 위험한 존재라고 판단되면 주저치 않고 죽이려고 할 뱀파이어라는 걸 잘 알고 있었다.

타라가 드라고쉬 선생님의 요청을 거절한 지 며칠 후, 마지스터가 셀레나를 납치하려다 실패한 사건이 일어났다. 헝클어진 머리에 피묻은 드레스 차림의 셀레나가 타라의 방으로 뛰어들었다. 질겁한 타라는 무슨 일이 일어났는지 이해하는 데 시간이 좀 걸렸다.

타라는 어머니가 비밀리에 사귀고 있던 새로운 연인이 마지스터에게 살해되었다는 걸 듣고, 어머니를 따뜻하게 위로하면서 피를 닦아주었다.

타라는 최근에 오무아의 연구실에서 새롭게 개발한 순간이동 트란스미투스 기구를 그들 모녀에게 선물로 준 고모에게 감사했다. 트란스미투스 기구가 없었다면 어머니가 어떻게 마지스터로부터 도망칠 수 있었을까.

두려움과 슬픔 때문에 깊은 상처를 입고 괴로워하는 어머니를 보면서 타라는 분노가 치밀었다. 분노가 어찌나 격렬하게 끓어오르는지 타라는 온몸에 불이 붙는 것 같았다.

다음 날 아더월드의 전광판에 마지스터의 반사경 마스크와 빨간 원이 표시된 잿빛 망토가 나타났다. 마지스터의 메시지는 적나라했다.

셀레나에게 접근하는 자는 그것이 인간이든 엘프든 난쟁이든 타트리스든, 그 밖의 누가 되었든 모두 죽는다.

셀레나를 공격하는 자는 그것이 인간이든 엘프든 난쟁이든 타트리스든, 그 밖의 누가 되었든 모두 죽는다.

셀레나를 가볍게 대하는 자는 그것이 인간이든 난쟁이든 엘프든, 그 밖의 누가 되었든 모두 죽는다.

이 일로 셀레나는 갑자기 외톨이가 되었다. 아무도 그녀에게 접근하지 않았다. 아더월드의 모든 방송이 이 놀라운 뉴스로 떠들썩했다.

그랬다. 마치 페스트 환자라도 되는 듯 자신에게 아무도 눈길조차 주지 않자 셀레나의 얼굴이 괴로움과 두려움으로 굳어버렸다.

타라는 슬픔에 잠겨 있는 어머니를 보는 것이 힘들었다. 오랜 생각 끝에 타라는 어머니가 당분간 안전하게 지낼 수 있는 행성은 지구나 아더월드가 아니라 마지스터가 유일하게 갈 수 없는, 드래곤들의 행성 드란보우글리스펜쉬르라는 결론을 내렸다. 더구나 드래곤들과 함께 있으면 누구도 접근하지 못할 것이었다.

타라는 아무에게도 말하지 않고 비밀리에 어머니 탈출 작전을 계획했고, 셀레나는 셈 선생님이 사랑하는 드래곤 샤르맘니쉬라쉬바, 일명 샤름의 보호를 받으며 출발했다.

드래곤의 행성에는 많은 인간이 살고 있었다. 드래곤들이 고용한 예술가, 장인, 마법사들 중에 몇몇은 회사를 경영하거나 소유하고 있을 정도로 막강한 영향력을 행사했다. 따라서 셀레나는 파충류들 속에서 유일한 인간으로 고립되는 일 없이 군중 속에 섞일 수 있을 것이었다.

일단 어머니가 안전해지자 타라는 미래에 대해 진지하게 고민했다.

마지스터는 아버지를 죽이고, 어머니를 납치했다. 그리고 친구들을 죽일 뻔했다. 마지스터는 악마의 힘을 지닌 사물들을 손에 넣기 위해 타라를 납치했다. 그것으로도 모자라서 끊임없이 타라와 어머니를 위협하고 있다.

그러나 오랫동안 숨겨온 마법 능력을 발견한 뒤로 타라는 성장했고, 이제는 더 이상 겁먹은 어린애가 아니었다. 타라는 마지스터와 싸우면서 친구들을 잃기도 하고 얻기도 하면서 많이 성숙해졌다.

이제는 상황이 바뀔 때가 되었다. 이번에는 타라가 사냥꾼이 될 차례였다.

그래서 타라는 방에 틀어박혀서 숙고하기 시작했다. 그러다가 악마의 마법을 연구하는 전문가들을 불러들였다. 그중 아더월드에 정착한 드래곤 둘이 지각단층 전쟁에 대해 잘 알고 있었다. 그것이 많은 도움이 되었다.

마지스터가 마왕과 협약을 한 뒤로 악마의 마법을 쓰고 있다는 것도 알았다.

마침내 틀어박혀 있은 지 나흘째 되는 새벽에 타라는 방법을 찾았다.

타라는 이제부터 마지스터를 향해 마법의 화살을 겨눌 생각이었다.

그러나 그러려면 몇 가지 사물이 필요했다. 그중 하나가 크라에토비르의 반지[14]인데 그 반지가 현재 젠드라의 별과 함께 크라살비에 있었다.

오무아 과학자들의 항의에도 불구하고 뱀파이어들은 연구를 한다는 이유로 반지와 별을 보관하고 있었다. 젠드라의 별은 해를 끼치지 않는다는 걸 확인했지만, 크라에토비르의 반지는 악마의 힘을 지닌 사물이라서 악마의 마법을 연구할 수 있기 때문이었다. 그리고 반지를 소유한 사람은 마법의 힘을 증폭하기 위해 다른 사람들의 마법을 가로챌 수 있었다.

따라서 타라는 공식적으로는 셀렌바를 변호하는 것이지만 사실은 크라에토비르의 반지를 '빌리러' 크라살비에 가는 것이었다. 운이 좋으면 악마의 마법이 어떻게 작동하는 것인지 알아낼 수도 있었다. 일종의 레이더 기능이 있어서 적을 추격해서 생포하거나 죽이는 힘이 있을지도 몰랐다.

. . . .

14. 악마들이 이 사물들을 만들었을 당시에는 그 실험이 성공할지 모르고 있었지만, 반경 50미터 이내에 있는 모든 것을 유리로 만들어서 폭파하는 위력이 있다. 타라는 아직 반지의 위력에 대해 잘 모르고 있다.

타라는 어두운 얼굴로 고개를 끄덕였었다.

그리고 혹시 생각이 바뀌기를 기대하면서 아직 오무아에 머물고 있는 드라고쉬 선생님을 만났다. 드라고쉬 선생님은 타라가 셀렌바를 도와주겠다고 했을 때 많이 고마워했다. 그렇게 고마워하는 선생님에게 미안했지만, 그럴수록 타라는 사람들을 이런 식으로 이용하게 만든 마지스터가 더 미웠다.

타라는 뱀파이어의 나라로 떠나 셀렌바를 변호하기로 결정했다는 걸 알리기 위해 여제에게 알현을 청했다. 물론 그 기회에 조커를 사용할 생각이었다. 이 여행은 남자친구를 데려갈 수 있는 좋은 기회였다. 타라는 원형경기장[15]에서 고모와 대결하는 심정으로 접견실에 들어갔다.

타라는 옥좌까지의 거리가 500미터에 이르는 어마어마하게 큰 방을 걸어가면서 황금색과 흰색의 대리석 조각, 반짝이는 목재 장식으로 꾸민 주홍빛 접견실을 언제 봐도 호화찬란하다고 생각했다. 난쟁이들이 만든 기둥과 천장을 보니 왜 그들을 천재적인 조각가이자 대장장이라고 하는지 이해가 갔다. 뛰어난 화가이자 데생화가인 엘프들이 마법을 걸어놓았는지 그림과 벽화가 오무아의 역사를 이야기하고 있었다. 랑코비트의 살아 있는 궁전만큼은 아니지만 벽에서 과거를 보여주는 이미지들이 전개되고 있었다.

철철 흐르는 피와 치고받고 싸우는 수많은 이들을 보니 제국은 우여

----

15. 진짜 원형경기장이 아니라, 접견실에 들어갈 때마다 굶주린 사자들에게 던져질 무고한 희생자들이 떠오르기 때문에 타라가 원형경기장이라고 표현하는 것이다.

곡절이 많았던 것이 분명했다. 도대체 왜 사람들은 전쟁이 모든 것의 답이라고 생각하는 걸까?

방 주인의 끝없는 허세를 여실히 보여주는 곳이라고 해야 하나, 여제 리스베스틸랑넴이 오무아 제국의 상징인 100개의 금빛 눈을 가진 주홍빛 공작을 새긴 옥좌에 위엄을 부리며 앉아 있었다. 이날 파란색 드레스 차림의 리스베스는 머리카락이 사파이어 샌들을 신은 예쁜 발에까지 구불구불 흘러내려 무척 아름다웠다. 쪽빛 눈과 왕관도 파란색이었다. 피부까지 파란빛을 띠고 있어서 타라는 의문이 들었다. 조명 때문인가? 아니면 몸에도 색을 입힌 건가? 아무튼 리스베스 여제는 인상적으로 보이기 위해 미모를 최대한 이용하고 있었다.

웬만큼 면역이 되어 있는 타라조차 탄복할 정도니 고모의 의도가 제대로 통한 것이었다. 타라는 이를 악물고 뱀파이어의 나라로 떠나겠다고 알렸고, 고모는 우아하게 승낙했다. 이어서 타라가 덧붙였다.

"로빈과 함께 가겠어요. 로빈이 꼭 필요해요."

와우, 얼굴 하나 붉히지 않고 이런 말을 하다니! 타라는 로빈이 필요한 이유를 구체적으로 밝히지 않았다.

"어림없는 소리!" 고모가 단칼에 잘랐다. "로빈은 유능한 요원이야. 매혹적인 발라와 함께 불법 매매 조직의 신원을 파악해야 한다."

타라에게서 눈엣가시 같은 엘프 남자친구를 떼어놓기로 작정한 여제는 바이올렛 엘프 발라와 함께 로빈을 안개 대양으로 파견하기로 결정한 상태였다. 로빈을 만나지 못하게 하려는 구실에 불과하다는 걸 타라가 뻔히 눈치채고 있건만!

"안개 대양의 해적들은 셀렌바 같은 뱀파이어 못지않게 사람을 죽이고 약탈을 일삼고 있어." 여제가 말을 계속했다. "따라서 로빈은 거기서 사람들의 목숨을 구해야 한다."

"그건 정당하지 못해요!"

"글쎄. 어쨌든 네가 크라살비로 떠날 때는 로빈도 안개 대양으로 출발할 것이다."

"이해할 수가 없어요."

"로빈은 안개 대양에서 임무를 수행해야 해."

타라는 얼마 전부터 이를 많이 갈고 있었다. 이렇게 계속 갈다간 이가 다 빠지고 말 텐데. 두 달 동안 로빈을 본 것이 고작 이틀이었고 그것도 아주 잠깐이었다.

"미안하지만 고모의 유머는 전혀 재미없거든요." 타라가 신경질적으로 말했다.

여제는 아주 진지한 얼굴로 타라를 향해 몸을 숙였다.

"농담이 아니다. 내가 너를 흔쾌히 크라살비로 보내는 건 네가 직접 그 배신자를 심문하기 바라기 때문이야. 사냥꾼 셀렌바는 마지스터의 오른팔이었어. 셀렌바는 마지스터에 대해 많은 비밀을 알고 있는 것이 틀림없다. 우리에게 꼭 필요한 정보일 거야. 뱀파이어들은 유죄 선고를 받은 셀렌바를 공동으로 심문하자는 우리의 제안을 거부했다. 그들 중 한 뱀파이어가 너에게 간청했다는 사실은 우리에게 행운이야. 너는 무슨 일이 있어도 셀렌바가 알고 있는 걸 캐내야 해. 알았니? 이상 끝."

타라는 공손히 허리를 굽히면서 어머니를 구하기 위해 사랑하는 로빈에 대한 마음을 일단 접어두기로 마음먹었다.

정책적인 얘기를 끝내자, 이유는 모르겠지만 자신이 이겼다고 느끼는 여제가 화제를 바꿨다.

"셈 선생은 어떻게 된 거니? 드래곤들의 나라는 가장 강력한 우리의 우방국인데 대체 무슨 일인지 모르겠다. 셈 선생이 살인죄로 고소되었다가 누명을 벗었던 걸로 아는데…… 맞지?"

파란빛과 은빛의 드래곤 마법사 셈나샤오비로다인트라쉬부는 아더월드에서 드래곤들을 대표하고 있었다. 타라는 엉뚱하고 무뚝뚝한 셈 선생님을 한두 번 괴롭힌 적도 있지만, 서로 목숨을 구해주면서 관계가 돈독해져 있었다.

"네, 정말 이상한 일이에요." 타라가 대답했다. "샤름이, 아, 샤르맘니쉬라쉬바를 말하는 거예요, 크리스털 볼로 문제가 해결됐다고 알려줬었거든요. 그런데 셈 선생님이 또다시 수감되었다며 오래 걸리지 않을 거라고 했어요. 아무도 셈 선생님이 왜 고소를 당했는지 모르고 있어요. 아무래도 음모 같아요. 셈 선생님이 위험에 처해 있기 때문에 샤름은 차라리 감옥에 있는 것이 안전하다고 생각하고 있어요. 아직 사건의 진상을 밝히지 못했기 때문에."

"셈 선생은 고맙게 생각하지 않을 텐데."

"그렇겠죠."

리스베스는 타라와 어색한 미소를 주고받았다. 여제와 후계자의 대결은 궁정인들과 크리스털리스트들이 즐거움으로 삼는 관심거리였다. 타라가 자신의 뜻과 어긋날 때에는 결코 고분고분하게 말을 듣지 않기 때문이었다.

말다툼을 하지 않고 의견의 일치로 대화를 끝내게 되자 여제는 후계자와 같이 유머 감각을 나누었다고 생각했다. 비록 남자에 대한 취향은 엘프보다 인간을 더 좋아하지만……

접견실을 나온 타라는 로빈을 만나서 함께 갈 수 없게 되었다는 걸 설명했다. 그 이유에 대해서는 구체적으로 말하지 않았다. 거짓말하고 싶지 않지만 선택의 여지가 없었다. 타라는 로빈을 잘 알고 있었다. 타라의 목숨이 위태로울 수 있다고 생각하면 로빈은 엘프들의 여왕의 명에 불복할 게 틀림없었다.

그리고 엘프족은 복종하지 않고 이탈하는 엘프를 절대로 용서하지 않았다.

타라와 로빈은 눈물을 글썽이면서 포옹했고, 타라는 그 순간 하마터면 계획을 포기할 뻔했다.

하프엘프 로빈은 여제의 음모를 알아차리고 있었다. 랑코비트에서 공식적으로 오무아 정보국에 '임대한' 로빈은 제국의 많은 비밀을 입수했고, 그것은 아버지에게 아주 귀중한 정보가 되었다. 로빈은 괴로운 마음을 억누르면서 의무를 따르고 있지만, 타라가 너무나 그리울 것이었다. 함께 가는 바이올렛 엘프 발라가 점점 더 얇은 옷차림을 할수록 로빈의 인간적인 부분은 얼굴이 붉어지고, 엘프적인 부분은 침을 흘릴 텐데. 발라가 계속 그렇게 나오면 로빈도 버티기 힘들 텐데.

그래서 타라와 로빈은 불행했다.

얼마 후, 로빈이 안개 대양으로 출발하기 두 시간 전, 리스베스가 타라에게 성교육을 하기로 결정했을 때는 최악이었다.

타라가 이 일로 심각하게 도망칠 생각을 하고 있었기 때문에 제국은 하마터면 후계자를 잃을 뻔했었다. 귀가 화끈거리고, 뺨이 빨개진 타라는 이를 악물고 고문이나 다름없는 강의를 간신히 참았다. 어른들은 이따금 끔찍할 정도로 요령이 부족했다. 어머니 셀레나도, 할머니 이사벨라도 도와주러 오지 않았다. 개로 둔갑해 있는 증조할아버지 마니투는 필기를 하라고 조언하면서 혀를 쭉 늘어뜨렸다. 혀를 저렇게 길게 뺀다는 건? 너무 웃겨서 죽을 지경이라는 뜻인가? 아, 얼마나 웃겼으면!

여제는 엘프들이 저지를 수 있는 온갖 역겨운 습성을 묘사했다. 타라는 상황이 너무 구체적이거나 거북할 때마다 눈을 감지 않을 수 없었다.

몇 가지 질문을 하면서 타라는 고모가 말하는 것은 아주 드문 경우라는 걸 알아차렸다. 역겨운 습성이라고 하는 것은 인간의 잣대로 평가한 것일 뿐 종족 간의 문화 차이에서 비롯되는 것임을 여제도 인정하지 않을 수 없지만 예방 대책을 강조하고 있는 것이었다.

귀가 윙윙거리고 눈이 흐릿해진 타라는 빨리 로빈을 만나고 싶은 마음밖에 없었다. 자기 방으로 돌아와 있던 타라는 때마침 찾아온 로빈을 만났고, 그 기회에 고모가 말한 '예방 대책'이라는 것을 실습했다. 로빈이 떠나야 할 시간이 두 시간도 남지 않았기 때문에 둘이 뜨거운 포옹을 할 때였다.

갑자기 사이렌이 울렸다.

깜짝 놀란 타라와 로빈은 10여 센티미터쯤 펄쩍 뛰면서 당장이라도 싸울 기세로 마법을 작동했다. 그 순간 방에 들이닥친 친위대원들은 하마터면 스테이크로 둔갑할 뻔했다.

친위대원들에게서 복잡한 설명을 듣고 나서야 타라와 로빈은 여제가 황궁 곳곳에 경보기를 설치해놓았다는 걸 알았다. 경보기는 타라와 로빈이 너무 가까이 다가서 있을 때 곧바로 여제에게 알려주는 장치였다.

흥분한 타라가 펄펄 뛰면서 경보기들을 당장 해체하라고 주장했지만, 여제는 냉담하게 거부했다.

로빈이 떠날 때까지 남은 시간 동안 둘은 마음 놓고 포옹할 곳을 찾아 정원, 지하실, 마구간 등 여기저기 돌아다녔다. 그러나 둘의 몸이 조금이라도 가까워졌다 싶으면 귀신같이 사이렌이 울렸다. 처음에는 포옹하면서 입맞춤하는 순간에만 사이렌이 울렸는데…… 이제는 남녀의 몸이 닿기만 해도 사이렌 소리가 났다. 여제가 경보기를 수정해놓은 것이 틀림없었다. 그 바람에 사랑을 나누는 연인들을 포함해서 불가피하게 몸이 닿아 있던 사람들까지 몹시 난처한 상황에 빠지는 사건들이 일어났다.

그래서 사이렌이 울리자마자 궁정 사람들은 누가 걸려들었는지 보기 위해 소리가 나는 쪽으로 미친 듯이 몰려갔다.

황궁에 머물고 있던 《부아시》의 크리스털리스트들은 사이렌이 울릴 때 곧장 촬영할 수 있게 스쿠프들을 조정해놓기까지 했다.

근무 시간인데 궁전에서 키스를 하던 연인들이 발각되는 등 꽤 많은 스캔들이 터지는 바람에 여제는 전적으로 타라와 로빈에게만 반응하는 경보기를 다시 설치해야 했다.

타라와 로빈은 자신들이 주고받는 말에도 주의를 기울여야 한다는 걸 알았다. "사랑을 나누자"라는 표현이 나오면 대번에 사이렌이 울렸던 것이다. 그래서 두 사람은 암호를 쓰기로 했다. '사랑을 나누다'

는 '그거 하자'라는 말로 표현했다. 어쨌든 당장은 타라도 마음의 준비가 되어 있지 않았다. 더군다나 사이렌이 울릴 때마다 궁정인들이 조롱하는 눈길로 살피고 있는 상황이 아닌가.

정말 신경에 거슬렸다. 두 시간은 너무 빨리 지나갔다. 타라는 공간 이동의 문까지 로빈을 배웅했고, 바이올렛 엘프의 빈정거리는 눈길을 받으면서 작별 인사를 했다. 마지막으로 로빈을 꼭 끌어안은 다음 방으로 돌아가는 타라는 가슴이 미어졌다. 로빈을 잃는다면 슬픔 때문에 죽을 것 같았다.

타라가 특혜를 베풀고 있다는 걸 모르지 않는 드라고쉬 선생님이 수속을 서두르면서 크라살비 국경과 가까운 빌랭 왕국의 도시 테오우를 경유하겠다고 제안했다. 그러고 나서 그들은 트롤들의 나라 크랑카르의 작은 마을을 가로지르던 중에 그르로그가 이끄는 트롤 무리에게 기습을 당했던 것이다.

타라는 친구들과 함께 오지 않아서 천만다행이라고 생각했다. 나 때문에 또 부상을 당했을지도 모르는데.

호위대를 태운 양탄자들 속에서 페가수스 갈랑을 타고 날면서 외로움을 느끼는 타라는 그래도 로빈과 친구들, 가족이 위험하지 않다는 것에 위안을 삼으려고 애를 썼다.

4
칼

불법으로 침입할 때는
먼저 경보기를 차단하는 것이 나은데……

*

타라는 목숨이 위태로울 때마다 친구들의 도움이 필요하지만, 친구들은 타라 없이도 스스로 잘 헤쳐나갔다.

칼은 불의 바다 위 공중에 매달려 있었다.

밧줄 달린 안전벨트에 의지해서 아슬아슬하게 매달려 있는 칼은 이마에 맺히는 땀방울이 떨어지기 전에 닦았다. 땀을 닦을 때마다 주인공이 흘리는 땀 때문에 경보기가 울릴 뻔했던 지구의 영화 〈미션 임파서블 1〉이 생각났다.

한 가지 다른 점이 있다면 경보기가 울릴 경우 칼은 붙잡혀서 감금되는 것이 아니라 죽는다는 것이었다. 그것도 불에 타서.

지구에서 구운 고기를 뭐라고 하더라? 스티크? 스테이크? 스토크? 칼은 기억이 나지 않았다. 칼, 너 지금 무슨 생각하는 거야? 집중해야지.

랑코비트의 면허 받은 도둑은 눈을 찡그렸다. 겁에 질려서 땀이 나는 것이 아니라 불새들 위에 있기 때문에 땀이 나는 것이었다. 평소에 칼은 마법의 행성이 차가워졌을 때 아더월드의 가난한 이들에게 난방 기구 역할을 해주는 새빨간 깃털의 불새들을 멋지다고 생각했다. 그러나 지금은 한 대륙을 불바다로 만들 수 있는 불새를 창조한 신이 원망스러웠다. 그나마 작은 물방울만 떨어뜨려도 불새에게 상처를 줄 수 있고, 한 스푼의 물이면 불새를 죽일 수 있어서 다행이었다. 그렇지 않았다면 아더월드는 벌써 오래전에 잿더미로 변했을 텐데.

마법사들의 주문에 걸린 불새들은 5000년 전에 엘프들이 특별히 만든 불연성 나무에만 앉기 때문에 마치 관상용 새처럼 멋진 장식 효과를 내고 있었다.

그런데 오무아의 수상 티라니크는 보물을 지키는 경비로 불새들을 이용하고 있었다.

칼이 훔치려고 하는 것이 바로 그 보물이었다.

불새들이 깃털을 들썩이며 깊이 잠들어 있었다. 벽과 천장, 바닥은 불연성 물질이지만, 가운데는 마법 방지 주문이 걸려 있어서 칼은 금고까지 공중 부양으로 갈 수 없었다. 그래서 도르래(기름칠을 해서 소리 없이 작동하는)와 밧줄을 사용하는 낡은 방식을 쓸 수밖에 없지만 칼은 간만에 전공을 살릴 수 있는 기회를 준 티라니크가 고마웠다. 오무아의 황궁 부근에 위치한 티라니크의 집은 궁전과 비슷했고, 천장이 아주 높아서 끔찍한 열기를 피할 수 있을 정도로 공간이 충분했다. 갈고리가 둔탁한 소리를 내면서 맞은편 벽에 박혔을 때 칼의 가슴이 철렁했다. 다행히 불새들은 꿈쩍하지 않았다.

칼이 이렇게 위험천만한 일에 뛰어든 것은 한 여자 때문이었다. 아니, 한 여자가 아니라 칼의 눈빛과 같은 회색 눈의 그녀, 칼을 안절부절못하게 만들고, 혼란스럽게 하고, 가슴을 울렁거리게 하는 엘레아노라 만티코르 때문이었다.

엘레아노라는 자신을 함정에 빠뜨려서 칼을 죽이라고 부추긴 범인이 티라니크 수상이라고 확신하고 있었다. 이용당하고 속은 것이 분한 엘레아노라는 티라니크의 유죄를 증명하고, 마지스터와의 관계를 밝혀내기로 결심했다.

아더월드 사람들은 거의 묘기 수준의 민첩한 몸놀림뿐만 아니라 놀라운 신체적 특성 덕분에 스파이로 활동하는 면허 받은 도둑을 두려워한다. 많은 지원자가 도둑 대학에 입학하지만 학위를 따는 사람이 드물어서 해마다 6000명의 학생 중에서 6명이 졸업할 정도였다. 오무아 정부가 2위라는 불명예를 벗기 위해 모든 것을 지원해주는데도 여전히 랑코비트의 도둑 대학이 최고의 명문으로 이름을 날리고 있었다. 실제로 랑코비트의 면허 받은 도둑 칼의 실력이 오무아의 면허 받은 도둑 엘레아노라보다 더 나았다.

오무아의 수상 티라니크는 엘레아노라가 무슨 짓을 꾸미고 있는지 알기 때문에 비밀 서류에 대한 보호를 강화해놓은 상태였다. 서류를 훔치려고 침투했던 엘레아노라가 목숨을 잃을 뻔했기 때문에 이번에는 칼이 대신 나섰다. 엘레아노라가 위험해질까 봐 너무 걱정이 된 칼은 자신의 솜씨가 더 낫다고 생각한 것이다. 물론 엘레아노라는 인정하지 않지만.

엘레아노라가 더 냉정한 것은 사실이지만, 칼은 힘이 더 세고, 키가 작고 유연해서 큰 키 때문에 엘레아노라가 들어갈 수 없는 데를 미꾸라지처럼 잘 빠져나갈 수 있었다. 그 외에 회색 눈, 검은색 머리, 호리호리한 체격, 자신감 등 두 도둑은 희한하게 닮은 점이 많았다.

칼은 어둠 속에서 거의 보이지 않게 금고 위까지 이동했다. 정육면체의 회색 카드나수스였는데 배 안에 무엇이든 보관할 수 있기 때문에 아더월드에서 금고로 사용하는 동물이었다. 다리 네 개가 널빤지에 박혀 있는 것으로 보아 쉽게 옮기지 못하게 하려는 조치였다. 카드나수스에 열이 닿지 않게 하려고 불새들이 3미터 이상 떨어져 주위를 원으로 에워싸고 있었다. 그때 카드나수스가 갑자기 눈을 뜨고 의심쩍은 눈길을 던지는 바람에 칼의 가슴이 철렁했다. 다행히도 카드나수스는 다시 잠이 들었다.

철과 깨지지 않는 유리로 이뤄진 카드나수스는 주인만 알아보기 때문에 주인 외에는 아무에게도 문을 열어주지 않았다. 일루전도 꿰뚫어보기 때문에 속임수는 통하지 않고, 번호 조합을 맞춰야 할 맹꽁이 자물쇠도, 박살 내야 할 빗장도 없었다.

만약 누군가가 옮기려고 했다가는 주인이 나타날 때까지 끊임없이 악을 쓰는 아주 완벽한 금고였다.

칼은 비밀리에 티라니크의 금고에 대한 조사를 했었다. 굉장히 비싸지만 저금해둔 돈이 있어서 다행이었다. 칼은 카드나수스를 사서 실험에 열중했고, 면허 받은 도둑들의 연구실 절반을 부수고 나서야 카드나수스의 배를 여는 방법을 알아냈다.

모든 동물과 마찬가지로 카드나수스도 숨을 쉬어야 했다. 숨이 끊어지면 내부의 잠금장치가 열리면서 배 속에 있는 것을 배설했다.

산소가 바닥이 나려면 20여 시간이 필요한데 그건 너무 길었다.

칼은 압축해온 종을 아주 조심스럽게 폈다. 이어서 종을 밧줄에 묶어서 카드나수스에 닿지 않게 천천히 내렸다. 종은 카드나수스 금고 윗면의 대리석에 닿자마자 빨판 덕분에 철썩 들러붙었다. 칼은 흡족한 얼굴로 밸브 장치를 작동해서 종 안에 들어 있는 공기를 빼냈다. 그러고는 주머니에서 작은 상자를 꺼내고 미소를 지었다. 마법이 좋긴 하지만 이따금 지구의 과학도 아주 유용할 때가 있었다. 칼은 버튼을 눌렀다. 더는 기다릴 필요가 없었다.

그때였다. 갑자기 옆에서 삐걱거리는 소리가 나더니 화살이 오른쪽 귀를 휙 스쳐 지나가 맞은편 벽에 꽂혔다.

한순간 칼은 경비원에게 발각된 것이라고 생각했다. 그러나 방이 조용했다. 칼은 스르르 다가오는 검은 실루엣을 보면서 안도의 숨을 내쉬었다. 엘레아노라가 미행한 것이 틀림없었다.

쉿, 하면서 장밋빛 입술에 손가락을 대는 소녀의 옅은 갈색 눈과 갸름한 얼굴을 알아본 칼은 하마터면 밧줄을 놓칠 뻔했다.

마라? 타라의 여동생 마라가 아닌가!

마지스터에게 납치된 지 몇 달 후, 셀레나는 남편 단비우의 자식이자 타라의 동생들인 쌍둥이 자르와 마라를 낳았었다. 마지스터 밑에서 친자식처럼 자란 자르와 마라는 '양아버지'가 참패한 뒤에 어머니와 함께 황궁에서 살고 있었다.

마라가 오무아 황궁에서의 새로운 생활을 몹시 좋아하는 반면에 자르는 이즈노굿(프랑스의 만화가 르네 고시니의 작품 〈대신〉에 나오는 주인공 이름. It's not good을 변형한 말로 권력을 삶의 의미인 양 추구하는 사람을 가리킨다—옮긴이)처럼 제국의 후계자를 꿈꾸면서 호시탐탐 큰누나의 자리를 노리고 있었다. 그러나 그것은 자르의 욕심일 뿐 바라는 것을 얻기에는 스스로 자질이 너무 부족했다.

도대체 마라가 왜 밧줄에 매달려 있는 거지? 칼은 정말 궁금했다.

갑작스러운 마라의 등장에 너무 놀란 칼은 화살 꽂히는 소리 때문에 카드나수스가 잠을 깼다는 걸 알아채지 못했다. 커다란 눈이 잠든 새들을 쳐다보다가 천장 쪽을 응시했다. 침입자 둘이 있는 쪽이었다.

카드나누스는 입을 쩍 벌리고 으르렁거리기 시작했다.

그러나 그 울음소리는 종의 장벽을 넘지 못했다. 종이 이미 주위의 공기를 거의 빨아들인 데다 무엇보다 방음장치가 된 종이었다.

벌떡 일어난 카드나수스가 종을 잡아당기는 바람에 빨판이 떨어질 뻔했다. 그러나 그 순간 마치 종이 역습을 하듯 금속 가루를 뿌리는 데 이어 물까지 분사했다. 이윽고 금고는 강렬한 빛에 휩싸였다.

마비된 카드나수스는 꼼짝하지 않았다. 사실, 칼은 실험을 통해 카드나수스가 기절하기까지는 시간이 아주 오래 걸린다는 것을 알아냈었다. 경비원들이 모두 들이닥치기에 충분한 시간이기 때문에 온갖 화학물질로 실험하던 중에 물에 탄 나트륨이 카드나수스에게 결정적인 타격을 준다는 것도 알아냈다. 그런 철저한 실험 덕분에 실전에서도 칼의 예상대로 동물이 고통 때문에 몸부림치면서 산소를 완전히 소모했다.

잠시 후, 소리 없는 폭발이 일어났고, 카드나수스가 배설한 내용물이 종 속으로 빨려 들어갔다. 나트륨이 닿는 순간 카드나수스가 불에 타기 시작했던 것이다. 칼이 재빠르게 연소 억제제를 사용해서 불을 껐다. 이번에는 강력한 흡입기로 종이들을 종의 벽면에 붙였다. 이윽고 종은 카드나수스에게서 떨어져서 공중으로 다시 올라오고 있었다. 칼은 잽싸게 종을 잡아서 다시 압축시킨 다음 마법복 주머니에 집어넣었다.

그러나 카드나수스의 몸부림이 효과가 있었던 걸까? 잠자던 불새들이 깨어났다.

칼과 마라의 얼굴이 굳어졌다. 날갯짓을 하며 날아오른 불새 한 마리가 칼의 밧줄에 내려앉았으니…….

칼은 내연성 물질로 된 밧줄을 준비했지만, 불새가 밧줄 위에 앉으리라고는 전혀 예상하지 못했다.

칼은 새를 쫓기 위해 손을 크게 휘저었지만 잘못 판단한 것이었다.

겁먹은 불새의 발톱들이 경련을 일으키고 있었다.

칼이 대응할 겨를도 없이 밧줄이 굴복했다.

"으아아아아악!" 칼이 죽음을 향해 곤두박질치고 있었다.

죽음의 깃털에 닿으려는 순간이었다. 마라가 두 팔로 칼을 잡았다. 그러나 밧줄에 매달린 마라까지 함께 떨어지면서 가속도를 냈다. 요란하게 날아오르는 새들과 스치면서 마라는 뺨에 화상을 입었고, 더 아래쪽에 매달린 칼은 비명을 지르면서 필사적으로 두 다리를 쳐들었다. 벽에 부딪칠 때의 충격을 완화하기 위해서였다. 마라는 벽에 부딪치는 순간 안전벨트를 풀고 고양이처럼 가볍게 두 발로 착지했다.

칼은 밧줄을 풀면서 아슬아슬하게 불새를 피해서 착지했지만 바지에서 연기가 나고 있었다. 그 순간 집 안 어디선가 울리는 경보기 소리에 칼과 마라는 소스라치게 놀랐다.

칼과 마라는 재빨리 밧줄을 없앴다. 칼은 공중으로 침투한 흔적이 남아 있는지 확인한 다음 마라에게 나가자고 신호했다. 방 밖으로 나오자마자 칼이 나직하게 휘파람을 불었다. 문을 지키고 있던 경비의 이미지가 일그러지다 사라지고 그 자리에 쓰러진 남자가 보였다. 칼의 패밀리어가 일루전 기구를 떨어뜨리자 두꺼운 거품 같은 것이 터지면서 여우 블롱딘이 나타났다. 블롱딘이 경비의 모습으로 망을 보고 있었던 것이다.

칼은 마라를 데리고 트란스미투스 주문을 읊었다.

경비원들이 달려오는 사이에 둘은 사라졌다.

오무아 황궁에 있는 타라의 방에 도착했을 때 마라는 눈이 휘둥그레졌다. 마라는 공식적인 자리 외에는 타라와 만나기를 거부하는 자르와의 의리 때문에 언니의 방에 발을 들여놓은 적이 없었다. 아주 크고 멋진 방이었다. 타라는 떠날 때 흰색으로 방을 꾸며놓았다. 바닥에 빨간색의 최고급 양탄자가 깔려 있고, 움직이는 벽화가 보여주는 풍경은 타라가 좋아하는, 유니콘들의 나라 멘탈리르의 방대한 초원이었다.

"와우!" 마라가 감탄했다. "타라 언니가 주인이 없을 때도 이 방에 들어오는 걸 허락했어?"

"물론이지." 칼이 성난 얼굴로 대답했다. "오, 젤리소르의 충치여! 블롱딘, 너 왜 얘가 미행하고 있다는 걸 알려주지 않았어?"

"야단치지 마." 마라가 끼어들었다. "내가 못하게 했고, 블롱딘도 내가 들어갔을 때 너의 집중력이 흐트러질까 봐 알리지 않았던 거니까."

칼이 마라를 째려보면서 아주 차갑게 말했다.

"네가 마지스터 밑에서 자란 탓에 못된 버릇이 있다는 건 알아. 하지만 여기서는 그런 짓이 통하지 않아. 다른 사람의 패밀리어에게 지시를 내리면 안 돼. 절대로. 다음에 또 네가 내 작전에 개입해서 내 목숨과 네 목숨을 위험에 빠뜨리는 짓을 하면 가만두지 않겠어. 알았어, 마라?"

칼이 쏘아붙이는 비난에 마라는 충격을 받았다. 황궁에 와서 살면서부터 아무도 감히 마라에게 그런 식으로 말하지 않았다. 게다가 자르의 말대로 어머니 셀레나는 마음이 약하기 때문에 마지스터처럼 때리지도 않았다. 그런데 칼이 야단을 치고 있는 것이다. 마라는 야단맞는 걸 좋아하지 않지만 칼이기 때문에 꾹 참았다.

"안 할게, 용서해줘."

칼은 마라를 유심히 관찰했다. 타라의 동생 마라는 크면 아름다운 숙녀가 될 예쁜 아이였다. 어머니의 초록 눈빛에 비해 금빛이 섞인 옅은 갈색 눈과 구불구불한 갈색 머리에서 아름다운 셀레나의 모습이 엿보였다. 칼은 피곤한 한숨을 내쉬면서 지적했다.

"얼굴에 화상을 입었잖아. 이리 와. 내가 치료해줄게."

마라는 감동한 눈으로 칼을 쳐다보면서 순순히 말을 들었다. 아더월드에서 가장 유용한 것 중 하나는 상처를 치료하는 주문 레파루스였다. 그러나 마법사가 자기 자신을 치료할 수 없다는 단점이 있었다.

레파루스 덕분에 뺨이 낫자 마라가 묘한 표정으로 칼의 손을 잡았다.

털썩 주저앉던 칼이 오만상을 찌푸리면서 후다닥 일어났다. 불에 탄 바지 때문에 하얀 소파에 그을음이 시커멓게 묻어 있었다.

"아야! 빌어먹을 치질 때문에 아파 죽겠네. 자, 이제 티라니크의 방에서 뭐 하고 있었는지 설명해봐."

마라는 고개를 떨구었다.

"네가 어떻게 하는지 보고 싶었어. 도둑 면허를 받기 위해 훈련하는 중이거든. '달인의 행동을 관찰하라'고 우리 교수님이 말씀하셨어."

뜻밖의 말에 아픈 것도 잊고 칼이 물었다.

"뭐? 네가 면허 받은 도둑이 될 거라고?"

"응, 너처럼."

칼은 정신이 번쩍 들었다. '달인'은 또 뭐야? 교수님들이 언제부터 내 실력을 그 정도로 인정하고 있었지?

"어머니는 알고 계셔? 고모는? 고모도 알고 계셔?"

"당연하지." 마라는 거만하게 대답했다. "나를 가르치는 사람이 누군데? 오무아 제국을 다스리는 지도층은 모두 도둑 연수를 받고 있어. 타라 언니는 그럴 시간이 없었을 뿐이야. 전투 교육을 시키는 것이 먼저라고 생각하는 황제의 주장 때문에. 하지만 언니도 우리처럼 교육을 받게 될 거야."

"맙소사, 타라가 도둑 교육까지 받는다고?" 칼이 한숨지었다. "그 얘기는 나중에 다시 하고, 지금은 나를 치료해줄 샤먼이 필요해."

"내가 할 수 있어." 마라가 얼른 말했다.

칼이 난처한 얼굴로 뒷걸음쳤다.

"그건 안 돼! 내가 알아서 할게."

마라가 앙큼한 미소를 지었다.

"등을 덴 거 아냐?"

"그게, 좀 더 아래쪽이야. 하여튼 까불지 말고 어서 가서 샤먼을 불러와."

"하지만 나 혼자서도 레파루스 주문으로 치료할 수 있어." 마라는 칼의 주위를 빙빙 돌면서 주장했다.

얘가 왜 이래? 하는 얼굴로 같이 빙빙 돌던 칼이 웃음기가 가득한 마라의 얼굴을 보면서 멈춰 섰다.

"언니가 응접실 곳곳에 거울을 설치해놓은 건 정말 괜찮은 생각이었어." 마라가 짓궂게 말했다.

"그래야 몰래 침투하는 적을 대번에 발견할 수 있…… 에이, 너 뭘 보는 거야?" 그제야 마라의 말을 알아차린 칼이 소리쳤다.

화상을 입어서 벌겋게 된 칼의 엉덩이가 뒤에 있는 거울에 비쳤다. 칼이 얼른 쭈그리고 앉았다.

"마라!"

"그래, 알았어! 샤먼을 불러올게. 하지만 나를 믿지 않는 건 좀 섭섭하네." 마라가 쫑알거리면서 방을 나갔다.

칼은 한숨을 내쉬었다. 얼마 전부터 가는 곳마다 마라가 따라다니고 있었다. 아니, 칼이 가는 곳마다 마라가 있었다. 칼은 마라가 그렇게 졸졸 따라다니는 이유를 도무지 알 수가 없었다.

물론 칼은 거의 살아 있는 전설이라고 불릴 정도로 뛰어난 도둑이었다. 그러나 뛰어난 도둑이라면 오무아와 랑코비트에도 얼마든지 있는

데 왜 하필 나지?

그런 생각을 하고 있을 때 샤먼이 들어왔다. 샤먼이 화상 입은 부위에 대해 아무런 주의를 하지 않는 것으로 보아 심각하지 않은 모양이었다.

통증이 사라지는 걸 느끼면서 칼이 안도의 숨을 내쉬자 블롱딘이 기뻐했다. 칼이 느끼는 고통을 패밀리어도 똑같이 느끼기 때문이었다. 칼이 주문을 읊자 불에 탄 바지가 다시 멀쩡해졌다.

"엘레아노라가 우리를 원망할 텐데 큰일이다." 칼이 여우의 머리를 쓰다듬으면서 말했다. "우리가 모든 걸 망쳐놨다고 생각할 거야."

블롱딘이 동정하듯이 칼의 손을 핥아주면서 생각을 전했다. 인간들은 뭐가 그렇게 복잡해? 우리 여우들의 세계에서는 예쁜 여우를 발견하면 부드러운 눈길을 보내고는 펄쩍펄쩍 뛰면서 날렵함을 보여주면 만사 오케이인데. 거기에 보너스로 먹을거리라도 줘봐, 금방 넘어오지.

블롱딘의 생각에 칼이 웃음을 터뜨렸다.

"네가 암컷 여우의 꽁무니를 쫓아다닐 때 우리 둘 사이의 교감을 끊은 건 정말 잘한 거야. 아니었으면 오래전에 내가 미쳐버렸을 테니까! 날렵함을 보여주는 것으로 엘레아노라를 내 여친으로 만들 수만 있다면 나는 벌써 오래전에 펄펄 날아다녔을 거다!"

"뭐가 어째?" 등 뒤에서 앙칼진 목소리가 외쳤다. "엘레아노라를 여친으로 만들고 싶다고?"

깜짝 놀란 칼이 돌아봤다. 문을 열고 들어서던 마라가 얼굴이 벌게져서 노려보고 있었다.

"그게 왜?"

"오! 너 정말 미워!"

마라가 흐느끼면서 뛰쳐나갔다.

마라는 복도 벽에 기대서서 눈물을 닦았다. 마라는 칼을 좋아하고 있었다. 그런데 다른 여자에게 홀딱 빠진 칼은 마라를 거들떠보지도 않으니.

여제가 마법으로 대리석 복도에 심어놓은 나무가 마라의 어깨 위로 꽃잎들을 떨어뜨렸다. 그 꽃잎들을 집어던지려고 하던 마라는 꽃을 가꾸고 있는 요정을 발견했다. 요정을 화나게 하는 것은 좋지 않았다. 요정들이 불행한 주문이라도 날렸다가는…… 윽, 지금은 그럴 때가 아니었다.

갑자기 인기척을 느낀 마라가 얼굴을 들었다. 뚱뚱한 티라니크 수상이 걱정스러운 얼굴로 쳐다보고 있었다.

"공주님? 괜찮습니까?"

감정을 억제하지 못한 마라의 입에서 말이 불쑥 튀어나갔다.

"그 계집애를 증오해요. 너무 미워 죽겠어요."

수상이 약간 놀란 얼굴로 뒷걸음쳤다.

"누구 말입니까?"

"엘레아노라! 그 추악한 계집애가 칼을 쫓아다니고 있어요. 칼과 할 일도 없으면서!"

티라니크 수상이 생각에 잠겼다가 부드러운 미소를 지었다.

"그럼 공주님도 칼을 좋아하는 겁니까?"

마라는 잠시 분노를 접고 100개의 금빛 눈을 가진 주홍빛 공작을 수놓은 마법복을 쳐다봤다. 아첨하는 수상의 말투가 거북한 마라는 당차게 내뱉었다.

"애들 일이니까 어른이 상관할 바 아니에요. 이제 가보세요. 나는 괜찮으니까."

티라니크는 정중하게 허리를 굽혔다.

"알겠습니다, 공주님. 현자는 이렇게 말씀하셨지요. '강가에 앉아 기다리노라면 언젠가 내 적군이 지나가는 걸 보게 되리라.'"

티라니크의 얼굴에 미소가 번지더니 마라를 두고 멀어져갔다.

마라는 잠시 혼란스러웠다. 무슨 뜻으로 한 말이지? 갑자기 마라의 얼굴이 굳어졌는데 어린애의 모습이라곤 없었다.

아버지…… 아니 얼마 전에야 친아버지가 아니라는 걸 알게 된 가짜 아버지, 잔혹한 마지스터에게서 마라는 배운 것이 있었다. 절대 포기하지 말고 원하는 것은 반드시 가져야 한다는 것.

엘레아노라는 적이다.

엘레아노라는 장애물이다.

오래 기다리더라도 절대 포기하지 않아!

칼은 눈이 동그래져서 닫힌 문을 쳐다보고 있었다.

"저 꼬맹이가 뭐라는 거야?"

칼은 머리를 흔들었다. 쌍둥이들이 어찌나 까칠하게 구는지 자르와 마라의 행동은 아무리 이해하려고 해도 이해할 수가 없었다. 칼은 주머니를 뒤져서 종을 꺼냈다. 종 안에서 빼낸 서류 뭉치는 축축하게 젖었지만 글씨는 알아볼 수 있었다.

유산 상속에 관한 서류 등 안전하게 보관할 필요가 있는 문서들이었다. 엘레아노라에게 아무 소용이 없는 것이라서 몰래 다시 갖다놓아야 할 서류였다.

티라니크가 오무아 제국의 수상이 되었을 때 자신이 소유하고 있는 선박회사의 경영권을 자식들에게 넘긴다는 계약서도 있었다.

이어서 화물 운송장을 발견하고 칼은 눈살을 찌푸렸다. 총기? 총기를 구입해서 또 어디다 팔았단 말인가? 아더월드에서는 총기 사용이 금지되어 있었다. 비마들은 총기 소지를 허용하는 법이 만들어지기를 원했지만, 지구에서 일어나는 유혈 전쟁 때문에 현재까지 아더월드의 여러 나라에서 반대하고 있었다. 군대에서만 총기를 보유하고 있는데 그 수는 아주 적었다.

더구나 아더월드에서는 탄환이 잘 터지지 않는다는 이유로 마법사들이 총기 사용을 반대했다. 그리고 지구의 총기들은 사용법이 복잡해서 총을 맞는 사람 못지않게 쏘는 사람도 위험한 만큼 개선할 필요가 있었다. 실제로 총기를 사용할 때 네 번 중 세 번은 손이나 촉수, 위족(세포 표면에 형성되는 원형질 돌기로 운동을 위한 세포기관—옮긴이)에서 폭발하는 사고가 일어났다.

무엇보다 총기를 사용하면 레파루스 마법 주문으로 치료할 수 없을 정도로 완전히 산산조각이 났다. 그래서 아더월드에서는 지구의 총기를 '박살기'라고 부르고 있었다.

티라니크가 무슨 짓을 하고 있기에 총기를 매매한 운송장을 갖고 있는 걸까?

점점 불길해지는 생각 때문에 칼은 벌떡 일어났다. 만약 티라니크 수상이 엘레아노라가 의심하는 대로 상그라브들과 한패라면, 흉악한 마지스터가 그 많은 박살기를 갖고 무슨 짓을 하려는 것일까?

새로운 작전

적을 웃음거리로 만드는 기술

*

마지스터가 걸음을 뗄 때마다 형광빛을 발하는 보라색 이끼가 죽고 있었다. 자신의 발에 밟혀서 아름다운 꽃이 죽거나 말거나 아랑곳없이 마지스터는 동굴 속으로 들어갔다.

거의 투명한 초록색 경옥이 멋진 굴곡을 이루며 길게 이어져 있었다. 연약한 이끼들이 환상적인 형광빛으로 창자처럼 생긴 동굴을 밝혀주고 있었다.

아름다웠다.

그러나 아름다움을 연출하기 위해 거기 있는 것이 아니었다.

동굴 깊숙한 곳에 검은 현무암을 깎아 만든 의자가 보이고, 괴물의 머리와 몸통이 조각되어 있었다. 차가운 돌에서 악마들이 괴성을 지르고 있었다.

마지스터 앞에 있는 것은 실루르의 옥좌였다.

타라 덩컨이 파괴했던 옥좌의 시제품이었다. 에너지가 고갈되고 있는 중이라서 네 번에 한 번꼴로 작동했다. 마지스터는 잠시 망설였다. 그는 얼마 전에 이미 자신의 몸에 악마의 에너지를 충전했었다. 마왕은 마지스터에게 기능이 약해진 옥좌의 시제품을 내주면서 에너지를 많이 충전하면 죽을 수도 있다고 경고했다. 악마의 힘을 지닌 사물의 시제품 13개 중에서 실루르의 옥좌, 드레쿠스의 왕관, 크라에토비르의 반지만 사용할 수 있기 때문에 마지스터는 옥좌를 아주 조심스럽게 사용하고 있었다. 마왕은 드레쿠스의 왕관이 지구에 있다고 생각하지만 어쨌든 왕관과 반지는 사라진 상태였다.

그러나 분노가 너무 강했다. 마지스터는 셀레나를 원하고 있었다. 어처구니없을 정도로 이상주의자인 셀레나, 아름답고 사랑스러운 그녀를 곁에 두고 싶었다. 아무리 강력한 마법을 걸어도 셀레나는 점점 더 그를 멀리하고 증오했다.

그런데도 마지스터는 자신을 증오하는 셀레나를 사랑하지 않을 수 없었다. 그런 사랑에 면역이 되려고 노력했다. 셀렌바와 뜨거운 밤을 보내면서 셀레나를 잊어보려고 했지만 소용없었다. 셀레나를 잊게 할 수 있는 것은 아무것도 없었다. 셀레나를 곁에 붙잡아두고 있던 10년은 정말 행복한 나날이었다.

타라가 셀레나를 빼앗아간 날까지는.

마지스터는 꼭 필요하기 때문에 타라를 공격했던 것인데 그 열세 살의 어린 계집아이가 오랜 세월 치밀하게 짠 계획을 수포로 만들고 어머니까지 구해낼 줄이야!

이제 마지스터는 새로운 작전을 준비하고 있었다. 여전히 타라를 생포하고 싶지만, 이번에는 아주 기발한 방법으로 드래곤들을 파멸시키고 셀레나를 유인할 생각이었다.

작전이 성공하면 셀레나는 절대로 타라 혼자 상그라브들에게 억류되어 있게 내버려두지 않을 것이다. 그러면 셀레나가 올 것이고, 기꺼이 그의 곁에 있을 것이다. 마침내 영원히.

사랑. 사랑은 이성으로 억제할 수 있는 것이 아니었다. 마지스터는 이따금 너무나 무력하고 너무나 인간적인 자신에게 놀랐다.

마지스터가 그토록 치밀한 작전을 짜는 것은 드래곤들을 분열시키고 세력을 약화시키기 위해서였다.

다행히 드래곤들은 멍청했다. 정확하게 말하면 멍청한 것이 아니라 너무 자만해서 남을 쉽게 믿는 단점이 있었다. 드래곤들은 마법사들을 양성하면서 강렬한 마법 능력을 갖게 하는 엄청난 실수를 저질렀다. 마지스터가 주동이 되어 몇몇 마법사들과 반란을 일으켜서 결성한 것이 바로 상그라브 집단이었다. 권력을 탐하는 비열하고 이기적인 인간들을 찾는 것은 생각보다 쉬웠기 때문에 마지스터가 인원을 모집하는 것은 그리 어렵지 않았다. 5000년 전 드래곤과 인간 연합군에게 패했던 악마들을 설득해서 더 강력한 힘을 얻은 마지스터는 드래곤에게서 배운 방법을 이용해서 인간들과 결합한 것이었다.

상그라브들은 악마의 편이 되면서 그 대가로 악마의 마법을 받았다. 그것 덕분에 마지스터는 드래곤들을 물리치고 마침내 세계를 지배할 준비를 하고 있었다.

그러나 얼마 전에 불행히도 너무 좋은 기회를 놓치고 말았다.

10년 전, 드래곤들을 연구하던 마지스터는 정부의 정책에 불만을 품은 드래곤들이 있다는 걸 알게 되었다. 드래곤으로 변장한 마지스터는 그들의 불만을 선동했었다. 이제 그 새로운 작전의 함정에 드래곤들과 타라가 동시에 빠질 것이니 일석이조 아닌가.

마지스터는 조심스럽게 옥좌에 다가갔다. 형광빛 속에 드러나는 적들의 해골이 그의 발밑에서 으스러지고 있었다. 이끼 식물이 마지스터가 주는 모든 것을 집어삼키면서 아주 효과적으로 옥좌를 보호하고 있었다. 악마의 능력을 훔치려고 욕심을 부리던 상그라브들이 희생되었던 것이다. 작은 움직임이 그의 눈길을 끌었다. 암벽에 붙어 있는 잔혹한 이끼에서 일그러진 얼굴이 나타났다.

"보스, 보스, 제발 살려주십시오!" 남자가 애원했다. "으아악, 이끼가 나를 산 채로 집어삼키고 있습니다!"

얼간이는 어떡해서든 기회를 잡아보려고 했지만, 마지스터는 눈길도 주지 않았다.

마지스터가 휘파람을 세 번 불자 이끼가 복종하면서 길을 내주었다. 마지스터는 급하게 옷과 반사경 마스크를 벗었다. 옥좌와 완전한 접촉을 해야 할 때였다.

암벽에 박힌 남자가 드러나는 마지스터의 얼굴을 보면서 경악했다.

"당신은? 어떻게 이럴 수가!"

얼마나 놀랐으면 남자가 의식을 잃더니 그대로 숨이 끊어졌다.

마지스터는 전혀 아랑곳하지 않았다. 근육질의 멋진 알몸을 드러낸 마지스터가 실루르의 옥좌에 앉았는데 상체에 새긴 빨간 원이 또렷이 보였다.

감미로운 전율에 이어서 죽음 같은 전율이 온몸에서 일어났다. 마지스터는 비명을 질렀다. 악마의 마법으로 부풀어 오른 핏줄이 온몸에서 초록색 벌레처럼 울퉁불퉁 불거졌다. 얼굴이 땀으로 얼룩지더니 잠시 후 말할 수 없는 고통 때문에 의식을 잃고 쓰러진 마지스터는 꿈쩍하지 않았다.

이 순간에 누군가 왔다면 마지스터를 가볍게 제거할 수 있었을 텐데. 그러나 마지스터가 있는 곳을 아는 사람은 아무도 없었다. 이끼에 붙잡혀 있는 사람만 마지스터의 비밀을 아는 증인으로 영원히 남을 것이었다.

마지스터가 눈을 번쩍 떴다. 그의 상체에서 악마의 에너지로 충전된 빨간 원이 번쩍거리고 있었다.

옥좌에서 악마의 얼굴 몇 개가 사라지고 없었다. 악마의 에너지를 잃을수록 옥좌는 점점 반들반들한 돌이 되어갔다.

반면에 충전한 악마의 마법으로 능력이 커질 때마다 마지스터의 뇌 활동이 왕성해졌다.

마지스터가 상상을 초월하는 비상한 작전을 짤 수 있었던 것은 그 덕분이었다.

그러나 오늘은 기발한 작전을 위해서가 아니었다. 오늘 악마의 마법이 필요한 것은 드래곤들 앞에 티그족, 바이올렛 엘프, 위베른족*, 심지어 드래곤의 모습으로 변신하여 나타나기 위해서였다.

마지스터는 소리 내어 웃고 싶지만 폐에 전해지는 통증 때문에 기침이 나왔다. 입에서 약간의 피가 흘러나오자 그는 초조하게 닦았다.

마침내 서서히 통증이 가라앉기 시작했다.

그 순간 떠오르는 생각에 마지스터는 씁쓸한 미소를 지었다. 끔찍한 고통과 에너지를 많이 충전하면 죽을 수 있다는 마왕의 경고 때문이었다.

타라는 아직 모르고 있지만 이제 곧 드란보우글리스펜쉬르로 가게 될 것이다. 아주 특별한 상황 때문에.

어쨌든 타라는 어머니를 만나러 드란보우글리스펜쉬르로 갈 것이다. 이 상황은 엄밀히 말해서 마지스터가 꾸민 것이 아니었다. 마지스터는 한순간도 타라가 셀레나를 드란보우글리스펜쉬르로 피신시킬 거라고는 짐작조차 하지 않았었다.

완벽하게 일이 꾸며지고 있었다.

타라는 후계자로서 호위대를 이끌고 갈 것이다.

그리고 마지스터는 그 호위대의 일원이 될 것이다.

6
크라살비

절대로 휴가를 보내지 말아야 하는 곳인데……

*

타라는 입술을 실룩거리지 않으려고 꾹 참았다. 뱀파이어들의 대통령과 마주 보고 있는 중이었다. 아더월드의 종족 중 지능이 높은 뱀파이어들에게는 다른 나라처럼 왕이나 여왕이 존재하지 않았다.

이번만은 왕관을 살짝 삐딱하게 쓰고 유쾌한 미소를 짓는, 좀 친절한 군주를 만나게 될 거라고 은근히 기대했건만.

뱀파이어가 지옥 불처럼 빨간 눈으로 쳐다보는데 차가운 광채가 번뜩였다. 뭐야 저 눈빛은? 내가 버터 바른 햄 샌드위치쯤으로 보인다는 건가? 타라는 태연한 체하려고 노력했다.

위축된 모습을 보이는 것이 나았을까? 타라는 그러지 않았다. 협박에 있어서는 타의 추종을 불허하는 오무아 제국의 여제인 고모, 특히 공기와 암흑의 여왕이자 엘프들의 여왕인 타빌라와 상대하면서 타라는 면역이 되어 있었다. 타라는 체인지라인이 만들어준 최고급 빨간 빛과 금빛 드레스를 구기지 않으려고 조심했고, 금빛 하이힐 때문에 넘어지지 않으려고 꽂꽃하게 서 있었다. 키가 큰 뱀파이어들과 키를 맞추느라고 높은 구두를 신고 삐딱삐딱, 벌써 스무 번쯤 넘어질 뻔했으니.

군주……. 어쨌든 검은색 옷차림(역시 뱀파이어에게는 검정이 제일 잘 어울렸다)의 대통령이 마침내 하얀 송곳니를 드러내면서 말문을 열었다.

"우리나라에 온 걸 환영합니다, 마마. 이렇게 방문을 해주시니 기쁘고 영광입니다."

저 표정이 기뻐하는 것이라면 화가 났을 때는 어떤 표정이 될까! 어깨 위로 흘러내리는 검은 머리털, 얼음같이 차가운 하얀 얼굴, 고양이 눈처럼 동공이 갈라지는 빨간 눈에는 못마땅해하는 기색이 역력했다.

그런데 귀에 거슬리는 이 소리는 뭐지? 타라는 귀를 기울였다. 통역 주문이 작동되고 있는데 첫 번째 문장의 끝에 들리는 '크크트'와 두 번째 문장의 끝에 들리는 '트크트크', 후렴처럼 이런 소리를 낸다는 것은 대통령이 속국의 신하에게 하는 말투를 의미하는데…….

오무아를 떠나기 전에 타라는 뱀파이어의 언어를 배웠다. 뱀파이어의 언어는 음절이 딱딱 끊어지는 말이라서 발음 때문에 혼동되는 일이 없지만 함축된 뜻이 많은 언어였다. 대통령이 한 말 속에는 속국의 신하에게 걸맞은 예의로 맞아들이겠다는 뜻이 담겨 있었다.

이 뱀파이어들은 정말 오만해서 타라가 그걸 알아채지 못했다고 생각하고 있었다. 타라는 머릿속에 정치적 수완을 주입시켜준 고모에게 고마워하면서 눈살을 찌푸렸다. 그리고 곰곰이 생각했다. 아니, 그렇지 않았다. 뱀파이어들의 대통령은 타라가 뱀파이어 언어를 안다고 짐작하고 있는 것이 틀림없었다. 따라서 두 가지로 생각할 수 있었다. 대통령은 오무아의 후계자가 오든 말든 전혀 개의치 않는 것이거나 몹시 격분해서 교묘하게 모욕하는 것으로 화풀이를 하고 있는 것이다.

기분이 상한 타라는 찬 공기를 들이마셨는데 먼지에 섞여서 뱀파이어 냄새와 티그족, 트롤 그리고 인간들의 냄새가 느껴졌다.

"고맙습니다, 대통령님." 타라는 모욕적인 뉘앙스를 간파하지 않은 체하면서 오무아 언어로 세련되게 대답했다. "이 아더월드에서 우리의 가장 오랜 동맹국인 크라살비와 오무아 제국의 결속을 다지게 되어 기쁩니다."

"외교적 임무 외에 셀렌바 브라기쉬를 변호하기 위해 온 것으로 알고 있습니다. 여기 있는 드라고쉬 선생의 간절한 청원을 받고 온 것이 아닌지요?"

통역관이 이렇게 전했지만, 실제로 대통령이 뱀파이어 언어로 한 말은 이랬다. "슬를트 그르비 트크크트 소크트 세티크 드라고쉬." 이 말은 드라고쉬 선생의 간절한 청원이 아니라 강제적이고 무례한 요구라는 뜻이었다. '세티크 드라고쉬' 여기서 세티크는 선생이 아니라 총애를 잃은 미숙한 견습공을 의미하는데 통역관이 적절한 표현으로 바꾸어 전한 것이었다.

대통령이 쏘아봤지만 드라고쉬는 아랑곳없었다. 드라고쉬는 복종은 하되 절대로 고집을 꺾지 않는 병사처럼 꼿꼿하게 서 있었다.

"맞습니다, 대통령님." 타라는 미소를 지었다. "셀렌바의 목숨을 구하려고 왔습니다."

대통령이 다음 말을 기다렸지만, 타라는 아무 말도 덧붙이지 않았다. 드라고쉬 선생님이 전 약혼녀를 어떻게 구할 생각인지 말해주지 않았기 때문이다.

대통령의 눈이 더 차가워졌는데 괜한 짓이었다. 어차피 대통령은 환영한다는 말 외에는 달리 방법이 없었다. 타라는 짧은 궁중 생활이지만 외교적인 상황을 충분히 알고 있었다. 타라는 모욕적인 말을 좋아하지 않지만 모른 척 무시해버리고 그 틈에 주위를 살폈다.

그들은 대통령궁에 있었다. 뱀파이어들이 좋아하는 검은색이 주를 이루는 블랙하우스였다. 타라는 은빛 금속으로 장식한 의자 맞은편에 급히 마련한 것 같은 벨루르 목재로 만든 검은색 의자에 앉았다. 축소한 갈랑은 타라의 어깨 위에 앉아 있었다. 타라의 호위대와 뱀파이어 병사들이 서로 노려보고 있었다.

늑대인간 둘이 오만상을 찡그렸다. 벽이나 의자에 은으로 박아 넣은 장식을 건드렸다가 화상을 입었던 것이다. 모든 금속 중에서 유일하게 은은 늑대인간에게 상처를 주거나 죽일 수 있었다. 그런데 늑대인간들에게는 불행한 일이지만 크라살비의 수도 우를라에는 은제품이 유난히 많았다.

오무아 궁전의 크기와는 비교할 수 없지만 상당히 커다란 방에 있는 금속은 모조리 은이었다. 은으로 도배를 한 벽에서 난해한 수학 기호들이 움직였다. 방정식 문제들이 자동으로 풀리고 나서 다른 문제로 바뀌었다. 마치 수학이 생명체처럼 움직이고 있었다. 타라는 유심히 살폈다. 여섯 개의 벽면 중에서 첫째 면은 화학, 둘째 면은 물리, 셋째 면은 수학에 할당되어 있었다. 나머지 세 면은 타라가 전혀 모르는 기호로 가득했다. 신비학문에 관련된 기호 같았다.

뱀파이어들은 그림을 좋아하는 모양이었다. 주로 동물을 그린 것이 많고, 잔혹한 장면이나 단순한 초상화도 있었다. 플랑드르의 화가들인 반에이크나 한스 멤링의 세밀화 속 인물들이 금방이라도 액자에서 튀어나올 것 같았다.

벽면 높이 설치한 크리스털 전광판들이 행성 전체에서 일어나는 뉴스를 전하고 있는데 그 앞의 콘솔 테이블에 연결된 헤드폰을 쓴 영사기사들이 전송하는 것이었다. 크리스털 전광판과 벽, 콘솔 테이블, 영사기사들 사이에 뭔지 모를 유체가 빛을 반짝이며 떠돌고 있었다. 갑자기 고통의 신음소리가 들렸을 때 타라는 소스라치게 놀랐다.

헤드폰으로 전달받은 이미지들이 마음에 들지 않은 모양인데, 타라는 그 헤드폰의 역할이 무엇인지 전혀 알 수가 없었다.

흰 줄무늬 파란색 날개가 달린 블라즈*들이 붕붕 날아다니다 메시지를 낚아채서 책상 위에 올려놨다. 대통령의 책상이겠지? 책상 밑에는 휴지통 역할을 하는 푸프푸프 두 개가 주인이 없애려고 하는 비밀서류를 분쇄하기 위해 대기하고 있었다.

주인의 이름은 베오 드라큘이었다.

드라큘라와 어떤 관계가 있을까? 타라는 지구에서 부모가 없는 평범한 소녀로 살고 있을 때 할머니의 서재에서 브램 스토커의 『드라큘라』를 발견했었다. 할머니 이사벨라가 책의 여백에 드라큘라에 대해 새까맣게 달아놓은 주석을 보면서 약간 놀랐었다. 타라는 괴기소설을 읽으면서 꿈속에 나타날까 두려웠다. 그렇지만 그 시절에는 마법이 존재한다는 것도, 책 속에 묘사된 괴물들이 존재한다는 것도 모르던 때였다.

뱀파이어의 냉랭한 태도는 어쩌면 무슨 괴물을 대하듯 쳐다보는 타라의 눈초리 때문인지도 몰랐다.

타라는 여러 전광판을 통해 쏟아지는 뉴스에 잠시 정신이 없었다. 그러나 끊임없이 이어지는 이미지들에 주의를 기울이면서 오무아 황제의 가르침을 떠올렸다. '적지에서는 정신을 집중해서 아주 작은 것이라도 놓치지 말아야 한다.' 전광판 중 하나에 뱀파이어들과 트롤들이 싸우는 장면이 전개되고 있었다. 마치 카메라가 숲 위를 날아다니면서 찍은 것처럼 위에서 촬영한 장면이었다.

갑자기, 타라는 사령부 안에 들어와 있는 듯한 착각이 들었다. 그런데 사령부라는 건 군대를 뜻하는 것이고, 군대라는 것은 전투를 뜻하는 것이잖아. 누구와 하는 전쟁이지? 트롤족과의 전쟁인가? 그렇지만 크라살비 국경까지 배웅하는 동안 그르로그 대장은 드라고쉬 선생님과 자유롭게 얘기를 나눴다. 그리고 트롤들은 뱅뱅에 욕심을 내는 침입자들을 제외하고는 누구와도 전쟁을 하지 않는 것 같았는데…….

타라는 여러 가지 가능성을 생각해봤다. 그렇다면 뱀파이어들이 트롤들의 나라를 침범해서 영토 확장을 시도하는 걸까? 타라와 호위대가 영토 확장 싸움에 휘말려 있는 것이라면? 이 기회를 이용해서 필요한 것을 '빌려갈' 수 있을까?

아더월드에서 공포의 대상인 뱀파이어들은 학식이 깊은 것으로 평판이 나 있었다. 천문관측기 위에 무한을 상징하는 누운 8자와 별이 올라앉은 형상을 문장으로 사용하는 크라살비는 국기에도 학문에 대한 사랑이 반영되어 있었다.

대통령은 잠시도 뉴스를 보지 않으면 큰일 나는 것처럼 외교관들을 맞이한 자리에서까지 뉴스에 미쳐 있었다.

타라가 아직도 이해할 수 없는 것은 학문에 대한 열정과 지적 호기심이 강한 뱀파이어들에게 따라다니는 나쁜 평판이었다. 물론 뱀파이어 중에는 셀렌바처럼 목숨이 끊어질 때까지 인간의 피를 빨아먹는 나쁜 뱀파이어도 있지만.

진실의 입들이 텔레파시로 대번에 범인을 색출하는 행성에서는 연쇄살인 사건이 점차 사라지고 있는 상황이었다. 타라는 뱀파이어 경찰, 특히 인간의 피를 먹는 뱀파이어 퇴치를 전담하는 특별수사대가 위험한 범죄자들을 얼마나 끈질기게 추적하는지 잘 알았다.

그런데도 살인 사건은 일어났다. 아더월드 행성 전체에서 해마다 약 2500건이 일어나니까 뉴욕이나 시카고 같은 한 도시에서 일어나는 살인 사건 수와 거의 맞먹는 수준이었다. 2500건의 살인 사건 중 뱀파이어들이 저지른 짓은 그리 많지 않았다. 오히려 식인귀가 되어 움직이는 것은 모조리 잡아먹는 트롤들, 싸우기를 좋아해서 상대가 죽어야만 용서할 수 있는 엘프들이 저지른 짓이 대부분이었다. 물론 성질이 급한 난쟁이들도 있고, 서로 죽이고 싸우는 미친 인간들도 있었다. 그러나 대개는 진짜 살인이라기보다는 이해의 대립 때문이었다.

무엇보다 전쟁은 중요한 것이 아니었다.

티타니아 왕비와 베어 왕의 환영을 받는 랑코비트를 제외하고, 뱀파이어들은 왜 곳곳에서 그렇듯 나쁘게 인식이 되어 있을까? 이상한 일이었다. 타라는 늘 긴장하고 있어야 했다. 아더월드에서는 이상하다고 느껴지는 일이 너무 자주 위험한 일로 변해버리지 않는가.

드라큘 대통령의 지루한 연설이 끝나가고 있기 때문에 타라는 정신을 집중해야 했다.

"마마의 방문이 기쁘고 영광스럽지만 이건 시간 낭비라고 생각합니다." 대통령이 말했다. "셀렌바 브라기쉬는 법정에서 자신이 저지른 죄를 모두 시인했으니까요. 이제 셀렌바는 인간의 피를 먹지 않으면 약해져서 죽을 겁니다. 우리가 먹는 양식으로는 충분하지 않기 때문에. 따라서 셀렌바는 자신을 위해서도, 이 행성을 위해서도 죽어야 합니다."

사피르 드라고쉬는 꼼짝 않고 있었다. 그는 드라큘이 무슨 말을 하든 개의치 않는다는 얼굴이었다. 대통령의 말이 틀린 것은 아니었다. 인간의 피에 감염된 뱀파이어는 힘이 두 배로 커지고, 청각, 후각, 촉각이 발달한다. 그리고 피를 빨아먹되 죽이지 않은 인간들을 맹목적으로 복종하게 만들 수 있고, 인간을 뱀파이어로 만들 수 있다는 소문도 있었다(아직 과학적으로 확인된 바는 없지만). 정상적인 뱀파이어처럼 소나 양 같은 어떤 동물의 피도 소화시킬 수 없기 때문에 죽음을 면할 수 없게 되고, 수명이 반으로 줄어서 400~500년밖에 살 수 없으니 인간의 피에 감염된 뱀파이어가 끔찍한 대가를 치르는 것은 부인할 수 없는 사실이었다.

대통령은 타라가 틀림없이 동의할 거라고 생각하면서 잠시 기다렸지만 예상은 무참히 빗나갔다. 그가 짜증스러운 듯 얼굴을 일그러뜨리면서 말했다.

"우리 의회의 과반수가 마마의 방문에 반대했지만, 유익하다고 보는 소수 의견도 있었습니다. 그래서 우리 정부는 민주주의를 표방하므로 소수 의견도 존중하기로 했던 겁니다."

대통령이 어느 쪽인지 물을 필요는 없었다. 타라는 눈을 깜박이면서 더 이상의 반응을 보이지 않았다. 대통령이 이 일로 정치적 문제를 일으킨다고 해도, 타라는 오무아 제국의 후계자로서 위엄을 보이면서 이대로 돌아가지 않겠다는 뜻을 분명히 밝힐 생각이었다. 대통령은 마지못해서 항복했다.

"경호원들이 숙소로 안내할 것입니다. 마마는 블랙하우스의 손님이시니 오늘 저녁 연회에 초대하겠습니다."

갑자기 불안해하는 타라의 눈빛을 보면서 대통령이 미소 띤 얼굴로 덧붙였다.

"우리 요리사들도 인간의 음식을 만들 줄 아니까 안심하세요. 피를 맛볼 일은 없을 겁니다."

대통령이 위엄을 부리면서 일어났다. 키가 컸다. 엘프보다 키가 더 크고, 하나같이 마르고 예민한 뱀파이어들을 보면 사나운 사냥개 같은 느낌이 들었다. 피를 먹고살면 살이 찌지 않는 모양이었다. 타라는 속으로 생각했다. '아무리 날씬해지고 싶어도 이런 다이어트 요법은 절대 사양하겠어.'

타라는 순순히 경호원들을 따라 손님들이 기거하는 숙소로 갔다. 서둘러서 벽을 닦고, 거미줄을 치우고, 검은 크리스털 샹들리에의 먼지를 털던 뱀파이어들이 당황하는 것으로 보아 손님이 와서 사용하는 일이 거의 없는 것이 틀림없었다.

타라가 포기할 거라고 예상한 대통령은 숙소를 내어줄 일이 없을 거라고 생각했던 모양이었다.

이번에도 대통령의 예상은 빗나갔다.

타라 일행의 짐은 이미 숙소로 옮겨져 있었다. 파브리스와 호위대는 타라의 방 주위에 있는 방에 기거했다. 크산디아르는 보초를 서는 차례를 정했고, 친위대원 두 명이 문 앞을 지켰다. 타라의 숙소에 딸린 또 하나의 방을 차지한 그르룰이 기뻐서 날뛰었다. 숲에서 자는 것을 좋아한다고 안락한 곳을 마다할 리 있을까.

방들은 서로 다른 양식으로 장식되어 있었다. 큰 응접실과 작은 응접실, 식당, 검은 목재로 만든 루이 15세풍의 우아한 의자(다리가 활처럼 휘어진)들이 기회를 엿보고 있다가 타라가 앉을 수 있게 황급히 달려왔다. 그르룰의 방에는 흰색 금색으로 만든 현대적인 가구들이 놓여 있는데 고문 기구처럼 보였다. 타라의 방은 핑크빛 일색이고, 넓은 유리창을 통해 정원이 내다보였다.

갑자기 오무아 제국의 후계자를 맞아들이게 된 것에 당황한 누군가가 인간 소녀들의 취향에 관한 책을 읽고 방을 핑크색으로 바꿔놓은 것이 틀림없었다. 방 안 곳곳에 털이 복슬복슬한 장난감 동물들이 있고, 예쁜 꽃무늬 책상 위에는 하트무늬에 '공주의 일기장'이라고 쓴 핑크빛 노트까지 놓여 있었다.

벽이 온통 핑크빛 천으로 도배가 되어 있는데 이상하게도 천이 살아 있는 것 같았다. 핑크빛 방에 검은색 커튼과 쇠시리가 묘한 효과를 연출하고 있었다.

타라는 그르룰이 웃고 싶은 걸 간신히 참고 있는 게 뻔히 보여 트롤의 눈길을 피했다.

한 가지는 분명했다. 절대로 이 방에 아무도 들이지 않겠어.

타라가 응접실에 앉아 있는 동안 하인 둘이 와서 타라의 짐(체인지라인 덕분에 짐이 많지 않았다)을 정리한 다음 욕실을 보여주고 나서 방을 나갔다. 어찌나 큰지 수상스키를 탈 수 있을 것 같은 욕조에는 이빨이 너무 긴 사이렌이 대기하고 있고, 거울 달린 은빛 화장대 세 개, 공기와 물의 원소들이 보였다.

뱀파이어들이 나가자마자 크산디아르가 이상한 기구를 들고 들어왔다.

의아해하는 타라의 눈길에 크산디아르가 음흉한 미소를 지었다.

"세네한테 받은 건데 우리 기술자들이 지구의 CIA라는 나라에서 사용하는 기구를 본떠서 만든 겁니다."

오무아 제국의 비밀정보국 카무플레의 국장인 세네 센스사스도 티그족이고, 뛰어난 스파이였다. 크산디아르는 아직 모르지만, 세네는 그와 결혼할 생각을 하고 있었다. 궁전에 둘의 결혼에 대한 소문이 퍼져 있었고, 순조롭게 진행될 거란 예상이 지배적이었다. 연말이 되기 전에 결혼할 거란 예측이 4 대 1로 우세했다.

"CIA는 나라가 아니에요." 타라가 말했다. "미국이라는 나라에서 활동하는 정보국 명칭이에요."

"당연히 알고 있습니다, 마마." 크산디아르가 천연덕스럽게 대답했다. "이 기구는 모든 종류의 정탐 행위를 무력화시킬 수 있지요. 보여줄게요."

크산디아르가 버튼을 누르자 잠시 후, 주위에서 작은 폭발 같은 것이 일어났다. 질겁한 그르룰이 옆방에서 후닥닥 뛰어나왔고, 욕실에 있는 크산디아르와 타라도 가슴을 쓸어내렸다.

타라는 뱀파이어들이 아주 무례하다고 생각했다. 욕실에 몰래 카메라를 설치하다니!

폭발이 일어난 영향일까, 갑자기 방이 핑크빛이라기보다는 검은빛이 돌았다.

탄내가 진동했다. 크산디아르는 불이 난 데가 없는지 조심스럽게 확인한 다음 공중 부양으로 6미터 높이의 천장까지 올라갔고, 네 개의 손으로 숨어 있는 마이크와 스쿠프들을 제거했다.

"이제 됐습니다, 마마." 크산디아르는 아주 흡족한 얼굴로 말했다. "우리 방과 복도에 있는 경호원들을 무력화시킨 다음 이 망가진 것들을 그들의 형제자매에게 돌려주고 칭찬을 좀 해야겠습니다. 잠시 후에 돌아오겠습니다, 마마."

"브라보! 멋진 솜씨예요." 타라가 칭찬했다. "세네 센스사스에게 얼마나 큰 도움이 됐는지 꼭 전해주세요."

"그리하겠습니다, 마마."

그렇게 말하면서 방을 나간 크산디아르가 검은색 문을 닫았다.

궁전의 다른 곳과 마찬가지로 방이 검은색으로 변해 있었다. 넓은 창문 너머로 타도르 산과 삭막한 풍경이 보였다. 어느새 어둠이 내린 밤하늘에 아름다운 타딕스와 마딕스가 둥실 떠 있었다.

타라 일행은 크랑카르 국경까지 배웅하겠다는 트롤들의 대장 그르로그의 호위를 받으며 무사히 국경에 이르렀었다. 타라는 추운 날씨에 대비해 몸을 따뜻하게 보호해주는 체인지라인에게 새삼 고마움을 느끼면서 뱀파이어들이 과학적으로 재배하는 사료용 작물과 장엄한

산을 감상했다.

뱀파이어들이 귀빈을 맞는 숙소가 정해져 있기 때문에 그들은 국경을 넘자마자 예약이 되어 있는 여인숙에서 잘 수 있었다. 타라와 파브리스는 여인숙 주인 뱀파이어, 농사꾼 뱀파이어, 구두수선공 뱀파이어, 석공 뱀파이어…… 등 생각지도 못했던 뜻밖의 모습이 너무나 낯설게 느껴졌다.

지구에서 봤던 영화 속의 이국적인 풍경이나 드라고쉬 선생님의 강한 개성과 달리 일상생활에 전념하는 이 뱀파이어들은 고정관념을 깨뜨리기에 충분했다. 얇은 잠옷 바람으로 예쁜 여자들을 홀려서 음산한 탑으로 납치하는 데 시간을 보내는 것으로 생각했던 뱀파이어들과는 너무나 다르지 않는가.

뱀파이어들의 대통령은 타라 일행이 묵게 될 숙소마다 식량과 함께 인간에게 필요한 것들을 보내주었지만, 몇몇 여인숙 주인들은 고기를 구워야 한다는 걸 알았을 때 아연실색했다.

그렇게 대통령궁에 이르기까지 겪었던 일을 떠올리고 있을 때 노크 소리가 났다. 타라는 근심이 가득한 얼굴로 들어오는 드라고쉬 선생님을 보면서 전혀 놀라지 않았다. 드라고쉬 선생님은 탄내를 맡으면서 잠시 코를 실룩거렸지만, 타라와 파브리스, 그르룰의 태연한 표정을 보면서 무슨 일인지 묻지 않고 넘어갔다.

타라는 어찌나 까만지 빛을 흡수하는 것 같은 소파에 앉은 채로 뱀파이어를 뚫어져라 쳐다봤다.

"드라고쉬 선생님, 우리는 선생님의 나라에 와 있고, 최선을 다해서 도와드릴 준비가 되어 있습니다. 이제부터 내가 뭘 하면 되지요? 대통령의 말이 옳아요. 희생자들이 타살이 아니라 자살로 목숨을 끊었다는 증거를 찾는다면 몰라도 '네 피를 다 빨아먹고 말 테다' 하는 식으로 인간을 협박하면서 죽인 셀렌바를 석방시킬 수 없을 것 같은데요."

드라고쉬 선생님이 입술을 깨물었다.

"셀렌바의 무죄를 증명하기 위해 너를 오게 한 것이 아니다."

아! 이건 또 무슨 꿍꿍이지? 드라고쉬 선생님이 존댓말을 쓰지 않잖아. 흥미롭군. 평소에 지나치게 격식을 차리는 뱀파이어인데…….

타라의 눈이 동그래졌다.

"네?"

"무죄를 증명할 수가 없는데 당연하지. 셀렌바는 많은 사람을 죽였으니 벌받아 마땅하고, 본인도 그걸 시인했어. 마치 죽는 것은 문제될 게 없다는 듯 당당하게 말했지. 따라서 셀렌바를 살릴 수 있는 방법은 한 가지밖에 없어."

"네? 그게 뭔데요?"

"네가 셀렌바의 병을 고쳐주는 거야."

타라는 깜짝 놀라서 벌떡 일어났다.

"그게 무슨 말이에요?"

타라는 드라고쉬 선생님이 대답하기 전에 말도 안 된다는 얼굴로 고개를 흔들었다.

"그 병은 고칠 수 없는 걸로 아는데요. 선생님도 사건이 일어날 때마다 노력하셨는데 번번이 실패했잖아요."

드라고쉬 선생님은 눈썹 하나 까딱하지 않았다. 실패할 때마다 비싼 대가를 치렀고, 매번 소용없는 일로 끝난 것도 사실이었다.

"그때는 네가 없었지." 드라고쉬 선생님이 차분하게 말했다. "내 동족들의 마법 능력도 강력하지만 너의 마법처럼 강력하지는 않았어. 타라, 셀렌바를 구할 수 있는 사람은 너밖에 없어. 하지만 그것이 너에게 어떤 영향을 미칠지 모른다는 게 문제지."

그 순간 초록 트롤 그르룰이 경계를 하면서 다가왔다.

"그게 무슨 뜻입니까?"

"내 사랑을 치료할 수 있는 방법에 대해 오랫동안 연구해왔어. 타라가 엄청난 마법 능력을 갖게 된 것은 반역죄를 저지른 드래곤이 유전자를 조작했기 때문이었지. 타라가 해야 하는 일은 셀렌바의 세포 깊은 곳에 있는 DNA를 건드려야 해."

그르룰이 팔짱을 낀 채로 부르르 떨었다. 타라도 소름이 끼쳤다.

"그건 좋지 않음." 그르룰이 '난 타잔, 넌 제인' 하는 식으로 뱀파이어로부터 타라를 보호하기 위해 앞을 가로막고 서서 덧붙였다.

"그건 위험함."

"그래, 위험하지." 드라고쉬 선생님이 말했다. "타라가 실패하면 셀렌바가 죽을 수도 있으니까."

드라고쉬 선생님은 타라를 보느라 고개를 숙이고 있는 것이 아픈지 의자에 앉았다.

"하지만 셀렌바는 이미 사형선고를 받았으니 더 잃을 것도 없지."

타라는 침을 삼켰다. 드라고쉬 선생님이 왜 자신에게 계획을 자세히 말해주지 않았는지 알 수 있었다. 그걸 알았다면 내가 오지 않을 테니까.

하지만 정말 오지 않았을까? 크라에토비르의 반지를 손에 넣어야 하는데 당연히 왔을 것이다. 불가능한 미션이든 아니든 타라는 노력했을 것이다.

"〈버피와 뱀파이어〉(뱀파이어를 사냥하는 버피의 삶과 사랑을 그린 드라마. 버피와 사랑하게 되는 뱀파이어 엔젤은 저주를 받아 인간의 마음을 갖게 된 두 개의 얼굴을 가진 존재이다—옮긴이) 같지 않아?" 파브리스가 타라에게 물었다. "영혼을 돌려주면 셀렌바가 엔젤처럼 착한 뱀파이어가 될까?"

사피르 드라고쉬는 의아한 눈길로 파브리스를 쳐다봤다. 타라는 얼른 친구에게 윙크를 했다. 무슨 말인지 이해할 수 없는 아더월드 주민을 상대로 잠시 미국의 텔레비전 드라마를 좋아하던 지구인이 되어 있었으니.

타라의 표정이 어두워졌다. 셀렌바에게 영혼을 돌려주려면 어떻게 해야 하는 거지? 사실 셀렌바는 정말로 영혼을 잃은 것이 아니었다. 마지스터의 농간에 넘어간 셀렌바가 인간의 피에 감염되어 저지른 짓일 뿐이었다.

그르룰이 초록색 근육질의 어깨를 으쓱하면서 날카롭게 지적했다.

"그러면 타라가 어떤 대가를 치르는 것임? 뱀파이어가 죽으면 타라는 미안해하고, 우리는 안녕, 하면서 떠나면 되는 것임? 타라는 안전한 것임?"

사피르 드라고쉬가 머뭇거리다가 마침내 말했다.

"시간이 오래 걸리고 아주 힘든 과정이지. 위험을 무릅쓰고 셀렌바를 구해달라는 말은 하지 않겠다. 솔직히 치료에 몰두할 경우 너에게 무슨 일이 일어날지 아무도 모르니까. 셀렌바가 죽을지도 모르고……."

소파에 비스듬히 누운 자세로 매머드를 쓰다듬던 파브리스가 벌떡 일어나는 바람에 바룬이 깜짝 놀랐다.

"아주 나쁜 생각이네요." 불안해진 파브리스가 끼어들었다. "붉은 여왕은 금지된 대륙의 인간들을 늑대인간으로 변환시키는 데 수천 년이 걸렸고, 그 대가는 끔찍했죠. 우리를 늑대인간으로 만들기 위해 수많은 사람을 죽였으니까요. 실험 대상이 되었던 드래곤도 엄청나게 많이 죽었고요. 붉은 여왕은 유전학을 연구한 학자였지만 타라는 아니에요."

타라는 '우리'라고 표현하는 것이 마음에 들지 않았다. 파브리스는 늑대인간이기 이전에 인간이라는 걸 잊어버리는 경향이 있었다.

그렇지만 친구의 말은 옳았다. 타라는 겨우 열다섯 살(정확하게 말하면 며칠 후가 열다섯 번째 생일이다)이고, 타라가 원하지도, 요구하지도 않았던 마법 덕분에 적들을 물리치고 있지만 할머니와 어머니에게서 배운 것 외에는 전문 지식이 없었다. 더구나 DNA에 관해서는 문외한이었다. 과학 실험이라고는 지구의 학교에서 개구리를 해부해본 것이 유일한데 그 실험의 충격으로 이틀이나 학교를 못 가고 앓아누운 경험이 있었다.

"나는 이미 정해진 일에 끼어드는 걸 아주 싫어해요. 그리고 이런 결정은 생각을 좀 해야 되겠어요." 타라는 재치 있게 말하는 법을 가르쳐준 고모에게 감사하면서 말했다. "대답은 내일 드릴게요."

그르룰과 파브리스, 드라고쉬 선생님이 동시에 불안한 눈길로 타라를 처다봤다. 그들이 그렇게 놀라는 것은 타라가 배짱이 좋을 뿐만 아니라 화가 나면 과격해지기 때문이다. 위엄을 부리던 타라가 표정을 부드럽게 바꿨다.

그러자 드라고쉬 선생님이 말했다.

"내 사랑 셀렌바는 시간이 갈수록 허약해지고 있습니다. 하지만 마마의 신중함을 존중합니다. 내리기 쉬운 결정이 아니라는 걸 아니까요."

아, 드라고쉬 선생님이 또다시 존댓말이네. 이건 내 대답이 마음에 안 들었다는 건데……

"결정을 기다리는 동안 어떻게 할지 방법을 설명해도 되겠습니까? 얼마나 위험한지 가늠할 수 있을 겁니다."

타라는 망설이다가 고개를 끄덕였다. 뱀파이어가 작은 책을 내밀었다. 타라는 의아해하는 눈길로 처다봤다.

"이게 내가 말했던 방법입니다, 마마. 마마가 절차를 이해하기 쉽게 여기에 그래프와 도표를 추가해놨습니다."

빼곡한 글씨로 된 약 150쪽 분량의 책이었다. 타라는 속으로 한숨을 쉬고 나서 책을 펼쳤다. 아더월드에서 좋은 점은 읽는 사람의 머릿속에 책 내용이 새겨진다는 것이었다. 따라서 다시 읽거나 이해할 필요 없이 눈으로 쭉 훑어 읽는 것으로 충분했다.

공간을 많이 차지하는 그래프들 때문에 책을 읽는 시간은 그리 오래 걸리지 않았다. 방법에 대한 설명은 30쪽에 불과했고, 읽어보니까 그리 복잡하지 않았다.

드라고쉬 선생님은 타라가 책을 다 읽을 때까지 기다렸다. 타라 옆에 앉아 있던 파브리스는 도표들이 너무 명확해서 얼굴을 찡그렸다. 무표정한 표정으로 이따금 눈길을 던지다가 약간 겁에 질린 그르룰은 다시 경계 자세를 취했다.

타라가 책을 다 읽자 드라고쉬 선생님이 손을 내밀어 책을 빼앗았다.

타라는 그 기회에 자신의 계획을 진척시켰다.

"선생님을 돕기로 결정하면 살아있는 돌 이외에 다른 마법의 힘이 필요해요. 선생님이 마법을 연구할 수 있는 젠드라의 별을 회수했다는 걸 알고 있어요. 젠드라의 별은 그 기능뿐만 아니라 마법사들의 능력을 훔칠 수 있기 때문에 별을 소지한 자는 힘이 커질 수 있지요. 그러니까 젠드라의 별이 있으면 마법사들이나 뱀파이어들의 마법을 빼앗아서 내 마음대로 사용할 수 있잖아요. 젠드라의 별이 어디 있죠? 그게 필요한데……."

타라는 크라에토비르의 반지에 대해서는 입도 벙긋하지 않고 가슴을 졸이면서 대답을 기다렸다. 드라고쉬 선생님은 잠자코 고개를 끄덕이더니 우아한 동작으로 크리스털 볼을 꺼냈다.

"셀렌바를 체포했을 때 젠드라의 별을 갖고 있어서 우리도 깜짝 놀랐지요. 수천 년 전에 사라졌던 것이기 때문에. 과학과 마법이 섞인 신비한 아티팩트인데 아직은 별이 지니고 있는 비밀을 다 파악하지 못했지요. 그럼 젠드라의 별이 어디 있는지 보여줄게요."

드라고쉬 선생님이 검은색 꽃무늬 목재 책상 앞으로 가더니 컴퓨터 본체에 나 있는 홈에 크리스털 볼을 끼워 넣자 컴퓨터 화면이 밝아졌다.

뱀파이어 뒤에 서 있는 타라는 주머니에서 꺼낸 살아있는 돌에게 정신적으로 몇 마디를 속삭였다. 살아있는 돌이 슬그머니 공중으로 떠오르더니 뱀파이어의 위쪽 어둠 속에 모습을 감춘 채 일거일동을 지켜보고 있었다.

드라고쉬는 타라와 파브리스가 보지 못하게 가리면서 크리스털 볼의 버튼으로 비밀번호를 빠르게 눌렀다. 이어서 대통령궁의 지도를 불러냈다.

"자, 보세요. 젠드라의 별은 마마의 숙소 아래쪽 6층에 있는 우리 연구실에 있습니다." 드라고쉬가 빨간빛을 깜빡이는 방들을 가리키면서 설명했다. "연구실에서 젠드라의 별 외에도 다른 아티팩트들의 구조와 기능을 연구하고 있지요. 어떻게 하면 마마가 젠드라의 별을 가질 수 있는지 보여줄게요."

작전의 첫 단계가 해결되었다. 타라는 이제 젠드라의 별이 대통령궁 블랙하우스에 있다는 걸 확인했다. 크라에토비르의 반지도 거기 있으면 좋겠는데…….

"그리고 또 한 가지 마마가 꼭 알아야 할 것이 있습니다." 드라고쉬 선생님이 엄숙한 어조로 말하면서 랑코비트의 파란색과 은색에서 크라살비의 검은색과 은색으로 변한 마법복 주머니에 크리스털 볼을 집어넣었다. "우리 뱀파이어들의 청을 거절하는 것은 그리 쉬운 일이 아닙니다. 마마의 피를 빨아먹지 않고서도."

절반의 승리를 거두었다는 생각에 빠진 타라는 무슨 말인지 이해하지 못했다.

"그게 무슨 수수께끼 같은 말이에요?"

사피르 드라고쉬가 묘한 미소를 짓더니 갑자기 눈이 부실 정도로 빛을 번쩍이기 시작했다. 그 순간에 타라의 머릿속에 떠오른 것은 그 표현밖에 없었다. 뱀파이어의 백옥같이 하얀 피부가 자체에서 빛을 발산하는 것처럼 번쩍였다. 뱀파이어의 루비 같은 눈빛이 느닷없이 인간의 초록빛 도는 금빛 눈빛으로 변했는데 정신을 몽롱하게 하는 유혹적인 눈이었다. 손으로 만져보고 싶은 충동이 일 정도로 실크처럼 윤기가 흐르는 검은 머리털에 이목구비가 반듯한 얼굴, 얼마나 매혹적인지 당장 사랑에 빠질 수 있을 것 같았다.

송곳니들은 보이지 않고 매혹적인 얼굴만 보였다.

멋진 인간으로 변신한 뱀파이어의 모습을 보는 순간 타라는 좋아하는 윌리엄 블레이크의 시가 떠올랐다.

호랑이여, 호랑이여! 밤의 숲에서
이글이글 불타는구나,
어떤 불멸의 손과 눈이
너의 그 완벽한 균형미를 만들었나?
어느 깊은 바다와 하늘에서
네 눈의 불꽃은 타오르고 있었는가?
어떤 날개로 날아올라서
어떤 손으로 감히 그 불꽃을 붙들었는가?

숭고미가 느껴지는 호랑이, 그러나 사람을 잡아먹는 호랑이란 사실은 변함이 없지 않은가.

가까이 다가온 뱀파이어가 마치 키스를 할 듯 몸을 숙였을 때 타라는 믿을 수 없을 정도로 뜨거운 숨결이 입술에 닿는 걸 느꼈다.

타라가 꿈꾸던 모든 걸 갖춘 모습이 아닌가. 갈랑이 불안한 울음소리를 냈지만 타라는 반응하지 않았다. 페가수스의 정신적 불안은 매혹적인 뱀파이어의 유혹에 묻혀버렸다.

"나를 도와줄 거지, 아름다운 타라?" 뱀파이어가 속삭였는데 목소리가 어찌나 고혹적인지 타라는 무릎이 녹아내리는 것 같았다.

이성적인 생각이 타라의 머릿속을 떠나면서 드라고쉬 선생님이 몇 달 전만 해도 적이었다는 사실까지 잊고 말았다. 타라는 승낙하기 위해 입을 벌렸다. 타라를 건드리기만 하면 뱀파이어는 원하는 것은 무엇이든 얻을 수 있을 것 같았다.

"와우." 파브리스가 중얼거렸다. "남자들에게 홀딱 반한 적이 없는데 이건 예외야."

친구의 말이 어찌나 이상한지 타라는 눈을 깜박거렸다. 잠시 후, 타라는 앞에 있는 매혹적인 뱀파이어가 드라고쉬 선생님이라는 것이 기억났다. 뭔가가 잘못되고 있는 거야.

타라의 감정에 민감한 갈랑이 또다시 울음소리를 내자 바룬까지 덩달아 울어댔지만 소용없었다. 타라는 뭘 해야겠다는 확신 없이 무작정 마법을 작동했다. 뱀파이어가 부드러운 미소를 지어 보이면서 타라의 팔을 만졌다. 통증을 느낀 타라는 또다시 생각의 흐름을 잃었고, 마법도 사라졌다. 뱀파이어가 몸을 숙이면서 타라의 입술을 살짝 건드릴 듯 숨을 내쉬고는 허리를 세웠다. 뱀파이어의 몸에서는 여전히 빛이 번쩍거리고 있지만 타라는 마음을 끌어당기는 힘이 약해지는 걸 느꼈다. 이제는 숨을 쉴 수도, 거의 정상적으로 생각할 수도 있었다.

"정말 오랜만에 해봤는데 효과는 확실하군." 사피르 드라고쉬가 혼잣말하듯 중얼거렸다.

타라와 파브리스는 얼이 빠져서 드라고쉬 선생님을 쳐다봤다. 그르롤은 꼼짝하지 않았지만, 눈살을 찌푸린 채 초록색의 큼직한 손으로 몽둥이를 잡고 있었다. 트롤은 뱀파이어들의 놀라운 능력에 익숙해 있는 것이 틀림없었다.

"와, 그 능력은 어떻게 하는 거예요? 가르쳐주시면 안 되나요?"

참다못한 파브리스가 물었다.

"파브리스!" 아직도 얼굴이 화끈거리는 타라가 소리쳤다.

"정말 대단한 능력이잖아. 지금은 내가 베타 늑대에 불과하지만 그래도 늑대인간 무리에서 존경을 받고 있는 편이지. 금지된 대륙에서 우리가 구해줬다는 것 때문이기도 하고, 내가 유일하게 마법 능력을 지니고 있다는 것 때문이기도 해. 그래도 아직은 보잘것없는 늑대인간이지. 드라고쉬 선생님의 이 멋진 능력이 있으면 당장이라도 알파 늑대, 즉 대장이 될 수 있단 말이야!"

뱀파이어는 송곳니를 감추면서 미소를 지었다. 그는 인간이 아니지만 불가사의한 힘으로 인간에 가까워져 있는 이 순간, 그 매혹적인 얼굴에 나타나 있는 것은 거만함이 아니라 허약함이었다.

"미안하지만 '카리스마'라고 하는 이 신통력은 우리 뱀파이어에게만 고유한 것이라서 다른 종족에게는 전수할 수가 없어. 카리스마 덕분에 사냥감을 마음대로 조종할 수 있지. 우리가 피를 빨아먹을 때도 그 고통을 행복한 느낌으로 바꿀 수 있으니까. 물론 인간에게는 카리스마를 사용할 생각을 하지 않지. 하지만 우리의 대통령을 포함한 몇몇 뱀파이어들이 특히 지금은 이방인 손님들을 맞는 걸 좋아하지 않

아. 따라서 너를 떠나게 하기 위해 카리스마를 이용할 수도 있지."

지금은 손님들을 원치 않는다고? 이유가 뭐지? 아더월드의 다른 종족에게 감추려고 하는 비밀이 무엇이기에?

드라고쉬는 여전히 눈이 부실 정도로 매혹적이었고, 그가 무슨 말을 하든 믿고 싶었다. 타라는 눈을 감았다. 지금은 뱀파이어의 카리스마 효과라는 걸 알았는데도 여전히 마음을 뜨겁게 사로잡는 매혹적인 힘에 휩쓸리고 싶었다.

타라는 다시 눈을 뜨고 드라고쉬에게 떨리는 미소를 지어 보였다. 갈랑이 날개로 타라의 몸을 감싸주면서 뱀파이어를 노려보았다.

"알려주셔서 고맙습니다, 드라고쉬 선생님." 타라가 침착하게 말했다. "몰랐다면 저녁 연회가 끝나기도 전에 돌아갈 뻔했네요."

"우리의 대통령이나 누군가가 뱀파이어의 카리스마를 이용할 경우를 대비해서 마마에게 시범을 보여줬던 겁니다. 대응책을 강구해서 대처하라는 뜻에서. 방금 느꼈겠지만 헤어나기가 그리 쉽지는 않지요. 마마의 친구 늑대인간도 흔들렸으니까요."

"네, 인정해요. 그러니까 꼭 그렇게 강조하지 않으셔도 됩니다."

파브리스가 투덜거렸다.

"우리의 여성 뱀파이어들도 카리스마를 즐겨 사용하니까 조심하게, 젊은 늑대. 외교관이라는 신분 때문에 보호를 받고 있어도 여기서는 쉽게 사냥감이 되니까. 자네가 함정에 빠지면 마마도 무사하지 못할 것이고, 그러면 내 사랑 셀렌바가 죽게 된다는 걸 명심하게."

"네, 조심하겠습니다." 파브리스가 마지못해서 대답했다. "나는 그 누구에게도 현혹되지 않을 겁니다."

"바로 그게 문제야." 드라고쉬 선생님이 지적했다. "자네의 의지와는 상관이 없거든. 눈부시게 아름다운 여성 뱀파이어를 본 적이 없으니 알 리가 없겠지. 하지만 결코 견디기 쉬운 일이 아니라는 걸 명심하게. 나는 경고했으니까 잘 대처할 것으로 믿겠네."

"선생님?"

"네, 마마?"

"나의 호위대에도 보여주시겠어요? 여성 뱀파이어들이 호위대원들에게 장난치는 걸 원치 않아요. 우리가 이쪽에 있는 마이크와 스쿠프들을 해체했으니까 아무도 모르게 하실 수 있어요."

"그걸 미처 생각하지 못했군요. 당장 그렇게 하겠습니다, 마마."

드라고쉬 선생님이 타라에게 공손하게 허리를 굽히고 나서 방을 나갔다. 타라는 모든 빛이 그와 함께 사라지는 느낌이 들었다.

검은 문이 닫히기 전, 방문 앞에서 보초를 서다 깜짝 놀란 호위대원들의 딸꾹질 소리가 들렸다.

살아있는 돌이 천장에서 타라의 손에 내려앉았다. 타라는 파브리스를 불안하게 하고 싶지 않아서 정신적으로 말했다.

'친구야, 비밀번호를 알아냈어? 지도를 불러낼 수 있겠어?'

'당연하지.' 살아있는 돌이 약간 거만하게 대답했다. '필요할 때 예쁜 타라가 나를 부르기만 해.'

'알았어.'

파브리스는 타라에게 관심이 없었다. 뱀파이어의 신기한 힘에 얼이 빠진 파브리스는 아직도 멍한 얼굴로 문을 쳐다보고 있었다.

"뱀파이어에게 그런 능력이 있다는 걸 넌 알고 있었어?"

마침내 파브리스가 말했다.

"아니, 전혀. 드라고쉬 선생님이 인간들과 생활할 때는 신통력을 '죽이고' 있었던 게 틀림없어. 그런 능력이라면 뱀파이어들은 행성의 주인이 되고도 남았을 텐데! 그러니까 더 이상해. 근데 왜 셀렌바는 한 번도 그 신통력을 사용하지 않았을까?"

"그거야 뭐……, 어떻게 해서든 물어뜯어서 인간들을 괴롭히는 것이 셀렌바의 취미 생활이니까 그런 거 아니겠어?" 파브리스는 셀렌바에게 당했던 걸 생각하면 아직도 분해 죽겠다는 얼굴이었다. "셀렌바는 인간들에게 공포와 고통을 주는 걸 즐기는 악마야. 그런 점에서 난 셀렌바를 치료해줄 필요가 없다고 생각해. 타라, 네가 죽을지도 모른 단 말이야."

"나는 그렇게 쉽게 죽지 않아, 파브리스." 타라는 태연하게 대꾸했다. "실패할 거란 느낌이 들면 난 언제든 빠져나올 수 있어. 네가 나라면 어떻게 할 건데? 셀렌바가 마지스터에게 이용당한 희생양에 지나지 않는다는 걸 알았는데도 구해주지 않을 수 있어?"

"응, 난 죽게 내버려둘 거야." 파브리스는 냉정하게 대답했다. "셀렌바는 나를 깨물었어. 그러고는 꼭두각시처럼 멋대로 조종했어. 타라, 셀렌바는 사악하단 말이야. 너한테 무슨 짓을 할지 몰라."

틀린 말이 아니었다. 그러나 미션이 두 가지라는 걸 밝힐 수 없기 때문에 타라는 친구의 분노를 진정시켜야 했다.

타라는 쪽빛 눈으로 파브리스의 까만 눈을 뚫어져라 쳐다보면서 지적했다.

"너 역시 우연히 늑대로 변하는 능력을 갖게 되었어. 넌 그걸 억제할수 있어?"

"피에 굶주린 살인자로 변하지는 않았어."

충격을 받은 얼굴로 파브리스가 응수했다.

"내 말은 늑대로 변하는 걸 막을 수 있냐고? 누군가를, 그게 사람이되었든, 동물이 되었든 죽이지 않기 위해서 늑대로 변하는 걸 거부할수 있느냐고? 살아남으려면 선택의 여지가 없을 때도 너는 그럴 수 있냐고?"

파브리스는 입을 열려다가…… 도로 다물었다. 타라는 친구를 잘알고 있었다. 파브리스는 정직했고, 스스로를 속일 수 없었다. 늑대인간이 되면서부터는 생존 본능이 훨씬 강해졌다는 걸 파브리스도 알고있었다. 타라의 말대로 늑대인간의 본능이 더 강할 때는 피에 대한 욕망과 싸우는 것이 힘들었다. 욕망을 억제하기 위해 찾아낸 유일한 방법이 사냥이었다는 걸 밝히고 싶지 않았다. 아더월드의 동물 중에서도 특히 금지된 대륙에 서식하는 야생동물은 훨씬 거칠기 때문에 동물을 사냥하기는커녕 잡아먹힐까 봐 도망치기 일쑤였지만…….

"하지만 위험함." 타라와 파브리스의 대화에 귀를 기울이고 있던 그르룰이 마침내 끼어들었다. "드라큘 대통령도 동의한 것이라면?"

아! 좋은 질문이었다. 셀렌바를 치료하겠다는 드라고쉬 선생님의계획을 대통령이 알고 있다면 귀빈의 목숨이 위태로운데 좋게 생각하지 않을 것이 틀림없었다. 드라고쉬가 뱀파이어의 카리스마를 보여준 이유는 타라 일행이 유혹에 넘어가지 않게 하려는 것이 아닌가.

"음, 난 그렇게 생각하지 않아." 타라는 머릿속으로 대통령의 말을 곰곰이 되새기면서 말했다. "대통령은 셀렌바가 저지른 죄에 대해서만 말했지 인간의 피에 감염된 병이 치료될 가능성에 대해서는 언급도 하지 않았어. 오늘 저녁 연회에 초대를 받았으니 상황을 지켜보자고. 대통령이 나를 단념시키려고 할 경우 어떻게 하면 외교적 문제를 만들지 않고 거부할 수 있을지 방법을 궁리해야겠어."

타라는 생각에 잠겨서 아랫입술을 질근질근 깨물었다.

"지금은 할 일이 없으니까 목욕이나 하면서 연회에 나갈 준비를 해야겠어. 그르룰, 네가 먼저 할래?"

욕실이 세 개지만, 타라를 지켜야 하는 그르룰은 동시에 목욕할 수 없기 때문에 자기가 씻는 동안에는 다른 티그족을 불러서 보초를 세워야 했다.

"그르룰은 타라가 씻고 나오길 기다리겠음."

"오케이. 그럼 이따 봐."

"내가 등을 밀어줄 수도 있는데." 파브리스는 타라가 아직 화가 나 있는지 확인하기 위해 너스레를 떨었다.

타라가 지어 보이는 미소에 파브리스는 귀가 화끈거렸다.

"고맙지만 사양할게. 체인지라인에게 피부 각질 제거와 손톱 손질, 등 문질러주기 기능까지 있다는 걸 알았거든. 할머니가 이렇게 대단한 걸 어떻게 나한테 줬는지 이해를 못하겠어."

"와, 내가 아티팩트한테도 밀리는구나. 그것도 조금의 망설임도 없이!"

"하지만 너도 나한테는 인간 아티팩트야, 파브리스!"

그렇게 말하고 나서 타라는 거대한 욕실의 문을 닫았다.

파브리스는 빙긋이 웃으면서 돌아서다 그르룰과 마주쳤다. 초록 트롤이 날카로운 눈초리로 쳐다봤다.

"타라를 사랑함?" 그르룰이 뜬금없이 물었다.

"타라를 몹시 사랑함." 싱글벙글한 파브리스는 트롤의 말투까지 흉내 내면서 대답했다.

"글로리아 공주보다 더 사랑함?"

파브리스의 미소가 사라졌다.

"당연히 아니지! 무슨 그런 말도 안 되는 걸 물어?"

"트롤들은 오로지 한 명만 사랑함. 선택해야 함, 아니면 두 여자가 괴로워할 것임."

"엉뚱하기는! 쓸데없이 말장난하지 마!" 파브리스는 말을 돌렸다.

"말장난이 아니라 아주 중요한 문제임!"

"그래, 내가 졌다, 졌어." 파브리스는 천연덕스럽게 말했다. "타라는 나의 가장 친한 친구이고, 나는 무아노를 사랑해. 그러니까 뚱보, 그런 걱정은 하지 마시죠!"

초록 트롤이 계속 뚫어져라 쳐다보다가 파브리스의 평온한 얼굴을 보면서 단념했는지 구시렁거렸다.

"그르룰은 뚱보가 아님."

"그게 뚱뚱한 게 아니라고?" 모욕적인 말로 화제를 돌리는 데 성공한 파브리스가 놀랐다.

"응, 그르룰은 덩치가 큰 것임."

그렇게 말하면서 트롤이 욕실 앞에 서더니 팔짱을 낀 자세로 눈살을 찌푸렸다.

하지만 파브리스의 실수였다. 이런! 트롤의 세계에서는 뚱뚱할수록 미녀라는 걸 깜빡 잊고 있었으니!

파브리스는 그르룰에게 멋쩍은 미소를 지어 보이고는 방을 나갔다.

복도 건너편 크산디아르의 방문 틈으로 검은 대리석에 반사되는 뱀파이어의 빛이 어른거렸다. 뱀파이어가 카리스마를 발휘하고 있는 것이 틀림없었다. 주홍빛 정복 차림의 티그족 보초 두 명이 얼이 빠져 있는 걸 보니 그들이 먼저 당한 모양이었다.

파브리스는 갑자기 무릎이 후들거려서 문에 기댄 채 심호흡을 했다. 옆에 있던 바룬이 불안한 얼굴로 쳐다봤다. 파브리스는 혼란스러웠다. 갑자기 늑대인간이 되었다는 사실에 얼마나 큰 충격을 받았을지 이해해주지 않는 무아노가 섭섭하지만 파브리스는 여전히 무아노를 사랑하고 있었다. 무아노도 야수로 변신하지만 그로 인한 정신적인 충격은 없는 것 같았다. 둘이 함께 사냥을 할 때, 야수는 늑대인간보다 훨씬 잔혹하게 맹렬하지 않던가.

무아노는 느닷없이 늑대인간이 되었다는 사실에 혼란스러워하는 파브리스의 마음을 이해하지 못했다. 다른 늑대인간들과는 달리 타고난 능력이 아니기 때문에 파브리스는 인간으로서는 생각지도 못했던 것들에 적응해야 하고, 여러 가지 배워야 할 것이 있는데······.

파브리스는 금지된 대륙에서 얼마간 시간을 보내면서 늑대인간에 적응하기로 결정했었다. 다른 늑대인간들과 함께 생활하고, 함께 달리고, 함께 웃고, 함께 사냥할 필요가 있었다.

파브리스는 새로운 친구들, 즉 파브리스를 아주 맛있게 생겼다고 생각하는(먹기 위해서가 아니라 늑대인간의 세계에서 미의 기준이다) 여성 늑대인간들과 사냥했다는 말을 무아노에게 하지 않았다.

여성 늑대인간 중 몇몇은 정말 마음이 끌렸지만 무아노에게 성실한 파브리스는 유혹에 넘어가지 않았다. 인간보다 훨씬 자유분방한 늑대인간의 삶, 그건 파브리스가 앞으로 헤쳐나가야 할 문제였다. 그래서 지금 타라 곁에서 흔들리는 마음을 시험해보고 단련하는 중이었다.

파브리스는 점점 더 타라에게 마음이 끌렸다. 불빛에 홀려서 달려들었다가 불에 타서 장렬하게 죽음을 맞는 나방 같다고 할까.

파브리스가 절친한 친구에게 빠져 있다는 걸 알 경우 무아노의 반응이 어떨지 생각하지 않을 수 없었다.

무아노는 파브리스를 죽일 수도 있었다. 아니, 그냥 죽이는 것이 아니라 곤경에 빠뜨려서 끔찍하게 괴로운 시간을 보내게 만들 위험이 있었다.

파브리스가 내쉬는 한숨소리에 보초들이 이상한 눈길로 쳐다봤다. 어쨌든 타라와 시간을 보낼 것이고, 무슨 일이 일어날지 두고 보면 알 일이었다. 타라는 로빈과 사랑에 빠져 있지만, 바이올렛 엘프 발라가 로빈을 유혹하고 있으니 둘이 앞으로 어떻게 될지는 아무도 모르는 일이 아닌가.

7

바이올렛 엘프

이목을 끌지 않으려면
테이블 위에서 춤추는 일은 삼가는 것이 나은데……

*

로빈은 죽이고 싶은 충동을 억제할 수 없었다. 진실의 입들을 피할 수 있는 림보나 지옥 같은 다른 행성으로 망명이라도 해야 할까? 이제 발라의 수작을 더는 1분도 참을 수 없었다.

바이올렛 엘프 발라는 로빈이 자기를 사랑하지 않는다는 걸 이해하지 못했다. 더군다나 함께 자는 것은 물론 교제하는 것조차 거부한다는 걸 이해하지 못했다.

어떤 언어로 설득해도 도무지 말이 통하지 않는 발라 때문에 로빈은 인내심이 한계에 다다랐다. 발라는 귀머거리처럼 굴면서 말을 돌리거나 로빈이 열세에 놓일 수밖에 없는 싸움을 걸어왔다.

인정하기 싫지만, 릴란드릴의 훈련을 받은 로빈보다 바이올렛 엘프 발라가 더 뛰어난 전사였다. 로빈은 뜨거운 눈길을 보내는 발라의 시선이 부담스럽다 못해 진저리가 났다.

로빈은 너무 인간적인 검은색 머리를 감추기 위해 은빛으로 물들인 머리털을 헝클어뜨렸다. 발라가 어떤 눈빛으로 쳐다보든 무슨 상관이란 말인가.

하역 인부들과 술이 거나하게 취한 해적으로 북적이는 술집에서 로빈은 노기 띤 눈길로 발라를 응시했다. 바이올렛 엘프가 크레디트-무트 금화와 은화를 던져주는 만취한 손님들을 위해 몸을 흔들어대고 있었던 것이다. 땀으로 번들거리는 바이올렛 엘프의 관능적인 몸짓이 술꾼들의 눈길을 사로잡고 있었다. 뒤얽혀서 휘날리는 보랏빛 머리털, 이글거리는 초록빛 눈…… 남자라면 누구라도 외면할 수 없는 모습이었다. 하지만 발라의 행동은 그들이 해야 하는 일과는 아무런 상관이 없었다. 오히려 그들은 이목을 끌지 않게 행동해야 하건만! 로빈의 기분에 민감한 소우르브가 흥분했다. 축소한 히드라가 슛슛, 소리를 내자 로빈이 진정시키기 위해 어깨에 올려놨다. 히드라는 살아 있는 목걸이처럼 여러 개의 머리로 목과 등을 휘감았다. 로빈에게 등 뒤에서 일어나는 일을 전해주기 위해서였다.

소우르브와 교감하면서부터 로빈은 자신의 패밀리어가 무사태평한 장난꾸러기지만 호기심이 많다는 걸 알았다. 머리가 여러 개라는 히드라의 특성을 이용해서 등 뒤쪽을 살필 생각을 한 것도 소우르브였다. 로빈은 눈을 감고 걷는 연습을 하다 여기저기 부딪치면서 온몸에 혹이 나고 멍이 든 끝에 이제는 히드라와 완벽한 의사소통이 이뤄지고 있었다. 이따금 사방에서 전해지는 충격적인 이미지들에 비틀거리기도 했지만 덕분에 목숨을 구하기도 했다. 로빈이 머리를 쓰다듬어주자 히드라가 고양이 울음소리를 냈다.

로빈과 발라는 안개 대양의 항구 도시 오오살레의 바닷가 술집에 있었다. 붉은 트르르* 통나무로 지은 '브리양트 부레' 술집은 해적과 도둑, 온갖 부류의 자객들이 모여드는 장소였다. 그래서일까, 싸움이 자주 일어났다. 바닥에 짚을 깔아놓은 것은 엎질러진 브르맥주*를 흡수하려는 의도도 있지만 걸핏하면 일어나는 패싸움에서 사고를 방지하기 위한 것이기도 했다. 비늘이 푸르스름한, 물방울 속의 늙은 사이렌 둘이 둥둥 떠다니면서 시중을 드는데 술주정뱅이들을 잘 피해 다녔다.

탄산수에 뿌리를 담근 천년 수령의 사시나무들이 나뭇가지와 잎을 마구 흔들고 있었다. 사시나무의 수액은 독성이 있어서 흡입하면 즉시 효력이 나타나기 때문에 술집에서 불청객을 쫓아버릴 때 사용하는 것으로 유명했다. 그러나 수액을 구하려면 수십 년이 걸리는 데다 가격도 엄청나게 비싼 것이 단점이었다. 그 비싼 수액이 담긴 유리병들이 진열되어 있었다. 흰색과 검은색, 보라색의 엘프들이 거품이 이는 슬리브릴이라는 음료수를 홀짝거리고 있었다. 엘프족이 특히 좋아하지만 아더월드에 있는 거의 대부분의 나라에서 복용이 금지된 음료수였다. 반쯤 식인귀로 변한 트롤 하나가 트라둑의 큼직한 갈비뼈 여섯 개를 쌓아놓고 군침을 흘리고 있었다. 아마도 일자리를 구하러 온 모양인데 이번에도 채용이 안 되면 무슨 짓이든 저지를 것 같았다. 그 때문에 손님들이 적당히 거리를 두고 앉아 있었다. 여느 트롤들보다 훨씬 키가 크고, 초록색에 갈색 털이 섞여 있었다. 식인귀를 본 사람은 아무도 없었다. 어쨌든 식인귀를 보았더라도 살아남은 자가 없는 터라 손님들은 고기를 먹는 트롤을 보고 반쯤 식인귀로 변했을 것이라 짐작하고 경계하는 중이었다.

발라와 로빈은 고급 의상이지만 때가 묻고 여기저기 꿰맨 옷을 입고 있었다. 부자였지만 사업이 실패해서 망한 집안의 자식들인 것처럼 꾸미기 위해서였다.

다른 손님들의 행색에 비해 너무 눈에 띄는 것은 곤란하기 때문에 로빈은 마지못해서 릴란드릴의 활을 호텔에 두고 나와야 했다. 살아 있는 활이 반대했지만, 멋진 활은 위장 생활을 하는 두 엘프의 수준에 어울리지 않는 무기였다.

로빈과 발라의 임무는 상누아르라는 해적 선장을 체포하는 것이었다. 상누아르는 안개 대양을 항해하는 배들을 약탈하고 선원들을 죽이는 것으로 악명 높은 트리톤이었다.

최근에도 해적들이 오무아와 랑코비트의 배들을 침몰시켰다는 상인 길드의 보고를 받고 오무아의 리스베스 여제와 랑코비트의 베어 왕과 티타니아 왕비는 노발대발했다. 오무아의 여제는 트리톤을 체포하기 위해 카무플레 요원들을 파견했지만, 죽거나 실패했다. 랑코비트의 왕도 진실의 입과 함께 최고 마구스 두 명을 파견했지만, 해적들이 이미 다른 곳으로 자취를 감춘 뒤였다. 트리톤 선장이 좋아하는 곳으로 피신했다는 소문만 무성할 뿐 어느 항구인지 알 길이 없었다. 그 정보만으로 안개 대양에 있는 그 많은 항구 중에서 상누아르가 숨어 있는 곳을 찾아낸다는 것은 모래사장에서 바늘을 찾는 격이 아닌가.

그래서 오무아의 여제는 로빈과 발라에게 상누아르를 찾으라는 특명을 내렸다. 그러면서 로빈에게 랑코비트에 알리지 말고, 모든 상황을 직접 여제에게 보고하라고 명했다.

발라와 함께 그런 특명을 받은 것은 능력을 인정받았기 때문이라며 기뻐하던 로빈은 오무아의 여제가 자신을 타라로부터 떼어놓으려는 의도였다는 걸 알아차렸다. 도대체 여제는 무슨 생각을 하는 걸까? 로빈이 타라를 백마에 태워서 결혼이라도 하러 도망칠 거라고 생각하는 건가? 하지만 타라에게는 이미 페가수스가 있는 데다 납치하려고 했다가는 자칫 목숨을 잃을 수도 있었다. 마지스터에게 당한 뒤로 특히 납치에 대해서는 타라가 얼마나 예민한데…….

해적들 틈에서 일하는 두 달 동안 발라와 로빈은 싸움꾼이라는 평판을 얻는 데 성공했다. 그들은 불법 거래가 성행하고 있다는 걸 알았지만 그것이 주된 미션이 아니기 때문에 모른 척할 수밖에 없었다. 그러나 여러 나라의 정보국들은 밀매 조직을 검거하기 위해 그들의 작전이 끝나기를 초조하게 기다리고 있었다.

일주일 전, 로빈은 한 정보원을 통해 상누아르 선장이 선원을 모집한다는 사실을 알았다. 얼마 전 전투를 벌이다 선원을 많이 잃었기 때문에 새 선원이 필요했던 것이다. 의심이 많은 트리톤은 신뢰할 수 있는 추천이 있어야 선원을 채용했다. 그래서 보증을 서줄 만한 누군가를 알지 못하면 지원할 방법이 없었다.

브리앙트 부레 술집에서 상누아르 선장에게 채용되기를 기다린 지 닷새가 지나고 있었다. 따분해진 발라는 두 무희가 춤추고 있는 무대 위로 뛰어 올라갔다.

한창 춤추던 화이트 엘프 둘이 발끈했지만 서슬이 퍼레서 칼을 휘두르는 발라의 위협에 자리를 내주고 말았다. 타츠보움[16]들로 이뤄진 오케스트라도 촉수를 흔들면서 반대했지만, 미쳐 날뛰는 바이올렛 엘프에게는 맞서지 않는 것이 낫다는 결론을 내렸다.

로빈은 처음에 발라의 춤에 전혀 관심이 없었다. 그는 상누아르가 나타나는지 엿보면서 트롤과 술꾼들을 살피고 있었다. 이윽고 여기저기서 터져 나오는 탄성에 이끌려 로빈은 발라에게 눈길을 옮겼다.

엘프들과 인간들이 피로를 풀어주고 활력을 주는 효과 때문에 피우는 환각제의 푸르스름한 연기 속에서 타츠보움들이 얼룩점이 있는 촉수로 악기를 연주했다.

붉은 트르르로 만든 무대 위에서 발라는 선정적인 몸짓으로 술꾼들을 유혹하고 있었다.

발라가 레이스 장식이 달린 셔츠와 꼭 끼는 가죽 바지를 벗었다. 피부색과 같은 보라색 쇼트팬츠에 브래지어만 달랑 입은 발라가 칼을 꺼내 들었다.

그러고는 칼춤을 추었다.

물결치는 근육, 땀으로 번들거리는 피부, 펄쩍펄쩍 뛰다가 몸을 웅크리면서 춤을 추는 발라는 마치 민첩한 몸놀림에 목숨이 달린 것 같은 아찔한 춤을 추고 있었다.

．．．．．．．．．．．．

16. 카흠보움의 사촌으로 음악을 좋아하며, 우아하면서 경쾌한 멜로디도 연주할 수 있지만 특히 요란한 음악을 더 선호한다.

칼날에 개의치 않는다는 듯 칼들을 던졌다가 서슴없이 잡으면서 몸을 흔들어대는 발라의 춤에 엘프들과 인간들은 얼이 빠져 있었다. 로빈은 입술을 깨물었다. 발라는 로빈에게서 눈길을 떼지 않고 있었다. 로빈을 위해 엘프들이 즐기는 사랑과 죽음의 전통춤을 추고 있는 것이다. 로빈의 몸속에 흐르는 엘프의 피가 끓어오르면서 발라를 나무 꼭대기로 데려가서 백 살 미만의 나이에 금지된 일을 하라고 아우성치는 반면, 인간의 피는 도시라서 가까운 데에 나무는 없다고, 여기 온 목적은 상누아르를 잡아서 진실의 입들에게 넘기는 것이라고 반박했다.

가끔은 로빈도 이성을 요구하는 인간의 피가 싫었다.

로빈은 흥분을 가라앉히기 위해 타라의 모습을 떠올렸다. 타라가 몹시 그리운 로빈은 하루빨리 만나고 싶었다. 상누아르를 생포하면 엘프들과 오무아 제국이 맺은 협약 덕분에 적어도 한 달간의 휴가를 받을 수 있었다. 그러면 여제가 원하든 원치 않든 로빈은 타라와 함께 보낼 생각이었다.

그때 술집 문 앞에서 시끌벅적한 소리가 나더니 파란 피부에 종족의 문신을 새긴 거대한 트리톤이 거무튀튀한 송곳니들을 드러내면서 등장했다. 트리톤은 뾰족한 삼지창을 짚으면서 걸었다. 부상을 당했는데 레파루스 주문이 통하지 않았거나 한쪽 다리에 이상이 생긴 모양이었다.

물방울에서 나와 있을 때의 사이렌과 마찬가지로 트리톤의 꼬리지느러미가 근육질의 두 다리로 변해 있는데 비늘이 없어서 인간처럼 보였다.

두 인간과 두 바이올렛 엘프를 거느리고 들어오던 트리톤의 눈길이 즉시 춤추는 발라에게 꽂혔다. 로빈은 잠자코 있기로 했다. 신중을 기할 때였다.

트리톤은 한 테이블에 앉으면서 술꾼 한 명을 가볍게 밀쳐냈다. 쿵, 하고 넘어진 남자가 내는 신음소리에 손님들이 후다닥 다른 데로 피했다. 트리톤은 그 덩치만큼 힘이 장사였다.

로빈은 이맛살을 찌푸렸다. 트리톤들은 원래 체격이 호리호리하고, 근육 조직이 길쭉해서 쉽게 헤엄칠 수 있는데 이 트리톤은 거구였다. 그리고 트리톤은 아더월드의 붉은색 고래인 발분의 젖과 버터를 터무니없는 가격으로 팔 때를 제외하고 아더월드 주민들의 일에 참견하지 않는 것으로 알려져 있었다.

로빈이 이번에는 눈살을 찌푸렸다. 상누아르가 물방울이 없다는 것도 이상했다. 늙은 사이렌 둘은 마법의 물방울 속에 들어 있는 상태로 손님들의 시중을 들고 있었다. 사이렌들도 얼마 동안은 물방울 밖에서 지낼 수 있지만 비늘이 일어나고, 아가미가 건조해지기 때문에 고통스러운 일이었다.

트리톤의 비늘이 어찌나 반짝거리는지 잉어처럼 싱싱해 보였고, 마치 공기를 들이쉬는 것처럼 아가미가 벌름거렸다. 로빈은 슬그머니 손을 뒤집었다. 손목 안쪽에 블랙 스톤이 박혀 있었다. 블랙 스톤 주위에 새긴 매듭무늬 문신 때문에 보석 팔찌처럼 보이지만, 사실은 오무아 정보국에서 마련해준 최첨단 통신기였다. 말 그대로의 통신 기능뿐만 아니라 표적으로 삼은 실루엣이 눈앞에 나타나서 어떤 마법을 사용하는지 알려주는 기능까지 있었다.

악마들의 마법은 엘프들의 마법이나 인간들의 마법과 달랐다. 그렇지만 로빈이 표적을 향해 손목을 돌렸을 때 블랙 스톤은 마법이 거의 없다고 알려주었다. 트리톤이 지니고 있는 무기들에서 나타나는 마법은 파란 점들에 불과했다. 게다가 상누아르에게서는 마법 능력이 나타나지 않았다. 그렇다면 굳이 로빈과 발라를 파견하지 않아도 이토록 특이한 체격의 트리톤을 찾아내는 것이 그리 어렵지 않을 텐데 지금까지 체포하지 못한 게 이상했다.

동행한 부관들과는 달리 트리톤은 발라의 춤에 특별한 관심은 없는 것 같았다. 트리톤이 뭔가를 살피는 듯한 얼굴로 실내를 훑어보는 순간 로빈은 얼른 고개를 숙였다. 다른 사람들이 어떻게 채용되는지 눈여겨보면서 기다리다가 일단 배에 오른 다음에 트리톤을 현행범으로 체포해야 했다. 진실의 입들이 태어나서부터 저지른 범죄 목록을 작성할 수 있다고 해도 법은 현행범이나 부인할 수 없는 증거를 제시해야 죄를 인정하기 때문이었다.

술집 주인이 다가왔다. 타트리스족인데 두 머리 중 하나가 옆으로 늘어져 있고, 눈은 반쯤 감겨 있었다. 이 주인은 원래 작가였는데 집필을 위해 향신료로 유명한 항구를 촬영하던 중에 선원들 사이에 벌어진 패싸움에 휘말려서 머리를 다쳤다는 소문이 있었다. 정신에 이상이 생긴 뒤로 그곳에 정착해서 이 술집을 샀고, 기다리고 있었다. 정확하게 뭘 기다리는지 아무도 모르지만 아무튼 그는 뭔가를 기다리고 있었다.

로빈과 발라는 이 술집에 올 때마다 무용담을 자랑했고, 싸움이 일어날 때마다 농담이 아니라는 걸 입증했다. 트리톤에게 로빈과 발라, 식인귀를 포함한 다른 셋을 추천한 것이 바로 타트리스족 술집 주인이었다. 홉족한 상누아르가 부관 중 하나인 엘프에게 뭐라고 속삭이자 엘프가 일어나서 식인귀에게 다가갔다. 식인귀는 한 가족이 2주일 동안 충분히 먹고도 남을 만큼의 트라둑 갈비를 눈 깜짝할 사이에 해치우는 괴력을 발휘한 다음, 뼛조각으로 송곳니에 낀 기름을 파내고 있었다.

모든 엘프가 그렇듯 로빈도 청각이 몹시 발달해 있었다. 그래서 술꾼들이 시끄럽게 떠들어대고 있지만 로빈은 귀를 기울이고 그들 대화에 집중했다.

"선장님이 자네를 채용할 것 같다, 식인귀." 엘프가 속삭였다. "선장님의 테이블로 가보게."

식인귀가 일어났는데 엘프보다 머리 세 개 정도가 더 컸다. 식인귀가 아무 말 없이 상누아르를 향해 건들건들 걸어가자 다른 손님들이 슬금슬금 피했다. 식인귀는 트리톤 앞에 섰다.

"내 이름은 크르랄. 나를 선원으로 채용할 것임?" 식인귀가 우렁차게 말했다. "나를 채용하는 이유가 무엇임? 보수는 얼마를 줄 것임?"

트리톤은 식인귀의 공격적인 태도에 아랑곳하지 않았다.

"자네의 나무가 붉게 물들기를! 하프식인귀 크르랄." 트리톤이 의례적인 인사말을 건넸다.

"당신의 바다가 잔잔해지고, 물고기는 느리게 헤엄치기를!" 기세등등하던 식인귀도 답례 인사말을 하면서 자리에 앉았다.

"일반적인 채용이지." 상누아르 선장은 금빛 동공이 또렷이 드러나는 청록색 눈을 크게 뜨면서 태연하게 말했다. "일주일에 크레디트-무트 금화 한 닢, 약탈한 물건을 전체 선원의 머릿수로 똑같이 나눈 몫의 절반을 주겠다. 자네가 사망하면 가족에게 알릴 것이며, 화장이든 수장이든 자네가 원하는 대로 장례를 치러준다. 나를 위해 일 년 동안 일하고, 그 후에도 살아 있을 경우에는 절반으로 나누던 몫을 다 주고, 두 번째 계약 기간은 3년이다."

로빈은 하마터면 휘파람을 불 뻔했다. 일개 선원에게는 파격적인 조건이 아닌가. 더군다나 식인귀인데. 그만큼 선원이 절실하게 필요하다는 뜻인가?

굶주려 있는 식인귀지만 멍청하지는 않았다.

"약탈한 물건이라고 했음?"

식인귀가 호기심이 동한 어조로 물었다.

"그래, 약탈한 물건이다." 상누아르 선장이 단호하게 대꾸했다. "질문 금지, 질문은 나도 하지 않을 테니까. 이런 조건은 어디에도 없다."

"해적임?" 식인귀는 고집스러웠다.

"나는 사업가다." 트리톤이 날카롭게 깎인 거무스름한 이빨을 드러내면서 대답했다. "왜, 해적에 관심이 있나?"

"날마다 고기를 6킬로그램 이상 먹게 해주면 당신을 위해 일하겠음." 식인귀가 대답했다.

트리톤이 식인귀를 뚫어져라 쳐다보다가 빙긋이 웃었다.

"그렇게 하세!" 트리톤이 물갈퀴 달린 손바닥에 침을 뱉었다. "계약하지."

식인귀도 큼직한 손에 가래침을 탁 뱉었지만, 트리톤은 거리낌 없이 악수를 했다.

선장의 부관으로 동행한 인간들 중 한 명이 서류를 내밀자 상누아르는 고기에 관한 조항을 덧붙였다. 이어서 그들은 계약서에 사인을 했다.

"내일 아침 6시에 배를 타거라." 상누아르가 슬그머니 끈적끈적한 손을 닦으면서 말했다. "내 배는 5번 부두에 정박해 있다. 배의 이름이 '검은 복수'니까 금방 찾을 수 있을 것이다."

"크르랄은 배를 찾을 수 있음. 내일 아침 크르랄은 배를 타고 있을 것임."

홉족한 얼굴로 돌아서던 식인귀가 시원하게 트림을 했는데 하필이면 한 술꾼이 파이프에 불을 붙이고 있을 때였다. 요란한 트림소리에 놀란 술꾼이 불을 머리털에 붙이다가 비명을 질러댔다. 일행이 재빠르게 브르맥주를 끼얹어서 불을 껐기에 망정이지 대머리가 될 뻔했다.

"어이쿠, 미안함."

정말 미안하긴 한 걸까, 식인귀가 중얼거리면서 술집을 나가는 사이에 봉변을 당한 남자는 맥주에 젖어서 시커메진 눈(그을음 때문에)을 깜박거리면서 파이프 담배를 멍하니 쳐다보고 있었다.

로빈은 귀중한 정보를 알았다. '검은 복수'. 드물게 살아남은 선원들이 해적선의 모습을 묘사한 적은 있으나 하나같이 해적선의 이름을 알지 못했다. 공격하는 순간에 마법으로 배의 이름을 은폐하는 것이 틀림없었다. 트리톤에 대한 묘사도 명확하지 않았다. 오무아 정보국이 상누아르를 유력한 용의자로 지목한 것은 오랜 시간 치밀하게 수사한 덕분이었다. 그러나 '유력한'이라는 표현 자체가 '확실하다'는 뜻은 아니지 않는가. 따라서 상누아르가 범인이라는 증거를 찾는 것이 로빈과 발라의 임무였다.

로빈은 배의 이름에 대해 곰곰이 생각했다. 트리톤이 복수의 칼을 갈고 있다는 뜻인가? 그렇다면 그 대상은 누구일까? 로빈은 호기심이 동했다. 상누아르는 모든 면이 이상했다.

트리톤을 유심히 살피던 로빈은 목에 난 금빛 자국을 발견하고 깜짝 놀랐다. 트리톤이 어쩌다가 살테렌스 소금 광산의 노예가 되었던 걸까? 더군다나 어떻게 살아남았을까? 금빛 트실에게 물린 자국이 틀림없기 때문이다. 금빛 트실의 독에 감염되면 해독제가 존재하지 않아서 죽을 수밖에 없는데…….

살테렌스 사막의 트실은 숙주를 마비시킨 다음 목 주위의 살 속으로 파고드는 벌레다. 대동맥을 뚫고 들어간 트실이 몸속을 돌아다니며 알을 퍼뜨린 다음에는 숙주의 마비 증세가 사라지지만, 약 백여 시간 후에 알들이 부화하여 숙주의 몸을 뜯어먹는 악순환이 계속되기 때문에 일단 트실에게 물리면 살아남기가 힘들다. 보통의 트실에게 물렸을 경우는 해독제로 치료할 수 있다. 해독제가 위에서부터 혈액을 거치면서 알들을 파괴하기 때문에 알이 부화하기 적어도 두 시간 전에는 복용해야 한다. 그러나 이 해독제는 변종인 금빛 트실에게는 통하지 않아서 숙주가 죽는 것 말고는 다른 해결책이 없다. 심장이 멈추면 산소 결핍으로 인해 알들이 순식간에 죽기 때문이다.

고양이과의 두 발 동물인 살테렌스족은 트실을 이용해서 납치해온 다른 종족들을 노예로 부리고 있었다. 해독제를 갖고 있는 것은 살테렌스족밖에 없었다.

로빈은 타라와 마찬가지로 살테렌스족을 아주 싫어했다.

아더월드의 다른 종족도 거의 살테렌스족을 싫어했다.

로빈은 트리톤을 좀 더 유심히 살폈다. 아, 그랬구나. 그렇게 문신을 복잡하게 새긴 것은 채찍 자국을 감추기 위한 것이었다.

로빈은 손목을 입에 가까이 대고 팔찌처럼 위장한 블랙 스톤에 대고 속삭였다.

"약탈한 화물의 종류와 그 화물이 살테렌스족과 어떤 관계가 있는지 확인할 것."

흡족한 얼굴로 다가오는 엘프 부관을 보면서 로빈은 얼른 손목을 내리고 크로그로세이유 잔을 집어 들었다.

"술집 주인에게서 네가 여동생과 함께 일자리를 찾고 있다고 들었다." 엘프가 몸을 숙이면서 말했다. "선장님께서 관심이 있는 것 같은데……."

로빈은 무덤덤한 눈길로 엘프를 쳐다보다가 복장을 훑어봤다. 엘프는 생각했던 것보다 훨씬 깔끔하고 단정한 차림이었다. 양손에 장검을 한 자루씩 잡고 있는데 바이올렛 엘프들에게는 양손잡이가 드물지 않다. 엘프는 온화한 상인의 모습이었다. 로빈은 살펴본 결과에 만족하는 것처럼 고개를 끄덕이면서 일어났다. 이어서 로빈이 휘파람을 불자 발라가 춤을 멈췄다. 춤을 더 추라고 고래고래 소리 지르는 술꾼들 따위는 아랑곳없이 발라는 서둘러 옷을 입고 무대에서 뛰어내렸다.

"나 불렀어?" 숨을 헐떡이면서 달려온 발라가 보랏빛 얼굴에 유난히 희게 보이는 치아를 드러내며 미소를 지었다.

발라는 남매로 행세하자는 로빈의 제안을 못마땅해했다.

"일자리를 주겠다는데." 로빈이 상누아르의 테이블을 가리키면서 말했다. "할 만한 일인지 가서 들어보자."

발라가 쳐다보자 태연한 표정으로 그들을 훑어보던 트리톤이 와서 앉으라는 손짓을 했다.

"선장님, 항상 순풍에 돛을 올리시기를!" 발라는 길게 끄는 목소리로 말하면서 우아하게 앉았다.

"바다가 그대를 너그럽게 대하기를!" 상누아르도 답례 인사를 했다. "둘라와 부길이라고 했나?"

로빈이 그들의 가짜 이름에 고개를 끄덕였다.

"이복 남매인가?"

"네."

"나는 상누아르 선장이다. 선원이 필요해."

"우리는 선원이 아닌데요." 발라가 천연덕스럽게 대꾸했다.

발라는 가슴이 많이 파인 의상 때문에 몸을 숙일 수 없었다.

트리톤이 알고 있다는 듯 미소를 흘렸다.

"그래, 너희들은 엘프 전사들이지. 싸움깨나 한다는 얘기는 술집 주인 데도리스한테 들었다. 그리고 불청객 몇 놈을 때려눕혔다는 것도."

"내 맥주를 엎질렀거든요." 발라가 침울한 얼굴로 말했다. "그렇지 않아도 따분해서 근질근질하던 참인데 날 건드린 거죠."

"네가 춤을 추면서 칼을 사용하던데 칼은 다룰 줄 아는가?"

"선장님, 저 구석에 있는 테이블에서 속임수를 쓰고 있는 돼지 같은 놈 보이시죠?"

발라가 '돼지 같은 놈'이라고 지칭한 대상은 정말 멧돼지같이 생긴 오크이기 때문에 모욕적인 말이 아니었다. 철갑옷 차림의 오크족 전사는 어금니에 피가 시커멓게 말라붙어 있었다. 인간 두 명과 뱀파이어 한 명과 함께 도박을 하는 중이었다.

선장이 돌아보면서 고개를 끄덕였다.

"속임수를 쓰고 있는지는 모르겠지만 오크족은 보인다. 그래서?"

눈 깜짝할 사이에 날아간 칼날이 오크의 귀를 스쳐 발에 꽂히자 괴물이 비명을 질렀고, 팔찌와 냄새나는 털 속에 숨겨놓은 카드 몇 장이 떨어졌다.

잠시 어리둥절해서 떨어진 카드를 쳐다보던 도박꾼 셋이 동시에 커다란 칼을 꺼내 들었다. 그들은 오크의 발에서 단검을 뽑은 다음 밖으로 끌고 나갔다. 잠시 후 비명소리가 들리고 도박꾼 셋이 들어왔다. 오크는 없었다.

그중 한 명이 발라에게 단검을 돌려주는 사이에 사이렌이 테이블에 떨어진 피를 닦아주자 그들은 다시 자리에 앉아서 도박을 계속했다.

"아주 인상적이군." 트리톤이 말했다. "다른 무기들도 사용할 줄 아는가?"

"장검, 쇠뇌, 활, 트리크로크 등 베고, 쪼개고, 자르는 무기는 전부 다 다룰 줄 압니다."

"총기는?"

로빈의 표정이 굳어졌고, 발라는 눈이 동그래졌다.

"총기는…… 아더월드에서 금지된 무기입니다."

"해적 행위도 금지되어 있지." 상누아르가 짤막하게 대꾸했다.

물론 맞는 말이었다. 황소를 훔칠 수 있는데 뭐 때문에 달걀을 훔치겠는가?

"정부는 지구의 무기를 들여오는 자들을 교수형에 처합니다."

"해적들도 교수형에 처하지. 너희들은 몰라도 되는 일이지만 나한테 총기를 공급하는 자는 한 정부의 고관이지." 상누아르가 지적했다. "내가 체포되는 것이 그 사람에게 이로운 일은 아니지."

와우, 이건 아주 대단한 가치가 있는 정보로군. 그래서 그렇게 붙잡기가 어려웠던 건가? 아무에게도 우리의 미션을 발설하지 말라는 여제의 말이 맞았어.

"총기는 사용할 줄 모릅니다." 로빈이 대답했다.

몇몇 군대만 총기를 소지하고 있는데 사용할 줄 안다고 하는 것이 오히려 의심을 살 위험이 있었다.

"마법으로 작동하는 대포는?" 트리톤이 계속 물었다. "마법의 수준은 어느 정도인가?"

"우리는 포병이 아니지만 기본적인 무기는 사용할 줄 압니다. 그리고 우리의 마법 수준은 둘라가 1000포인트 미만이고, 나는 2000포인트입니다." 로빈이 대답했다.

실제 수준에 훨씬 못 미치는 수치지만, 로빈은 정확하게 알려주고 싶지 않았다. 최고 마구스는 5000~6000포인트에 이르고, 데미데루스는 만 포인트 이상이었다. 타라의 수준은 계속 변하고 있어서 아직 측정하지 않은 상태였다. 폭발하지 않고 측정할 수 있는 기계가 존재한다면 몰라도.

"엘프 전사들치고는 나쁘지 않군." 트리톤이 인정했다. "일반적으로 엘프 종족은 전투에 뛰어나지만 마법 능력은 별로니까. 일주일에 한 사람당 크레디트-무트 금화 한 닢을 주지. 약탈한 물건을 전체 선원들의 머릿수로 나눈 몫의 절반을 주고, 계약 기간은 일 년이며, 일을 더 하겠다면 두 번째 계약 기간은 3년이다. 일이 잘되면 너희는 여자……(트리톤은 발라의 초록빛 눈과 마주치자 말을 수정했다), 아니 엄청난 재물을 갖게 될 것이다. 무슨 일이 생길 경우 너희의 장례는 내가 치러줄 것이다. 우리 배에서 탈주란 있을 수 없다. 살아서는 결코 도망치지 못하니까."

발라와 로빈은 마치 망설이는 것처럼 눈길을 주고받았다.

"절반으로 나누지 말고 다 주십시오."

로빈이 상누아르의 마음을 떠보려고 해본 말이었다.

"4분의 3으로 하지. 더 이상의 협상은 없다."

상누아르가 딱 잘랐다.

발라가 손에 침을 뱉었다.

"좋아요, 계약합시다."

트리톤에 이어 로빈도 손에 침을 뱉었다. 이어서 그들은 계약서에 가짜 이름으로 사인을 했고, 식인귀와 똑같은 지시를 받았다.

트리톤은 로빈에게 특별한 관심을 보이지 않았다. 로빈은 상누아르가 자신에게는 무기 다루는 솜씨에 대해 아무런 질문도 하지 않은 것이 이상했다. 마치 발라에게만 관심이 있는 것 같았다.

엘프 부관이 어느새 세 번째 후보자를 데려왔기 때문에 그들은 물러나야 했다. 로빈과 발라는 흡족한 얼굴로 '엘프의 휴식'이라는 이름의 호텔로 돌아갔다. 이 호텔을 선택한 것은 브리앙트 부레에서 멀지 않은 데다 숙박료가 저렴하고, 층계가 삐걱거려서 불청객의 침입을 대번에 눈치챌 수 있고, 방문의 빗장이 아주 튼튼하기 때문이었다.

샤워를 끝낸 로빈이 물을 좋아하는 소우르브를 욕조에서 끌어내려고 할 때 노크 소리가 났다. 발라였다.

"내 방 욕실은 샤워기가 작동하지 않아. 물의 원소가 놀러 나간 모양이야." 발라가 말했다. "이 방 욕실을 사용해도 될까?"

로빈이 한숨을 쉬고 나서 발라를 방에 들였다.

"어서 해, 난 이미 했으니까."

"고마워." 발라는 유혹의 몸짓을 하지 않고 얌전하게 대답했다.

욕실에 있다가 발라에게 쫓겨난 소우르브가 뿌루퉁해서 로빈의 무릎에 올라앉았다. 발라가 콧노래를 부르면서 샤워하는 소리가 들리자 로빈은 그사이에 여제에게 보내는 보고서를 작성했다. 로빈은 아무도 알아채지 못하게 방 주위에 프로텍투스 주문을 걸어놓은 다음 크리스털 볼로 보고서를 전송했다. 성공적인 미션을 앞둔 이 결정적인 순간에 들통이 나지 않도록 매사에 신중을 기해야 했다.

드디어 발라가 몸에 찰싹 달라붙은 젖은 타월을 두르고 욕실에서 나왔다. 뒤로 쓸어 넘긴 청보랏빛의 젖은 머리, 샤워로 따뜻해진 보랏빛 피부, 아주 멋진 몸매였다.

발라가 상체를 약간 뒤로 젖히면서 포즈를 취했다. 로빈이 뭐라고 말하려는 순간 발라가 두 팔을 벌렸다.

목욕 타월이 떨어졌다.

로빈은 눈을 감았다. 로빈이 좋아할 거라고 생각했는지 소우르브가 즉시 이미지를 보냈고, 하프엘프의 머릿속에서 일곱 명의 벌거벗은 발라가 춤을 췄다.

로빈이 신음소리를 내면서 얼른 패밀리어와 교감을 끊었다.

"내 말 잘 들어." 로빈이 말했다. "내가 몇 번이나 말했잖아? 나는 너를 원치 않는다고. 발라, 난 타라를 사랑해. 네가 무슨 짓을 하든 그건 네 자유지만 그래 봐야 아무 소용없어."

로빈 옆에서 침대가 삐걱거렸다. 발라가 몸이 닿을 정도로 로빈에게 바짝 다가앉았던 것이다. 로빈이 눈을 뜨다가 얼른 감았다. 발라는 여전히 옷을 입지 않고 있었다.

"타라를 사랑하는 것이 오무아의 후계자이기 때문이야?"

"아니, 난 타라가 누군지 알기 전부터 사랑에 빠졌어. 내가 타라를 사랑하는 건 정직하고, 용감하기 때문이야. 절대 거짓말을 안 하고, 나를 이용하지도 않아."

"지난주에 본 영화가 생각나서 하는 말인데 네가 그 사랑을 성공하려면 영화 속 주인공들처럼 타라가 오케이라고 말할 때까지 성에 가둬야 할 거야."

도대체 무슨 말을 하는 거야? 타라를 가둬놓으려고 했다가는 파리 목숨이 되고 말 텐데.

심호흡을 하다가 엘프의 뜨거운 숨결을 느낀 로빈은 대번에 후회하면서 숨을 훅 내뱉었다.

"발라, 다른 엘프를 찾아보는 게 어때? 우리 엘프 중 대부분이 너의 연인이 될 수만 있다면 무슨 짓이든 할 텐데. 너는 아름답고 똑똑하고 가장 뛰어난 전사잖아."

"하지만 넌 나를 원하지 않잖아."

발라가 토라진 목소리로 대꾸했다.

"우리의 법에 대해서는 나도 잘 알고 있어, 발라. 네가 나에 대한 옵션을 제기했다고 해서 너에게 모든 권한이 있는 게 아냐. 그리고 나는 네가 좋으면 가졌다가 싫증 나면 던져버리는 장난감이 아냐."

"나를 그렇게 생각하는구나. 내가 사랑 없이 쾌락만 즐기는, 그런 형편없는 엘프 같아?"

로빈은 망설이다가 정직하게 말하기로 결정했다.

"응."

한숨소리와 함께 로빈의 손에 뭔가 축축한 것이 떨어졌다. 발라의 머리에서 떨어진 물방울이었다.

"그래, 맞는 말이야." 발라의 목소리가 너무 유쾌해서 끔찍하게 들렸다. "내가 원하는 것은 오로지 쾌락이니까. 트리톤 선장도 꽤 매력적이라서…… 그를 만나러 가기 전에 너를 유혹할 생각이었는데."

그렇게 말하고 나서 발라는 로빈에게 말할 겨를도 주지 않고 방을 나가버렸다. 복도에서 들리는 휘파람 소리로 로빈은 발라가 여전히 벌거벗은 상태라는 걸 알았다. 휘파람 소리에 이어 고통의 딸꾹질 소리가 들리더니 격하게 토하는 소리가 났다. 발라가 애꿎은 누군가에게 화풀이를 한 모양이었다.

로빈은 한숨을 푹 내쉬었다. 미션이 빨리 끝나기를 바랄 수밖에. 몇 시간 동안 프로텍투스 주문을 걸어놓은 김에 로빈은 타라에게 연락하기 위해 클릭을 작동했다.

8
엘프 스타일러

신빙성 있는 확실한 정보를 원할 때는 미용사보다 나은 정보원이 있을까

*

공기의 원소가 타라의 머리털을 휘날리면서 몸을 말리고 있을 때 선반에 놓인 클릭이 울렸다. 질겁한 타라는 로빈의 모습이 나타나기 직전에 타월을 몸에 둘렀다. 늘 그랬듯이 타라는 로빈의 남성미와 크리스털 눈, 완벽한 코, 눈부신 미소에 넋을 잃었다. 로빈은 브래드 피트 저리 가라 할 정도로 미남이었다.

젖은 타월로 몸을 반쯤 가린 타라의 모습이 보이는 순간 로빈의 눈이 날카로워졌다.

그러고는 이상한 반응을 보였다.

"오, 맙소사, 너까지 그러면 안 돼!" 로빈이 한탄했다.

"안녕, 로빈. '너까지 그러면 안 돼'라니, 그게 무슨 말이야?"

하프엘프는 침착함을 되찾았다.

"아니, 아무것도 아냐. 샤워하고 있었어?"

"방금 끝났어. '너까지 그러면 안 돼'가 무슨 말이냐고?" 그렇게 이상한 말을 그냥 넘어가는 성격이 아닌 타라가 되물었다.

"발라가 내 방에 와서 샤워를 했거든. 그리고……."

"뭐라고?"

갑자기 파란빛에 에워싸여 있다는 것은 타라가 마법을 작동했다는 뜻이었다. 로빈은 한순간 마법이 클릭을 통해 전해지는 건 아닐까 불안했다. 얼른 한 걸음 물러선 로빈의 입에서 말들이 서로 달라붙는 듯 빠르게 튀어나왔다.

"발라의방샤워기가고장났고술집에서춤을췄거든."

형편없는 대답이었다.

"뭐? 발라와 함께 술집에 갔다고? 같이 춤을 췄단 말이야?"

저러다 타라가 폭발하는 거 아냐? 로빈은 공포가 엄습했다.

"아니, 아니, 같이 춤추지 않았어! 발라는 무대 위에 있었어. 드디어 찾아낸 트리톤 선장이 우리를 고용했어. 발라가 카드 속임수를 쓰는 오크의 발에 단검을 날리는 실력을 보여준 뒤에 호텔로 돌아왔어. 하지만 선장이 우리를 채용했기 때문에 내일 떠나."

타라를 납득시키겠다는 마음이 앞섰을까, 당황한 로빈은 입에서 나오는 대로 횡설수설하고 있었다.

"그리고 발라는 샤워를 하려고 내 방으로 왔고 샤워를 했는데 타월이 떨어졌어. 나는 눈을 감았지만 소우르브가……. 어쨌든 간단히 말해서 발라는 나를 가질 수 없기 때문에 트리톤 선장을 유혹하러 나갔어."

로빈은 타라의 성난 눈빛을 보지 않으려고 또다시 눈을 감을 뻔했다. 하지만 용기가 가상할 정도로 눈을 부릅뜨고 있었다.

성난 목소리로 "뭐라고?" 소리쳤지만 타라는 로빈이 방금 한 말을 믿어보려고 애를 쓰는 것이 역력했다.

"벌거벗은 발라가 눈앞에 서 있었는데 너는 눈을 감았단 말이지?" 타라가 차분하게 물었다. "그 말은 좀 믿기 어려운데……."

로빈은 자존심이 상한 얼굴로 말했다.

"그건 분명한 사실이야. 내가 사랑하는 사람은 너니까. 타라, 오늘 저녁 발라가 그걸 확실히 깨달았다고 생각해. 발라가 몹시 불쾌해하면서 나간 걸 보면."

"눈을 감았다면서 그걸 어떻게 알아?"

"목소리를 들으면 알잖아! 발라의 목소리에서 느꼈단 말이야!"

이런, 이런! 난처한 상황에 빠진 로빈은 엘프들이 숭배하는 여섯 명의 신에게 타라가 제발 믿어주기를 간절히 빌었다.

"발라가 더 이상은 아무 짓도 하지 않았고?"

"응, 발라가 너를 성에 가둬야 할 거란 말은 했어. 지구인들의 풍습을 모르지만 그게 그렇게 흔한 일은 아니지?"

엘프의 목소리에 불안한 기색이 있어서 타라는 숨이 막힐 뻔했다.

"맙소사, 그건 또 무슨 소리야? 나를 가둬? 뭐 때문에?"

하프엘프는 당황했다.

"음…… 뭐 때문인지 몰라서 묻는 건 아니지?"

타라는 침을 삼키다가 기침이 나는 바람에 하마터면 타월을 떨어뜨릴 뻔했다. 얼굴이 빨개진 타라는 눈물이 글썽했다. 깜짝 놀라서 자세히 살펴보던 로빈은 타라가 타월을 움켜잡고 웃고 있다는 걸 알아차렸다.

"로빈, 너와 '그걸' 하기로 결심하는 날은 아무래도 서로 다른 문화 차이 때문에 시간이 좀 걸릴 것 같아. 그리고 나를 가둬둘 필요는 없어. 특히 발라가 하는 말은 신경 쓰지 마, 아무 말이나 막 하는 거니까."

타라는 긴장이 약간 풀렸다. 로빈에게 있는 엘프의 충동적인 면이 마음에 걸리긴 하지만 로빈을 믿었다. 로빈은 타라를 배신하기로 마음먹었을 경우에는 솔직하게 말할 성격이었다.

"그리고 발라는 정말 문제가 많아. 왜 그렇게 옷을 잘 벗어? 미친 거 아냐?"

"미, 미안해, 타라."

"네가 뭐가 미안해? 벌써 두 달째 발라가 네 침대 안으로 들어가려고 애쓰고 있다는 걸 내가 아는데. 발라가 몇 살이지?"

"어려. 백 살은 안 됐으니까 아마 쉰 살쯤 됐겠지. 나이는 왜?"

타라는 눈을 찡그렸다. 엘프 세계와 인간 세계는 나이를 계산하는 단위가 전혀 다르다는 걸 번번이 잊어버리다니. 로빈은 인간의 나이로 열일곱 살에 해당하지만 엘프의 나이로는 아직 백 살이 안 되었다. 엘프의 세계에서 백 살이 되기 전까지는 열 살이든 여든 살이든 성인이라고 할 수 없었다.

"아, 쉰 살. 어쨌든 너보다는 나이가 훨씬 많잖아. 그 나이에 자식뻘 되는 엘프에게 치근덕거려도 되는 건가?"

"엘프의 세계에서는 발라도 너나 나처럼 미성년이니까."

'아무리 예쁜 아줌마라도 너같이 어린 꽃남을 유혹하는 건 염치가 없는 거 아닌가?' 하고 말하고 싶지만 타라는 단념했다. 방향을 바꿔보자.

"로빈, 발라는 두 가지 미션을 맡고 있는 것이 분명해."

타라가 단호하게 말했다.

멍한 표정을 짓고 있는 것으로 보아 하프엘프는 무슨 말인지 이해하지 못한 모양이었다.

"해적 트리톤을 잡는 것은 공식적인 미션이고, 우리를 헤어지게 하려고 너를 유혹하는 것이 비공식적 미션인 게 틀림없어. 발라의 어머니 에레가 인간과 특히 하프엘프를 얼마나 미워하는지 알잖아. 너를 싫어하는 내 고모도 마찬가지고. 내 생각에는 그 둘이 우리를 떼어놓으려고 공모한 것 같아."

이 말에 하프엘프는 자존심이 상했다. 자신은 절대 발라의 유혹에 넘어가지 않는다는 듯이.

타라는 로빈의 표정을 보면서 말이 서툴렀다는 걸 깨달았다.

"네가 지독하게 못생긴 추남이라면 끔찍한 미션이겠지만 너무나 잘생긴 미남인데 발라가 싫다고 마다할 리가 없지."

하프엘프는 미소를 짓지 않았다. 이런, 이번에도 안 통하네.

"너는 이유를 알아?"

"무슨 이유?"

"여제께서 왜 타라 네가 하프엘프와 사귀는 걸 싫어하는지."

물론 타라는 이유를 알고 있었다. 타라가 리스베스 여제에게 왜 그렇게 엘프 종족을 혐오하는지 물었을 때 고모는 분명히 말했었다.

"엘프족은 위험해. 싸울 생각만 하고, 조금만 싫은 소리를 해도 모욕으로 받아들여서 결투를 하자고 덤벼드는 종족이지. 물론 그것은 엘프족의 잘못이 아니라 천성이야. 그들의 본능을 억제하려면 거의 전멸시킬 필요가 있지. 어쨌든 엘프의 수명이 긴 것도 그런 공격적인 성향 덕분이라고 볼 수 있어. 그들이 그렇게 공격적이지 않았다면 아더월드 곳곳에 흩어져서 살았을 거야. 타라, 내 눈에 보이는 로빈은 하프엘프가 아니라 온전한 엘프야. 로빈이 오무아의 후계자인 너에게 영향을 미칠 경우 내 국민이 위험한 상황에 빠질 수 있어. 나는 그걸 용납할 수 없는 거야. 우리는 그런 위험을 무릅쓸 수 없다. 로빈을 없애는 것만 빼놓고 너희 둘의 사랑이 실현되지 않도록 내 능력이 닿는 한 무슨 짓이든 할 거니까 그리 알아."

고모의 말을 떠올리던 타라는 망설였다. 로빈에게 이 진실을 말해주는 것이 좋을까? 타라는 로빈의 크리스털 눈을 응시하다가 하기로 결정했다.

타라의 설명을 듣고 로빈은 얼굴을 찌푸렸다.

"휴, 완전히 틀린 말은 아냐."

"하지만 문제는 고모가 진짜 모습의 너를 모른다는 거야!" 타라가 격분했다. "너는 굉장히 신중하잖아. 어떤 문제가 생겼을 때 너처럼 모든 변수를 생각하는 사람을 본 적이 없어. 너의 인간적인 부분과 네 어머니가 가르친 교육의 영향 덕분인 것 같아. 지금의 너를 만든 것은 천성보다는 교육이라고 생각해. 그러니까 엘프족도 이제는 싸우기보다는 변해야 하는데……. 어쨌든 로빈, 고모가 엘프족은 변하지 않는다는 핑계를 대면서 반대하지만 나는 포기하지 않아. 우리는 다르다는 걸 보여주자!"

로빈이 미소를 지어 보였다.

"나의 사랑스러운 여전사. 그럼 우리는 그들을 보기 좋게 속이면 돼. 그런 의미에서라도 이 미션을 반드시 성공시켜야겠어."

"그 바이올렛 엘프도 무시해버려." 타라가 로빈에게 침을 흘리고 있는 발라를 잊지 않고 강조했다.

웃음 짓던 로빈이 심각해지면서 마지막 통화 이후에 있었던 일을 자세히 얘기했다. 로빈이 총기에 대해 말했을 때 타라는 오무아의 후계자로서 몹시 불안했고, 고모와 의논할 문제라고 생각하면서 머릿속에 새겨두었다.

타라는 크라살비의 대통령과 드라고쉬 선생님에 대해 알게 된 것을 말했다.

그러나 크라에토비르의 반지에 대해서는 언급하지 않았다.

로빈은 드라고쉬가 보여준 뱀파이어의 카리스마에 대해 들으면서 이맛살을 찌푸렸다.

"그런 능력이 있다는 얘기는 처음 들어봐. 아더월드 연대기에도 그런 카리스마에 대한 언급이 없는데 정말 이상하네. 내가 알아볼게. 오오살레에도 데비자투아르*가 있을 테니까. 아무튼 그때까지는 조심하고 또 조심해. 상누아르를 체포하면 한 달 동안 휴가를 받을 수 있는데 그때 너에게 가도 되지?"

"물론이지." 타라는 얼굴이 빨개져서 대답했다. "하지만 부탁인데 방심은 하지 마. 내가 지금 타딕스나 마딕스에서 휴가를 보내는 것도 아닌데 과연 이곳으로 나를 만나러 올 수 있을까? 또다시 긴급한 미션을 주면서 너를 세상 끝으로 파견할지도 몰라. 그리고 고모가 우리를 감시하기 위해 이곳에도 그 빌어먹을 사이렌을 울리게 해놨을 가능성도 있고!"

둘은 모든 연인이 그렇듯 한 시간쯤 "너를 보고 싶어, 나도 보고 싶어. 너를 사랑해, 나도 사랑해, 내가 더 많이 사랑해, 아니 내가 더 많이……." 등의 달콤한 말을 속삭이다가 클릭을 끊었다.

타라가 클릭을 뚫어져라 응시하고 있는데 속이 뒤틀렸다. 로빈의 마음을 편하게 해주려고 더는 말하지 않았지만 발라의 유혹 때문에 분노가 치밀었다. 그 순간 타라는 갈랑에 올라타고 라이벌을 때려눕히기 위해 안개 대양을 향해 돌진하는 자신의 모습을 떠올렸다.

페가수스가 날개를 퍼덕이면서 반가워하는 메시지를 보냈다. 춥고 우중충한 크라살비가 얼마나 싫으면.

불행히도 크라살비에 있어야 하는 이유는 셀렌바를 구하기 위해서가 아니라 어머니의 평화와 복수를 위한 것이기 때문에 참아야 했다. 따라서 로빈을 만나러 달려갈 수 없었다. 타라는 체인지라인에게 가슴 부분이 너무 많이 파이지 않은 드레스를 부탁하는 것으로 만족했다. 뱀파이어들이 손님들의 피를 먹는 것 같지 않지만 타라는 위험을 무릅쓰고 싶지 않았다.

타라는 뱀파이어들의 카리스마에 맞설 방법이 없었다. 공격적인 마법을 사용해서 뱀파이어들을 마비시키는 것 말고는…….

그때 문이 눈을 뜨더니 누군가 찾아왔다고 알렸다. 생각에 잠겨 있던 타라는 얼른 정신을 차리고 허락했다. 문이 열리고 엘프가 나타났다.

레게머리에 정교하게 엮은 은빛 체인을 거의 발목까지 늘어뜨린 늘씬하게 빠진 체격의 엘프는 자메이카 출신의 가수 밥 말리를 연상시켰다.

갈색 머리에 검은 눈의 잘생긴 엘프는 몸에 딱 붙는 검은 마법복 차림인데 주머니에 온갖 종류의 붓과 가위들이 꽂혀 있었다. 손가방을 든 엘프는 타라를 유심히 쳐다보다가 공손하게 허리를 굽혔다.

"공주 마마, 저는 엘프 스타일러, 아르노 테이라틸이라고 합니다."

엘프가 유창한 오무아 언어로 자기소개를 했다.

"엘프…… 엘프 스타일러요?"

타라가 무슨 뜻이냐는 얼굴로 쳐다봤다.

"지구에서는 헤어 스타일리스트라고 할 텐데 모르세요?"

"엘프 스타일러는 없지만…… 음, 스타일러랑 비슷한 건 있어요."

엘프는 많은 걸 알고 있는 듯했다. 타라가 지구에서 자랐다는 걸 아는 사람은 그리 많지 않았다. 오무아 제국에서 가급적 그 사실을 비밀에 부치고 있기 때문이다.

"공주 마마, 저는 머리를 손질해드리려고 왔습니다. 와서 보니까 스타일러의 손길이 필요한 것 같습니다."

타라는 황당한 표정으로 눈살을 찌푸렸다. 머리는 체인지라인이 맡고 있는데 3년 동안 자른 적이 없는데도 이상하게 머리카락이 더 이상 자라지 않았다. 게다가 고모의 머리처럼 숱진 머리로 바뀌어 있어서 그렇지 않아도 타라는 이 미스터리에 뭔가 있다고 의심하는 중이었다.

"세상에!" 가까이 다가온 엘프 스타일러가 타라의 머리를 살피면서 말했다. "머리를 어떻게 한 겁니까? 이렇게 끔찍할 수가!"

아르노는 묻지도 않고 타라를 욕실로 잡아끌었다. 타라를 낯선 엘프와 둘만 있게 할 수 없어 그르룰이 따라갔다.

엘프는 그들을 맞으러 쪼르르 달려오는 파란색 벨벳 의자들을 피해 은빛 장식이 화려한 큰 거울 앞에 타라를 세웠다.

"자, 잘 보세요." 엘프가 타라의 머리카락을 쳐들어 보이면서 말했다. "무성한 덤불 같다고 생각하지 않으세요?"

어이가 없다는 듯 천장을 쳐다보던 엘프의 눈길이 스쿠프와 마이크를 제거한 부분에 머물렀다. 눈살을 찌푸리면서 잠시 생각하던 엘프는 말을 계속했다.

"무슨 말을 하다가 말았더라…… 아! 머리끝이 상한 데다 머리카락이 건조하고 윤기가 없어서 영양을 아주 듬뿍 줘야겠어요. 어떤 색을 좋아하세요? 빨간색 루비? 초록색 에메랄드? 파란색 사파이어? 필요한 색은 모두 갖고 있는데 사람들이 직접 만든 것보다는 내가 만든 것이 훨씬 멋지답니다."

"하지만 나는 염색하고 싶지 않아요!" 타라가 반대했다. "머리를 손질할 필요 없……."

엘프 스타일러가 입을 삐쭉거리면서 말을 끊었다. 그가 고개를 흔들자 레게머리가 찰랑거렸다.

"필요 없다고요? 이렇게 흔한 금발이 좋단 말입니까? 그러시다면 이 흰 머리털의 색을 캐러멜 색으로 짙게 하면 금발이 훨씬 돋보이지요. 뱀파이어들과 경쟁하려면 저를 믿으셔야 합니다."

그르룰에게 엘프를 내쫓으라는 신호를 보내려고 하던 타라는 '뱀파이어들과 경쟁하려면'이라는 말이 머리에 꽂혔다. 좋은 생각이 아닌가.

타라는 활짝 웃으면서 심호흡을 했다.

"맞는 말이에요, 아르노. 내 머리가 정말 끔찍하네요. 당신에게 맡길게요."

타라는 욕실 화장대 앞에 얌전히 앉았다. 그르룰은 할 수 없이 눈을 부릅뜨고 파란색과 흰색 대리석 벽에 기대고 서서 지키기로 했다. 거울이 살아 움직이면서 타라의 앞모습과 뒷모습, 옆모습을 비쳤다. 물과 공기의 원소들이 미용사의 지시에 따를 기세로 주위를 떠돌고 있었다.

"와우, 아주 좋습니다, 공마." 아르노가 킥킥 웃는데 고객이 자신에게 순종하는 것이 흡족한 모양이었다.

"공마?"

"공주 마마라고 하면 왠지 엄숙함이 느껴져서 딱딱한데 공마라고 부르면 친밀감이 느껴지고…… 또 간편하니까요. 그래서 제가 이 예술 작업을 하는 동안에는 종종 고객들을 별명으로 부르지요."

"타라라고 불러요. 그게 훨씬 간단하잖아요."

"오, 그건 절대 안 됩니다. 저에게는 그럴 권리가 없습니다, 공주 마마."

아르노가 손가방을 내려놓고 뭔가를 했다. 가방이 꽃처럼 퍼지더니 의자에 앉은 타라의 몸을 에워쌌다. 잠시 후, 타라가 머리를 젖히자 아르노는 거품이 나면서 반짝이는 방향성 물질을 발라주었다. 그러다 방향성 물질이 그르룰의 머리에 튀었는데 그 부분이 금발로 변했다.

하마터면 트롤에게 목이 졸릴 뻔했다는 걸 아는지, 모르는지 엘프는 웃음이 나서 죽겠다는 얼굴로 금발로 변한 그르룰의 머리털을 원상 복귀시켰다.

엘프는 정말 잠시도 입을 다물지 않았다.

"사실 저는 여기 있으면 안 됩니다. 원래는 대통령을 전담하는 협상

곳은 스타일러가 공주 마마에게 올 예정이었거든요. 저만큼 머리 좀 한다고 소문이 나 있으니까 솜씨는 걱정할 것 없는 스타일러지요. 저의 단골고객인 사틸라가 오늘 저녁의 귀빈은 공주 마마라고 말해주었습니다. 이 궁전에 사는 사틸라의 머리 손질을 끝내고 곧장 달려온 겁니다."

아르노가 머리를 감겨주던 손길을 갑자기 멈췄다.

"귀찮게 하는 것이 아니길 바랍니다."

"아니, 아니에요." 타라는 큰 실수를 저지르지 않기만 바라면서 중얼거렸다. "좋아요."

"미리 그런 말씀 하지 마세요." 아르노는 요란한 몸짓을 하면서 말했다. "결과를 보지도 않고 그렇게 말씀하시면 안 되지요."

아르노가 우아하게 레게머리를 젖혔다.

"그 스타일러도 엘프예요?" 타라가 불안한 얼굴로 물었다. "설마 오는 건 아니겠죠?"

싸우기 좋아하는 엘프들의 성향을 생각하면…… 휴, 타라는 시끄러워지는 걸 원치 않았다. 두 엘프가 서로 머리를 손질하겠다고 싸우기라도 하면 얼마나 난처할 것인가!

"아니, 오지 않을 겁니다. 내가 올 필요 없다고 말했으니까요." 엘프가 음흉한 눈빛으로 고백했다. "그 스타일러는 엘프가 아니라 뱀파이어입니다. 크라살비에는 스타일러가 그리 많지 않고, 대통령은 관광을 장려하지 않아요. 어쨌든 살생을 즐기는 뱀파이어의 손에 마마를 맡길 수가 없었습니다."

타라는 미소를 지어 보였다. 이제는 묘한 아르노가 마음에 들기 시작했다. 타라는 엘프가 상당히 교양이 있다는 걸 알았다. 물론 아더월드에서는 책을 읽는 순간부터 머릿속에 새겨져서 지식을 활용할 수 있기 때문에 교양을 쌓는 것이 그리 어렵지는 않았다.

게다가 아르노는 뱀파이어에 대해서는 모르는 것이 없는 정보통이었다. 그리고 자는 시간, 누구와 무슨 일을 하는지, 누구를 왜 만나는지 등 대통령의 생활에 대해서도 낱낱이 알고 있었다. 뱀파이어의 일상은 인간이나 엘프의 일상 못지않게 활발했다.

"여기서 일한 지 오래됐나요?" 타라가 물었다.

"50년쯤 됐습니다." 스무 살쯤 되어 보이는 엘프가 대답했다. "400살 때부터 여기저기 여행을 다녔지요. 뱀파이어들은 돈을 잘 주고 죽는 일이 거의 없는 데다 나의 미용 기술에 만족하기 때문에 다른 나라로 옮길 생각이 전혀 없거든요. 하지만 공주 마마의 머리를 맡게 된 것은 정말 영광입니다. 저의 단골고객들은 단색을 좋아하는데 특히 짙은 색을 선호하지요. 그래야 어둠 속에서 눈에 띄지 않으니까요. 뱀파이어들이 제일 좋아하는 색이 뭔지 아세요?"

"검은색이요?"

"네, 맞습니다. 칠흑같이 까만색, 아주 새까만 색을 제일 좋아하지요. 뱀파이어들에게 마음을 바꿔보게 하려고 별의별 짓을 다해봤지만 소용없었습니다. 은발로 염색하겠다는 내 제의를 받아들인 사랑스러운 사틸라를 제외하고는. 지금 사틸라는 흠잡을 데 없이 완벽하게 아름답지요."

자신의 말을 입증해 보이고 싶은 마음에 흥분한 아르노가 뭔지 모를 것을 이마에 뿌리다가 흘린 것 같았다. 그걸 닦기 위해 손을 들다가 마법복의 소매가 흘러내리면서 팔뚝이 드러났다.

갑자기 타라는 숨을 죽였다. 아르노의 팔뚝에서 끔찍한 것을 보았던 것이다.

뱀파이어의 이빨 자국.

타라의 눈길과 마주친 아르노는 당황하며 얼른 마법복의 소매로 팔뚝을 가렸다.

"이건 공주 마마가 생각하는 그것이 아닙니다."

"내가 무슨 생각을 하는데요?" 타라는 침착하게 응수했다. "그런 뱀파이어들이 많은가요?"

"무, 무슨 뜻인지 모르겠습니다."

"무슨 뜻인지 알고 있다고 생각하는데요. 인간의 피를 먹는 뱀파이어들이 많은가요?"

"이건…… 내가 키우는 므르르르에게 물린 자국입니다. 장난꾸러기 녀석이라서 나를 깨물고 할퀴거든요."

"그렇다면 므르르르가 아주 커다란 놈이겠네요. 그 자국처럼 이빨 사이가 떨어져 있다는 것은 므르르르보다는 오히려 브르리르를 연상시키니까요. 다시 묻겠어요. 대답하지 않으면 대통령에게 가서 물으면 되니까."

아르노는 침을 꼴깍 삼켰다.

"그렇게 많은 건 아니고 좀 있습니다."

뚫어져라 쳐다보는 타라의 눈길에 아르노는 굴복했다.

"뱀파이어들이 인정하는 것보다는 더 많습니다. 동물의 피도 맛있지만 엘프나 유니콘의 피만큼 인간의 피가 훨씬 더 맛있다고 킬라가 말했습니다."

"킬라가 누구죠?"

엘프의 얼굴이 창백해졌다. 레게머리가 신경질적으로 흔들렸다.

"이놈의 저주받은 혀, 제가 방금 한 말은 아무에게도 하지 말아주십시오, 제발 부탁입니다."

타라는 잠자코 다음 말을 기다렸다.

"애인입니다. 그녀와 사랑에 빠져서 여기 머물고 있는 겁니다."

오, 뱀파이어를 사랑하는 엘프란 말이지.

"유니콘이나 엘프의 피는 뱀파이어들을 해치는 걸로 아는데요?"

"인간의 피를 먹은 적이 없는 뱀파이어에게는 해가 되지만, 먼저 인간의 피, 그다음에 엘프의 피, 유니콘의 피를 먹으면 괜찮습니다. 킬라는 내 피가 최고지만 인간의 피는 자신을 강하게 만들어준다고 했습니다. 킬라는 유니콘의 피도 먹어봤는데 동물의 피는 좋아하지 않는다고 했습니다."

어? 드라고쉬 선생님의 말과 완전히 다르잖아. 엘프나 유니콘의 피는 금지된 것이라서 건드리지도 않는다고 했는데…….

"하지만 그 일로 킬라가 망가져가고 있다는 것은 아닙니다. 킬라는 점점 더 공격적이고 점점 더 신경질적으로 변하고 있습니다. 내가 알던 사랑스러운 뱀파이어의 모습에서 점점 멀어지고 있습니다."

타라는 한숨을 내쉬었다. '사랑스러운 뱀파이어'는 서로 모순되는 말 아닌가? 애인을 걱정하는 것이라면 이 표현은 본의 아니게 나온 말이 아닐 수도 있었다. 아르노는 도처에 정보원이 있는 것이 분명했다. 셀렌바를 치료하려는 드라고쉬 선생님의 계획을 알아챈 걸까?

아르노는 자신의 애인에게 똑같은 치료를 받게 하려는 것일까? 타라는 전혀 내색하지 않았다. 하지만 아르노가 그 계획을 알고 있다는 것은 대통령 역시 알고 있다는 뜻인가? 당황한 타라가 자신도 모르게 마법을 작동하는 바람에 파란빛이 손에서 번쩍였다. 다행히 엘프는 여러 가지 염색물질을 섞느라고 등을 돌리고 있었다. 타라는 마법의 빛을 껐다. 아르노에게서 가능한 한 많은 정보를 알아내야 했다.

"당신의 애인 킬라는 어떻게 특별수사대를 피할 수 있죠?"

"뱀파이어들은 마법을 신봉합니다. 아더월드의 다른 주민들보다 훨씬 더." 아르노가 돌아보면서 말했다. "킬라와 다른 뱀파이어들이 마법을 사용해서 머리는 백발로, 피부는 창백하게 만들고 이빨 자국을 감추고 있거든요. 그중 몇몇은 특별수사대에 속해 있기도 하고요."

그것으로 명확해졌다. 특별수사대가 왜 그렇게 셀렌바를 체포하지 못했는지 이해가 갔다. 특별수사대도 경계해야 되는구나.

타라는 정신을 집중했다.

"그럼 우리 일행도 위험한가요?"

"아니, 아닙니다."

엘프는 몹시 당황하는 것 같았다.

"공주 마마는 전혀 위험하지 않습니다. 대통령의 보호를 받고 있으니까요. 밤에 궁전을 나가지만 않으면 됩니다. 달빛을 받으면 피를 좋아하는 뱀파이어들의 신경이 예민해져서 충동을 억제하지 못하거든요."

타라는 온몸에 소름이 돋았다.

"그건 걱정하지 마요. 내 호위대와 나는 궁전 밖으로 나가지 않을 거니까요. 그런데 트롤들과 전쟁을 하고 있죠?"

타라는 낚싯줄을 던졌고, 낚싯바늘에 걸린 물고기는 파닥거리지도 못했다. 아르노는 잠시 입을 멍하니 벌린 채 타라를 쳐다봤다.

"그, 그걸 어떻게 아십니까?"

"나도 귀가 있거든요. 그리고 눈은 더 좋고요. 전쟁하는 이유가 뭐죠?"

"트롤들의 숲이 확장되고 있습니다. 영문을 모르는 뱀파이어들은 어떻게 해야 할지 모르고 있는데 숲이 더 많은 트롤을 만들기로 작정했는지 나무들이 동물의 영역을 침범하고 있지요. 뱀파이어들이 나무를 베면 트롤들이 즉각 대응했고, 그 과정에서 나무를 베던 뱀파이어 열 명이 죽었습니다."

대화에 정신이 팔린 나머지 타라와 아르노는 그르룰의 존재를 잊고 있었다.

"뭐라고요?" 초록 트롤이 소리쳤다. "도대체 지금 무슨 말을 하는 거예요?"

엘프가 소스라치게 놀랐다.

"사실이에요. 뱀파이어들은 방어한 것뿐이에요. 그래서 토벌 부대를 파견해서 트롤들을 죽이고 나무를 베어버린 겁니다."

그르룰이 다가와서 엘프를 내려다보면서 물었다.

"당신이 트롤들을 죽였다 그 말이죠?"

"내가 아니라 뱀파이어들이 그랬다고요! 하지만 시작한 건 트롤이지 우리……, 아니 뱀파이어들이 아니에요!"

트롤이 화가 났다기보다는 생각에 잠긴 얼굴로 쳐다봤다.

"여기는 아주 이상한 일이 일어나고 있어요." 트롤이 마침내 말했다. "좀 더 경계할 필요가 있겠어요, 타라."

"평소보다 더 강화하자는 뜻이야? 이 아더월드 행성에서 나는 어디를 가도 안전하지 않아. 나는 늘 한쪽 눈을 뜨고 있으니까 걱정 마."

엘프는 문득 그르룰의 말투가 평소와 다르다는 걸 알아차렸다.

"아주 완벽한 오무아 언어를 구사하고 있……."

엘프는 말을 계속하지 못했다.

"맞아요." 그르룰이 천연덕스럽게 대꾸했다. "우리도 이 근육질 못지않게 머리가 있지만 드러내지 않으려고 모자란 척한 거예요."

엘프는 갑자기 조심하듯 붓을 흔들면서 뒤로 물러섰다.

"내가 입을 다물겠다고 하면 믿어주겠습니까? 비밀 대 비밀, 트롤들에 대한 비밀과 킬라에 대한 비밀, 우리 서로 비밀을 지켜주는 것이 어떨까요?"

그르룰이 그 꿈을 단번에 깨뜨렸다.

"아니, 나는 당신과 그런 약속할 생각이 없어요. 우리는 전 아더월드에 우리의 본질을 밝히기로 결정했으니까요. 다만 당장 그러지는 않을 것이기 때문에 당분간은 어눌한 그르룰로 있을 거예요."

엘프가 털썩 주저앉았다.

"아, 그런가요? 알겠습니다. 하지만 내 애인에 관해서는 비밀을 지켜줄 것으로 믿어도 될까요? 그 사실이 알려지면 킬라는 체포되어 죽게 될 겁니다. 셸렌바만큼 감염이 심한 것은 아니지만 배신자로 낙인이 찍힐 테니까요."

그렇지만 몇 분 만에 그런 치명적인 비밀을 전혀 모르는 사람에게 털어놓는다는 것, 엘프가 그 정도로 바보일까? 아니면 다른 속셈이 있

166

는 건 아닐까?

"그 일로 나나 내 호위대가 위험에 빠지지 않는다면……" 타라가 신중하게 대답했다. "비밀을 지켜주겠어요. 당신이 방금 털어놓은 사실은 심각한 국제 문제가 우려되는 사건이지만 나는 셀렌바 문제를 해결하려고 여기 온 것이지 뱀파이어들과 트롤의 싸움에 끼어들려고 온 것이 아니니까요."

타라는 속으로 덧붙여 말했다. '더군다나 뱀파이어와 엘프의 연애 사건에 끼어들 생각은 전혀 없단 말이죠.'

엘프가 고마움의 표시로 활짝 미소를 지어 보이자 그르룰이 구시렁거리면서 마지못해 동의했다.

타라의 머리 염색이 끝나자 아르노의 지시에 따라 두 개의 가위가 새처럼 날아다녔다. 정말 현란한 손놀림이었다. 아르노는 금발을 층이 지게 커트했다. 이어서 공기의 원소 두 개가 그의 지시에 따라 마치 헤어드라이어처럼 머리를 근사하게 만들었다.

잠시 후, 타라는 탄성을 지르지 않을 수 없었다. 머리에 윤기가 흐르고, 머리를 층지게 자른 덕분에 달걀형의 얼굴이 돋보였다. 타라의 작전에 꼭 필요한 모습이었다.

"와우, 예술이네요. 당신은 정말 뛰어난 스타일러예요." 타라는 감동한 얼굴로 칭찬했다. "고마워요."

그러면서 체인지라인의 주머니에서 크레디트-무트가 가득 든 돈주머니를 꺼내서 내밀자 엘프의 얼굴이 환해졌다. 염색/커트/드라이에 대한 대가치고는 너무 많은 돈이지만, 타라는 오로지 머리 손질을 해준 것에 대한 보상으로 주는 것이 아니었다.

"고맙습니다, 공주 마마."

아르노의 손에서 작은 크리스털 볼이 나타났다.

"이게 제 번호입니다. 필요하면 언제든 연락 주십시오."

"고마워요, 아르노." 타라가 크리스털 볼 번호를 받으면서 대답했다. "연회장에 올 거죠?"

"당연하죠, 킬라가 초대를 받았는데요."

타라는 눈살을 찌푸렸다.

"왜 당연하다고 하는 거죠?"

"아, 제가 말하지 않았습니까? 킬라는 대통령의 딸입니다."

9
뱀파이어들의 무도회

가슴 부위가 많이 파인 드레스를 삼가는 것이 좋은데……

*

타라는 얼떨결에 연회 초대를 받아들였기 때문에 깊이 생각해볼 겨를이 없었다. 아르노가 사라지자 타라는 생각에 잠겼다.

대통령은 자신의 딸이 인간의 피를 먹는다는 걸 알고 있을까? 드라고쉬 선생님이 셀렌바의 무죄를 증명하는 것이 아니라 치료할 계획이라는 것도 알고 있을까? 함정에 빠진 건데 내가 알아채지 못하고 있는 걸까? 인간의 피를 먹는 뱀파이어들, '인피뱀파'들이 생각보다 많아서 우리를 공격한다면?

아르노의 정체는 무엇이며, 나에게 원하는 것이 뭐지? 타라는 머리가 쿡쿡 쑤시는 것 같은 두통이 일었다.

타라는 오무아의 후계자라는 신분 때문에 보호받고 있었다. 하지만 사고는 언제든 일어날 수 있고, 그토록 영리하다고 소문난 뱀파이어들이 일을 꾸미는 것쯤이야 그리 어려운 일이 아니었다.

타라는 뱀파이어가 인간을 공격하는 공포 영화를 많이 봤다. 하지만 대체로 인간의 도시에 사는 뱀파이어는 극소수였다. 더군다나 한 도시 전체에 인간은 몇 명 안 되고 뱀파이어가 우글거리는 기괴한 시나리오를 쓴 작가는 없었다. 이런 걸 소재로 쓰면 뱀파이어 소설의 혁신이 될 텐데…….

타라가 머릿속으로 이런저런 생각을 하는 사이에 체인지라인이 화장과 몸단장을 해주고 있었다. 생각할 것이 많은 타라가 이번만은 전권을 주었기 때문일까, 체인지라인이 신바람이 나서 온갖 능력을 발휘하는 중이었다.

얼마 후 준비가 끝났고, 연회 시간까지는 여유가 있었다. 타라는 지금은 위험한 일이 없을 거라고 설득하면서 그르룰을 방에서 내보냈다. 그러고는 자물쇠로 채운 아주 특별한 책 한 권을 들고 꽃무늬 장식이 화려한 핑크빛 긴 의자에 앉았다(어느새 시커메졌던 방이 핑크빛으로 돌아와 있었다). 타라가 아닌 다른 사람이 책을 펼칠 경우 저절로 파괴되는 책이었다.

고모가 준 선물인데 오무아 궁정의 비밀 역사를 다룬 책이었다.

검은색 스팔렌디탈 가죽으로 장정한 표지에는 제국을 세우기 직전, 목숨을 구해준 동물에게 고마움을 표하는 뜻에서 데미데루스가 오무아의 상징으로 선택했다는 100개의 금빛 눈을 가진 주홍빛 공작이 각인되어 있었다.

마법 덕분에 겉으로 보기에는 얇지만 사실은 수천 쪽에 이르는 책이었다. 타라의 조상인 최고 마구스 데미데루스의 글로 시작되었다. 역대의 황제와 여제는 차기 군주들을 위한 글을 남기라는 것이 데미데루스의 명이었다.

오무아의 모든 군주가 어떤 일을 한 이유와 어록을 정리하여 편찬한 『궁정 비사』였다. 군주들은 범죄와 타협, 승리와 배신, 음모와 의혹, 기쁨과 두려움 등을 숨기거나 거짓 없이 낱낱이 기록했다. 여러 나라와 맺은 비밀 협정과 그 협정을 체결하기 위한 모종의 거래가 있었기 때문에 증거 자료를 소각했다는 기록도 있었다. 타라는 이 책을 몇 주 전부터 완전히 머릿속에 새겨두기 위해 조금씩 읽고 있었다. 더없이 귀중한 기록에 놀라기도 하고, 군주들이 흉악한 음모를 꾸미는 대목에서는 혐오감에 치를 떨기도 했다. 권력이란 것이 얼마나 위험한지는 이미 오래전부터 알고 있었지만 이 정도일 줄이야.

마키아벨리는 자신의 저서 『군주론』에 정치는 도덕으로부터 자유로워야 한다고 역설하면서 권력을 달성하기 위한 비도덕적이고 폭력적이며 험악한 수단을 정당화했다. 타라가 읽은 내용이 바로 설마, 라고 생각했던 의혹을 확인시켜주었다. 몇몇 군주가 이룬 승리는 피와 눈물과 증오라는 비싼 대가를 치른 것이었다. 그렇지만 모든 군주가 제국을 살리기 위해서라면 죽음을 불사했던 것만은 변함없는 사실이었다.

책을 읽으면서 타라는 제국을 지키기 위해서 거의 잔혹할 정도로 악착같은 의지력을 보인 고모를 이해할 수 있었다. 책 속에 고모의 글도 기록되어 있었다. 타라는 그중에서 자신과 관련된 몇 페이지를 읽었다. 조카딸 때문에 고모가 몹시 짜증스러워하고 있다는 걸 알았지만 타라는 크게 놀라지 않았다.

아버지에 대한 글을 읽으면서는 가슴이 아팠다. 단비우는 황제로 재위한 기간이 짧기 때문에 내용이 많지 않았지만, 동생이 홀연히 랑코비트로 떠나버린 뒤에 여제가 느낀 허전함과 엄청난 고독이 고스란히 담겨 있었다.

그리고 권력을 사수하기 위해 힘든 시련에 대처하는 고모의 용기도 적혀 있었다.

타라가 갖고 있는 책은 복사본이었다. 원본은 궁전 밖으로 유출하는 것이 금지되어 있기 때문이다. 뱀파이어와 손잡았던 군주가 많았다. 아더월드의 모든 책이 그렇듯 필요한 내용을 보려면 단어를 찾아서 두 번 톡톡 쳐주면 되었다. 타라는 뱀파이어라는 단어를 톡톡 쳤다. 즉시 뱀파이어와 관련된 페이지가 펼쳐졌는데 자료가 아주 많았고, 그중 뱀파이어의 카리스마에 대한 것이 언급되어 있었다. 어디서 이 책보다 더 확실한 정보를 얻을 수 있을까. 화장한 걸 깜빡 잊고 이마를 문지르던 타라는 한숨을 내쉬었다. 책을 읽으면서부터 타라는 무언가가 자신을 장악하면서 점점 정치가가 되어가고 있는 느낌이었다.

타라는 책을 내려놓고 주위를 둘러봤다. 많은 황제들이 방해가 되는 손님을 제거하기 위해서 비밀 통로를 이용한다는데……. 크산디아르가 이미 거처를 꼼꼼히 살폈지만 좀 더 세심하게 신중할 필요가 있었다. 그렇지 않아도 아더월드에서는 뜻밖의 변수가 많아서 노이로제에 걸려 있는데 『궁정 비사』 때문에 더욱 불안해졌다.

타라는 주머니에서 살아 있는 지도를 꺼내서 펼쳤다.

"아유, 아유." 지도가 주름을 펴면서 말했다. "정말 일찍도 찾아줌! 무슨 일이 생기면 또 나를 위산이 가득하고 몹시 뜨거운 위 속으로 보낼 것임?"

172

지도는 본의 아니게 레드 드래곤 붉은 여왕의 위 속에 얼마 동안 들어가 있다가 불에 그을렸고, 그때부터 타라에게 몹시 화가 나 있었다. 붉은 여왕이 폭발한 뒤, 금지된 대륙의 숲에서 발견되었을 때 지도는 신기하다는 듯 쳐다보는 불새 새끼들의 눈길을 받으면서 나무 꼭대기 불새 둥지 옆에 걸린 채 살려달라고 고래고래 소리를 지르고 있었다.

"정말 너무너무 미안해." 타라가 피곤한 목소리로 말했다. "이곳에 비밀 통로가 있는지 말해줄래?"

알아들을 수 없는 말로 툴툴거리는 지도에 대통령궁의 설계도가 나타났다.

비밀 통로가 아주 많지만 타라의 방과 연결되는 통로는 없었다. 휴, 다행이다.

"살아있는 돌, 지도가 연구실의 위치를 입력할 수 있게 설계도를 보여줄래?"

타라의 주머니에서 나온 살아있는 돌이 컴퓨터 앞으로 갔다. 컴퓨터가 켜지자 살아있는 돌이 드라고쉬의 어깨 너머에서 훔쳐봤던 비밀 번호를 사용하여 컴퓨터 화면에 연구실들의 설계도를 나타나게 했다. 지도가 모든 자료를 흡수하면서 타라는 드디어 대통령궁에 있는 각 방의 용도가 표시된 상세한 설계도를 확보하게 되었다.

사실, 살아있는 돌은 컴퓨터 없이도 설계도를 보여줄 수 있지만 연구실들의 위치와 방들의 용도까지는 알 수 없기 때문에 컴퓨터를 이용한 것이었다.

완벽해. 타라는 속으로 쾌재를 불렀다. 크라에토비르의 반지와 젠드라의 별을 입수해야 할 때가 되면 타라에게 꼭 필요한 정보가 아닌가.

타라는 지도를 돌돌 말아놓고, 책을 다시 집어 들었다.

약속된 시간이 되자 뱀파이어 의장대가 손님들을 연회장으로 안내하기 위해 찾아왔다.

문 앞에 서 있던 의장대는 비켜서서 고개를 처들어야 했다. 페가수스에 올라탄 타라가 후계자를 자랑스러워하는 얼굴로 상체를 꼿꼿이 세운 크산디아르와 호위대에 에워싸여 있었던 것이다.

타라가 계획한 작전 A가 통하는 건가. 파브리스는 하마터면 까무러칠 뻔했다.

타라는 몸매가 그대로 드러나는 긴 드레스를 입고 있었다. 100개의 눈을 가진 주홍빛 공작무늬로 화려한 데다 금빛 레이스로 장식한 드레스 자락이 꽃부리처럼 벌어지기 때문일까, 글래머처럼 보이는 타라는 눈부시게 아름다웠다. 게다가 체인지라인이 타라가 요구한 90 D컵 브래지어를 거부하고 속을 넣어서 풍만한 가슴으로 만들어놨으니.

루비 왕관으로 고정한 새로운 헤어스타일은 악마들의 나라를 침투했을 때 색깔들이 선물로 목에 박아 넣은 보석들과 잘 어울렸다. 금빛 구두를 신은 예쁜 발이 살짝 드러나 보였다.

페가수스에 올라탄 타라는 두 다리를 한쪽으로 모으고 앉은 자세였는데 드래코-티라노사우르스의 빨간 가죽 안장이 못마땅한지 갈랑이 신경질적인 울음소리를 내고 있었다.

뱀파이어들이 검은색을 좋아하기 때문에 타라는 흰색 페가수스를 까만색으로 물들였다. 거의 무엇이든 할 수 있는 체인지라인의 도움을 받아 페가수스의 큰 날개에도 작은 다이아몬드 알들로 오무아의 상징이 표현되어 있었다.

페가수스는 자기가 얼마나 멋진 모습인지 알 수 없었다. 검은 털로 바뀌면서 유난히 돋보이는 갈랑의 금빛 눈이 타라의 의상과 환상적으로 잘 어울렸다.

그르룰은 반대했지만 예외일 수 없었다. 체인지라인이 솜씨를 발휘한 빨간빛과 금빛의 짧은 드레스에 정성을 들여서 땋은 머리, 색조 화장을 한 트롤도 놀랍도록 예쁜 모습이었다. 그르룰은 누구든 가까이 오면 몽둥이맛을 보여주겠다는 기세로 씩씩거렸다. 아름다운 여인으로 변신한 타라, 화려하게 치장한 페가수스와 그르룰, 주홍색 정복 차림의 호위대는 단연 돋보였다.

타라는 대통령궁이 춥기 때문에 어깨를 드러내지 않은 따뜻한 드레스를 입은 것이 만족스러웠다. 복도 중앙에 벨트컨베이어처럼 생긴 자동식 복도가 설치되어 있었고, 오무아나 랑코비트와는 달리 뱀파이어 외의 다른 종족은 보이지 않았다. 금빛 가루를 뿌려놓은 것 같은 검은 대리석 중앙에 줄무늬가 있었다.

곳곳에 설치된 감시 스쿠프들이 중계 방송하는 중이었다. 은빛 숫자와 기호들이 어지럽게 움직이는 검은 벽에 크리스털 전광판들이 설치되어 있고, 통역 주문 덕분에 아더월드의 최신 뉴스를 6개 국어로 방송하고 있었다.

한 뱀파이어가 생각에 잠긴 얼굴로 걸어가다가 이따금 검은 벽에서 움직이는 기호를 수정했다.

오무아와는 달리 대리석 바닥에서 자라는 식물이나 생명체라곤 보이지 않았다. 활기라곤 없고 분위기가 무거웠다. 랑코비트의 장난꾸러기 살아 있는 궁전을 좋아하는 타라는 엄숙한 분위기에 압도되는 느낌이 들었다.

맙소사, 이런데 핑크빛으로 꾸며놓은 방에 있었다니! 타라는 그제야 후회가 되었다.

연회장에 이르기까지는 시간이 별로 걸리지 않았다. 은으로 멋지게 조각한 두 개의 문이 아더월드에 뱀파이어들이 도착할 때의 역사를 영상과 함께 전하고 있었다. 문을 쳐다보고 있을 시간이 없는 타라는 다음 기회에 주의 깊게 살펴보기로 마음먹었다.

특히 살테렌스들의 나라에서처럼 우주선들을 보면서 호기심이 동했다. 가까이에서 살펴봤는데 정말 우주선이 똑같았던 것이다.

파브리스도 우주선을 봤지만, 늑대인간이 되고 나선 은 때문에 불편한지 오만상을 찌푸렸다.

문들이 열렸고, 한 경비가 타라 일행을 맞으면서 타츠보움들로 구성된 오케스트라가 환영하는 연주를 시작할 거라고 알렸다. 나팔, 트럼펫, 호른 소리가 요란하게 울려 퍼져서 타라는 잠시 귀가 먹먹했다.

참석자들이 일제히 돌아봤다. 오무아의 후계자를 바라보는 수많은 눈길에서 질투 어린 눈빛을 확인하면서 타라는 행복했다. 좋았어, 강한 인상을 주었다는 거네. 무슨 일이 일어나는지 지켜보자고.

크산디아르가 두 팔로 허리를 감싸면서 정중하게 타라를 페가수스에서 내려놨다. 타라가 주문을 읊지도 않고(훈련한 덕분으로) 발사한 마법의 빛이 페가수스에게 날아갔다. 한순간에 축소된 페가수스가 검은 그림자처럼 타라의 어깨에 사뿐히 내려앉자 장내가 술렁거리면서 여기저기서 딸꾹질 소리가 났다. 뱀파이어들은 타라가 구사하는 마법 능력에 익숙하지 않았다. 다른 마법사들, 드래곤이나 엘프처럼 뱀파이어들은 주문을 읊어야 하기 때문이다.

타라는 여성 뱀파이어들을 향해 당당한 눈길을 보내면서 노력한 보람을 느꼈다.

여성 뱀파이어들도 아름다웠다. 그들의 섬뜩한 아름다움에 마치 철갑상어 알 캐비어와 거위의 간 푸아그라를 잔뜩 먹은 것처럼 속이 느끼했다. 발목까지 치렁치렁 흘러내리는 머리는 반짝이는 보석처럼 빛이 났다. 여성 뱀파이어들의 윤기가 흐르는 피부와 몸짓 하나하나가 멋진 조화를 이루고 있어서 그 옆에 서면 어떤 인간이라도 초라해 보일 것 같았다.

뱀파이어들이 카리스마를 유감없이 발휘한 효과였다. 타라는 침을 삼키면서 정신을 집중했다. '정신 차려! 미인 선발 대회에 온 것이 아니라 하나, 아니 두 가지 문제를 해결하러 온 거야.'

뱀파이어들에게 깊은 인상을 주었기 때문에 타라는 이제 연회장을 마음 놓고 관찰할 수 있었다.

따뜻한 드레스를 입은 것은 정말 잘한 일이었다. 개폐식 지붕인지 머리 위에서 아더월드의 멋진 별들이 반짝거리고, 두 개의 달 타딕스와 마딕스도 은가루를 뿌리듯 화사하게 빛나고 있었다. 타라는 유리창을 통해 연회장을 볼 수 있었는데 식탁 위에 수많은 촛불이 놓여 있었다. 희미한 조명 속에서 몇몇 뱀파이어가 반딧불이처럼 빛을 발하자 질겁한 다른 뱀파이어들이 비난하는 표정으로 뭐라고 속삭였다. 보아하니 주의를 주는 것 같았다. 음, 나라 안에 사는 뱀파이어들이야 카리스마를 숨길 필요가 없었겠지.

그때 턱시도 차림의 대통령이 타라를 맞으러 나왔다. 옷에서 움직이는 수학 기호들이 희한하게도 미소 짓는 얼굴, 심각한 얼굴, 슬픈 얼굴로 변형되었다.

"아주 인상적인 등장입니다, 공주 마마." 대통령이 허리를 굽히면서 말했다. "마마께서 오셨으니 나의 딸 킬라를 소개해드리지요."

타라는 킬라와 마주 보고 섰다. 정중하게 허리를 굽혀 인사하는 어여쁜 소녀, 인간의 피를 먹었다고는 상상도 되지 않는 모습이었다. 반짝이는 갈색 머리에 다른 뱀파이어들과 마찬가지로 눈빛은 빨갛고, 피부는 창백했다. 전날 밤 부모님 상을 당한 것처럼 어둡고 무거운 표정의 다른 뱀파이어들과는 달리 소녀는 발랄했다. 눈을 반짝이면서 미소를 짓자 크림빛 뺨에 예쁜 보조개가 패었다.

"친애하는 공주님, 뵙게 되어 영광입니다. 아버님한테 공주님에 대해 많이 들었습니다. 그런데 공주님이 '핏병'을 치료할 수 있다는 게 사실이에요?"

이 돌발적인 발언에 얼마나 놀랐으면 오케스트라 단원 중 누군가가 음을 놓쳤고, 연회장은 찬물을 끼얹은 듯 정적이 흘렀다.

타라에게는 아르노와 킬라가 연결되어 있다는 것을 확인시켜주는 발언이었다. 실언인지, 의도적인 발언인지 헷갈리게 하는 기술(이런 것도 기술이라고 말할 수 있다면)이 똑같지 않은가.

대통령의 안색이 변했다.

"공주 마마는 피고인을 변호하기 위해 여기 오신 것이다, 킬라. 치료는 절대 불가능한 일이라는 걸 우리 모두 알고 있어."

"대통령님, 죄송하지만 우리는 할 만큼 했습니다." 바로 뒤에 서 있던 드라고쉬 선생님이 끼어들었다. "최고 마구스들이 나서서 모두 노력했으니까요. 하지만 오무아의 후계자는 특별하지요. 유전자 조작으로 인해 전대미문의 마법 능력을 지니고 있으니까요. 마마와 나는 이미 치료에 대한 얘기를 했고, 답변은 내일 주기로 약속했습니다. 만약 마마가 수락하면 시도해보지 않을 이유가 없다고 생각합니다. 어차피 셀렌바는 사형선고를 받은 몸이고, 또 셀렌바만 인간의 피를 먹은 것도 아닌데 손해 볼 것은 없지 않겠습니까?"

드라고쉬가 공개적으로 또 다른 '인피뱀파'들이 존재한다는 걸 털어놓은 것이었다. 타라는 노골적으로 셀렌바는 죽어야 한다고 주장하던 대통령이 어떻게 나올지 반응이 궁금했다.

대통령이 쏘아보았지만 드라고쉬는 차려 자세로 뻣뻣하게 서서 눈길을 피하고 있었다.

"아버지." 이번에는 킬라가 끼어들었다. "틀린 말이 아니에요. 공주님이 수락하시면 브라기쉬 말고도 다른 뱀파이어들이 치료받을 수 있어요."

"셀렌바 같은 뱀파이어는 극소수야!" 대통령이 화를 벌컥 냈다. "그리고 오무아 제국 후계자의 목숨이 위험할 수도 있단 말이다."

갑자기 여성 뱀파이어들처럼 빛을 뿜어내기 시작했다는 것은 대통령이 정말로 화가 났다는 의미였다. 킬라가 타라에게 조심하라는 눈길을 보냈다.

눈이 부실 정도로 매혹적으로 변한 대통령의 비단결 같은 머리에 루비처럼 빨간 눈, 카리스마를 발휘하기 시작한 것이었다.

"이제 저녁 식사를 합시다." 대통령이 부드러운 목소리로 말했다. "그러고 나서 마마를 국경 지역으로 모실 테니 우리나라를 떠나십시오. 동의하시겠지요?"

으흠. 역시 예상했던 대로 세게 나오는군. 카리스마의 효력인가, 타라의 몸이 뱀파이어의 제안을 받아들이라고, 원하는 대로 따르라고 소리치고 있었다. 당장 나가서 드래코-티라노사우루스와 맨손으로 싸우라고 해도 복종할 것 같았다.

타라는 남아 있는 의지력을 발휘해서 작전 B를 개시했다.

이번에는 타라의 온몸에서 후광 같은 빛이 퍼지기 시작했다. 뱀파이어들보다 훨씬 강렬한 빛이었다. 타라는 연회장 한복판에 갑자기 나타난 작은 태양처럼 휘황찬란했다.

질겁한 뱀파이어들이 고통스러운 신음소리를 내면서 눈을 가렸다.

티그족 호위대와 파브리스도 홀린 듯 타라를 쳐다보고 있었다. 환상적으로 빛나는 무지갯빛의 머리, 장밋빛으로 강조한 광대뼈 덕분에 유난히 돋보이는 크림색 피부. 뱀파이어들이 여기저기서 탄성을 질렀다. 사파이어 뺨칠 정도로 아름다운 쪽빛 눈에 여성 뱀파이어들이 넋을 놓고 있었다.

타라가 귀띔도 하지 않았기 때문에 전혀 모르고 있던 파브리스는 무릎에 힘이 빠지는 걸 느꼈다. 타라는 매혹적이다 못해 고혹적이었다.

"친애하는 드라큘, 난 그렇게 빨리 당신 곁을 떠나고 싶지 않아요." 타라가 간드러지게 말했는데 마법으로 만든 목소리가 분명했다. "난 저녁 식사를 하고 나서 위험을 무릅쓰고라도 셀렌바를 치료할지, 말지 곰곰이 생각하면서 이 밤을 보낼 생각이에요. 찬성하시죠, 대통령님?"

얼이 빠져서 타라를 쳐다보던 대통령이 입을 헤벌리다가 송곳니가 드러나는 바람에 우아한 모습이 깨지고 말았다. 아연실색해 있던 킬라는 얼른 정신을 차리고 미소 띤 얼굴로 타라를 뚫어져라 바라보았다.

"아버지, 이 손님은 그렇게 쉽게 넘어오지 않을 것 같네요."

킬라가 킥킥거렸다.

대통령이 조그맣게 숨을 내쉬자 카리스마가 완전히 사라진 건 아니지만 힘을 잃었다. 타라도 마법의 강도를 줄였다. 1 대 0. 타라는 대통령의 반응에 대비하기 위해 경계를 늦추지 않았다.

"다, 다시 얘기합시다." 드라큘이 마지못해서 말했다. "식사하기 전에 칵테일부터 한 잔 드시면서 우리의 명사들과 인사를 나누시지요. 킬라, 네가 공주 마마께 소개해드려라."

대통령은 타라가 연회에 참석한 뱀파이어들 속으로 가기 전에 핏빛 눈길을 던졌다. 대통령이 비밀을 밝혔기 때문에 이제는 뱀파이어들이 마음 놓고 카리스마를 발휘했고, 연회장이 온통 번쩍번쩍 빛이 났다.

"정말 대단하세요, 공주님." 킬라가 속삭였다. "아버지에게 맞서는 경우가 거의 없는데 이번 일로 공주님은 단번에 많은 친구를 만들었다고 생각해요."

"그리고 많은 적을 만들었을 겁니다." 옆에 서 있던 한 뱀파이어가 불쑥 끼어들었다.

고개를 돌리던 킬라의 표정이 굳어졌다.

"투킬 뱀파이어 경찰청장님." 킬라가 허리를 굽혀 인사했다.

"대통령의 딸!" 투킬 경찰청장이 답례 인사를 했다.

타라는 유심히 그를 관찰했다. 투킬은 뱀파이어 경찰 수장으로서 그중에서도 특히 특별수사대를 지휘하고 있었다. 이글거리는 검붉은 눈빛에 갈색 머리를 군대식으로 짧게 깎았고, 염소수염으로 유난히 두드러진 턱뼈를 가리고 있었다. 청록빛 광채가 나는 물결무늬가 있는, 좀 특별한 천으로 만든 검은색 옷이었다.

그런데 이상한 점이 있었다. 킬라는 직함으로 호칭했는데 경찰청장이라는 자는 대통령의 딸이라고 부르다니……. 타라는 킬라를 교묘하게 모욕하려는 경찰청장의 의도를 즉시 간파했다.

투킬 경찰청장이 타라에게 미소를 지으면서 의도적으로 킬라를 무시했다.

"우리는 셀렌바를 체포하기가 굉장히 어려웠지요." 투킬이 단도직입적으로 말했다. "솔직히 공주 마마께서 셀렌바를 치료할지도 모른다는 얘기를 듣고 난감했습니다. 셀렌바는 무고한 생명들을 죽인 벌을 받아 마땅하니까요. 그런데 우리의 법에 따르면 셀렌바가 인간의 피에 중독된 상태에서 벗어날 경우 죄를 용서받게 됩니다. 지구에서는 종교적 의미로 그걸 속죄라고 부른다지요. 그리고 정신과 의사들은 마약 같은 약물에 중독되어 범죄를 저지른 사람을 마치 한 몸에 두 사람이 살고 있는 것 같다고 해서 '이중인격'이라고 하는데 이 경우에는 유죄 선고를 받지 않지요. 나는 그걸 정말 말도 안 되는 일이라고 생각합니다."

경찰청장이 몸을 숙이면서 가까이 다가섰지만 타라는 한 발짝도 물러서지 않았다. 경찰청장의 카리스마는 대통령만큼 강력했지만 느끼하다 못해 역겹게 느껴졌다. 다시 말해서 견디기가 몹시 힘들었다.

"우리의 친애하는 대통령께서는 높은 사회적 지위 때문에 노골적인 질문을 하지 못하지만, 우리 같은 서민은 할 수 있지요. 우리나라에 온 이유가 뭡니까?"

타라는 뱀파이어의 큰 키 때문에 올려다보면서 굽이 더 높은 구두를 신지 않은 것을 후회했다. 머리 위에서 내려다보는 누군가를 노려보는 것이 너무 힘들었던 것이다.

타라는 속으로 말했다. '내 작전이 경솔한 것인지는 두고 보면 알게 되겠지.'

"내가 여행을 좋아하기 때문이죠." 타라는 매혹적인 미소를 지으면서 단언했다. "우리끼리니까 하는 말인데 내가 셀렌바에게 큰 도움이 될 거라고 생각하지 않아요. 셀렌바는 중병에 걸려 있으니까요. 그리고 경찰청장님, 그 몹쓸 뱀파이어들을 찾아서 추격하는 것이 상당히 흥미로울 것 같은데 자세히 얘기해주실 수 있죠?"

타라는 천연덕스럽게 뱀파이어의 팔을 잡으면서 파트너로 삼았다. 그러자 타라를 소개하기 위해 기다리고 있던 킬라가 머쓱한지 이맛살을 찌푸리면서 멀어져갔다.

경찰청장이 긴장을 푸는 것 같았다. 그의 유머 감각에 타라가 여러 번 웃음을 터뜨리자 다른 뱀파이어들이 이게 무슨 조화지? 하는 표정으로 돌아봤다.

다들 놀라는 반응으로 보아 여기서는 웃는 일이 거의 없는 것이 분명했다. 경찰청장은 완벽한 파트너로서 연회에 참석한 명사들에게 타라를 소개했고, 타라는 그 뱀파이어들의 이름과 직책을 머리에 새겼다. 즐겁게 해주려고 애쓰는 경찰청장을 보면서 타라는 이유가 정말 궁금했다.

그때 종소리가 울려서 경찰청장은 마지못해서 타라를 놓아주었다. 드라큘 대통령과 킬라가 타라를 귀빈석으로 안내하기 위해 다가왔다.

킬라가 타라의 오른쪽 약간 뒤쪽에 자리를 잡는 사이에 드라큘 대통령이 억지미소를 지으면서 타라를 식탁으로 데려가기 위해 손을 내밀었다.

타라가 대통령의 팔을 잡았는데 손바닥 밑에서 뱀파이어의 근육이 나무토막처럼 딱딱해지는 것이 느껴졌다. 뱀파이어는 인간과 유사할 뿐 진짜 인간이 아니라 송장 같다는 생각을 했는데 대통령에게서는 그런 느낌이 들지 않았다. 왠지 섬뜩해진 타라는 주위를 둘러봤다. 놀랍게도 식당의 벽은 검은 돌이 아니라 검은 나무였지만 금빛 나뭇결무늬가 있고 반들거렸다. 소용돌이 모양의 장식이 조각된 반구형 지붕이 멋지게 연결되어 있었다.

아, 이 방의 지붕이 닫혀 있다는 건 비를 맞으면서 식사하기는 싫다는 뜻인가.

검정 식탁보를 씌운 테이블 위에 음식이 한창 차려지는 중이었다. 식기 세트와 크리스털 유리잔들이 반짝거리고 있었다. 웃음소리와 자극적인 향수 냄새가 진동하는 가운데 모두 자리에 앉았다.

손님들의 접시와는 달리 뱀파이어들 앞에는 우묵한 접시가 놓여 있었다. 파브리스는 새빨간 입술에 가슴 부위가 깊이 파인 선정적인 옷차림으로 온갖 매력을 발산하는 한 여성 뱀파이어를 쳐다봤다. 그러나 파브리스는 어떤 뱀파이어에게도 또다시 넘어갈 생각이 없었다. 이럴 땐 이미 한번 당해본 경험이 있다는 것이 얼마나 고마운지.

타라는 살아 있는 동물들이 식탁에 놓일 거라고 예상했지만, 뱀파이어들은 단수가 높았다. 이미 손질한 동물에서 뽑은 피에 여러 가지 향신료를 섞은 것이 접시에 담겨 있는데 마법 덕분에 따뜻한 액체 상태가 유지되어 있었다.

뱀파이어들은 은으로 만든 수저를 사용하는 반면에 손님들에게 금으로 만든 식기를 내놓았다는 건 아마도 늑대인간들을 배려한 모양이었다.

맛있게 구운 고기가 타라의 접시에 놓였고, 유리잔에 빨간 액체가 가득 채워졌다. 타라는 포도주이길 바랐다. 물론 마시지 않을 것이지만.

뱀파이어 요리사들의 실력이 뛰어나서 음식 맛이 아주 훌륭했다. 그렇지만 음식에서 피어오르는 증기에 피 냄새가 섞여 있어서 메스꺼움이 올라왔다.

타라는 다른 뱀파이어들과 함께 맛있게 식사하는 킬라의 모습을 보면서 인간의 피에 감염된 뱀파이어는 동물의 피만으로 만족하지 못한다는 것이 기억났다. 그러나 킬라가 맛있게 먹는 것 같아서 타라는 의문이 들었다. 만약 엘프 스타일러가 거짓말한 것이라면? 그에 대해서는 아는 것이 전혀 없는데…….

"음식이 입에 맞으십니까?" 대통령이 물었다.

"네, 맛있습니다." 타라는 그렇게 대답했지만 정체불명의 음식에 대해 더는 얘기하고 싶지 않았다.

"됐습니다. 그럼 좀 전에 하던 얘기로 돌아갑시다. 그게 정말입니까? 셀렌바 브라기쉬를 정말로 치료할 생각입니까? 그리고 우리의 카리스마를 어떻게 알았습니까? 사형에 처해지는 중죄라서 우리는 나라 밖에서는 한 번도 사용한 적이 없는데요."

맙소사, 드라고쉬 선생님이 목숨을 걸고 알려준 거잖아.

타라는 미소를 지으면서 천연덕스럽게 거짓말을 했다.

"영화에서 봤거든요. 나는 뱀파이어들의 능력에 대해서 전혀 몰라요."

대통령이 미심쩍은 얼굴로 타라를 쳐다봤다.

"영화요?"

"네, 지구의 할리우드, 촬영소, 배우들…… 아시죠? 지구의 많은 영화 속에 늑대인간, 뱀파이어, 유니콘, 드래곤 들이 등장해요. 여러분이 지구를 침략했을 때 남긴 몇 가지가 사람들의 기억 속에 남아 있기 때문이죠. 그때 여러분은 지구에서 그 이상한 능력을 사용한 것이 틀림없고, 그것이 우리에게 남아 있는 거예요. 여러분이 인간들을 홀려서 강제로 원치 않는 일을 시킨다는 걸 우리는 알고 있어요. 그리고 나는 그 카리스마 능력에 면역이 되어 있습니다."

당황한 대통령이 눈살을 찌푸렸다. 그러고는 눈썹 하나 까딱하지 않고 타라의 거짓말을 믿었다.

"우리는 지구에서 일어나는 일에 관심이 없습니다. 우리 국민에게 위험한지 알기 위해서라도 그 영화들을 봐야겠습니다."

타라는 〈뱀파이어들의 무도회〉란 제목으로 만들면 아주 재미있는 영화가 될 거라고 생각하면서 웃음을 터뜨릴 뻔했다. 대통령은 실망하지 않을 거야!

타라는 호기심이 동한 얼굴로 대통령을 쳐다봤다.

"그 능력을 왜 감추십니까? 그걸 알면 아더월드의 국민들이 여러분을 무조건 두려워하지만은 않을 텐데요. 그리고 내 고모님도 뱀파이어의 피가 흐르고 있는 것이 틀림없어요. 마음을 사로잡는 점에 있어서는 누구에게도 뒤지지 않거든요."

"우리는 인간들과 피를 나누지 않습니다." 대통령의 표정이 돌변하는 걸 보면 심기가 불편한 모양이었다.

"그 말씀은 인간을 모욕하는 말로 들리네요." 타라는 당차게 대꾸했다. "나는 농담이었는데 기분이 상하셨다면 용서하세요."

어휴, 이 뱀파이어들은 정말 의심이 많아! 『궁정 비사』를 읽은 뒤로 머리 회전이 빨라진 타라는 대통령이 방금 한 말을 분석했다. 대통령이 너무 지나치게 화를 낸다는 것은 뱀파이어/인간의 혼혈이 존재한다는 뜻인가? 아니면 뱀파이어/엘프의 혼혈이 있다는 건가? 강력한 힘을 지닌 종족들의 피가 섞였다면……? 타라는 그 결과를 상상조차 하고 싶지 않았다.

남은 시간은 무거운 분위기 속에서 흘러갔다. 타라는 투킬 경찰청장이 너무 멀리 앉아 있어서 대화를 나눌 수 없는 것이 유감스러웠다. 화가 난 대통령은 몹시 냉소적이었다. 타라는 어떤 함정이 있는 건 아닌지 대통령의 말에 귀를 기울였고, 뱀파이어들이 타라 일행을 주의 깊게 살피고 있어서 자신에게 쏠린 따가운 시선에 얼굴에 화상을 입을 것만 같았다.

뱀파이어들이 저렇게 불타는 시선으로 쳐다본다는 것은 나를 맛있게 구워 먹을 칠면조쯤으로 생각한다는 건가? 그 이미지를 떠올리면서 타라는 웃음이 나왔다. 만화영화를 너무 많이 본 영향인가.

연회 시간 내내 대통령은 타라의 생각을 바꾸게 하려고 애를 썼다. 남몰래 킬라와 드라고쉬 선생님의 지원을 받는 타라는 당당히 맞서면서 굴복하지 않았다. 파브리스도 셀렌바와 있었던 끔찍한 경험과 드라고쉬 선생님의 경고 때문에 아름다운 뱀파이어들이 뿜어내는 매혹적인 모습에 넘어가지 않고 꿋꿋이 버티고 있었다. 고혹적인 뱀파이어들을 견뎌내는 파브리스는 훨씬 매력적으로 보였다.

크산디아르와 수하의 호위대는 미소를 짓고 있지만 경계를 늦추지 않고 지켜보고 있었다.

마침내 타라는 억지로 참고 있어서 입이 근질근질했던 말을 대통령에게 꺼냈다.

"우리가 붙잡아서 넘겨준 셀렌바를 체포하면서 크라에토비르의 반지를 회수한 것으로 알고 있습니다. 그 반지를 연구 중인 것으로 아는데 위험한 물건이 아닌지요?"

"우리는 반지를 건드릴 엄두도 못 내고 있습니다." 대통령이 무심코 대답했다. "그 반지에서 나오는 악마의 힘을 지닌 에너지의 파동이 우리 과학자들을 교란시키거든요. 그래서 우리 궁전에 있는 연구실에 보관해두고, 마마께서 실루르의 옥좌와 저주받은 왕홀을 파괴했던 것처럼 그 반지를 파괴할 방법을 연구하고 있습니다. 시제품이라서 완제품보다는 힘이 좀 약하니까요. 방법을 곧 찾아낼 겁니다."

서둘러야겠어. 타라는 드라큘이 방금 얼마나 중요한 말을 털어놓았는지 알아차릴까 봐 얼른 화제를 바꾸면서 침착하고 평온한 얼굴을 했다.

핑크빛 방으로 돌아갔을 때는 아주 늦은 시간이었다. 녹초가 된 타라가 옷을 벗자 그걸 받으려고 냉큼 달려오던 로봇 같은 목재 인형이 실망했다. 체인지라인이 드레스와 구두, 속옷을 흡수하고 반바지와 블라우스로 갈아입혔던 것이다.

타라는 한숨을 내쉬었다. 두 개의 아티팩트를 훔치고 셀렌바를 치료하려면 적어도 이틀은 걸릴 텐데……

게다가 셀렌바를 치료하는 문제는 아직 확신이 없었다. 정말 셀렌바를 구해줘야 하는 걸까? 죽을 위험을 무릅쓰면서까지 그럴 만한 가치가 있을까?

딜레마에 빠진 타라는 피곤에도 불구하고 쉽게 잠을 이루지 못할 것같았다. 일단 양치질을 한 뒤에 타라는 두 사람이 자도 넉넉할 것처럼 넓은 침대에 누우면서 그르룰에게 잘 자라고 말했다. 트롤이 자신의 방문을 열어놨기 때문에 타라는 그르룰이 누웠을 때 침대가 트롤에게 너무 무겁다고 항의하는 소리를 들을 수 있었다.

불빛이 차츰 약해지더니 검은색의 묵직한 벨벳 커튼을 통해 별빛과 달빛만 방을 밝히고 있었다.

몇 분이나 잤을까, 깜빡 잠들었던 타라는 이상한 소리에 눈을 번쩍 떴다.

옷깃 스치는 소리…… 아니면 묵직한 천이나 커튼을 젖히는 소리 같기도 했다. 어둠 속에서 눈을 동그랗게 뜬 타라는 침입자에게 들키지 않기 위해 이불 속에서 마법을 작동했다.

몇 달 전, 무아노가 예고 없이 방에 불쑥 나타났을 때는 마법의 빛을 너무 많이 사용하는 바람에 친구는 이불을 통해 마법의 빛을 알아본 적이 있었다. 타라는 그 뒤로 꼭 필요한 만큼의 빛을 약하게 하는 훈련을 해왔었다. 깨어 있다는 걸 침입자가 알아차리면 그보다 맥 풀리는 일이 있을까.

실루엣이 방으로 들어왔을 때 타라는 호흡이 가빠졌다. 실루엣이 잠시 머뭇거리다가 천천히 다가왔다.

타라는 이불 속에서 침입자가 주문이나, 칼 또는 트리크로크를 날릴 경우를 대비해서 방패를 만들었다. 그러나 실루엣은 전혀 뜻밖의 행동을 했다.

실루엣이 소파에 앉았던 것이다.

좋아, 아주 독창적이군. 너무 피곤한 킬러인가? 타라는 방금 머릿속에 떠오른 바보 같은 생각을 얼른 떨쳐냈다. 이 상황에 그런 멍청한 생각을 하고 있다니.

실루엣 뒤로 커다란 그림자가 나타났다. 침입자 뒤에 선 그르룰이 언제든 개입할 준비를 하고 있었다. 잠을 깬 갈랑도 갈퀴발톱을 세우고 달려들 기세였다.

"마법의 빛을 끄셔도 됩니다." 감미로운 목소리가 말했다. "마마를 해칠 생각이 전혀 없습니다."

침입자는 타라가 작동한 마법의 빛을 보았던 것이다. 쯧쯧, 또 실패했잖아.

"아? 다행이군요." 타라는 마법의 빛을 끄지 않은 채 대답했다.

"누구죠?"

"마마를 해치러 온 것이 아닙니다. 아르노를 보냈던 게 접니다."

타라는 방에 불을 켜라고 지시했고, 훤해지는 순간 질겁한 얼굴로 움찔했다.

눈앞에 셀렌바가 서 있는 것이 아닌가.

10
치료

두꺼비로 둔갑시킬 수 있는 능력이 있다고 마법을 남용하면 안 되는데……

*

타라는 침입한 여성 뱀파이어를 꼬치구이로 만들기 전에 마법의 빛을 껐다. 셀렌바와 다른 점을 발견했기 때문이다. 차가운 얼굴은 똑같지만 앞에 있는 뱀파이어의 머리는 흰빛이 아니라 은빛이고, 피부도 다른 뱀파이어들과 비슷했다. 하지만 마법으로 머리색을 바꿨을지도 모르기 때문에 타라는 경계를 늦추지 않았다. 타라는 일어나서 잠옷을 주홍빛과 금빛의 갑옷 차림으로 바꾸고 엘프의 검과 단검 두 개로 무장한 다음 땋은 머리에 작은 황금 왕관을 썼다.

손에 창이 나타나자 그럴 필요까지는 없다고 판단한 타라는 창을 사라지게 했다. 갈랑이 어깨 위에 자리를 잡자 체인지라인은 페가수스의 갈퀴발톱 때문에 갑옷이 뚫리지 않게 어깨받이를 강화했다.

침입한 뱀파이어가 부러운 눈길로 말했다.

"어머, 체인지라인을 갖고 있네요! 아더월드에 두세 개밖에 남아 있지 않은 걸로 알고 있습니다. 체인지라인을 더 이상 만들지 않는다는 것은 정말 애석한 일이죠."

"다시 묻겠어요. 누구죠? 문보다 창문 출입을 선호하는 특별한 이유라도 있나요?" 타라의 어조에 빈정거림이 담겨 있었다.

뱀파이어는 송곳니를 드러내지 않고 미소를 지었다.

"마마의 방문 앞에 두 명이 보초를 서고 있어서요. 제가 마마를 만나러 온 것을 아무도 알아서는 안 되기 때문입니다."

한밤중에 비밀 회담? 그것도 뱀파이어와? 그리 유쾌하지 않은데!

"당신은 셀렌바와 많이 닮았어요." 타라는 우아하게 앉았다(어차피 갑옷 때문에 아무렇게나 앉을 수도 없지만). "혹시 쌍둥이인가요?"

"아니, 셀렌바는 제 언니예요. 우리는 아주 많이 닮았지만, 저는 언니처럼 무모하지도 모험을 즐기지도 않습니다. 제 이름은 사틸라예요."

맞아, 아르노는 누가 보내서 왔다면서 이름이 사틸라라고 했어.

"아르노는 마마께서 감시 모니터를 제거했다는 걸 알았고, 그래서 위험을 무릅쓰고 킬라가 감염된 사실을 털어놓았던 것입니다."

아, 그러니까 실언이 아니라 의도적이었단 말이지.

영악한 엘프로군.

"저, 아니 사피르와 셀렌바 언니, 그리고 저에게 마마의 도움이 필요해요."

"대답은 내일 해주겠다고 사피르에게 말했는데요."

타라는 차분하게 대꾸했다.

사틸라는 다급한 듯 말했다.

"마마께서 모르시는 게 있어요. 대통령이 마마에게 아메모루스 주문을 날릴 겁니다. 마마가 미션을 잊고 떠나게 만들려고요. 오무아로 돌아가신 다음에야 속았다는 것이 기억나겠지만 그때는 너무 늦습니다. 언니는 이미 죽고 난 다음이니까요."

타라는 이마를 찡그렸다. 민투스든 아메모루스든 매번 문제를 일으키는 망각의 주문은 질색이었다. 지구의 친한 친구 베티가 망각의 주문 때문에 비싼 대가를 치르지 않았던가.

"왜죠?"

"무슨 말씀인지?"

"셀렌바를 치료하는 걸 왜 대통령이 반대하죠?"

"그건 저도 몰라요. 대통령이 왜 반대하는지는 아무도 모릅니다. 아마도 마마가 위험해지는 걸 원치 않는 것이 이유라고 생각하고 있을 뿐입니다."

"내가 그걸 정답이라고 생각할 것 같아요?"

"물론 대통령은 남을 걱정할 정도로 관대하지 않아요." 사틸라의 목소리에 가시 돋친 데가 있었다. "그것이 유일한 이유라고는 생각하지 않습니다."

칼 때문에 찰그랑거리는 쇠붙이 소리를 내면서 일어난 타라의 표정이 진지했다.

"한 가지 묻겠어요. 내가 죽으면 무슨 일이 일어날까요?"

"그거야…… 마마께서 죽는 거죠." 질문의 뜻을 이해하지 못한 사틸라가 아주 단순하게 대답했다.

좋았어, 그러니까 교활하게 머리를 굴리고 있는 건 아니라는 말이지. 타라는 설명을 덧붙여야 했다.

"물론 내가 죽는 거죠. 하지만 내가 셀렌바를 치료하다가 죽으면 오무아 제국은 곧바로 수사관들을 파견해서 당신들이 정말로 아무 짓도 하지 않았는지 확인할 거예요. 그러다 보면 트롤들과의 싸움을 알게 돼 사소한 일까지 지나치게 간섭을 받을 텐데, 대통령이 아마 그건 원치 않을 거라고 생각해요."

사틸라는 마치 좋지 않은 냄새를 맡은 것처럼 코를 찡그렸다.

"네, 맞습니다. 마마께서 트롤족과의 그 웃기는 싸움에 대해 알고 있다는 걸 아르노에게서 들었습니다. 양측 간에 격한 충돌이 있었던 건 사실이지만, 그 문제는 빠르게 해결될 수 있을 겁니다. 사망자들이 있었다고 트롤들이 군대를 소집한 모양입니다. 우리는 정당방위였는데도. 그러면 더 격렬한 전쟁이 일어날 우려가 있지요."

"그게 바로 당신들의 문제예요. 당신들의 대통령은 전쟁으로 확산되는 걸 두려워하고 있습니다."

사틸라의 머리 위에서 성난 목소리가 외쳤다.

사틸라는 소스라치게 놀랐다. 타라에게 조금이라도 허튼수작을 부렸다가는 당장이라도 때려눕힐 기세로 뒤에 서 있는 그르룰을 전혀 알아채지 못하고 있었던 것이다.

"그걸 어떻게 알아?" 타라가 물었다.

"우리 크랑카르가 비록 후진국으로 간주되어 있지만 우리는 협정을 맺었으니까요. 트롤족은 오무아 제국과 동맹을 맺고 있어서 전쟁이 터지면 오무아에서 지원병을 보내기로 되어 있지요. 반면에 뱀파이어족은 랑코비트와 동맹을 맺고 있거든요. 그 밖에도 오무아 제국은 셀렌다와 동맹국이고, 랑코비트 왕국은 빌랭 왕국과 동맹국이지요."

타라는 갑자기 다리가 후들거려서 주저앉았다.

"그럼 세계대전으로 악화될 수도 있는 거잖아." 깜짝 놀란 타라가 말했다.

"그렇죠." 트롤이 고개를 끄덕였다. "그래서 끔찍한 참사로 이어지기 전에 반드시 문제를 해결할 방법을 찾아야 하는 겁니다. 따라서 나는 우리 정부에 숲과 뱀파이어들 간에 일어난 사건을 알려야겠어요. 전에는 이런 일이 없었거든요."

"하지만 우리도 노력했어요!" 사틸라가 반박했다. "우리 대통령은 당신의 동족 여러 명을 생포했습니다. 당신처럼 말을 잘하지는 못해도 아주 이성적이었어요. 하지만 숲에 이르렀을 때 갑자기 그 사건이 일어났기 때문에 그들도 어떻게 된 일인지 모르고 있어요. 처음에는 우리도 마법이라고 생각했지만 그보다 훨씬 복잡한 것이었어요. 당신이 숲으로 간다고 해결될 일이 아니란 말입니다. 당신도 똑같은 신세가 될 겁니다. 당신은 우리가 무엇을 해야 하는지, 무엇을 도와야 하는지 설명하기보다 무작정 싸울 테니까요."

"글쎄, 그 말은 설득력 있게 들리지 않는데 어쩌나!" 성난 그르룰이 쏘아붙였다.

"언제 시작된 일이죠?" 타라가 물었다.

"닷새 전인데 이상한 것은 나무들이 난공불락의 벽을 만들 정도로 두꺼워지기 시작했다는 겁니다. 아마도 트롤들을 숨기기 위한 것이겠죠. 그러다가 하루, 이틀 만에 싹들이 쑥쑥 자라서 밭을 이루고, 나무들이 수 미터 높이로 쭉쭉 뻗어서 울창한 숲이 되었지요."

닷새 전이라면? 정확하게 호위대랑 내가 그르로그에게 붙잡힌 다음 날인데……. 그 모든 것이 내가 숲에 승리했기 때문에 시작된 것이라면? 내가 본의 아니게 전쟁을 촉발시킨 것인가?

타라와 눈길이 마주친 그르룰이 생각에 잠긴 얼굴로 고개를 끄덕였다. 트롤도 똑같은 생각을 하고 있는 것이 틀림없었다.

"제발 부탁드립니다." 사틸라가 하얗고 긴 손을 비틀면서 간청했다. "내 언니의 목숨보다 더 중대한 일이라는 건 잘 알고 있습니다. 하지만 언니가 저지른 모든 짓에도 불구하고 저는 언니를 사랑해요. 그리고 괴로워하는 사피르를 보고 있을 수가 없습니다. 사피르를 도와주세요. 우리를 도와주십시오."

사틸라는 사피르의 이름을 말하면서 창백한 안색이 약간 붉어졌다. 타라는 뱀파이어를 유심히 살폈다. 사틸라는 생각보다 훨씬 더 예비 형부를 사랑하는 것 같았다.

타라는 심호흡을 하면서 긴장을 풀었다. 사틸라의 말에 일리가 있었다. 뱀파이어들과 트롤들의 싸움에 대해서는 어차피 현재로서는 타라가 해줄 수 있는 게 없었다. 반면에 셀렌바를 치료하는 데 성공한다면 대통령의 딸도 치료할 수 있게 되니…… 타라는 딸을 구해준 대가로 대통령에게 평화 협상을 요구할 수 있었다. 어떻게 된 일인지 면밀히 조사해서 정말로 타라의 실수 때문에 정전협정이 파기되었을 경우를 대비해서라도 협상 카드를 쥐고 있어야 하지 않겠는가.

문득 묘안이 떠오른 타라는 좀 더 일찍 생각하지 못한 자신이 바보처럼 느껴졌다.

운이 좋으면 대통령의 딸을 구해주는 대가로 어쩌면 젠드라의 별과 크라에토비르의 반지를 요구할 수도 있었다. 어차피 밤중에 복도를 돌아다니는 일은 삼가야 하니까.

더군다나 타라는 뭔가를 훔치는 식의 작전은 좋아하지 않을 뿐만 아니라 적임자도 아니었다. 면허 받은 도둑 칼이라면 몰라도.

"좋아요." 타라가 마침내 말했다. "해봅시다. 나를 셀렌바에게 안내해요."

그러자 뱀파이어는 엘프가 울고 갈 정도의 민첩한 움직임으로 발딱 일어났다.

"정말이세요? 수락하시는 겁니까? 당장 사피르에게 알리고……."

"사피르 드라고쉬 선생님은 엄중한 감시를 받고 있을 거예요." 타라가 말을 잘랐다. "그리고 선생님은 오히려 방해가 될지도 몰라요. 작전을 개시하려면 연회가 시작될 때가 좋다고 했으니까요."

셀렌바를 떠올리는 순간부터 머릿속에 맴도는 뱀파이어의 말 때문에 타라는 약간 당혹스러웠다.

"그럼 변신해야 합니다." 사틸라가 제안했다.

타라는 무슨 말이냐는 얼굴로 뱀파이어를 쳐다봤다.

"나더러 변신을 하라고요?"

"네, 저는 박쥐로 변신해서 들어왔습니다. 발각되지 않고 감옥에 들어가려면 마마도 박쥐로 변신해야 합니다."

타라는 침을 삼켰다. 드래곤으로 변신했을 때 좋지 않은 기억이 있는데…….

"자신 있어요? 내가 지금 가겠다고 알리는 것이……."

"그건 안 됩니다." 뱀파이어가 말을 잘랐다. "누군가에게 알리면 마마는 밤이 끝나기 전에 기억을 상실하게 될 겁니다. 저를 믿으세요. 박쥐가 유일한 방법입니다. 창문을 열어놓을게요."

"그건…… 그리 좋은 생각 같지 않은데!"

"이럴 때는 나에게 마법 능력이 없는 게 짜증 나요." 그르룰이 구시렁거렸다. "나는 변신할 수 없는데 마마를 어떻게 보호하죠?"

"너는 내가 둔갑시킬 수 있어." 타라가 말했다.

바보 같은 생각일 수도 있지만 타라는 트롤과 함께 있으면 든든할 것 같았다.

"그 방법밖에 없다면 그렇게 해야겠죠."

"먼저 몽둥이와 무기를 나한테 줘. 그것들을 가져가려면 체인지라인에 넣어야 하니까."

트롤은 마치 아기를 빼앗기는 것처럼 마지못해서 무기를 내놓았다.

타라는 마법을 작동하면서 이번에는 빛의 강도를 억제하지 않았다. 뱀파이어는 너무 놀라서 숨이 막힐 뻔했다. 사틸라는 연회에 참석하지 않았기 때문에 타라의 마법을 처음 보는 것이었다. 사틸라가 창문을 열어놓고 얼른 커튼을 젖혔다.

타라는 주문을 읊었다.

"트란스포르무스의 이름으로 그르룰은 박쥐로 변할지어다!"

트롤의 몸이 부풀기 시작했다. 오만상을 찌푸리는 얼굴로 보아 몹시 괴로운 모양이었다. 커다란 날개가 돋으면서 몸통이 변하는가 싶더니 잠시 후 초록색의 자이언트 박쥐가 방바닥에 누워 있었다.

"오, 이런. 너를 축소한다는 걸 깜빡했어. 기다려."

"이익이익 이익이익 이이이크!" 박쥐로 변한 그르룰이 오만상을 찌푸리면서 이상한 울음소리를 냈다.

"불편해 죽겠다고 난치를 치네요." 뱀파이어가 박쥐의 울음소리를 통역해주었다. "욕설도 덧붙였지만 그건 생략했습니다."

타라는 웃음을 참았다.

"그르롤, 제대로 됐는지 봐야 하니까 이제 날아봐."

그르롤이 날개를 파닥였다. 펄럭, 펄럭, 펄럭. 그게 다였다. 그르롤이 원망하는 눈초리로 타라를 쳐다봤다.

"잠깐!" 뱀파이어가 작은 박쥐를 잡으면서 말했다. "내가 날려주는 게 훨씬 쉽겠어요."

"이이이이이이이이이크!" 박쥐는 절대 찬성하지 않는다는 뜻으로 괴성을 질렀다.

너무 늦었다. 사틸라는 이미 천장을 향해 박쥐를 내던졌다. 날개를 펴고 잠시 파닥거리던 그르롤/박쥐가 눈 깜짝할 사이에 픽! 벽과 정면으로 충돌하고 툭 떨어지더니 완전히 얼이 빠진 듯 눈알을 데굴데굴 굴리면서 비틀거렸다.

"맙소사, 그르롤, 괜찮아?" 타라가 뛰어갔다.

박쥐가 머리를 문지르는데 눈은 여전히 사팔눈이었다.

"왜 그랬어? 벽을 못 본 거야?"

"이이이크, 이익이익, 이이이크 이익이익!" 박쥐는 성난 울음소리를 냈다.

"내 잘못이에요." 사틸라가 말했다. "미리 주의를 줬어야 했는데……. 박쥐는 시력이 좋지 않아서 잘 보이지 않거든요. 따라서 날아오르면서 소리를 내야 해요. 박쥐는 초음파를 이용하는 감지 능력 덕분에 이동하니까요. 다시 말해서 그 능력은 박쥐가 내지른 소리가 장애물을 맞고 튀어나올 때의 음파를 기억해두는 고성능 레이더 시스템이라고 할 수 있지요. 그래서 깜깜한 밤에도 위험이나 사냥감이 있는 위치를 정확하게 알 수 있는 겁니다."

그르롤/박쥐는 그런 놀라운 능력이? 하는 얼굴이었다.

박쥐가 힘겹게 타라의 어깨까지 기어오르자 갈랑이 놀리는 울음소리를 내면서 휙 날아오르는 것으로 자리를 내주었다. 페가수스는 아주 재미있다고 생각하는 모양이었다.

타라의 어깨 위에서 그르롤/박쥐가 소리를 냈다.

"이익이익 이익이익 이익이익 이이이이크!"

"일단 일어나고 나서는 움직이지 말아달라고 마마에게 부탁하네요." 뱀파이어가 통역해주었다.

타라는 아주 조심스럽게 일어났다. 박쥐가 어깨 위에서 울음소리를 내면서 날개를 파닥이는데 좀 전보다는 모양새가 그럴듯해 보였다. 그러다 갑자기 예고도 없이 박쥐가 이륙하더니 용감하게 한 바퀴를 돌았다. 너무 흡족했는지 또 소리를 내지 않는 바람에 옷장 위에 앉아 있던 갈랑과 충돌하기 직전이었다. 이번에는 페가수스와 박쥐가 날개를 펼치면서 멋지게 날아올랐다.

"아주 잘했어요." 사틸라가 칭찬했다. "이제 마마의 차례입니다."

타라는 머릿속으로 살아있는 돌과 접촉했다.

'살아있는 돌?'

하품하는 소리가 났다. 살아있는 돌이 자다가 깬 모양이었다.

'깨워서 미안해. 이 궁전에 있는 모든 존재를 박쥐로 둔갑시키지 않

으려면 너의 도움이 필요해.'

'타라, 힘을 원해?' 재미있는 놀이를 할 수 있게 된 것이 기쁜지 살아 있는 돌이 얼른 물었다.

'아니, 이번에는 네 힘을 보태줄 필요 없어(숲에서 일어났던 일이 아직도 생생한 타라는 또다시 그런 일을 저지르고 싶지 않았다). 필요한 만큼만 힘을 써서 내가 원하는 모습으로 변하고 싶으니까 내 힘이 넘치지 않게 조절해달라는 부탁이야. 이상한 동물로 변신하고 싶지 않거든.'

살아있는 돌이 주머니에서 튀어나오자 깜짝 놀란 뱀파이어가 뒷걸음쳤다.

"이게 뭐, 뭐예요?"

자세히 말해주려는 순간 타라는 고모의 충고가 기억났다. '자신의 에이스 카드는 적군은 물론 아군에게도 발설하지 말 것.' 타라는 사틸라를 아군이라고 생각하지만, 상황은 언제든 뒤집힐 수 있었다.

"친구예요." 타라는 수수께끼 같은 말로 대답했다. "시작할게요."

타라는 머릿속으로 방바닥에서 서툴게 파닥이던 그르룰과 멋지게 비상하는 페가수스를 참고하면서 원하는 모습을 떠올렸다.

잠시 후, 박쥐의 모습이 나타나기 시작했다. 코가 가려워서 문지르던 타라는 갈퀴발톱이 달린 발을 보고 박쥐로 변신하는 데 성공한 것을 알았다. 체인지라인은 타라의 목에 목걸이 모양으로 달라붙었다.

"됐어요. 이제 어떡하면 되죠?"

사실, 타라의 입에서 나온 소리는 "이익이익 이이이크 이익이익 이이이크!"였지만 뱀파이어와 그르룰/박쥐는 그 뜻을 이해했다.

"먼저 트롤처럼 날개에 적응하고 이동하는 방법을 익혀야 합니다. 그다음에 저를 잘 따라오시면 됩니다. 셀렌바가 있는 감옥으로 안내하겠습니다." 그렇게 말하고 나서 뱀파이어는 눈 깜짝할 사이에 박쥐로 변신했다.

타라는 조심스럽게 좀 전의 그르룰처럼 이륙하기에 앞서 의자 위에 올라섰다. 그리고 힘껏 소리를 질렀다.

"그보다는 작게 지르셔도 됩니다. 그러면 목이 아프니까요."

뱀파이어가 말했다.

"미안해요." 타라는 박쥐의 언어로 말했다. "벽이나 옷장을 피하려다 그만 소리를 질렀네요. 자, 다시 할게요."

타라는 날개를 파닥이면서 날아올랐다.

우아하면서 유연한 멋진 비상이라고 말할 수는 없어도 그런대로 해낸 셈인데 착륙하다 그만 곤두박질하면서 눈앞에 별 몇 개가 빙빙 돌았다.

드래곤으로 변신해서 날다가 착륙하면서 숲의 일부를 파괴했을 때보다는 그래도 타라가 많이 진보되어 있었다. 이번에는 양탄자가 훼손되고 자존심에 상처를 입은 정도에 불과하니까.

"이런! 나는 정말 착륙에 소질이 없나봐." 타라는 현기증이 가시자 멀쩡한지 머리를 흔들어보면서 투덜거렸다. "한 번만 더 연습하고 나서 출발해요, 사틸라."

"알겠습니다. 괜찮아지면 먼저 창문으로 나가세요. 저는 바로 뒤따르겠습니다."

타라는 따라가겠다고 고집을 피우는 갈랑을 억지로 방에 남아 있게 했다. 페가수스까지 박쥐로 둔갑시키는 것으로 마법을 많이 사용하고 싶지 않았던 것이다. 뱀파이어는 박쥐로 변신하기 전에 커튼을 젖히고 박쥐 세 마리가 드나들 수 있을 만큼 창문을 열어놨었다.

날아가는 것은 그들만이 아니었다. 밖으로 나오자 두 개의 달빛을 받아 많은 박쥐가 빛을 내면서 날아다니고 있었다. 타라는 자신도 모르게 모기 한 마리를 삼키면서 박쥐의 본능이 정신에 영향을 준다는 걸 알았다. 타라는 박쥐의 긴 날개를 파르르 떨면서 웩, 토하는 소리를 냈다.

사틸라/박쥐가 빠른 속도로 대통령궁 블랙하우스의 별관을 향해 날아갔다.

별관 벽은 검은빛과 금빛 대리석이 아니라 검은색 현무암이고, 청석돌 바닥에 철문이 달려 있었다. 궁전의 분위기는 무겁고, 감옥이 있는 별관의 분위기는 을씨년스러웠다. 브리앙트를 조명으로 사용하는 다른 나라들과는 달리 뱀파이어들은 흰빛의 전등을 사용하고 있었다. 어딘가에 발전기나 발전소가 있을 수도 있고, 과학에 대한 열정으로 보아 원자력 센터가 있을지도 몰랐다. 뱀파이어들이 전기 에너지를 만드는 다른 방법을 찾았다면 몰라도.

감옥으로 이르는 복도에 먼저 진입한 사틸라/박쥐가 갑자기 속도를 늦췄다.

특별수사대의 뱀파이어 경찰 여러 명이 지키고 있었다.

전속력으로 되돌아오는 사틸라/박쥐를 보면서 그르룰/박쥐와 타라/박쥐도 홱 돌아섰다. 뱀파이어들의 탐색하는 듯한 눈길이 일제히 박쥐들에게 쏠렸다.

"초록색 박쥐는 처음 보는데!"

특별수사대의 한 뱀파이어가 말했다.

그르룰/박쥐는 질겁해서 속도를 냈다.

특별수사대의 시야에서 벗어나자 다시 뱀파이어로 변신한 사틸라가 내뱉었다.

"빌어먹을! 경비를 강화했어요! 박쥐의 모습으로 통과할 수 없으니 다른 방법으로 가야겠습니다. 모두 마마의 강력한 마법을 칭송하고 있는데 저 경찰들을 해치지 않고 무력화시킬 수 있으세요?"

"이익이익 이익이익 이이이크." 타라가 대답했다.

"아, 그럼 마마께서 다시 변신하면 훨씬 수월할 겁니다."

이런 이상한 모습으로 마법을 쓸 수 있을지 모르는 타라는 잠시 불안이 엄습했지만, 위기의 순간에 마법은 협조적이었다. 그르룰과 타라는 본래의 모습을 되찾았다.

궁전 안에 있는 모든 존재를 금발 소녀나 트롤로 둔갑시키지 않아서 천만다행이었다.

타라가 그르룰에게 무기를 돌려주자 박쥐의 날개만 갖고 어떻게 해치울 수 있을까 걱정하던 트롤이 기뻐했다.

"해보죠." 체인지라인이 의상을 바꿔주는 동안 타라가 말했다. "하지만 내 생각에는 외교적 절차를 통해 들어가는 것이 좋을 것 같군요. 내 마법은 가끔 몹시도 심술궂거든요."

"마마의 뜻이 그렇다면 노력해보겠습니다." 사틸라가 빈정거리는 듯한 목소리로 대답했다.

그들이 감옥에 들어서자 남녀 뱀파이어들이 벌떡 일어나더니 이상한 무기로 위협했다.

"정지! 누구냐?" 그중 한 뱀파이어 경찰이 소리쳤다.

"드레온, 내가 누군지 알죠?" 사틸라가 부드럽게 말했다. "우리의 손님이신 공주 마마와 경호원과 함께 언니를 만나러 왔어요."

뱀파이어 경찰이 눈살을 찌푸렸다.

"통과시켜도 되는지 모르겠소."

"왜요? 우리가 금지된 일을 할까 봐요? 대통령께서는 우리의 손님이 셀렌바를 만나는 걸 반대할 거라고 생각하지 않아요. 셀렌바 때문에 오셨다는 건 당신도 알잖아요!"

뱀파이어 경찰이 잠시 고민하다가 말했다.

"들어가시오."

사틸라는 눈 하나 까딱하지 않았지만, 타라는 긴장이 풀리는 느낌이 들었다. 어마어마하게 큰 철재 문들이 열렸다. 문의 크기로 봐서는 반란을 일으키는 발분이나 드래코-티라노사우루스를 가두고 있는 것 같았다.

그들은 감옥 깊숙이 들어갔다. 셀렌바만 갇혀 있는 것이 아니었다. 뱀파이어들의 감옥에 트롤 등 다른 종족들도 수감되어 있었다.

한 트롤을 발견한 그르룰이 깜짝 놀랐다.

트롤 대장 그르로그?

"오, 조상들이시여! 당신이 어떻게 여기 있어요?" 그르룰이 트롤의 언어로 물었다.

건물에 통역 주문이 걸려 있어서 얼마나 다행인가. 타라는 이번에는 트롤이 무슨 말을 하는지 이해했다.

그르로그는 머리에 큼직한 혹이 나 있는 데다 한쪽 눈은 퉁퉁 부어서 반쯤 감겨 있고, 오른팔이 빠졌는지 축 늘어져 있었다. 상태가 안 좋은 그르로그가 부들부들 떨고 있는 것으로 보아 고열에 시달리는 것 같았다.

"나도 어찌 된 일인지 영문을 모르겠소." 그르로그가 힘없는 목소리로 대답했다. "여러분을 국경까지 안내하고 돌아가는데 갑자기 습격을 받았지요. 난생처음 보는 뱀파이어와 치고받고 싸우다 죽도록 얻어맞았소. 그러고는 이렇게 몇 시간 동안 포로 신세가 되었는데 설명을 요구했지만 아무도 대답해주지 않고 있으니……. 그러는 당신은? 당신도 붙잡혀 온 거요? 당신 역시 모르는 뱀파이어들과 싸움을 벌였소?"

그르룰은 텅 비어 있는 뒤쪽을 가리키면서 말했다.

"아뇨, 그런 일은 없었고, 아무도 나를 가두려고 하지 않았어요. 나는 면회를 온 거예요."

"아, 미안하오. 어찌나 많이 맞았는지 내 머리가 이상해졌나 봅니다. 당신은 자유의 몸이니 나를 도와주기 바라오."

"그건 안 됩니다." 사틸라가 매정하게 끼어들었다. "내 언니를 구하는 것이 먼저고, 트롤들의 문제는 그다음이에요."

그르룰이 마지못해서 고개를 끄덕였다. 맞는 말이 아닌가.

"창살 가까이 와요." 그르룰이 그르로그에게 말했다.

그르로그가 순순히 다가왔다.

그르룰이 번개같이 빠르게 창살을 통해 한 손으로는 그르로그의 몸을 꼼짝 못하게 붙잡고, 다른 손으로는 다친 팔을 움켜잡더니 별안간 거칠게 잡아당겼다. 우두둑!!!

트롤의 비명소리가 감옥이 흔들릴 정도로 쩌렁쩌렁 울려 퍼졌다. 그르룰이 탈구된 팔의 어깨 관절을 다시 맞춰놓은 것인데 정말 무지막지하다고 해야 하나? 하여튼 아주 강력한 방법이었다.

"이런 빌어먹을!" 그르로그는 악을 썼다. "뭐 하는 짓이오? 당신 미쳤소?"

"그렇게 소리 지르지 마요! 당신의 팔이 퉁퉁 부어오르고 있잖아요. 몇 시간 더 지나면 어깨를 맞추는 것이 불가능하단 말이에요. 고맙다는 말이나 하시죠."

"맙소사!" 그르로그가 구시렁거렸다. "이런 여성 트롤은 숨통을 끊어버리든가, 아니면 결혼해서 내 것으로 만들든가 둘 중 하난데……."

그렇게 말하면서 그르로그는 기절했다.

"음, 효과 만점이네." 그르룰이 입가에 흡족한 미소를 머금었다. "이제 가요."

다음 감방은 아주 달랐다. 방마다 인간의 피를 먹은 뱀파이어들이 갇혀 있었다. 새빨간 눈, 하얀 머리, 창백한 피부, 튀어나온 갈비뼈, 그들은 타라가 마치 최고급 요리라도 되는 듯 군침을 질질 흘리면서 손톱을 세우고 있었다.

그중에서 굶주린 뱀파이어가 달려들려고 할 때 타라는 창살 너머의 뱀파이어들이 힘의 장막 속에 갇혀 있다는 걸 알아차렸다. 변신해서 탈옥하지 못하게 하려는 장치가 틀림없었다.

달려들던 뱀파이어는 힘의 장막에 손을 데었는지 비명을 질렀다. 타라는 침을 삼키면서 마음을 가라앉혔다. 심장이 어찌나 두근거리는지 맥박이 1분에 적어도 200번은 뛰는 것 같았다.

이글거리는 시선에 섬뜩해진 타라는 영화 〈양들의 침묵〉에 등장하는 FBI 요원 클라리스 스탈링이 된 느낌이 들었다. 특히 방금 본 뱀파이어는 살인마 한니발 렉터를 연상시키지 않는가.

떨리는 손을 보면서 타라는 그제야 얼마나 두려움에 떨었는지 깨달았다. 눈물까지 고이자 타라는 자신을 질책했다. 이건 아니지! 아직은 안 돼! 정말 지긋지긋하군!

타라가 슬그머니 옷소매로 땀을 닦자 체인지라인이 툴툴거리는 소리가 들렸다. 체인지라인은 타라가 자기에게 땀을 닦을까 봐 질겁한 모양이었다. 웃음이 난 타라는 침착함을 되찾을 수 있었다.

마지막 감방은 다른 데보다 더 크고, 간수가 지키고 있었다. 크리스털 볼로 연락을 받고 기다리고 있었는지 간수가 아무 말 없이 불투명한 문의 빗장을 풀었다. 셀렌바가 투옥되어 있는 감방에는 두꺼운 벽과 철재 문만 있을 뿐 창살이 없었다. 펑! 문이 공기방울 터지는 소리를 내면서 열렸다.

방 한가운데, 셀렌바는 파리한 끈에 묶인 상태로 흰색 천을 씌운 커다란 침대에 누워 있었다. 타라는 자이언트 거미의 거미줄로 엮은 끈이라는 걸 알아봤다. 위험한 뱀파이어를 꼼짝 못하게 하려고 마법을 걸어놓은 것이 틀림없었다. 파란 힘의 장막 속에 셀렌바는 빨간 눈을 반쯤 감고 있었다. 원래도 날씬한 체격이었는데 지금은 거의 해골처럼 마른 상태라서 힘줄과 뼈마디, 관절과 갈퀴손톱이 훨씬 두드러져 보였다. 머리맡에 물병이 놓여 있는데도 바짝 마른 입술이 갈라져 있었다. 늘 그랬듯이 셀렌바는 자이언트 거미의 검은색 가죽[17]으로 지은 옷을 입었고, 피부는 창백하다 못해 파리했다.

그 모습만 봐도 셀렌바가 죽어가고 있다는 걸 금방 알 수 있었다.

"이런, 이런(셀렌바의 목소리에 비웃음이 담겨 있었다), 이게 누구야? 그 잘난 오무아의 후계자잖아."

기침을 하던 셀렌바가 바닥에 침을 탁 뱉었는데 피가 섞여 있었다.

애원하는 얼굴로 셀렌바를 향해 걸어가던 사틸라는 힘의 장막 때문에 몇 걸음도 못 가서 멈춰 서야 했다.

"언니, 제발 공주 마마께 무례하게 굴지 마. 언니를 구해주려고 오신 거야."

"나를 구해준다고? 어림없는 소리! 나는 누구의 도움도 필요하지 않아."

"아냐, 언니, 마마는……."

"무슨 생각을 하고 있는지 들어보죠." 셀렌바에게 계획을 알려줄 생각이 없는 타라가 말을 잘랐다.

"쓸데없는 짓 집어치워. 그 누구도 나를 구해줄 수 없어." 셀렌바가 거만하게 내뱉었다.

"마지스터가 어떻게 당신을 감염시켰지요?" 하고 물었지만 타라는 대답을 기대하고 던진 질문이 아니었다.

긴 침묵이 흘렀고, 그들은 셀렌바가 대답하지 않을 거라고 생각했다. 이윽고 셀렌바가 입을 실룩거렸다.

---

17. 자이언트 거미는 영리한 종족이지만 죽으면 아더월드 사람들이 그 가죽으로 옷을 지어 입거나 아이들의 장난감 등으로 재활용한다. 자이언트 거미의 크기를 고려하면 활용 가치가 높다.

"휴가를 보내려고 랑코비트에 갔을 때 마지스터를 만났지." 셀렌바가 어찌나 조그맣게 말하는지 그들은 몸을 숙이고 귀를 기울여야 했다. "사피르를 보러 갔다가…… 그를 만났는데 아주 특별했어."

"사피르가 특별하다고?" 사틸라가 갑자기 말을 자르며 끼어들었다.

"멍청하기는!" 셀렌바가 내뱉었다. "당연히 마지스터를 말하는 거지! 다른 남자들과는 아주 달랐어. 그때까지 내가 만났던 남성 뱀파이어들을 비롯해 모든 남성과는 차원이 달랐으니까. 나는 그에게 푹 빠졌지. 하지만 두려웠어. 마지스터가 그렇게 만들었지. 그러더니 두려움을 없애주고 대신 힘을 주었어. 그는 힘이 어떤 것인지 보여줬고, 무조건 받아들이게 되었지. 우리는 강력한 약탈자들인데 우리와는 상관도 없는 법과 감정이라는 덫에 걸려 있는 거야. 아더월드는 우리의 것이 되고 말 거야. 그래서 우리는 정말 자유분방한 존재들만 함정에 빠뜨리지."

또다시 셀렌바가 역겹다는 듯 침을 뱉었는데 모든 걸 허약하기 짝이 없는 뱀파이어 종족의 탓으로 돌리고 있었다.

"그 마지스터란 작자가 강제로 언니에게 인간의 피를 먹게 했거나 자신의 말에 복종하게 만들었을 거예요." 사틸라는 더 들을 필요도 없다는 듯이 단언했다. "언니를 붙잡아두고 피에 대한 갈증을 느끼게 한 것이 틀림없어요."

모든 사람이 그렇게 추측하고 있었다. 드라고쉬 선생님도 그렇게 말했다. 셀렌바는 강제로 감염되었던 것이라고…….

묶여 있는 데다 힘이 없으면서도 셀렌바가 몸을 일으켰다.

"감염 때문이라고? 피에 대한 갈증 때문에 어쩔 수 없었던 거라고?

아니, 갈증보다 훨씬 강력한 것이 있었지. 나는 자발적이었어."

사틸라가 깜짝 놀라는 얼굴을 하면서 두 손을 어찌나 꽉 쥐고 있는지 손마디가 하얘졌다.

"맙소사, 대체 그 괴물 같은 마지스터가 언니를 어떻게 한 거야?"

"마지스터는 아무 짓도 하지 않았음." 트롤식의 말투로 돌아온 그르룰이 한마디했다. "셀렌바는 미친 듯한 사랑에 빠진 것임!"

"그거야 당연하죠!" 사틸라는 이성적 판단이 흐려진 것처럼 말했다. "사피르도 얼마나 언니를 사랑하는데……."

어쩌면 저렇게 끝까지 사피르밖에 모를까, 사틸라가 불쌍한 생각이 든 타라는 말을 잘랐다.

"아니, 사피르가 아니라 마지스터를 사랑한다는 뜻이에요. 마지스터는 셀렌바를 더 강력하게 만들기 위해 인간의 피를 먹게 했을 거예요. 하지만 셀렌바가 노예가 된 것은 인간의 피보다는 마지스터에 대한 사랑 때문이에요."

충격을 받은 사틸라는 딸꾹질을 했다.

"언니, 안 돼! 그 괴물을 사랑해서는 안 돼!"

셀렌바가 고개를 쳐들더니 동생을 쏘아봤다.

"네가 사랑에 대해 뭘 알아? 멍청한 것! 사피르를 미친 듯이 사랑하는 건 너잖아?"

신랄하게 쏘아붙이는 언니의 말에 아연실색한 사틸라는 뒷걸음쳤다.

"아냐, 아냐, 언니. 나는……."

"그렇게 연극할 필요 없어! 나를 구하기 위해 네가 하는 일은 모두 죄책감 때문이야! 하지만 안심해, 너를 원망하지 않으니까. 사피르는 네가 가져도 돼. 너와 사피르는 아주 잘 어울려. 내가 축복해줄 테니까 둘 다 림보의 지옥으로 꺼져버려."

셀렌바는 히스테릭한 웃음을 터뜨리다가 격한 기침과 함께 피를 토했다. 잠시 후, 입술을 닦으면서 타라를 향해 비웃음을 흘렸다.

"네 계획은 실패할 거야. 난 이제 살 시간이 얼마 남지 않았어. 설사 네가 나를 치료하려고 애쓴다 해도 이렇게 허약해진 나의 몸 상태로는 성공하지 못해."

"더는 저항하지 마요." 타라가 지적했다.

셀렌바가 몸에 묶인 끈을 흔들었다.

"뭐 때문에? 아무도 나를 구하지 못해."

가시 돋친 듯 내뱉는 어조에서 타라는 뭔가 이상한 느낌이 들었다.

"아, 알겠어요." 타라는 갑자기 깨달았다. "당신은 마지스터가 올 거라고 생각했군요. 하지만 마지스터는 당신을 구하러 오지 않아요. 자신에게 이익이 되고 비전이 있어야만 움직이니까요. 그는 드래곤들을 몰아내고 아더월드를 정복해서 주인으로 군림하고 싶어 하죠. 그렇게 되면 당신은 어떻게 되죠? 그 멋진 그림 속에서 당신은 어떤 자리를 차지하죠?"

"그런 건 없어." 타라의 말에 반박할 힘이 없는 셀렌바는 어깨를 으쓱하면서 인정했다. "그는 내가 미끼로 이용되고 있다는 걸 알고 있어. 오무아 제국이 마지스터를 찾아내는 대가로 엄청난 현상금을 걸어놨다는 것도 알고 있어. 모든 종족과 마찬가지로 뱀파이어들도 크레디트-무트를 아주 좋아하지. 따라서 그가 오지 않는 건 당연한 일이야."

여전히 셀렌바의 어조는 타라의 말을 부인하고 있었다. 타라는 로빈에 대한 자신의 사랑도 마지스터에 대한 셀렌바의 사랑만큼 깊은지 의문이 들었다. 자신을 버린 마지스터를 저토록 미친 듯이 사랑하고 있다니.

"마지스터라면 당연히 그렇겠죠." 타라는 차분하게 말했다. "하지만 난 마지스터와는 달라요. 동정심을 갖거나 친구를 돕는다는 것은 마음이 약해서가 아니에요. 게다가 나는 당장 그걸 당신에게 보여줄 거니까요."

타라는 주문을 읊었다. 타라의 손에서 발사된 강력한 광선에 힘의 장막이 부서졌다.

아, 이번만은 타라가 셀렌바를 깜짝 놀라게 하는 데 성공했다. 방금 일어난 일을 믿을 수 없다는 듯 셀렌바의 눈이 휘둥그레졌다. 셀렌바가 반응하기 전에 타라는 옆에 앉아서 팔을 내밀었다.

"의도적으로 나를 해치면……" 타라는 차갑게 말했다. "당신을 죽일 거예요. 알아들었죠? 그리고 특히 당신의 침으로 나를 농락할 수 있을 거란 생각은 하지 않는 게 좋아요. 나는 면역되어 있으니까요. 그르룰, 꽉 붙잡고 피를 너무 많이 빨아먹지 못하게 잘 살펴. 셀렌바, 이제는 남아 있는 힘과 카리스마를 이용해서 즐겁게 해봅시다."

셀렌바는 어차피 사형선고를 받았기 때문에 피를 먹지 않겠다고 대답하고 싶었지만 배 속이 말을 듣지 않았다. 타라가 내민 팔의 진줏빛 살, 그 살 속의 푸른 혈관과 따뜻한 빨간 피……. 셀렌바의 얼굴이 빛나기 시작했고, 타라의 쪽빛 눈을 향해 핏빛 눈을 들었다.

셀렌바는 깜짝 놀랐다. 타라는 많이 달라져 있었다. 부드러운 모습 속에 엿보이는 힘과 의지력. 기진맥진해 있는 상태지만 셀렌바는 안간힘을 다해 카리스마 능력을 발휘했다. 타라의 눈이 동그래졌고, 셀렌바는 긴장이 풀리는 느낌이 들었다. 셀렌바가 마침내 굴복하고 있었다.

평소에 셀렌바는 카리스마를 보이지 않았다. 그보다는 고통을 즐겼다. 그러나 이번에는 타라의 힘에 주눅이 들었는지 셀렌바가 온순했다. 셀렌바는 뱀처럼 살을 깨물지 않고 피를 빨았는데 크림을 핥아먹는 커다란 고양이 같았다. 타라는 소름이 끼쳤지만 참고 기다렸다.

행복에 취한 탓일까, 셀렌바는 점점 더 빨리, 점점 더 세게 피를 빨고 있다는 걸 깨닫지 못했다. 타라의 피는 이제껏 맛보았던 다른 피와는 질적으로 달랐다. 강력한 마법의 힘 때문인지 진하면서도 순도가 높고 자극적이었다.

"셀렌바." 타라가 마침내 말했다. "이제 됐으니까 그만 먹어요."

그러나 셀렌바는 타라의 말이 들리지 않았다. 움직이는 턱과 삼키는 목만 보였다.

"그르룰." 현기증을 느낀 타라가 지시를 내렸다. "중지시켜, 충분히 먹었으니까."

그르룰이 단번에 타라에게서 셀렌바를 떼어내어 침대로 내던졌다.

재빨리 달려온 사틸라가 비틀거리는 타라를 부축하면서 레파루스 주문을 읊었다. 상처와 함께 현기증이 사라졌다.

셀렌바가 흡족한 얼굴로 눈을 떴는데 아직은 많이 허약해 보였다.

방금 먹은 피로는 충분하지 않다는 건가?

"와우!" 셀렌바가 입술을 핥으면서 말했는데 다시 살아났는지 독설을 쏟았다. "어린 인간아, 너는 정말 맛있어! 쓸모는 없지만 맛있는 선물을 줘서 고맙구나. 그럼 이제 뭘 하면 되지? 내가 저지른 짓에 대해 부인할 생각도 없고, 기회만 있으면 나는 기꺼이 인간의 피를 빨아먹을 텐데…… 그때는 어떻게 해결할 거지, 오무아의 후계자? 자의든 타의든 인간의 피를 먹은 뱀파이어를 모두 다 네가 구해줄 수 있다고 생각하는 거니? 네가 그 정도로 대단하다고 생각해?"

타라는 생각에 잠겼다. 피를 먹더니 오만함이 되살아난 건가? 그래? 어디 그래 보라지. 타라는 수수께끼 같은 미소를 지었다.

"아뇨, 아주 무능하죠." 타라는 뱀파이어를 불편하게 만드는 어조로 말했다. "그르룰, 셀렌바가 움직이지 못하게 포박한 끈을 더 꽉 묶어."

불안해진 셀렌바의 눈빛이 흔들렸다. 트롤은 복종했고, 잠시 후 셀렌바는 콘크리트 덩어리 속에 갇힌 것만큼 옴짝달싹하지 못했다.

"이제 시작해볼까! 사틸라, 당신 언니 옆으로 가세요. 그르룰, 시간이 좀 많이 걸린다고 생각되면 간수가 무슨 일인지 보러 올 거야. 방해하지 않게 네가 막아. 필요하면 때려눕혀도 돼."

"무슨 짓을 하려고?" 점점 더 당황한 셀렌바가 소리쳤다.

"쉿!" 사틸라는 마치 어린애를 달래듯 말했다. "공주 마마를 믿어, 언니. 제발 대들지 말고."

타라는 눈을 감고 마법을 작동했다. 정신적 눈이 나타나서 보이는 것은 무엇이든 탐색할 기세였다.

이어서 드라고쉬 선생님이 가르쳐준 대로 타라가 발사한 마법의 광선이 셀렌바의 몸 전체를 건드리면서 마치 내시경처럼 피부를 통과한 정신적 눈이 근육을 지나 중추신경계로 들어갔다. 너무 빨랐나, 뱀파이어가 고통스러운 비명을 질렀다. 그러나 할 일이 너무 많은 타라는 미안하다고 말하지 않았다. 정신적 눈의 영역을 확장해서 사틸라까지 탐색했다. 셀렌바와 사틸라의 차이점을 보기 위해서였다. 인간의 피 때문에 셀렌바의 뼈와 신경, 힘줄이 변해 있는 상태였다.

타라는 혈액세포(혈구)들을 살피면서 자매의 피가 다르다는 것에 주목했다. 타라의 몸에서 번쩍이는 강력한 광선이 감방을 훤히 밝히고 있기 때문에 그르룰은 바짝 긴장했다. 셀렌바와 사틸라도 같이 마법의 광선을 발사하고 있는데 두 뱀파이어는 타라와 마찬가지로 최면 상태에 들어가 있었다.

이제 자매의 몸속을 다 살폈기 때문에 타라는 셀렌바에게 전념하기 위해 사틸라의 몸에서 정신적 눈을 거두었다. 정신적 눈이 갑자기 셀렌바의 생각 속으로 들어갔다. 타라는 구토증을 느꼈다. 왕성하고 잔혹한 욕망이 소용돌이를 이루고 있었다. 사틸라와는 완전히 달랐다.

머릿속에서 타라를 느낀 셀렌바가 또다시 고통스러워하면서 불안한 비명을 질렀다. 타라는 소스라치게 놀라다가 이유를 알아차렸다. 죽어가는 상황에서도 셀렌바는 계속 마지스터를 보호하고 있었다. 셀렌바는 여섯 종류의 권모술수를 위한 상그라브들의 작전을 알고 있는데 타라가 탐날 정도로 정말 기발한 것들이었다.

갑자기, 셀렌바의 머릿속에 정체불명의 얼굴이 나타났다. 금발에 날카로운 눈매의 잘생긴 젊은 남자, 처음 보는 얼굴이었다. 뱀파이어의 머릿속에 남자의 이름이 나타났을 때 타라는 소스라치게 놀랐다.

마지스터!

타라는 몹시 기뻤다. 마침내 적의 얼굴을 보았으니!

이어서 두 번째 얼굴, 세 번째, 네 번째 얼굴이 나타났는데 그중 한 남자는 영화배우 웬트워스 밀러, 또 다른 남자는 조지 클루니와 꼭 닮은 얼굴이었다. 그 모든 얼굴이 마지스터와 결합되어 있었다. 타라는 욕설이 나왔다. 상그라브들의 보스는 정말 영악했다. 신봉자들 중에서 충성을 다하는 셸렌바에게까지 자신의 얼굴을 숨기고 있다니.

화가 난 타라는 마지막 기습을 시도했다. 큰 기대는 하지 않았는데 이번에는 금덩어리였다. 붙잡혀왔을 때 셸렌바는 크라에토비르의 반지를 숨기기 위해 온갖 노력을 기울였음을 엿볼 수 있었다. 셸렌바는 크라에토비르의 반지를 젠드라의 별과 함께 누구도 탐지할 수 없는 장소에 감춰놓고 있다가 기회를 봐서 사용할 생각이었다. 마침내 셸렌바가 반지를 사용하려고 하자 비로소 뱀파이어들은 셸렌바가 악마의 힘을 지닌 아티팩트를 갖고 있다는 걸 알고 반지를 압수하려 했다. 하지만 감옥의 방어 시설이 파괴되고 간수들이 사물로 둔갑한 뒤였다. 그런데 셸렌바가 자유를 만끽하려는 순간 갑자기 반지가 위력적인 힘을 멈추는 것이 아닌가. 게다가 무슨 일인지 크라에토비르의 반지와 젠드라의 별이 조화가 되지 않아서 도망칠 수 없었다. 간수들은 다시 뱀파이어의 모습으로 돌아왔고, 셸렌바는 탈옥 방지 시설이 강화된 지금의 감방에 다시 투옥되었다. 셸렌바는 실패했고, 뱀파이어들은 크라에토비르의 반지와 젠드라의 별을 압수했다.

타라가 가장 놀란 것은 그다음에 셀렌바의 기억 속에서 읽은 것이었다. 셀렌바는 자신이 반지를 손에 넣었다는 것을 마지스터에게 말할 생각이 없었다. 셀렌바는 비밀리에 반지를 지니고 있을 셈이었다.

크라에토비르의 반지가 시제품이라서 힘이 약했다는 건가, 아니면 반지와 그걸 갖고 있는 자 사이에 어떤 의존관계가 있다는 건가?

타라는 셀렌바의 머릿속을 더 이상 살펴볼 시간이 없었다. 셀렌바가 뭔가를 감추려고 애쓰고 있는 걸 느꼈지만 다른 부위를 더 살펴야 하기 때문에 지체할 수가 없었다. 몇 시간은 걸릴 것 같았다. 타라가 머릿속에서 나간 뒤로 셀렌바는 더 이상 저항하지 않았다.

그러던 중 타라는 갑자기 벌떡 일어났다. 드라고쉬 선생님이 찾으라고 했던 것을 발견한 것이다. 혈액세포 중앙에 얼기설기 엮인 매듭! 중독된 피가 얽혀 있는 곳이었다. 타라는 흡족한 미소를 지었다. 생각보다 그리 어렵지 않았다. 깨끗하게 청소만 하면 되었다.

고통이 너무 심해서 혼수상태에 빠진 셀렌바는 더 이상 비명을 지르지 못했다. 타라는 고통에 무감각해져 있었다. 성공이었다! 셀렌바의 정맥 속에 더 이상 중독된 피는 남아 있지 않았다.

그때였다. 타라는 아르노의 얼굴을 봤다. 마치 바로 눈앞에 있는 것처럼 킬라를 걱정하는 아르노의 얼굴이었다. 그리고 감옥에 갇힌 다른 뱀파이어들의 고통스러운 모습도 보였다.

내가 할 수 있을까? 그럴 용기가 있을까? 충분히 생각하고 내려야 하는 결정이 아닐까? 아니, 그래도 해봐야 돼.

타라는 시도하기로 했다. 도움이 필요했다.

218

타라는 심호흡을 하고 나서 살아있는 돌을 불렀다.

'이번에는 네 힘이 많이 필요해. 힘들겠지만 우리는 노력해야 해.'

'신 나게 놀아볼까?' 살아있는 돌이 물었다. '누구랑 노는 건데?'

이런, 살아있는 돌이 난쟁이 전사 파프니르와 비슷한 성격이라는 걸 또 깜빡 잊었으니. 누군가를 때려눕히겠다는 뜻이었다.

'이 뱀파이어를 치료하기 위해 내가 사용하는 힘을 확대해줄 수 있지?' 타라는 미소를 지으면서 말했다. '이 궁전 안에 셀렌바와 같은 병에 걸린 뱀파이어들이 있는지 봐야 해.'

'힘을 원해? 힘을 줄게.'

정맥 속으로 마법이 몰려오자 타라의 몸이 붕 뜨면서 흰 머리털이 찌지직거렸다. 타라의 몸에서 흘러나오는 거대한 마법의 물결이 벽을 통과했다. 타라는 셀렌바에 대한 영향력을 늦추지 않고(감염된 뱀파이어들을 찾는 모델로 삼아야 하기 때문에) 정신적 눈을 사용해서 탐색했다. 살아있는 돌이 대통령궁에 사는 모든 존재의 위치를 지도처럼 나타나게 했다. 유난히 눈에 띄는 빛을 보면서 타라는 파브리스라는 걸 알았다. 크산디아르와 티그족 친위대원들은 주홍빛, 트롤들은 초록빛, 궁전에서 일하는 엘프들은 갈색이 도는 초록빛으로 빛나고 있었다. 타라는 청회색 빛을 보면서 카흠보움의 사촌인 타츠보움 연주자들을 알아볼 수 있었다.

감염된 뱀파이어들은 인간이나 엘프의 피에 부패되었기 때문에 시커먼 빛이 뚜렷이 드러났다. 타라는 누가 누군지 모르기 때문에 특정 대상이 아니라 전체적으로 마법의 광선을 발사했다.

마법의 영역이 더 확장되었다. 궁전 안 도처에서 뱀파이어들이 비명을 지르면서 마법 조절 능력을 잃었다. 여기저기서 정신없이 나타나는 창백한 얼굴과 하얀 머리……

타라의 얼굴에 땀방울이 맺혔다. 타라는 이를 악물었다. 그리 쉽지 않았다. 감염된 뱀파이어가 예상보다 훨씬 많았던 것이다. 300~400명은 되는 것 같았다.

너무 많았다.

타라의 힘으로는 그 많은 뱀파이어를 동시에 치료할 수 없었다.

갑자기 질겁한 사틸라가 비명을 질렀다.

타라의 코와 귀에서 피가 흐르고 있었다.

목숨이 위험할 정도로 무리하고 있는데 타라는 깨닫지 못하고 있었다. 두려움을 모르는 살아있는 돌이 계속 에너지를 공급하고 있지만 그것으로는 충분하지 않았다.

고통 때문에 부르르 떨던 타라는 다른 방법을 시도하기로 했다. 많은 힘이 필요했다. 뱀파이어들의 아티팩트를 훔치는 수밖에 없었다.

타라는 젠드라의 별이 있는 연구실의 위치를 알고 있었다. 아래쪽 멀리 젠드라의 별 주위에서 윙윙거리는 소리가 들렸다. 마법과 과학이 혼합된 신비한 젠드라의 별이 있으면 다른 마법사들의 마법을 사용할 수 있었다. 뱀파이어의 연구실에서 젠드라의 별이 번쩍번쩍거리다 갑자기 사라지자 깜짝 놀란 연구원들이 고함을 질러댔다.

그리고 연구실을 에워싸는 강력한 힘의 장막도 젠드라의 별과 함께 사라졌다.

타라의 가슴에서 유형화되는 젠드라의 별을 보면서 사틸라가 완전히 얼이 빠져 있을 때 시커먼 불이 타라의 왼손을 에워쌌다. 타라는 젠드라의 별을 이용해서 대통령궁에 있는 뱀파이어들의 힘을 불러들였다.

잠시 후 뱀파이어들이 마지못해 부드러우면서 차가운 마법을 보내주기 시작했다. 타라는 그 마법의 힘으로 만든 천으로 병든 뱀파이어들을 뒤집어씌웠다.

그러나 아직도 충분하지 않았다. 병든 뱀파이어들의 혈액세포 속에 시커먼 독 같은 것이 뭉쳐 있었다. 그것들을 모두 건드린다는 건 불가능했다.

그때 갑자기 아주 강력하지만 낯선 마법, 인간의 것이 아닌 이상한 마법이 물결처럼 밀려왔다. 그렇지만 타라가 요청한 것이 아니었다.

타라는 마법의 지원을 받아 만든 빛의 창으로 시커먼 독을 꿰뚫었다.

그러나 아직도 충분하지 않았다. 뱀파이어들은 몸집이 너무 큰 데다 장기도 너무 크고 복잡했다.

문득 묘안이 떠올랐다. 뱀파이어들을 축소하면 훨씬 수월하지 않을까? 그래, 해볼 필요가 있어.

타라는 마법을 수정했다. 궁전 전체에서 마치 수백 개의 물병 뚜껑을 따는 것처럼 펑, 펑, 소리가 났다. 성공!

타라는 감염된 뱀파이어를 모두 치료했다.

이윽고 주위가 시커메졌다.

타라는 그대로 푹 쓰러졌다.

검은 복수

체포해야 할 트리톤과 친구가 되는 건 피하는 것이 나은데

*

로빈은 소스라치게 놀랐다. 로빈의 팔뚝에 타라와 결합시키는 고리무늬는 예전에 사라졌는데 그 자리가 화끈거렸다. 로빈이 마지막으로 이런 통증을 느꼈을 때는 타라가 죽을 뻔했고, 지구를 폭발시킬 뻔했었다. 어둠 속에서 고양이 눈처럼 동공이 확대된 로빈이 팔뚝을 뚫어져라 쳐다봤지만 반짝이는 고리무늬는 나타나지 않았다. 로빈은 침대에 일어나 앉았다. 선장이 새로 들어온 두 전사에게 특별히 선실 한 개를 내주어서 다행이었다. 좁은 간이침대에서 자던 로빈은 팔뚝에서 느껴지는 통증에 놀라서 눈을 번쩍 떴던 것이다.

로빈은 가슴을 졸이면서 두 손가락으로 클릭을 두 번 눌렀다.

그러나 클릭은 응답이 없고, 타라의 얼굴도 나타나지 않았다. 이번에는 타라의 크리스털 볼 번호를 눌렀지만 그것 역시 응답이 없었다.

로빈이 자신의 크리스털 볼을 살펴봤는데 접속에 문제가 있는 것은 아니었다. 타라에게 무슨 일이 생긴 걸까? 그때 소우르브가 내는 울음소리에 놀란 로빈이 벽에 머리를 부딪치자 히드라가 미안해서 어쩔 줄 몰라했다.

"미치겠네, 타라에게 또 무슨 일이 일어난 거 아냐?" 로빈이 불안이 가득한 목소리로 중얼거렸다.

"타라에게 무슨 일이 일어났든 나는 관심 없어." 발라가 졸린 목소리로 말했다. "어서 잠이나 더 자! 어차피 지금은 아무것도 할 수 없으니까 흥분해봐야 소용없다고!"

로빈은 이를 악물었지만, 발라의 말이 틀린 게 아니었다. 타라는 멀리 있고 연락을 해주지 않는 한 로빈은 무슨 일인지 알 수 없었다.

로빈은 다시 누웠지만 불안해서 잠을 이룰 수 없었다. 10분 간격으로 타라와 통화를 시도했지만, 클릭도 살아있는 돌도 응답하지 않았다.

다음 날, 맨손으로 훈련할 때였다. 로빈은 방심하고 있다가 상누아르에게 두 번이나 맞았고, 동작이 느린 식인귀도 머리를 얻어맞았다.

"지금 뭣들 하는 건가?" 트리톤이 고함을 질렀다. "죽고 싶어서 그래? 내가 자살 행위나 하라고 너희들을 채용했는지 알아? 지금도 이 모양인데 배가 움직일 때는 어떻게 중심을 잡겠어? 오래 살고 싶으면 정신 똑바로 차려!"

크리스털 볼 벨소리가 들리는 것 같아서 집중력이 떨어졌던 로빈이 이번에는 트리톤의 청록색 눈을 뚫어져라 쳐다봤다. 트리톤이 전혀 절룩거리지 않는 걸 보면 다친 데가 나은 것 같았다.

"잠깐 방심했던 거니까 걱정하지 마십시오. 선장님."

"좋아. 그건 두고 보면 알겠지. 크르랄, 잘 봐둬."

하프엘프가 어떻게 하는지 보고 싶은 식인귀는 갑판 위에 철퍼덕 주저앉아서 갑옷의 넓적다리 가리개를 풀었다.

그들은 오오살레 항구에 정박한 '검은 복수' 해적선의 갑판에 있었고, 트리톤은 새 전사들의 기량을 점검하는 중이었다. 전사들의 벌거벗은 상체에 강렬한 햇살이 내리쬐고 있었다. 발라가 함께 훈련하겠다고 했을 때 로빈은 귀까지 빨개지며 못하게 말렸기 때문에 모든 전사는 아니었다.

조타실에서 장검 하나를 찾아온 상누아르가 로빈에게 자신의 검을 잡으라는 손짓을 했다. 로빈은 감정을 억제하고 시키는 대로 했다. 무엇보다 침착해야 하고, 해적의 목숨을 해치지 말아야 했다. 현행범으로 체포할 때까지는 신중해야 했다.

비축 식량을 다 실었기 때문에 크게 할 일이 없는 선원들이 지켜보는 가운데 하프엘프와 트리톤이 공격 자세를 취했다.

갑자기, 상누아르가 한 다리를 앞으로 내밀더니 공격을 시작했다. 상누아르는 검을 휙휙 휘둘러봤지만 로빈의 방어를 뚫지 못했다. 이번에는 정신을 집중하고 있기 때문에 고양이처럼 날렵하게 움직이는 하프엘프에게서 허점을 찾을 수 없었던 것이다.

로빈이 힐끔 쳐다보니 발라가 불안한 얼굴로 지켜보고 있었다. 얼마 전, 발라는 전사 둘을 아주 능숙하게 물리쳤고, 거의 상처를 입히지 않았다. 로빈이 자기만큼 할 수 없다고 생각하는 표정이었다. 로빈은 이를 악물었고, 릴란드릴의 영혼에게 전투 훈련을 받을 때 익힌 대로 마음을 가라앉혔다. 이번에는 로빈이 번개처럼 빠르게 공격했다.

상누아르는 깜짝 놀랐다. 강철 장벽 같은 것이 앞을 가로막고 있는 것 같아서 물러서거나 뒷걸음치는 것 말고는 아무것도 할 수 없었다. 로빈이 들이대는 칼끝을 보면서 결국 선장은 공격을 포기했다.

상누아르는 흡족한 얼굴로 무기를 내려놓으면서 두 손을 들어 항복 표시를 했다. 그것으로 훈련은 끝났다. 상누아르와 미소를 주고받으면서 로빈은 트리톤이 그리 악당은 아니라는 생각이 들었다. 배에 오른 뒤로 로빈은 상누아르가 선원들을 어떻게 대하는지 유심히 지켜봤다. 좋은 선장이었다. 그런데 어쩌다가 해적이 되었을까?

배도 여느 해적선과는 달랐다. 시커먼 목재와 동으로 건조한 배는 어디를 둘러봐도 반질반질하고, 정박용 굵은 밧줄은 설치동물(쥐, 뿌익, 타크* 등)이 쏠지 못하게 강화되어 있는가 하면 무기들도 번쩍번쩍하게 닦여 있었다. 어린 선원 둘이 구석구석 돌아다니면서 부지런히 배를 청소하고 있었다. 훈련한 흔적을 없애기 위해 열심히 쓸고 닦는 선원들을 보면서 로빈은 삼촌인 함장이 청소 담당 선원들에게 누누이 강조하던 말이 떠올랐다. '움직이지 않는 것은 무엇이든 반들반들하게 윤기를 내고, 움직이는 것은 무엇이든 꽉 죄고 동여매라.' 그러나 이 배는 전함이 아니었다.

트리톤은 강한 리더십으로 선원들을 휘어잡았고, 부관들인 인간과 엘프들은 선장에게 충성을 다했다. 로빈은 시간이 흐를수록 상누아르의 정체가 뭔지 점점 더 궁금해졌다.

트리톤이 땀을 씻기 위해 보우둘 필터* 덕분에 맑고 깨끗해진 바닷물 속으로 뛰어드는 반면, 로빈은 바닷물 한 양동이로 만족했다. 물속으로 들어가기가 무섭게 두 다리가 돌고래의 강한 꼬리로 변한 트리톤이 배 주위를 맴돌며 솟구쳐 오르다가 전속력으로 헤엄쳤다. 그 모습에 선원들이 환호성을 질렀다.

로빈은 그 틈에 타라에게 연락을 시도했지만 여전히 응답이 없었다. 조롱하는 눈초리로 지켜보던 발라가 이죽거렸다.

"타라가 어쩌면 잘생긴 뱀파이어와 눈이 맞아서 방해받고 싶지 않은 건지도 모르지."

로빈은 대꾸도 하지 않았다. 발라는 마치 피 냄새를 맡은 상어처럼 끊임없이 공격했다. 맞대응을 하다가는 오히려 상황을 악화시킬 수 있었다. 훈련이 끝났으니 다른 선원들이 갑판을 정리하거나 무기를 닦으면서 둘의 일거일동을 감시하고 있을지도, 어쩌면 마법으로 아주 길게 만든 귀를 세우고 대화를 엿듣고 있을지도 모르는데.

로빈은 미션을 포기할 수 없지만, 타라가 위험한 것 같아서 불안했다. 어쩌면 죽었을지도…….

아니, 그런 생각은 하지 말아야 해. 절대 그럴 리가 없어. 그냥 크리스털 볼을 받을 수 없는 상황일 뿐이야. 산악 지대라서 통신 서비스가 잘 안 되거나 마법이 장난치는 건지도 몰라. 타라가 곧 연락할 거야.

한 선원이 삼지창을 떨어뜨리는 소리에 로빈이 소스라쳤다. 로빈의 모습을 지켜보고 있었는지 누군가가 속삭이듯 말했다.

"단련된 엘프 전사치고는 너무 신경이 예민한 거 아닌가?"

브리앙트 부레 술집에 선장과 동행했던 엘빌이라는 엘프가 뒤에 서서 의심쩍은 눈초리로 쳐다보고 있었다.

당황한 로빈은 아무 말도 못했다.

"연락도 해주지 않는 방탕한 여자에게 빠져서 저렇게 됐어요." 길게 끄는 목소리가 말했다. "오빠는 가능성이 있다고 생각하는데 나는 가능성이 없다고 생각하죠."

엘빌이 발라를 돌아봤다. 불신하던 표정이 환하게 미소 짓는 얼굴로 바뀌었다.

"아, 사랑! 사랑은 미치광이로 만들지. 걱정하지 마. 그 여성이 너를 사랑한다면 그걸 알리는 방법을 찾을 것이고, 사랑하지 않는다면 곧 알게 되겠지. 아더월드에 여성은 얼마든지 많아. 너에게 옵션을 제기하는 다른 여성의 마음을 사로잡으면 되니까."

발라가 조롱하는 눈빛으로 고개를 끄덕였다.

로빈은 발라를 노려보다가 선실로 내려갔다.

푸짐한 식사를 한 뒤 마지막 밀물이 들어오는 오후에 선원들이 닻줄을 풀었다. 배가 수평선을 향해 나아갔다. 마법으로 엔진을 작동하기 때문에 돛을 펼칠 필요가 없었다. 배는 돛대가 둘 달린 범선과 현대식 전함을 섞어놓은 것 같았다. 밧줄 달린 돛의 활대와 레이더, 최신 수중 음파탐지기(물속에 사는 크라켄과 동물들 때문에)를 갖춘 배가 석양빛에 번쩍거렸다.

레이더에 잡히지 않게 마법의 방패로 무장한 오무아의 군함들이 뒤따르고 있었다.

로빈과 발라는 목적지가 어디인지 묻지 않았다. 해적들의 불신을 살 필요는 없었다. 배는 어둠 속을 가르며 질주했다. 이윽고 오른쪽 뱃

전에 시커먼 그림자가 드리워지자 식인귀와 힘센 선원들이 불려나갔다. 웅성거리는 소리에 잠을 깬 로빈은 접근해 있는 배를 자세히 살폈다. 돛대가 둘 달린 범선은 상선이 아니라 바다의 사냥꾼이라 불리는 추격선이었다.

힘센 선원들이 알 수 없는 상자들을 끌어 올리는 사이, 한쪽에서는 크레디트-무트가 가득한 돈 자루들이 범선으로 옮겨졌는데 밀거래가 이루어지고 있는 모양이었다. 로빈은 사진을 많이 찍었지만 들킬 위험이 있기 때문에 즉시 전송하지 않았다.

다음 날 아침, 그들은 한밤중에 그림자처럼 나타난 배에서 끌어 올린 상자에 들어 있는 것이 무엇인지 알았다. 상누아르는 비밀이 없었다. 트리톤이 발길질로 상자 뚜껑을 여는 순간, 로빈과 발라는 불안한 눈길을 주고받았다.

상누아르가 총기에 대해 말했을 때 둘은 권총이라고 생각했지 박살기라고는 상상도 하지 못했는데……. 치명적인 살상 무기들이 햇살을 받아 번쩍거리고, 무기들을 감싼 기름종이의 역한 냄새가 로빈의 예민한 코를 자극했다. 무기들을 쳐다보는 다른 선원들의 눈동자도 흔들렸다.

'맙소사!' 로빈이 속으로 중얼거렸다.

12
크라에토비르의 반지

크라크덴트가 어떻게 베에로 행세할 수 있을까

*

　이상했다. 타라는 개구리 울음소리가 들리는 것 같았다. 불안에 떠는 개구리들의 울음소리가 분명했다. 한쪽 눈을 살며시 뜨던 타라는 시커먼 개구리의 빨간 눈과 마주쳤다.

　그런데 커다란 이빨? 저건 개구리의 이빨이라고 할 수 없는데…….

　게다가 몹시 흥분한 개구리?

　타라는 너무 이상한 일이라고 생각하면서 다시 의식을 잃었다.

　타라가 두 번째로 깨어났을 때 찬 음료가 입속으로 흘러들고 있었다. 온몸이 아팠다.

　아, 아프다는 건 내가 살아 있다는 거잖아. 따라서 내가 죽지 않은 거네.

　눈을 떴지만 강렬한 빛 때문에 보이지 않았다.

타라는 다시 눈을 감았다.

"정신이 들었네." 모르는 목소리가 말했다. "나는 절대로 해치지 않았어!"

친구들과 함께 있는 것이 아닌데…… 누구지? 타라는 눈을 번쩍 떴다. 눈앞에 두 명의 사틸라가 있었다.

휴, 그렇게 충격을 많이 받았나? 이제는 이중으로 보이다니! 한 사틸라는 몸을 숙이는 반면에 또 다른 사틸라는 약간 물러섰다. 그제야 타라는 알아차렸다.

"셀…… 셀렌바, 내가 잘못 생각한 건가요?" 타라는 힘없는 목소리로 물었다.

"오, 모든 신이시여, 정신이 돌아왔군요! 괜찮아요?"

"아니, 괜찮지 않아요. 온몸이 아프고, 움직이면 머리가 떨어져나갈 것 같아요. 어떻게 된 거죠?"

"모름 우리도." 얼마나 불안에 떨었으면 초록색 이마에 주름이 깊게 파인 그르룰이 대답했다. "쓰러졌음, 마마가! 콰당! 재빨리 뛰어가서 내가 밑에 깔렸음, 충격을 흡수하기 위해서. 펑! 소리가 나고 변하기 시작했음, 감염된 뱀파이어가. 포승줄이 흘러내리고 정상으로 돌아왔음, 뱀파이어가. 뱀파이어를 치료했음, 마마, 강력한 마마가. 하지만 그르룰은 무서웠음. 또다시 펑! 감염된 뱀파이어가 모두 둔갑했음, 개구리로. 이상했음, 상황이!"

어, 이 말투는? 이제는 그르룰이 영화 〈스타워즈〉에 나오는 요다 선생님의 말투까지 흉내 내고 있었다. 키가 3미터에 이르는 트롤과 요다 선생님…… 어울리는 것 같기도 하고, 아닌 것 같기도 하고.

"개구리로 변하기 전에 마마가 쓰러졌을 때 내 심장이 멎을 뻔했어요." 몇 분 전만 해도 '두려움'이란 단어 자체를 아예 모르는 것처럼 굴던 셀렌바가 말했다.

타라는 눈을 깜박였다. 셀렌바가 이상했다. 호감을 보이는 것처럼 활짝 웃으며 이빨을 드러냈는데 보조개까지 패었다. 그토록 거만하고 무시무시하던 뱀파이어는 어디로 간 거지? 아니, 뱀파이어는 영원히 소름 끼치는 존재일 수밖에 없는데…… 웃는다고 뭐가 달라지나?

타라는 이제 전부 기억이 났다. 뱀파이어들이 너무 복잡해서 개구리로 둔갑시킨 다음 치료했었다. 타라가 기절했을 때 뱀파이어들이 정상으로 돌아왔으니 천만다행이었다.

타라가 뱀파이어 정부의 수많은 뱀파이어들을 개구리로 둔갑시킨 이유를 고모에게 어떻게 설명할지 고민할 때 사틸라가 말했다.

"일종의 과전압 상태가 일어나면서 모든 크리스털 볼이 꺼졌고, 통신이 두절됐습니다, 공주 마마."

그 말에 놀란 타라는 얼른 살아있는 돌을 살폈다. 빛이 약한 것으로 보아 상태가 좋지 않은 것 같았다.

'살아있는 돌, 괜찮아?'

'피곤해. 좀 쉴게. 나중에 만나.'

그렇게 전하고 살아있는 돌이 꺼졌다. 불안해진 타라는 입을 실룩거리면서 살아있는 돌을 조심스럽게 주머니에 집어넣었다. 귀에 달고 있는 클릭도 꺼져 있었다. 타라는 의식을 잃은 동안 아무도 연락하지 않았기를 바랐다.

타라가 한밤중에 위험하고 무모한 작전에 목숨을 내맡겼다는 걸 아무도 모르는 게 좋지 않은가. 다시는 이 정도까지 밀고 나가면 안 돼.

감옥이 술렁거리고 있었다. 타라는 주변을 둘러봤다. 그리 크지 않은 감방, 그르룰이 데려다놓은 흰 침대에 누워 있었다. 투옥된 뱀파이어 열 명 중 셋이 인간의 피에 감염된 뱀파이어라서 쇠약해 보이고 셀렌바 못지않게 병들어 있었다. 다른 뱀파이어들이 설명을 요구했고, 사틸라가 답변하려고 애를 쓰고 있었다. 타라는 코가 막힌 것 같은 느낌이 들었다. 눈치 빠른 체인지라인이 얼른 손수건을 내밀었다. 코를 풀던 타라는 빨갛게 변하는 손수건을 보고 깜짝 놀랐다.

"귀도 닦아야 합니다." 셀렌바가 타라 옆에 꿇어앉아서 말했다. "과감하지만 너무 위험한 치료를 시작했을 때 마마의 코와 귀에서 피가 많이 흘렀어요."

타라는 뱀파이어를 유심히 살폈다. 셀렌바는 금방이라도 쓰러질 듯 지쳐 보였지만, 더 이상 인간의 피에 감염된 증세는 없었다. 타라는 미소를 지었다. 기대 이상으로 성공한 것이다.

한바탕 소란이 일더니 사피르 드라고쉬에 이어 드라큘 대통령과 딸 킬라가 아연실색한 얼굴로 불쑥 나타났다.

셀렌바를 쳐다보는 사피르의 얼굴에서 갑자기 눈물이 흘러내렸다. 도저히 믿을 수 없다는 듯 셀렌바에게 달려갔다.

"천만다행이오." 감동한 사피르가 중얼거렸다. "당신이 나았군요. 성공했어요!"

사피르는 셀렌바의 아름다운 얼굴에서 눈을 뗄 수 없었다. 감격한 셀렌바는 고개만 끄덕일 뿐 아무 말도 하지 못했다.

"네, 공주 마마께서 성공하셨어요. 정말 믿을 수 없는 쾌거를 이루셨어요." 사틸라가 끼어들었다.

그렇게 말하는 사틸라의 눈빛에서 타라는 고통의 그림자를 감지했다. 사틸라는 사피르를 가슴 깊이 사랑하지만 언니를 위해 그 사랑을 감추고 있었다. 언니가 치료되었으니 이제 다시 사피르에 대한 사랑을 양보하면서 아픔을 감추는 것이었다.

대통령이 목소리를 높였다.

"모두 물러가라. 당장!"

특별수사대 경찰들이 어리둥절한 얼굴로 대통령을 쳐다봤다.

"모두 나가라니까!" 대통령이 고함을 질렀다.

대상을 명확하게 지적할 필요가 있다고 판단한 대통령이 셀렌바와 사틸라, 약혼녀를 부축하고 있는 사피르를 가리켰다.

"당신들도!"

그들은 복종했고, 킬라와 함께 나갔다. 감방 안에는 타라와 그르룰, 대통령만 있었다. 대통령이 두 손을 들고 오파쿠스와 디스크레투스 주문을 읊었다. 이제부터 아무도 그들을 볼 수도, 그들이 하는 말을 들을 수도 없었다.

대통령이 그르룰을 향해 돌아서서 명했다.

"트롤 경호원, 이제부터 이 방에서 듣게 될 것은 절대 발설하지 않겠다고 맹세하시오."

"그르룰은 선서한 경호원임." 트롤이 화가 나서 대답했다. "그르룰은 국가 기밀을 발설하지 않음!"

드라큘이 흡족한 얼굴로 다가오자 질겁한 타라가 움찔하며 물러났다. 그러나 대통령은 타라를 피해 침대에 걸터앉더니 두 손으로 머리를 감쌌다.

"그 아이 때문에 미치겠습니다!" 드라큘이 탄식했다.

어쩔 줄 모르는 아버지의 모습만 빼놓고 모두 타라가 예상한 일이었다. 타라는 문득 떠오르는 생각이 있었다.

"따님에 대해 알고 계셨죠? 따님이 감염되었다는 사실을 알고 계셨던 것이 틀림없어요. 그런데 왜 나에게 그렇게 화를 내셨습니까?"

대통령이 타라를 향해 빨간 눈을 들었다.

"나는 투표로 당선된 대통령이에요. 모든 나라에서 그렇듯 여기도 급진파가 있습니다. 투킬은 제국주의를 꿈꾸는 급진파에 속해 있지요. 아더월드에서 우리의 영토를 확장하고, 트롤들의 숲을 정복해야 한다는 것이 급진파의 주장이지요."

그르룰은 소스라치게 놀랐지만 아무 말도 하지 않았다. 굉장히 조심하고 있었다.

"급진파는 마마가 오시는 걸 강력하게 반대했습니다. 솔직히 말하면 나도 동의했지요. 내가 추구하는 이상은 급진파와 다르지만요. 나의 지원 없이는 셀렌바를 구할 수 없다는 걸 알기 때문에 사피르 드라고쉬가 나를 찾아왔습니다. 사피르는 마마의 마법 능력에 대해 말하면서 약혼녀의 병을 치료할 수 있는 사람은 마마밖에 없다고 했습니다. 그래서 사피르와 나는 마마를 맞기로 결정했던 겁니다. 하지만 급진파와 충돌하지 않으려면 공개적으로 지지할 수는 없었지요. 따라서 공식적으로는 그 결정을 비난하고, 비공식적으로는 일이 성사되도록 최선을 다했습니다."

"그러니까 따님을 구하고 싶었던 거잖아요!"

"나는 몇 분 전까지도 몰랐지만, 투킬은 내 딸이 인간의 피에 감염되었다는 걸 알고 있었어요. 투킬이 그걸 이용해서 나를 쓰러뜨리려고 했던 건데 예상치 못한 상황이 발생한 거지요. 이제는 킬라의 병이 치료되는 바람에 투킬이 궁지에 몰리게 되었으니까요. 나는 물론 마마가 그렇게 공공연하게 일을 벌일 줄은 정말 상상도 못했습니다. 감염된 뱀파이어들에 대한 치료가 시작되었을 때 마침 딸이 나와 함께 있어서 천만다행이었지요. 아무도 못 봤으니까요. 처음에는 내 딸이 왜 개구리로 변했는지 전혀 몰랐습니다."

타라는 조금도 동요되지 않았다. 실패했다면 몰라도 성공했는데 자세한 설명을 해줄 필요가 없지 않은가.

"내 딸과 내 목숨을 구해주셨습니다. 정말 진심으로 고맙습니다, 마마." 드라큘 대통령이 고마워했다.

대통령의 뺨을 타고 눈물이 주르륵 흘러내렸다. 그 순간 타라는 뱀파이어들의 피가 섞인 눈물이 가장 순수하다는 걸 알았다.

"천만의 말씀입니다. 따님을 구할 수 있어서 정말 기뻐요." 가슴이 뭉클해진 타라가 말했다. "아르노의 도움이 컸습니다."

대통령이 훌쩍거리면서 검은 손수건으로 얼굴을 닦았다.

"자신이 아주 영리하다고 생각하는 엘프지요. 아마 언젠가는 골탕 먹을 날이 오겠지만. 어쨌든 충직하고 충성스러운 친구지요."

"킬라와 다른 뱀파이어들을 감염시킨 것이 누군지 아셨습니까? 방금 말씀하신 것에 따르면 추측이 그리 어렵지 않을 것 같네요."

대통령이 입술을 실룩거렸다.

"미리 알았으면 좋았겠지만 킬라는 몇 분 전에야 고백했습니다. 범인은 투킬이었지요. 그래서 킬라의 감염을 알고 있었던 것이고요!"

"나도 투킬이 아닌가 의심은 했어요. 그러면서도 호의적이라고 생각했으니 유감이네요. 투킬이 따님에게 그런 짓을 한 특별한 이유가 있습니까?"

"투킬은 대통령 선거에 다섯 번 출마했지만 번번이 낙선했지요. 그는 킬라를 감염시켜놓고 그 사실을 공식적으로 고발함으로써 나를 해임시킬 생각이었던 겁니다. 성공할 뻔했죠. 킬라가 자신이 감염되었다는 걸 고백하지 않고서는 투킬을 고소할 수 없으니까요. 우리는 그에게 아무것도 할 수 없으니까요. 하지만 권력에 대한 야심 때문에 내딸을 위험에 빠뜨렸으니 우리 두 가문은 싸움이 불가피해진 거죠."

대통령은 마치 썩은 과일을 뱉어내듯 마지막 말을 내뱉었다.

"투킬을 조심할게요." 타라가 약속했다. "어쨌든 나는 그리 오래 머물지 않을 겁니다. 셀렌바와 다른 뱀파이어들의 병이 나았으니 이제는 돌아가야지요."

이어서 타라는 속으로 덧붙였다. 젠드라의 별을 훔쳤으니 가능한 한 빨리 떠나야지요. 그리고 크라에토비르의 반지도 훔칠 생각이거든요.

"벌써 가시려고요?"

예의상 하는 말이지만 드라큘 대통령은 타라가 떠나는 걸 내심 불안해하고 있는 것이 역력했다. 대통령직과 자신의 딸에게 위험한 일이 닥칠까 봐 걱정하는 눈치였다.

그때 감옥에 갇힌 동족이 걱정된 그르룰이 끼어들었다.

"그르로그와 다른 트롤들을 석방시켜줄 것임?"

이런, 어쩌면 나 때문에 일어난 일인지도 모르는데 까맣게 잊고 있었다니. 결국 그렇게 빨리 떠나지는 못하겠군.

대통령이 한숨을 내쉬면서 골치를 앓고 있는 문제로 돌아왔다.

"아, 트롤들의 문제가 있었지요. 숲 때문에 아주 이상한 일이 일어났는데 무슨 일인지 알고 있소?"

"그르로그에게 물어봐야 함." 초록 트롤 그르룰이 대답했다. "숲으로 들어가는 순간 습격을 받고 싸우다가 정신을 잃었다고 했음. 숲이 원하는 것이 있는데 그게 뭔지 모르겠다고 함."

대통령이 벌떡 일어났다.

"당장 당신의 동족들을 석방하겠소. 숲이 원하는 것이 무엇인지 알려주시오. 줄 수 있는 것이라면 우리는 기꺼이 내어줄 것이오. 우리가 줄 수 없는 것이라면 어쩔 수 없겠지만. 우리는 계속 나무들을 베어야 합니다. 동물은 우리의 생존에 달린 문제입니다. 이 세상도 우리가 굶주리는 걸 원치 않을 것이오."

그 순간 뱀파이어의 눈에서 뭔가가 파닥거리는 것 같았다.

타라는 등골이 오싹했다. 무슨 얘기인지 알 수는 없지만, 뱀파이어들이 굶주려 있을 때 아더월드에서 아주 이상한 일이 일어났던 것이 틀림없었다. 아더월드의 모든 종족이 격세유전(생물의 성질이나 체질의 열세 형질이 1대나 여러 대를 걸러서 나타나는 현상—옮긴이)에 대한 공포감을 갖고 있는 것이 틀림없었다.

한밤중이지만 즉시 석방된 그르로그는 서서히 정신이 돌아왔고, 부상당한 트롤들은 치료를 받았다. 호위대 대장 크산디아르는 자신이 모르는 사이에 벌어진 일에 대해 자존심이 상했는지 불같이 화를 내면서 씩씩거렸다. 그런데 꽃무늬 보랏빛 잠옷—카무플레 정보국장 세네의 선물이 틀림없는—차림이라서 그럴까, 화를 내면서 하는 말이 부드럽게 느껴졌다.

그렇게 해서 한밤중에 타라가 머무는 방에 모두 모였다. 그르로그와 다른 트롤들에게 무슨 일이 있었는지 물었지만 별 소득이 없었다. 트롤들은 하나같이 의식을 잃은 순간과 싸우다가 부상을 당한 것만 기억할 뿐 뱀파이어들이 공격한 이유에 대해서는 전혀 모르고 있었다. 새벽 4시였다. 더는 계속할 수 없었다. 타라가 방을 둘러봤는데 사틸라와 셀렌바는 언제 나갔는지 보이지 않았다.

타라는 체인지라인이 화장을 지워주고 나서 준비해준 편안한 잠옷을 입고 이날 밤 두 번째로 잠자리에 들었다. 잠이 들려는 순간 타라는 눈을 번쩍 떴다. 100개의 금빛 눈을 가진 주홍빛 공작이 거드름을 피우는 가문의 반지 외에 또 하나의 반지, 즉 검은색 반지가 왼손 검지에 끼어 있었다.

크라에토비르의 반지가 아닌가!

반지를 부른 적 없는데…… 이게 어떻게 된 일이지? 그르룰이나 뱀파이어들이 반지를 보지 못했을까? 반지가 제 마음대로 보이지 않게 변신한다는 건가?

순간 반짝이는 검은색 금속이 흰색으로 변하더니 반지 위에서 춤추는 은빛 유니콘들의 모습이 뚜렷이 나타났다.

유니콘은 순수의 상징인데……. 눈살을 찌푸리던 타라는 반지가 정신을 지배하려고 할 경우 맞서기 위해 긴장했다.

손가락에 끼어 있을 때의 반지가 훨씬 아름답다는 걸 제외하면 다행히 아무 일도 일어나지 않았다. 타라는 반지를 빼고 싶었다.

반지가 거부할 거라고 생각했는데 아니었다. 반지가 순순히 손바닥에 놓였다. 마법의 영향으로 변해 있었던 걸까?

아, 때로는 늑대도 새끼 양들과 친구가 된다고 했는데…… 혹시?

타라는 생각에 잠겼다. 갑자기 숨이 턱 막혔다. 그래! 바로 이 느낌이었어. 비인간적인 어둠의 힘. 엄청난 힘. 크라에토비르의 반지는 젠드라의 별과 동시에 손가락에 유형화된 것이 틀림없었다.

그리고 타라의 목숨을 구해준 것이었다.

마치 숨기려고 했던 것처럼 타라는 반지가 손가락에 끼워지는 걸 알아채지 못했다. 아무런 감각조차 없었다.

타라는 악마들의 적이었다. 타라가 악마의 힘을 지닌 사물들을 하나둘 파괴하지 않았던가. 그런데 반지는 힘을 합해주었고, 타라와 함께 뱀파이어들을 치료했다.

이유가 뭘까?

타라는 크리스털 샹들리에의 분홍색 불빛을 받아 손바닥에서 반짝이는 반지를 응시했다. 드라큘 대통령은 '악마의 힘을 지닌 에너지의 파동이 과학자들을 교란시킨다'고 말했었다. 그러나 반지에서는 에너지 같은 것이 나오지 않았다. 타라는 반지를 주머니에 넣었다. 지금은 이 문제까지 생각할 겨를이 없었다. 어차피 타라는 젠드라의 별과 크라에토비르의 반지를 이용하여 마지스터의 위치를 알아내고 물리친 다음에는 바닷물 속에 잠긴 아틀란티스에서 악마의 사물들을 지키고 있는 인어 형상의 지킴이들과 무형의 정령들인 심판관들에게 돌려줄 생각이었다.

타라는 샹들리에를 향해 불을 끄라고 지시했고, 한두 번 뒤척이다가 깊은 잠에 빠졌다. 그래서 타라는 창문 앞에서 보초를 서던 호위대원이 몽둥이에 얻어맞고 쓰러지는 소리를 듣지 못했다.

타라는 창문이 소리 없이 열렸을 때 얼굴에 닿는 차가운 공기도 느끼지 못했다. 커튼을 젖히는 것도, 키가 큰 실루엣이 먼저 트롤을 끽소리도 내지 못하게 무력화시킨 다음 살금살금 다가오는 것도 알지 못했다.

얼굴에 뿌려지는 가루도 느끼지 못한 타라는 갈랑과 함께 점점 더 깊은 잠에 빠졌다.

공중에 둥둥 떠서 방을 나가는 것도, 패밀리어가 잠이 든 채로 따라오는 것도 알아채지 못했다.

이윽고 콧속에 들어온 물질의 자극성 있는 냄새 때문에 타라는 재채기를 했다.

그리고 눈을 떴을 때 입에 재갈이 물리고, 두 손이 등 뒤로 묶여 있다는 걸 알았다.

13

투킬

선량한 사람들을 해치지 않으려면
적의 친구들을 알아볼 수 있어야 하는데……

*

타라는 납치되었다.

또.

납치되는 일이 습관이 되지 않기를 그토록 바랐건만. '나는 벌써 여러 번 경험이 있으니까 더 이상 납치하지 마세요'라고 쓴 표지판이라도 목에 걸고 다녀야 하는 걸까?

검은색의 고급 벽지와 독특한 건축 양식으로 보아 타라는 여전히 대통령궁에 있었다. 갈랑은 편안한 바구니 안에서 코까지 골며 곯아떨어져 있었다. 그건 좋은 신호였다. 하지만 방금 타라를 깨운 뱀파이어가 그 누구도 아닌 크라살비의 경찰청장이자 특별수사대의 수장이라는 것은 불길한 신호였다.

뱀파이어가 트라둑의 지독한 냄새를 담은 병으로 마비된 타라를 깨어나게 하면서 말했다.

"내 계획을 망쳐버렸어, 공주. 나는 내 계획이 망쳐지는 걸 아주 싫어하지."

투킬은 정말 화가 나 있는 표정이었다.

타라는 킬라가 아버지에게 인간의 피에 감염시킨 것이 투킬이라고 고백했다는 얘기를 듣고 이런 일이 있을 거라고 예상했으면서도 방심했다. 크산디아르에게 귀뜸이라도 했어야 했는데.

그런데 이상한 일이었다. 크리스털리스트들의 보도를 통해 아더월드에서는 타라의 마법 능력이 어느 정도로 치명적인지 거의 알려져 있을 텐데……. 타라는 아무리 생각해도 이상했다. 내 적들은 주르스탈을 보지 않는다는 건가? 그들은 내가 위험한 존재라는 걸 모르고 있다는 건가?

최고의 명사수로 이름을 떨치고 있다고 해도 알아주는 이가 없다면 무슨 소용 있단 말인가.

뱀파이어는 회의적인 표정으로 짧은 갈색 머리를 흔들면서 혼잣말처럼 내뱉었다.

"빌어먹을! 겁쟁이 킬라에게 인간의 피를 먹이는 데 10년이 걸렸고, 뱀파이어 300명을 감염시키는 데 성공했는데……. 파란 눈의 금발 어린 인간 때문에 내 일생의 계획이 한순간에 수포로 돌아가다니!"

독백인가? 정신병자들이 독백으로 비밀을 털어놓는다고 하더니. 보통 사람들은 독백을 통해 정신적 구속에서 벗어나는 반면에 악당들은 앞으로 무슨 짓을 할지 떠들어대는 경향이 있다. 타라는 이 중요한 정보를 머릿속에 입력해두었다.

납치된 것이 분명한데 타라는 불안하지 않았다. 전 아더월드가 알고 있는 자신의 마법 능력을 모르다니……. 기회를 엿보다가 살아있는 돌을 불러서 포승줄을 풀고 뱀파이어를 무력화시키면 돼. 다른 마법사들과 달리 타라는 주문을 읊을 필요가 없고, 입에 물린 재갈은 나무 의족에 붙인 반창고와 같았다.

타라는 뱀파이어가 앉혀놓은 안락의자에 편안한 자세로 있었다. 조용한 방에 검은색 침대의자 세 개와 은빛 탁자 한 개, 의자 네 개가 보였다. 타라는 잠을 거의 못 잤기 때문에 휴식을 취할 필요가 있었다.

"어쩔 수 없이 예정보다 일찍 작전을 펼쳐야 했지만, 머지않아 트롤들이 상황을 뒤집어놓을 테니 걱정할 것 없지. 뱀파이어들과 트롤들의 전쟁이 시작되면 아더월드의 모든 국가가 무력으로 드라큘을 체포할 테고 그러면 결국 내가 새 대통령으로 선출될 테니까."

재갈 때문에 말을 할 수 없는 타라는 눈을 치켜떴다. 무언의 질문을 알아차렸다는 듯 투킬이 여전히 혼잣말을 이었다.

"내가 트롤들을 미치광이로 만드는 아주 특별한 물질을 발견했지. 그걸 사용하면 트롤들은 자기도 모르게 움직이는 것은 무엇이든 공격하게 되지. 나는 강제로 나무들이 엄청난 크기로 자라게 만들었고, 뱀파이어들에게 트롤들이 새로운 영토를 정복하려 한다고 믿게 했지. 정말 기발하지 않은가? 대통령은 이길 수 없는 전쟁을 벌이게 되는 거야. 나를 상대로 싸워야 하니까! 나에게는 일석이조지. 내가 대통령으로 선출되면 쓸모없는 숲을 밀어버리고, 벌레만도 못한 트롤들을 전멸시킬 거니까."

미친 뱀파이어의 독백을 들으면서 타라는 갑작스러운 숲의 팽창에 대해 책임질 필요가 없다는 걸 알았다. 그건 교활한 뱀파이어가 꾸민 음모였고, 투킬은 일을 벌이기 위해 타라의 방문을 이용한 것이었다.

정말 지긋지긋하군. 이제 범인이 누군지, 그 이유가 뭔지 알았으니 타라는 이 어이없는 코미디를 끝낼 수 있었다.

타라는 정신적으로 살아있는 돌을 불렀다.

아무런 반응이 없었다.

타라는 눈살을 찌푸리면서 다시 시도했다. 살아있는 돌이 없어도 난관을 벗어날 수는 있지만 잘못하면 다칠 위험이 있었다.

여전히 반응이 없었다.

이번에는 체인지라인에게 난공불락의 요새 같은 갑옷을 부탁했는데 역시 응답이 없었다.

타라는 혼자였고 아군이라곤 없었다.

타라의 몸짓을 보고 무슨 뜻인지 알아차린 뱀파이어가 교활한 미소를 지었다.

"마법을 쓰려고 했나요, 공주님?"

말을 할 수 없는 타라는 분노의 눈빛으로 물었다. '나한테 무슨 짓을 한 거야?'

"공주님은 노−매직 버블 속에 있지요. 그건 마법을 사용할 수 없다는 뜻이고, 이 상황에서 벗어날 수 없다는 뜻이지요. 공주님의 그 귀중한 살아있는 돌에게 도움을 청할 수도, 체인지라인을 작동할 수도…… 고로 아무것도 할 수 없다는 뜻이지요."

이런, 상황이 복잡해지고 있었다. 또 납치를 당했는데 누군가 알아채고 달려오지 않는 한 혼자서 벗어나야 하는 것인가?

244

그때 소리 없이 문이 열리더니 셀렌바가 나타났다. 분통을 터뜨리느라고 바쁜 투킬은 돌아보지 않았다. 타라는 아무런 내색을 하지 않았다. 투킬이 문 열리는 소리를 들었을까? 가슴을 졸이면서 타라는 셀렌바가 어떻게 할지 지켜봤다. 그러나 셀렌바는 타라를 쳐다보다가 약간 바보처럼 히죽 웃었다.

"안녕, 타라 공주님." 셀렌바가 어린 소녀의 목소리로 말했다. "공주님의 얼굴을 다시 보게 되어 정말 기쁘군요."

어휴, 갑자기 왜 이렇게 나긋나긋하게 구는 거지? 타라는 차라리 소름 끼치는 셀렌바가 더 낫다는 생각이 들었다.

"이리 와요." 투킬이 말했다. "당신을 기다리고 있었소. 당신이 요구한 대로 했소."

타라는 눈을 부릅떴다. 뭐라고? '당신이 요구한 대로'?

사뿐사뿐 걸어오던 셀렌바가 노-매직 버블의 영향권 밖에서 멈춰 섰다. 그제야 타라는 덜컥 겁이 났다. 셀렌바에게서 뭔가 다른 것이 느껴졌다. 뭔지 모르지만 친숙했다.

"셀렌바를 치료하는 것이 도와주는 거라고 생각했겠죠, 공주님?" 투킬이 물었다. "하지만 나는 셀렌바와 오랜 친구지요. 내 추종자들을 설득하는 데 필요한 피를 공급해준 것도 바로 셀렌바지요. 내가 공주님을 죽여서 드라큘 대통령을 궁지에 몰아넣을 계획이라는 걸 알고 나를 만나러 온 겁니다."

게다가 나를 죽이려고 했다고? 갈수록 태산이네.

"이제 그 일은 셀렌바가 맡을 겁니다. 다시 강력한 사냥꾼이 되었으니 공주님은 셀렌바의 식사가 되겠지요."

공포에 사로잡힌 타라는 몸을 흔들었다. 셀렌바는 작전을 짤 겨를을 주지 않았다. 뱀파이어의 이빨이 길어지고 있었다.

"공주님은 눈부시게 아름답군요." 셀렌바가 다정하게 말했다. "누가 머리를 손질했을까? 그 머리 색깔 정말 마음에 드는데 미용사의 이름을 알고 싶군요."

그렇게 말하고는 셀렌바가 투킬을 돌아보면서 비난조로 말했다.

"공주의 입을 왜 이렇게 틀어막아 놨죠? 이러면 내가 대화를 할 수 없잖아요! 나는 혼자 떠드는 거 엄청 싫어하는데. 그리고 이건 너무 무례하다는 생각 안 들어요?"

"위험을 무릅쓰고 싶지 않았소." 투킬이 대답했다. "마법이 강력하기 때문에."

"하지만 공주는 마법을 사용할 수 없다고 했잖아요!" 셀렌바가 약간 물러서면서 소리쳤다.

"물론 그렇지요. 아, 알았으니까 제발 그렇게 화내지 마요. 자, 봐요, 띠를 풀면 되잖아요. 주문을 읊을 수는 있어도 마법은 불가능해요."

그러나 타라는 주문을 읊을 생각이 없었다.

"사람 사아아아아아아알려!" 타라는 입을 묶었던 띠가 풀리기가 무섭게 고함을 질렀다.

투킬이 질겁했다. 평소에 말이 없는 뱀파이어들에게 너무 익숙해 있는 나머지 타라가 그렇게 소리를 지를 줄은 생각도 못한 모양이었다. 투킬은 손으로 타라의 입을 막았다. 그가 할 수 있는 일은 그것밖에 없었다.

타라는 있는 힘을 다해서 투킬의 손을 깨물었다.

투킬이 피가 흐르는 손을 꽉 누르면서 뒷걸음쳤다. 타라는 침을 뱉고 나서 다시 고함을 질렀다.

셀렌바는 얼이 빠진 듯 멍하니 쳐다보고 있었다.

"빨리 레파루스 주문으로 내 손을 치료하지 않고 뭐 하는 거요?" 격분한 뱀파이어가 외쳤다. "그리고 이 못된 계집애를 죽이란 말이오! 누군가 듣고 달려오기 전에!"

"아, 알았어요." 셀렌바는 말을 더듬었다.

재빨리 다가선 셀렌바는 레파루스로 치료하기 위해 투킬의 팔뚝을 움켜잡았다.

그러고는 다른 손으로 투킬의 머리를 단숨에 꺾었다. 우지끈!

그 소리에 타라는 고함을 멈췄다.

셀렌바의 갈퀴손톱이 나와 있었지만, 깨물린 손에 신경을 쓰느라고 투킬은 알아채지 못한 상태였다. 뱀파이어의 갈퀴손톱은 강철도 절단할 수 있을 정도로 단단한데 살을 찢는 것쯤이야 식은 죽 먹기였다. 게다가 노-매직 버블의 영향권 밖에 물러서 있는 셀렌바와는 달리 영향권 안에 있어서 투킬은 반격할 수 없었다. 자기가 놓은 덫에 자기가 걸린 꼴이었다.

셀렌바는 손가락을 핥으면서 타라를 향해 돌아섰다.

"나한테 소리 지르는 자를 아주 싫어하지."

타라는 눈이 동그래져서 셀렌바를 쳐다봤다.

"약, 약속할게요." 입안이 바싹 마른 타라는 말까지 더듬었다. "다시는 소리 지르지 않을게요. 나를 풀어줄 거죠?"

"아니." 셀렌바는 딱 잘랐다.

그러면서 가까이 다가온 셀렌바가 노-매직 버블 속으로 들어왔다. 백옥 같은 피부가 강렬한 금빛을 띠고, 머리털이 하얘지더니 또다시 인간의 피에 감염된 모습을 하고 있었다.

타라는 목소리만 안 나오는 것이 아니라 숨까지 막혔다. 이래서 셀렌바가 좀 전에는 가까이 오지 않은 거였어! 셀렌바는 다시 감염되기 위해 이미 인간의 피를 먹은 것이었다. 셀렌바가 버블 속으로 들어왔다면 투킬이 변한 것을 보고 경계를 하지 않았겠는가. 투킬이 함정에 빠진 것이었다. 이제는 셀렌바가 또다시 인간의 피를 먹은 이유를 알아야 했다.

"고맙다는 말을 하러 온 거야." 셀렌바가 몸을 숙이면서 어찌나 가까이 얼굴을 들이대는지 타라는 사팔눈이 될 뻔했다.

이런! 투킬이 죽었는데도 버블은 작동하고 있어서 타라는 무방비 상태였다. 타라는 안락의자 등받이에 몸을 바짝 붙였다.

"너 아니었다면 나는 죽었을 거야." 뱀파이어가 아주 흡족한 얼굴로 말했다. "따라서 너를 죽이지 않을 거야."

"그렇게는 안 될 거예요." 타라가 응수했다. "나를 죽이지 않는다고 해서 내 목숨을 살려주는 건 아니죠. 당신은 나를 풀어주지 않겠다고 했으니까요. 당신은 내게 빚을 졌으니까 정말로 내 목숨을 살려주었을 때 서로 빚진 것이 없게 되는 거예요. 내가 당신을 구하기 위해서 했던 것처럼 당신도 목숨을 걸어야 하는 거죠."

『궁정 비사』에 뱀파이어들의 명예심에 관해 많이 언급되어 있었다. 셀렌바가 뱀파이어 언어로 말하고 있는데 말끝에 '크크트크크트크'를 강조했다. '명예를 걸고 죽음을 무릅써라'라는 뜻이었다. 은빛 옷

차림의 셀렌바가 몸을 세웠는데 호리호리한 몸매에 어깨는 떡 벌어져 있었다.

"내가 너를 살려줘야 할 빚이 있다고 생각하니? 투킬이 너를 죽이려고 했어. 아니 더 정확하게 말하면 나한테 너를 죽이라고 했지."

"하지만 투킬은 나를 납치한 것 말고는 아무 짓도 하지 않았어요!"

타라가 고집스럽게 응수했다.

"그래서 말인데 나는 당장 너를 제거함으로써 그 빚에서 벗어날 수도 있어." 셀렌바는 다시 줄어든 손톱 밑에 말라붙은 피를 떼어내면서 건성으로 말했다. "명예에 관한 우리의 빚은 뱀파이어들에게만 관련된 것이지, 크트특크크르르들은 아냐!"

크트특크크르르는 '무방비 상태의 먹이'를 뜻하는 말이었다. 뱀파이어들은 아더월드의 다른 종족을 '무방비 상태의 먹이'로 간주하고 있었다.

"하지만 감염이 되었든 아니든 뱀파이어마다 행동 규칙이라는 게 있잖아요." 타라가 반박했다. "당신은 죽이는 것을 즐기고, 고통 주는 걸 즐기죠. 그런데 마지스터에 대한 변함없는 사랑을 보면 당신은 자신이 한 말에 대해 약속을 지킨다는 증거죠. 따라서 당신이 나를 죽이지 않아야 우리는 서로 빚진 것이 없게 되는 거예요."

셀렌바가 날카로운 논리로 반박하기 전에 빨리 화제를 바꿔서 뱀파이어의 관심을 다른 데로 돌려야 했다.

"궁금한 게 있어요. 왜 경찰청장을 죽였죠? 나를 위협했기 때문은 아닐 테고, 안 그래요?"

셀렌바는 타라의 끈질긴 질문에 짜증이 난 듯 잠시 쏘아보다가 대답했다.

"그래, 네 말이 맞아. 경찰청장을 죽인 것은 몇 년 전에 마지스터가 나에게 내린 임무 중 하나였어. 나의 보스는 경찰청장이 대통령궁에 영향력을 행사하는 것, 그리고 뱀파이어들에게 인간의 피를 먹이는 미친 짓을 좋아하지 않았거든. 그분은 유일하게 나만 가장 강력하고 가장 무자비한 뱀파이어이길 바라지. 지금까지는 투킬의 방어가 너무 철벽같아서 방법을 못 찾고 있었는데 네가 그를 궁지에 몰아넣은 덕분에 내가 벗어날 수 있었어. 그 점에 대해서는 고마워."

셀렌바는 타라가 무슨 말을 하길 기다렸지만, 타라는 더 이상 목숨을 걸고 싶지 않았다. 타라가 침묵을 지키자 셀렌바는 동의한다는 뜻으로 말했다.

"좋아, 이제 나는 보스에게 돌아갈 거야. 마지막으로 경고하는데 나와 보스를 방해하지 마. 그것이 네 어머니 셀레나 덩컨을 위해서도 좋아. 다음번에는 셀레나를 가만두지 않을 거니까."

셀렌바가 나가려고 할 때 타라는 물었다.

"후회하지 않아요?"

그 말에 셀렌바가 휙 돌아섰다.

"뭘 후회해?"

"배신하고 다시 떠나는 것에 대해. 다음에 또 붙잡히면 가차 없이 처형될 텐데요!"

"다시는 붙잡히는 일 없어." 셀렌바는 유쾌한 어조로 말했다.

셀렌바가 돌아설 때 타라는 또다시 말했다.

"그럼 사틸라와 사피르는?"

"너 정말 피곤한 애구나. 사틸라와 사피르를 뭐 어쩌라고?"

"그들에게 남길 말 없어요?"

"없어. 나에 대한 불평은 그만 집어치우고 둘이 새끼들 많이 낳아서 이 못된 이모를 두고두고 씹으면서 알콩달콩 잘 살라고 해. 그리고 난 마지스터를 미친 듯이 사랑한다고 전해줘. 아더월드와 지구를 통틀어서 모든 뱀파이어와 인간의 사랑보다 내 사랑이 백배는 더 뜨거워서 나는 그 사랑을 찾아 떠난다고. 자, 이제 됐니?"

"네, 당신이 그들을 사랑한다고 전할게요."

"나는 그렇게 말하지 않았어."

"나는 그렇게 들었어요."

셸렌바는 짜증스럽게 휘파람을 불면서 천장을 쳐다보더니 밖으로 나갔다.

타라는 포승줄을 풀려고 했지만 끄떡도 하지 않았다. 도저히 풀 수 없는 매듭으로 묶었다는 것은 투킬이 해군이나 보이스카우트에서 정식으로 교육을 받았다는 뜻인가. 타라가 소리를 질렀지만 아무도 듣지 못한 것 같았다. 빌어먹을 노-매직 버블, 아더월드의 아이디어 상품이란 정말 사람 미치게 만드는군!

타라는 결국 포기했고, 무엇보다 바로 옆에서 싸늘하게 식은 시체 냄새 때문에 토하지 않으려고 애를 썼다. 그리고 눈을 감았다. 좋은 생각이었다. 그런데 시체를 보지 않으려고 눈을 감고 있자 공격을 받을지 모른다는 생각이 들었다. 천장의 높이로 봐서 갈랑이 도와줄 수 있을 것 같았다. 하지만 그렇게 고함을 지르는데도 깃털 하나 움직이지 않는 패밀리어를 보면서 더 불안해지기 시작했다.

피로까지 겹친 타라가 거의 쓰러질 지경에 이르렀을 때 말소리가 들렸다.

"여기예요!" 타라가 소리쳤다. "나 여기 있어요!"

문 뒤에서 킁킁거리면서 냄새를 맡는 소리가 나더니 쾅, 문이 부서졌다.

크산디아르보다 머리가 좋은 파브리스가 먼저 뛰어 들어왔는데 늑대인간의 모습을 하고 있었다.

파브리스와 크산디아르는 머리가 없는 시체 앞에 멈춰 섰다.

이어서 두 손이 등 뒤로 묶인 채 안락의자에 앉아 있는 파란색 잠옷 차림의 타라를 발견했다.

"타라!" 파브리스는 숨을 헐떡이면서 말했다. "이게 대체 어떻게 된 거야? 이런 경우는 보다 처음이네. '두 손이 뒤로 묶였는데도 난 아주 쉽게 머리를 떼어냈지. 내 솜씨 괜찮지?' 하는 식이잖아."

"내가 그런 게 아냐!" 타라가 반박했다. "셸렌바가 죽였어. 파브리스, 얼마나 끔찍했는지 몰라. 셸렌바가 병마개 따듯 단번에 머리를 뽑아버리더라고."

크산디아르는 타라를 풀어준 다음 노-매직 버블에 걸려 있는 안락의자를 파괴했다. 마비된 다리가 풀리자마자 갈랑에게 달려간 타라는 레파루스 주문으로 페가수스를 치료한 다음 꼭 안아주었다. 갈랑이 흐릿한 눈으로 타라를 쳐다보다 날개를 조금 파닥이더니 다시 잠들었다.

"여기 감금된 지 몇 시간 만에 그래도 나를 찾아내 줘서 정말 고맙네요!" 타라가 갈랑을 쓰다듬어주면서 큰 소리로 말했는데 거의 질책에 가까웠다.

"우리는 마마가 안전하다고 생각했습니다." 크산디아르는 죽을죄를 졌다는 얼굴로 몸을 비비 꼬았다.

어쩔 줄 모르는 크산디아르가 타라의 눈길을 피하면서 그 큰 덩치로 껑충껑충 뛰는 모습은 정말 가관이었다.

"이해할 수 없군요."

"우리가 속았습니다. 보초에게서 마마가 잠드셨다는 보고를 받았을 때 들어가 봤어야 했는데 피곤에 지친 마마를 깨우지 말아야 한다는 생각에 확인하지 않았습니다. 지금 와서 생각하니 일루시우스 주문을 사용한 환영이었는데…… 모두 제 불찰입니다."

"알았어요." 타라는 한숨을 내쉬었다. "앞으로는 조금이라도 비정상적인 일이라고 생각되면 즉시 나를 깨우고 확인하라는 지시를 내리세요. 그렇지 않으면 나는 계속 납치당할 거예요. 그래서 뭐 알아낸 건 있나요?"

"한 뱀파이어가 내 부하 크소울의 피를 빨아먹었습니다, 마마."

타라는 피로와 품에 안은 갈랑의 무게에도 불구하고 일어났다.

"크소울이라고 했나요? 그래서 지금은 괜찮아요?"

"네, 뱀파이어가 한번에 그렇게 많은 피를 빨아먹을 수는 없으니까요. 피를 흘리면서 쓰러져 있는 크소울을 발견했는데 누군가가 레파루스로 치료를 해놨기 때문에 생명에는 지장이 없습니다."

그걸 생각 못했다니! 팔이 네 개나 여섯 개라는 걸 제외하면 당연히 티그족도 인간인데 뱀파이어에게 당한 보초의 피는 인간의 피가 아닌가. 그런데도 셀렌바에게 당한 인간이 티그족이라는 생각을 전혀 하지 않았으니.

"흔적을 찾는 데 시간이 좀 걸렸어. 뱀파이어가 몸에 바른 건지, 뿌린 건지 하여튼 지독한 냄새 때문에 내 후각이 마비될 뻔했거든." 파브리스/늑대가 주둥이를 실룩거리면서 말했다. "냄새를 따라오긴 했는데 진짜 뱀파이어의 냄새를 맡기가 힘들었어. 그런데 이 문 앞에서 냄새가 멈췄어. 그때 네가 지르는 소리를 듣고 문을 부쉈는데 안락의자에 앉은 네가 따끈따끈한, 아니 싸늘하게 식은 시체와 함께 있는 거야. 내 친구는 확실히 연출 감각이 뛰어나다니까!"

친구를 구해준 것이 기쁜 파브리스는 타라가 털북숭이 얼굴에 입을 맞추려고 까치발을 딛고 섰을 때 가슴이 뿌듯했다.

"고마워." 타라는 쪽빛 눈으로 늑대인간의 금빛 눈을 응시하면서 미소를 지었다. "네가 없었다면 나는 아직도 누군가가 나를 찾으러 오길 애타게 기다리고 있을 거야."

그렇게 말하면서 타라는 울음을 터뜨렸다. 파브리스는 어리둥절한 얼굴로 잠시 타라를 쳐다봤다.

"나도 미치겠어." 코가 빨개진 타라가 딸꾹질을 했다. "왜 이러는지 이유 없이 눈물이 쏟아져."

당황한 파브리스/늑대는 털북숭이 팔로 타라를 감싸면서 어깨를 토닥였다.

"쉿, 쉿, 진정해, 타라. 목숨이 위태로웠잖아. 납치되어서 죽을 고비를 넘긴 데다 안락의자에 묶인 상태로 머리 잘린 뱀파이어 옆에서 밤을 보냈잖아. 따라서 '이유 없이' 눈물이 쏟아진다고 할 순 없지. 나도 화가 나서 미치겠는데."

펑펑 쏟는 눈물에 털이 젖거나 말거나 파브리스는 의젓하게 타라를 달래주었다.

"미, 미안해." 마침내 몸을 약간 빼면서 타라가 말했다.

"무슨 그런 말을 해." 파브리스는 점잖게 대꾸했다. "나는 손수건이 되어줄 수 있어서 기쁜데."

"너, 너는 괜찮아?"

"그럼, 괜찮지. 물에 젖은 개가 된 느낌만 빼면."

타라가 웃으면서 소리 나게 코를 풀었다.

"많이 나아졌어. 정말 고마워."

"천만에. 이제 넌 정말 쉬어야 해. 코는 빨개가지고 너 얼굴도 엉망이란 말이야."

"그래야겠어. 얼굴 때문이 아니라 너무 졸려서 이대로 잠들 것 같아. 내 방으로 가자."

그러나 불행히도 잠을 자겠다는 꿈은 이내 깨졌다.

경찰이 들이닥쳤고, 경찰청장을 살해한 혐의로 타라를 감옥에 넣으려고 했기 때문이다.

뱀파이어 경찰은 타라가 하는 말을 믿지 않았고, 외교특권에도 불구하고 철저한 수사를 핑계로 내세우며 타라를 떠나지 못하게 했다.

타라를 곤경에서 구하려면 대통령의 강경한 개입이 필요했다.

투킬의 부하들이 어떻게 나올지 예상하고 만반의 준비를 하고 있었지만, 타라는 놀라운 인내심을 발휘하면서 아무도 지렁이로 둔갑시키지 않았다. 뱀파이어 경찰의 입장에서 보면 타라가 자기들의 수장을 정부에 대항하는 음모에 연루시키면서 특별수사대 전체를 모욕하고 있는 것이었다. 그것은 뱀파이어들이 중시하는 명예에 관련된 일이었다. 따라서 경찰청장의 집을 가택수색한 결과 투킬이 트롤들에게 사용한 약품과 숲이 영토를 확장하는 것으로 믿게 하려고 준비했던 성장 촉진을 위한 변종 싹, 그리고 그 음모를 세밀하게 기록한 문서를 발견한 것은 모두를 위해서 다행한 일이었다.

사용할 수 없었던 컴퓨터와 크리스털 볼도 다시 작동을 시작했다. 투킬의 크리스털 볼을 컴퓨터에 접속해서 찾은 명단으로 국경에 접근하는 모든 트롤에게 뇌물을 주었던 공범들도 체포했다.

특별수사대는 마침내 타라의 말이 거짓이 아니었다는 걸 인정했다. 타라는 풀려났다. 하지만 아직 풀리지 않은 몇 가지 문제를 밝혀내기 위해 며칠 더 머물러달라는 요청을 받았다. 그리고 투킬의 공범들에 대한 증인으로 출두해달라는 요청도 받았다.

아더월드의 재판은 항상 뭐가 이렇게 복잡하지?

마침내 방으로 돌아온 타라가 잠을 자려고 할 때는 동이 트고 있었다. 타라는 눈살을 찌푸렸다. 기호들을 새긴 머리맡 탁자에 놓인 클릭이 작은 태양처럼 번쩍거리고 있었다. 그것은 로빈이 연락하려고 애를 썼다는 표시였다.

가슴이 철렁한 타라는 주머니에서 살아있는 돌을 꺼냈다. 타라에게 힘을 주느라고 지쳐서 쉬고 있던 살아있는 돌도 반짝거렸다. 둥둥 떠오르던 살아있는 돌이 타라의 눈앞에서 멈췄다.

타라는 살아있는 돌이 그동안 엄청나게 많은 메시지가 와 있다고 했을 때 깜짝 놀랐다.

　"멋진 로빈에게서 40개……, 53개, 아니 67개의 메시지가 와 있어. 음, 다정한 로빈!"

14
마법의 소금 광산

자기보다 더 큰 놈을 쓰러뜨리려면
상대의 아킬레스건을 알아야 하는데……

*

로빈은 미쳐가고 있는 중이었다. 해적선이 출항하기 전 마침내 크리스털 볼로 크라살비의 수도 우클라의 통신 담당 기술자와 연락이 되었는데 전압의 급격한 증가로 인해 몇 시간 동안 모든 통신 중계기가 망가졌다는 소식을 들었기 때문이다. 로빈과 통화했던 뱀파이어는 잠이 덜 깬 데다 기분이 몹시 나쁜 상태였는지 그런 일을 저지른 자에게 욕설을 퍼부었다. 이제는 크리스털 볼의 불통이 타라의 문제가 아니라 통신망 문제라는 걸 알았는데도 로빈은 안심이 되지 않았다. 그것으로 완전히 사라졌던 팔뚝의 고리무늬가 갑자기 따가웠던 이유는 설명되지 않았다.

크라살비와 안개 대양은 몇 시간의 시차가 있겠지만 통신망이 정상으로 돌아왔는데도 타라의 크리스털 볼과 클릭은 여전히 응답하지 않고 있었다. 로빈은 통신망을 점검했던 기술자와 다시 통화했었다.

"위치 파악이 되지 않습니다." 기술자가 답변했다. "마법이 불안정한 지역에 있는 것이 틀림없습니다. 산악 지대에서는 종종 일어나지요. 그게 아니면 꺼졌을지도 모르니까 내일 아침에 연락해보세요."

로빈은 내일이 아니라 지금 당장 통화하고 싶었다. 지금이 아니면 시간이 없었다. 사실 상누아르가 항해 중인 배에서는 빛, 마법, 소리를 일절 허용하지 않는다고 명했었다. 타라와 연락하려다 정체가 들통나는 것이 프로답지 않은 행동이기 때문에 로빈은 가슴속의 불안을 이성적으로 눌러야 했다.

아무도 최종 목적지를 모르고 있지만, 상누아르는 눈빛을 이글거리면서 그들 모두를 부자로 만들어주는, 꿈에도 생각 못했던 '세기적 사건'을 일으키는 것이라고 단언했다.

"과연 그럴까요, 선장님?" 흰색 돛이 바람에 한껏 부풀어 오른 상갑판의 난간에 기대선 발라가 말장난을 했다. "내 꿈의 수준은 상상 이상으로 훨씬 높거든요."

트리톤이 발라 앞에 우뚝 섰다.

"그 이상이니까 그런 걱정은 안 해도 된다. 너는 최고로 아름다운 옷에 온갖 보석으로 치장하고, 으리으리한 집에서 떵떵거리고 살면서 3대, 5대가 펑펑 쓰고도 남는 부자가 될 테니까. 크레디트–무트 금화가 산더미처럼 쌓일 테니 마법을 사용할 필요도 없지."

트리톤의 말에 발라는 말문이 막히고 말았다. 로빈에게 걱정거리가 하나 더 추가되었다. 타라에게 무슨 일이 일어났는지 알아야 하는데 어떤 배가 그렇게 엄청난 보물을 실었는지도 알아내야 했다.

배는 밤새도록 항해했다. 아침에 일어난 로빈은 배가 연안에 상당히 접근해 있는 것을 보고 깜짝 놀랐다.

선장이 종을 울렸다. 모든 선원이 갑판에 집합했다.

엄청나게 큰 배였다. 상누아르는 모두 들을 수 있게 말소리를 증폭시키는 주문을 사용한 것이 틀림없었다. 선원들이 돛대를 포함해서 갑판 곳곳에 자리를 잡았는데 어찌나 바짝바짝 붙어 있는지 성냥개비 하나도 지나갈 수 없을 것 같았다.

"드디어 도착했다!" 상누아르가 흡족한 얼굴로 말했다. "몇 년 동안 나와 함께 배를 탄 선원들은 물론, 아직 나를 잘 모르는 선원들도 내가 약속을 어긴 적이 한 번도 없다는 걸 알아두기 바란다. 내가 하려는 얘기는 과장도 날조도 아니다. 함께 일하다 내 목숨을 구해준 엘빌이 진실이라는 걸 증언해줄 것이다."

상누아르 뒤에서 바이올렛 엘프가 발라코를 질겅질겅 씹다가 탁 내뱉었다. 박하 맛이 나는 빨간 해시시 때문에 이와 잇몸이 붉게 물든 엘프가 빙긋이 미소를 지었다.

"모두 알다시피 나는 돌연변이다." 상누아르가 말했다. "또한 트리톤의 영역 아쿠아리아에서 내 신분은 오너러블이다."

그건 정말 놀라운 정보였다. 오너러블이란 사상가 계급에 속하는 상급 귀족으로 아더월드의 거대한 붉은 고래 발분들과 교감할 수 있는 비범한 재능을 지니고 있고, 다른 국가의 대군에 해당하는 신분이었다. 오너러블들은 발분의 젖을 팔아서 벌어들인 엄청난 수익금을 나라에 바치기 때문에 국민들로부터 존중을 받았다.

"하지만 돌연변이가 오너러블을 싫어하는 자들이 있었다. 하늘빛 머리의 아름다운 프플루릴과 결혼할 예정이었는데 다른 놈이 내 연인을 노리고 있었던 것이다. 놈이 나에게 한 사이렌을 죽였다는 누명을 씌우는 바람에 나는 재판을 받고 살테렌스의 소금 광산으로 쫓겨나는 신세가 되었다."

웅성거림이 일었다. 어떻게 그런 미친 짓을! 물에서 살아야 하는 트리톤을 사막으로 보내다니!

"나는 엘프와 사이렌 사이에서 태어난 혼혈로 아주 희귀한 경우지." 상누아르가 말을 이었다. "키마이라*만큼이나 있을 법하지 않은 잡종이라고 할 수 있다."

오래전부터 사연을 알고 있는 몇몇 선원을 제외한 대부분이 놀랐다. 로빈과 발라는 트리톤이 왜 그렇게 강인하지 이해하게 되었다.

"그렇지만 나는 두 종족의 장점만 받았기 때문에 지옥에서도 살아남을 수 있다."

동공이 금빛인 청록색 눈에서 트리톤이 경험한 공포가 드러나 보이는 듯했다.

"소금 광산에서 10년을 보냈다."

한 선원이 그 대단한 투지에 경의를 표한다는 듯이 휘파람을 불었다. 소금 광산에서 10년이라니 그건 정말 대기록이었다. 사고가 자주 일어나기 때문에 살아남는 자가 거의 없는 것으로 알려져 있는 곳인데.

"살테렌스족은 도망치지 못하게 하려는 목적으로 우리 모두를 트실에게 감염시켰다. 트실의 알들이 우리의 핏속에서 잠자는 기간인 사흘마다 해독제를 주더군. 하지만 이따금 약이 제 기능을 발휘하지 못하는 경우도 있어서 죄수들이 산 채로 잡아먹혔지. 하루에 열여덟 시간 일하고 나면 먹고 자는 시간도 빠듯했지만 우리는 치밀하게 탈출 계획을 세웠다. 그러나 광산을 장악하고, 해독제를 비축하지 않고서는 빠져나갈 수 없다는 걸 깨달았다. 게다가 우리 중에 배신자까지 있었으니……. 한 인간이 자신의 자유를 위해 우리를 넘기기로 살테렌스족과 협상한 것이었다."

혐오감으로 일그러지는 트리톤의 입을 보면서 로빈은 상누아르의 분노와 공포에 공감하고 있는 자신에게 깜짝 놀랐다. 로빈은 냉정함을 되찾았다. 해적을 잡기 위해서 온 것인데 이렇게 약해지면 안 되지.

트리톤이 돌아서서 비늘이 벌어지게 등을 구부렸다. 등에 새긴 문신은 거의 지워져 있지만 채찍 자국은 선명했다. 레파루스 주문과 샤먼들의 치료에도 불구하고 뼛속까지 파고든 흉터는 지울 수 없었던 모양이었다.

"이게 처음에 그들이 나한테 한 짓이지. 그다음에는 내 핏속에 있는 트실의 알들을 죽이는 해독제를 주더군. 그러더니 어느 날 무슨 이유인지 해독제가 없는 금빛 트실에게 나를 감염시켜서 붉은 산 근처 사막에 버렸다. 역시 금빛 트실에게 감염된 내 동지 한 명과 함께."

한마디도 놓치지 않겠다는 듯 모든 시선이 상누아르 선장의 입술에 고정되었다.

"그리고 거기서 나는 죽었어."

눈앞에 있는 상누아르가 유령이 아니라는 건 트리톤이 죽음을 이기고 살아남았다는 뜻이었다. 로빈은 그 이야기의 의미에 깊은 인상을 받았다. 이 변종을 어떻게 불러야 하는 거지? 하프엘프? 하프트리톤?

"탈수증 때문에 심장마비가 일어났던 것이다." 상누아르가 말을 이었다. "내 핏속에서 트실의 알들이 부화하기 전이라서 천만다행이었지. 트실의 알들은 일정 양의 산소가 공급되어야 살 수 있기 때문에 내가 숨을 멈췄을 때 같이 죽었던 것이다. 우리는 물론 그걸 몰랐다. 붉은 산 근처에서는 마법을 사용할 수 없기 때문에 나의 동료 엘빌이 내 심장을 마사지하는 것으로 나를 살려냈지. 우리는 트실에게 잡아먹히고 말 거라고 생각하면서 무작정 해안을 향해 걸었어. 내가 먼저 죽을 운명이었지. 내가 먼저 감염되었으니까. 그러나 몇 시간이 지났는데도 온몸이 끔찍하게 가려운 것 말고는 아무 일도 일어나지 않았다. 마침내 마법을 쓸 수 있을 정도로 붉은 산에서 멀리 떨어졌을 때 우리는 물을 먹기 위해 주문을 읊었지."

상누아르는 비장한 얼굴을 했다.

"그리고 나는 내 동료를 기절시켰다. 내 심장이 멈췄던 것처럼 그의 심장을 멈추게 해서 트실의 알들을 죽이려고. 잠시 후 그를 다시 깨어나게 했고, 우리는 수 킬로미터를 걸었지. 살테렌스에서는 트란스미투스로 이동할 수 없기 때문에. 바닷물에 들어가자마자(트리톤이 주위의 파란 바다를 가리켰다) 모든 힘이 돌아오더군. 그때 복수를 결심했다. 엘빌과 나는 안개 대양의 한 해적선에서 선원으로 일하면서 번 돈으로 작은 범선 한 척을 샀고, 살테렌스족과 거래하는 오무아와 랑코비트의 배들을 약탈하기 시작했다."

로빈은 흡족한 미소를 지었다. 이것은 확인할 필요가 없는 정보였다. 공격당한 배들이 살테렌스족과 거래를 하고 있는 것이 사실이기 때문이다.

"그렇게 해서 악착같이 모은 돈으로 이 배를 사고, 선원도 늘릴 수 있었다. 그러기까지 5년이 걸렸다."

상누아르의 배는 300~600명의 선원을 수용할 수 있고, 30~60문의 대포를 탑재할 수 있을 만큼 대형이었다. 현재 갑판에 있는 선원 수는 눈짐작으로도 대충 400~500명은 될 것 같았다.

"내가 왜 이렇게 자세히 말해주는지 궁금할 것이다."

"우리가 공격할 배와 관련된 일이기 때문입니까?"

한 선원이 물었다.

"우리는 배를 공격하지 않아." 상누아르는 차분하게 대답했다.

"그럼?"

"우리는 한 나라를 공격할 것이다!"

엘프들, 인간들, 식인귀가 같은 의문을 담은 눈으로 서로를 쳐다봤다. 선장이 미친 거 아냐?

"아니, 나는 미치지 않았다." 상누아르는 그들의 눈빛을 알아차린 것처럼 말했다. "살테렌스족의 경제는 전적으로 소금 광산에 달려 있지. 따라서 소중한 광산을 지키기 위해 사막 전체를 험난하게 만들어 놓은 것이다. 같은 이유로 최고 마구스 데미데루스도 붉은 산 꼭대기에 몇 가지 아티팩트를 숨겨놓았지. 붉은 산이 마법을 무효화시키는 물질로 이뤄져 있지만 불가사의하게도 소금 광산에서는 마법이 통하기 때문이다. 끔찍한 더위에는 불가능한 트란스미투스, 움직이는 것은 무엇이든 공격하는 트실, 사막의 사자, 크로쉬엥들……, 그 사막에 사는 것은 모두 독이 있거나 굉장히 공격적이다. 거기서는 심지어 베에에까지 위험하니까. 살테렌스족 최고 마구스들이 걸어놓은 마법 때문에 낮에는 너무 뜨거워서 사막의 상공을 나는 것이 불가능하지만 더위가 한풀 꺾이는 밤에는 양탄자를 이용해서 이동할 수 있다. 하지만 낮이 되면 양탄자로 이동할 수 없는 데다 트실의 공격을 받게 된다. 따라서 살테렌스족은 붉은 산에 이방인이 접근할 수 없다고 생각하지만 오산이다. 내가 그곳을 손바닥 보듯 훤히 알고 있으니까. 가장 많은 소금을 생산하는 광산이 바로 내가 노예에서 해방된 곳이었으니까."

상누아르는 말을 중단하고 심각한 표정으로 선원들을 응시했다.

"이제 내가 질문을 하겠다. 우리가 비축된 소금을 모조리 탈취한 다음에 향후 수십 년간 사용할 수 없을 정도로 광산을 파괴해버린다면 무슨 일이 일어날까?"

망설이는지 해적들이 침묵을 지키고 있었다.

곰곰이 생각하던 로빈은 마침내 모두 들을 수 있게 큰 소리로 외쳤다.

"소금 시세가 폭등할 것이고, 우리 모두 엄청난 부자가 될 겁니다. 당장 유통할 수 있는 소금을 갖고 있는 것은 우리밖에 없으니까요. 게다가 다른 광산들이 소금을 충분히 공급하기까지 1, 2년은 걸릴 겁니다."

트리톤이 입가에 미소를 머금으면서 고개를 끄덕였다. 살테렌스 붉은 산의 소금은 마법의 영향을 받고 있어서 요리에 탁월한 맛을 줄 뿐 아니라 거의 모든 약품의 성분에도 들어가는 귀한 것이었다. 지금도 살테렌스족의 소금은 금에 버금가는 값비싼 조미료인데 광산이 파괴되었을 경우 그 값이 얼마나 치솟을지는 아무도 알 수 없었다. 무엇보다 소금은 웬만해선 끄떡도 하지 않는 아주 단단한 암석에 박혀 있어서 채굴 작업이 몹시 힘들기 때문에 값이 비쌀 수밖에 없었다.

얼마나 기발한 발상인가. 아니, 성공한다면 정말 기막힌 계획이었다.

"일 년에 두 번 캐러밴들이 소금을 수확해가지. 그러나 일 년쯤 전에 마지스터가 저주받은 왕홀을 사용하면서 일어난 지진 때문에 소금을 채굴하지 못했다. 내 정보원들에 따르면 올해 수확기는 일주일 후라고 했으니까 거기서 어마어마한 보물이 우리를 기다리고 있는 셈이다."

"그럼 트실의 공격은 어떻게 피할 생각이세요?" 발라가 길게 끄는 목소리로 물었다. "나도 트실에 대한 얘기를 들은 적이 있어요. 주문을 읊어서 방패를 만드는 순간 귀신같이 알아챈 트실이 떼거리로 달려들어서 마법사의 힘이 다할 때까지 공격해서 혈관 속을 파고든다고 했어요."

충격적인 말에 선원들의 얼굴이 어두워졌다. 트리톤은 안심하라는 손짓을 했다.

"얼마 전부터는 트실을 이용해서 노예를 감염시키지 않아. 지금은 살테렌스족 마법사들이 만든 탈출 방지 주문을 사용하고 있지. 트실 해독제는 비용이 많이 들 뿐만 아니라 노예를 많이 잃기 때문에 경비 시스템을 바꾼 것이다. 물론 소금 생산이 그리 많지 않은 오래된 광산에서는 아직도 노예들을 억압하기 위해 트실을 이용하고 있지. 깊은 사막이라면 몰라도 마법이 통하지 않는 붉은 산에는 트실이 접근하지 못하니까 불안해하지 않아도 된다."

"그러니까 광산에서는 괜찮지만 깊은 사막에서는 위험하다는 말씀이네요. 그러면 트실이 우글거리는 사막을 어떻게 통과하죠?"

"예리한 지적이군. 바로 그래서 너희들에게 내 피가 필요한 것이다."

그렇게 말하면서 상누아르는 뒤에 놓인 작은 트렁크를 열었다.

스팔렌디탈 가죽 트렁크 안에 주사기가 가득했다.

발라는 눈살을 찌푸렸다. 그러고는 햇살을 받아 반짝이는 파란색과 초록색 비늘 때문에 멋진 조각상처럼 보이는 트리톤에게 외쳤다.

"선장님, 그런 게 왜 필요하죠? 우리에게 위험한 것 아닌가요?"

"아니, 우리가 강구해놓은 묘책이니까 위험하지 않다. 내 피로 만든 이 백신이 너희들의 목숨을 구해줄 것이다. 스볼, 목을 보여주게."

스볼이란 이름의 엘프가 머플러를 풀었다. 그의 쇄골에 금빛 트실이 남긴 치명적인 자국이 반짝이고 있었다.

"나는 감염된 적이 없다." 바이올렛 엘프가 설명했다. "나는 선장님이나 엘빌처럼 노예가 아니었으니까. 그래서 실험해보기 위해 백신 주사를 맞고 사막에서 사흘을 보냈는데 이렇게 멀쩡히 살아 있지."

선원들이 믿기지 않는 얼굴로 스볼을 쳐다봤다.

"두렵지 않았다고 하면 거짓말이겠지. 찔끔찔끔 오줌깨나 지릴 거라고 생각했는데 방패가 있든, 없든 트실이 접근하지 않더군. 내 생각에는 백신으로 금빛 트실이 감염되었을 때 일종의 페로몬을 분비해놓은 것 같다. 그 냄새로 '건드리지 마라, 이미 점령되었다'라는 뜻을 전하는 것이지. 털에 가려서 금빛 자국이 보이지 않을 수도 있으니까."

"일반적인 트실과 의사소통이 되는 특수한 냄새를 방출한다는 뜻입니까?" 한 엘프가 물었다.

"바로 그거야." 부관 대신 선장이 대답했다. "우리가 백신을 맞고 방출하는 특수한 냄새가 우리를 지켜줄 것이다."

발라는 은밀한 눈짓으로 로빈에게 물었다. 우리가 이런 모험을 해야 되는 거야? 백신 주사를 맞아야 해? 로빈이 고개를 끄덕였다. 그들은 선택의 여지가 없었다. 박살기를 소지하고 있다는 것만으로도 트리톤을 감옥에 넣을 수 있지만 그것으로는 충분하지 않았다. 현행범으로 잡아야 트리톤을 제압할 수 있었다. 따라서 그들은 도박을 해야 했다. 발라가 알았다는 신호를 보냈지만 얼굴은 인상을 쓰고 있었다. 로빈에게 엘프의 피와 다른 피가 흐르고 있기 때문이라고 생각하자 마음에 안 들었던 것이다.

"붉은 산에서 마법을 사용할 수 없다면 경비들이 엄청나게 많이 지키고 있지 않겠습니까?" 한 선원이 물었다.

"그렇게 많지 않아. 수비대는 200명인데 우리는 그 두 배니까 걱정할 것 없다. 놈들은 재래식 무기를 갖추고 있지만 우리에게는 박살기가 있으니까."

로빈의 눈이 동그래졌다. 아, 이래서 살상 무기들이 필요했던 건가? 지구의 무기를 갖추고 있으면 마법을 사용하지 않아도 가능하니까. 상누아르는 정말 영리하고, 지능이 아주 높았다.

상누아르가 손가락 꺾는 소리를 내자 나타난 지도가 펼쳐졌다. 그는 집게손가락으로 붉은 산을 가리켰다.

"잘 봐라, 여기가 붉은 산에서 내려온 빙하가 떠다니는 살란 강이다. 지도에 따르면 우리 배가 잠길 정도로 깊은 강이다. 우리는 모레쯤 강 중류까지 거슬러 올라갈 것이다. 그다음 배를 정박한 후 밤에는 어둠을 이용해서 양탄자로 이동하고 낮에는 쉰다. 강 중류에서 광산에 이르기까지 이틀이 소요될 것이다. 공격은 그 셋째 날 새벽이다. 질문 있나?"

이어서 식인귀가 질문을 해서 트리톤이 깜짝 놀랐다.

"광산을 어떻게 파괴할 것임? 붉은 산에서는 마법이 통하지 않는다고 했음."

"우리는 밀수입자들에게서 박살기만 구입한 것이 아니라 지구에서 폭발물로 사용하는 예쁜 플라스틱 덩어리들도 사들였지."

그렇게 말하면서 상누아르가 주머니에서 뇌관이 달린 C4 폭탄 10여 개를 꺼냈다. 로빈은 모든 엘프와 마찬가지로 살테렌스족에 대해 애정이 없었다. 그러나 상누아르 일행이 지금 하려는 것은 영토 침범이고, 이 행위는 아더월드의 전체 경제에 어떤 식으로든 중대한 영향을 미칠 것이었다.

손목에 박아 넣은 최첨단 통신 기구를 작동할 필요가 있었다. 녹음기 구실을 할 뿐만 아니라 블랙 스톤을 눌러서 신호를 보내면 제국의 군함들이 트리톤 선장을 추적할 수 있었다. 그러나 또다시 직접 현행범으로 체포해야 한다는 생각이 로빈의 발목을 잡았다. 로빈은 그럴 수 없었다. 가능한 한 빨리 타라를 만나러 가고 싶은데 미션이 실패하면…… 로빈은 한숨을 내쉬면서 포기했다. 그를 미치게 만드는 것은 타라와 통화할 수가 없고, 무슨 일이 일어났는지도 여전히 모른다는 사실이었다. 다만 팔뚝의 고리무늬가 더 이상 따갑지 않기 때문에 이제는 타라가 위험하지 않다는 걸 느꼈다. 아니, 제발 그러길 바랐다.

로빈이 생각에 잠겨 있는 동안 해적들이 많은 질문을 했고, 트리톤은 일일이 대답했다. 로빈은 깊이 생각했고, 실패할 생각이 전혀 없었다. 날이 저물 무렵에는 모두 찬성했다.

그들은 붉은 산의 소금 광산을 점령하러 가고 있었다.

카무플루스 마법 덕분에 배의 모습을 감추고 그들은 강을 거슬러 올라갔다. 지나가면서 남기는 작은 물결을 제외하고는 배는 전혀 보이지 않았고, 살테렌스 정찰대도 경계를 하지 않았다. 미치광이들과 노예 상인들 외에는 살테렌스에 가본 적이 없었다. 상누아르 선장은 발라와 로빈이 아직 어리기 때문인지 마음을 써주었다. 미션이 아니라면 로빈 역시 혼혈 트리톤에게 호감을 가졌을 텐데. 영리하고 박식한 상누아르는 인간과 엘프를 차별 없이 공정하게 대했으며 누구를 비방하는 일도 없고, 자신의 인생과 사랑하는 프플루릴을 빼앗아간 자에 대한 복수심이 있을 뿐이었다. 고물의 상갑판 선루에 나란히 앉아서 노을을 바라보던 로빈은 상누아르의 사연을 들으면서 왠지 처음 듣는 얘기가 아니라고 느껴졌던 이유를 깨달았다.

"선장님, 지구의 소설 중에 『몽테크리스토 백작』이란 책이 있습니다." 로빈이 말했다(사실은 책 읽기를 싫어하는 로빈에게 타라가 반강제로 읽게 한 책인데 책장을 덮을 때까지 손에서 책을 놓지 못했다). "알렉산드르 뒤마라는 인간이 쓴 책인데 선장님의 사연과 아주 비슷해요. 결혼을 앞둔 남자가 그 연인에게 흑심을 품은 친구의 배신으로 억울한 누명을 쓰고 감옥에 들어가는 얘기지요. 그런데 감방에서 만난 한 죄수 덕분에 탈옥하여 엄청난 보물을 찾아내고 갑부가 된 다음,

치밀한 계획으로 배신자에게 복수를 하죠. 그런데 그 배신자는 그 남자를 알아보지도 못했으니 아주 통쾌한 복수극이지요."

"못 알아봤다고? 문신을 보면 종족을 알 수 있는데 어떻게 알아보지 못한단 말인가?"

"인간은 문신을 하지 않아요. 그리고 얼굴을 많이 바꿨으니까요. 문신이 있었다면 그것도 바꿨겠죠."

상누아르의 표정이 굳어졌다.

"아니, 문신을 바꾼다는 것은 종족과 혈통을 부정하는 것과 같다. 가장 비열한 짓이야."

"하지만 사회는 발전했습니다. 지금은 조상들이 생각도 못했던 일을 하지요. 살아남기 위해 싸워야 할 때가 있으니까요. 전통은 중요하지만 그게 전부가 아닙니다."

로빈은 자신의 경우를 말하고 있었다. 부모님은 사랑을 숨기지 않고 결혼함으로써 엘프들의 여왕 타빌라에게 저항했다. 엘프 사회에서 전통을 파괴하는 행위라며 따가운 비난이 쏟아졌지만 지금은 다른 종족과의 결혼을 차츰 받아들이는 분위기였다.

아주 뜻밖의 말이라는 듯 상누아르가 유심히 로빈을 쳐다보았다.

"지구의 책을 어디서 구했나?" 상누아르가 물었다.

트리톤이 자신을 관찰하고 있다는 걸 깨달은 로빈은 얼른 정신을 차렸다.

"어머니가 갖고 계신 오래된 상자 안에 그런 소설책이 많이 있었어요. 하지만 다 팔았습니다. 책 읽는 것도 좋지만, 아무래도 돈이 더 좋으니까요."

트리톤이 잠시 고개를 갸웃하더니 아무 말 없이 해시시 파이프를 빨았다.

그때 발라가 로빈의 발을 밟고 지나가면서 속삭였다.

"멍청하기는!"

상누아르가 수상쩍게 생각했을까? 그러나 트리톤은 아무런 내색도 하지 않았다. 얼마 후 그들은 저녁을 먹었고, 로빈은 선실로 내려가서 잠이 들었다.

로빈은 뜨거운 몸이 느껴져서 잠을 깼다.

"쉿! 아무 말도 하지 마." 발라의 목소리였다. "내일 죽을지도 모르는데 우리의 마지막 순간을 그냥 보내고 싶지 않아."

그 말에 로빈은 잠이 확 달아났다.

"발라, 내일이 아니라 모레야. 그리고 나는 죽을 생각이 전혀 없어. 살테렌스들은 너의 전술을 당해내지 못해. 너를 많이 좋아하지만(너무 당황한 로빈은 바이올렛 엘프들이 거짓말을 간파하는 능력이 있는지 기억나지 않았다) 사귀고 싶진 않아."

"난 사귀고 싶은 것이 아니야." 발라는 신경질적으로 내뱉었다. "너와 자고 싶은 거라고! 욕망을 억제하는 불쌍한 인간들처럼 되고 싶어서 그래? 인간들이나 쓰는 말을 계속 그렇게 할 거야?"

"화를 낸다고 달라지는 건 없어." 로빈은 한숨을 쉬었다. "네 침대로 돌아가. 그리고 배에서는 우리를 남매로 알고 있다는 거 잊지 마!"

이번에는 발라가 한숨을 쉬었다.

"남매로 위장하자고 할 때 이럴 줄 알았지, 내가. 나한테 입맞춤도 할 권리가 없다는 거잖아?"

"발라!"

"그래, 알았어, 알았다고! 가면 될 거 아냐!"

발라는 투덜거리면서 침대로 돌아갔다. 하프엘프는 생각보다 훨씬 완강했다. 처음에 발라는 로빈이 자신을 밀어내는 것은 자존심 때문이라고 생각했다. 그러나 이제는 귀가 작은 어린 인간, 그 계집애에 대한 로빈의 사랑이 어느 정도인지 짐작할 수 있었다. 할 수 없지, 할 만큼 했으니까. 어머니가 노발대발하겠지만 발라는 어머니를 속이는 데 익숙해 있었다. 그리고 그리 영광스럽지도 않은 미션이었다. 사랑과 전쟁 사이에서 발라의 가슴은 전쟁 쪽으로 기울었다. 발라는 미소를 지었다. 살테렌스들과 화끈하게 싸워주는 것으로 누군가에 대한 화풀이를 할 수 있었다.

그들은 이틀 동안 박살기 훈련에 전념했다. 카무플루스 마법은 배의 모습뿐 아니라 소리도 감춰주었다. 상누아르는 마법의 영역을 확장하고 선원들에게 그 위력을 보여주기 위해 강물에 C4 폭탄을 터뜨렸다. 불안감을 한 방에 날려버리는 시범으로 선원들의 사기가 충천했다.

그 바람에 운수 대통한 것은 로빈의 히드라 소우르브였다. 폭발의 충격파에 죽은 물고기들을 실컷 먹고 난 뒤에 히드라는 로빈에게 이 방법이 물고기들을 쫓아 헤엄치는 것보다 훨씬 덜 피곤하다고 전했다. 로빈은 정말 못 말리겠다는 얼굴로 한숨을 내쉬면서 패밀리어를 쓰다듬어주었다.

마침내 해질 무렵, 그들은 강 중류의 붉은 산이 보이는 곳에 도착했다. 지구에서 가장 높은 산이라고 해봐야 1만 2000미터를 넘지 못하는데 붉은 산은 성층권에 닿을 정도의 높이인 해발 2만 미터가 넘었다. 보랏빛으로 물들어가는 하늘에 빨간색의 거대한 산이 뚜렷이 드러나 있었다.

두 시간 전, 공격에 참여해야 하는 선원들은 트리톤의 피로 된 백신 주사를 맞았고, 그들의 목 주위에는 금빛 트실의 자국이 보였다. 트리톤의 피에 알레르기 반응을 일으킨 특이체질의 환자 두 명은 의무실로 직행했다.

강기슭에 이르자 선원들은 분주하게 움직였다. 카무플루스 마법의 영역은 기슭까지 확장되었다. 배에서 내린 양탄자들에 식량과 박살기, 폭탄을 실었다. 전체 선원 중 일부는 남아서 배를 지키고 있다가 다시 떠날 만반의 준비를 해놓기로 했다. 로빈은 상누아르가 엄청나게 많이 준비한 양탄자를 보면서 깜짝 놀랐다. 각각 50개의 좌석과 안전벨트가 장착된 수많은 양탄자들이 마법의 빛을 번쩍이고 있는데 지구의 이동 수단보다 훨씬 빠른 데다 대기오염의 주범인 배기가스를 방출하지 않으니 일석이조였다.

마침내 양탄자 운전자들이 추진 장치를 작동했고, 그들은 어둠 속으로 사라졌다.

선원들이 교대로 양탄자를 조종했다. 두 태양의 첫 햇살이 나타나자마자 낮에 걸어놓은 마법 때문에 추락하기 전에 양탄자들이 착륙했다. 주위에서 회오리처럼 일어나는 모래바람 때문에 모두 예민해져 있지만, 트실들은 나타나지 않았다. 신중한 로빈은 히드라가 트실의 알들에게 먹히지 않도록 소우르브에게도 백신 주사를 맞혔다.

낮에는 끔찍하게 더워서 그들은 잠을 이룰 수 없었다. 그중 마법 능력이 있는 해적 몇 명의 공기조절 주문 덕분에 그럭저럭 견디었다.

크로쉬엥과 사막의 초록 늑대들을 제외하고 생명체는 거의 보이지 않았다. 그나마 다가오던 동물들마저 그들의 방어력을 시험해보고는 너무 큰 고깃덩어리라고 생각했는지 포기했다.

낮에 걸린 마법이 양탄자를 이륙시킬 수 있을 정도로 약해지자마자 그들은 다시 출발했다. 낮과는 달리 밤은 온몸이 얼어붙는 것처럼 추웠다. 밤하늘에 총총한 별들, 하늘에 걸린 거대한 램프처럼 빛나는 마딕스와 타딕스가 완벽의 극치를 이루고 있었다. 시인의 영혼을 가진 이라면 환상적인 여행이겠지만…… 해적들은 황금에 목마르고, 발라는 피에 목마르고, 식인귀는 고기에 목마르고, 상누아르는 복수심에 목말라 있었다. 아무도 별빛에 물든 사막의 아름다움은 안중에도 없었다.

클릭과 크리스털 볼을 사용할 수 없는 로빈은 지금쯤 연락하려고 애쓰고 있을 타라를 떠올렸다.

로빈은 마지막으로 남긴 메시지가 마음에 걸렸다.

"우리는 배를 공격하러 떠나. 네 목소리를 다시 듣는 날이 올지 모르겠지만 너를 사랑해. 무슨 일이 있어도 너는 내 가슴 깊은 곳에 있어."

아무리 생각해도 좀 과장된 멜로드라마야. 게다가 너무 흥분해서 메시지를 67개나 남겼는데…….

밤이 끝날 무렵 그들은 착륙했다. 광산을 공격하려면 아직 하루가 남았다.

이날 저녁 다시 일어났을 때 해적들은 에너지가 넘쳤다. 트리톤의 열정이 전염된 모양이었다. 그들은 이미 부자가 된 모습을 떠올리고 있었고, 로빈은 교수형에 처해진 그들의 모습을 상상하면서 이상하게 도 슬픔을 느꼈다.

그들은 무기를 준비하고 양탄자에 올랐다. 새벽쯤 로빈과 발라는 경비들을 제압하기 위해 척후병으로 나섰다. 소금을 수확하는 노예들을 감시하는 일만 했지 외부의 공격을 받은 적이 없기 때문에 경비들은 끽소리도 내지 못한 채 쓰러졌다.

로빈에 이어 발라가 조그맣게 휘파람을 불었다. 그 신호에 양탄자들이 소리 없이 몰려들다가 광산에서 300미터 떨어진 곳에 착륙했다. 붉은 산에 이르면 마법이 통하지 않기 때문에 그들은 마법을 사용해서 이동할 수 없었다.

로빈은 손목의 블랙 스톤을 눌러서 '현행범으로 체포하기 직전'이라는 신호를 보냈다. 배에 남아 있다가 오무아와 랑코비트 연합군의 기습을 받은 해적들이 지금쯤은 상누아르의 공격 목표 지점이 어딘지 자백했을 것이 틀림없었다. 살테렌스족도 공격이 시작될 때까지는 개입하지 말라는 통보를 받았을 것이다. 따라서 살테렌스들은 트란스미투스 방지 마법을 해제하지 않은 채 기다리고 있다가 연합군 엘프 전사들과 합동하여 해적들을 일망타진할 작전을 세우고 있을 것이었다.

광산의 대부분이 밖으로 노출되어 있었다. 노예들이 철창을 친 감방 안이나 밖에 잠들어 있었다. 상누아르는 가능한 한 조용히 신속하게 끝내라는 지시를 내렸었다.

그러나 그건 그들의 희망 사항일 뿐이었다. 해적 중 한 명이 경비를 때려눕히는 순간 사자와 표범의 잡종인 두 발 짐승 살테렌스 하나가 동굴에서 튀어나왔다. 갈기를 흩날리며 누런 송곳니를 드러내고 갈퀴발톱을 세우더니 포효하면서 해적에게 덤벼들었다. 해적은 엉겁결에 박살기의 방아쇠를 당겼고, 굉음이 광산에 울려 퍼졌다.

그때부터 아수라장이 되었다.

경보 사이렌이 울리면서 살테렌스 수십이 수도에 사태를 알리기 위해 붉은 산의 영향권 밖으로 튀어나갔다. 그러나 주도면밀한 상누아르가 이미 예상하고 있었기 때문에 메시지를 전할 수 없었다. 다만 어떤 신호도 보내지지 않았다고 자신할 수 없기 때문에 해적들은 위험에 빠졌을 때를 대비한 작전을 개시해야 했다.

성난 해적들이 맹렬하게 공격했다. 박살기 앞에서 주춤했지만 살테렌스들도 용맹했다. 떼거리로 몰려온 두 발 동물들이 과감히 맞서면서 해적들이 수세에 몰리기 시작했다. 붉은 산의 영향인지 갑자기 본래의 크기를 되찾은 소우르브는 하마터면 로빈의 숨통을 끊을 뻔했다. 다행히 그 변화를 감지한 로빈이 숨넘어가기 직전에 히드라를 내려놨다.

로빈은 자신의 신호에 개입하기로 한 엘프 전사들이 왜 나타나지 않는지 이해할 수가 없었다. 그래서 살테렌스들을 살피는 대신 사막 쪽을 보다가 로빈은 열 번도 더 죽을 뻔했다. 그때마다 소우르브가 비늘이 덮인 거대한 덩치로 가로막으면서 로빈의 목숨을 구했다.

해적들 중에서도 엘프들은 왜 저렇게 죽이는 걸 좋아하는지……. 로빈은 공격할 때마다 가능한 한 죽이지 않으려고 조심했다. 살테렌스보다 훨씬 민첩한 로빈의 뒤로 쓰러진 동물들이 줄을 이었다. 발라는 요란한 박살기를 거들떠보지도 않고 검과 단도로 전투를 즐기고 있었다. 발라 혼자서 살테렌스 수비대의 절반을 쓰러뜨렸다. 히드라는 일곱 개의 머리를 흔들면서 로빈이 잡아먹지는 말라고 했기 때문에 살테렌스들을 쓰러뜨리기만 했다.

감방에 갇힌 노예들이 힘을 내라고 응원하면서 철창 가까이에 있던 살테렌스 한두 놈의 목을 비틀었다.

해적 중 한 명이 감방을 열어주자 수백 명의 노예가 미친 듯이 전투에 합세했다. 몇 분 만에 상황이 종료되었다. 노예들이 흐느끼면서 구원자들을 부둥켜안았다.

상누아르는 미소를 짓고 있었다. 거친 선원들을 설득해서 이런 모험을 할 수 있었던 것은 돈의 힘이었다. 그러나 노예들을 해방시킬 수 있다면 상누아르는 기꺼이 돈을 포기할 각오가 되어 있었다. 그들은 재빨리 노예들에게 백신 주사를 맞힌 다음 탈출 방지 주문을 해제하고 호송 준비를 했다. 20명의 선원이 여분으로 가져온 양탄자에 노예들을 태웠다. 그렇지만 노예들을 도주시키는 비행 작전은 강으로 향하는 것이 아니었다. 상누아르는 그들을 사막으로 도망치게 했다. 배에는 해적들의 것인 전리품을 실어야 하기 때문이었다. 상누아르는 약속을 지켰다.

"서둘러라." 상누아르가 고함쳤다. "시간이 얼마 남지 않았다. 놈들이 곧 들이닥칠 것이다!"

공포에 질린 노예들이 양탄자를 조종했고, 전속력으로 사라졌다. 해적들은 죽지 않은 간수들을 감방에 가둔 다음 암염 창고로 달려갔다. 램프들이 동굴을 환히 비추고 있고, 장밋빛 소금이 나타났는데 보석처럼 빛나고 있었다.

찬란한 빛에 잠시 얼이 빠져 있던 해적들이 정신을 차렸다. 그들은 양탄자까지 인간 사슬을 만들듯 줄지어 섰고, 한 시간도 안 돼서 동굴 속의 소금을 모두 옮겼다.

로빈은 손목의 블랙 스톤을 다시 작동하려고 했지만 반응이 없었다. 엘프 전사들이 박살기를 소지한 해적들을 상대하는 것이 불리하다고 판단한 걸까? 로빈은 엘프 전사들이 배로 돌아오는 해적들을 체포하기로 작전을 바꾼 것이라고 결론을 내렸다.

광산 곳곳에 놓인 C4 폭탄을 보면서 로빈은 이맛살을 찌푸렸다.

로빈은 광산 감독의 사무실에서 중요한 문서를 찾는 임무를 맡았다. 이윽고 문서를 발견한 로빈은 피가 얼어붙었다.

살테렌스족은 노예장사만 하는 것이 아니었다. 그들은 크라살비의 뱀파이어들에게 인간을 공급하는 천인공노할 만행을 저지르고 있었다. 로빈이 입수한 문서는 핵폭탄급의 무기가 될 수 있었다. 그렇지 않아도 뱀파이어들은 아더월드에서 거의 사랑받지 못하는 종족이었다. 그런데 몇몇 뱀파이어들이 인간을 공격한다는 것이 알려지면 뱀파이어족은 큰 위험에 빠질 것이었다. 그러나 아더월드의 시민들이 가까운 이웃이 뱀파이어들에게 희생되었다는 것을 알게 될 경우 이 문서들은 살테렌스족에게도 아주 위험했다.

로빈은 그 귀중한 문서를 주머니에 집어넣은 다음, 나머지 다른 문서들을 트리톤에게 가져갔다. 상누아르는 흡족한 얼굴로 전리품과 소금 재고량 명세서를 비교했다. 모든 것이 완벽했다. 그들은 이제 철수할 수 있었다.

상당히 많은 전리품을 짊어지고 있던 식인귀 크르랄이 갑자기 두 손으로 머리를 감싸면서 신음소리를 냈다. 그러고는 온몸을 비틀었다.

불안해진 해적들이 모여들었다. 비명을 지르는 식인귀의 눈이 하얗게 변했다. 이어서 경련을 일으키더니 근육이 울퉁불퉁 튀어나오면서 키가 수 미터에 이를 정도로 커졌다.

질겁한 해적들이 뒷걸음질쳤다.

고통 때문에 괴로워하는 거대한 식인귀가 휘두르는 팔에 맞은 해적 둘이 붕 날아가다 암벽에 부딪쳐서 뼈가 으스러졌다.

"배고파!" 식인귀가 고통스러운 목소리로 고함을 질렀다.

"뭐, 뭐라고 하는 거야?" 선장의 부관인 엘프가 동료에게 물었다.

"배고프다는 말 같은데……."

식인귀가 발을 쿵쿵 구르자 땅이 흔들렸다.

"배고파!"

고릴라처럼 두 손을 흔들면서 펄펄 뛰던 식인귀가 눈 깜짝할 사이에 해적 한 명을 덥석 붙잡아서 삼켜버렸다.

그것은 난투극의 신호탄이 되었다. 멀찍이 서 있던 해적들이 화살과 창을 날렸지만 식인귀는 마치 모기에게 물린 것처럼 해치웠다.

식인귀는 끄떡도 하지 않았다. 소우르브가 덤벼들려고 했지만 로빈이 막았다. 히드라의 머리를 가볍게 물어뜯을 수 있는 괴물이라서 로빈은 위험을 무릅쓰고 싶지 않았다.

"자, 자, 모두 진정해!" 발라가 미소를 지으면서 나섰다. "와, 오랜만에 실력 발휘 좀 해볼까. 살테렌스 셋을 해치우는 것보다 훨씬 재미있는 게임이 되겠어. 히드라에게 비키라고 해. 놈은 내가 맡을 테니까."

발라는 붉은 돌로 포장한 울퉁불퉁한 바닥을 살폈는데 살겠다고 모래와 싸우며 돌 틈을 비집고 나온 가녀린 풀포기가 군데군데 보였다.

싸움하기에 좋은 장소가 아니었지만 발라는 개의치 않았다.

"발라." 작은 소리로 부른 후 로빈이 말했다. "네가 상대하기에는 괴물이 너무 커."

"쯧쯧, 늑대의 습성 몰라? 자기보다 더 큰 놈을 쓰러뜨리는 방법 정말 모르는 거야? 모르면 잘 봐둬."

바이올렛 엘프는 번개처럼 빠르게 달려갔다. 식인귀는 정신없이 해적들을 잡아먹고 있었다.

마침내 발라가 일격을 가하려는 순간 홱 돌아선 식인귀는 발라의 몸뚱이만 한 송곳니들을 드러내며 혀를 쑥 내밀었다.

"배고파!"

"난 너의 디저트가 될 생각이 없거든. 내 말이 맞나 틀리나 볼래?"

갑자기 날아오는 손을 아슬아슬하게 피한 발라는 먼지 구덩이에서 데굴데굴 구르다가 발딱 일어났다. 이어서 식인귀 주위를 한 바퀴 돌았는데 너무 빨라서 식인귀는 돌아볼 수 없었다.

바이올렛 엘프가 날린 단도 두 개가 은빛 광채를 번쩍였다. 강철도 절단할 수 있을 것처럼 날카로운 칼날이 포물선을 그리더니…… 정확하게 식인귀의 양쪽 아킬레스건에 꽂혔다.

식인귀는 한 발짝 떼려고 했지만 다리가 움직이지 않았다. 그러고는 벌목한 나무 쓰러지듯 푹 고꾸라졌고, 땅이 진동했다. 발라는 그것으로 만족하지 않았다. 가차 없이 식인귀의 목을 베어버렸으니.

도저히 치료가 불가능한 치명적인 상처였다. 식인귀는 숨이 끊어지는 마지막 순간까지도 계속 "배고파"를 중얼거리면서 죽었다.

로빈은 동요하지 않았다. 식인귀가 발라를 건드리는 순간 덜컥 겁이 났지만 발라를 믿었다. 그런데도 눈살이 찌푸려졌다. 식인귀를 죽인 것이 좀 극단적이라는 생각이 들었다. 식인귀가 의도적으로 저지른 것도 아닌데.

"대체 왜 그런 건가?" 아직도 겁에 질려 있는 한 해적이 물었다.

발라가 어깨를 으쓱했다.

"모르겠어요. 소화불량인 것 같은데, 그게 아니면 광산을 지키기 위한 방어 장치일 수도 있죠. 예를 들어서 소금을 건드리는 자들은 무언가로 둔갑하여 닥치는 대로 잡아먹다가 참을 수 없는 고통 속에 죽는다든가……."

해적이 파랗게 질려서 동료들을 쳐다봤다. 몇 분이 지났을 때 아무도 괴물로 둔갑하지 않았기 때문에 그들은 식인귀에게만 관련된 사고였다고 결론을 내렸다.

선원들은 부상자들을 치료하고 사망자들을 양탄자에 실었다. 식인귀는 마법을 사용할 수 있는 영역으로 끌어다놓고 축소한 다음 양탄자에 실었다.

발라와 로빈은 여러 그룹으로 나뉘어 전리품을 분배한 다음 어둠 속으로 재빨리 사라지는 해적들을 보면서 깜짝 놀랐다. 발라가 경계를 하면서 검을 잡았다. 한 번 놀란 것으로도 충분한데. 예상치 못한 해적들의 행동에 발라는 화가 치밀기 시작했다.

상누아르만 그들과 함께 남았다.

상누아르는 한 손으로 허리춤을 잡고, 다른 손으로 박살기를 들었다. 그는 전리품을 싣고 둥둥 떠 있는 10여 개의 양탄자를 보면서 미소를 지었다.

"도와줘서 고맙네. 자네들이 아니었다면 벌써 오래전에 살테렌스들이 들이닥쳤을 텐데."

발라와 로빈의 눈이 동그래졌다.

"자네들이 평범한 엘프 전사가 아니라는 걸 알고 있었다." 상누아르가 무언의 질문에 대답하듯 말했다. "내 정보원들이 두 달 전부터 자네들을 감시하고 있었지. 자네들이 필요했거든. 자네가 그 블랙 스톤을 작동시키지 않았기 때문에 살테렌스족이 원병을 파견하지 않은 거니까. 자네에게는 안됐지만 그 기구는 작동하지 않았어. 내가 가진 이 기구가 방해했기 때문이지."

그러면서 상누아르가 허리춤에서 검은 돌을 꺼내 보였다. 로빈의 얼굴이 창백해졌다. 반들거리는 블랙 문스톤이 통신을 방해한 것이었다. 굉장히 비싼 데다 희귀한 돌이라서 로빈은 트리톤이 소지하고 있으리라고는 상상도 하지 못했다.

엘프 전사들은 로빈의 신호를 받지 못했다.

그래서 광산에서 도움을 요청했을 때도 엘프 전사들은 로빈이 개입하라는 연락을 보내길 기다리면서 살테렌스족의 투입을 지연시켰던 것이다.

트리톤의 완벽한 승리였다.

"배로 돌아가지 않을 생각입니까?"

"지금부터 몇 분 후에 트란스미투스 방지 주문이 해제될 것이다. 그래서 우리는 모두 원하는 곳으로 갈 것이다. 배에 남은 선원들과 노예들도 이미 알고 떠났지. 엘프 전사들과 살테렌스족은 우리가 떠난 뒤에 이곳에 도착할 것이다. 하지만 그 전에 부탁이 있는데 도와주겠나?"

"뭡니까?" 로빈이 물었다.

"나를 죽여주게!"

꼴좋게 당한 것에 화가 난 발라는 비웃음을 흘렸다.

"기꺼이 그렇게 해드리죠." 발라가 검을 뽑아들면서 말했다.

"진정하게, 바이올렛 엘프." 트리톤이 발라에게 박살기를 겨누었다. "내 말은 그런 뜻이 아냐. 나를 죽인 것으로 꾸며달라는 뜻이다. 데스트룩투스 주문으로 나를 완전히 박살을 내서 죽였다고 보고해주게. 그 대신 해적 행위를 그만두고 존경할 만한 시민이 되겠다고 약속하지. 어떻게 생각하나?"

"박살기로 위협해도 나는 당신을 체포할 생각입니다."

로빈이 대답했다.

"쯧쯧, 엘프들은 너무 타협할 줄을 모르는군. 하지만 자네는 나를 체포하지 못할 거야. 이 바이올렛 엘프가 죽는 걸 원치 않는다면!"

그 협박에 로빈은 등골이 오싹했다.

"어째서 그렇죠?"

"주사기 안에는 선원들을 면역시키기 위한 내 피가 들어 있었지만, 바이올렛 엘프의 경우에는 다른 것이 섞여 있었지. 해마다 해독제를 먹지 않으면 아무것도 할 수 없을 거야. 내 목숨과 바이올렛 엘프의 목숨을 맞바꾸자는 건데 어떤가, 협상하겠나?"

"쓰레기 같은 놈!" 발라가 내뱉었다.

"내가 죽는다는 건 말도 안 되지." 트리톤이 발라의 말은 안중에도 없다는 듯 태연하게 대꾸했다. "나는 오늘 수백 명의 목숨을 구했다. 내가 바라는 것은 이번 사건을 계기로 우리 행성에서 이 몹쓸 노예제도가 폐지되고, 살테렌스족의 소금 독점권이 깨지는 것이다. 그렇게 되면 결국 아더월드의 모든 국민에게 이익이 돌아가는 것이고, 그 대가로 나를 조용히 살게 내버려달라는 것뿐이니 무리한 요구는 아닐 텐데……."

"그 말을 어떻게 믿죠?" 발라가 신경질적으로 물었다.

"의심할 줄 알았지. 상처를 내봐, 피에 증거가 있으니까."

발라는 트리톤을 노려보고 나서 칼끝으로 손목을 살짝 그었다. 발라의 얼굴이 일그러졌다. 통증 때문이 아니라 핏속에 초록색 광채들이 아른거렸기 때문이다.

"더러운 놈!" 발라가 욕설을 내뱉었다. "내 몸에 독을 집어넣다니! 비열한 놈!"

"그 예쁜 입으로 상스러운 욕설을 하다니! 협상하겠나?"

"좋습니다." 로빈이 굴복했다. "발라를 구해주면 당신을 완전히 박살 내서 죽였다고 보고하지요. 그러나 해적 행위를 다시 하다가 나에게 붙잡히면 당신의 가죽을 벗겨서 내 방에 걸 테니까 명심해요."

"알았다."

상누아르는 초록색 액체가 든 크리스털 병을 꺼냈다. 그러고는 분노로 이글거리는 바이올렛 엘프의 얼굴 앞에서 병을 흔들었다.

"이게 해독제다. 내가 떠난 다음 즉시 먹어야 한다. 그러면 1년의 유예기간을 갖게 될 것이다. 잊지 말게. 내년에 먹어야 할 약을 건네기 위해 다시 연락하겠다. 아, 그리고 이건 자네들이 받아야 할 몫이다. 자네들이 번 돈이니까!"

"나는 훔친 돈을 원치 않아요." 로빈이 말했다. "내 마음이 변하기 전에 어서 떠나요!"

갑자기 공기 속에 압력 같은 것이 일어나면서 로빈은 머리털이 곤두섰다.

"아! 트란스미투스 방지 주문이 해제되었군. 그럼 안녕!"

상누아르가 초록색 액체가 든 병을 던져주자 발라는 뚜껑을 열고 단숨에 마셨다.

트리톤이 사라지는 순간 그들 주위에 수백 명의 엘프와 살테렌스족이 유형화되었다.

그리고 광산이 폭발했다.

15
양탄자 비행기
먼저 조종술부터 배우는 것이 나은데……

*

정오였다. 사틸라와 사피르 드라고쉬와 마주한 타라는 더 오래 자지 않은 것이 후회가 되었다. 타라는 고열로 쓰러져서 이틀 동안 침대에서 일어나지 못했다. 인간의 피에 감염된 뱀파이어들을 치료하느라고 마법을 과다 사용한 대가를 치르고 있는 것이었다.

하지만 덕분에 타라는 '크라에토비르의 반지를 훔친 이유가 뭐냐?' '빨리 돌려달라'는 등의 곤란한 질문에 답해야 하는 난처한 상황을 피할 수 있었다.

다시 기력을 차리기 시작했을 때 타라는 할 수 없이 두 뱀파이어의 방문을 허락했다. 사틸라와 사피르의 심상치 않은 표정을 보면서 타라는 심장이 오그라드는 것 같았다.

"내가 언니와 같이 있어야 했어요." 사틸라가 울먹이는 목소리로 말했다. "내가 옆에 붙어 있었다면……."

"당신도 때려눕혔겠죠." 타라는 로빈과 연락이 되지 않아 불안감에 미칠 지경이라 의도한 것보다 훨씬 거칠게 말이 튀어나왔다. "당신이 있었다고 나의 티그족 친위대원의 피를 빨아먹는 언니를 막을 수 있었겠어요?"

타라의 신랄한 말에 사틸라는 고개를 떨구었다.

"아니, 모든 것이 내 잘못입니다." 사피르가 끼어들었다. "내가 같이 있어야 했는데……. 그 정도로 심하게 인간의 피에 중독되어 있을 줄은 정말 상상도 못했습니다. 어떻게 그렇게 망가질 수가! 도저히 이해할 수가 없어……."

타라는 한숨을 내쉬었다. 열다섯 살밖에 안 된 내 눈에는 잘만 보이는데 뭐가 이해가 안 된다는 거지? 어른들은 인간이든 뱀파이어든 매사를 복잡하게 생각하는 경향이 있다. 눈을 뜨게 해줘야 하는 건가? 반창고를 떼어내듯 한번에 빠르고 세게 하면 덜 아플 텐데…….

"셀렌바를 너무 자극하신 것 같아요." 타라는 침착하게 설명했다.

"셀렌바는 두 분을 '불평꾼'이라고 생각하고 있어요. 나한테 전해 달라고 했어요. 자기는 마지스터를 미친 듯이 사랑한다고, 마지스터에 대한 사랑이 아더월드와 지구를 통틀어서 모든 뱀파이어와 인간의 사랑보다 백배는 더 뜨겁다고. 요컨대 두 분이 결혼해서 새끼들 많이 낳고 이 못된 이모에 대해 씹으면서 알콩달콩 잘 살길 바란다고 했어요. 그 말을 들으면서 나는 셀렌바가 두 분을 사랑하니까 제발 간섭하지 말고 자기를 그냥 내버려두길 바라는 것이라고 느꼈어요."

두 뱀파이어의 얼굴이 굳었다. 타라가 너무 노골적이었는지도 몰랐다. 심각한 상황인데도 타라는 드라고쉬 선생님이 방금 낚아 올린 물고기를 닮았다고 생각했다. 말은 못하고 입만 벙긋거리는 뱀파이어의 눈에 당혹스러운 빛이 어렸다.

문득, 타라는 드라고쉬 선생님의 마음을 이해할 수 있을 것 같았다. 드라고쉬 선생님이 셀렌바에게 그렇게 집착하는 것은 다른 남성에게 마음을 준 연인에 대한 애증 때문이 아닐까?

마치 타라의 생각을 알아차린 듯, 드라고쉬 선생님이 고개를 떨구었다. 사틸라는 떨리는 입술을 손으로 눌렀다.

"우리, 우리가 언니를 영원히 잃은 건 아니겠죠?"

사틸라는 힘겹게 말했다.

타라는 아니라고 말하려다가 셀렌바의 돌이킬 수 없게 되어버린 잘못된 삶과 동정심 사이에서 망설였다.

"셀렌바가 뱀파이어 경찰의 특별수사대에 다시 붙잡힐 경우에는 즉결재판으로 넘어가서 사형선고를 받을 거예요. 셀렌바는 경찰의 수장을 죽였으니까요. 그가 음모에 연루되었든, 아니든 달라지는 건 없을 거예요. 특별수사대는 혈안이 돼서 셀렌바를 잡는 데 주력할 테니까."

"아, 알겠어요."

사틸라가 후들거리는 다리로 간신히 일어났다.

"사피르, 걸을 수 없을 것 같은데 나를 방으로 데려다주겠어요?"

사틸라는 셀렌바의 제안에 대해 아무런 반응을 보이지 않았다. 사틸라는 바보가 아니었다. 사피르가 불같은 성격의 셀렌바를 잊고 사려 깊은 사틸라에게 관심을 가지려면 시간이 필요하다는 걸 잘 알고 있는 것이다.

벌떡 일어난 사피르 드라고쉬가 타라에게 정중하게 허리를 굽혔다.

"정말 고맙습니다, 마마, 뭐라고 감사의 말씀을 드려야 할지 모르겠습니다. 가족들이 감염된 식구가 있다는 걸 숨겼기 때문에 우리가 예상했던 것보다 훨씬 많은 병자를 치료했다는 보고를 받았습니다. 치료를 받은 뱀파이어들을 비밀리에 감시하고 있는데 모두 그 몹쓸 병에서 나은 걸 만족하는 것 같고, 인간의 피를 먹어야 할 필요성을 느끼는 뱀파이어는 전혀 없었습니다."

그 말을 함으로써 드라고쉬는 셀렌바가 들어간 관에 마지막 못을 쾅쾅, 박은 셈이었다. 다시 말해 그토록 사랑하던 뱀파이어를 영원히 떠나보낸 것이었다. 인간의 피에 감염되었던 다른 뱀파이어들은 셀렌바처럼 미친 사랑에 빠지지도, 인간의 피에 중독된 것도 아니었다. 그런데 셀렌바는 강요에 의한 것이 아니라 스스로 원해서 선택한 것이었다.

마치 한순간에 천 살은 먹은 것처럼 허리가 굽고 초췌해진 사피르 드라고쉬가 사틸라를 데리고 나가는 모습을 보면서 타라는 누가 누구에게 의지를 하는 건지 분간하기 힘들었다.

벌떡 일어나던 타라는 핑 돌면서 현기증이 일었다. 뱀파이어 샤먼은 고열 때문에 기력을 잃었으니 충분히 휴식을 취해야 한다고 말했는데……. 오무아로 돌아가기 위해 아더월드의 산과 숲을 거쳐야 하는 끔찍한 여정을 생각하자 타라는 다시 한숨이 나왔다. 그러나 이제는 가능한 한 빨리 떠나야 했다.

그때 문이 눈, 귀, 입을 열더니 방문객 둘이 찾아왔다고 알렸다. 타라는 방문을 허락했고, 환한 미소로 방문객을 맞았다. 다정하게 손을 잡고 들어온 킬라와 아르노는 행복한 모습이었다.

작전에 성공한 것이 기쁜 킬라와 아르노는 타라에게 감사했다. 킬라는 완전히 치료가 되었다면서 어쩌다가 그렇게 바보 같은 짓(이 표현에 아르노가 고개를 끄덕였다)을 했는지 알 수가 없다고 말했다. 킬라는 아버지와 의논을 했고, 그런 어처구니없는 짓을 한 것은 하는 일 없이 노는 생활로 인한 권태 때문이라는 결론을 내렸다. 드라큘 대통령은 즉시 딸을 오무아 주재 뱀파이어 대사의 부관으로 임명했다.

"공주님, 그게 무슨 뜻인지 아시죠?" 아르노는 기뻐서 어쩔 줄 모르는 얼굴로 외쳤다. "우리가 일 년 동안 공주님과 함께 보내게 된 겁니다. 오무아 제국에서 살게 되었습니다!"

타라는 미소를 지었지만, 엘프와 뱀파이어 커플의 등장으로 일어날 일을 생각하자 속이 뒤집어지는 것 같았다. 둘은 용감하고 혈기가 넘치지만 어설픈 만큼 실수도 많은데……. 앞으로 몇 달 동안 오무아의 생활이 좀 시끄러워지겠네.

킬라와 아르노가 양쪽에서 타라의 손을 잡아끌었다.

"공주님, 우리랑 밖으로 나가요." 몹시 흥분한 아르노가 말했다. "보여줄 게 있어요."

그르룰이 투덜거렸지만, 타라는 우스워 죽겠다는 얼굴로 따라나섰다. 축소된 상태의 갈랑이 냉큼 타라의 어깨 위에 앉더니 딱 달라붙어서 매달렸다. 티그족 친위대원 네 명(점점 신경이 예민해진 크산디아르가 후계자를 지키기 위해 인원을 두 배로 늘려놓은 것이다)이 타라를 따라왔다. 킬라와 아르노는 대통령궁의 어두운 복도를 지나 옥상 위로 타라를 안내했다.

신기하게 생긴 양탄자가 있었다. 날씬하게 빠진 투명 덮개가 씌어 있어서 은빛 광채가 나는 검은색 양탄자였다. 양탄자에 장착한 푹신한 안락의자 6개가 훤히 들여다보였다.

"오르세요, 공주님." 아르노 못지않게 흥분한 킬라가 외쳤다. "멋진 걸 보여드릴게요."

타라가 양탄자에 오르자 그르룰이 허튼수작을 부리면 가만두지 않겠다는 듯 눈에 쌍심지를 켰다. 타라 뒷좌석에 트롤이 앉자 의자가 그 몸집에 꼭 맞게 변하더니 안전벨트가 우람한 어깨와 상체, 배, 허벅지, 장딴지에 철컥, 철컥 채워졌다.

티그족 친위대원들도 따라가려고 했지만, 킬라는 그들 셋과 트롤의 무게만으로도 이미 최대 용량을 넘기 때문에 불가능하다고 설명했다.

친위대원들이 항의를 하거나 말거나 양탄자의 투명 덮개가 둔탁한 소리를 내면서 닫혔고, 타라는 먹먹해지는 귀 때문에 얼른 침을 삼켰다. 마치 비행기처럼 양탄자의 실내 기압이 조정되었다.

비행기처럼 빠르게 날아가는군. 그러니까 양탄자 비행기네. 타라의 두뇌가 빠르게 돌아가기 시작했다.

"꽤 빠른 것 같은데요?" 타라가 순진한 어투로 물었다.

"네, 초특급이죠." 킬라가 활짝 웃으면서 대답했다.

"초특급이라면 공간이동의 문이 있는 나라로 데려다줄 수 있을 정도로 빠르다는 뜻인가요?"

"아더월드에서 가고 싶은 나라를 말씀해보세요, 공주님."

킬라가 말했다.

"랑코비트." 타라는 오무아 제국의 외교 임무를 맡고 크라살비에 와 있다는 걸 생각하지 않고 제2의 조국을 말했다.

킬라가 무슨 말을 하려는 순간 날아가던 양탄자가 3000미터 상공에서 수직 낙하를 하는 것이 아닌가.

이건 비행기가 아니라 로켓이었다!

"으아아아아아아악!" 겁에 질린 그르룰이 비명을 질렀다.

필사적으로 타라의 의자를 붙잡고 늘어지는 트롤 때문에 타라의 갑옷이 뜯겨나갈 판이었다.

"걱정하지 마요, 트롤." 킬라가 흥분했을 때와는 대조적으로 부드러운 목소리로 말했다. "전혀 위험하지 않으니까요. 옛날 제품은 박살이 났지만, 우리의 과학자 에벨이 이 제품은 문제없다고 했거든요. 트롤이 공주님의 좌석을 뜯어버리는 사고만 일어나지 않으면 아무 탈이 없죠. 그러면 양탄자에 구멍이 뚫려서 우리가 안전하다고 보장할 수 없어요. 아, 그리고 멀미가 나면 앞에 있는 봉지를 사용하세요. 덩치로 봐서 당신이 여기다 토하면 우리가 거기에 빠질지도 모르니까……."

오, 그것만은 제발 안 돼! 트롤이 토한 것에 빠지면…… 웩!

타라는 아더월드에서 살면서부터 여러 종류의 죽음을 생각했지만, 그건 가장 구역질 나는 죽음인데.

그르룰이 따가운 눈총을 날리고 있었다! 어휴, 트롤의 눈이 리볼버 권총이라면 킬라는 벌써 죽었을 텐데. 마지못해서 좌석을 붙잡은 손가락의 힘을 빼던 그르룰은 양탄자를 조종하는 킬라가 공중 곡예를 시작했을 때 다시 좌석에 매달리면서 비명을 질러댔다. 타라는 너무 무서워서 소리를 지르기는커녕 입도 벙긋하지 못했다. 갈랑은 체인지 라인이 타라의 어깨에 상처를 내지 못하게 하려고 강화해놓은 것이 틀림없는 어깨심에 갈퀴발톱을 쑤셔 넣었다.

"와우! 신 난다!" 아르노가 큰 소리로 외쳤다. "공주님, 지구에 제트 비행기라고 있죠? 이건 제트 양탄자예요. 이 정도의 속도면 마딕스나 타딕스까지도 갈 수 있겠어요. 랑코비트까지 몇 분밖에 안 걸리겠어요. 크라살비에서는 마법이 불확실하기 때문에 공간이동의 문이 작동하지 않는 경우에도 이동할 수 있게 에벨이 킬라와 함께 개발한 엔진을 달았거든요. 마법과 과학기술을 합친 하이브리드 양탄자라서 마법이 사라지는 즉시 내연기관이 작동하지요. 그러나 운이 좋으면 마법이 정상 가동될 수도 있습니다. 어쨌든 내연기관이 구식이었다면 훨씬 느리고 소리도 요란했을 겁니다."

고개를 끄덕이던 타라는 빨갛고 하얀 눈이 덮인 산 위 상공을 날던 양탄자가 빙벽을 아슬아슬하게 피하는 순간 두 눈을 감았다. 킬라는 양탄자를 구름 속으로 몰았고, 눈 깜짝할 사이에 솜처럼 부드러우면서 완벽하게 불투명한 구름바다 속에 잠겼다.

구름바다를 빠져나왔을 때 예티(히말라야 산맥에 산다고 추정되는 전설적인 동물로 '눈사나이'라고 불린다—옮긴이)들이 그들을 빤히 쳐다봤다.

이건 안 좋은, 아주 좋지 않은 징조였다. 별안간 그들의 눈앞에는 투명한 공기 대신 거대한 산이 나타나 있었으니. 킬라가 조종간 역할을 하는 손잡이를 세게 잡아당겼고, 수직으로 흔들리던 양탄자는 산허리를 스치듯 지나쳤다. 그러자 예티들이 양탄자를 향해 휘두르는 털북숭이 주먹이 허공을 갈랐다.

"와우, 킬라, 브라보! 간발의 차이였어!" 아르노가 십년감수했다는 얼굴로 외쳤다.

천방지축일 거라고 생각했더니 역시 기대를 저버리지 않는군! 타라는 안전벨트가 왜 그렇게 몸의 곳곳을 채웠는지 이제야 이해가 되었다. 급격한 상승 속도 때문에 하마터면 목이 부러질 뻔했다.

타라 뒤에서 트롤이 웩웩, 먹은 것을 몽땅 토하고 있어서 타라는 따라하게 될까 봐 입을 틀어막으면서 이를 악물었다.

킬라가 서쪽으로 방향을 잡았을 때 아래쪽으로 펼쳐지는 아더월드의 아름다운 모습에 매료된 타라의 눈이 휘둥그레졌다. 마침내 비명과 구토를 멈춘 그르룰은 트롤들의 신에게 모두 무사히 살아서 착륙하게 해달라고 간절히 빌었다.

갑자기 타라는 소스라치게 놀랐다. 양탄자가 랑코비트의 공항 세관을 빠른 속도로 통과했던 것이다. 타라는 세관원들의 성난 실루엣을 향해 겨우 고개를 돌릴 겨를밖에 없었다.

몇 분 후, 그들은 살아 있는 궁전의 마당에 착륙했다.

믿을 수 없을 정도로 빠른 여행이었다. 타라는 약간 휘청거리면서, 소리 없이 덮개가 열린 양탄자에서 내렸다.

살아 있는 궁전은 타라를 아주 많이 좋아했다. 타라를 발견한 살아 있는 궁전은 즉시 아름다운 꽃과 맛있는 과일, 사탕으로 성벽을 장식하는 것으로 환영 인사를 했다. 이어서 성문이 활짝 열렸다.

그러나 성문을 지키는 문지기들의 반응은 냉랭했다.

미확인 비행물체 OVNI[18]가 방금 국경 상공을 지나갔다는 연락을 받았기 때문에 쇠뇌사수들이 타라 일행을 기다리고 있었다. 다행히

· · · · · · · · · · · · · ·
18. 맹수의 발톱과 커다란 주둥이를 가진 괴물이 미사일의 속도로 달려들 때는 특히 정체를 확인하기 어렵기 때문에 아더월드에는 미확인 비행물체 OVNI가 많다.

의혹의 눈초리로 살피던 사람들이 후계자를 알아보면서 얼굴이 환해졌다.

잠시 술렁거렸지만 쇠뇌사수들은 무기를 든 채로 왕과 왕비가 오기를 기다리고 있었다.

마침내 베어 왕과 티타니아 왕비가 어찌나 빠르게 걸어왔는지 숨을 헐떡이면서 도착했다.

"또 너야? 대체 무슨 일을 꾸미고 있는 거니?" 베어 왕이 얼른 왕관과 헝클어진 머리(왕은 경보가 울렸을 때 낮잠을 자고 있었다)를 매만지면서 말했다. "영공 침범이라는 걸 모르지는 않겠지?"

"그게 아닙니다, 전하." 타라는 정중하게 허리를 숙이면서 말했다. "이건 그냥 내 친구 뱀파이어가 오무아에 빨리 갈 수 있게 나를 데려다주려다가 일어난 실수일 뿐입니다. 친구는 나를 테오우에 내려줄 수도 있었지만 덕분에 더 빨리 올 수 있었습니다. 하지만 친구가 크라살비 대통령께 인사할 겨를도, 내 호위대에 알릴 겨를도 주지 않아서 내가 떠난 걸 아무도 모르고 있습니다."

타라는 랑코비트에 가고 싶다고 말하는 것으로 킬라가 이쪽으로 방향을 잡도록 슬쩍 유도했다는 것은 생략했다. 사실은 뱀파이어들에게 젠드라의 별과 크라에토비르의 반지를 빼앗기기 전에 떠나기 위해서였다. 물론 우연히 킬라의 양탄자를 타게 된 것이지만. 그런데다 킬라는 타라가 모든 영광을 자기에게 돌릴 정도로 양탄자 비행기를 멋지게 조종했다는 것에 아주 만족하고 있었다.

후들거리는 다리 때문에 양탄자에서 내리다 얼굴을 다친 그르룰은 그런 자신의 모습에 웃음이 터진 엘프와 뱀파이어 커플을 째려봤다.

가만히 있을 트롤이 아니었다. 엉큼한 미소를 짓던 그르룰이 자기가 토해낸 오물이 담긴 커다란 봉지를 킬라의 손에 쥐어주면서 재빨리 자신의 손을 뺐다. 그러고는 잠시 후 킬라 옆을 지나가면서 우연인 것처럼 갈퀴손톱으로 봉지를 건드렸다. 맙소사! 봉지가 터지면서 우아한 뱀파이어의 발에 내용물이 쏟아졌으니.

킬라는 분해서 펄쩍펄쩍 뛰었다. 배꼽을 잡고 웃던 아르노가 오물을 사라지게 하고 킬라에게서 악취를 없애는 주문을 읊는 사이에 푸프푸프가 뽀르르 달려오더니 칼라가 집어던진 봉지를 집어삼켰다.

그르룰은 팔짱을 낀 채 통쾌한 얼굴로 쳐다보고 있었다.

그때 키가 3미터에 이르는 황갈색 털북숭이 야수가 달려와서 타라를 덥석 들어 올렸지만, 그르룰은 가만히 있었다. 타라의 경호원 그르룰은 이 야수가 글로리아 다아빌 공주라는 걸 잘 알기 때문이었다. 미녀와 야수의 후손인 무아노는 수줍어하는 성격 때문에 붙여진 별명이지만 조상과는 달리 마음대로 야수로 변신할 수 있었다.

"타라!" 야수가 우렁찬 목소리로 외쳤다. "이렇게 기쁠 수가! 랑코비트에는 웬일이야? 파브리스도 같이 왔어?"

"안녕, 무아노." 타라는 친구를 만나 기뻐 대답하면서도 속으로는 갈비뼈가 으스러질까 걱정이 되었다. "파브리스는 크라살비에 있어. 하지만 여기 있는 뱀파이어와 엘프가 돌아가서 크산디아르가 이끄는 내 호위대와 파브리스를 곧 데려올 거야. 지금쯤 내가 또 사라진 걸 알고 난리가 났을 게 틀림없어."

무아노는 타라를 꼭 끌어안은 다음에 내려놨다. 무아노의 패밀리어인 은빛 표범 쉬바가 타라의 다리에 대고 주둥이를 비벼대면서 주인

못지않게 반가운 표시를 했다.

"크라살비에?" 무아노는 깜짝 놀랐다. "파브리스가 크라살비에 뭐 하러 갔어? 난 금지된 대륙에 있다고 생각했는데."

"어, 그게 얘기하자면 좀 길어." 타라는 미소를 지으면서 마당에 모인 군중을 바라보았다. "나랑 오무아로 갈 수 있을까? 가서 자세히 얘기해줄게."

모든 수석 조수가 그렇듯 무아노 역시 최고 마구스를 보조하기 때문에 마음대로 시간을 낼 수 없었다. 최고 마구스들이 타라를 도와주러 간다고 하면 대개는 허락하지만 악마들의 공격 같은 비상사태가 일어날 경우에는 자리를 비우는 것이 불가능했다.

"오, 내 어머니의 수염[19]이여!" 타라와 무아노의 귀에 익은 목소리가 외쳤다.

타라가 활짝 웃었다. 난쟁이 전사 파프니르가 마당에 나타났던 것이다. 빨간색과 베이지색 가죽옷에 두 갈래로 땋은 붉은 머리, 기쁨으로 반짝이는 초록색 눈의 난쟁이가 타라에게 달려와서 뜨겁게 포옹했는데 이번에도 갈비뼈 몇 개가 부러지는 것 같았다.

휴…… 늑대인간, 야수, 난쟁이 전사, 타라는 처음으로 제발 좀 덜 억센 친구도 있으면 좋겠다는 생각이 들었다.

"너의 망치가 맑은 소리로 울리기를. 새로운 모험 때문에 우리를 찾

....

19. 난쟁이들이 성인선서식을 할 때 수염을 깎기 때문에 파프니르의 어머니는 수염이 없다. 하지만 성인 난쟁이들이 멋을 부리기 위해 예쁜 염소수염을 기르거나 곱슬곱슬하게 말은 수염에 꽃 장식을 하는 경우가 있다. 그리고 이 표현은 종족 특유의 놀라움, 찬탄, 분개, 저주 따위를 나타내는 감탄사이다. '오, 끔찍한 벤드룩의 내장들이여!'라는 표현도 이에 해당한다.

으러 온 거야? 화끈하게 싸우는 일이야?" 난쟁이가 갑자기 목소리를 낮췄는데 희망이 가득했다.

"너의 모루가 맑은 소리로 울리기를." 타라는 숨을 돌리자마자 대답했다. "아니, 싸우는 거 아냐. 최고 마구스 선생님들이 허락하신다면 너희 모두 오무아로 와주면 좋겠어. 이유는 모르겠지만 내 팔의 털이 곤두서는 것 같아."

파프니르는 몸을 숙이고 타라의 팔을 살폈다.

"털이 안 섰는데……."

"은유법으로 말한 거야." 타라는 난쟁이들이 은유법을 이해하지 못한다는 걸 자꾸 잊어버렸다. "내 말은 느낌이 안 좋다는 뜻이야. 이 행성에서 온갖 일을 겪으면서 내 직감을 무시하면 안 된다는 걸 배웠어."

파프니르는 음흉한 미소를 지으면서 항상 등에 매달고 다니는 도끼 하나를 뽑아 들더니 공중으로 내던졌다가 능숙하게 잡았다. 허리 라인이 없는 땅딸막한 근육질 몸매치고는 놀라울 정도로 날렵한 동작이었다.

"그러니까 우리가 많은 사람을 때려눕힐 일이 생길 수도 있다는 뜻이지? 그래, 직감을 무시하지 않기로 했다는 건 아주 좋은 생각이야. 그런 의미에서 도끼 한두 자루를 더 챙겨가야겠다. 혹시 모르니까."

휴, 파프니르를 오무아에 데려가는 것은 안전핀 뽑은 수류탄을 갖고 다니는 것이나 같은데……. 그렇다고 파프니르만 뺀다는 건 말도 안 돼.

"먼저 선생님들의 허락부터 받아야 해." 랑코비트를 위해 일하는 수석 조수라는 신분에 충실한 무아노가 침착하게 상기시켰다.

"물론 너희들은 가도 된다." 아이들의 끈끈한 우정을 잘 아는 베어 왕이 승낙했다. "우리는 늘 오무아를 돕는 것에 찬성하니까!"

타라가 친구들과 재회하는 동안 베어 왕과 티타니아 왕비는 잠자코 마당에 서 있었다.

타라가 미소를 지으면서 말했다.

"고맙습니다, 전하. 하지만 오무아를 돕는 일이 아닙니다. 사적인 부탁입니다."

베어 왕이 빙긋이 웃으면서 말했다.

"너는 오무아 제국의 후계자야. 따라서 네가 원하든 원치 않든, 너를 돕는 것은 곧 오무아를 돕는 것이다."

"공주님의 호위대를 데려오겠습니다!" 킬라와 아르노가 합창으로 외쳤다. "당장 가서 데려오겠습니다."

타라가 다른 지시를 내리기도 전에 킬라와 아르노는 양탄자 비행기에 올라타고 이륙했다.

"오, 사카타쉬[20]의 귀여! 저 비행물체는 뭐지?"

베어 왕이 한숨을 내쉬었다.

눈 깜짝할 사이에 날아오른, 은빛 광채를 띠는 검은색 양탄자는 어느새 저 멀리 사라지고 있었다.

"마법을 믿지 못하는 뱀파이어들이 발명한 것인데 공간이동의 문을 대체할 수 있는 양탄자 비행기라고 할 수 있습니다."

---

20. 사카타쉬는 토끼와 비슷하게 생긴 광산의 신이며, 엄청나게 큰 귀를 사용하여 적을 때려눕힌다.

"그러니까 저 비행물체가 몇 분 후에 다시 돌아온단 말이지? 공간이동의 문이 작동하지 않을 경우에도 문제없다는 뜻이고? 그럼 이동의 문 대신에 양탄자 비행기를 타고 다닐 날이 멀지 않은 건가…… 그거 참!"

베어 왕이 고개를 끄덕이더니 돌아서서 비밀정보국장이자 로빈의 아버지 망질 선생님의 뾰족한 귀에 대고 양탄자 비행기에 대해 자세히 조사하라는 지시를 짤막하게 내렸다. 그러고는 자리를 떴는데 아마도 중단된 낮잠을 자러 가는 모양이었다.

파브리스와 크산디아르 일행이 돌아올 동안 타라는 그르룰, 무아노와 함께 파프니르의 방으로 갔다. 타라를 다시 보게 된 것이 기쁜 살아있는 궁전이 가장 아름다운 풍경들을 보여주다가 타라가 제일 좋아하는 풍경에서 멈췄다. 유니콘들의 나라 멘탈리르의 파란색 평원이었다. 이어서 그들이 편안하게 앉을 수 있게 은빛 테를 두른 파란색의 폭신한 소파를 준비하면서 방을 아름답게 꾸며주었다. 천장에는 부드러운 보랏빛 하늘과 아더월드의 두 태양의 이미지가 보였다. 아더월드의 앵무새인 화려한 빛깔의 보벨 몇 마리까지 날아다닐 정도로 완벽한 아름다움을 연출해주었다.

타라는 두 친구에게 그동안 일어난 일을 짤막하게 얘기했다. 구불구불하게 흘러내리는 긴 머리의 소녀로 다시 변신한 무아노는 눈이 동그래져서 타라를 쳐다봤다. 두 갈래로 땋은 머리를 만지작거리면서 듣고 있던 파프니르는 타라가 트롤들과의 전투를 묘사할 때 초록빛 눈을 반짝거렸다.

"그 트롤들 운이 좋았네, 내가 있었다면 토막을 내줬을 텐데!"

파프니르가 외쳤다.

"그랬다면 큰일 날 뻔했지. 그다음에 우리를 도와줬으니까. 트롤들이 화가 나니까 진한 초록색으로 바뀌는데 정말 희한했어. 그런데 말이야, 그르룰이 그르로그 앞에서는 좀 묘하더라고. 좋아하는 것 같기도 하고."

타라의 말을 들었는지, 못 들은 척하는 건지, 그르룰은 이해할 수 없는 일이 일어났다면서 계속 구시렁거렸다. 그르로그에게 작별 인사를 할 겨를이 없었던 그르룰은 뱀파이어와 엘프 커플에게 아직도 화가 나 있었다. 그리고 그르로그가 의식을 잃기 직전에 했던 말을 똑똑히 기억하고 있었다.

그르룰이 두고두고 되뇌고 싶은 말이었다. '아드 나우세암'(결혼해서 내 것으로 만들든지……).

타라는 이야기를 계속하면서 킬라라는 이름은 입 밖에 내지 않았다. 딸을 위험에 빠뜨리는 말은 하지 않겠다고 대통령에게 약속했기 때문이었다.

"세상에 어떻게 그런 일이!" 무아노가 말했다. "두 번 다시 너를 혼자 둘 수 없겠어! 트롤들에게 너를 뱅뱅 밀매꾼이라고 속이면서 너를 죽이려고 했던 인간이 누군지 알아냈어?"

타라는 할 일이 많아서 그 점에 대해서는 생각할 시간이 없었다.

"아니, 전혀. 정체불명의 적이야." 타라는 화제를 바꿨다. "근데 칼이 안 보이네, 여기 없어?"

"아직 오무아에 있을 거야." 무아노는 픽 웃으면서 대답했다. "점찍은 애의 관심을 끌려고 애쓰는 중인데 그게 잘 안 되나 봐."

"어머, 아직도 엘레아노라의 마음을 사로잡지 못한 거야?"

"응. 엘레아노라는 티라니크 수상의 정체를 밝혀야겠다는 집념 때문에 다른 것에는 전혀 관심이 없어. 면허 받은 도둑인데도 엘레아노라는 값비싼 보석과 티라니크에 대한 복수 사이에서 망설임 없이 티라니크의 죽음을 선택한 것 같아."

보석이라는 말이 나온 김에 타라는 고민 끝에 젠드라의 별과 크라에토비르의 반지에 대해 말하기로 결정했다.

그러나 타라는 별과 반지를 가져야 하는 이유에 대해서는 언급하지 않고 마치 우연히 손에 넣게 된 것처럼 말했다. 아더월드와 지각단층 전쟁에 관련된 것에 대해서는 거의 '역사가' 수준인 무아노의 의견을 듣고 싶었던 것이다.

타라가 은빛 유니콘들이 춤추는 반지를 보여줬을 때 무아노와 파프니르는 흠칫 물러섰다.

무아노는 미심쩍은 표정으로 반지를 자세히 살폈다.

"이게 크라에토비르의 반지라고 확신해? 완전히 달라. 시커먼 것이라고 묘사되어 있었거든."

"검은색 금속, 악마들의 머리, 빨간 눈, 이렇게 변하기 전에는 그랬어. 이건 완제품 반지가 아니라 시제품이야."

"그렇게 거리낌 없이 말해도 돼? 반지가 너를 지배하려고 들지 않아?"

아더월드 사람들은 악마의 힘을 지닌 사물에 대해 잘 알고 있었다. 그런 것들은 대개 그걸 소지한 자들을 지배하는 경향이 있기 때문이었다.

"아니, 내 마음대로 반지를 낄 수도 있고 뺄 수도 있어." 타라는 시범을 보이면서 대답했다. "그리고 내가 셀렌바를 비롯해서 뱀파이어들을 치료할 때 도와주기까지 했어. 분명히 어둠의 힘, 비인간적인 힘을 느꼈어. 그다음부터는 가만히 있어. 내가 반지를 보면서 지킴이들과 심판관들에게 돌려줄 생각이라고 정신적으로 확실하게 밝혔을 때도 아무런 반응이 없었고. 그래서 생각한 건데 소유자에 맞춰서 반응하는 것 같아. 소유자가 악마면 악마의 방식으로, 인간이면 인간의 방식으로 작동한다고 봐야지."

"하지만 조금 아까 네가 말했잖아." 무아노가 의문점을 던졌다. "이 반지가 뱀파이어들에게는 공격적으로 반응했다고 말하지 않았어?"

"뱀파이어들한테는 그랬는데 나한테는 아니야. 이유는 묻지 마, 나도 모르니까."

"힘의 반지라는 건 이 반지든, 마법사들이 만든 것이든 위험하단 말이야! 오죽하면 너의 조상인 데미데루스가 악마의 힘을 지닌 사물들을 몰수해서 안전한 곳에 감춰놨겠어?" 파프니르가 눈살을 찌푸리면서 소리쳤다. "나한테 줘. 내가 모루 위에 올려놓고 망치로 쾅, 박살을 내줄게. 그러면 더 이상 왈가왈부할 필요도 없지!"

"망치로 파괴할 수 있는 게 아냐." 타라는 얼른 반지를 주머니에 집어넣으면서 말했다. "마법으로만 파괴할 수 있어. 그리고 너는 마법 사용하는 걸 싫어하니까 네가 할 수 있는 일도 아니고."

"흥." 파프니르가 콧방귀를 뀌었다. "어쨌든 그걸 빨리 없애버리는 게 좋을 거야."

타라의 표정은 태연했지만 속으로는 기뻐하고 있었다. 마침내 철천지원수를 없앨 수 있는 것을 쥐고 있는 셈이 아닌가.

타라가 반지에 대해 더 이상 말하고 싶어 하지 않는다는 걸 눈치챈 무아노는 화제를 바꿨다. 그들은 랑코비트와 오무아 궁정의 최근 소식을 주고받았다.

혹시 저의가 있는 게 아닐까? 이건 또 무슨 꿍꿍이지? 하면서 상대의 말에 신경 쓸 필요 없이 친구들과 이런저런 얘기를 나눌 수 있다는 것만으로도 타라는 피로가 풀리는 것 같았다.

살아 있는 궁전이 방에 불어넣는 미풍에 무아노와 타라의 머리가 흩날렸다. 벽에서는 유니콘들이 파란 풀을 뜯어먹고 있고, 보랏빛 하늘에는 장밋빛 페가수스들이 구름과 숨바꼭질하듯 나타났다 사라졌다 하고 있었다.

장밋빛 페가수스가 뭐야? 하는 식으로 갈랑이 살아 있는 궁전에게 투덜거렸다. 타라는 흡족한 미소를 지었다. 스트레스가 해소되면서 뻣뻣해 있던 어깨가 풀어지는 느낌이 들었다.

타라는 살아있는 돌을 통해 로빈과 통화를 시도했지만 여전히 응답이 없었다. 파프니르와 무아노도 로빈과 연락이 두절되었다는 걸 알고 불안해했지만 크게 놀라지는 않았다. 로빈이 위험한 미션을 수행 중이라는 걸 알기 때문이었다.

그리고 무아노와 파프니르는 잔인하기로 이름난 바이올렛 엘프인 발라가 쩔쩔맬 정도로 교활한 해적을 로빈이 상대하고 있다는 걸 타라에게 비밀로 했다. 사실 파프니르는 발라의 심장에 검이나 화살이 꽂히면 아주 통쾌할 거라고 생각했다.

무아노는 손목에 박힌 인식 패스를 처다봤다. 개인 신상 정보가 입력된 일종의 출입증인 인식 패스를 소지하고 있어야 궁전을 돌아다닐 수 있었다. 타라도 오무아의 상징인 100개의 금빛 눈을 가진 주홍빛 공작이 찍힌 인식 패스를 소지하고 있어서 시계나 크레디트카드, 여권 등으로 사용하고 있었다.

"네 친구들이 파브리스와 친위대원들을 데리고 오려면 얼마나 걸릴까?" 무아노가 물었다.

타라는 미소를 지었다. 무아노가 파브리스와 사귄 지 어느덧 일 년이 지나고 있었다. 둘은 커플 1주년을 기념하는 파티를 열면서 친구들을 초대했는데 얼마 전 미션을 수행하러 떠난 로빈만 빠졌었다. 타라는 아주 로맨틱한 파티라고 생각했지만 내내 한숨을 지으면서 보냈다. 파프니르는 파티라는 것을 왜 하는지 이해하지 못했다. 난쟁이들은 인간들보다 훨씬 로맨틱한 면이 없어서 파프니르는 처음으로 입맞춤한 날을 기념한다는 자체를 바보 같은 짓이라고 생각했다.

"곧 도착할 거야. 내 친구의 양탄자 비행기는 초특급이거든." 타라가 대답했다. "바람도 쐴 겸 마당에 나가서 기다리자."

무아노는 고맙다는 표정으로 미소를 지어 보였다. 여전히 수줍음이 많아서 선뜻 속내를 표현하지 못했다.

셋은 수다를 떨면서 살아 있는 궁전의 마당으로 향했다.

복도로 나갔을 때였다. 누군가가 티그족 친위대원 두 명에게 잡혀서 걸어오는데…… 어? 손목에 수갑을 차고 있는 저 소년은? 맙소사, 패밀리어까지 목줄에 매여 있었다.

칼!

16
오무아의 재판

불법 침입으로 훔치는 짓은 삼가는 것이 좋은데……

*

칼은 손에 넣은 것의 의미를 깨닫자마자 엘레아노라에게 연락했었다. 엘레아노라가 폭로하려고 벼르는 마지스터와 티라니크의 관계랑 직접적인 관련은 없지만, 뜻밖의 중요한 소득이었다.

몇 분도 채 지나지 않아서 엘레아노라가 주인이 부재 중인 타라의 방으로 쏜살같이 달려왔는데 드래곤의 친척이었다면 아마 코에서 연기가 풀풀 났을 것 같았다.

엘레아노라의 기세를 보고 여차하면 타라의 욕조로 뛰어들 생각이었는데……. 칼은 그 정도는 아니라는 걸 알고 안도의 숨을 내쉬었다.

"오, 끔찍한 벤드룩의 내장들이여!" 엘레아노라가 소리쳤다. "티라니크의 방을 불법 침입했단 말이야? 칼, 네가 왜 끼어들어? 내가 할 일인데."

'내가 할 일'? 과거가 아니라 현재로 말한다는 건…… 그럼 엘레아노라가 다시 시도할 생각이란 뜻인가?

"이건 아무짝에도 쓸모없어!" 화가 난 엘레아노라가 내뱉었다.

다정하게 포옹이라도 하려고 다가가던 칼은 단념했다. 뺨에 입맞춤을 받기는커녕 단검에 배를 찔릴 위험이 있었다.

"안녕, 엘레아노라. 잘 지내지?" 칼은 침착하게 말했다.

"아니, 안 좋아." 회색 눈의 엘레아노라가 쏘아붙였다. "궁전에서 그 뚱보 티라니크와 마주칠 때마다 나를 향해 비웃음을 날린단 말이야. 내가 아무런 증거도 확보하지 못했다는 걸 안다는 거지. 계속 그러면 내가 죽여버릴 거야!"

엘레아노라가 주먹을 어찌나 꽉 쥐는지 손이 하얗게 변해 있었다.

칼은 진정하라는 말을 할 수 없었다. 예전에 그런 말을 섣불리 했다가 엄청나게 냉대를 받았던 쓰라린 기억이 있기 때문이다. 그때 엘레아노라는 칼을 비난하면서 며칠 동안 만나주지도 않았다.

엘레아노라는 난쟁이 못지않게 성깔이 대단했다. 칼은 엘레아노라의 강박관념에 사로잡힌 행동이 자신에게 옮겨질 경우 무슨 일이 일어날지 가끔 두려웠다.

지금은 그런 일이 일어날 위험이 없었다. 칼은 자신을 쓸모가 있지만, 꼭 필요한 것도 아닌 단순한 연장쯤으로 여기는 여자를 왜 사랑하는지 이해가 되지 않았다. 몇 달 전 칼은 엘레아노라가 입맞춤을 받아주었을 때 자신과의 교제를 승낙한 것이라고 생각했었다. 언젠가 긴 머리를 좋아한다고 말한 뒤로 엘레아노라가 마법을 사용하여 재빨리 머리를 길렀기 때문에 확신을 굳혔다.

희망의 빛이 아닌가. 칼은 엘레아노라가 자신의 마음에 들려고 노력하는 것이라고 생각했다.

그러나 곧 환상에서 깨어났다. 엘레아노라가 머리를 기른 것은 도둑이라는 직업상 짧은 머리보다는 변장하기 수월하기 때문이고, 오무아의 귀족부인들이 여제의 헤어스타일을 따라 머리를 기르는 것이 유행이기 때문이었다.

그런데 칼이 무심코 엘레아노라가 사랑하는 누군가의 죽음에 대한 진실을 밝혔을 때 최악의 상황이 되었다.

칼은 타라가 마지스터에게 납치된 뒤 잿빛 요새에서 있었던 일화를 얘기하던 중에 피할 수 없는 숙명이었을까, 불쑥 내뱉은 말이 있었다.

"만티코르 부인이 우리를 테스트했을 때 로빈이 멍청하게 엘프의 본색을 드러내면서 뛰어난 기량을 뽐내고 말았어.[21] 그 바람에 로빈이 위치 추적 주문에 걸려 있다는 것이 들통 나면서 우리의 탈출 작전이 수포로 돌아갔지. 그런데 만티코르 부인이 타라에게 여제 폐하라는 칭호를 사용하는 것으로 후계자라는 사실을 알려준 거야. 그때까지는 타라도 모르고 있었던 사실인데……. 그 사실을 알게 된 마지스터가 만티코르 부인을 죽여버렸어, 정말 눈 깜짝할 사이였어!"

소파에 축 늘어져 있던 엘레아노라는 얼굴이 굳어지더니 벌떡 일어났다.

"뭐? 방금 뭐라고 했어?"

. . . .

21.「타라 덩컨 1」, 「아더월드와 마법사들」 참조. 또래의 소년들과 마찬가지로 로빈은 허세 부리기를 좋아했다. 특히 소녀들 앞에서. 그날만은 그러지 말았어야 했는데…….

"마지스터가 눈 깜짝할 사이에 죽었다고……."

"아니, 이름! 어떤 이름을 말했잖아?"

칼은 자신의 머리에 주먹을 날릴 뻔했다. 이렇게 멍청할 수가! 마지스터 수하의 상그라브였던 만티코르 부인, 엘레아노라의 성도 만티코르인데…….

"만티코르 부인. 얼굴에 반사경 마스크를 쓰고 있었지만 스스로 만티코르 부인이라고 밝혔거든. 너도 알다시피 상그라브들은 신원이 노출되는 걸 원치 않잖아. 따라서 만티코르 부인이 가명을 썼어야 했는데."

"내 고모야." 엘레아노라는 슬픔이 가득한 목소리로 말했다. "아빠와 엄마는 고모가 상그라브라는 걸 알고 계셨어. 하지만 고모는 숨기려고 하지 않았어. 품위를 떨어뜨리는 것이라고 생각했기 때문에 신원을 감추지 않았던 거야. 비록 마지스터에게 복종하는 뜻에서 마스크를 썼지만. 고모의 시신을 받았는데 데스트룩투스에 당한 것이었어. 상그라브들은 한 엘프의 함정에 빠진 것이라고 했는데 그게 거짓말이었단 말이지? 사소한 실수를 저질렀을 뿐인데 보스가 죽여버렸다는 것이 알려지면 상그라브가 되려고 찾아오는 지원자가 확 줄어들테니까! 우리가 왜 그렇게 멍청했을까? 범인이 마지스터라는 것도 모르고 속아 넘어갔으니!"

그때부터 티라니크와 마지스터에 대한 엘레아노라의 증오심이 더 커졌다. 엘레아노라는 잘 먹지도 못하고, 잘 자지도 못하면서 수척해졌다. 칼은 아무것도 해줄 수 없었다. 그래서 칼은 고심 끝에 여제가 티라니크를 체포해서 진실의 입들에게 넘길 수 있을 만한 것을 찾기 위해 불법 침입을 했고, 비밀문서를 손에 넣었던 것이다.

칼이 문서를 내밀자 엘레아노라가 재빠르게 낚아챘다.

"박살기?" 엘레아노라는 깜짝 놀라서 중얼거렸다. "티라니크가 박살기로 뭘 하려는 거지?"

칼이 어깨를 으쓱했다.

"모르겠어. 그것밖에 못 찾았거든. 하지만 계속 찾다보면……."

"아니, 난 더 이상 기다리지 않겠어." 엘레아노라가 말했다. "박살기는 수입 금지인데 이 문서는 티라니크가 불법 거래를 했다는 증거잖아. 이것으로 티라니크가 감옥에 들어가면 다른 것도 찾아낼 수 있어. 여제를 만나러 가자."

"엘레아노라!" 칼이 물러서면서 외쳤다. "그건 그리 좋은 생각이 아닌 것 같은데. 여제는 굉장히 바빠서. 게다가 이 문서는 증거로는 너무 빈약해. 그리고 이걸 어디서 구했는지 설명해야 되는데……."

그러나 칼은 허공에다 말하고 있었다. 어느새 돌아선 엘레아노라가 문서를 손에 쥔 채 문을 통과하고 있었다. 칼이 뒤쫓아갔지만 엘레아노라는 쏜살같이 달려갔다.

여제는 위급한 일이 생겼을 경우 '매직 6총사'는 누구를 막론하고 즉시 들여보내라는 지시를 내려놨었다.

매직 6총사는 타라를 포함해서 절친한 친구들인 로빈, 칼, 파브리스, 무아노, 파프니르로 이뤄져 있고, 타라의 증조할아버지로 사냥개로 둔갑해 있는 마니투는 명예회원이었다.

엘레아노라는 매직 6총사에 속해 있지 않지만 칼의 덕을 보겠다는 계산이었다.

칼이 숨을 헐떡이며 쫓아왔을 때(왜 저렇게 빠른 거야? 엘이 3종 경기 훈련이라도 받은 건가?) 엘레아노라는 이미 알현을 청해놓은 상태였다. 칼은 선택의 여지가 없었다. 엘레아노라를 따라 들어가면서 큰 실수를 저지르지 않기를 간절히 기도했다.

엘레아노라와 칼은 여제가 가까운 사람들을 만날 때 애용하는 호박색 집무실에 들어갔다. 그런데 불행히도 티라니크 수상이 있었고, 자르와 마라도 앉아 있었다. 호박색 방의 가구는 온통 금으로 만든 것들이라서 쏟아지는 햇살을 받아 황금빛으로 번쩍이기 때문에 방문객들은 안질이 생길 위험이 있지만, 여제의 안색에 발그레한 빛을 연출해 주었다.

여제 옆에 앉은 자르와 마라는 흰 머리털이 섞인 갈색 머리를 거의 맞댄 채 경청하고 있었다. 타라의 남동생과 여동생은 여러 가지 국사를 처리하는 여제를 지켜보면서 정치 수업을 받는 중이었다.

칼은 여제 앞에서 허리를 굽혔다. 이날은 머리끝에서 발끝까지 온통 검은색으로 치장한 것으로 보아 여제의 기분이 나쁜 것 같았다. 심지어 검은빛이 도는 황금 왕관에도 검은색 다이아몬드가 박혀 있고, 긴 머리가 시커먼 강물처럼 구불구불 흘러내리고 있었다. 여제의 마법복에서 100개의 금빛 눈을 가진 주홍빛 공작이 두드러져 보였다. 타라, 자르, 마라와 똑같은 흰 머리털, 데미데루스의 후손이라는 표시인 흰 머리털도 눈에 띄었다. 칼은 침을 삼켰다. 여제 앞에 설 때마다 칼은 그 아름다움에 숨이 멎는 것 같았다. 리스베스 여제는 정말 눈부시게 아름다웠다.

칼은 무엇보다 여제가 위험하다는 걸 잊지 말아야 했다. 금빛 둥지 안의 매혹적인 까마귀라고 할까.

몸이 부들부들 떨리는 엘레아노라는 여제 앞에 서서 손가락으로 티라니크를 가리키면서 외쳤다.

"폐하, 이 나라의 수상이 폐하에 대해 음모를 꾸미고 있다는 증거를 마침내 찾았습니다!"

칼은 숨이 막힐 뻔했다. 칼은 티라니크가 없는 자리에서 일을 조용히 처리할 생각이었다. 생각이 없는 건지, 짧은 건지, 엘레아노라는 정말 신중함과는 거리가 멀었다. 아연실색한 자르와 마라가 수상을 쳐다봤다.

여제가 눈살을 추켜올리는 정도의 반응만 보이는 걸 보면 이런 종류의 소동에 익숙해 있는 모양이었다.

"아, 그런가?" 여제는 몸을 약간 세우면서 낭랑한 목소리로 말했다. "아주 혈기 넘치는 주장이로구나. 그렇게 주장하는 것에 대한 증거를 가지고 있다고 했나?"

진땀이 나는 걸까? 소파에서 안절부절못하는 티라니크의 대머리가 번질거리고 있었다. 칼은 그의 시선에서 불안의 빛을 읽었다.

"네." 엘레아노라는 문서를 흔들면서 대답했다. "수상이 박살기를 밀매했습니다!"

그러면서 엘레아노라가 문서를 책상 위에 올려놓자 여제가 집어 들었다.

여제가 문서를 읽는 동안 죽음 같은 정적이 흘렀다.

"이 문서를 어떻게 손에 넣었지?"

"티라니크 수상의 방에 몰래 들어가서 훔쳤습니다." 엘레아노라가 칼이 말하기 전에 선수를 치면서 자랑스럽게 말했다. "함정에 빠진 내가 칼리반 달 살란을 죽일 뻔했던 사건도 수상이 연루되어 있었습니다. 가택수색을 하면 수상과 마지스터가 긴밀한 관계를 맺고 있다는 걸 밝혀낼 수 있다고 확신합니다."

마라는 화가 나서 얼굴이 벌게졌다. 티라니크의 방에 몰래 들어가서 문서를 훔친 사람은 엘레아노라가 아니라 칼이었다. 거짓말쟁이를 제일 싫어하는 마라는 엘레아노라를 쏘아봤다.

칼은 눈살을 찌푸렸지만 잠자코 있었다. 티라니크에 대한 수사가 성공을 거둬서 엘레아노라의 공으로 돌아가면 강박관념에서도 벗어날 것이다. 그래서 엘레아노라가 나에게 눈길을 돌리게 된다면……? 굳이 나서서 엘레아노라가 아니라 내가 훔친 것이라고 밝힐 필요가 없지 않은가.

여제는 엘레아노라와 칼을 뚫어져라 쳐다보다가 티라니크 쪽으로 눈길을 옮겼다. 빨간색과 금색 마법복 차림의 수상은 애써 태연한 얼굴로 눈을 내리깔고 있었다.

"그래, 이 시끄러운 아이부터 해결해야겠군."

여제는 혼잣말처럼 중얼거렸다.

자리에서 일어난 여제가 명했다.

"소녀를 체포해서 독방에 가둬라! 나중에 내가 직접 심문할 것이다."

칼은 잘못 들은 거라고 생각했다.

"엘레아노라를 체포한다고요? 어떻게 그럴 수가 있습니까? 체포해야 하는 사람은 엘레아노라가 아니라 수상입니다. 불법 밀매를 했는데 덮어주시는 겁니까?"

엘레아노라도 아연실색했다.

"하지만, 하지만……." 엘레아노라는 말도 못하고 친위대원들에게 양팔을 잡혀서 밖으로 끌려나갔다.

"나는 누구의 죄도 덮어주지 않아." 여제가 다시 앉으면서 대답했다. "곧 수사할 것이지만, 불법으로 입수한 문서를 증거로 사용할 수는 없다. 이상 끝."

여제의 단호한 어조는 어떤 말도 허락하지 않는다는 뜻이었다. 주눅이 든 칼은 이 방에서 온전히 걸어나가려면 더는 따지지 않는 것이 현명하다는 걸 깨달았다.

어깨 너머로 보이는 마라는 태연한 얼굴로 눈썹 하나 까딱하지 않았다. 칼은 마라의 눈에서 만족스러워하는 빛을 보았다. 마라가 엘레아노라를 좋아하지 않는다는 건 이미 눈치채고 있었지만 정말 앙큼한 아이야…….

신중해야 했다. 칼은 여제에게 정중하게 인사를 하고 복도로 나갔다. 이미 오무아의 감옥으로 끌려갔는지 엘레아노라는 보이지 않았다. 칼은 한숨을 내쉬면서 감방 쪽으로 걸음을 옮겼다.

살인 누명을 쓰고 갇힌 적이 있기 때문에 칼은 오무아의 감옥을 잘 알았다. 후계자의 친구라는 신분 덕분에 칼은 감옥으로 쉽게 들어갈 수 있었다. 무시무시한 샤트릭스들이 냄새를 킁킁 맡으면서 군침을 흘리자 간수들이 동물의 목줄을 잡아당기면서 칼을 지나가게 했다.

칼은 비마 죄수들이 갇혀 있는 철책을 넘어 마법사 전용 감방으로 갔다. 입구에 세운 여인 조각상이 윙윙거리고 있었다. 마법을 사용할 수 없게 차단하는 아티팩트였고, 난방과 실내공기 조절, 조명을 담당하는 발전기도 별도로 설치되어 있었다. 칼은 엘레아노라가 있는 감방 앞에 이르렀다. 베이지색 작은 방 안에 물의 원소를 갖춘 세면대 하나, 작은 침대 하나, 화장실이 있었다.

4성 호텔은 분명히 아니었다. 분을 삭히지 못한 엘레아노라가 좁은 감방 안을 정신없이 왔다갔다하고 있었다.

"빌어먹을!" 엘레아노라가 욕설을 내뱉었다. "내 말은 듣지도 않고 그 비열한 티라니크를 감싸고돌다니. 둘 사이에 뭐가 있는 거 아냐? 같이 잤다거나 아니면……."

마법이 작동되지 않는다고 해도 지구의 마이크가 설치되어 있을지도 모를 일이었다.

"쉿!" 칼이 질겁하면서 속삭였다. "여제를 모욕한다고 일이 해결되진 않아! 여제는 너 하나쯤은 감쪽같이 없애버릴 수 있어. 내가 너라면 그렇게 흥분하지 않고 냉철하게 생각하겠어. 내가 말했잖아, 좋은 생각이 아니라고. 그리고 왜 네가 문서를 훔쳤다고 했어?"

"너를 지켜주고 싶었어." 엘레아노라는 침울한 목소리로 대답했다.

이게 웬일이야, 엘레아노라에게서 이런 말을 들을 줄이야.

"그러지 말았어야 했는데." 엘레아노라가 말했다.

칼은 한숨이 나왔다. '이렇게 금방 떨어뜨릴 거면 비행기를 태우지나 말지.'

"나에게 맡겼다면 여제가 나한테는 이럴 수 없었을 텐데."

"아, 그래? 왜? 여제가 꼭꼭 숨기고 있는 비밀을 알고 있나 보지? 그래서 협박이라도 하려고?"

"아니, 오무아의 여제를 협박할 생각은 전혀 없어." 칼이 침착하게 대답했다. 엘레아노라를 구하겠다고 예전에도 한 번 여제를 협박한 적이 있었다는 걸 발설할 수는 없지 않은가. "수상의 방에 불법 침입했을 때 나 혼자가 아니었어."

엘레아노라가 감방 문 앞에서 걸음을 멈췄다.

"뭐라고? 혼자가 아니었다고?"

"응. 마라와 같이 있었어. 도둑 면허를 받기 위해 훈련 중인데 교수님들이 달인의 행동을 관찰하라고 해서 내가 어떻게 하는지 보고 싶었대."

엘레아노라는 깜짝 놀랐다.

"타라 동생 마라? 걔가 도둑 대학에 다녀? 학교에서 본 적 없는데?"

"겨우 2학년이니까 같은 수업을 듣지 않겠지. 나를 감옥에 넣으려면 어제는 마라도 넣어야 했을걸. 그리고⋯⋯."

"너희들을 결코 빠져나올 수 없을 정도로 아주 깊은 감옥에 처넣었겠지." 누군가 등 뒤에서 끼어들었다. "마라에 대해서는 그런 걱정할 필요 없다. 그 아이가 왜 그렇게 너에게 집착하는지 이해할 수 없지만. 훈련할 때도 툭하면 네 얘기를 하지. 어? 칼은 이렇게 했는데, 칼은 그렇게 안 했는데 하면서. 그게 아주 짜증스러웠는데 마라를 감방에 넣으면 성가시지도 않고 좋지."

가슴이 철렁한 칼이 홱 돌아봤다.

오무아의 여제가 서 있었다.

칼은 여제가 혼자 있는 걸 보고 일단 안도의 숨을 내쉬었다. 근육질의 친위대원들이 동행하지 않았다는 것은 적어도 지금 당장 엘레아노라와 함께 감방에 갇히는 일은 없을 거란 뜻이었다.

"짜증스럽다는 말이 나온 김에 하는 말인데 너 때문에 내가 불쾌해지기 시작했다는 걸 아는가, 엘레아노라 양?" 칼이 다시 허리를 굽혀 인사하는 사이에 여제가 목소리를 깔면서 지적했다. "나를 불쾌하게 하는 사람은 금방 후회하게 된다는 것도 아는가? 따라서 지금부터 내가 하는 말을 잘 들어라. 앞으로 다시는 티라니크 수상에게 접근하지 마라. 마지스터와의 관계를 밝히려고 애쓰지도 마라. 그리고 복수하겠다는 계획도 포기하라. 지금부터 당장. 알아들었나?"

의심이 많은 엘레아노라의 얼굴이 굳어졌다.

"폐하, 당돌한 말씀일지 모르지만 저는……."

"내 말에 복종하지 않으면 너를 오무아에서 추방할 것이다. 영원히. 평생 동안 아더월드를 떠돌면서 살든가 아니면 평생을 감옥에서 보내야 할 것이야. 다시 묻겠다. 알아들었나?"

엘레아노라는 이를 악물고 고개를 쳐들었다.

"복종하지 않겠습니다."

여제의 쪽빛 눈에서 차가운 광채가 번득였다.

"마지스터와 티라니크의 관계를 모른 체하는 것에 대해 설명을 해 주시지 않는 한 저는 복종하지 않겠습니다." 엘레아노라가 재빠르게 덧붙였다.

여제의 매서운 눈초리를 보면서 칼은 마법이 차단되어 있는 것에 감사했다. 여제가 당장이라도 엘레아노라를 지렁이로 둔갑시킬 것 같았기 때문이다.

여제는 응수했다.

"이건 정치적인 문제야. 나는 티라니크가 마지스터와 접선하고 있는 걸 알고 있다. 나에 대해 음모를 꾸미고 있다는 것도, 황제 자리를 넘보고 있다는 것도 잘 알아. 분실된 이 문서를 가로챈 자가 티라니크였다는 걸 알게 되었으니 더더욱 위험인물임에 틀림없지."

"그럼 폐하께서도 박살기 불법 거래에 대해서 알고 계셨단 말씀이세요?"

칼과 여제가 동시에 대답했다.

"그 일을 꾸민 것이 나니까, 멍청하기는!"

"그 일을 꾸민 것이 폐하니까!"

칼은 '멍청하기는'이란 말만 하지 않았다. 엘레아노라는 더 이해가 안 된다는 얼굴을 하고 있었다. 엘레아노라보다 깊이 생각할 시간이 있었던 칼은 여제가 박살기에 대해 알고 있는 느낌이 들었다. 이어서 여제가 주모자였고, 방어를 하기 위해 티라니크를 이용했다는 결론을 내리기에 이르렀다. 그러다 여제가 갑자기 나타났을 때 확신을 굳히게 되었다. 그게 아니라면 여제가 뭐 때문에 혼자서 감옥에 나타났단 말인가?

여제는 고개를 끄덕였다.

"아주 좋아. 너는 이 소녀와 달리 머리가 돌아가서 다행이구나."

1분도 안 되는 동안 두 번이나 무시를 당한 엘레아노라는 얼굴이 붉으락푸르락했다.

"살테렌스족의 불법 노예 매매를 근절시키려고 노력한 지 몇 년이 흘렀다." 여제가 설명했다. "살텐렌스족은 오무아의 선박이든 다른 나라의 선박이든 상관없이 배를 나포하기 위해 은밀히 해적들을 매수하고 있지. 내 국민이 노예로 팔리는 끔찍한 상황이 일어나고 있는데 소금 독점권으로 부를 축적한 살테렌스족은 다른 나라를 비웃고 있다. 내가 노예 매매를 근절시키겠다는 성명을 발표하고 나서 며칠 후한 트리톤이 찾아와서 아주 흥미로운 제안을 했지. 살테렌스족의 가장 중요한 소금 광산을 공격해서 소금 독점 판매 행위를 저지할 테니 그 대가로 붉은 산처럼 마법을 사용할 수 없는 곳에서 작동할 수 있는 무기를 제공해달라는 것이었지. 그래서 나는 그 작전을 숨기기 위해 로빈과 발라를 파견했어. 그 둘은 트리톤을 체포하기 위해 파견된 것이라고 생각하고 있지만 사실은 본의 아니게 트리톤을 위해 일하고 있는 셈이지. 로빈과 발라는 그 사실을 절대 눈치채지 못할 것이다. 나와 트리톤이 관련되어 있다는 것이 들통 나는 일 없이 작전을 성공시키도록 트리톤에게 모든 것을 지원해주었으니까."

칼은 존경해 마지않는다는 표시로 입을 실룩거렸다.

"그 거래의 책임자가 수상이었나요? 그렇다면 수상을 들러리로 세운 것이었네요. 혹시 비난을 받게 되더라도 폐하는 전혀 모르는 일이므로 불똥은 수상에게 튀는 거니까……."

"그래, 정확하게 맞았다. 티라니크가 모든 작전을 지휘했으니까. 그러고는 그 거래 문서를 훔치는 멍청한 짓을 저질렀는데 고맙게도 너희들이 나에게 돌려주었으니 티라니크는 얼마 동안은 조용히 있게 될 것이다. 트리톤의 기습 작전이 성공하면 아더월드의 모든 국가에 소금 광산들을 국제적으로 지키자는 제안을 발의할 생각이다. 나는 즉시 불법 노예 매매를 규탄할 것이고, 운이 좋다면 소금이 부족해질 거란 생각에 당황한 상인들은 나를 따르게 되겠지. 상인들이 동조하면 국가들도 동조하게 될 것이다. 그렇게 되면 우리는 마침내 반인륜적 행위인 불법 노예 매매를 근절시키게 되는 것이다."

"나를 꼭두각시로 만들었던 티라니크에게 복수하지 말라는 것은 그럼 티라니크가 폐하에게 이용 가치가 있기 때문입니까?" 엘레아노라가 냉랭한 목소리로 끼어들었다. "폐하는 철천지원수와도 타협을 하시는군요!"

"지구의 병법서 중에 2500년 전 중국의 손무라는 사람이 쓴 『손자병법』이란 책을 읽었는데 아주 흥미로운 구절이 있지. '친구는 가까이 두되 적은 더 가까이 두라.' 나는 이 금언을 내 제국에 적용했고, 효과를 봤다. 티라니크는 내가 자기를 경계한다는 걸 알지만 어느 정도까지인지는 몰라. 두려움이라는 건 매력 있는 감정이지. 특히 전혀 뜻밖의 사람이 두려움을 느낄 때는……."

그 순간 칼은 등골이 오싹해졌다. 여제가 그 정도로 뛰어난 전술가일 줄이야! 조작에 능하고 거만하지만 아주 지능적인 전술가였다. 타라는 그 영리함을 물려받은 것이었다. 타라는 제발 그 같은 지능적 술책을 사용할 일이 없어야 하는데.

"나는 칼 너를 궁전에서 내보낼 것이다." 여제는 결정을 내렸다. "티라니크와의 싸움을 약간 진정시키기 위해서다. 내 후계자는 아직 외국에서 임무를 수행 중이야. 나는 타라가 친구들이랑 함께 있는 것이 좋아. 친구들을 보호해야 한다는 생각 때문에 그래도 어처구니없는 짓을 하지 않으려고 노력하니까. 칼리반, 랑코비트로 돌아가 있어라. 타라가 돌아오면 연락할 것이다. 그리고 엘레아노라를 구하기 위해 어리석은 짓을 하지 않는지 확인하기 위해 두 명의 감시인이 동행할 것이다. 네가 랑코비트로 돌아갈 때까지 그림자처럼 따라다닐 것이다."

칼은 불복할 생각이 없으니 그렇게까지 할 필요 없다고 말하려고 했지만 여제는 이미 황금 왕홀로 바닥을 탁, 탁 쳤다. 티그족 친위대원 둘이 달려왔다. 여제의 명을 받은 친위대원들이 칼의 손목에 수갑을 채웠고, 패밀리어 블롱딘의 목에도 목줄이 감겼다. 그리고 즉시 랑코비트로 쫓겨났다.

그렇게 두 친위대원 사이에 끼여서 랑코비트에 도착하는 순간 칼은 세상에서 제일 보고 싶은 친구와 맞닥뜨렸다.

17
돌발적인 살테렌스 여행

*강력한 마법 능력이 있다고 해도 많은 사람을 놀래지 않으려면
마법을 과다하게 사용하는 건 삼가는 것이 좋은데……*

*

도끼를 움켜잡은 파프니르가 친구를 구하러 당장이라도 달려들 기세였다. 그러나 티그족 친위대원들은 아랑곳하지 않았다. 그들은 후계자 앞에서 정중하게 허리를 굽혔고, 타라가 칼을 부둥켜안을 때도 저지하지 않았다. 칼의 패밀리어 블롱딘이 꼬리를 치면서 반겼다. 칼이 수갑을 풀어달라고 부탁했다.

"또 무슨 일이야?" 타라가 수갑과 목줄을 풀어주는 친위대원을 쳐다보면서 물었다.

칼이 친위대원들 쪽을 힐끔 보면서 귀엣말을 했다.

"지금은 아무것도 설명할 수 없어." 칼이 친위대원을 보면서 목소리를 높였다. "여기까지 동행해주셔서 감사합니다만, 이제는 나를 데리고 다닐 친구인 후계자를 만났으니 오무아로 돌아가셔도 돼요. 우리

도 곧 따라갈 거예요."

친위대원들이 눈빛으로 묻자 타라는 고개를 끄덕였다. 그들은 허리를 굽혀 인사하고 돌아갔다. 타라는 칼이 무슨 짓을 저질렀기에 수갑까지 찾는지 너무나 궁금했다.

칼의 자초지종을 들으면서 고모가 그렇게 위험한 작전에 로빈을 들러리로 이용했다는 걸 알게 된 타라는 화가 치밀었다.

"어쨌든 로빈이 위험한 건 아니네." 무아노가 지적했다. "트리톤이 이미 로빈의 정체를 알고 있으니까 아무 일 없을 거야."

주먹을 불끈 쥐는 타라를 보면서 혹시라도 마법을 쓸까 봐 친구들이 얼른 물러섰다.

"이럴 때마다 고모가 정말 싫어! 모든 사람의 인생을 마음대로 할 수 있다고 생각하는 고모가 정말 싫어. 그건, 그건……."

"당연하지, 여제잖아." 칼이 부드러운 목소리로 타라의 말을 잘랐다. "난 정치에 전혀 관심이 없었어. 하지만 네 고모를 보면서 와, 진짜 감동했어! 도둑 대학에서 우리 교수님들의 강의를 몇 시간씩 들을 때보다 여제와 함께 있는 5분 동안 더 많은 걸 배웠어. 그런데 타라?"

"왜?"

"네 마법의 빛을 끄면 안 될까? 사람들이 공포에 떨고 있잖아."

실제로 복도에서 마주치는 마법사들이 타라의 손에서 번쩍이는 빛을 보는 순간 재빨리 달아났다. 타라의 기분에 민감한 살아 있는 궁전이 장단 맞추듯 만드는 돌풍에 사람들의 머리가 헝클어졌다. 베어 왕과 티타니아 왕비는 방 안에서 한숨을 쉬었다. 타라가 와 있으니 성가신 일이 계속될 거란 걱정 때문이었다.

타라는 마법의 빛을 끄려고 했지만 쉽지 않았다. 타라의 분노에 민감한 마법이 이따금 제멋대로 폭발할 때가 있었다. 이상하게도 마법의 성난 물결은 줄어드는 것이 아니라 점점 커지고 있었다. 어깨에 앉아 있기가 불안한 갈랑이 타라를 진정시키려고 애를 썼지만 허사였다.

눈살을 찌푸리던 타라는 진저리가 나면서 더는 참을 수 없었다. 너무 오랫동안 소식이 없는 로빈, 너무나 대수롭지 않게 로빈을 이용하는 고모……. 나에게는 아더월드에서 가장 강력한 마법 능력이 있는데 뭘 더 참아? 지금이 그걸 사용할 때야.

복잡하게 생각할 것도, 의문의 여지도, 죄의식을 느낄 필요도 없어.

타라는 본격적으로 마법을 작동했다. 그 어느 때보다 강렬한 빛이 검푸른 불길처럼 손가락 끝에서 너울거렸다.

"타라." 무아노가 놀란 얼굴로 물었다. "너, 너 뭐 하는 거야?"

"로빈이 어떻게 됐는지 보러 붉은 산으로 가야겠어." 타라는 단호한 목소리로 대답했다.

"뭐, 뭐라고? 그건 안 돼!"

"아니, 난 할 수 있어! (타라의 목소리에서 격앙된 감정이 느껴졌다) 난 착한 아이였어. 난 모두에게 도움을 주고 치료해주고 구해줬어. 이젠 지긋지긋해. 복종해야 할 의무가 전혀 없어. 그것도 능력 아닐까? 그럴 수도 있고, 아닐 수도 있겠지. 어쨌든 난 지금 지긋지긋해. 살테렌스족이 트란스미투스 방지 마법을 해제했다면 틀림없이 갈 수 있을 거야. 만약 마법이 작동하지 않으면 여기 그냥 있을 테고. 두고 보면 알겠지. '트란스미투스의 이름으로 지금 당장 나를 붉은 산으로 이동시킬지어다. 나와 함께 움직인다!'"

타라는 주문을 읊는다기보다 고함을 질렀다. 마법의 힘이 서서히 타라를 점령하고 있었다.

타라와 함께 살아 있는 궁전도 사라졌다.

붉은 산 산자락의 사막에 살아 있는 궁전이 갑자기 나타났을 때 광산을 에워싸고 있던 엘프들과 살테렌스족은 심장마비를 일으킬 뻔했다.

마른하늘에 날벼락 치듯, 난데없이 궁전이 눈앞에 나타났으니 얼마나 놀랐을까! 그렇지 않아도 소금 광산 하나가 통째로 날아가면서 소득의 90퍼센트를 차지하는 산허리가 허물어져서 망연자실하고 있었는데……

살아 있는 궁전은 즉시 파란색의 투명한 장벽을 세웠다. 많은 사람을 보면서 트실들이 이게 웬 횡재야? 하는 듯 뜻밖의 진수성찬에 몰려들었기 때문이다.

눈 깜짝할 사이에 달려든 트실 떼가 마치 자살 테러를 하듯 장벽에 툭, 툭 부딪치면서 죽어갔다. 깊은 사막과는 달리 붉은 산 주변에서는 효과가 없기 때문인지 다행히 트실이 그리 많지 않았다. 그래서 살아 있는 궁전은 공격에 버틸 수 있었다.

복도의 거대한 유리창을 통해 붉은색 사막의 생경한 경치를 보면서 그들은 아연실색했다.

"오, 내 조상들이시여!" 칼이 외쳤다. "이게, 대체 어떻게 된 거야?"

"타라가 살아 있는 궁전을 통째로 살테렌스로 이동시킨 것 같아." 무아노가 말했다. "타라의 말이 맞았어. 살테렌스족이 트란스미투스 방지 마법을 해제시켰네. 우리에게는 유감스러운 일이지만."

"타라!" 칼이 말했다. "나를 데리고 다니라고 했지 도시 전체를 함께 데려가자는 말은 아니었잖아!"

"그건 아니지 칼. 우리의 타라 양께서는 놀라운 능력을 지녔다는 걸 증명해줬어." 무아노가 말했다. "트라비아는 남겨두고 궁전만 데려왔으니까."

이 어처구니없는 사태에 칼과 무아노는 서로를 쳐다보다가 허탈한 웃음을 터뜨리고 말았다. 어이가 없기는 타라도 마찬가지였다. 이럴 생각은 아니었는데 정말 짜증 나네! 파프니르는 입을 비쭉거렸다. 흥, 빌어먹을 마법이 항상 문제라니까!

사방에서 공포에 질린 고함소리가 났다. 베어 왕과 티타니아 왕비가 100명은 족히 될 것 같은 궁인들과 함께 타라를 향해 달려왔다.

"도대체 또 무슨 짓을 한 것이냐?" 베어 왕이 버럭 화를 냈다.

머리가 멍한 타라는 쥐구멍에라도 들어가고 싶은 심정으로 왕을 내려다봤다. 다혈질의 왕과 아름다운 왕비의 키가 타라보다 작기 때문이다.

"저…… 저는 친구를 만나러 떠났을 뿐인데……." 타라는 어물어물 말꼬리를 흐렸다.

머리털이 곤두서고, 수염이 터부룩한 베어 왕이 호통을 쳤다.

"오, 끔찍한 벤드룩의 내장들이여! 내 궁전을 데려올 이유라도 있었니?"

"아닙니다, 예상치 못한 일입니다. 궁전이 왜 나를 따라왔는지 저도 영문을 모르겠습니다.”

“분명히 대답해라! 지금이라도 당장 오무아로 돌아갈 생각은 있니?”

“네.”

“그럼 내 궁전을 제자리로 돌려놓고 네 나라로 돌아가거라!”

베어 왕이 소리쳤다.

타라의 눈에서 글썽이던 눈물이 볼을 타고 주르륵 흘러내렸다. 모성애가 발동한 티타니아 왕비가 타라를 품에 꼭 끌어안았다. 타라가 훨씬 키가 크기 때문에 모양새는 좀 웃기지만 왕비는 상관하지 않았다. 상상도 못한 일을 저질렀지만 왕비는 타라를 많이 사랑하고 있었다.

“자, 자, 진정해라.” 왕비는 타라의 어깨를 토닥여주었다. “내 남편이 지금은 좀 흥분하셨어. 이런 여행에 익숙지 않아서 신경이 날카로워지신 거야. 그리 심각한 일은 아니니까 울음을 그치렴. 이제 뭘 하면 되는지 알지? 네 친구를 찾은 다음 우리 모두 랑코비트로 돌아가는 거야. 그럼 됐지?”

“네.” 타라는 모기만 한 목소리로 대답했다. “죄송합니다. 어떻게 된 일인지 모르겠어요. 갑자기 진저리가 나긴 했지만…….”

“호르몬 때문이야.” 왕비가 말했다. “사춘기에는 호르몬이 급속하게 많아지거든. 어떤 때는 세상의 왕이 된 것 같은 느낌에 모든 것이 행복하게 느껴지다가도 갑자기 자신이 하찮게 여겨지면서 우울해지기도 하지. 네가 느끼는 감정을 나는 이해해.”

그때 누군가가 궁전의 문을 두드렸다.

난데없이 나타난 궁전에 놀란 트실 퇴치 방패를 앞세운 엘프 대표단과 살테렌스들이 침입자의 정체를 조사하러 온 것이었다.

328

분명히 말하면 아군인지 적군인지 알기 위해 달려온 거겠지?

그들 중에 끼여 있는 로빈과 발라는 궁전을 대번에 알아보고 눈을 의심하고 있었다.

타라는 하프엘프의 품에 안겼고, 입을 맞추고 싶은 마음을 간신히 억눌렀다. 수많은 시선이 쳐다보고 있는데 강심장이 아니고서야 어떻게 그럴 수 있겠는가.

"타라, 내 사랑." 아연실색한 로빈이 외쳤다. "네가 어떻게 여기 있어? 괜찮은 거야? 또 무슨 일을 저지른 거야?"

이건 좀 아닌데……. 이상한 일이나 있을 수 없는 일이 터지면 모두 내가 '범인'이라고 단정을 지었다. 그래, 가끔 그랬던 건 인정해. 하지만 매번 내가 저지른 일은 아니었잖아!

로빈의 품에서 나온 타라는 눈물을 닦으면서 한숨지었다.

"난 너를 만나고 싶었을 뿐인데 궁전이 따라왔어. 내가 일부러 그런 게 아니라고!"

"랑코비트에 있었어? 난 네가 크라살비에 있다고 생각했는데? 너와 연락이 안 돼서 굉장히 불안했어. 그리고 해적선이 출항한 뒤엔 정체가 들통 날까 봐 연락할 수 없었어."

주위에 둘러선 사람들 중에는 불안한 눈길을 교환하면서 비웃는 이들도 있고, 무슨 얘기를 하는지 듣기 위해 귀를 세우는 이들도 있었다.

"나도 불안했어. 네가 잔혹하기로 이름난 해적들을 잡으러 출발한다고 알린 뒤론 연락이 안 됐잖아. 불안해할 이유가 많았어!"

타라와 로빈은 미소를 지었다. 로빈과 같이 있어서일까, 타라는 단박에 기분이 훨씬 좋아졌다.

"너 얼굴색이 아주 안 좋아." 로빈은 눈치도 없이 말했다.

타라는 코가 빨갛고 눈 주위에 다크서클이 짙었다.

로빈은 이렇게 멀쩡한데 나만 후줄근하잖아, 타라는 좀 억울한 생각이 들었다.

"며칠 동안 우여곡절이 많았거든. 나중에 다 얘기해줄게. 너는? 여기 일은 다 끝났어?"

"응. 트리톤 문제를 해결했어. 나도 나중에 얘기해줄게."

"우리 땅에서 당장 나가시오." 누런 이빨의 커다란 살테렌스가 숨이 찬 목소리로 소리쳤다. "여기서 당신들이 할 일은 없으니까."

"그래, 가자, 타라." 칼이 말했다. "살테렌스가 랑코비트에 전쟁을 선포하기 전에 여길 떠나야 해. 그럴 힘은 있는 거지?"

칼은 불안한 시선으로 거대한 궁전을 훑어봤다.

"그래, 잘될 거야. 내 희망 사항이지만!" 타라가 대답했다.

사실, 컨디션은 그리 좋지 않지만 타라는 그렇게 엄청난 에너지를 소비한 것에 비하면 피곤하지 않았다. 다른 마법사라면 녹초가 됐거나 죽었을 수도 있는데 정말 이상한 일이었다.

모두 주의 깊게 타라의 말을 듣고 있었다. 모두 힘을 합하면 많은 것을 이동시킬 수 있었다. 그러나 마법사 한 명이 궁전을 통째로 비물질화하여 이동시킨 것은 전례가 없었다. 타라가 다시 할 수 없다면 그들은 궁지에 몰리는 것이다. 살아 있는 궁전은 부르르 떨면서 기분이 아주 나쁘다는 표시를 팍팍 냈다. 돌로 이뤄진 몸체 밑의 땅이 흔들리면서 배수관을 통해 트실 떼가 악착같이 침투하는 걸 느낀 궁전은 모든 종류의 배수관을 봉쇄했다.

그때 한 마법사가 고함을 질렀다. 꾸물꾸물 올라오는 트실 때문에 변기가 완전히 막히는 바로 그 순간에 하필 그가 화장실에 들어갔던 것이다. 너무 놀라서 볼일을 보지 못한 마법사는 아마 여생을 만성변비에 시달릴지도 모를 일이었다.

타라는 한숨을 내쉬고 나서 젠드라의 별을 꺼내서 가슴에 댔다.

"어, 그건?" 로빈이 깜짝 놀랐다. "젠드라의 별을 찾았어? 어디서? 어떻게?"

"그건 나중에 얘기해줄게. 올 때는 이 별이 필요하지 않았지만 돌아갈 때는 여기 있는 모든 마법사의 힘이 필요해." 타라는 큰 소리로 외쳤다. "신사숙녀 여러분, 모두 힘을 합해주세요."

그건 예의상 한 말이었다. 사실, 타라는 혼자서 할 수 있었다. 하지만 마법사들을 모두 끌어들여야 나중에 원망하지 않을 것이고, 타라와 함께 해냈다는 것에 자부심을 갖지 않겠는가.

베어 왕의 명에 따라 살테렌스들과 엘프들이 궁전을 떠났다. 로빈과 발라만 남았다.

타라는 모두의 마법이 합쳐져 더욱 강력해진 마법의 빛으로 궁전을 에워싸, 몇 분 후 아주 수월하게 궁전을 원래의 자리에 유형화시켰다.

이전에도 타라의 믿을 수 없는 마법 능력에 탄복하던 마법사들은 이번에는 탄복 정도가 아니라 숭배 차원으로 바뀌었다. 그것은 타라가 그들을 모두 끌어들이면서 기대했던 결과였다. 궁전을 이동시키는 데 그들도 일조를 한 것이니까.

쉬는 날이라서 이날 궁전에 없었던 이들이나 꾀병을 부렸던 이들은 손톱을 물어뜯을 일이었다.

그들이 돌아갔을 때, 킬라의 양탄자 비행기는 궁전이 사라진 빈터의 상공을 날고 있었고, 크산디아르는 신경발작을 일으키던 중이었다. 후계자가 없어진 데 이어 궁전까지 온데간데없이 사라졌으니. 폭격이라도 맞은 건가? 보이지 않는 투명 궁전으로 바뀌었나? 파브리스도 사랑하는 무아노와 타라를 동시에 잃은 걸까 봐 몹시 불안해하고, 아니 공포에 떨고 있었다. 궁전이 다시 나타나자마자 마당에 양탄자 비행기를 착륙시킨 킬라와 아르노가 타라를 향해 달려왔다. 그들은 한 20년쯤 헤어졌다 만난 동생처럼 타라를 얼싸안으면서 정말 살아 있는 건지, 온전한 건지 확인이라도 하듯 타라의 얼굴, 손, 다리를 만졌다. 뱀파이어와 엘프 커플도 어지간히 충격을 받은 모양이었다.

크산디아르는 수염을 파르르 떨면서 아무 말도 못했다. 부글부글 끓어오르지만 공개적으로 후계자에게 화를 내자니 후환이 두렵지 않겠는가.

무아노를 향해 달려간 파브리스는 사람들이 쳐다보거나 말거나 뜨겁게 포옹했다. 파브리스는 무아노의 눈을 지그시 쳐다보면서 타라와 비교하지 않을 수 없었다. 무아노도 타라 못지않게 예뻤다. 그러나 타라의 마법 능력에 마음이 더 끌렸다. 불에 타서 죽을 줄 뻔히 알면서도 불빛에 끌리는 나방처럼 타라에게 끌리는 마음을 어쩔 수가 없었다. 파브리스는 타라를 안고 있는 로빈을 노려봤다. 발라의 에메랄드빛 초록 눈도 노기를 띠고 있었다.

마침내 베어 왕이 말했다.

"우리에게 일어난 일을 설명할 것이니 군중을 들여보내라. 궁전은 앞마당을 확장하고 내 목소리를 증폭시켜라."

실제로, 놀란 시민들이 궁전 문 앞으로 몰려들고 있었다. 느닷없이 사라졌던 궁전이 몇 분 후 다시 나타나는 장면을 목격한 이들이었다. 베어 왕은 구체적인 언급 없이 일종의 '실험'이었다고 담담하게 설명했다. 특종 냄새를 맡은 랑코비트의 크리스털리스트들이 더 자세히 알려고 했지만 왕은 더 이상의 설명을 거부했다. 소식은 순식간에 퍼졌고, 아더월드 여러 나라의 기자들이 발 빠르게 트라비아로 몰려왔다.

베어 왕은 가능한 한 타라를 보호하려고 애를 썼다. 그러나 궁전이 이동할 때 안에 있었던 그 많은 사람의 입을 막을 수 있을까. 크레디트-무트를 주든 또는 무언가와 교환하든 기자들은 사람들을 매수하는 데 있어서는 전문가들이었다. 기자들은 살아 있는 궁전이 사라졌다 다시 나타난 사건은 오무아 제국의 후계자 타라틸랑넴 덩컨에게 책임이 있다고 보도했다.

회의실에서 크리스털 전광판으로 뉴스를 지켜보던 리스베스 여제는 한숨을 내쉬면서 고개를 설레설레 저었다. 타라가 또 무슨 짓을 저지른 거지? 크라살비에 있어야 할 아이가 왜 랑코비트에 있는 거야? 리스베스 여제는 마침 오무아 제국을 방문한 엘프들의 여왕 타빌라에게 멋쩍은 미소를 지어 보였다.

"아이들은 정말 알다가도 모르겠어요."

공기와 암흑의 여왕 타빌라는 뭔가를 캐내려는 듯 날카롭게 굴리던 눈길을 잠시 멈추고 한술 더 떴다.

"그런 말씀 하시지 않아도 됩니다. 우리 막내아이가 저지른 일을 아신다면!"

그런 대화를 나누고 있는데 친위대원이 와서 후계자가 친구들과 함께 궁전에 돌아왔다고 알렸다.

온갖 종족의 궁인들이 참석해 있는 회의실 안으로 타라를 따라 무아노, 칼, 로빈, 발라, 파브리스, 파프니르가 차례로 들어왔다. 타라의 발랄한 모습에 여기저기서 감탄사가 쏟아졌다. 체인지라인이 타라에게 입혀놓은 주홍빛과 금빛의 드레스가 무릎이 훤히 드러날 정도로 짧았기 때문이다. 오무아 사람들은 호기심 많은 타라가 놀라운 모험을 할 때마다 여제와는 달리 무척 자랑스러워하면서 후계자를 아주 좋아했다.

킬라와 아르노는 크라살비로 돌아갔지만 곧 돌아오겠다고 약속했다. 타라는 좋아해야 하는 건지 정말 알 수가 없었다.

오무아의 여제와 함께 있는 여왕을 보면서 발라와 로빈은 눈이 휘둥그레져서 정중하게 허리를 굽혔다. 타빌라 여왕은 강력한 힘을 지니고 있을 뿐만 아니라 불복하는 이에게 인정사정없이 잔혹한 것으로도 유명했다.

특히 발라는 그 자리가 몹시 불편했다. 타빌라 여왕의 고문관인 어머니 에레가 로빈을 유혹해서 타라로부터 떼어내라는 특명을 내렸는데 그 미션에 실패했기 때문이었다.

리스베스 여제는 검은색 차림인 데 반해 타빌라 여왕은 평소대로 온통 은빛 일색이었다. 얇은 베일을 드리운 긴 은발에 깃털과 진주로 장식한 은빛 드레스, 다이아몬드와 백금 왕관을 쓰고, 검은색 아이라인으로 강조한 은빛 눈의 여왕은 눈이 부셨다.

공기와 암흑의 여왕이 말할 때는 목소리가 어찌나 냉랭한지 등골이 오싹했다.

"자네의 보고를 듣는 것이 좋겠군, 바이올렛 엘프." 여왕이 발라에게 말하면서 타라 옆에 붙어 있는 로빈을 노려봤다.

여왕이 리스베스 여제를 향해 돌아서서 말했다.

"폐하, 두 시간 후에 다시 뵙겠습니다."

엘프들의 여왕이 바닥을 내리치자 천둥소리가 났다. 타빌라는 얼음장같이 찬바람을 날리며 휙 사라졌다.

"와우." 칼이 나직한 소리로 말했다. "특수 효과음으로는 최고다!"

로빈은 아무 말도 하지 않았지만 친구의 농담에 긴장이 약간 풀렸다. 여왕은 인상적으로 보이려고 한 행동이지만 너무 지나쳐서 오히려 역효과가 났다.

여제는 비공개 회의를 선언하고 일행에게 외교적 임무에 대한 결과를 보고하라고 명했다. 자르와 마라는 참석해도 좋다는 허락을 받았다.

크산디아르가 먼저 숲의 공격에 대해 보고했다. 여제는 이미 알고 있다면서 비밀정보국 카무플레 국장 세네가 조사에 착수했고, 단서를 찾았다고 말했다.

그 순간 자르의 얼굴에 경련이 일었다. 타라는 자르의 동태를 유심히 살펴야겠다고 생각하면서 고모의 말에 귀를 기울였다. 여제는 무엇보다도 위조가 불가능한 것으로 알려진 크레디트-무트와 같은 원리를 적용하여 만드는 오무아 궁전의 인식 패스가 그렇게 쉽게 위조되었다는 사실에 불안감을 감추지 않았다. 그러나 크산디아르와 세네는 위조된 것이 아니라 누군가가 인식 패스를 훔쳐갔을 가능성에 무게를 두었다.

박살기에 관련된 대목에 이르자 여제는 자르와 마라를 내보냈다.

얼굴이 시뻘게져서 마지못해 걸음을 떼던 자르는 크산디아르도 물러가 있으라는 말에 약간 누그러졌다.

타라와 친구들, 발라만 남게 되자 여제는 트리톤을 돕기 위해 로빈과 발라를 이용했던 것이라고 밝히면서 이 일에 대해서는 누구에게도 발설하지 않겠다는 맹세를 받았다. 너무 놀란 로빈은 말문이 막혔고, 깜짝 놀란 발라는 항의했다.

"폐하, 로빈에게 말씀하시지 않은 것은 이해할 수 있습니다. 하지만 저한테까지 비밀로 하시다니! 알고 있었다면 문제가 생겼을 경우 제가 개입했을 겁니다. 그 비열한 상누아르가 내 입을 막으려고 트실 해독제로 나를 함정에 빠뜨렸단 말입니다!"

여제가 눈살을 찌푸리자 발라는 얼른 입을 다물었다.

"상누아르에게 단 한 번만 먹으면 해독할 수 있는 약을 보내라고 명할 것이다. 그러나 아무에게도 발설하지 않겠다는 맹세를 해야 한다, 알았나?"

"그자가 어디 있는지 아무도 모릅니다. 폐하." 발라가 말했다. "제 생각에는 그자는 어딘가에 틀어박혀서 도박이나 하고 있을 겁니다."

여제는 묘한 미소를 지었다.

"만나게 될 것이다. 그를 찾는 즉시 너를 치료하라고 명할 것이니 걱정하지 마라." 이번에는 여제가 타라에게 물었다. "이제 네 계획은 뭐니. 후계자?"

이 말은 '내가 너에게 시킬 일이 아주 많아'라는 뜻이잖아. 타라는 엉큼한 공격을 교묘하게 피했다.

"샤먼의 처방대로 쉬어야 합니다." 타라가 대답했다. "오다가 '스라

소니의 눈' 선생님과 마주쳤는데 내 얼굴이 너무 창백하다면서 당장 진찰하셨어요(아휴, 사람들이 지나다니는 복도에서 창피하게). 내가 몹시 지쳐 있다면서 최소한 사흘은 쉬라고 하셨어요."

여제는 걱정되는 얼굴로 후계자를 살폈다.

"그러면 샤먼이 시키는 대로 해야지. 푹 자거라. 하지만 크라살비에서 있었던 일에 대해 보고서를 작성하는 거 잊지 마. 하나도 빠뜨리지 말고."

타라는 알겠다는 표시로 입술을 비죽거렸다. 보고서를 작성하려면 이틀은 필요한데.

무아노는 찜찜했다. 타라가 여제에게 크라에토비르의 반지에 대해서는 언급도 하지 않았다. 마치 잊어버린 듯이……. 반지는 뱀파이어들과 해결할 문제지만 랑코비트의 공주는 그래도 반지가 계속 마음에 걸렸다.

"폐하." 칼이 끼어들었다. "감방으로 엘레아노라를 만나러 가도 되겠습니까? 후계자가 돌아왔다는 걸 알리고 싶습니다."

여제가 뚫어져라 쳐다봤지만 칼은 절대 물러서지 않겠다는 표정을 지었다. 여제는 고개를 끄덕였다. 허락한다는 뜻이었다.

타라는 로빈, 무아노, 파브리스, 파프니르와 함께 칼을 따라가기로 했다. 정말 오랜만에 제국을 짊어진 어깨가 한결 가벼워지는 느낌이 들었다. 친구들과 함께 있으니 모든 것이 잘될 것 같았다. 발라가 엘프들의 여왕에게 보고서를 제출하러 갔기 때문에 타라는 앓던 이가 빠진 것처럼 홀가분했다.

감옥으로 가면서 타라는 로빈에게서 눈을 떼지 않았다. 키가 훌쩍 큰 로빈은 아주 늠름했다. 은빛 머리에 섞인 검은 머리털이 두드러져 보이는 로빈의 머리카락이 손가락에 닿는 순간 타라는 전율이 일었다. 머리털을 만져보고 싶은 마음에 로빈에게 머리를 묶지 말라고 부탁한 뒤로 처음 경험하는 감동이었다. 타라를 쳐다보는 로빈의 크리스털 눈이 기쁨으로 반짝였고, 빨간색과 파란색의 엘프 복장을 한 로빈은 떡 벌어진 어깨에 멋진 릴란드릴의 활을 메고 있었다.

지나가던 궁녀들이 로빈을 힐끔힐끔 훔쳐볼 때는 신경이 쓰였지만, 여자들을 거들떠보지도 않는 로빈을 보면서 타라는 안심했다.

한편 로빈은 타라의 안색이 너무 안 좋다고 생각했다. 과중한 의무에 시달리고 있는 타라를 보면서 로빈은 가슴이 미어졌다. 잡고 있던 손을 놓고 타라의 어깨에 팔을 두른 로빈은 몸에 전해지는 체온을 느끼면서 행복했다. 타라는 깜짝 놀라면서도 한편으로는 다정한 몸짓으로 보호해주는 로빈이 든든했다. 타라가 예쁜 얼굴로 쳐다보는 순간 로빈이 기습적으로 입을 맞추는 바람에 걸어가던 둘은 넘어질 뻔했다.

사이렌이 울리지 않아 천만다행이었다. 다시 만나 이렇게 함께 있는 것이 너무나 행복한 타라와 로빈은 아무 걱정 없는 그 순간을 만끽했다.

그러나 잠시 후, 두 사람의 행동은 타라가 두고두고 아파할 기억으로 남게 되었다. 칼 앞에서 그토록 행복한 모습을 보였으니.

간수들이 문을 열어주고, 그들이 음산한 복도를 지나 엘레아노라의 감방 앞에 멈췄을 때 끔찍한 광경이 타라 일행을 기다리고 있었기 때문이다.

감방 창살을 통해 그들은 침대에 누운 엘레아노라를 볼 수 있었는데…… 맙소사, 가슴에 단검이 꽂혀 있었으니!

18
열렬한 사랑

엄청난 실수를 저질렀으면 그것으로
목숨을 잃을 수도 있다는 걸 알아차려야 했는데……

*

칼은 거의 짐승처럼 울부짖었다. 칼은 감옥에서는 마법이 작동하지 않는다는 것도 잊고 감방 문에 마법의 광선을 날리려고 했다. 질겁한 간수가 뛰어와서 문을 열었다. 쏜살같이 뛰어 들어간 칼이 엘레아노라의 단검을 뽑았다. 눈 깜짝할 사이에 야수로 변신한 무아노(무아노는 마법에 의존하지 않고 야수로 변할 수 있다)는 칼이 뭐라고 말할 겨를도 없이 엘레아노라를 안아서 부리나케 감옥 밖으로 뛰쳐나갔다.

일단 밖으로 나오자 무아노는 레파루스 주문을 읊었다.

그러나 엘레아노라는 반응이 없었다. 평소에 거무스레한 안색이 창백했고, 힘없이 늘어진 검은색 머리, 검은색 스팔렌디탈 가죽옷을 입은 엘레아노라는 미동도 하지 않았다. 회색 눈만 멀거니 뜨고 있을 뿐 깜박이지 않았다.

타라는 너무 늦었다는 걸 깨닫고 새파랗게 질렸다.

다른 친구들도 가망이 없다는 걸 알아차렸지만, 엘레아노라의 몸을 흔들면서 깨어나라고 울부짖는 칼을 망연히 쳐다보고만 있을 뿐 아무 말도 하지 못했다.

레파루스나 레비부스 주문으로도 엘레아노라를 살릴 수 없었다.

너무 큰 슬픔에 몸을 가누지 못할 정도로 절규하던 칼이 숨넘어갈 지경에 이르자 패밀리어인 여우가 불안에 떨었다. 간수의 긴급 호출을 받고 샤먼이 날아왔다. 칼이 희망에 젖은 회색 눈으로 샤먼을 쳐다봤다. 머리가 헝클어진 칼의 갸름한 얼굴이 눈물 때문에 퉁퉁 부어 있고, 가죽 작업복에는 엘레아노라의 피가 묻어 있었다.

몸을 숙이고 엘레아노라를 진찰하던 샤먼이 입술을 꽉 깨물고 고개를 흔들었다.

"살려주세요, 살려주세요, 네?" 칼은 오열하면서 간청했다. "꼭 이겨낼 거예요. 단검을 뽑을 때 피가 많이 흐르지 않았어요. 심장이 찔리지는 않은 것 같으니까……."

"미안하네, 자네의 친구는 한 시간쯤 전에 사망했어. 나는 아무것도 해줄 수 없네."

"안 돼애애애애애애!"

칼은 생기 없는 엘레아노라 앞에 무릎을 꿇었다. 블롱딘이 너무나 슬픈 울음소리를 냈다.

"아니, 그럴 리 없어! 안 돼, 죽으면 안 돼! 엘레아노라! 내 사랑, 제발, 깨어나! 제발, 제발!"

타라는 친구의 슬픔에 가슴이 미어져서 같이 울었다. 로빈도 엘프들에게서 볼 수 없는 눈물을 흘렸다. 무아노도 파브리스도 흐느꼈고, 심지어 파프니르까지 훌쩍거리면서 그래도 눈물만은 흘리지 않으려고 입술을 깨물고 있었다.

너무나 가혹했다. 그들은 죽음을 무릅쓰고 싸운 것이 한두 번이 아니지만, 가까운 사람의 죽음을 경험한 적이 없었다.

그들은 마음이 하나가 되어 침묵 속에서, 괴로워하는 친구를 따뜻하게 에워쌌다.

칼이 엉엉 울다 흐느끼다 울부짖었다. 그들은 친구의 곁을 지켰다.

칼이 일어나다 비틀거리며 토하기 시작했다. 그들은 친구의 곁을 지켰다.

칼이 반쯤 미쳐가고 있었다. 그들은 친구의 곁을 지켰다.

칼이 죽어버리겠다고 소리쳤다. 그들은 친구의 곁을 지켰다.

칼이 지쳐서 쓰러졌다. 그들은 친구의 곁을 지켰다.

밤새도록, 새벽이 올 때까지 그들은 엘레아노라의 시신이 안치된 방에서 친구의 곁을 지키며 함께 그녀의 가족이 오기를 기다렸다.

엘레아노라의 아버지와 어머니가 도착했다. 여제는 엘레아노라가 투옥되었던 이유를 부모에게 설명했다. 그러나 누가 무슨 이유로 엘레아노라를 살해했는지는 설명할 수 없었다.

자식을 잃는다는 것은 경험해본 적 없는 이들로서는 도저히 상상도 할 수 없는 고통이다. 괴로워하는 엘레아노라의 부모를 보면서 칼과 친구들의 슬픔은 한층 고조되었다.

그러나 그들은 친구의 곁을 지켰다.

칼은 평생 동안 이날 밤 친구들이 보여준 우정을 잊지 않을 것이다.

그동안 함께 겪었던 시련의 불에 단련된 그들의 우정은 훨씬 더 끈끈하고 강해졌다.

그리고 이날 밤 칼은 무사태평하던 평소의 성격을 잃어버렸다.

단순하던 성격도 잃어버렸다.

아침이 되고, 엘레아노라가 다시는 돌아오지 않는다는 걸 칼이 깨달았을 때 괴로움에 지친 뇌가 작동을 시작했기 때문이다. 칼은 아무 말도 하지 않고, 아무것도 쳐다보지 않고 궁전의 과학수사대 연구실로 향했고, 친구들과 패밀리어들도 조용히 따라갔다.

흰색 타일 바닥의 커다란 방에서 실험 기구들이 윙윙 가동되고 있었다. 나라 안에서 발생한 아주 희귀한 살인의 각종 증후를 분석하는 연구실 안에 형형색색의 빛이 쏟아지고 있었다.

연구원들은 대부분 카흠보움이었다. 카흠보움은 굵고 가는 18개의 촉수가 있어서 여러 가지 작업을 하는 데 편리하기 때문이었다. 한 카흠보움이 증거물을 보관하고 있는 곳으로 타라 일행을 안내했다. 공중에 떠 있는 목재 수납장이 눈을 뜨고(어? 얘도 살아 있네!) 연구원을 확인한 다음 철망 문을 열어줬는데 그 위에서 꽃과 잎이 자라고 있었다. 균이 없는 환경을 유지해야 하는 연구실에 식물의 존재는 연구원들에게 큰 골칫거리였다.

균이 침투할 수 없게 공기 접촉을 차단한 매직 버블 안에 단검이 있었다. 칼은 연구원의 감시를 받으며 매직 버블을 열고 두 손으로 조심스럽게 단검을 집어 들었다. 이어서 단검을 작업대에 내려놓고 여러 각도에서 살핀 다음 냄새를 맡았다. 그리고는 주머니에서 꺼낸 작은 유리병에 단검에 말라붙은 피를 약간 긁어 넣었고, 칼날에 혀를 대고 맛을 봤다.

연구원이 소스라치게 놀라면서 항의했지만 칼은 들은 체도 않고 개수대에 침을 뱉었다. 화가 난 타라는 후계자로서 카홈보움에게 물러서라고 명했다.

"냄새를 마따보고 맛도 봤는데 이건 블랙 킬엑기스야." 칼이 말하는데 혀 짧은 소리를 냈다. "내가 엘의 상처를 치료해떠라도 살릴 수는 업써쓸 꺼야. 칼날에 독성이 무더 이떠."

레파루스나 레비부스 같은 마법 때문에 누군가를 죽이는 것이 거의 불가능한 아더월드에서는 자객들이 주로 멘탈리르 평원에서만 서식하는 한 희귀식물의 수액에서 추출하는 블랙 킬엑기스를 사용했다. 그 수액을 끓였을 때 검은색으로 변하기 때문에 붙여진 이름이었다. 블랙 킬엑기스의 독성은 생체 기능을 마비시키기 때문에 빨리 손을 쓰지 않으면 몇 분 이내에 목숨을 잃는다.

칼이 친구들에게 보여주려고 내민 혀가 부풀어 올라 있었다. 그 때문에 발음이 이상한 것이었다. 이어서 단검을 내밀면서 말했다.

"이게 살인범의 카리야. 이제 이유를 아랐으니까 내가 반드시 범인을 자블 거야. 자백하게 만드러서 주겨버리겠어."

칼의 눈빛이 증오와 분노로 이글거렸다. 그 순간에 로빈이든 타라든 무아노든 나서서 말렸어야 했는데. '그건 수사관들에게 맡겨. 그들이 범인을 잡을 거야, 믿어.' 라고.

그러나 그들은 잠자코 있었다. 친구의 복수심을 충분히 이해하기 때문이었다.

어떻게든 말렸어야 했다. 그런다고 엘레아노라가 다시 살아나는 것도 아니고, 칼의 괴로움이 없어지는 것도 아닌데……

"우리가 뭘 도와줄까?" 타라는 짤막하게 물었다.

"내 도끼가 필요하다면……" 파프니르가 단호하게 말했다. "빌려줄게, 아니 너에게 줄게."

칼이 고맙다는 눈길로 친구들을 쳐다봤다. 그러고는 주머니에서 가루 같은 걸 꺼내더니 혀에 뿌렸다. 잠시 후, 칼이 대답했는데 이번에는 똑똑히 알아들을 수 있었다.

"알리바이가 필요해. 내가 너희들이랑 함께 있었던 걸로 해줘."

"알았어. 언제?"

"오늘 저녁. 오늘 저녁에 시작할 거야."

오무아 제국의 수도 팅가푸르에는 1000만 명이 넘는 주민이 살고 있었다. 도심에 우뚝 서 있는 여제의 빨간빛과 황금빛 궁전을 중심으로 관료들의 저택이 에워싸고 있었다.

그 주변에 엘프들과 티그족 친위대원들이 기거하는 건물들과 큰 공원이 군데군데 보이고, 마침내 전형적인 도시의 모습이 나타났다.

오무아 정부는 날아다니는 양탄자들이나 다른 교통수단에 방해가 될 뿐만 아니라 사고의 원인이 되는 오래된 성벽을 허물고 도시를 확장하고 있었다.

그러나 집주인의 욕구에 따라 나타났다 사라지는 호화 저택이 많아서 괴이하게 느껴지는 도시였다. 연금술사들의 동네는 시커먼 연기가 구름처럼 뭉게뭉게 피어오르고, 그 골목길에서 머리를 산발한 사람들이 '아, 그건 더 넣지 말걸!' 하는 듯 후회가 막심한 얼굴로 돌아다니고 있었다.

목수들의 동네와 유리 공예가들의 동네는 가까이 붙어 있었다. 지붕이 날아다니는 걸 보면 기와공들의 동네도 있었다.

약제사들의 동네에서는 이상한 냄새가 진동했고, 굴뚝에서 나오는 연기를 통과하면서 색이 변하는 동물이나 새들도 있었다.

무기 제조업자들은 끊임없이 신무기를 발명하고 있어서 그 동네에 함부로 들어가는 건 아주 위험했다.

자객들의 동네는 변호사와 샤먼의 동네랑 서로 이웃해 있었다.

자객들의 동네가 있다는 걸 알고 타라는 정말 깜짝 놀랐었다. 다른 사람의 생각을 읽을 수 있는 진실의 입이 있다는 걸 알았을 때보다 훨씬 더 놀랐다.

지구에서라면 살인 청부업자들의 동네가 존재한다는 것이 가능한 일일까? 타라는 섬뜩했다.

대체로 네댓 명의 중개인과 연결되는 자객의 신병을 파악하기는 그리 쉽지 않았다. 연루된 중개인들을 역추적해서 신원을 모두 확보하려면 많은 시간과 돈이 필요하기 때문이다.

이날 밤, 도시는 공포에 떨었다.

아침에 처참하게 살해된 5구의 시체가 발견되었다. 4구는 중개인들로 밝혀졌고, 남은 1구는 살인범이었다. 감옥에 갇혀서도 간수들을 매수하는 데 성공했던 영리한 인간이 결국 처참한 죽음을 맞은 것이었다.

그다음 날 밤에도 친위대원 두 명이 죽었다.

오무아 황궁이 긴장하기 시작했다. 두 친위대원의 시신이 궁전 울타리 안에서 발견되었기 때문이다. 자신의 부하들이 자객을 들여보냈다는 사실에 노발대발한 크산디아르는 황족의 경호를 강화했다.

엘레아노라가 살해된 지 사흘이 지난 다음 날 밤에는 아무 일도 일어나지 않았다. 아침에 오무아 궁전은 일단 고비를 넘겼다고 생각하면서 한숨을 돌렸다.

면허 받은 도둑이 집요하게 복수의 칼을 갈고 있는 동안 함께 저녁 시간을 보낸 것처럼 꾸며야 하는 타라는 가슴을 졸여야 했다.

"절대 흥분하지 말고 어떻게 된 건지 말해." 파브리스는 아침을 먹으려고 방금 타라의 방에 있는 식당으로 들어온 칼을 살피면서 말했다.

로빈과 파프니르, 타라, 무아노도 칼을 쳐다봤다.

칼의 안색이 창백했고, 눈가에 다크서클이 짙었다. 아무것도 먹지 못하고 며칠 밤을 꼬박 샌 것처럼 초췌한 몰골은 굶주린 늑대 같았다.

알리바이를 부탁하며 친구들과 헤어진 뒤로 무슨 일이 있었던 것 같았다. 칼은 침묵을 지키고 있었다.

"그래서 어떻게 됐는데 칼?" 마침내 파브리스가 물었다. "사람들이 이틀 밤 연달아 일어난 살인 사건 얘기만 하고 있어. 넌 뭐 알아낸 거 있어?"

이제 칼의 눈에서 이글거리는 것은 분노의 눈빛이 아니라 혼란스러운 눈빛이었다. 칼이 빵 한 조각을 집어 들고 발분 버터와 미암 잼을 바르더니 우적우적 먹었다. 블롱딘은 무아노의 표범 쉬바가 남겨준 스테이크를 걸신들린 듯 먹어치웠다.

"그게…… 확실하지는 않아." 칼이 주저했다. "사람들의 증언으로 종합해본 결과 짚이는 사람이 있긴 한데……. 있을 수 없는 일이야.
정말 말도 안 돼……."

감짝 놀란 타라가 벌떡 일어났다. 타라는 칼의 표정이 마음에 걸렸
다. 저 표정은 뭔가 수상한 냄새를 맡았다는 건데…….

"설마…… 여제는 아니지? 아니, 여제는 절대 그랬을 리 없어……."

"그래, 여제는 아냐. 하지만 어떤 면에서는 더 최악이지. 너와 관련
되어 있으니까."

타라는 곰곰이 생각했다. 내가 어떻게 엘레아노라 살인 사건에 연
루될 수 있지? 타라는 정말 궁금했다.

"나와 관련이 있다고? 그렇게 말하는 이유가 뭐야?"

타라는 단호한 어조로 물었다.

칼이 복수를 위한 조사를 시작한 뒤 처음으로 목소리가 흔들렸다.

"모든 정황으로 보아 네 동생 마라니까……."

흉악한 상그라브들의 보스 마지스터에게서 교육을 받고 자란 마라.
조금만 실수를 해도 회초리를 맞으면서 자란 마라는 고통과 복수를
아는 아이였다. 힘이 무엇인지, 그 힘을 어떻게 이용할지 방법을 아는
아이였다. 원하는 것을 갖기 위해서라면 낯빛 하나 변하지 않고 살인
할 수 있는 아이였다.

우상처럼 숭배하면서 열렬히 좋아하는 소년이 엘레아노라를 사랑
한다는 걸 알았을 때 격분해서 어쩔 줄 모르던 아이였다.

그래, 가능한 일이었다. 그들은 서로의 얼굴을 쳐다봤다. 그리고 모두 같은 결론에 이르렀다.

"그래서 이제 어떡하려고?" 무아노가 물었다.

"엘을 죽이라고 사주한 사람이 마라라면 걔는 죽어야 해!" 칼은 대답했다. "원수를 갚아주겠다고 엘의 혼령에게 맹세했어."

"내 동생을 죽이겠다고?" 타라가 눈이 동그래져서 외쳤다.

칼이 갑자기 홱 돌아서는 바람에 깜짝 놀란 타라가 움찔했다.

"왜 안 되는데? 걔는 주저 없이 엘의 가슴에 칼을 꽂고도 남을 애야."

"이제 겨우 열세 살이야." 파브리스는 눈살을 찌푸리면서 지적했다. "마라가 어떻게 자객들을 만날 수 있겠어? 난 그건 아니라고 봐. 어린애한테 너무 심하게 말하는 것 같다."

"타라는 그 나이에 마지스터와 악마들을 상대로 과감하게 싸웠어." 칼이 반박했다. "게다가 마라를 교육시킨 사람이 누군지 잊지 마. 내가 이해할 수 없는 건 왜 그랬냐는 거야."

흥분한 칼이 일어나서 타라의 방을 정신없이 걸어 다니기 시작했다. 칼이 다리에 어찌나 힘을 많이 주는지 양탄자에 발자국이 남을 정도였다.

뒤에서 빨간색 야생장미 크로우즈가 칼의 머리를 후광처럼 둘러쌌는데 정말 잘 어울렸다.

"너에게 미쳐 있기 때문인데." 파브리스가 대답했다. "네가 그걸 몰랐단 말이야? 궁전에 그 소문이 퍼진 지가 언젠데. 마라는 계속 네 얘기를 하고 다녔어. 마지스터라면 당연히 라이벌을 죽였겠지. 하지만 마라는 겨우 열세 살이야. 난 걔가 범인이라고 생각하지 않아."

로빈도 믿지 않았다.

"마라만 엘레아노라를 적으로 생각하는 건 아니지." 로빈이 천천히 말했다. "엘레아노라가 죽기를 바라는 사람이 또 누가 있을까?"

마라에 대한 파브리스의 지적에 놀란 칼이 로빈의 물음에 대답했다.

"여제 그리고 티라니크. 나도 그 모든 일을 꾸민 사람이 티라니크라고 생각해. 하지만 의뢰인을 만났다는 한 중개인이 흰 머리털이 섞인 갈색 머리의 소녀가 엘레아노라를 증오하는 것 같았다고 말했어."

"그럼 이제 어떡하지?" 무아노가 혼란스러운 얼굴로 물었다.

"너희들 생각은 어떤데? 난 일단 마라를 만나서……."

"만나서 어쩌려고?" 타라가 냉정하게 말했다. "마라도 고문해서 다른 이들처럼 목을 베려고? 칼, 마라는 바보가 아냐. 네가 접근하게 내버려두지 않을 거야."

"아니, 잘못 생각했어, 친애하는 언니." 뒤에서 누군가가 소리쳤다. "나를 이용해서 살인을 저지른 악당을 내가 기필코 찾아낼 거니까!"

타라가 돌아봤다. 문간에 마라가 서 있는데 검은색 옷을 입고 있어서인지 표정이 어두워 보였다. 아니, 몹시 화가 나 있었다.

마라는 파랗게 질려 있는 칼 앞에 서서 가슴에 대고 원을 그렸다. 칼의 눈이 휘둥그레졌다.

"그건 심장에 걸고 하는 맹세야. 너 그게 무슨 뜻인지 알고 하는 거야?"

"알아. 이 맹세를 하고 거짓말하면 내가 즉사한다는 뜻이지. 하지만 이건 면허 받은 도둑의 명예가 걸린 문제야. 우리는 도둑이지 살인자가 아냐. 비록 지금 네 얼굴은 누군가를 죽여버리겠다는 표정이지만."

사건의 진상이 밝혀지려나? 타라가 물었다.

"네가 의심받고 있다는 걸 알고 있었어? 그걸 어떻게 알았어?"

"아니, 몰랐어. 이 방에 들어오는데 내 이름이 들려서 알았지. 하지만 나는 카무플루스를 사용하고 있어서 다들 나를 보지 못했어."

"카무플루스를 사용해서 궁전을 돌아다녔단 말이야? 왜?"

"내 목숨이 위험하다고 생각했는지 티라니크 수상이 경호를 강화한다면서 경호원 두 명을 보냈더라고. 그래서 떨떨한 경호원들을 따돌리려고 카무플루스를 사용했지. 그리고 내 도움이 필요할 것 같아서 왔지만 칼이 만나주지 않을까 봐 몰래 들어온 거야."

타라는 눈초리를 올리면서 문을 쳐다봤다.

"네가 들어오는데도 문이 알아채지 못했단 말이야?"

"응, 보안 시스템이 아주 형편없어. 무슨 일 당하고 싶지 않으면 조심해. 그리고 나는 진심으로 도와주려고 온 건데…… 칼이 나를 범인으로 생각하고 있는지는 정말 몰랐네."

가시 돋친 말투에서 마라가 얼마나 큰 상처를 입었는지 느껴졌다.

칼은 여전히 냉정한 얼굴이었다. 블롱딘까지 으르렁거렸다. 여우는 피곤한 데다 마라를 아주 싫어하기 때문이었다.

"범인이 누군지 몰라." 마침내 칼이 말했다. "솔직히 말해서 그 모든 것의 배후가 너라면……."

마라는 이맛살을 찌푸렸다.

"물론 엘레아노라를 없앨 생각도 해봤어."

칼의 얼굴이 더 굳어졌다.

"하지만." 마라가 말을 이었다. "그런 방법으로는 아냐. 고모에게 부탁해서 멀리 떠나보낼 생각이었어. 네가 잊어버릴 수 있게 한 열두 달쯤."

그러고는 마라가 느닷없이 칼 앞에 무릎을 꿇었다. 타라와 친구들이 깜짝 놀라서 마라를 처다봤다. 하필이면 그때 식탁을 치우려고 에프리트들이 나타나자 타라가 썩 물러가라고 명했다. 검은 이빨을 가진 주홍빛 에프리트들이 후계자의 분부대로 재빨리 사라졌다. 마라는 잠시 기다렸다가 말했다.

"심장에 걸고 맹세하는데, 칼리반, 난 죽이지 않았어. 그리고 자객을 고용하지도 않았어."

그 순간 파란빛이 마라를 에워쌌다가 사라졌다.

칼은 긴장이 풀렸다.

"거짓이었다면 즉사했을 거야. 심장에 걸고 맹세하는 건 위험한 짓이야."

타라는 너무 놀라서 딸꾹질이 나왔다. 마라가 즉사할 거라고 말했을 때 타라는 그냥 쓰러지는 정도라고 생각했는데……. 동생이 목숨을 걸고 그런 맹세를 하다니! 그건 아니지, 그건 정말 아닌데.

"하지만 거짓말이 아닌데 뭐가 걱정이야." 마라가 응수했다. "난 아무도 죽이지 않았어. 물론 엘레아노라도. 그런데…… 내가 엘레아노라를 미워하는 걸 아는 사람이 있었어. 카드나수스 금고를 털고 난 뒤 내가 너와 말다툼을 하고 뛰쳐나갔잖아. 그때 티라니크가 복도에서 울고 있는 나를 봤고, 내가 엘레아노라를 미워한다고 말했거든. 모습을 바꾸는 것쯤은 티라니크에게 일도 아니지. 나도 변신할 수 있어."

눈 깜짝할 사이에 가짜 티라니크가 그들 앞에 있었다. 타라와 친구들은 유심히 살폈지만, 가짜라고는 믿어지지 않을 정도로 똑같았다. 얼굴빛이 붉은 대머리에 거만한 뚱보의 모습 그대로였다.

"그래, 네 말이 맞다." 칼이 마침내 인정했다. "내가 사과할게. 그리고 빨리 네 모습으로 돌아와. 정말 꼴도 보기 싫은 인간이니까."

소녀의 모습으로 돌아온 마라가 물었다.

"내가 도와주러 오지 않았다면 어떻게 할 생각이었어?"

"모르겠어." 칼이 솔직하게 대답했다. "아마 너를 만나러 갔겠지. 하지만 아무 설명도 없이 너를 죽이진 않았을 거야."

"아이고 고마워라." 마라가 빈정거렸다. "결국 티라니크가 나에게 자신의 경호원 두 명을 보낸 건 잘한 거였네."

"잠깐." 타라가 갑자기 끼어들었다. "너 방금 뭐라고 했어?"

"티라니크가 칼에게서 나를 보호하기 위해 경호원 두 명을 보낸 건 잘한 거였다고……."

타라는 고개를 끄덕였다.

"아, 그거였구나. 왜 진작 그 생각을 못했을까. 마라, 티라니크가 보냈다는 그 경호원들에게 연락해서 여기로 오라고 해줄래? 칼, 너는 블롱딘을 데리고 옆방에 숨어 있어. 테스트를 해봐야겠어."

"뭘 테스트하는데?" 칼은 타라가 뭔가를 한다면서 특히 자기를 모르모트로 사용하려고 할 때 겁부터 났다.

"내 직감을 확인해보려고."

마라가 크리스털 볼로 연락했을 때 경호원들은 마라를 찾느라고 궁전을 샅샅이 뒤지고 있는 중이었다. 얼마 후, 문이 마라의 두 경호원이 왔다고 알렸다.

경호원들은 마라를 보면서 안도하는 것이 역력했다.

그때 갑자기 칼이 나타나자 경호원들이 믿을 수 없는 반응을 보였다. 그들은 무작정 쇠뇌를 들고 시위를 당겼다.

화살에 맞은 칼이 푹 쓰러졌다.

타라의 손짓에 일루전이 사라졌다. 늑대로 변신한 파브리스와 야수로 변신한 무아노가 경호원들을 제압하고 옴짝달싹 못하게 벽으로 밀어붙였다.

이윽고 옆방에서 나온 칼을 보면서 경호원들이 아연실색했다.

"너희들은 수상의 사적인 경호원들인가?"

티그족 경호원 두 명이 침을 삼켰지만 후계자의 서슬 퍼런 기세에 눌렸는지 감히 아무 말도 못했다. 타라가 마법을 작동했고, 두 손에서 파란빛이 번쩍였다. 두 경호원이 벽 속으로 들어가려고 했지만 실패했다.

"내 힘을 사용하고 싶지 않다." 오무아의 후계자는 부드러운 목소리로 말했다. "그러나 대답하지 않으면 주저하지 않을 것이다. 당장 대답하지 못할까!"

후계자가 마지막 순간에 고함을 질렀기 때문에 경호원들이 부들부들 떨었다.

"네, 맞습니다." 그중 한 명이 대답했다. "비밀 경호원은 아닙니다. 저희는 수상께서 후계자의 동생, 아니 마마의 동생을 보호하라고 파견한 경호원들입니다."

"그러니까 너희들이 칼리반 달 살란을 보는 즉시 화살을 쏘라는 명령을 받았단 말이지? 이유가 뭐지?"

"수상께서는 칼리반을, 지난 이틀 동안 도시에서 일어난 살인 사건의 용의자로 의심하셨습니다. 그리고 칼리반은 마라 공주가 자객을 고용해서 여자친구를 죽인 것이라 생각하고 복수할 거라고 말씀하셨습니다."

"수상이 너희에게 그런 말을 했다?" 마라가 소리쳤다. "신중하기로 이름난 수상이 증거도 없이 자신의 느낌을 너희들에게 말했을 거라고 생각하지 않아."

"사실입니다, 공주님." 또 다른 경호원이 끼어들었다. "저희도 처음에는 놀랐지만, 티라니크 수상께서 분명히 그렇게 명하셨기 때문에 칼리반이 공주님을 해치기 전에 제압해야 했습니다."

경호원의 어조는 진지했다. 거짓말이 아니었다. 칼은 손가락 꺾는 소리를 내면서 차가운 미소를 지었다.

"제압? 당신들은 사람을 죽이는 게 제압하는 겁니까? 죽이라는 명령을 내렸다는 그 자체가 바로 티라니크가 이 모든 일의 배후자였다는 뜻이야. 마라, 너보다 그의 목을 가져야겠어."

"고마워." 마라는 냉정하게 대꾸했다. "그리고 네가 내린 결론에 전적으로 동의해. 난 할 일이 많아서 먼저 갈게."

칼이 붙잡을 겨를도 없이 마라는 사라졌다.

타라는 크산디아르에게 연락한 다음, 지금까지 일어난 상황을 설명하기 위해 일행을 모두 데리고 여제를 만나러 갔다. 대리석 복도에서 자라면서 지나가는 이들의 기분에 민감하게 반응하는 미모사들이 타라 일행이 지나갈 때 갈색으로 변했다.

칼이 지나갈 때는 미모사들이 검게 물들었다.

리스베스 여제는 100개의 금빛 눈을 가진 주홍빛 공작이 조각된 옥좌에 앉아서 신하들을 접견하고 있었다. 이날은 빨간 드레스 차림에 루비 샌들, 구불구불 흘러내리는 빨간 머리였는데 타라는 그 모습을 보며 현재 여제의 기분을 표현하는 것이라고 생각했다.

타라는 여제가 다음 차례를 기다리는 틈을 타서 비공개 면담을 청했다. 여제는 즉시 접견을 중단했다. 문이 닫히자 궁인들과 특히 차례가 되어 대기하고 있던 켄타우로스들의 항의가 빗발쳤다.

먼저 수상의 지시에 따라 움직였던 경호원들이 자초지종을 설명했다. 여제는 지렁이로 둔갑시킬 것 같은 얼굴로 쳐다보다가 크산디아르의 친위대원들에게 끌려가기 전에 경호원들을 물러가게 했다. 명령이라고 무조건 복종할 경우 어떤 결과를 초래하는지 스스로 깨닫게 하려는 의도인 것 같았다.

경호원들이 나가자마자 칼이 나섰다. 칼은 엘레아노라를 죽인 범인을 추적하는 동안 타라를 알리바이로 이용했다는 것과 자신이 한 일을 모두 털어놨다.

여제는 입술을 오므렸다. 신하를 고문하거나 죽이는 걸 아주 싫어하는 여제지만 이번 경우는 칼에게 보복할 권리가 있다고 인정해주는 것 같았다.

그렇다면 죽은 사람들도 인과응보이기 때문에 문제 삼지 않고 넘어가겠다는 뜻인가?

지구와는 너무 다른 문화에 충격을 받은 타라는 아더월드가 훨씬 야만적이라는 생각이 들었다. 타라가 손을 잡자 로빈이 말없이 꼭 잡아주었다. 타라는 칼의 해결 방식이 마음에 들지 않았다. 지구에서도 아더월드에서처럼 뿌린 대로 거둔다는 식으로 모든 복수가 정당화된다면? 복수는 결국 후회와 고통만 남는 것인데…… 생각만 해도 끔찍했다.

타라가 생각에 빠져 있는 동안 여제는 에프리트를 불러서 아무도 듣지 못하게 작은 소리로 지시를 내렸다. 에프리트가 허리를 굽혀 인사를 하고 사라졌다.

"수상은 지금 어디 있습니까?" 칼이 물었다.

"내가 방금 가택 연금 명령을 내렸다. 따라서 너는 수상에게 접근하지 못한다. 나는 아직 그가 필요해. 그러니까 그를 건드리지 마라, 알았나?"

칼은 잿빛 눈으로 쳐다봤지만, 여제의 얼굴은 단호했다. 설사 자신이 한 일이 옳지 못하다는 걸 알아도 여제는 절대 눈길을 피하는 법이 없었다.

"저는 포기하지 않을 겁니다." 칼은 침착하게 대답했다. "그런 짓을 저지른 살인자는 살려둘 수 없습니다."

로빈의 얼굴이 굳어졌다. 여제에게 맞서는 것은 위험했다. 무아노는 파랗게 질렸고, 파브리스는 변신하지 않으려고 주먹을 꼭 쥐었다. 파프니르는 도끼를 움켜잡았다. 모두 옴짝달싹 못한 채 처분만 기다릴 뿐이었다.

여제는 빨간색 긴 머리를 흔들면서 한숨을 내쉬었다.

"그럴 줄 알았다. 그래서 너를 추방하겠다, 영원히. 이 명은 너의 친구 엘레아노라의 소멸식이 끝나는 즉시 효력을 발생한다. 이상 끝."

칼은 눈썹 하나 까딱하지 않았다. 칼이 여제에게 허리를 굽혀 인사하고 돌아설 때였다.

친위대원 한 명이 땀을 뻘뻘 흘리면서 뛰어 들어왔다.

"폐하, 폐하!"

여제는 문제가 생긴 것이라고 직감하면서 일어났다.

"웬 소란이냐? 무슨 일인가?"

"폐하! 폐하의 명을 받고 궁전의 마당에서 지방 순시를 떠날 채비를 하던 수상이 갑자기 기침 발작을 일으켰습니다. 주치의 샤먼을 부르는 사이에 티라니크 수상이 사망했습니다! 블랙 킬엑기스에 독살된 것 같습니다!"

모든 눈길이 칼에게 쏠렸다.

칼은 두 손을 들면서 결백하다는 표시를 했다.

"난 아니에요. 지금까지 여기 같이 있었잖아요. 나는 복제하는 기능이 없어요. 난 스너피가 아니라고요. 그리고 방금 폐하께서 티라니크에게 가택 연금 명령을 내렸다고 했잖아요. 그런데 지방으로 떠날 채비를 하고 있었다는 건……."

칼이 날카로운 눈길을 던졌지만, 여제는 거짓말한 것에 대해 전혀 양심의 가책을 느끼지 않는 것 같았다.

"따라서 저만 티라니크가 죽기를 바란 것이 아닌 것 같습니다."

"네가 그 죽음에 아무 짓도 하지 않았기를 바란다." 여제가 무섭게 쳐다봤다. "그게 아니면……."

타라가 끼어들었다.

"어쨌든 이제는 칼을 추방할 필요 없잖아요, 고모. 문제가 해결됐으니까. 소멸식이 끝난 뒤에도 칼리반 달 살란과 함께 있어도 되는 거죠?"

여제는 이맛살을 찌푸리면서 잠시 뜸을 들이다가 허락했다. 칼이 또다시 허리를 굽히는 것으로 여제에게 고마움을 표시했다. 타라는 칼을 데리고 친구들과 함께 접견실을 나왔다. 문 밖에서는 궁인들이 면담이 다시 시작되기를 기다리고 있었다.

크리스털리스트들이 타라에게 몰려들어서 수상의 갑작스러운 죽음을 어떻게 생각하는지 인터뷰 요청을 했지만, 타라는 노코멘트로 일관했다. 수상이 방금 사망했는데 어느새 알고 기자들이 달려왔다는 것은 궁전에서 비밀을 지키기가 얼마나 어려운지 보여주었다.

그들은 엘레아노라의 시신이 안치된 방으로 향했다. 칼은 어깨를 짓누르는 무거운 짐을 벗은 것처럼 숨을 크게 내쉬었다.

"이제는 엘레아노라를 위해 마음 놓고 울 수 있어. 살인범이 죽었으니 엘레아노라의 명예도 회복되었어."

사흘 동안 참고 참으면서 가까스로 억눌러왔던 고통 때문에 얼굴이 일그러진 칼은 평소의 가벼운 발걸음과 달리 걸음이 무거웠다. 친구들이 칼을 에워싸면서 부축했다.

타라는 아쉬웠다. 티라니크를 심문하고 싶었는데……. 그가 엘레아노라를 죽인 범인이면서도 칼을 죽이려고 했기 때문이 아니었다. 여러 가지 면에서 요주의 인물이기 때문이었다. 칼에게는 아무 말도 하지 않았지만, 타라는 시간이 나면 은밀히 티라니크의 뒷조사를 할 생각이었다. 어쨌든 이제 죽었으니 티라니크의 모든 문서를 자유롭게 볼 수 있었다.

가는 도중에 그들은 마라와 마주쳤는데 아주 만족스러운 얼굴을 하고 있었다. 눈독을 들이던 카나리아를 잡아먹은 고양이 같다고 할까. 마라의 입가에 묻은 가상의 노란 털이 보이는 것 같았다.

"티라니크 수상이 사망했어." 파브리스가 알려주었다.

"응, 알아." 마라의 목소리가 경쾌했다.

"네가 그걸 어떻게 알아?"

"그 소식으로 지금 궁전 안이 얼마나 시끄러운데. 칼? 기분이 어때?"

마라는 활짝 웃는 얼굴로 칼을 쳐다봤다. 칼은 대답하지 않고 엘레아노라의 시신을 안치해놓은 곳을 향해 계속 걸어갔다. 여제는 엘레아노라가 궁전 안에서 살해되었기 때문에 딸을 잃고 실의에 빠진 부모에게 경의를 표하는 뜻에서 역대의 황제와 여제들이 영면하는 왕립공원에서 소멸식을 거행하기로 결정했다.

그건 크나큰 영예였다.

마라는 잠자코 칼을 따라갔다. 칼의 슬픔을 이해할 수 없지만 존중하고 있었다.

"네가 죽으면 나는 미쳐버릴 거야." 로빈이 타라의 귀에 대고 속삭였다.

타라는 전율이 일었다.

"난 너에게 그런 일이 생긴다는 걸 상상조차 하기 싫어. 하지만 우리는 칼과 엘레아노라의 관계보다 훨씬 강해. 엘레아노라는 티라니크를 잡는 데만 혈안이 되어 있어서 칼이 자기를 미친 듯이 사랑한다는 걸 알지도 못했어."

"너와 마지스터의 관계도 비슷하지 않나? 그래서 그 흉악한 마지스터에게 혈안이 돼서 타라 네가 나를 거들떠보지도 않을까 봐 내가 얼마나 힘들었는데."

타라는 슬픔에 빠져 있는 칼을 생각해서 웃음을 꾹 참으면서 로빈의 완전무결한 코를 톡 건드렸다.

"하지만 나는 너를 알아봤어. 어떤 여자가 이렇게 잘생긴 얼굴을 외면할 수 있겠어? 그리고 나는 남자가 이렇게 아름다운 건 불공평한 일이라고 생각해. 여자보다 더 예쁜 남자는 금지되어야 해."

로빈이 사팔눈을 만들어서 눈알을 굴렸다.

"자, 이러면 어때?"

이번에는 웃음을 터뜨리지 않으려고 타라는 입술을 깨물어야 했다. 그러고는 재빨리 로빈의 입술에 가볍게 입을 맞췄다.

"오, 그 사팔눈, 그건 마음에 든다. 네가 미친 줄 알고 여자들이 접근하지 않을 테니까."

"근데 나 미친 거 맞아, 타라. 너에게 미쳤잖아. 완전 불치병 환자."

타라는 더는 웃고 싶지 않았다.

"무서워."

"무서워? 누가?"

"너를 잃을까 봐. 그리고 칼처럼 상처를 받을까 봐. 여기는 지구랑 달라. 모든 면에서 더 위험하고 폭력적이야."

로빈은 무리에서 약간 떨어지기 위해서 걸음을 늦췄다. 타라의 말에 동의할 수 없었다.

"네가 지구의 바그다드에서 태어났다면 폭탄이나 미사일 공격으로 죽을 수도 있어. 앙골라나 나이지리아에서 태어났다면 빵 한 조각 때문에, 영토 때문에 죽을 수도 있어. 뉴욕이나 샌프란시스코에서 태어 났다면 돈 때문에 죽었을 거야. 타라, 그래도 아더월드가 지구보다 더 평화로워. 지구의 다큐멘터리 영화를 봤는데 아프리카에서는 굶주려 서 죽는 아이들이 있고, 파리나 런던 거리에서 구걸하는 아이들도 있 었어. 여기는 마법 덕분에 그런 일은 없어, 불공평하지도 않아. 위험은 어디나 존재해. 물론 네가 오무아의 후계자이기 때문에 위험에 더 많 이 노출되어 있는 건 사실이지. 하지만 너는 역대의 여제들과 황제들 처럼 오랫동안 오무아를 평화롭게 통치할 거야."

타라는 오무아의 황제들이 통치 기간 동안 늘 평화로웠던 것은 아니 었음을 알려주는 『궁정 비사』에 대해 말하고 싶지만 단념했다. 그건 오무아 제국의 비밀이기 때문에 고모에게 물어보지 않고 발설할 수 없었다.

"이 사건에서 내가 가슴 아픈 게 뭔지 알아?" 타라가 물었다.

로빈은 타라가 엘레아노라에 대한 얘기로 화제를 바꾸는 것이라고 이해했다.

"글쎄."

"칼을 생각하면 정말 슬퍼. 어린 나이에 그렇게 살해된 엘레아노라 가 정말 안됐다고 생각하면서도 솔직히 그 이상의 느낌은 없었어. 엘 레아노라를 잘 모르고 많이 미워했으니까. 칼을 괴롭혔잖아. 누구든 내 친구들을 괴롭히는 건 참을 수가 없어서 걔를 미워했는데…… 하 지만 이렇게 되고 보니 가슴이 아파……."

로빈이 미소를 지었다. 친구들을 보호하려고 애쓰는 타라가 자랑스 럽고 사랑스러웠다.

"일단 칼을 데리고 네 방으로 돌아가자." 로빈이 제안했다. "너를 안아주고 싶은데 지금 그랬다가는 네 고모가 또 나를 쫓아버릴 궁리를 하실 테니까."

타라는 미소를 지었다. 둘은 이미 작전을 세우고 할 수 있는 행동과 할 수 없는 행동을 규정했었다.

특히 로빈은 성교육에 관해서는 타라보다 훨씬 앞서 있었다.

그리고 성에 관한 로빈의 지식은 타라가 열여덟 살이 될 때까지 기다릴 필요가 없다는 생각이 들 정도로 완벽했다.

열여덟 살은 그들이 정해놓은 나이였다.

로빈은 타라가 육체관계를 거부하는 이유(물론 스물여섯 시간을 감시당하고 있다는 이유 말고도)를 이해할 수 없었다. 미성년이기 때문에 안 된다는 것은 로빈이 생각하는 바와 거리가 멀었다. 남녀가 만나서로 마음에 들면 사랑하는 것이고, 마음에 들지 않으면 헤어지는 것이 로빈이 생각하는 남녀 문제였다. 세상에는 만날 수 있는 남녀가 얼마나 많은데.

고모가 지나치게 간섭하는 것이라고 생각하는 타라지만 그 점에 대해서는 아주 보수적이었다. 타라에게 있어 남자와 육체관계를 맺는 것은 약속의 의미였다. 그건 먹거나 숨 쉬는 것처럼 단순한 행위가 아니었다.

그래서 로빈은 타라가 중요하게 여기는 것들을 머릿속에 새겨두었다. 집안, 로빈, 매직 6총사, 그리고 특히 약속, 그것은 꼭 지켜야 하는 것이었다.

혼자서 엘레아노라의 시신을 지키고 싶어 하는 칼을 위해 그들은 방을 나왔다. 나중에 소멸식을 위한 의식이 시작될 때 칼을 다시 만나기로 했다.

무아노와 파프니르, 파브리스는 혼란스러운 얼굴로 타라와 로빈을 따라왔다. 친구들은 사랑에 빠진 커플이 둘만 있고 싶어 하는 마음을 알아차리지 못했다.

그러나 친구가 깊은 슬픔에 잠겨 있는 상황에서 행복한 커플의 모습을 보일 정도로 타라와 로빈은 교양이 없지 않았다. 그들은 그렇게 휴식을 취하면서 마음을 차분하게 가라앉힐 수 있었다.

저녁에 그들은 칼을 만나러 갔다. 여제의 삼촌 반디우 대군의 소멸식을 앞두고 궁전이 온통 검은색 물결이었던 것과는 완전히 달랐다. 사망한 티라니크는 국장으로 치르지 않고 가까운 친지가 참석한 가운데 비밀리에 장례를 마친 것 같았다. 티라니크가 신망을 얻지 못한 수상이었고, 여제가 그 죽음에 얽힌 복잡한 상황을 조용히 묻어버리고 싶었기 때문이다.

그들이 소멸식을 위해 시신이 안치된 방으로 들어갔을 때 칼은 더 이상 울지 않았다. 눈이 빨갛고 퉁퉁 부어 있지만 엘레아노라에게 마지막 작별의 말을 건넸다.

방에는 아더월드에서 가장 귀하고 비싼 자이언트 거미줄로 짠 흰색 실크가 드리워져 있었다. 검은색 실크를 사용하는 황족의 장례식과는 달리 엘레아노라가 미성년이기 때문에 흰색 실크를 사용한 것이었다. 방 한복판에 놓인 크리스털 관 안에 엘레아노라가 누워 있었다. 마법으로 생전의 모습이 그대로 보존된 엘레아노라는 조명을 받아 뺨이 장밋빛으로 물들어 있고, 면허 받은 도둑의 유니폼을 입고 있었다. 엘레아노라의 부모도 사람들에게서 멀리 떨어진 곳에 있었다.

하얗게 입은 에프리트들이 크리스털 관을 들고 움직이면서 의식이 시작되었다. 그들은 무거운 걸음으로 왕립 공원을 향해 크리스털 관을 따라갔다. 장례 행렬이 지나가는 길에 흰색 옷차림의 궁인들이 목례를 했고, 요정들은 꼼짝하지 않은 채 타츠보움들이 연주하는 장송곡에 맞춰 슬픈 울음소리를 냈다.

여제가 타라와 자르, 마라를 거느리고 친히 의식에 참석했지만, 엘레아노라의 부모는 관심이 없었다. 아무리 성대한 장례식을 치러준들 자식을 잃은 큰 슬픔이 덜어질 수 있을까.

왕립 공원은 여전히 파란색과 빨간색이지만, 동물과 곤충들은 일시적으로 흰색이 되는 주문에 걸려 있었다. 흰색 나비들과 새들이 장례 행렬의 머리 위를 날아다니는 광경은 아주 묘한 느낌을 주었다.

트럼펫이 금속 볼을 부풀리면서 울려 퍼졌다. 새들이 노래를 멈추고, 매직 버블이 시신을 에워쌌다. 엘레아노라의 아버지는 목멘 소리로 딸의 죽음을 애도했다.

엄숙하고 슬펐다.

칼이 흘리는 눈물을 보며 친구들도 따라 눈물을 흘렸다. 엘레아노라의 시신이 파란 풀 밑 흙 속으로 천천히 묻힐 때는 칼이 몸을 가누지 못했기 때문에 부축을 받아야 했다.

시신이 완전히 사라지자 칼은 숨을 깊이 들이쉬었다. 여제 옆에 서 있는 마라는 칼에게서 눈을 떼지 않았는데 혼란스러운 표정이었다.

소멸식이 완전히 끝났고, 매직 6총사는 무거운 마음으로 타라의 방에 모였다.

"뭐라고 위로해야 할지 모르겠어." 타라가 칼에게 말했다. "너무 가슴이 아프다."

칼이 타라를 쳐다봤다.

"너는 마라가 복수한 거라고 생각해?"

"난 아니라고 확신해. 그건 왜?"

"그냥, 그냥 물어봤어." 칼이 대답했는데 당황하는 것이 역력했다. "이제 뭐 하지?"

타라는 칼을 뚫어져라 쳐다봤다. 그러고는 천연덕스럽게 거짓말을 했다. 타라는 칼이 바보 같은 짓을 할까 봐 곁에 붙잡아두고 싶었던 것이다.

"우리랑 같이 지내자고 말할 생각이었어. 고모가 분명히 이 행성 어딘가에서 해야 할 일을 나한테 맡길 거야. 솔직히 말해 네가 곁에 있으면서 나를 보호해주면 든든할 것 같은데."

"그게 왜 싫겠어?" 칼이 대답했다. "이미 친구가 죽는 걸 봤는데 다른 친구를 또 잃고 싶지 않아. 하지만 지금은 랑코비트로 가서 내 방 침대에서 자고 싶어. 그리고 돌아올게. 괜찮지?"

타라는 친구들의 방 다섯 개가 준비되어 있는 자신의 스위트룸에서 자라고 말하고 싶었지만, 무아노가 랑코비트에 따라가서 자신이 칼을 보살피겠다는 손짓을 했다. 타라는 더 이상 붙잡지 않았다.

그때 살아있는 돌에서 울리는 벨소리에 그들은 깜짝 놀랐다.

샤르맘니쉬라쉬바의 번호가 떠 있었다.

이미지가 나타나지 않았지만 타라는 전화를 받았다.

"타라?"

타라는 누군지 알기 때문에 '아닙니다, 나는 교황입니다'라고 대답하려다가 그만두었다. 드래곤이 교황이 뭔지 모를 수도 있고, 방금 엘레아노라의 장례를 치렀는데 농담할 수 없지 않은가.

"네, 샤름, 잘 지내세요?"

"아니, 여기는 예기치 않은 사건이 연달아 터져서 잘못 지내고 있습니다. 내 말 잘 들어요, 며칠 후 초대를 받을 겁니다. 어제 폐하에게 초대장을 보내겠지만 마마가 그 대표단의 일원으로 오기 바랍니다. 마마는 직감이 뛰어나고, 남들이 보지 못하는 것을 알아차리는 능력이 있다고 셈이 말했어요. 그리고 마마가 아는 분을 만나는 좋은 기회가 될 거라고 했어요."

신중한 샤름은 혹시 도청이 될지도 모르기 때문에 타라의 어머니 이름을 언급하지 않았다. 그러나 메시지의 내용이 구체적이지 않았다. 초대? 무슨 초대지? 그리고 드래곤이 뭘 숨기고 있는 거지? 갑자기 존댓말을 하는 이유는 또 뭐지? 물어보려고 했지만, 통화가 끊어졌다.

이상하네.

잠시 후, 문이 눈을 뜨더니 몽타뉴크리스토라는 누군가가 후계자와 친구들을 파티에 초대했다고 알렸다.

로빈은 마시던 친파프가 기도로 넘어가는 바람에 숨이 막힐 뻔했다.

"뭐라고?" 로빈이 벌떡 일어났다.

타라는 거절하려다가 로빈의 반응을 보고 생각을 바꿨다.

"그 초대자가 트리톤인가?" 로빈이 믿기지 않는다는 어조로 물었다.

"맞다." 문이 대답했다. "그 트리톤이 임대로 나와 있던, 잃어버린 안개 대양의 궁전에 방금 입주했다고 그곳의 문들이 알려왔다. 트리톤은 후계자를 초대함으로써 유명해지고 싶어 하는 억만장자라고 한다. 마마, 그 벼락부자의 초대를 거절하실 건가요?"

아쉬워하는 말투잖아? 부자라는 것에 혹하다니, 문이 그렇게 속물이었나? 로빈이 눈짓으로 보내는 신호를 알아차린 타라는 문에게 명했다.

"몽타뉴크리스토라는 트리톤에게 초대에 응하겠다고 전하거라."

타라가 호기심 어린 눈길을 던지자 로빈은 오무아의 국사에 관련된 일이기 때문에 친구들 앞에서 말할 수 없다는 뜻의 손짓을 보냈다. 타라는 더 이상 캐묻지 않았지만, 로빈이 할 말이 아주 많을 거라고 짐작했다.

친구들이 떠나고 얼마 후 타라의 예상대로 로빈이 다시 와서 자초지종을 말했다.

"뭐? 그러니까 네 말은 상누아르가 몽테크리스토 백작 흉내를 낸다는 거야? 농담이지?"

설치류 동물 친의 털로 짠 숄을 두른 타라는 하얀 소파에 웅크리고 있었다. 로빈은 그 앞에 앉아서 타라의 의혹을 풀어주었다.

"아니, 농담 아냐. 내 생각에 그 이름은 알렉산드르 뒤마의 소설에서 따온 거야. 몽테크리스토의 일생이 상누아르가 겪은 파란만장한 인생과 똑같거든. 소금을 훔쳐서 갑부가 된 것도 그렇고! 이걸 봐(로빈이 쪽지를 내밀었다), 언제든 연락하라면서 크리스털 볼 번호를 줬어. 발라의 목숨을 구하기 위해 자기를 도망치게 해줬다고 나를 친구로 생각하는 것 같아."

타라의 눈초리가 차갑게 변했다.

"그래서 발라에게 상누아르가 있는 곳을 말해줄 거야?"

"발라는 해독제를 구하려고 몇 시간 동안 세 대륙이나 돌아다녔어. 그러나 샤먼들은 하나같이 방법이 없다면서 손사래를 쳤대. 여제께서 명을 내리지 않는 한 상누아르는 1년 되기 전에는 해독제를 주지 않을 거야. 발라는 체념할 수밖에 없겠지, 당장 목숨이 위험한 것은 아니니까. 그리고 해독제에 신경을 쓰다 보면 나에 대한 집착도 없어질 거라고 생각해."

"어쨌든 연락처를 발라에게 너무 빨리 알려주지 않는 게 좋을 것 같아. 너무 흥분해서 상누아르를 죽일지도 모르니까."

"솔직히 말하면, 타라, 발라가 나를 귀찮게 하지 않기만 바랄 뿐이야. 내가 바라는 건 그게 다야."

타라는 잠자코 로빈을 쳐다봤다. 거북해진 로빈이 물었다.

"왜 그래? 왜 그런 눈으로 쳐다봐?"

"좀 이상해서."

"뭐가 이상해?"

"작정을 하고 덤비는 발라의 유혹에 넘어갈 수도 있었을 텐데 어떻게 버텼어? 그런 경우 지구의 남자 중 80퍼센트는 굴복했을 거야. 그런데 넌 아니었어. 쉽지 않았을 텐데……."

로빈이 잠시 침묵했다.

"너를 잃을까 봐." 로빈이 마침내 고백했다. "그랬다간 너를 잃을지 모른다고 생각하니까 도저히 견딜 수 없었어. 엘프의 피가 끓어오르는 순간에도 그 생각이 나를 버티게 도와줬어. 타라, 너에 대한 사랑이 나에게 그런 용기를 줬어."

타라는 자리에서 일어나는 것으로 로빈의 눈길을 피했다. 뭐에 홀린 것 같고, 혼란스러웠다. 타라는 안절부절못하면서 손가락에 낀 하얀 반지를 돌리고 있었다.

어? 얼마 전만 해도 못 보던 반지인데⋯⋯.

로빈은 질투심에 사로잡혔다. 도대체 누가 선물한 거지?

여제에게도 반지에 대해서 말하지 않았는데.

오랜만에 재회한 뒤로 타라가 다정하게 대해주고 있지만 로빈은 타라의 애정 표현이 조심스러워진 느낌이 들었다. 오, 끔찍한 벤드룩의 내장이여! 타라가 다른 남성을 만난 걸까? 뱀파이어? 아니면 또 다른 하프엘프와 사랑에 빠진 건가? 로빈은 의혹이 가득한 얼굴로 크리스털 눈을 찡그리면서 안절부절못했다.

타라는 로빈이 그렇게 괴로워하고 있다는 걸 눈치채지 못했다. 타라가 불안한 것은 로빈의 사랑이 자신보다 훨씬 강하다는 느낌 때문이었다. 물론 로빈을 사랑하는 건 분명했다. 로빈과 같이 있으면 정말 즐겁고 행복했다.

타라는 로빈의 사랑이 열렬한 사랑이라는 느낌이 들었다. 마지스터에 대한 셀렌바의 불같은 사랑, 그것도 열렬한 사랑이었다. 그러나 열렬한 사랑은 마약에 중독된 것처럼 이성에 따르지 않고 무슨 짓이든 할 수 있는 무분별한 사랑이 될 수 있었다. 때로는 좋을 수도, 때로는 나쁠 수도 있었다. 건설적일 수도 있고, 파괴적일 수도 있었다.

타라는 그것이 두려웠다. 어떤 때는 두려움이 느껴질 정도로 격렬한 열정을 보이는 로빈에게 얽매이지 않을 수 있을까? 엘프의 피는 타라가 깜짝 놀랄 정도로 야성적인 면이 있었다. 인간처럼 죽음을 두려워하지도 않았다. 종족에 대한 충성이 우선이었다. 무슨 일에도 겁내지 않는 것은 정말 이상했다.

타라는 무의식적으로 손가락의 반지를 돌렸다. 언제부턴가 불안할 때 반지를 돌리는 것이 버릇이 되었다.

갑자기 타라는 신음소리를 내면서 로빈의 품에 안겼다. 타라는, 로빈이 긴장하고 있다는 걸 느꼈지만 평소대로 다정하게 안아주자 그 생각을 머리에서 떨쳐냈다.

타라가 나가서 바람이라도 쐬고 오라는 명을 내렸을 때 갈랑과 소우르브는 동시에 놀라는 소리를 냈다. 그러나 로빈의 입맞춤은 건성이었고, 거리감 같은 것이 느껴졌다. 결국 타라는 피곤하다는 핑계를 댔고, 하프엘프는 아무것도 묻지 않고 방을 나갔다.

칼 때문에 이미 우울해 있던 타라는 말할 수 없을 정도로 의기소침해졌다.

물끄러미 반지를 쳐다보던 타라는 시험해보기로 했다.

"어디 보자." 타라는 중얼거렸다. "난 악마의 마법 능력이 없어. 하지만 자르와 마라는 샤먼들이 치료했는데도 여전히 마지스터의 마법에 감염되어 있어. 지금 그 아이들이 어디 있는지 알려줄래?"

반지가 의사 표현을 할 수 없다는 건 알지만 타라는 은빛 유니콘의 가벼운 떨림을 분명히 느꼈다. 타라는 직감에 따라 복도로 나갔다. 반지를 낀 손가락의 오른쪽 부분에서 미세한 압력을 느꼈다. 타라는 오른쪽으로 가라는 신호로 받아들였다. 그렇게 오른쪽, 왼쪽으로 가면서 여제의 아름다운 정원을 지나가는데 요정들이 잠을 청하기 위해 날개를 접고 브리양트에게 조명을 맡기고 있었다. 타라는 드래코-티라노사우루스들이 트라둑을 추적하는, 궁전의 동물원을 지나가야 할 때는 매직 버블로 방어했다. 이어서 파란 풀과 하얀 꽃으로 덮인 복도에 이르렀다. 박동이 빨라지는 걸 느낀 타라는 반지를 유심히 살폈다. 복도의 파란 풀은 마라의 생각이었다. 자연을 사랑하는 마라의 방은 식물이 울창해서 정글처럼 보였다.

타라는 문 앞에서 멈췄다. 어머니 셀레나의 방과 가까운 곳에서 자르와 마라가 같이 생활하는 스위트룸이었다. 처음에는 타라의 방과 인접해 있었는데, 자르와 타라를 가까이 두는 게 좋지 않다고 판단한 여제가 쌍둥이들의 방을 옮기게 했다.

타라는 속으로 말했다. '음, 그래, 너는 악마의 마법을 감지할 수 있구나. 아니, 너는 어쩌면 내 말을 전혀 이해하지 못했는데 내가 이름을 말했기 때문에 자르에게 나를 데려온 거야. 그럼 궁전에 악마의 마법이 또 있어?'

타라는 잠시 기다렸지만 반지는 반응하지 않았다. 돌아서려고 할 때 등 뒤에서 나는 목소리에 타라는 깜짝 놀랐다.

"타라? 이 밤중에 여기서 뭐 하는 거니?"

여제의 이복오빠이자 군대의 수장인 황제가 왕관에 황금 갑옷 차림으로 서 있었다. 한 갈래로 땋은 금발이 어깨 위로 늘어져 있었다. 황제는 몹시 초췌해 보였다.

"삼촌! 깜짝 놀랐잖아요! 언제 오셨어요?"

산도르 황제는 국정을 위해 한동안 해외 순방 중이었기 때문에 그들은 오랜만에 만나는 것이었다. 황제가 어느 누구에게도 후계자의 훈련을 맡기지 않았기 때문에 그동안 타라는 괴로운 전술 훈련이 면제

되어 있었다.

"방금 도착해서 자르와 마라가 잘 지내고 있는지 보려고 왔지. 마지스터가 또 네 어머니를 납치하려다 미수에 그쳤다고 들었는데?"

산도르는 주먹을 불끈 쥐고 있었다. 마지스터의 칼에 어깨를 다친 뒤로 산도르는 상그라브들의 보스를 증오하고 있었다. 게다가 같은 여자를 사랑했다는 걸 안 뒤로는 더욱더 이를 갈고 있었다.

"네, 그런 일이 있었어요. 하지만 고모가 연구실에서 새로 개발한 자동 트란스미투스 기구를 주신 덕분에 어머니는 무사히 도망칠 수 있었어요."

"아하, 해외 순방 중이어서 그런 것이 나왔는지 모르고 있었구나. 나도 하나 갖고 있었으면 좋았을걸! 끝도 없는 외교 회담을 빠져나와서 즐거운 시간을 보낼 수 있었을 텐데!"

전사이자 행동가인 산도르 황제는 정치에 관련된 일을 몹시 지겨워했다. 타라는 미소를 지었다. 그 마음을 충분히 이해할 수 있었다.

"그건 그렇고 네 훈련이 많이 지체됐어." 황제가 엄한 얼굴로 말을 계속했다. "가능한 한 빠른 시일 내에 전투복 차림으로 훈련장에 서 있는 네 모습을 보고 싶구나. 알았니?"

'알겠습니다, 사부님!' 입에서 튀어나오려고 하는 말을 간신히 참으면서 타라는 삼촌이 새로운 과제를 주기 전에 재빨리 방으로 돌아갔다.

어쨌든 악마의 마법을 탐지하는 테스트는 소기의 목적을 이룬 셈이었다. 타라가 이해할 수 없는 것은 고모가 궁전 안에 상그라브가 여러 명 있다고 단언한 점이었다. 그런데 자르와 마라를 제외하고는 반지가 반응하지 않았다. 그렇다면 반지가 상그라브들을 탐지하지 못하거나, 교활한 마지스터가 악마의 마법에 감염되지 않은 상그라브들만 궁전에 투입했거나, 반지가 감염된 상그라브들을 보호해주거나, 이 세 가지 중 하나일 가능성이 있었다. 이 정도로 압축한 것만으로도 놀라운 성과가 아닌가.

타라가 침대에 누우려는 순간, 아버지의 유령[22]을 부르기 위한 묘약을 감춰둔 방에서 이상한 소리가 났다.

얼마 전 금지된 대륙에서 칼리르 꽃을 꺾어오는 것으로 타라는 필요한 재료를 모두 준비해서 묘약을 만들었다. 이제는 악취가 나는 그 액체를 앞으로 10개월 더 가만히 내버려둬야 했다. 궁정의 감독관 칼리부인은 타라에게 정체불명의 액체가 있는 방에 악취를 제거하는 주문을 걸라고 요구했었다. 정말 참을 수 없을 정도로 악취가 심하기 때문에 타라는 감독관의 요구를 받아들였다. 그리고 묘약 조제법이 적힌 양피지를 체인지라인의 주머니에 감춰두고 있었다. 유령에 대한 연구가 금지되어 있기 때문이다. 타라가 하고 있는 일은 불법이었다.

타라는 초조하고 불안하지만(묘약이 성공할지 결과에 자신이 없었다), 한편으로는 크라살비를 다녀온 덕분에 아버지 외에 다른 것을 생각하게 된 것이 기뻤다.

셀렌바에 대한 임무는 완벽한 성공을 거두지 못했지만 킬라의 병을 치료했다. 그리고 사피르와 사틸라는 셀렌바를 잃은 것 때문에 서로

....

22. 타라는 몇 년 전 아버지가 유령의 모습으로 아직 살아 있다는 것을 알았다. 어머니가 문제 있는 위험한 남자들과 사랑에 빠지므로 타라는 아버지를 돌아오게 하려고 애쓰고 있다.

를 위로하는 사이가 되었다.

타라의 불안을 알아차린 체인지라인이 재빨리 예쁜 파자마를 전투용 갑옷으로 바꿔주었다.

방 앞으로 가서 문을 열던 타라는 뒷걸음쳤다. 냄새가 어찌나 지독한지 목구멍에 불이 붙는 것 같았다.

타라를 따라온 갈랑도 날개를 치면서 울음소리를 냈다.

타라는 주문을 읊었다.

"*필트루스의 이름으로 내가 숨 쉴 수 있게 맑은 공기로 바뀌어라!*"

냄새가 완전히 사라지진 않았지만, 맑은 공기가 타라를 휘감으면서 정상적으로 숨을 쉴 수 있었다. 다시 방으로 들어가던 타라는 그대로 얼어붙었다. 묘약을 담아놓은 냄비가 비어 있었다!

액체 덩어리가 냄비 위 3미터쯤 되는 공중에 푸르스름한 풍선처럼 떠다니고 있었다.

"맙소사, 저게 왜 공중에 떠 있지?"

타라는 체인지라인의 주머니에서 꺼낸 양피지를 읽었다. 묘약이 공 모양으로 변하면 완성된 것이라고 적혀 있었다.

벌써 다 된 건가?

공 모양으로 떠다니잖아!

"아직 열 달쯤 기다려야 하는데…… 이상하네."

"혼자서 뭐라고 중얼거리는 거야? 어휴, 냄새, 이 악취는 또 뭐야?"

등 뒤에서 나는 목소리에 타라는 소스라쳤다.

뒤돌아보니 칼이 놀란 얼굴로 쳐다보고 있었다.

"칼! 놀랐잖아. 다른 사람들처럼 소리를 내면서 다닐 수 없어?"

칼이 힘없이 미소를 지었다.

"그건 안 되지. 사람들을 놀라게 하는 것이 목적인데. 지구의 캡댄서처럼 징 박힌 신발을 신으면 소리 나게 걸어 다닐 수 있겠지만."

타라는 친구가 유머를 찾으려고 애쓰고 있다는 걸 느꼈다. 그래서 친구가 안쓰럽지만 맞장구를 쳐주기로 했다.

"탭댄스." 타라는 칼을 유심히 살피면서 말했다.

"뭐라고?"

"캡댄서가 아니라 딱, 딱 소리를 내면서 추는 탭댄스야. 근데 너 어떻게 된 거야? 너…… 괜찮아? 랑코비트로 돌아가지 않았어? 혹시 고모가 나를 포함한 매직 6총사[23]에게 내어준 방을 사용한 거야? 거기서 잤어?"

칼이 눈살을 찌푸리면서 눈을 찡그리고 코를 비틀었다. 눈썹 사이, 눈, 코, 어떻게 동시에 저럴 수 있지? 타라는 감탄사가 절로 나왔다. 어쨌든 이상한 버릇이거나 무슨 꿍꿍이가 있다는 건데.

어찌나 목소리가 작은지 타라는 귀를 기울여야 했다.

"아니, 랑코비트에서 돌아와서 임무 수행 중이야."

"무슨 임무?" 목소리를 왜 낮춰야 하는지 모르지만 타라도 속삭였다. "누구를 위한 미션인데? 티타니아 왕비, 베어 왕, 네 어머니[24]? 망

• • • • • • • • • • • • •

23. 여제는 타라를 포함한 매직 6총사가 어디든 함께 다니는 걸 알고 있었다. 그러나 로빈이 타라에게 사랑을 고백한 뒤로 소년들이 후계자의 스위트룸에서 밤을 보내는 걸 원치 않았기 때문에 궁전 안에 소년들을 위한 거처를 따로 마련해주었다. 타라의 방에서 그리 멀지 않지만 아주 가깝지도 않다.

24. 칼의 어머니 알리아나 레안드린도 면허 받은 도둑이다. 도둑은 달 살란 집안의 가업이다.

질 선생님?"

칼은 고개를 저으면서 마치 엄청난 비밀인 것처럼 더 나직한 소리로 대답했다.

"말해줄 수 없어."

무슨 이유인지는 모르지만 자존심이 좀 상한 타라가 소리쳤다.

"아, 그래?"

"쉬이이이이잇." 칼이 재빨리 손으로 타라의 입을 막았다. "그렇게 크게 말하지 마!"

"네 손이 왜 타라의 입에 올라가 있어?" 등 뒤에서 냉랭한 목소리가 외쳤다.

칼과 타라는 동시에 화들짝 놀랐다. 칼은 불에 덴 것처럼 타라의 입에서 얼른 손을 떼고 하프엘프를 돌아봤다. 로빈은 아주 불쾌해하는 얼굴이었다.

로빈은 칼의 슬픔에 전적으로 공감하지만 타라의 몸에 손대는 걸 아무렇지도 않게 봐줄 수는 없는 모양이었다. 로빈은 칼에게 시선을 고정한 채 킁킁 냄새를 맡았다.

"내 냄새 맡을 필요 없어. 그리고 그렇게 쳐다보지 좀 마. 이 냄새는 타라의 묘약에서 나는 냄새니까."

타라는 눈살을 찌푸렸다. 좋아하는 친구들이지만 한밤중에 연락도 없이 불쑥 방에 들어오는 건 예의에 어긋난다는 생각이 들었다. 안 되겠어, 앞으로는 절친한 친구가 찾아와도 나한테 먼저 알리라고 문에게 명을 내려야겠어.

"로빈? 넌 또 무슨 일이야?"

376

둘이 헤어진 지 30분도 채 안 된 시간이었다.

로빈이 크게 한숨을 쉬면서 검은 머리털이 섞인 은빛 머리를 쓸어넘겼다.

"안티 오도루스 주문으로 냄새부터 제거하면 안 될까? 무슨 냄새인지 너무 지독해."

"이미 걸어놨어. 묘약에 이상이 생길 수 있으니까 더 이상의 마법은 안 돼. 근데 왜 왔냐고?"

"영화 때문에 물어볼 게 있어서 왔어."

"영화 때문에? 무슨 영화?"

"상누아르의 동태를 살피는 동안 발라와 함께 지구의 영화 몇 편을 봤거든. 이유는 모르겠지만 발라가 굉장히 재미있다면서 계속 영화 얘기를 했어."

어이가 없어서, 영화를 같이 봤단 말이지? 타라는 감정을 억눌렀고 마법도 작동하지 않았다. 다만 발로 바닥을 툭툭 치고 있다는 것은 짜증이 나 있다는 표시였다. 목소리에도 감정이 실려 있었다.

"아, 그래서. 뭔지 물어봐. 어떤 영화였는데?"

"인간의 감정을 섬세하게 그린 영화들이었어. 그중 엇갈린 사랑에 대한 영화가 있었는데 제목이 음…… 〈매리가 샐리를 만났을 때〉였던가?"

타라는 웃음을 터뜨리다가 그만 묘약의 악취를 들이쉬는 바람에 후회했다.

"아아, 〈해리가 샐리를 만났을 때〉?"

"네 말이 맞겠지. 여자주인공에게 뭔가, 아니 숨겨놓은 남자가 있다고 의심하면서도 남자주인공은 끝내 물어보지 못한 채 두 시간이 흘러가는 장면이 있어. 그리고 20년이란 세월이 흘러. 하지만 난 20년 동안 너를 기다리고 싶지 않아. 하여튼 선물이라는 건 조심해야 되는데……."

도대체 무슨 말을 하는 거지? 타라는 이해가 되지 않았다.

"자세히 설명해줘야지 네가 무슨 말을 하는지 전혀 못 알아듣겠어. 그 전에 칼, 아버지의 유령을 소생시키는 묘약이 왜 공중에 떠다니는지 이유를 설명 좀 해줘."

칼은 머리를 숙이고 냄새 때문에 우거지상을 했다.

"재료를 빠짐없이 집어넣은 거 확실해? 순서대로?"

타라는 둘이 함께 베껴 썼던 양피지를 다시 꺼냈다.

"응, 여기 적힌 그대로 했어. 로크 새의 깃털에서부터 칼리르 꽃까지 전부 다 넣었단 말이야. 정말 이유를 모르겠어."

"타라." 칼이 진지하게 말했다. "내 생각에는 뭔가 빠진 것 같은데. 조제된 지 두 달 후에 떠다닌다는 글은 어디에도 없어. 묘약을 만드는 사람들은 아주 신중해. 구성 성분의 부작용까지 꼼꼼하게 기록하거든. 그렇게 하지 않았으면 아마 벌써 오래전에 이 행성의 절반이 폭발했을 거야. 아무래도 네 묘약은 실패한 것 같다!"

19
무아노의 눈물

남자친구가 선물한 것이 아닌 반지를 낄 때는
명확하게 설명해야 오해를 사지 않는데……

*

타라는 편두통이 일고 두려움이 밀려오는 걸 느꼈다. 칼의 말대로 실수를 한 거라면?

양피지에 옮겨 적은 글을 다시 읽어봤다. 이상한 기호의 비밀을 풀기 위해서 멘탈리르의 풀을 씹어 먹었지만 양이 조금이었고, 시간이 없어서 주의 사항까지 다 옮겨 적지 못했었다. 따라서 묘약이 공중에 떠 있는 이유를 알 수가 없었다.

마치 여전히 냄비 안에 들어 있는 것처럼 묘약의 표면에서 푸르스름한 거품이 톡톡 터졌는데 희한하게도 벽이나 바닥으로 떨어지지 않고 액체 덩어리에 그대로 붙어 있었다.

"숙성하는 방법에 대해서도 적혀 있어?" 로빈이 잠잘 시간이라고 항의하는 소우르브를 쓰다듬어주면서 물었다.

"아니, 특별한 건 없고, 묘약이 완성되는 즉시 소생시킬 사람의 이름을 적은 양피지를 던져 넣으라고만 되어 있어. 특히 이름의 철자가 틀릴 경우 다른 사람이 나타날 위험이 있기 때문에 주의해야 돼. 그리고 소생시키려는 사람의 질량은 몸무게와 비례한다고 적혀 있었어. 엄마가 아빠의 체중이 약 80킬로그램이었다고 했거든. 그래서 물, 산소, 탄소, 수소, 질소, 칼슘, 인, 칼륨, 황, 나트륨, 염소, 마그네슘, 요오드, 철, 동, 아연, 셀레늄, 수연, 불소, 망간, 코발트, 리튬, 스트론튬, 알루미늄, 규소, 납, 바나듐, 비소, 브롬 등 거의 30개에 이르는 원소 80킬로그램을 묘약 재료에 넣었어."

"육신이 소멸해서 더 이상 존재하지 않기 때문에 환생하려면 그 원소들이 필요한 건 맞는 것 같다." 로빈이 나름대로 분석했다. "묘약 속에 다 집어넣었으니까 육신이 돌아올 것이고, 따라서 지금은 기다리는 수밖에 없다는 거네, 그렇지?"

"응, 맞아. 지금부터 열 달 후에는 묘약이 완성될 거야. 그런데 저렇게 공중에 떠 있는 이유는 전혀 모르겠어. 어째 불안하네."

"나도 걱정이 좀 된다." 로빈이 지적했다. "묘약은 마법보다 훨씬 위험해. 불안정하기 때문이지. 예전에 랑코비트에서 약제사들과 연금술사들의 동네 부근에서 살았던 적이 있어. 어느 날 갑자기 우리 이웃 사람들이 돼지로 변해서 하마터면 바비큐 신세가 될 뻔했거든. 그래서 우리는 이사했지. 그 동네에서 폭발 사고가 얼마나 많이 일어났는지 몰라."

"지금 봐서는 부글부글 끓는 소리만 나지 묘약이 폭발할 것 같진 않아." 타라가 말했다.

"폭발하기 전의 화산도 그렇지."

"로빈?"

"응?"

"좀 낙관적으로 말할 수 없겠어? 어쨌든 나는 기다리는 것 말고는 달리 할 것이 없어. 그건 그렇고 나한테 할 말이 있어서 온 거 아냐?"

로빈은 침을 삼키면서 타라의 손에 시선을 고정했다. 타라가 눈길을 피할 정도로 뚫어져라 쳐다보고 있었다.

내 손이 뭐가 잘못됐나? 손가락 다섯 개가 다 있고, 이상하게 변하지도 않았는데……. 타라는 100개의 금빛 눈을 가진 주홍빛 공작을 새긴 가문의 반지를 왼손에 끼고 있었다.

그리고 크라에토비르의 흰색 반지.

타라가 말하려는 순간 로빈이 더 빨랐다. 아주 섭섭한 어조였다.

"그 반지는 누가 선물한 거야? 뱀파이어? 사랑의 증표로 받은 건가? 네가 그렇게 보석을 좋아하는지도 모르고 나는 꽃, 사탕, 초콜릿…… 그런 것들만 줬으니!"

실제로 타라의 방은 정원을 방불케 할 정도로 꽃으로 가득했고, 넘쳐나는 초콜릿 때문에 비만이 되지 않으려면 궁전의 비마 아이들에게 나눠줘야 했다. 타라가 보석을 좋아한다고 생각했으면 로빈은 보석 상점을 통째로 샀을 것이다. 어쨌든 이 기회에 확인할 필요가 있었다.

"이 반지? 이건 선물로 받은 거 아냐. 크라에토비르의 반지야!"

칼은 뒷걸음치고, 로빈이 파랗게 질린 얼굴로 외쳤다.

"크라에토비르의 바…… 반지? 악마들이 만들었다는 그 반지 말하는 거야? 근데 그걸 손가락에 끼고 있어? 너 미쳤구나, 당장 빼!"

타라는 치미는 분노를 억눌렀다. 이 반지에 대해 모르고 흥분하는 하프엘프를 원망할 필요는 없었다.

"걱정 마, 이 반지는 나한테 해를 끼치기는커녕 크라살비에서 나를 도와줬으니까. 오히려 내 목숨을 구해줬단 말이야. 잘 봐, 반지를 빼도 아무 문제없으니까."

타라가 반지를 빼서 손바닥에 올려놓은 상태로 내밀었지만, 로빈은 뒷걸음쳤다. 칼은 호기심이 가득한 눈을 반짝이며 들여다봤다.

"은빛 유니콘들이네? 악마의 상징으로는 너무 이상하지 않아?"

"처음에는 검은색 금속으로 만든 악마들의 머리 모양이었어. 그런 데 내가 젠드라의 별을 부르는 순간 내 손가락에 나타나더니 반지의 형태와 색깔이 갑자기 변했어. 내 생각에 반지는 소유자에 맞춰서 반응하는 것 같아. 소유자가 악마면 악마의 방식으로 작동하고, 인간이면 인간의 방식으로 작동하는 식으로."

"타라." 로빈이 간청하듯 말했다. "그 반지는 끼면 안 돼, 위험하단 말이야!"

타라는 로빈을 괴롭히고 싶지 않았다. 그리고 마지스터를 추적하는 계획은 반지를 계속 끼고 있어야 하는 것도 아니었다. 타라는 묘약이 떠 있는 방을 나가서 머리맡 탁자 위에 반지를 내려놨다.

"봤지? 반지를 빼놨어. 이제 안심해. 그리고 너는 내가 사랑하는 유일한 남친이니까 이상한 생각은 하지 마."

잔뜩 긴장해 있던 로빈의 어깨가 풀리는 것 같았다. 로빈이 몸을 숙이더니 타라의 입술에 가볍게 입맞춤을 했다.

"응, 안심했어. 이제 나는 갈게. 여왕과 여제에게 제출할 보고서를 아직 완성하지 못했거든. 랑코비트에 보낼 보고서도 써야 하고.”

로빈이 한숨을 쉬었다.

“가끔 세 주인을 모시는 느낌이 드는데 월급은 한 군데서만 나와. 게다가 잘못을 저질렀을 때는 욕을 세 배로 먹는다니까!”

“글쎄 말이야.” 타라가 맞장구를 쳐주었다.

로빈이 짓궂은 미소를 지었다.

“다음에는 귀한 보석을 가슴에 달고 산책할 건데 네가 탐내지 않는지 봐야겠어.”

타라가 깔깔대고 웃자 로빈이 한번 더 입맞춤을 했다. 그러고는 좀 더 있겠다는 얼굴로 쳐다보는 칼을 향해 손을 흔들면서 방을 나갔다.

타라는 소파에 털썩 주저앉아서 눈을 비볐다.

“휴, 지구에 있었다면 조용히 살고 있을 텐데. 걱정이라고 해봐야 수학과 지리 성적, 내일은 어떤 옷을 입을까, 그런 게 다였어. 그런데 지금은 만날 문제가 터지고, 나를 죽이려고 하는 위협 때문에 불안에 떨어야 해.”

칼이 어깨를 토닥여주면서 로빈이 다시 돌아오지 않는지 확인하기 위해 문 쪽을 쳐다봤다.

“내일이 무슨 날인지 알아? 아니, 시간이 벌써 이렇게 됐으니 오늘이네.”

너무 피곤해서 대답할 수 없는 타라는 어깨를 으쓱했다.

“바보, 네 생일이잖아! 시간이 26시 23분이니까 내가 네 생일을 축하해주는 첫 번째 사람이다. 이건 네 생일 선물이야.”

칼이 타라의 뺨에 입을 맞추면서 크리스털 볼 하나를 내밀었다. 타라는 여전히 손에 쥐고 있던 묘약 조제법을 적은 양피지를 금빛 목재 탁자 위에 내려놓고 선물을 받았다.

"내 생일? 확실해? 난 몰랐어."

칼은 하늘, 아니 천장을 쳐다봤다.

"작년에도, 재작년에도 같은 날짜였으니까 그사이에 이 행성이 궤도를 변경하지 않았다면 확실해."

타라는 엷은 미소를 지었다. 깊은 슬픔에 빠져 있으면서도 명랑한 척 애쓰는 칼을 보면서 타라는 마음이 무거웠다. 타라는 칼의 눈길을 피하기 위해 선물을 쳐다봤다.

"크리스털 볼이잖아? 나한테 있는데……."

"이건 크리스털 볼이 아냐." 칼이 말했다.

타라는 웃음을 참았다. 지구의 화가 마그리트(1898~1967. 벨기에의 초현실주의 화가, 고정관념을 깨는 소재와 구조, 발상의 전환 등으로 새로운 영감의 원천이 되었다—옮긴이)는 어느 날 파이프를 그려놓고 그 밑에 이렇게 썼다. '이건 파이프가 아니다.' 칼이 자신도 모르게 지금 그 말을 한 건가?

"그럼 이게 크리스털 볼이 아니고 뭔데?"

"메모루아라는 건데 지구의 디지털 카메라랑 비슷하지. 그걸 들고 이렇게 말해. '액트베이션!'"

타라는 반신반의하는 얼굴로 시키는 대로 했다.

"액트베이션!"

곧바로 화면에 사진이 떴는데 셈 선생님과 함께 아더월드에 와서 처음 칼을 만났을 때 앳된 모습의 타라였다. 이어서 바뀐 이미지는 살아 있는 궁전이 타라를 놀리려고 만든 구멍에서 마주친 흉악한 상어를 보고 공포에 질린 타라의 얼굴이었다. 메모루아에는 마치 그림책처럼 지난 3년 동안의 일들이 영상으로 저장되어 있었다. 흑장미 섬, 잿빛 요새, 공격을 받는 할머니의 저택, 다리를 가로막고 수수께끼로 위협하는 자이언트 거미, 발로르키데 온실, 살인 혐의로 고소당해 감옥에 갇힌 칼, 금빛 트실의 독에 감염된 칼, 살테렌스족, 노래를 부르면서 도끼를 휘두르는 파프니르, 영혼 약탈자에게 점령당해 주홍빛으로 변한 궁전, 저주받은 왕홀 쟁탈전, 악마 군단, 배반한 드래곤과 유전자 조작, 런던과 스톤헨지, 제레미와 골렘 인형, 마지스터와 로크새, 붉은 여왕, 늑대인간들, 뱀파이어 셀렌바와 늑대인간 파브리스 등. 작은 크리스털 볼 안에 아더월드에서 보낸 생활이 고스란히 담겨 있다니! 놀라는 타라의 반응을 보면서 칼이 빙긋이 웃었다. 타라의 눈에 눈물이 그렁그렁하더니 줄줄 흘러내렸다. 걱정이 된 칼이 얼른 손수건을 꺼내서 내밀었다.

칼은 타라가 진정되기를 기다렸다가 말했다.

"선물을 줬는데 이러니, 기분 나쁘게 했다간 통곡을 하겠군."

"미안해." 타라가 울먹였다. "나도 왜 이러는지 모르겠어. 긴장이 풀릴 때마다 눈물이 나. 정말 멋진 선물이야, 칼. 나도 잊고 있었는데 내 생일을 기억하다니! 더군다나 가슴 아픈 일을 당했는데 선물까지 준비하다니……."

"에이, 그 얘기는 하지 말자. 그리고 오래전에 준비해놨던 선물이야. 면허 받은 도둑들이 사용하는 건데 주변에서 일어나는 모든 일을 촬영하는 포토두스라는 기구가 있거든. 그래서 재미있는 장면을 선별

해서 크리스털 볼에 저장해놓은 거야. 우리의 모험 장면을 전부 찍어서 보관하고 있기 때문에 양이 너무 많아. 그래서 너와 관련된 것을 중심으로 압축해서 저장했어."

많이 울어서 눈과 코가 빨개졌지만 타라는 화면에서 눈을 떼지 않았다. 정말 많은 사진이 담겨 있었다.

칼이 욕실에서 가져온 젖은 수건을 내밀자 타라는 찬 수건을 얼굴에 댔다.

"고마워, 네가 내 친구라서 고마워, 칼."

"고마운 사람은 나야, 타라. 넌 나의 소중한 친구야. 넌 늘 목숨이 걸린 위험한 사건에 연루되었어. 네가 우리 행성에 적응하는 것이 얼마나 힘들지 잘 알아."

타라는 고개를 끄덕였다.

"고모의 말대로 이건 내 운명이야. 그리고 내가 선택한 거니까 그 책임도 내가 져야지. 오무아의 새 군주로 자르가 되는 걸 어떻게 생각해?"

칼이 부르르 떠는 시늉을 했다.

"그건 안 돼. 옥좌에 오른 지 2, 3년 후에는 아마 아더월드를 정복하려고 할 거야. 권력에 대한 말이 나왔으니까 하는데 트롤들의 나라에서 너를 죽이려고 했던 범인이 누군지 알아냈어?"

"아니. 하지만 붙잡으면 세상에 태어난 걸 후회하게 해줄 거야."

친구가 더 이상 울음을 터뜨리지 않는 걸 보고 안심한 칼은 타라를 침대에 눕게 했다.

일단 복도로 나온 칼은 타라가 메모루아에 담긴 사진을 보느라고 정신이 팔려 있는 틈에 슬쩍 갖고 나온 양피지를 꺼냈다.

로빈 앞에서 선물을 주지 않은 것은 그 때문이었다.

유령을 소생시키는 묘약의 조제법이 적힌 양피지, 엘레아노라를 살릴 수 있는 유일한 희망이었다.

칼은 타라에게 말하고 싶지 않았다. 그렇지 않아도 묘약이 잘못되었을까 봐 불안해하는 타라의 신경을 예민하게 만들 필요는 없어.

늑대인간들이 금지된 대륙에 공간이동의 문 수십 개를 설치한 뒤로 칼은 몇 시간 만에 그 모든 재료를 준비할 수 있었다. 랑코비트의 살아 있는 궁전이 악취가 나는 데다 벽 틈새로 스며드는 푸르스름한 묘약을 환영하지 않을 것이 뻔하기 때문에 방에서 묘약을 조제하는 것은 좋은 생각이 아니었다. 그러나 오무아 궁전에는 여제가 타라의 친구들에게 언제든지 사용할 수 있도록 마련해준 스위트룸이 있었다. 지금은 비어 있으니까 벽장 안에 묘약을 넣어두고 안티 오도루스 주문을 걸면 아무도 냄새를 맡지 못할 것이었다. 그리고 아무도 벽장을 열지 못하게 데투르누스 주문까지 걸면 묘약을 안전하게 지킬 수 있을 것이었다.

칼은 재빨리 조제법을 옮겨 적은 다음, 밤을 새워서 모든 재료를 섞었다. 모두 잠들어 있는 새벽녘에 작업을 끝낸 칼은 타라의 방문에 망각의 주문을 걸었다. 그리고는 마라처럼 카무플루스 마법을 사용하여 투명인간이 된 다음 타라의 방으로 들어갔다. 그리고 탁자 위에 양피지를 내려놓고 슬그머니 방을 나왔다.

다음 날, 타라는 자신만 생일을 잊고 있었다는 걸 알았다. 마주치는 사람마다 생일을 축하해주었다. 마법사 화가들이 밤새워 작업했는지 궁전의 벽과 천장, 심지어는 바닥까지 후계자의 패밀리어 페가수스를 그린 그림으로 장식되어 있었다. 나무들이 오무아를 상징하는 주홍빛과 금빛으로 변해 있고, 궁인들도 모두 주홍빛과 금빛 옷을 입고 있었다.

보석뿐만 아니라 곳곳에서 번쩍번쩍하는 붉은빛 물결에 눈이 어지러웠다.

여제의 사촌이자 궁전의 행정관 옥시아 부인이 아침에 눈을 뜨자마자 질풍처럼 달려왔고, 깜짝 놀라는 타라를 무작정 인형처럼 꾸미더니 무도회장으로 데려갔다. 세상에! 간단한 선물(궁전의 비마 어린이들이 보낸, 유니콘이 뛰어다니는 우편엽서)에서부터 좀 과한 선물(북쪽 국경 지대의 한 남작이 보낸 예쁜 성)에 이르기까지 커다란 방에 생일 선물이 어마어마하게 쌓여 있었다.

무엇이든 번쩍거리는 것을 좋아하는 오무아 사람들의 취향이 타라의 생일 선물에 반영될 줄이야! 타라는 남몰래 한숨지으면서 모두에게 미소를 지어 보였다.

로빈까지 칼의 눈총을 받으면서 타라에게 멋진 팔찌를 선물했다. 빨간빛, 오렌지빛, 주홍빛으로 색이 수시로 변하는 보석이었다. 타라는 하프엘프가 이렇게 아름다운 팔찌를 어떻게 구했는지 궁금했지만 묻지 않았다.

릴란드릴의 팔찌였다는 걸 알면 타라가 얼마나 놀랐을까. 로빈은 활의 정령[25]과 다시 훈련을 시작했고, 어느 날 전성기 때의 자신에 대해 말해주고 싶었는지 릴란드릴은 자신이 적을 쓰러뜨리기만 한 것이 아니었다고 고백했다.

릴란드릴은 전쟁터를 다니며 약탈한 보물들을 땅속 깊이 묻어놨다면서 로빈에게 발굴해달라고 부탁했다. 마법을 사용하면 안 된다고 했기 때문에 로빈이 고생 끝에 보물 상자를 파내자 릴란드릴은 그 노력에 대한 고마움의 표시로 보석 한 개를 고르라고 했다. 로빈은 릴란드릴이 훔친 보석의 주인이 오래전에 사망했기를 바라면서[26] 팔찌를 선택했었다.

궁인들과 얘기하면서 타라는 살테렌스에서 일어난 사건으로 심각한 파문이 일어나고 있다는 걸 알았다. 소금이 부족해지면서 가격이 폭등하고 있었다.

리스베스 여제는 랑코비트의 지원을 받아 이미 국제 공조수사를 명했었다.

로빈이 입수한 극비 문서의 복사본을 소지한 특사들이 이미 출발한 상태였다. 살테렌스족은 점점 더 궁지에 몰렸다. 뱀파이어들에게 살아 있는 노예를 제공한 증거를 손에 쥔 리스베스 여제는 행성에서 노

....

25. 활이 주인의 혼을 흡수한 뒤로 릴란드릴의 유령이 나타나게 되었고, 로빈에게 전술을 가르치고 있다. 릴란드릴이 아주 뛰어난 엘프였다는 걸 알게 된 로빈은 더 열심히 배우고 있다.
26. 엘프는 수명이 아주 길다. 게다가 핵폭발이 일어나지 않는 한 거의 죽지 않는 엘프들도 있다. 따라서 로빈이 당연히 불안할 수밖에 없다.

예제도를 영원히 폐지하려면 살테렌스족을 몰아붙이면 된다는 걸 알고 있었다.[27]

루비와 노란 다이아몬드가 총총히 박힌 주홍빛 드레스 차림의 여제는 활짝 웃는 얼굴로 축하객들 사이를 돌아다니고 있었다. 머리가 금빛 강물처럼 구불구불 흘러내렸다. 타라는 가끔 고모 때문에 짜증스러울 때도 있지만, 강력한 지도력으로 살테렌스족을 굴복시킨 부분은 자랑스러웠다.

뱀파이어 측에서도(살테렌스족과 협약한 비밀문서를 로빈이 입수했기 때문에 어쩔 수 없는 일이었겠지만) 협조적이었다. 문제의 문서를 받은 크라살비 정부는 오무아의 적들뿐 아니라 살테렌스에 관해 수집하고 정탐하여 훔쳐낸 모든 정보를 공개 발표했다.

그 일로 몇 달 동안 엄청난 파문이 일었다.

그래도 리스베스 여제에게는 믿는 구석이 있었다. 악마의 공격이나 세상의 종말이 일어나는 경우가 아니면 방해받고 싶지 않다고 선언하면서 잿빛 시간으로 돌아간 데미데루스. 리스베스는 냉철하면서 강력한 조상이 그리웠다.

필요할 때 도움을 청할 수 있는 조상이 있다는 것은 얼마나 든든한 일인가. 특히 그 조상이 5000년 전에 악마들을 물리치고 제국을 건설했던 강력한 최고 마구스일 때는.

• • • • • • • • • • • • • •

27. 여제의 판단은 옳았다. 정당한 협박 덕분에 여제는 광산이 폭발한 지 1년도 안 돼서 노예제도를 폐지하고, 국제기구가 소금 광산을 감독하고 보호하게 하는 데 성공했으니. 살테렌스족이 강력하게 반발했지만 오히려 과욕이 부른 대가라는 비난을 받으면서 소금 독점권을 잃었다.

리스베스 여제는 그런 생각을 하면서 후계자의 생일을 축하하러 온 손님들에게 일일이 인사를 하고 있었다.

기회를 엿보던 파프니르는 마침내 타라를 구석진 곳으로 잡아끌었다. 파프니르는 우람한 어깨로 시야를 가로막고 서서 작은 단검을 선물로 주었는데 아주 가볍지만 어떤 충격에도 견딜 수 있고, 무엇이든 벨 수 있게 강화한 칼이었다.

"납치돼서 결박당해도." 난쟁이가 얼굴을 찡그리면서 말했다. "이게 있으면 쉽게 빠져나올 수 있을 거야. 그리고 내가 만든 단검을 네가 갖고 있다고 생각하면 훨씬 안심이 되거든. 그런데 주머니 안에 넣어두지는 마. 묶여 있을 경우 칼을 꺼낼 수 없으니까. 팔뚝에 이렇게 매고 있다가 손목을 구부리면 네 손으로 떨어지거든."

난쟁이는 마치 손이 묶여 있는 것처럼 시범을 보였는데 정말 단검이 손으로 떨어졌다. 난쟁이들이 만드는 것들은 정말 훌륭했다.

"항상 지니고 있어. 밤에 잘 때, 화장실이나 욕실에 갈 때도. 납치범들이 언제 나타날지 모르니까. 스팔렌디탈 가죽으로 만든 특수한 끈이라서 물속에서도 끄떡없고, 팔뚝에 묶여 있는 느낌도 없어. 잘 때도 절대로 갑갑하거나 거추장스럽지 않을 거야. 그리고 손잡이 여기를 누르면 칼집이 줄어들거든."

감동한 타라는 파프니르에게 고맙다고 말하면서 즉시 단검을 팔뚝에 묶었다. 파프니르의 말대로 아무런 느낌이 없어서 단검이 정말 있는지 확인하기 위해 소매를 걷어봐야 할 정도였다. 파브리스와 무아노는 함께했던 모험을 직접 그린 책을 선물했다. 타라는 책을 훑어봤다.

무아노는 파브리스에게서 눈길을 떼지 않고 있었다.

금지된 대륙에서 돌아온 뒤로 파브리스의 행동이 정말 이상했다. 뱀파이어의 나라 크라살비에 다녀온 뒤로는 더욱 심해진 것 같았다. 무아노는 파브리스를 잃을 것 같은 느낌에 몹시 불안했다. 도무지 이유를 알 수 없었다. 야수의 뛰어난 감각으로 파브리스가 긴장하고 불편해하고 있음을 느꼈다. 그러나 수줍음이 많은 무아노가 간신히 용기를 내서 그 얘기를 꺼낼 때마다 파브리스는 아무 일도 없다면서 말을 돌렸다.

그러나 분명히 아무 일도 없는 것이 아니었다. 타라와 의논할 필요가 있었다.

타라가 사람들에게 둘러싸여 있을 때 크산디아르도 이상한 선물을 주었다. 봉인한 편지였다.

"제가 죽거나 사라지면." 크산디아르가 주위에 들리도록 우렁찬 목소리로 말했다. "개봉하기 바랍니다. 트롤들의 숲에서 마마를 죽이려고 했던 자의 이름이 적혀 있는데 제가 없애버릴 겁니다. 그리고 그 봉투 안에 모든 증거가 들어 있습니다."

타라는 안전핀을 뽑은 수류탄 같은 편지를 쳐다보면서 이맛살을 찌푸렸다. 이런 종류의 영화를 너무 많이 본 탓일까? 불안했다.

"고마워요, 크산디아르. 친위대장의 말이 사실이라면 범인을 잡는 건 시간문제겠죠. 하지만 단서를 찾아낸 사람이 모든 걸 밝히기 전에 죽는 경우도 있어요. 나는 친위대장이 그렇게 되는 걸 원치 않아요."

주홍빛과 금빛 정복 차림의 친위대장이 미소를 지었다.

"무슨 말인지 알지만 조금만 더 기다려주세요."

그렇게 말하고 나서 친위대장은 정중하게 허리를 굽히고 나서 사라

졌다. 타라는 주의 깊게 지켜보는 궁인들 앞에서 편지를 주머니에 집
어넣고 보일 듯 말 듯한 위협적인 미소를 지었다. 만약 그 자리에 적이
있다면 가슴이 뜨끔할 미소였다.

축하객들이 떠나고, 친구들이 파란 밀과 비즈즈즈 꿀, 발분의 젖으
로 만든 버터와 크림, 미암의 향을 첨가한 케이크와 친파프를 실컷 먹
고 나자 무아노는 로빈과 친구들이 자리 가기를 기다렸다가 타라의
방문 앞으로 갔다. 그러나 무아노가 들어가려고 했을 때 문이 후계자
는 취침 중이라고 말했다.

소심한 무아노는 그냥 발길을 돌릴 뻔했다. 하지만 너무나 심각한
문제가 생겼고, 의논할 사람은 타라밖에 없었다. 무아노는 야수로 변
신하기로 했다. 야수의 모습을 하고 있으면 자신감이 넘치기 때문에
두려울 것이 없었다. 몸이 부풀면서 물결치듯 일렁거리다가 송곳니와
갈퀴발톱이 나타나고, 키가 3미터에 이르는 야수로 변했다. 무아노 옆
에 있는 은빛 표범 쉬바도 고집스럽게 문을 노려봤다.

"후계자를 만나러 왔다니까!" 무아노가 으르렁거렸다.

"당장 알리겠다." 깜짝 놀란 듯 문이 외눈을 뜨면서 말했다.

잠시 후 문이 열렸다. 후계자가 야수를 들여보내라고 승낙한 것이
었다.

잠옷 차림의 타라는 잠이 덜 깬 눈을 비비면서 야수를 맞았다.

"무슨 일이야?" 타라는 하품을 참으면서 물었다.

"파브리스가 나를 사랑하지 않아!" 무아노가 외쳤다.

그렇게 말하고 야수는 울음을 터뜨렸다.

그렇게 해서 타라는 새벽 2시에 극도로 신경이 날카로워진 야수의 등을 토닥여주게 되었다. 공포에 사로잡힌 쉬바가 으르렁거리면서 방 안을 빙빙 돌자 갈랑이 불안한 눈길로 지켜보았다.

　타라는 손수건을 벌써 여섯 장이나 적시면서 눈물을 펑펑 쏟는 무아노를 달래려고 진땀을 뺐다.

　"무아노, 변신하는 게 좋겠어. 나보다 덩치가 세 배는 더 크니까 안아주기가 좀 힘들어."

　야수가 몸에 기댄 채 주저앉아 있기 때문에 타라는 등을 토닥여주려면 야수의 털에 얼굴을 묻고 팔을 있는 힘껏 뻗어야 했다.

　"아, 그랬구나! 미안해."

　야수 대신에 무아노의 모습으로 돌아왔는데 눈과 코가 빨갰다.

　"다시 말해봐. 파브리스가 이제는 너를 사랑하지 않는다는 거야?"

　"응. 파브리스가 나를 사랑하지 않아. 어쨌든 예전만큼은 아냐. 늑대인간이 되면서부터…… 강력한 힘을 원하는 그 어리석은 버릇이 다시 시작된 것 같아. 강한 것, 마음을 사로잡는 강렬한 것에만 빠져 있어. 그뿐만 아냐. 다른 늑대인간들과 있는 걸 좋아해서 랑코비트에서 머무는 시간이 점점 줄어들고 있어. 그리고 나는 늑대인간들의 사냥 풍습, 그들의 사랑에 대해 잘 알아. 그들의 사랑은 엘프의 방식과 비슷해. 아주 본능적이지."

　무아노는 불안한 눈길로 천장을 쳐다보다가 조심스럽게 말했다.

"파브리스를 붙잡아두는 방법은 한 가지밖에 없어. 그걸…… 하는 거야."

충격을 받은 타라가 물러나 앉았다.

"너 그 말은…… 그걸 하겠다는 뜻이야? 파브리스를 붙잡기 위해서? 그건 좋은 생각이 아냐, 무아노. 내 생각에 그런다고 달라지는 건 없어. 파브리스가 너를 사랑하지 않는데 그걸 한다는 건 더더욱 말도 안 돼!"

"그럼 내가 달리 뭘 할 수 있겠어?"

타라는 하얀 소파에 앉았는데 야수의 털이 잔뜩 묻어 있었다.

"파브리스와 얘기는 해봤어?"

"물론이지! 나를 여전히 사랑한다면서 말을 돌려버려. 하지만 난 아니라는 걸 느껴. 파브리스가 왜 그럴까? 내가 싫으면 싫다고 차라리 말하는 것이 훨씬 간단한데!"

괴로워하는 친구에게 무슨 말을 해줘야 할지 고민하다 타라가 제안했다.

"내가 파브리스에게 물어볼까?"

무아노는 고개를 흔들었다.

"아니. 파브리스가 너한테는 말하겠어? 정말로 다른 여자친구가 생겼다면 나보다도 너한테 더 말하지 않을 거야!"

"그래, 네 말이 맞다. 남자애에게 물어보라고 해야겠어."

"남자애들한테는 말할까?"

"응, 남자들끼리는 여자한테 하지 않는 말을 하니까."

"로빈에게 부탁해볼까?"

"로빈은 안 돼. 그렇게 머리가 잘 돌아가는 편이⋯⋯."

타라는 말끝을 맺지 못했다. 내가 무슨 말을 하는 거지? 잘 속기 때문에 눈치가 없다고 말할 수는 있어도 머리는 좋은데. 지금 그들에게 필요한 사람은 매직 6총사 중에서 가장 꾀바른 칼이었다.

"칼에게 부탁하자."

랑코비트에 가 있던 칼은 잠을 자다가 무아노와 타라의 호출을 받았다. 허겁지겁 오무아로 돌아온 칼이 타라의 방에 들어서면서 기지개를 켰다.

"오, 끔찍한 벤드룩의 내장이여!" 칼이 툴툴거렸다. "한참 단잠을 자고 있었는데⋯⋯. 무슨 일이야?"

타라는 가슴이 죄어들었다. 친구는 아마 이렇게 덧붙이고 싶었을 것이다. '구해줘야 할 사람이 또 있는 거야? 어떻게 사건이 끊이지를 않아!'. 훨씬 재치 있는 대답을 했을지도 모르지만.

"미안해." 타라는 차분하게 말했다. "무아노가 파브리스와 문제가 생겼는데 도와줄 수 있는 사람이 너밖에 없어서."

칼이 눈을 동그랗게 떴다.

"문제? 왜 파브리스가 아파? 늑대인간은 병이 나지 않는 걸로 아는데⋯⋯."

"아니, 아니, 그게 아냐!"

무아노는 칼에게 자세히 설명했다.

"그러니까 파브리스에게 신문유도를 해서 이유를 알아보라는 거지?"

"칼, 지구의 표현 좀 사용하지 마, 무슨 말인지 한참 생각해야 되잖

아. 신문유도가 아니라 유도신문이야."

"그래? 그렇게 내가 마음에 안 들면 도로 가서 잠이나 자지, 뭐!"

두 손을 비틀고 있는 무아노를 보면서 타라가 칼을 흘겨봤다.

"칼! 무아노의 얼굴을 보고도 그런 농담이 나와?"

우울해 있던 칼이 예전의 모습으로 돌아온 듯 유머를 되찾고 있었다.

"휴, 안 한다고 했다가는 얻어맞겠네. 당연히 가서 물어보지. 자고 있을지도 모르지만 유, 도, 신, 문을 해서 마음을 떠볼게. 근데 한 가지 물어보자."

"뭔데?"

"만약 파브리스가 다른 여자친구가 있고, 이제는 무아노를 싫어한다고 대답하면 너희는 어떡할 건데?"

"그럼 헤어질 거야." 가슴이 아프면서도 무아노는 단언했다. "나는 그런 취급을 받을 이유가 없어. 더 이상 사랑하지 않으면 솔직하게 말해야 돼. 아무 말도 안 하는 게 오히려 비겁한 거짓말쟁이지."

무아노가 무의식적으로 손가락을 구부리는데 갈퀴발톱이 보이자 칼은 송곳니까지 나올까 봐 등골이 오싹했다. 파브리스가 미쳤군, 이런 애를 갖고 놀다니. 야수한테 걸리면 뼈도 못 추릴 텐데.

칼은 고개를 끄덕였다.

"그래, 알았어. 아가씨들, 여기서 기다리고 있어, 곧 돌아올게."

복도로 뛰어나간 칼은 랑코비트로 돌아갔고, 파브리스의 방으로 향했다.

살아 있는 궁전이 슬그머니 파브리스의 방문을 열어주었다. 파브리스와 칼이 친구라는 걸 알고 있기 때문이다.

그러고 보니 칼은 파브리스의 방에 들어온 적이 없었다.

칼은 방을 둘러보면서 어안이 벙벙했다.

어린 마법사들은 마법 능력에 따라 방을 확장할 수 있었다. 처음에는 파브리스가 그들 중에서 마법이 가장 약하기 때문에 방이 작았다. 그런데 지금은 방이 훨씬 넓어졌고, 칼이 들어와 있는 응접실을 포함해서 서재에 주방, 침실이 두 개나 있었다. 파브리스는 그중 한 방에서 자고 있는지 보이지 않았다. 열린 창문을 통해 달빛이 비쳐들어서 칼은 여기저기 유심히 살폈다.

어린 마법사치고 파브리스는 마법에 관련된 책과 물건을 엄청나게 수집해놓고 있었다.

거의 강박관념 수준이었다. 하나같이 마법사의 힘을 강화하고 증가시킬 수 있는 것들이어서 칼은 혀를 내둘렀다. 정말 놀라운 일이었다.

칼은 책장에 다가가서 책 한 권을 들춰봤다. 위험하기 때문에 3000포인트 이하 수준의 마법사들에게는 금지된 주문이 가득했다. 파브리스는 늑대로 변신할 수 있는 새로운 능력에도 불구하고 마법 수준이 1000포인트에 머물러 있었다. 따라서 이렇게 위험한 주문을 사용할 수준이 아니었다.

게다가 이상한 것도 잔뜩 쌓여 있었다. 부이브르*의 보석, 표본병 안에서 꿈틀거리는 블루투르*의 창자, 갬볼 가루, 마법의 빛을 번쩍이는 새장 안에는 갬볼 한 마리가 갇혀 있었다.

수석 조수의 월급으로 어떻게 이 귀한 것들을 구입했지?

무아노의 말대로 파브리스는 늑대인간이 되었는데도 강력한 마법 능력에 대한 욕심을 버리지 못하고 있었다.

칼이 침실로 향하려는데 늑대로 변한 파브리스가 방문을 벌컥 열었다. 블롱딘도 깜짝 놀라서 물러섰다.

"아, 깜짝이야!" 칼이 뒷걸음치면서 외쳤다. "나야, 나!"

"너 때문에 깼어, 네 냄새를 맡았거든."

과연 후각이 예민하군. 다음에 늑대인간의 집에 침입할 때는 안티오도루스 주문을 걸어야겠어.

"미안해, 할 말이 있어서 왔어."

킁킁, 냄새를 맡고 다니는 블롱딘 때문에 놀라서 잠을 깬 바룬이 울음소리를 냈다. 충격을 받은 파브리스의 마법이 견디지 못하면서 축소되어 있던 바룬이 점점 커졌고 그 무게에 가구들이 으스러졌다.

바닥이 삐걱삐걱 불길한 소리를 내고 있었다. 바룬의 머리가 크리스털 샹들리에에 닿았는데 마치 웃기는 모자를 쓰고 있는 것 같았다.

파브리스는 한숨을 내쉬었다.

"빌어먹을 마법, 내가 마법 능력을 강화시키려고 하는 이유를 이제 이해하겠어? 내 능력으로는 패밀리어를 축소한 상태로 유지할 수도 없어."

파브리스는 매머드가 방에 있는 가구를 모조리 부수기 전에 축소한 다음 바룬을 달래주었다.

칼은 바룬이 마스토돈(홍적세 제3기층의 코끼리 비슷한 화석동물—옮긴이)이라고 생각했다.

칼은 늑대인간 파브리스를 쳐다봤다.

"제발 변신해줄래, 파브리스?" 칼이 덜덜 떠는 시늉을 했다. "야, 겁나 죽겠다."

"아, 미안해. 거의 본능적으로 변해서 말이야."

맨몸에 마법복만 걸친 모습으로 돌아온 파브리스가 불을 켜면서 안락의자에 앉았다. 그러고는 바룬을 쓰다듬으면서 무릎 위에 올려놨다. 작은 블루 매머드는 행복한 신음소리를 내면서 잠이 들었다.

와우, 파브리스의 복부 근육은 정말 남자가 봐도 홀딱 반할 만큼 멋졌다.

"뭘 알고 싶어서 왔는데?"

칼이 복부를 뚫어져라 쳐다보고 있는데도 파브리스는 아무렇지도 않다는 듯 거북해하지 않았다.

"너 무아노와 무슨 일 있어?" 칼은 솔직하게 물었다.

표정이 굳어진 파브리스가 칼을 노려봤다.

"무아노가 보냈어?"

"아니, 타라가 보냈어. 어떻게 된 거야?"

"아무 일 없어. 어쨌든 네가 상관할 바 아냐."

그렇게 말하고 나서 파브리스는 팔짱을 끼고 입을 닫아버렸다.

이런, 파브리스가 늑대로 변해서 내쫓기 전에 빨리 화제를 바꿔야겠군. 칼은 눈길을 돌리면서 파브리스가 수집해놓은 것들을 가리켰다.

"권력을 추구하는 야망에 불타면 어떻게 되는지 보여주는 지구의 영화 〈스타워즈〉 안 봤어? 다스 베이더의 말로가 어땠는지 알지? 수족도 잃고, 얼굴도 잃고, 쉭, 쉭, 이상한 소리를 내는 인공호흡기에 의존해서 겨우겨우 연명하다가 죽었어. 사랑하는 이들을 모두 잃고."

"그런 일은 없을 거야." 그 비교가 싫지 않은 파브리스가 말했다.

"나는 무아노를 잃지 않았어, 칼. 우리는 좀 떨어져 있을 뿐이야. 내가 원하는 건 좀 더 강한 마법 능력을 갖고 싶은 것뿐이라고."

"그러니까 왜?"

파브리스는 잠을 깨기 위해 얼굴을 비볐다.

"바룬에게 일어난 일을 너도 방금 봤잖아. 매직 6총사 중에서 내 마법이 가장 약해. 싸움이 일어났을 때 번번이 너희가 나를 도와줘야 했어. 그럴 때마다 내가 어떤 기분이 드는지 너희는 모를 거야."

"이젠 다르잖아. 늑대인간이 되었기 때문에 너는 두려울 것이 없고, 우리가 오히려 네 도움을 받잖아. 내 기억으로 늑대인간들은 마법을 사용하지 않는데 너한테는 마법 능력이 있으니까 훨씬 유리하잖아. 그리고 보통 마법사는 늑대인간과 싸워서 이기지 못해. 늑대인간은 빠르고 힘이 세며 지칠 줄 몰라. 은으로 만든 무기로 맞서거나 머리를 베지 않는 한 늑대인간을 죽이는 건 거의 불가능해. 그게 강력한 힘이 아니면 뭐라고 하는데?"

생각에 잠겨 있던 파브리스가 갑자기 미소를 지어 보였는데 너무 뾰족한 이를 보면서 칼은 등골이 오싹했다.

"네 말이 맞다. 괜한 욕심 때문에 내 사랑과 친구들을 위험에 빠뜨린다는 건 정말 어리석은 짓이야. 내일 이것들을 모두 치우고 타라와 무아노에게 사과할게."

파브리스의 갑작스러운 항복에 어리둥절해진 칼이 오히려 어물어물 말했다.

"아…… 그래, 그럼……. 하지만 난……."

"됐어, 안심해. 무아노에 대한 내 사랑은 변함없어. 나의 새로운 변화 때문에 약간 혼란스러웠던 것뿐이야."

파브리스가 일어나서 바룬을 방석 위에 내려놓고 칼을 와락 끌어안았다. 그러고는 얼떨떨해 있는 칼을 문 밖으로 떠다밀면서 말했다.

"고마워." 파브리스는 또 한번 미소를 지으면서 말했다. "눈을 뜨게 해줘서."

그리고 방문을 쾅, 닫았다.

깜짝 놀란 칼은 시커먼 문을 뚫어져라 쳐다봤다. 파브리스가 그렇게 세게 닫은 것에 문은 화가 나 있었다. 블롱딘도 놀라서 불평하는 울음소리를 냈다.

"오, 켈렘바르의 수염이여!**28** 쟤가 왜 저러지?" 칼이 중얼거렸다. "흠흠, 좋지 않은 냄새가 나는걸. 무슨 일이 일어나고 있는지 감시를 좀 해야겠어."

칼은 오무아로 돌아가서 무아노와 타라를 만났다. 눈물은 말라 있지만 불안이 가득한 눈빛이었다.

"어떻게 됐어?" 무아노는 목멘 소리로 물었다.

칼이 이마에 주름을 잡자 무아노가 긴장했다.

"너를 여전히 사랑하고 있대." 칼이 돌려서 말했다. "그리고 늑대인간이라는 새로운 변화에 적응하려고 노력 중이니까 불안해할 필요 없대. 묘약과 마법에 관련된 책들을 다 치우고, 더 강력한 마법사가 되는 것을 포기한다는 말도 했어. 늑대인간이기 때문에 이제는 우리 친구들에게 의존하지 않고 우리를 보호해줄 수 있다면서. 그게 다야."

......

28. 켈렘바르는 거짓말쟁이들의 신. 거짓말이 완벽할수록 수염이 더 멋지다. '켈렘바르 같다' 고 하면 '양심도 없는 거짓말쟁이'라는 뜻의 모욕적인 말이다.

무아노는 고마워하는 얼굴로 마치 아주 귀한 음료수를 삼키는 것처럼 칼의 말 한마디, 한마디에 귀를 기울였다. 칼은 하품을 하면서 무아노를 랑코비트로 데려가기 위해 정중하게 팔을 내밀었다.

친구들이 나가고 혼자 남은 타라는 침대에 누웠지만 피곤한데도 잠을 이룰 수 없었다. 사랑하는 무아노와 파브리스가 괴로워하고 있다.

그런데 이번에는 친구들을 위해 아무것도 해줄 수 없었다.

20
자르

뛰는 놈 위에 나는 놈이 있다는 걸
알려줘야 하는데……

*

다음 날, 파브리스는 자신감이 넘쳤다. 파브리스가 무아노에게 주
려고 들고 온 꽃다발 때문에 칼과 블롱딘은 5분 동안 재채기를 했다.

다시 수줍은 소녀로 돌아온 무아노는 파브리스에게 아무 말도 하지
못했다. 그러나 뭔가에 정신이 팔린 파브리스가 건성으로 포옹할 때
기분이 좋지 않았다. 강력한 마법에 대한 욕심을 버린다고 했다면서
또 무슨 일이지? 늑대인간과 관련된 일인가?

할 수 없지, 괴로워도 이해해줘야지.

무아노는 꾹 참으면서 여제가 타라의 친구들을 위해 마련해준 스위
트룸으로 파브리스를 데려갔다. 무아노는 밤새 되뇌고 되뇌었던 말을
꺼냈다. 연습한 덕분일까, 말을 더듬지 않고 물었다.

"파브리스, 나…… 사랑해?"

파브리스는 머리가 어떻게 된 거 아냐? 하는 표정으로 무아노를 처다봤다.

"꽃을 선물한 거 보면 몰라?"

무아노는 여전히 가슴 뛰게 하는 파브리스의 검은색 눈을 뚫어져라 처다봤다.

"그건 대답이 아냐."

파브리스가 신경질적으로 일어났다. 쉬울 거라고 생각했는데 그렇지 않았다. 칼에게 강력한 마법을 추구하지 않겠다고 말했지만 그건 포기할 수 없는 일이었다. 그리고 무아노를 사랑하고 있었다. 얼마나 사랑하느냐가 문제지만……

파브리스는 무아노를 처다봤다. 예민해진 무아노는 눈물을 글썽이면서 손을 비비 틀고 있었다. 저렇게 쉽게 상처를 받고 연약한 무아노지만 야수로 변신하면 훨씬 강해졌다. 물론 전대미문의 마법 능력을 지닌 타라에 비할 수는 없지만.

파브리스가 무슨 생각을 하는지 전혀 모르는 무아노는 뭐가 잘못된 건지 알 수가 없었다. 분명히 잘 지내고 있었는데! 갑자기 어느 날부터 파브리스의 태도가 아더월드의 마법사들과는 아주 달랐고, 위압감을 줄 정도로 거만했다. 처음에 무아노는 보호 본능을 일으키는 파브리스의 허약한 모습에 반했었다. 그런데 지금의 파브리스는 정말 많이 변했다.

무아노는 정신을 집중했다. 두렵고 고통스럽지만 그 이유를 알아야 했다.

"나를 사랑하느냐고?" 무아노는 떨리는 목소리로 물었다.

"물론 사랑해." 파브리스는 무슨 그런 질문을 하냐는 식으로 짜증스럽게 대답했다. "내가 너를 사랑하지 않는다고 생각할 만한 행동이라도 했어?"

응, 아주 많아! 하는 말이 목구멍에 걸렸지만 무아노는 꾹 눌렀다.

무아노는 어릴 적 무서울 때 그랬던 것처럼 고개를 숙이고 긴 머리로 얼굴을 가렸다.

파브리스는 한숨을 쉬었다. 무아노의 마음을 아프게 하고 있다는 걸 잘 알았다. 파브리스는 쭈그리고 앉아서 무아노를 안아주었고, 뜨거운 눈물에 셔츠가 젖어오는 걸 느꼈다.

"글로리아, 불안해하지 마, 다 잘될 거야." 파브리스가 부드럽게 말했다. "내가 원하는 대로 잘 안 돼서 그래. 나한테 시간을 좀 줘. 기다려줄 수 있지?"

파브리스는 무아노의 머리를 쓰다듬어주면서 눈물을 닦아주고 부드럽게 입을 맞췄다. 무아노는 가만히 파브리스의 어깨에 몸을 기댔다.

"내가 원하지 않아서 그래? 내 말은…… 네가 원하면 할 수도 있어. 그래, 할 수 있어. 내 말 무슨 뜻인지 알지?"

어리둥절해진 파브리스가 눈을 치켜떴다.

"아니, 전혀. 뭘 할 수 있다는 거야?"

"네가 금지된 대륙의 여성 늑대인간들과 하는 거 말이야. 늑대인간들에게는 지극히 당연하고, 아주 정상적인 일이지. 나는 이해해."

하지만 이해한다는 무아노의 목소리가 슬프게 들렸다.

뭐라고 대꾸하려던 파브리스는 그제야 무아노가 무슨 말을 하는 건지 깨달았다. 이런, 무아노가 늑대인간의 풍습을 알고 있다는 걸 깜빡 잊었다니. 파브리스는 욕설이 튀어나올 뻔했다.

무아노는 파브리스가 뻣뻣해지는 걸 느꼈다. 파브리스의 말이 거짓이 아닌지 알기 위해 모든 능력을 동원했다. 야수로 변신하는 능력 덕분에 무아노는 후각과 시각, 청각 등이 몹시 발달해 있었다. 거짓말을 할 경우 난 알아낼 수 있어.

"너 왜 그런 말을 해?" 파브리스가 경계하는 어조로 물었다. "난 여성 늑대인간들과 아무 짓도 하지 않았어."

파브리스는 진실을 말했다. 진실이라는 걸 느끼면서 안심이 된 무아노는 하마터면 울음을 터뜨릴 뻔했다.

"그러니까…… 여성 늑대인간들과 그걸 하고 싶지 않다는 거야?"

"맙소사, 글로리아, 너 왜 이래? 넌 나를 이상하다고 말하는데 이상한 건 너야."

또다시 파브리스는 대답을 피했다. 무아노는 얼굴을 들고 파브리스의 눈을 뚫어져라 응시했다.

"하지만 나는 정말 원해." 그렇게 말하면서 무아노는 얼굴이 화끈거렸다.

파브리스는 어디선가 갑자기 굴러떨어진 바위에 깔린 것처럼 우거지상을 하고 있었다. 그 표정이 어찌나 우스꽝스러운지 무아노는 웃음을 터뜨릴 뻔했다.

"내가 여성 늑대인간들과 그걸 하지 않았기 때문에 나와 그걸 하자는 뜻이야?" 파브리스가 마침내 물었다.

"아니! 응, 그래, 맞아! 어쨌든 무슨 뜻인지 알잖아! 너를 사랑해, 파브리스. 그러니까 너를 나에게 돌아오게 하려면 그걸 해야 돼. 그거 하자!"

파브리스는 비웃음을 흘렸다.

"미안하지만 그런 말은 정말 로맨틱하지 않다. 그리고 내가 원하는 건 그게 아냐."

무아노의 눈이 동그래졌다. 남자들은 다 그 생각만 하는 줄 알았는데. 역시 내가 사랑하는 파브리스는 달라. 무아노는 속으로 안도하며 얼굴에 흘러내린 젖은 머리카락을 쓸어 넘겼다.

"파브리스, 그럼 네가 원하는 게 뭔데? 말해봐, 내가 줄 수 있는 거라면 뭐든 당장 줄게."

파브리스는 강렬한 눈빛으로 무아노를 쳐다봤다. 사랑스러운 얼굴, 초록빛 눈, 갈색 머리, 장밋빛의 부드러운 입술, 소중한 보물인 줄도 모르고 내가 지금 이렇게 무아노를 괴롭히고 있는 것인가. 정신 차려야지, 하는 것처럼 파브리스는 눈을 비볐다. 그리고 순결은 동정만큼 아주 중요한 것이라고 말하고 싶지만 도저히 입 밖에 낼 수 없었다.

"나도 내가 뭘 원하는지 몰라, 글로리아. 그러니까 지금은 이대로 지내자. 그걸 찾으면 너한테 말할게."

"그걸 찾으면 어떻게 되는데?"

"그건 나도 몰라."

계속 대답을 회피하는 파브리스의 모호한 태도 때문에 무아노는 가슴이 찢어지는 것 같았다.

"나중에 네가 원하는 것이 그거면." 용기를 낸 무아노가 턱을 파르 르 떨면서 말했다. "우리 하자."

속내를 들키지 않았다는 것에 안심한 파브리스는 괴로워하는 무아 노의 마음을 모른 체했다.

"고마워. 넌 정말 멋진 애야." 파브리스는 비겁하게 말했다. "이제 타라에게 가자. 그리고 우리 얘기는 아무에게도 하지 마. 아무것도 아 닌 일로 친구들을 불안하게 하고 싶지 않아. 알았지?"

이 말은 타라에게도 입을 다물라는 뜻인데……. 무아노는 심호흡을 하면서 체념하는 얼굴로 슬픈 미소를 지었다.

"알았어."

둘은 아무 일도 없었던 것처럼 손을 잡고 방을 나왔다. 무아노의 붉 은 얼굴과 괴로운 눈빛은 무슨 일이 있었다고 말하고 있지만.

아무도 알아채지 못했다.

파브리스가 준 꽃다발에 안심하고, 무아노의 연기를 알아채지 못한 타라는 자신의 일에 몰두했다.

드란보우글리스펜쉬르로부터 공식 초청을 받았기 때문이다.

대관식에 참석해달라는 초청이었다. 초청장에는 누가 즉위하는지 에 대해서는 적혀 있지 않았다. 드래곤들이 비밀 작전으로 또다시 호 기심을 자극하는 건가?

감옥에서 옥좌로 직행한다는 것이 좀 무리이기는 해도 타라는 셈 선생님이라고 추측하고 있었다. 하지만 그 경우라면 왜 셈 선생님이 연락해주지 않았을까?

불법 노예 매매를 중단시키기 위해 살테렌스족과 협상 중인 리스베스 여제는 움직일 수 없는 형편이었다. 아주 중요한 쟁점이기 때문에 자신은 드란보우글리스펜쉬르의 초청에 응할 수 없으니 오무아를 대표해서 후계자를 보내겠다고 답했다.

여제만 초청을 받은 것이 아니었다. 빌랭 왕국을 대표하는 바리우스 덩컨(일명 배반자라고 불리지만 타라는 아직 이유를 알아내지 못했다), 자이언트 거미족을 대표하는 드르르르(칼은 기뻐하고, 거미라면 질겁하는 파브리스는 얼굴이 파랗게 질렸다), 랑코비트를 대표하는 베어 왕과 티타니아 왕비 등 전 아더월드의 정부 대표들도 초대를 받았다. 수천 년 동안 새로 왕을 선출한 적이 없는 드래곤들의 대관식에 참석한 사람이 전혀 없기 때문에 영광스러운 자리였다.

크림 케이크로 포식하던 생일 파티 이후의 유쾌하던 날이 이번에는 드란보우글리스펜쉬르로 출발하기 위한 준비로 분주했다. 타라는 드래곤 언어에 열중해야 했고, 온종일 머릿속에서 스스스, 슈슈슈 소리가 울렸다.

타라는 드래곤들의 대표를 만나게 되었는데 세토스라는 이름의 금빛 위베른족이었다. 키가 2미터에 이르는 도마뱀이지만 드래곤보다 작기 때문에 더 날렵했다. 회전하는 엉덩이가 있어서 곰처럼 두 발로 걸어 다니거나 기어 다닐 수 있었다. 세토스의 허리에 새긴 원을 꿰뚫는 발톱 문양은 외교관을 나타내는 표시였다. 세토스는 드란보우글리스펜쉬르에서 파견한 오무아 주재 대사였다.

세토스 대사는 하루 전날 궁전에 도착해서 여제와 타라에게 통행허가증을 전달했다. 오무아 황궁에서도 후계자를 수행하는 사절단 명단을 전달했다. 친위대장 크산디아르는 공식 수행원 명단이 자신의 의견대로 정해졌기 때문에 기분이 좋았다. 타라도 친위대장이 발라를 명단에서 제외하는 데 성공했기 때문에 마음이 홀가분했다.

타라의 경호원 그르룰을 비롯해서 로빈, 칼, 무아노, 파브리스, 파프니르(세토스 대사는 대장장이 파프니르라는 이름을 보고 깜짝 놀랐다)도 사절단에 포함되었다.

타라는 속으로 쓴웃음을 지었다. 천적 앞에서는 치통에 시달리는 코뿔소가 되어버리는 난쟁이 전사를 데려가는 것은 그리 좋은 생각이 아니었다. 하지만 어떻게 파프니르만 빼놓고 간단 말인가.

킬라와 아르노가 후계자에게 연락해서(그것도 한밤중에) 따라가겠다고 간청했지만, 타라는 아주 단호했다. 움직이는 사고뭉치들을 데려간다는 것은 말도 안 되는 일이었다. 타라는 그 둘이 매직 6총사의 친구들과 접촉하고, 칼과 은밀한 메시지를 교환했다는 사실을 알았다.

타라는 왠지 그것이 마음에 걸렸다.

세토스 대사는 드래곤 정부에 사절단 명단을 보냈고, 그렇게 많은 인원은 허락할 수 없다는 답변을 받았다. 크산디아르가 펄펄 뛰면서 분개했지만, 리스베스 여제는 마지못해서 200명으로 잡은 티그족 호위대를 20명으로 축소했다.

어떻게든 참석하려고 노력했지만 타라는 할 일이 너무 많아서 몽타뉴크리스토의 파티에 갈 수 없었다. 로빈이 혼자 갔다가 돌아왔는데 이마 가운데에 굵은 주름이 잡혀 있었다. 밤늦은 시간이었다. 타라가 필요한 정보를 정리하고 있을 때 방으로 들어온 로빈이 건성으로 뺨에 입맞춤을 하고 소파에 털썩 주저앉았다.

건성으로 하는 입맞춤이라, 이런 건 기분 나쁜데. 너무, 너무 오래된

부부들, 사랑이 식은 연인들이나 하는 거잖아!

타라는 서류를 치우고, 눈 위로 흘러내린 머리털을 가다듬으면서 로빈을 쳐다봤다.

"상누아르였어." 잠시 후 로빈이 말했다. "문신을 바꿨고, 많이 말랐고, 다른 트리톤들처럼 물방울 속에 있었지만 금방 알아볼 수 있었어. 그런데 무슨 일이 있었는지 알아?"

"무슨 일이 있었는데?"

"안개 대양의 다른 트리톤들을 초대했더라고. 그중에 상누아르가 유독 열의를 보이는 예쁜 사이렌이 있었는데 전 약혼녀였어. 그런데 그 사이렌도 그를 알아보지 못하는 거야."

드란보우글리스펜쉬르로 출발하는 준비 때문에 정신이 없는 타라는 트리톤에 대해 관심이 없었다.

타라는 고양이처럼 기지개를 켰는데 그렇게 할 때의 모습이 아주 매력적으로 보인다는 걸 알기 때문이었다.

로빈이 탄식하는 얼굴로 타라를 쳐다봤다.

"타라!"

"응?"

"그러지 마, 제발. 꼭 발라 같잖아. 그런 자세로 나를 자극하면 책임은 네가 져야 한다!"

타라는 미소를 지으면서 얼른 똑바로 앉았다.

"미안해."

"나를 자극한 벌로 너를 무릎에 올려놓고 엉덩이를 때려주고 싶지만…… 그랬다가는 위험한 행위로 간주되어 궁전이 떠나가도록 사이렌이 울릴 거란 말이야. 휴, 또 개망신을 당할 수는 없고, 아, 답답하다."

책상 앞에 앉아 있던 타라는 웃음을 터뜨리면서 로빈 옆에 앉았다. 로빈은 몸이 닿지 않게 조심하면서 팔을 쭉 뻗어 타라의 어깨에 둘렀다.

"우리가 아직 시험해보지 않은 장소가 있어." 로빈은 타라의 머리에서 풍기는 라벤더 향을 맡으면서 속삭였다.

"거기가 어딘데?"

"주방!"

"주방에는 스물여섯 시간 10여 명의 요리사가 대기하고 있어. 거긴 안 돼. 주방에 있다가 사이렌이 울리면 아마 펄펄 끓는 소스를 뒤집어쓰게 될 거야!"

"변장을 하고 으슥한 곳으로 가는 건 어떨까?"

"에이, 그건 더 위험하지. 샤트릭스에게 잡아먹히거나 수상한 자들로 체포되어 감옥에 갇히고 싶다면 아주 좋은 생각이고."

"타라! 농담하지 말고 진지하게 생각 좀 해봐!"

"드란보우글리스펜쉬르에서는 사이렌이 울리지 않을 거야."

그 생각을 하자 로빈은 행복한 전율이 일었다.

"넌 모를 거야, 내가 얼마나 힘든지."

타라는 고개를 돌리고 쪽빛 눈으로 하프엘프의 크리스털 눈을 뚫어지게 쳐다봤다.

"난 이제 열다섯 살밖에 안 됐어. 그리고 아직은 마음의 준비도 되지 않았고. 엘프들은 화장실에 가는 것처럼 자연스러운 일이겠지만 우리 인간은 달라."

"알고 있어." 하프엘프는 한숨을 내쉬었다. "하지만 네가 열여덟 살이 되기를 기다리는 건……."

"마음의 준비가 되어야 한다니까! 열일곱, 열일곱 반, 열여덟 살이 되었다고 해도 그건 변하지 않아."

"알아, 안다니까. 그래도 열일곱 살이 좋은데…… 1년이 앞당겨지니까."

타라는 다시 웃었고, 긴장이 풀렸다. 타라는 엘프의 욕구불만을 충분히 이해하지만 어쩔 수 없었다. 지구에서 받은 교육의 효과인가, 타라는 전혀 흔들리지 않았다. 지금은 현명하게 처신해야 했다. 성 문제는 성인이 된 뒤에 고민해도 늦지 않았다.

타라는 문득 해적들을 잡을 때의 이야기를 듣고 싶었다. 로빈의 용기(물론 목숨이 위태로울 정도로 로빈이 위험을 무릅쓰는 건 싫지만), 신의, 정직한 성품에 찬사를 보내면서 사랑이란 감정을 더 이상 진전시키고 싶지 않았다.

로빈은 11시경 방을 나갔고, 타라는 하던 일을 끝냈다. 타라가 샤워를 하려고 욕실로 향할 때 문이 귀찮은 손님이 찾아왔다고 알렸다.

동생 자르였다!

피곤에 지친 타라는 눈을 비볐다.

혹시 밤에 나를 만나라고 하는 마법의 주문이라도 있는 거 아냐? 아니면 누군가가 잠을 못 자게 하려고 작정한 걸까?

타라는 얼른 반지를 꼈다. 그러고는 문에게 들여보내라고 지시했다.

자르가 거들먹거리면서 들어왔다. 몇 달 사이에 훌쩍 자란 자르는 서서히 누나의 키를 따라잡고 있었다. 아주 어릴 적부터 마지스터가 불어넣은 악마의 마법에 길들여진 탓인지 성격이 비뚤어져 있었다.

오무아 군대의 공격을 받았을 때 아버지인 줄 알았던 마지스터가 자기만 살겠다고 도망치는 걸 보면서 충격을 받은 쌍둥이들은 정보국에 협력했다. 마라는 마지스터 밑에서 어떤 생활을 했는지 모두 털어놨다. 자르는 상그라브들이 악마의 마법으로 감염시켰을 때, 그리고 지킴이들과 심판관들이 데미데루스의 후손이라는 걸 알아보지 못하고 그들을 공격했을 때의 공포를 얘기했다. 마지스터가 재빨리 쌍둥이들을 구해주긴 했지만, 쓸모가 없다는 걸 안 뒤로는 그들에게 관심조차 주지 않았다. 쌍둥이들은 개별적으로 질문을 받았고, 마라와 자르의 얘기는 약간 차이가 있었다. 마라의 말에 따르면 자르는 악마의 마법을 전혀 두려워하지 않았으며, 지킴이들이 공격했을 때도 어찌나 대담하게 덤벼드는지 마지스터가 대견해할 정도였다.

자르와 마찬가지로 마라도 셀레나가 어머니라는 걸 알았을 때 전혀 기쁘지 않았다. 쌍둥이들은 셀레나를 약하고 남의 말을 쉽게 믿는 어리석은 여자로 생각했기 때문이다. 둘은 모든 일을 능수능란하게 처리하는 리스베스 여제에게 더 친근감을 느꼈다. 리스베스 역시 쌍둥이에게 호의적이었다. 전대미문의 마법 능력을 지니고 있지만 그만큼 많은 위험에 노출되어 불안한 타라 외에 후계자가 두 명이나 더 있다는 걸 흡족해했다. 자르에 대해서는 경계하고 있지만.

자르를 전담하는 경호원들과 교사들이 여제에게 일일 보고서를 올리고 있었다. 타라에게 정보를 주는 것이 유익하다고 판단한 여제의 지시에 따른 것이었다.

타라는 자신에 관해서도 이런 보고서가 작성되고 있는 건 아닐까, 의문이 들었다. 그런데 그 보고서에 따르면 자르는 필요 이상으로 잔혹하지 않지만, 화가 났을 때는 정말 위험했다. 자르는 모든 사람을 이용했고, 자신이 감시당하는 만큼 타라를 감시했다. 이따금 타라는 쌍둥이들이 자신과 너무 다른 것이 안타까웠다. 화목한 가족을 이룬다면 얼마나 좋을까.

어쨌든 타라는 어머니와 증조할아버지의 무조건적인 사랑을 받고 있었다. 아직도 확신할 순 없지만 할머니 이사벨라의 사랑도 받고 있었다. 통화할 때마다 이사벨라 덩컨은 너무 바빠서 짜증 섞인 목소리였고, 몇 마디 나눌 수도 없었다.

"무슨 일이니?" 타라는 자르가 맞은편에 놓인 보라색과 금색, 회색의 안락의자에 앉기를 기다렸다가 물었다.

"그 멍청한 크산디아르의 편지를 열어봤다면 이미 알고 있을 사실에 대해 할 말이 있어서 왔어."

타라는 눈살을 찌푸렸다. 아! 드디어 퍼즐의 마지막 조각이 맞춰지는구나. 타라도 트롤들을 농락한 자가 이미 만난 적이 있는 사람이라는 생각을 하고 있었다. 변장을 해도 이 아이 특유의 거만한 태도는 감추기 어렵기 때문이었다.

"아직 열어보지 않았어. 그러니까 나를 죽이려고 했던 게 너였어?"

"응. 나였어." 자르는 아무렇지도 않게 대답했다. "그렇게 뻔한 함정에 빠졌다면 왕위에 오를 자격이 없으니까."

타라는 오만한 태도에 화가 치밀었다.

"네가 고모에게 가서 용서를 구할래? 잘될 것 같진 않지만." 타라는 가능한 한 차분하게 대꾸했다. "고모는 나를 살해하려고 했던 걸 용서하지 않으실 거야."

자르는 자기 손톱을 내려다봤다.

"누나가 죽었다면 고모도 선택의 여지가 없었을 거야. 그리고 모든 증거를 없앴다고 생각했는데 악착같이 수사망을 좁혀오는 크산디아르 때문에 망쳤어. 친위대장이 카무플레 국장 세네 센스사스까지 끌어들여서 내 숨통을 조이고 있으니……. 그리고 지난번 나를 만나러 왔던 것도 알아. 문 앞에 서 있다가 그냥 갔다고 내 방의 문이 알려줬어. 그래서 그 사건 때문에 나를 만나러 왔던 거라고 결론 내리고 찾아온 거야. 세네와 크산디아르에게 수사를 중단하라고 해."

타라가 방문 앞에 있었던 이유를 잘못짚은 자르는 제 발로 찾아와서 자수를 하기에 이른 것이다.

타라는 혹시라도 자르가 공격할 경우를 대비해서 거리를 두려고 책상 앞에 앉아 있었다. 타라는 두 손으로 턱을 받치면서 물었다.

"내가 납득할 만한 이유를 설명해야지. 이건 장난이 아냐. 넌 나를 죽이려고 했어. 난 너에 대해 동정심도 애정도 없어. 내가 뭐 때문에 너를 구해주고 싶겠어?"

"내가 동생이라는 사실만으로 충분할 것 같은데."

"천만에. 그리고 네가 나를 누나로 생각하는 애니?"

자르는 한숨을 내쉬었다.

"나는 어머니의 상심이 클까 봐 그걸 걱정하는 거야. 내가 누나를 죽이려고 했다는 걸 알면 어머니가 얼마나 괴로워하겠어. 난 어머니가 견디지 못할 거라고 확신해. 알잖아, 마음이 약하다는 거."

적반하장이라더니, 하지만 틀린 말은 아니었다. 타라가 대꾸하려는 순간 손가락에 낀 크라에토비르의 반지가 죄어드는 걸 느꼈다. 그러고는 갑자기 자르의 얼굴 이미지가 또렷이 보였다. 타라는 그 불안한 눈빛 이면에 도사리고 있는 계산된 감정과 증오심을 간파할 수 있었다.

자르는 어머니에 대한 사랑을 이용해서 타라를 농락하고 있는 것이다. 타라는 하마터면 함정에 빠질 뻔했다. 가슴이 미어지는 타라는 얼굴이 굳어졌다.

"넌 정말 위험한 아이야." 타라가 차갑게 내뱉었다. "내 동생이라는 것 때문에 달라지는 건 없어. 그리고 나는 마음이 약하지 않아. 특히 자르 너한테는."

예상치 못한 타라의 반응에 충격을 받았는지 자르의 눈에서 잔혹한 광채가 번쩍였다. 그러자 이번에는 반지 낀 손가락이 따끔거렸다. 자르에게 남아 있는 악마의 마법에 반응하는 반지는 소년을 믿지 않고 있었다. 타라는 마법을 작동할 준비를 했다.

그러나 자르는 전사로 키워진 아이였다. 기미를 알아챈 자르는 의도적으로 긴장을 풀었다. 궁전 안에서 타라와 싸운다는 건 스스로 무덤을 파는 거니까……

"싸우려고 온 게 아냐." 자르는 조심스럽게 말했다.

타라는 고개를 갸우뚱하면서 경계심을 풀지 않은 채 기다렸다.

침묵이 흘렀다. 시간은 충분히 있었다. 타라는 느긋하게 시간을 흘려보냈다.

아직 어린 자르는 초조했다. 결국 꼬리를 내리고 물었다.

"어떡할 건데?"

"열세 살짜리 동생이 욕심 때문에 나를 뱅뱅 밀매꾼으로 몰아서 죽이려 했다고 고모에게 말해야지. 그다음은 고모와 네가 알아서 해결하게 놔둘 거야."

당황하는 기색이 역력한 소년은 침을 삼켰다. 타라가 어머니처럼 마음이 약해서 동정심 때문에라도 눈감아줄 거라고 생각했던 것이다.

자르는 타라가 아더월드에서 온갖 시련을 겪으면서 아주 강인해졌다는 걸 알아차렸다. 타라는 그렇게 변한 자신이 마음에 들지 않지만 전혀 내색하지 않았다. 얼마 전부터 타라는 자르를 어떻게 다뤄야 할지 고민하고 있었다. 자르는 마지스터 흉내를 내고 있었다. 따라서 자르를 가차 없이 냉정하게 대하는 것이 유일한 해결책이었다. 하지만 반지가 없었다면 아마도 힘들었을 것이다.

자르가 일어나는 걸 보면서 타라는 얼굴이 굳어졌다.

"내가 직접 고모에게 진실을 밝히는 것에 대해서는 이의 없지?"

타라는 어깨를 으쓱했다. 반지가 반응하지 않았다.

"그런다고 달라지는 건 없겠지만 마음대로 해. 어차피 드래곤들의 나라로 출발하기 전에 고모를 만나야 하는데 나는 그때 말할 거니까. 따라서 밤새도록 어떻게 말할지 준비나 잘해. 행운을 빌게."

자르는 인사를 하는 둥 마는 둥 어정쩡한 자세로 돌아섰다. 자르가 방을 나가자마자 타라는 문에게 누가 와도 들여보내지 말라고 지시한 다음 스트레스를 풀기 위해 어깨를 흔들었다. 처음부터 계속 지켜보고 있던 갈랑이 걱정스럽다는 듯 조용히 다가와서 타라의 팔에 머리를 비볐다. 타라는 페가수스를 팔로 감싸면서 하얀 털에 뺨을 댔다.

"갈랑, 나도 저 아이를 사랑해주고 싶어. 하지만 끔찍할 정도로 욕심이 지나쳐. 이제 열세 살인데 저러면 서른 살에는 어떻게 되겠어?"

갈랑이 상어 아가리를 벌리고 쫓아오는 자르와 겁에 질려서 도망치는 타라의 이미지를 전달했다. 하지만 타라는 웃을 수가 없었다. 가슴이 너무 아팠다.

몽유병자처럼 욕실로 들어간 타라는 옷을 벗고 뜨거운 폭포수를 지시한 다음 구석에 쪼그리고 앉아서 눈물을 흘렸다. 모두 타라를 시기하고 있었다. 밖에서 타라를 보는 사람들은 오무아의 후계자라는 신분과 권력, 돈, 금에만 관심이 있었다. 그런 것들을 가진 건 사실이었다. 하지만 압박감, 스트레스, 의무, 고통, 술책도 있었다. 그럼 사랑과 애정은? 타라는 고모가 자기를 좋아하지 않는다는 걸 알고 있었다. 남동생 자르는 타라를 미워하고, 여동생 마라는 아예 무시했다. 어머니 셀레나는 수천 킬로미터 떨어진 먼 곳으로 피신해 있지만 미치광이에게 언제 납치될지 모를 위험에 처했다. 아버지는 유령이었다. 파브리스, 무아노, 로빈, 파프니르, 칼을 제외하고 타라에게 접근하는 사람들은 하나같이 사욕을 채우려는 속셈이 있었다. 어린 나이에 무거운 책임감을 느끼는 것에는 아랑곳도 없는 것 같았다.

불안해진 물의 원소는 타라가 지시했던 폭포수를 가랑비로 바꿨다. 타라는 씁쓸한 미소를 지으면서 일어났다. 신세 한탄을 하고 있기에는 할 일이 너무 많았다. 지구에서는 수많은 사람이 기근과 재난으로 죽어가고 있는데 냉정하게 말하면 배부른 투정이 아닌가.

타라는 버튼을 누르고 라벤더 향 비누 거품을 몸에 발랐다. 부드러운 스펀지들이 타라의 몸을 마사지하면서 목과 목덜미의 뻣뻣한 근육을 풀어주었다. 체인지라인이 구시렁거렸다. 타라의 목덜미에 동그랗게 달라붙은 체인지라인은 물과 비누가 무서워서 덜덜 떨고 있었다. 마법 덕분에 편안하게 샤워할 수 있지만 그래도 타라는 지구식의 샤워가 더 좋았다.

공기의 원소가 타라의 머리를 말려주고, 브러시가 날아다니면서 머리를 빗겨주었다. 타라는 거울에 비친 모습을 뚫어지게 쳐다봤다. 쪽빛 눈도 코도 울어서 약간 빨개져 있었다. 타라는 얼굴에 찬물을 끼얹었다. 실컷 울었더니 마음이 편안해진 것 같았다. 이제는 한탄 대신 이성적으로 냉철하게 생각해야 했다. 자유롭고 행복해지고 싶으면, 어머니와 두려움 없이 살고 싶으면 반드시 마지스터를 제거해야 했다.

타라는 손에 낀 반지를 보면서 말했다.

"크라에토비르, 너와 나, 우리는 아주 잘해냈어. 하지만 마지스터가 있는 곳을 좀 더 구체적으로 알려주면 좋겠는데……."

몇 달 전부터 타라는 상그라브들의 보스가 가까운 곳에 있다는 확신이 들었다. 외부에 있는 사람이라고 하기에는 너무 많은 것을 자세히 알고 있기 때문에 내부에 있거나 궁전에서 아주 가까운 데에 있다고 볼 수밖에 없었다.

이제는 악마의 힘을 지닌 사람이나 사물의 도움이 절실히 필요했다. 금서가 있으면 좋겠지만, 셈 선생님이 투옥되어 있기 때문에 금서를 빌려달라고 부탁할 수 없었다. 예전에 무아노가 금서를 꺼내온 경험이 있지만 셈 선생님이 비밀번호를 바꿔놨기 때문에 접근할 수 없었다.

그 순간 타라는 크산디아르가 생일 선물이라면서 준 편지가 기억났다. 타라의 생각을 알아차린 체인지라인이 깊이를 알 수 없는 주머니에서 편지 봉투를 꺼내주었다.

호기심이 동한 타라는 서류가 들어 있는 두툼한 봉투를 개봉했다.

자르라는 이름만 달랑 적혀 있을 뿐 모두 백지였다.

타라는 미소를 지으면서 크산디아르의 지략에 혀를 내둘렀다. 후계자 살인미수 죄로 황족을 고발하는 것은 친위대장의 이력 관리에 치명적인 것이 될 수 있었다. 많은 사람이 지켜보는 앞에서 후계자에게 봉투를 건네면서 증거자료가 들어 있는 것처럼 암시한 것은 범인을 압박하기 위한 고도의 심리전이었다. 증거를 확보하지 못한 크산디아르가 자르를 함정에 빠뜨린 것이었다.

흠, 이 궁전에 있는 사람들은 정말 치밀해서 만만하게 볼 사람이 한 명도 없어.

타라는 방에 불을 끄라고 지시하고 침대 이불 속으로 들어갔다. 갈랑이 불안한지 타라의 몸에 바짝 기댔다. 최근에는 갈랑의 이런 행동이 너무 잦아지고 있었다. 타라는 마음을 편안하게 가지려고 노력하면서 잠이 들었다.

다음 날, 타라는 드래곤들의 행성을 향해 출발할 것이다.

타라는 깊은 잠에 빠지면서 뭔가를 잊었다. 아주 중요한 것인데…….

타라는 반지를 빼놓는 걸 잊었다.

21

드래곤들의 왕국

어딘가를 방문할 때는 팸플릿 밑에 적힌 글을 잘 읽어보는 것이 좋다
특히 다음과 같은 글이 적혀 있을 때는
'여기 들어오는 자, 모든 희망을 버려라'[29]

*

출발하기 직전 타라의 인사를 받는 여제의 표정이 심상치 않았다. 머리색에 맞춘 노란색의 상큼한 드레스 차림과는 아주 대조적이었다. 아니, 어쩌면 노란색은 날카로워져 있는 여제의 기분과 잘 어울리는 색일 수도 있었다.

"방금 자르를 만났다." 여제는 한숨을 내쉬었다. "우리에게 골치 아픈 문제가 생겼어."

타라는 미소를 머금으면서 하마터면 '고모에게 골치 아픈 문제가 생긴 거죠' 하고 대꾸할 뻔했지만 잠자코 있었다. 타라는 친애하는 고

----

29. 1321년 알리기에리 단테가 완성한 사후 세계를 그린 장편 서사시 『신곡』은 「지옥」 「연옥」 「천국」 세 편으로 이루어져 있으며, 그중 「지옥」편에 나오는 글이다.

모가 자르 문제를 어떻게 해결할지 정말 궁금했다.

"그 아이가 여기 있는 한 너를 계속 위협할 텐데."

"네, 그렇겠죠."

"또다시 너를 죽이려고 할 거다."

"네, 그렇겠죠."

타라는 자파 전사 틸크[30] 못지않게 무표정한 얼굴로 '그렇겠죠'라고 대답했는데 그것이 고모를 자극했다.

"타라! 좀 더 협조적일 수 없겠니? 네 생각에는 자르를 어떡하면 좋겠니?"

타라도 계속 고민하고 있는 문제였다. 해결책을 모색하던 중 타라는 왜 좀 더 일찍 그 생각을 못했는지 의문이 들 정도로 기막힌 방법을 찾아냈다.

"좋은 생각이 있긴 한데 즉시 마라와 자르를 떼어놔야 해요."

여제의 눈초리가 매서워졌다.

"자르를 감옥에 넣을 수는 없어. 그 아이에게 사형을 내린다는 건 말도 안 돼."

타라는 빙긋이 웃었다.

"어떻게 내가 그렇게 끔찍한 생각을 하겠어요?"

"그럼 내가 어떻게 하길 바라니?"

---

30. 1997년 1시즌을 시작으로 10시즌까지 방영 중인 〈스타게이트〉에 등장하는 인물 틸크는 고아울드라는 괴물(뱀처럼 생긴 기생충 모습)들로부터 지구를 구하라는 임무를 맡고 있다. 고아울드의 유충이 사람의 몸에 들어가면 자파(Jaffa)가 된다.

"자르를 지구에 있는 할머니 이사벨라에게 보내는 거예요!"

리스베스 여제는 아연실색했다.

"뭐, 뭐라고?"

'자르를 지구에 있는 할머니 이사벨라에게 보내라는 말을 못 알아들으세요?' 하고 소리치고 싶지만 타라는 꾹 참았다.

"지구에서는 자르의 마법이 약해질 거예요." 타라는 차분하게 설명했다. "그리고 할머니는 마지스터도 제압할 수 있는 분이라서 자르가 아마 꼼짝 못할 거예요. 무엇보다 나를 키운 경험이 있어서 동생을 맡기면 기뻐하실 거라고 생각해요."

사실은 둘 다 서로를 미워할 것이 뻔했다.

리스베스는 선뜻 결정을 내릴 수 없었다. 한편으로는 후계자들을 다 데리고 있고 싶었지만, 타라와 자르를 함께 지내게 한다는 건 언제 터질지 모를 폭발물처럼 위태로웠다. 깊은 생각에 잠겨 있던 리스베스가 이윽고 미소를 지었다. 자르를 보내겠다고 알릴 때 이사벨라가 보일 반응을 상상하던 리스베스는 해볼 만한 가치가 있다고 생각했다. 아주 좋은 방법이었다.

리스베스의 미소에 타라도 활짝 웃어주었다. 그 순간 두 여자는 어쩌면 그렇게 닮았는지 놀라울 정도였다. 어항 속의 금붕어들에게 눈길을 고정한 채 흡족한 표정을 짓는 상어의 모습이라고 해야 하나.

"할머니에게 네가 연락하겠니, 아니면 내가 할까?" 여제가 물었다.

"저는 잠시 후 출발해야 해요. 그러니까 그 일은 고모에게 맡길게요." 타라는 자르는 물론이고 할머니의 분노와 맞서고 싶은 생각이 추호도 없었다.

"아, 그래, 알았다." 여제는 두 손을 비비면서 말했다. "이번만은 네할머니와 즐거운 대화를 나눌 수 있으면 좋겠는데. 그건 그렇고 진비지블* 스스세트를 데려가는 게 좋겠다. 도마뱀이랑 비슷해서 그렇게 쉽게 드래곤들의 눈에 띄지 않을 거야. 진비지블이 드래곤들의 나라를 돌아다니면서 그 세계에 대한 정보를 얻을 수 있으면 좋겠어. 지금여기 있는데 너의 대답을 기다리고 있다."

타라는 고개를 끄덕였다. 녹음 기능이 있는 카멜레온 스스세트는예전에 마지스터에게 붙잡혀 있을 때 타라를 구해준 적이 있었다.

"스스세트, 나타나!" 타라가 외쳤다. "같이 가자."

타라 앞에 초록색 줄무늬가 있는 검은색 비늘의 카멜레온이 유형화되었는데 눈빛이 약간 불안했다. 스스세트는 지난번 만났을 때 타라가 허락 없이 염탐하면 핸드백으로 만들어버리겠다고 위협했던 일을잊지 않고 있었던 것이다.

"주인님, 분부대로 하겠습니다." 스스세트가 슛슛, 소리가 섞인 특유의 목소리로 말했다.

"드란보우글리스펜쉬르에서는 보이지 않게 만들 필요 없다." 여제가 말했다. "드래곤들은 대번에 알아차리니까. 하지만 드래곤들은 네종족의 특성을 몰라. 타라의 어깨에 달라붙어 있다가 일단 그 나라에들어가는 즉시 슬그머니 사라지거라. 조심해야 한다. 타라의 방에 도청 장치가 있을지 모르니까. 그리고 타라에게 보고할 때는 아무도 듣지 않는 장소에서 해야 한다."

"알겠습니다, 주인님." 카멜레온이 대답했다.

타라는 카멜레온을 잡아 어깨에 올려놓으면서 얼굴을 약간 찡그렸다. 꽤 무거웠다. 갈랑이 질투 어린 눈으로 째려보자 타라는 쓰다듬어 주면서 안심하라며 생각을 전했다. 그렇게 해서 10킬로그램은 족히 나갈 것 같은 카멜레온과 페가수스가 타라의 양어깨를 차지했다. 휴, 앞으로는 체력 단련이라도 해야겠어.

여제가 일어나서 타라에게 작별의 포옹을 하는 바람에 두 동물이 떨어질 뻔했다.

"몸조심하고 빨리 돌아오너라."

여제의 목소리에서 진심으로 걱정하는 마음을 느낀 타라는 미소를 지어 보였다. 여제는 행성 간 통신 채널을 작동했다. 타라는 크리스털 전광판 앞에서 지구를 호출하는 고모를 두고 방을 나왔다. 문을 닫고 나서도 타라는 귀를 바짝 대고 서 있었다. 여제와 면담하는 동안 밖에서 기다리고 있던 그르롤과 보초 두 명이 예의에 어긋나는 행동에 깜짝 놀라서 타라를 쳐다봤다.

갑자기 폭발음 같은 소리가 나더니 쉴 새 없이 퍼붓는 분노의 고함 소리에 친위대원들과 트롤이 소스라쳤다.

손녀딸과는 통화할 시간도 없는 할머니가 오무아의 여제와 긴 대화를 나누고 있다는 건데…… 할머니가 무슨 말로 고모의 심기를 건드렸는지 궁금했다. 타라는 깔깔대고 웃으면서 공간이동의 문을 향해 걸어갔다. 칼과 로빈, 무아노, 파브리스, 파프니르, 크산디아르와 친위대 전사들, 또 다른 수행원들이 기다리고 있었다.

드래곤들은 아더월드 전체를 대표하는 대사관을 한 곳만 허용하고 있었다. 현재는 에드라킨족(파트로크 왕국에 사는 강력한 마법사들이며, 모습은 인간이지만 귀가 뾰족하고 털로 덮여 있다) 크라오토르가 드란보우글리스펜쉬르 주재 대사를 맡고 있었다.

리스베스 여제는 오무아 대표단의 일을 수월하게 할 수 있도록 후계자 수행원들에게 칼리손이란 특사를 붙여주었는데 궁전의 감독관 칼리 부인의 사촌이었다.

드래곤들의 나라에 간다는 생각만으로도 완전히 공포에 사로잡힌 칼리손은 연방 침을 삼키고 있었다.

타라는 칼리손 특사가 드란보우글리스펜쉬르에 도착하면서 기절하는 일은 제발 없기를 바랐다.

함께 아침을 먹었던 로빈이 반기면서 다른 사람들이 보기 전에 재빨리 끌어안았다.

위베른족 세토스 대사가 흥미롭다는 듯 스스세트를 쳐다보려고 뒷발로 섰는데 대합실의 창문을 통해 비쳐드는 햇살에 금빛 비늘이 반짝였다.

"모두 준비됐습니까?" 세토스가 슛슛, 소리를 내면서 물었다. "이 마스크를 쓰십시오. 우리 행성의 대기에 적응하려면 처음 얼마간 필요할 겁니다."

칼은 마스크 안의 공기 냄새를 맡으면서 우거지상을 했다. 타라도 얼굴을 찌푸렸다. 썩은 달걀 냄새와 비슷한 게 유황 냄새였다. 그뿐만 아니라 인 냄새도 나는 것 같았다. 패밀리어들을 위한 마스크도 준비한 걸 보면 세토스는 꽤 꼼꼼한 성격인 모양이었다.

이어서 세토스 대사가 투명한 물질을 내밀었다.

"지금부터 이 렌즈를 눈에 끼십시오. 렌즈를 끼는 즉시 냄새가 나지 않을 겁니다. 공기로부터 보호해줄 뿐만 아니라 훨씬 잘 보일 겁니다."

사실은 그렇지 않았다. 지구의 콘택트렌즈와는 달리 안구를 완전히 덮었고, 시야가 흐렸다. 갈랑, 쉬바, 블롱딘, 소우르브, 바룬도 갑갑한 모양이었다. 스스세트에게는 필요 없는 것 같았다.

눈을 비비고 싶은 걸 참으면서 타라는 공간이동의 문 플랫폼을 향해 걸어갔다. 세토스 대사가 외쳤다. "드래곤의 행성 드란보우글리스펜쉬르의 수도 킬라우빌쉬반드릭 궁전으로!"

그리고 그들은 사라졌다.

이동하는 순간 그 어느 때보다 진공상태에 빠져드는 느낌이 들었다. 어딘가에 와 있는 듯한데…… 걸쭉한 수프 같은 것에 가려 있는지 공간이동의 문은 보이지 않았다.

"이제 마스크를 벗어도 됩니다." 세토스가 말했다.

타라 일행은 시키는 대로 하다가 동시다발적으로 우거지상을 했다. 참을 수 없는 냄새가 훅 풍겨왔지만 숨 쉬는 데는 문제가 없었다.

공간이동의 문을 통과해야 하지만 아무것도 보이지 않았다. 수백의 병사가 무기를 들이대고 있을지, 아니면 아무도 없을지 도무지 알 수가 없었다.

타라가 항의하려고 할 때 갑자기 몸이 쑥 내려가는 것 같더니 렌즈가 움직이면서 시야가 훤해지고 크리스털처럼 투명해졌다. 그들은 소스라치게 놀랐다.

어마어마하게 큰 대합실에서 그들을 쳐다보는 드래곤들과 완전 무장을 하고 길게 늘어선 위베른족 도마뱀들, 경비가 삼엄했다.

도마뱀들의 아가리와 구불구불 유연하게 이동하는 모습을 보는 순간 타라의 머릿속에 번쩍 떠오르는 이미지가 있었다. 세토스만 봤을 때는 전혀 느끼지 못했는데…….

통째로 뽑힌 트롤들의 머리, 공포에 질린 초록 트롤들, 숲의 부식토에 남긴 발자국. 저런 아가리들이라면 얼마든지 그럴 수 있었다. 하지만 위베른족 도마뱀이 왜 아더월드에서 트롤들을 공격했을까? 나를 보호하기 위해서? 아니면 나를 죽이기 위해서? 타라는 전혀 알 수가 없었다.

잘못 생각한 건지도 모르지만 타라는 도마뱀들을 경계 대상으로 결정했다.

수적 열세라는 걸 의식한 크산디아르는 부하들에게 움직이지 말라고 명했다. 이런 상황이 아니라도 대장에게 복종할 수밖에 없는 친위대 전사들이지만.

거대한 파충류들을 올려다보면서 타라는 무릎이 떨리는 걸 느꼈다. 블루 드래곤 셈 선생님을 처음 봤을 때도 타라는 기절할 뻔했었다. 반짝이는 비늘과 두꺼운 가죽에 박힌 보석들 때문에 더욱 번쩍번쩍하는 파충류들을 보면서 타라는 두려움과 감탄이 섞인 묘한 감정에 사로잡혔다. 온갖 색깔로 무지갯빛을 이룬 드래곤들의 모습은 가히 환상적이었다.

드래곤들이 파충류의 눈으로 타라 일행을 내려다보았다. 타라 일행 중에서는 그래도 제일 큰 그르룰만 주눅이 들지 않은 것 같았다.

키가 제일 작은 파프니르도 상체를 꼿꼿이 세우고 도발적인 눈으로 도끼를 힘주어 잡고 있었다.

대합실은 팅가푸르보다 20배는 더 크고, 천장은 어찌나 높은지 보이지도 않았다. 이동의 태피스트리들도 거대했다.

세토스 대사가 걸어나가더니 머리와 날개에 은빛 무늬가 있는 그레이 드래곤 앞에서 머리를 숙였다.

"최고 비늘, 안드레아비로우쉬부." 세토스가 드래곤 언어로 말했다. "오무아의 후계자 타라틸랑넴 탈 바르미 압 산타 압 마루 탈 덩컨을 소개하겠습니다."

안드레아비로우쉬부는 수상이나 대재상에 해당하는 '최고 비늘'이란 직위를 갖고 있었다. 그의 가문이 수천 년 전부터 대대로 드래곤 정부의 각료였음을 의미하는 것이었다.

타라가 경의를 표하는 몸짓을 하자 그레이 드래곤이 정중하게 허리를 숙였다.

그들은 의례적인 인사를 나눴다. 타라는 이렇게 계속 드래곤 언어로 말하다가는 슛슛, 소리를 내야 하는 발음 때문에 목이 아파서 후두염에 걸릴 것 같았다.

그레이 드래곤은 드란보우글리스펜쉬르에 인간들이 발을 들여놓은 것이 못마땅한 눈치였다. 대관식을 위해 파견한 사절단의 수도 마음에 들지 않았다.

그렇지만 셀레나를 받아주고, 자신의 집에 숨겨준 드래곤이 바로 안 드래아비로우쉬부였다. 타라는 빨리 어머니를 만나고 싶었다.

그 옆에 브라운(금테를 둘러서 갈색이 한층 돋보이는) 드래곤 셰니보우리쉬부가 서 있는데 총사령관에 해당하는 '최고 발톱'이란 직위를 갖고 있었다. 브라운 드래곤은 부동자세로 서 있는 인간들, 티그족, 트롤, 하프엘프를 뚫어져라 쳐다보았다.

셈 선생님처럼 은빛 무늬가 있는 블루 드래곤 쇼우모우리쉬바는 공수부대 사령관에 해당하는 '최고 날개'라는 직위를 갖고 있었다. 은으로 장식한 날개는 다른 드래곤들의 날개보다 훨씬 강력해 보이지만 덩치는 땅딸막했다. 드래곤들은 어쩌면 이렇게 긴 이름을 좋아하는지! 안드레아비로우쉬부, 셰니보우리쉬부, 쇼우모우리쉬바, 타라는 기억하기도 힘든 긴 이름 대신 안드레아, 셰니, 쇼우처럼 부르기 편한 짧은 이름으로 외웠다.

고관들은 짧은 망토를 걸치고 있는데 한쪽 어깨에 직책을 나타내는 배지가 또렷이 보였다. 똑같은 옷을 입고 있는 드래곤들도 눈에 띄었다.

망토 덕분에 환영 위원회가 전투부대로 이루어진 걸 확인할 수 있었다. 그것은 드래곤 정부가 어떻게 구성되어 있는지 반영하는 것이었다. 드래곤들은 악마들과의 전쟁이 끝나지 않았다는 걸 알기 때문에 여전히 그에 따른 대비를 하고 있는 것이다. 악마들의 침략으로부터 세계를 구했던 드래곤들은 악마들이 다시 침략할 경우 변함없이 싸울 만반의 준비를 하고 있는 것이었다.

"먼저 비공식 회담을 가진 뒤에." 안드레아는 마치 난감한 것처럼 주둥이를 문지르면서 설명했다. "위베른족이 숙소로 안내할 것입니다. 마마가 이렇게 와주셔서 영광입니다. 그러나 오무아의 여제께서

이 특별한 의식에 참석하시지 못한 것은 유감스럽습니다."

안드레아는 오무아 제국을 대표하는 여제가 아니라 후계자가 참석한 것에 대해 유감을 표시한 것이었다.

"네, 그렇게 됐습니다, 최고 비늘." 타라는 짤막하게 대답했다. "그리고 우리의 친구는 잘 지내고 있습니까?"

그레이 드래곤은 눈이 휘둥그레져서 타라를 쳐다봤다.

"어머님을 말하는 겁니까?" 안드레아가 물었다.

어허, 책략에 있어서는 신과 다름없다는 드래곤이 이런 실수를 저지르다니 드래곤들에게도 허점은 있네.

"이게 무슨 소리야?" 궁금한 것은 못 참는 칼이 물었다. "어머니가 여기 계셔?"

"응." 타라는 한숨을 내쉬었다. "내가 마지스터 때문에 어머니를 드란보우글리스펜쉬르로 피신시켰거든. 극비였는데……."

타라는 실수를 했다는 것조차 깨닫지 못하고 있는 그레이 드래곤에게 질책의 눈길을 던졌다.

"아아, 그래서 네 생일에 안 오셨구나. 이상하다 생각했더니."

"궁전 안에 있는 나의 관사에서 지내고 계십니다." 안드레아는 한술 더 떴다. "도시 밖에 있는 사택보다는 여기가 더 안전하니까요. 궁전에는 트란스미투스 방지 주문이 걸려 있어서 그 누구도 침범할 수 없으니 마마의 어머니를 납치하는 것은 절대 불가능합니다."

이제는 어머니가 어디 있는지 모두 알게 됐잖아. 도대체 이 드래곤은 눈치가 있는 거야, 없는 거야? 타라는 인상을 쓰지 않으려고 애를 썼다.

"회담이 끝나면 어머니를 만날 수 있습니다." 안드레아가 말했다.

아이고, 친절도 하시지. 타라는 이를 악물면서 대답했다.

"고맙습니다, 최고 비늘."

타라는 티그족 친위대원들의 호위를 받고 있기 때문에 경계를 약간 늦추면서 주위를 관찰하기 시작했다.

궁전은 어마어마하게 컸다. 어둠에 잠긴 천장은 높이를 짐작할 수 없을 정도였다.

타라는 눈을 찡그리다가 깜짝 놀랐다.

상들리에는 물론 벽에 달린 수많은 조명등도 크리스털이 아니라 모두 다이아몬드였다.

게다가 궁전이 온통 금으로 도배를 해놓은 것 같았다. 안질에 걸리지 않으려면 선글라스를 껴야 할 정도로 눈이 부셨다.

오무아에도 금과 보석이 많았다. 하지만 이곳에 비하면 오무아 궁전은 정원의 정자에 불과했다.

드래곤들은 과연 듣던 대로 금을 좋아했다. 타라의 머리보다 더 큰 보석들이 벽에 박혀 있었다. 보석들이 오색찬란한 빛을 반짝이면서 진동하는데 마치 노래를 부르는 것 같았다. 땅속 깊은 곳에서 엄청난 압력을 받으며 만들어질 때의 추억을 이야기하는 다이아몬드들의 노래는 장중했다. 루비의 노래는 날카롭고, 블루 사파이어와 옐로우 사파이어의 노래는 부드러우며, 에메랄드의 노래는 더 감미로웠다. 느닷없이 모든 벽이 은이 되었다가 백금에 이어 황금으로 변했다.

파프니르는 비웃음을 흘리면서 중얼거렸다.

"이건 졸부들이나 하는 짓이야. 나 부자요, 라고 아주 광고를 하고 있잖아."

금이라면 사족을 못 쓰기는 난쟁이들도 누구에게 빠지지 않으면서……. 물론 이 정도는 아니지만.

칼은 군침을 흘렸다. 벽에서, 머리 위에서 어른거리는 보석들을 보면서 칼의 손이 경련을 일으키고 있었다.

"칼?" 타라가 흘겨봤다.

"으응." 칼이 눈을 반짝이면서 대답했다.

"당장 잊어버려. 네가 케밥이 되는 꼴을 보고 싶지 않으니까."

"휴! 저 파충류들이 알아채지도 못하게 다 훔칠 수 있는데. 근데 케밥이 뭐야?"

"터키의 음식이야. 그러니까 제발 부탁인데 문제를 일으키지 말자. 베어 왕과 티타니아 왕비께 불려가서 외교적 망신을 일으킨 이유에 대해 설명하고 싶지 않아."

타라도 칼의 마음을 이해하지 못하는 건 아니었다. 어디를 봐도 온통 보석인데.

발을 헛디디면서 넘어질 뻔하던 타라는 바닥이 돌이 아니라 흰모래로 덮여 있다는 알았다. 체인지라인이 굽이 없는 신발로 바꿔주었는데 키가 몇 센티미터 작아지긴 했지만 편안하게 걸을 수 있었다.

이어서 신발에 맞게, 금빛 레이스가 달린 흰색 드레스의 길이도 줄어들었다.

벽에 걸린 수백 점의 그림 중에는 드래곤들의 작품 외에도 지구나 다른 행성의 박물관에서 가져온 작품도 있었다. 거친 모습의 드래곤들이 이렇게 예술에 관심이 있을 줄이야, 뜻밖이었다.

드래곤을 죽이는 성인의 모습(회화에서 대체로 칼이나 창으로 드래곤을 찌르는 백마를 탄 기사의 모습으로 그려지는 성 게오르기우스―옮긴이)이 아니라 암소, 양, 심지어 인간들까지 잡아먹는 드래곤들을 그린 그림……, 타라는 등골이 서늘해졌다. 이것이 간접적인 경고의 표현이라면 완전히 성공한 것이었다. 위대한 드래곤 왕이나 여왕의 조각상과 초상화들도 머리 위에서 내려다보고 있었다.

현대적인 것들도 있었다. 여러 대의 크리스털 전광판에 드란보우글리스펜쉬르뿐만 아니라 다른 행성에서 일어나는 장면들이 보였다. 그중 시커먼 배경 속에서 천천히 회전하는 파란색 지구를 알아본 타라는 향수에 젖으면서 하마터면 멈춰 설 뻔했다.

드래곤들이 저 사진을 어떻게 구했을까? 우주선을 이용했을까? 아니면 지구의 인공위성에서 찍은 사진을 훔쳐온 걸까?

드래곤들의 덩치에 맞게 길은 아주 넓었다. 메시지나 지시 사항을 전달하느라고 바쁜 위베른족 도마뱀들이 뛰어다니고 있었다. 그런데도 모래가 날리지 않는 걸 보면 약한 힘의 장막이 바닥을 고정하고 있는 것 같았다. 날카로운 발톱 무늬를 새긴 양탄자들도 힘의 장막의 보호를 받고 있는 것이 틀림없었다. 공기는 뜨겁고 건조한데 기온은 쾌적했다. 크라살비에서 추위에 떨었던 타라는 드란보우글리스펜쉬르의 더운 기온이 차라리 나았다. 독감에 걸릴 위험이 그만큼 줄어드니까.

타라는 난생처음으로 아기 드래곤들을 봤다. 키가 1미터쯤 되는 아기들이 인간들을 보고 놀란 눈을 굴리고 있는데 정말 귀여웠다.

그러나 엄마 드래곤이 주는, 피가 뚝뚝 떨어지는 쇠고기 한 덩어리를 아귀아귀 뜯어먹는 아기 드래곤의 모습을 보는 순간에는 소름이 끼쳤다.

그레이 드래곤이 뜬금없이 말했는데 거만한 어투였다.

"여제께서는 아주 바쁘신가 봅니다. 참석해주셨으면 영광이었을 텐데요."

타라는 외교적 답변으로 대응했다.

"여제께서는 귀국과의 관계를 강화할 수 있는 특별한 기회인데 참석할 수 없게 된 것을 몹시 유감스러워하셨습니다. 하지만 내가 여제를 대신해서 최선을 다하겠습니다."

최고 비늘 안드레아가 이상한 눈으로 쳐다봤다.

"그럴 필요 없습니다, 마마. 악마들과 싸우기 위해서라도 우리의 동맹 관계는 결코 깨지지 않으니까요. 전 세계의 국민은 악마들이 또 침략할 수 있다는 걸 잊어버리는 경향이 있습니다. 그러나 전쟁은 아직 끝나지 않았습니다."

그렇게 수수께끼 같은 말을 하고 나서 안드레아는 어떤 문을 열었는데 황금 별빛이 쏟아지는 거대한 방이 드러났다.

타라는 방에 있는 드래곤이 누군지 단번에 알아보지 못했다. 평소의 주홍빛이 아니라 비늘이 온통(날개에 있는 검은색 무늬까지도) 흰색이기 때문이었다.

…… 샤르맘니쉬라쉬바? 샤름이 한가운데에 놓인 커다란 황금 옥좌에 앉아 있었다.

타라는 몇 초 후에야 뭔가 잘못되고 있다는 걸 알아차렸다.

샤름이 몹시 난감해하는 표정을 지었다.

머리에는 황금 왕관을 쓰고 있었다.

셈 선생님의 약혼녀이자 타라의 친구인 샤름이 주위에 있는 드래곤들을 물러가게 했다. 모두 나가자 육중한 황금 문이 닫혔고, 타라 일행과 세토스 대사만 남았다. 최고 비늘 안드레아와 최고 발톱 세니, 최고 날개 쇼우도 나가고 없었다.

"안녕하세요, 샤름?" 칼이 인사했다. 이 행성에 도착하면서부터 생각보다 얌전하게 군다 싶었더니 입이 근질근질해서 더는 참을 수 없다는 듯이 말했다. "근데 머리에 쓴 것은 요즘 유행하는 모자인가 보죠?"

오무아의 특사 칼리손이 칼의 버릇없는 태도에 못마땅한 표정을 지었다.

화이트 드래곤 샤름이 빙긋이 웃으면서 코를 찡그렸다.

"그 예리한 관찰력은 여전하구나." 샤름이 경쾌한 목소리로 대꾸했다. "어떻게 생각하는데?"

"음, 왕관같이 생겼네요. 특히 그 가운데에 있는 다이아몬드 알이 큼직해서 아주 마음에 들어요. 그래서 화이트 드래곤이 된 거예요? 다이아몬드와 색을 맞추려고?"

샤름이 엷은 미소를 지었다.

"마음 같아서는 기꺼이 너한테 주고 싶구나. 어쩌다가 이걸 머리에 쓰게 됐는지 모르겠어."

너무 큰 안락의자들이 타라 일행을 향해 뒤뚱뒤뚱 움직이고 있었다. 불을 뿜는 드래곤들이기 때문에 나무가 아니라 돌로 만든 의자들

438

이 삐걱거리면서 다가오더니 그들이 올라올 수 있게 높이를 낮춰주었다. 정말 편리한 건 고사하고 실용성과는 거리가 멀었다. 의자를 씌운 금갈색 천이 까끌까끌한 걸 보면 인간의 피부보다는 드래곤의 비늘을 고려한 것이었다.

일단 힘겹게 의자에 올라앉자 타라는 샤름에게 질문을 쏟아냈다.

"드래곤들의 여왕이 된 거예요? 아버지의 뒤를 이은 건가요? 아니면 셈 선생님을 함정에 빠뜨린 자를 찾기 위해서 여왕이 되기로 한 거예요? 셈 선생님을 지켜주려고요? 만약 그렇다면 좀 극단적인 방법 아닌가요?"

"아니, 그건 아냐. 나는 아직 여왕이 된 건 아니고 왕위 계승권자야. 우리는 그걸 '그라브마제스테'라고 해. 며칠 후 대관식을 거쳐 왕위에 오를 것이기 때문에 내 비늘이 흰색이 되었지. 대관식 날이 되어야 내 색깔을 되찾게 될 거야. 이 일은 내 뜻과는 전혀 상관이 없어! 완전히 미친 짓이야. 나 같은 드래곤은 적임자가 아니거든. 나는 전사가 아니고, 지각단층 전쟁에도 참전하지 않았어. 어머니를 잃은 뒤에 아버지가 나에게 전사가 되는 걸 금했거든. 게다가 난 악마를 실물로 본 적도 없어! 비디오나 영화로 봤을 뿐이야. 악마에 대해서는 네가 더 잘 알 거야. 넌 악마들의 세계에 간 적도 있으니까. 그리고 더 큰 문제는 이렇게 어이없는 방식으로 선출된 상황에서는 내가 셈을 보호해줄 수 없다는 거야."

타라는 깜짝 놀랐다.

"네? 셈 선생님을 도울 수가 없다고요?"

"응, 그럴 수가 없어, 타라! 족쇄가 채워졌으니까. 내가 어쩌다가 드래곤들의 여왕으로 선출되었는지 이해할 수가 없어. 나는 출마하지도 않았는데! 아주 오랜 옛날, 여러 부족으로 나뉘어 있을 때는 왕과 여왕이 있었지. 그 후 드래곤 종족이 세계에 흩어져 살게 되면서 제도를 바꾸게 되었고, 왕이나 여왕이 아니라 권력의 영역이 제한된 네르비가 우리를 다스렸어. 특히 군대에 대한 권한이 제한되었지. 악마들과의 전쟁으로 부족의 수는 줄었지만 12부족이 있고, 부족을 대표하는 12명의 의원이 있어. 그 의원들이 상황에 따라 네르비를 선출하지. 악마들과 맞서 싸우기 위한 전사 네르비, 다른 국민들과 평화롭게 무역하기 위한 상업에 종사하는 네르비, 다른 종족과 드래곤의 관계를 관리하는 외교관 네르비. 그러다가 네르비는 권력이 제한되어 있기 때문에 강력한 리더십으로 국민을 열광시킬 필요가 있다는 걸 깨닫게 되었어. 그래서 옛날의 제도를 되살려서 왕을 선출하게 된 거야. 그렇게 해서 내 아버지는 수천 년 동안 왕으로 군림하면서 악마들과 전쟁을 치렀지. 하지만 예전에는 왕이나 여왕의 아들 또는 딸이 왕위를 계승한 적이 없어. 우리는 세습 군주제가 아니니까! 나는 너무 젊어! 그리고 새 왕은 존경할 만한 원로 중에서 뽑아야 하는데 나더러 왕을 하라니!"

타라는 자신과 비슷한 처지에 놓인 샤름을 쳐다봤다. 원치 않는 책임을 떠맡아야 하는 것이 어떤 건지 타라는 누구보다도 잘 알고 있지 않은가!

"셈 선생님을 보호할 수 없다는 건 사적인 특혜로 간주되기 때문인가요?" 타라가 물었다.

샤름이 고개를 끄덕였다.

"그래, 맞아. 여왕으로서 수사에 관여하면 편파적일 수 있으니까.

정말 불안해 죽겠어. 내 생각에는 누군가가 셈에게 유죄판결을 내리기 위해 우리 법을 이용한 것 같아. 그자가 앞으로 셈에게 무슨 짓을 할지 알 수 없어."

타라는 두뇌 회전의 속도를 높이면서 말했다.

"샤름, 심정은 이해하지만 그래도 적의 입장에서 봐도 그건 좀 극단적인 것 같아요. 단지 당신의 연인에게 유죄판결을 내리기 위해 당신을 여왕으로 선출한다는 건 지나친 억측이 아닐까요? 고상하진 않아도 더 간단한 방법이 있을 텐데요."

"이건 드비릴곤드렉, 즉 상대를 함정에 빠뜨리고 옴짝달싹 못하게 만드는 수법이야. 그러면 완전히 공격자의 뜻대로 되는 거니까. 오래 전부터 내려오는 복수의 한 방식이고, 고상한 방식이지. 대충 하는 복수는 테칼리보우리치가 따르지 않으니까."

테칼리보우리치는 드래곤의 언어로 명예, 영광, 존중, 이 모든 뜻이 함축되어 있는 말이다. 하지만 얼마나 무모한 방식인가.

"그런데 음모를 꾸민 자가 고상하면서 정당한 함정을 만들면 대단해 보이나요?"

질문에 샤름은 고개를 끄덕이면서 무슨 냄새를 맡는 것처럼 코를 실룩거렸다.

"나는 다른 부족들과 세오보울그란비르가 없어. 그런데 내가 왜 드비릴곤드렉의 노리개가 되었는지 이해할 수가 없어."

세오보울그란비르는 좀 까다로운 말인데 다른 부족들과 갈등을 일으킨 적이 없지만 샤름의 눈에 보이지 않는 뭔가가 숨겨져 있다는 뜻이었다.

"샤름이 아닐지도 몰라요. 드비릴곤드렉의 대상은 셈 선생님이고, 당신의 손발까지 묶어버리는 것으로 결정타를 날린 건 같아요. 당신이 보호해주지 않으면 셈 선생님 혼자서는 해결할 수 없는 건가요? 선생님은 그럴 능력이 있잖아요?"

"우리의 역사는 음모와 배신으로 얼룩져 있어. 그래서 수사관을 고용하는 관례가 생겼지. 근데 실력 있는 최고의 수사관들은 하늘의 별 따기지. 그들에게 부탁하려면 비용이 많이 들거든."

파프니르가 알아들을 수 없는 말로 뭐라고 중얼거리는데 타라의 귀에 "와, 드래곤들…… 진짜 징그럽게 돈을 밝히는구나……." 하는 소리가 어렴풋이 들렸다.

"그건 문제가 안 되죠. 셈 선생님은 수사관을 고용할 능력이 있잖아요?"

"셈에게 그렇게 큰돈이 없어." 샤름이 한숨을 내쉬었다. "수천 년 동안 우리 국민의 재물을 관리하는 상류층에 속해 있지 않은 데다 드래곤으로서는 아직 젊어. 설사 그의 부모님이 유산을 남겼더라도 너무 젊어서 돌아가셨기 때문에 많은 재산을 모을 시간이 없었을 거야. 그런데 수사관을 고용하려면 최소한 금화 10만 크레디트-무트가 필요하거든."

"하지만 샤름의 집안은 부자잖아요." 타라가 반박했다. "당신의 아버지가 드래곤들의 왕이었는데…… 안 그래요?"

샤름은 유감스러운 표정으로 콧김을 내뿜으면서 머리에 쓴 왕관을 가리켰다.

"이거 때문에 나는 관여할 수 없다고 아까 말했잖아! 바로 그래서 문제라는 거야. 나는 돈을 빌려주는 것이 금지되어 있기 때문에."

"내가 빌려줄 수 있어요." 오무아 제국의 후계자라는 것이 갑자기 기억난 타라가 제안했다(타라는 그 사실을 자꾸 잊어버리는 경향이 있었다). "설마 오무아에서 그 정도도 빌려주지 못하겠어요? 셈 선생님이 수차례 제국을 구해줬으니 우리도 빚을 지고 있는데요."

샤름이 한숨을 내쉬면서 갑자기 타라가 오무아 제국의 후계자라는 걸 의식한 것처럼 존대를 했다.

"안 됩니다. 마마는 공식적으로 오무아를 대표하니까요. 그리고 보통 시민이 아니라서 마마가 관여하면 곧 제국이 관여하는 것이 되는데 그것도 금지되어 있어요."

"아, 드래곤들은 정말 복잡하군요." 칼이 이죽거렸다. "그 문제를 다른 각도에서 생각해보죠. 나, 나는 보통 시민이고, 누구를 대표하는 것도 아니니까 관여할 수 있어요. 그런데 우리 집은 부자가 아니에요. 하지만 타라가 나한테 돈을 빌려주고, 내가 그 돈을 셈 선생님에게 빌려주면 수사관들을 고용할 수 있잖아요. 어때요?"

샤름이 여전히 낙심한 표정으로 머리를 흔들었지만, 타라는 기발하다고 생각했다.

"아니, 그것도 안 돼. 수사관에게 자금 출처를 밝히지 않으면 사건을 맡지 않거든. 수사관들이 아주 철두철미하고 청렴하다는 것은 그만큼 그들을 신뢰할 수 있다는 표시야."

"그럼…… 방법이 없다는 거예요?"

"내가 아주 특별한 시민을 알고 있어요." 깊은 생각에 잠겨 있던 로빈이 입을 열었다. "그는 현재 한 나라를 대표하는 신분도 아니고, 또

어마어마한 갑부이기 때문에 나를 도와줄 수 있죠. 어쩌면 이 문제를 해결할 수 있을 것 같습니다. 최고 수사관의 이름이 뭡니까?"

"토르둘레코테파클레르쉬부."

로빈은 고개를 끄덕이면서 주머니를 뒤지더니 타라가 본 적이 있는 쪽지를 꺼냈다. 로빈은 크리스털 볼의 행성 간 채널을 작동하고 번호를 눌렀다. 몇 초 후, 크리스털 볼 위쪽으로 물방울 속에 떠 있는 트리톤의 이미지가 나타났다. 트리톤은 로빈을 보고 반가워했다.

"로빈, 이렇게 기쁠 수가! 잘 지내는가?"

"잘 지냅니다, 몽타뉴크리스토. 부탁드릴 게 있습니다. 내 친구가 위험에 빠졌습니다. 우리는 누가 왜 그를 죽이려고 하는지 알아내야 합니다."

트리톤이 호탕하게 웃었다.

"그렇게 어둠 속에서 활동하는 놈들은 모조리 소탕해야 되는데……. 내가 뭘 도와주면 되겠나?"

"우리 친구에게 수사관이 필요한데 사건을 의뢰하려면 비용이 너무 많이 듭니다. 그런데 그 친구가 드래곤……."

"흠, 드래곤이라……." 눈치 빠른 트리톤이 말을 잘랐다. "그 말은 자네가 여자친구와 함께 드란보우글리스펜쉬르에 있으며, 위험에 빠졌다는 친구가 블루 드래곤이라는 뜻인가?"

타라와 로빈은 동시에 얼굴이 빨개졌다. 그들의 연애 사건이 아더월드 전역에 알려져 있단 말인가? 타라는 정말 뜻밖이었다. 지구의 배우나 톱모델처럼 관심을 받고 있을 줄이야.

"네, 정확합니다." 로빈이 대답했다.

"얼마나 필요한가?"

"금화 10만 크레디트-무트가 필요한데 수사관의 계좌에 넣어주시면 고맙겠습니다."

"10만 크레디트-무트라, 꽤 많은 돈이군⋯⋯."

로빈은 잠자코 있었다. 그러나 로빈은 상누아르, 아니 몽타뉴크리스토가 어떻게 할지 알고 있었다. 트리톤이 미소를 지으면서 말했다.

"당연히 도와줘야지. 사실 나는 자네가 더 많은 걸 요구할 거라고 생각했으니까. 어쨌든 내가 보관하고 있는 자네 몫의 천 분의 일도 안 되는 돈인데 문제될 것 없지. 내 은행가의 크리스털 볼 번호를 알려줄 테니 자세한 내역을 그쪽으로 보내게. 그리고 다른 도움이 필요하면 연락해. 순풍을 받길! 로빈!"

"잔잔한 바다가 되길! 몽타뉴크리스토, 정말 고맙습니다."

트리톤은 대단한 일 아니라는 듯 손을 흔들면서 사라졌다.

깜짝 놀란 칼이 휘파람을 불었다.

"이거 꿈 아니지? 방금 트리톤이 10만 크레디트-무트를 주겠다고 한 거 맞아? 네가 어떻게 그런 일을! 그리고 네 '몫'이라는 건 또 무슨 얘기야?"

"이야기하자면 길어." 로빈이 난처한 얼굴로 대답했다. "내가 몽타뉴크리스토를 도와준 적이 있는데 그 대가로 주는 거야."

칼이 목멘 소리로 말했다.

"10만 크레디트-무트나 되는 도움이었어? 그 돈이면 랑코비트의 절반을 살 수 있어. 트리톤에게 뭘 해줬는데? 유산을 받을 수 있게 부모님이라도 처치해줬어?"

"제대로 맞혔네." 로빈이 아주 진지하게 대답했다. "그의 아버지, 어머니, 두 동생. 그래서 나에게 굉장히 고마워하고 있어."

칼은 놀라서 말문이 막혔다. 만날 당하다가 처음으로 칼을 놀리는 데 성공한 로빈이 빙긋이 웃으면서 농담을 끝냈다.

"칼, 네가 그렇게 내 말을 철석같이 믿을 줄 몰랐어. 시치미 뚝 떼고 하는 거짓말은 네 전공인데, 난 아무도 죽이지 않았어. 사실은 그의 목숨을 구해줬어. 샤름, 이제 돈을 구했으니 수사관의 은행 계좌번호를 저한테 알려주시면 됩니다."

샤름의 눈에 감사의 눈물이 글썽거렸다. 드래곤보다 더 큰 동물 형상의 옥좌에서 내려온 샤름이 하프엘프를 꼭 끌어안았다.

"고마워, 정말 고마워." 샤름이 속삭였다.

로빈은 날카로운 비늘이 괴롭지만 그 포옹을 꾹 참았다. 이윽고 샤름이 로빈을 놓아주고 수사관에게 연락했다. 얼마 후 거래는 성사되었고, 로빈의 크리스털 볼 위쪽으로 토르둘레코테파클레르쉬부의 모습이 나타났다.

장밋빛, 정확하게 말하면 노란색 점이 총총한 딸기 색깔, 타라가 처음 보는 색깔의 드래곤이었다. 토르두 수사관이 자신의 계좌에 돈이 입금된 것을 확인한 뒤에 아주 흡족한 표정으로 말했다.

"됐소, 즉시 이 사건에 대한 수사를 착수하겠소. 지금부터 한 시간 후에 감옥에서 만납시다."

타라는 어머니를 만나고 싶었지만 연속되는 회담 때문에 시간을 낼 수 없었다. 게다가 셈 선생님의 일 때문에 샤름의 설명을 들어야 했다. 샤름은 먼저 드란보우글리스펜쉬르의 현재 정치적 상황에 대해 설명했다. 드래곤들의 나라에는 여러 분파가 있었다. 각 부족의 대표들이 당파 간의 연합 관계에 따라 세 그룹으로 나뉘었다. 현재 정권을 잡고 있는 급진파(샤름의 아버지가 속해 있던), 샤름이 속해 있는 중도파(대관식 후에는 정권을 잡게 될), 보수파로 분류되었다.

그런데 샤름이 속한 중도파는 드래곤이 아닌 종족은 적이 아니면 노예로 삼을 대상으로 단정해버리는 완고하고 냉혹한 면 때문에 지지자가 많지 않았다.

얼마 전부터 샤름은 이 중도파 진영에 여러 당파가 연합하고 있음을 느꼈다. 불행히도 권력의 정점에 있기에는 아직 정치적 경험이 일천한 샤름은 누가 적인지 친구인지 구별하지 못하고 있었다.

그 결과 절친한 친구인 체리 색깔의 아름다운 드래곤 가수 베오도라 쉬바 외에 샤름이 믿고 의지할 수 있는 건 셈과 타라, 타라의 친구들밖에 없었다.

파프니르는 웃음이 나왔다. 드래곤이 난쟁이를 믿는다니! 이건 아더월드와 드란보우글리스펜쉬르 역사상 최초의 일이었다.

아더월드에서 몰려온 크리스털리스트들이 예비 여왕에게 인터뷰 회견을 요청했지만 거절당했고, 대신 샤름과 후계자, 친구들의 사진 촬영만 허락되었다.

그들은 외교관들을 위해 마련해놓은 숙소에서 잠시 휴식을 취했다. 드래곤들이 자기들보다 키가 작은 인간에 대해 고려하지 않았는지 응접실을 가로지르려면 물과 도시락을 준비해야 할 정도로 어마어마하게 컸다.

온통 금과 은으로 장식된 방은 화려하다 못해 요란했다. 금속이나 돌로 만든 동물 조각상들이 곳곳에 놓여 있었다. 타라는 소름이 끼쳤다. 드란보우글리스펜쉬르의 포식동물들은, 누가 드래곤들의 행성 아니랄까 봐 어찌나 덩치가 큰지 산책 같은 건 엄두도 낼 수 없었다.

샤름은 타라 일행에게 전투용 드래곤을 타고 감옥으로 가라고 제안했다.

드래곤의 등에 올라타야 한다고 생각하자 파프니르는 속이 울렁거려서 토할 뻔했다.

"오, 내 어머니의 수염이여! 드래곤들은 남이야 좋아하든 말든 왜 그렇게 태우는 걸 좋아하는 겁니까? 발이 있으니 걸어가도 되잖아요? 나는 비행이 싫단 말이에요!"

그르룰도 고개를 끄덕였다. 전적으로 동의한다는 표정으로.

전투용 드래곤을 본 적이 있다고 생각하고 있었는데……, 처음 보는 드래곤이 나타났을 때 칼이 휘파람을 불었다. 아더월드에서 악마들과 싸웠던 드래곤들은 전투용 드래곤이 아니었다. 그들의 눈에 드래곤들이 다 비슷비슷하게 보였던 것이지 종류는 완전히 달랐다.

시커먼 비늘에 기하학적 무늬가 있는 블랙 드래곤들이 나타났는데 보통 드래곤보다 훨씬 크고, 야생적이고 거칠어 보였다.

드래곤의 등에 안전벨트를 갖춘 좌석이 장착되어 있고, 비가 올 경우를 대비한 투명 지붕 같은 것이 접혀 있었다.

블랙 드래곤은 에어버스 A380과 비슷한 크기이기 때문에 자리는 충분했다.

덩치가 큰 만큼 드래곤의 이륙은 마법을 사용하지 않을 수 없었다. 드래곤이 공기 냄새를 맡으면서 으르렁거렸다. 파프니르와 그르룰은 공포에 질린 시선으로 멀어지는 지상을 내려다봤다. 파프니르는 강철처럼 단단한 두꺼운 비늘에 감탄하느라고 고소공포증을 잊고 있었다.

호기심이 동한 파프니르가 시험해보려고 도끼로 비늘을 두드리다 '픽' 하는 소리가 울리는 바람에 탑승자들을 깜짝 놀라게 했다. 그러나 정작 드래곤은 아랑곳하지 않았다. 파프니르는 침을 삼키면서 씁쓸한 결론을 내렸다. '이런 덩치의 드래곤을 해치우려면 도끼로는 어림없겠어.'

음, 그렇다면 훨씬 강력한 무기를 만들어서 시험을 해봐야 하는데…… 파프니르는 비늘을 떼어낼 수 있을지 유심히 살폈다. 그러나 적어도 600미터 상공을 날아가는 중이기 때문에 생각을 바꿨다.

파프니르는 드래곤이 착륙하기를 기다리면서 신중을 기하기로 했다. 비늘을 떼어내는 걸 좋아할 리 없는 드래곤이 파브리스와 무아노를 한입에 삼켜버릴 위험이 있었다. 아더월드인들이 유전자 조작을 좋아하지 않는 반면에 드래곤들은 거리낌 없이 유전자를 조작했다.

로빈은 옆에 있는 타라를 끌어안았다. 드래곤을 타고 있는 상태에서는 사이렌이 울리지 않았다.

크산디아르는 만일의 공격에 대비해서 매서운 눈으로 주위를 살피면서 호위대 전체를 보호하는 마법의 방패를 만들었다. 드란보우글리스펜쉬르의 노란 태양 아래 들판이 반짝이고 있었다. 옆에 앉은 칼리손 특사는 잔뜩 겁먹은 얼굴로 좌석의 안전벨트를 움켜잡은 채 울상을 짓고 있었다.

그르룰의 얼굴도 서서히 짙은 초록색으로 변했다. 킬라와 아르노의 양탄자 비행기를 탄 뒤로 트롤은 땅이 얼마나 좋은지, 특히 땅을 밟고 있을 때가 얼마나 좋은지 새삼 느꼈다.

또 다른 전투 드래곤에 올라탄 샤름은 최고 날개 쇼우모우리쉬바가 호위하고 있었다. 감옥이 도시 밖에 있기 때문에 타라는 그 기회에 공중에서 드래곤들의 세계를 볼 수 있었다. 강철과 유리, 더위와 바람의 세상이었다.

도시 외곽을 둘러싸는 거대한 공장들로 보아 과학기술 단지가 틀림없었다. 지구에서 보는 것보다 두 배는 더 커 보이는 태양 아래 도시가 수십 킬로미터로 펼쳐져 있었다. 멀리 마법으로 물들인 초록색 들판이 보였다. 새하얀 꽃, 샛노란 꽃, 새빨간 꽃들, 지구보다 색이 훨씬 짙었다. 이 세계는 격렬하고 충격적이지만 황홀한 교향곡을 눈으로 보는 것 같았다. 동물들은 파충류가 지배적이었다. 날아다니는 동물들은 생김새는 새 같지만 화려한 깃털 속으로 비늘이 드러나 보였다. 털짐승은 거의 보이지 않고 뱀과 도마뱀이었다. 수백만 년 전 공룡들이 살던 시대의 지구 같다고 할까.

타라는 등골이 오싹했다. 영화 〈쥐라기 공원〉에서 영리하고 몹시 사나운 벨로시랩터들을 본 뒤로 타라는 제일 싫어하는 동물이 공룡이었다. 타라의 어깨 위에 앉은 갈랑이 파충류-새들[31]의 공중 곡예를 쏘아보고 있었다.

아더월드와 마찬가지로 마법이 강력했다. 타라는 힘의 장막 같은 것이 주위를 에워싸고 있는 느낌이 들었다. 드래곤들은 마법을 이용

....

31. 파충류와 새의 잡종 동물을 표현하는 단어가 없기 때문에 만든 표현이다.

해서 도시를 세우고 밭을 경작하고 식용 가축을 키우고 있었다.

소를 제외하고.

드란보우글리스펜쉬르에 오는 순간 죽음을 직감한 소들이 겁을 먹고 미쳐 날뛰기 때문에 드래곤들은 소를 키울 수 없었다. 따라서 드래곤들은 지구에서 수입한 소를 아더월드에서 도축한 다음 이 행성으로 들여오고 있었다.

드래곤들이 지구에 대해 부러운 게 있다면 소가 많다는 것이었다. 드래곤들이 악마들로부터 지구를 구했던 것도 소 때문이었다. 만약 파충류들이 이 행성에서 소를 사육할 수 있었다면 지각단층을 완전히 폐쇄하기 위해 지구를 폭발시켰을 것이다. 따라서 드래곤들은 우주 어디에도 없는 맛있는 소를 생산하는 지구가 파괴되도록 내버려둘 수 없었다.

물론, 지각단층 전쟁이 일어났을 때 드래곤들이 데미데루스에게 했던 설명과는 다르지만.

마침내 마법을 사용할 수 없도록 난쟁이들이 특별히 만든 히믈리아의 철로 지은 거대한 감옥이 보였다.

위베른족 도마뱀들이 보초를 서고 있는데 전자 곤봉 같은 것으로 무장하고 있었다. 타라는 그 순간 묘한 기분이었다. 내가 온갖 종류의 감옥을 방문해야 하는 선고라도 받은 건가? 왜 이렇게 자주 감옥을 들락거리지?

이곳도 다른 감옥들과 큰 차이는 없었다. 마법을 사용할 수 없는 히믈리아의 철, 전기를 사용하는 네온 형광 불빛의 어두컴컴한 감방들, 마법의 주문 방지 돌로 쌓은 벽. 드래곤들의 행성에는 이런 철이나 돌이 없기 때문에 전적으로 수입에 의존하는 것이 틀림없었다.

셈 선생님이 기다리고 있었다.

블루 드래곤은 많이 야위고 반짝이던 비늘도 윤기를 잃은 상태였다. 무기력하고 잠에 취한 듯 금빛 눈을 깜박이고 있는데 초점을 맞추기 힘든 것 같았다.

칼이 유심히 살피는 사이에 감방의 철창이 열렸다.

"뭐야, 마약이라도 먹은 건가? 눈빛이 이상하잖아요."

칼의 물음에 샤름이 불안한 표정으로 말했다.

"이해할 수가 없어. 어제 아침에는 저렇지 않았는데. 간수?"

"네, 그라브마제스테."

위베른족 도마뱀이 차려 자세로 즉각 대답했다.

"이 죄수가 왜 이렇게 됐나?"

도마뱀 간수는 어리둥절한 표정으로 되물었다.

"무슨 말씀이십니까?"

"마약에 중독된 것 같다."

"아, 네, 그라브마제스테, 간밤에 탈옥을 시도하다 전자 곤봉에 얻어맞았습니다. 몇 시간 지나면 괜찮아질 거라고 생각합니다."

샤름이 셈을 향해 몸을 숙이는데 눈물이 주르륵 흘러내렸다.

"오, 내 사랑, 왜 그런 짓을 했어요?"

"당시네게서 벗어나려고." 셈이 혀 꼬부라진 소리로 말했다.

깜짝 놀란 샤름이 허리를 세웠다.

"나에게서 벗어나려고?"

"내게서 당신을 떼어내려고." 셈이 점점 또렷해지는 발음으로 말했다. "나는 위험하니까, 당신을 위해서. 길족이 나를 통해 당신을 해치려고 해요. 나는 당신을 보호할 수 없소. 따라서 나는 당신에게서 멀리 떠나야 해요!"

"그런 쓸데없는 말은 집어치워요!" 샤름이 나무랐다. "도망치면 어디로 가려고요? 공간이동의 문은 경비가 삼엄해요. 당신은 빠져나갈 구멍이 없단 말이에요!"

"나도 모르겠소. 갑자기 그런 생각이 들어서……."

눈이 동그래진 칼이 타라를 쳐다보면서 손가락으로 자기 머리를 건드렸다.

"이분이 아더월드를 지키기 위해 악마들과 싸웠던 셈 선생님 맞아? 아무래도 크게 잘못된 것 같아!"

타라는 칼을 데려오길 정말 잘했다는 생각이 들었다. 그렇지만 이렇게 빨리 유머를 되찾다니, 정말 뜻밖이었다. 칼이 엘레아노라를 잃은 슬픔을 이기고 명랑해지려면 더 많은 시간이 걸릴 거라고 생각했는데.

타라는 샤름과 쇼우모우리쉬바를 따라 셈이 있는 커다란 감방으로 들어가고, 나머지 일행은 문 밖에 남았다.

갑자기 셈의 눈길이 타라에게 머물렀다. 셈의 얼굴이 굳어지더니 일어났다. 그러고는 졸음이 싹 달아난 듯 눈초리가 매서워졌다.

"타라!"

곧이어 느닷없이 난폭해진 셈이 거칠게 밀치는 바람에 쇼우모우리쉬바가 철창에 부딪치며 나가동그라졌다. 너무나 순식간에 일어난 일이었다.

누가 쓰러지거나 말거나 아랑곳없이 송곳니를 드러낸 셈이 갈퀴발톱을 세우고 타라에게 달려들었다.

타라가 반격하기 전에 셈은 갈퀴발톱으로 그 연약한 몸을 위아래로 훑었다.

22
셈 선생님

누군가 목숨을 노리고 있을 때는 이유를 알아야 하는데……

*

로빈이 비명을 질렀다. 너무 놀란 타라는 무작정 피해서 달아나다 철창에 부딪치면서 그대로 쓰러졌다.

그 순간 마지스터는 속으로 고함을 내지르면서 달려갔다.

'안 돼! 절대로……! 타라가 죽으면 내 계획이 수포로 돌아가잖아! 빌어먹을 드래곤, 멍청한 드래곤!'

그러나 블루 드래곤 셈은 이미 또 다른 대상을 공격하고 있었다. 드래곤들과 함께 들어와 있던 간수 도마뱀의 목을 순식간에 뽑아버렸으니. 질겁한 위베른족 도마뱀 여럿이 달려들어서 깔아뭉개는 것으로 셈을 제압했다.

셈은 필사적으로 버둥거렸지만 옴짝달싹할 수 없었다.

로빈은 상처투성이의 몸을 보게 될 거라고 생각하면서 타라의 갈가리 찢긴 옷을 헤쳤다.

그러나 타라는 멀쩡했다. 피 한 방울 흘리지 않은 상태였다.

드레스 안에서 드래곤의 갈퀴발톱에 약간 긁힌 정도의 단단한 갑옷이 드러났다.

그 옆에서 크산디아르와 수하의 호위대, 칼리손 특사가 성벽을 쌓듯 후계자를 에워쌌다. 타라가 무사한 걸 보면서 눈이 휘둥그레진 그들이 동시에 안도의 숨을 내쉬었다.

"나…… 난 괜찮아요." 충격을 받은 타라는 숨을 몰아쉬면서 말했다. "여기 도착한 뒤로 체인지라인이 옷 속에 갑옷을 입혀놨어요. 주위가 온통 송곳니들과 긴 갈퀴발톱들이라서 불안했던 모양이에요."

타라는 영화 〈반지의 제왕〉에서 프로도가 트롤의 창에 찔렸지만 갑옷을 입고 있어서 무사했던 장면이 생각나서 체인지라인에게 귀띔을 했다는 말은 하지 않았다. 평소에는 갑옷을 겉에 입히는 체인지라인이 투덜거렸지만 지시를 따랐었다. 지금은 체인지라인과 타라, 둘 다 흡족했다. 그렇지만 숨 쉬기가 힘든 타라는 갈비뼈가 한두 개 부러진 것 같다고 말했다. 로빈은 얼른 타라를 부축해서 감방 밖으로 데리고 나갔다.

"오, 끔찍한 벤드룩의 내장들이여! 타라, 나한테는 알려줬어야지! 내가 얼마나 공포에 떨었는지 몰라!"

"아야, 아야! 거기 누르지 마, 아프단 말이야. 그리고 미안해, 이런 일이 생길 줄 알았나, 뭐. 로빈, 나는 마법을 작동할 겨를도 없었어. 와, 진짜 순식간이었어!"

"어차피 공격을 피할 방법은 없었을 거야." 야수로 변해 있는 무아노가 말했는데 아직도 놀란 가슴이 진정되지 않은 목소리였다. "셈 선생님은 여기서 마법을 사용할 수 없다는 걸 알고 그런 거니까."

타라는 그걸 잊고 있었다는 걸 깨달으면서 소름이 끼쳤다. 체인지라인이 없었다면 영락없이 죽는 거였네. 속수무책으로 당하는 거였어.

"휴, 나도 정말 까무러칠 뻔했어." 칼이 이마의 땀을 닦으면서 중얼거렸다. "근데 말이야, 너 혹시 셈 선생님이 원망할 만한 짓이라도 저지른 거야?"

"맞아." 늑대로 변해 있는 파브리스가 말했다. "이게 무슨 말도 안 되는 사건이야? 셈 선생님이 왜 너를 죽이려고 했을까?"

"드래곤들은 항상 이런 식이라니까." 파프니르가 블루 드래곤을 향해 도끼를 휘두르는 시늉을 하면서 신랄하게 말했다. "모든 드래곤이 그렇듯 셈 선생님이 결국은 배신한 거야!"

"파프니르! 우린 지금 드래곤들이 우글거리는 행성에 와 있어." 파브리스가 주의를 주었다. "부탁인데 드래곤들을 모욕하는 말은 삼가는 것이 좋을 거다."

파프니르는 계속 구시렁거렸지만 더 이상 모욕적인 말은 내뱉지 않았다.

그들은 쇼우모우리쉬바를 일으켰다. 맙소사, 감옥에서는 마법을 사용할 수 없는데…… 너무 늦은 것 같았다.

최고 날개 쇼우모우리쉬바는 숨이 끊어진 상태였다.

타라에게 달려가는 셈과 부딪치면서 쇼우모우리쉬바의 목이 부러진 것이었다. 위베른족 도마뱀들이 셈을 제압하는 사이에 죽은 것 같았다. 소생시키는 것은 불가능했다.

발이 묶인 셈은 일단 진정이 되었지만 다시 이상한 무기력 상태에 빠졌다. 그들은 질문하려고 했지만 셈은 말할 수 있는 상태가 아니었다.

다만 샤름의 목소리가 들릴 때마다 셈이 말했다.

"프플를를브브블를를. 플를브블를를! 블를블를브."

불안해진 샤름은 혈액을 채취하라고 지시했다. 감옥에서는 마법이 작동하지 않기 때문에 샤름은 셈이 마약에 중독된 것이라고 확신했다.

타라도 샤름의 생각과 같았다.

"만약 셈 선생님이 마약에 중독되었다면." 아직도 벌렁벌렁 뛰는 가슴을 진정하려고 애를 쓰면서 로빈이 말했다. "그것은 이 나라에 타라의 목숨을 노리는 자가 있다는 뜻입니다. 이유를 아십니까? 짚이는 자가 없습니까?"

"전혀." 샤름이 코를 비비면서 대답했다. "여기서는 오무아의 후계자를 친구로 생각하기 때문에 죽이려고 할 이유가 없어."

"그건 타라를 공격한 셈 선생님한테 물어봐야 하는데 상태가 저러니 알기나 하겠어?" 칼이 답답하다는 듯이 말했다.

그사이에 토르두 수사관이 도착했고 의뢰인의 상태를 보면서 깜짝 놀랐다.

"흠, 흠." 수사관은 목소리를 가다듬으려고 마른기침을 했다. "말은 할 수 있습니까?"

"아니요, 오무아의 후계자를 공격하게 만들려고 누군가가 약을 먹인 것 같습니다."

"후계자를 공격하게 만들기 위해서라……. 의뢰인이 처형되거나 사망할 경우 돈은 내가 갖는 것으로 계약했다는 점을 다시 한 번 강조

458

합니다, 그라브마제스테."

샤름은 단칼에 잘랐다.

"돈에는 관심이 없으니까 수사나 제대로 추진해주시지요!"

노란 점이 있는 딸기 색깔의 드래곤이 양미간을 틀어쥐었다.

"흠, 흠, 처음부터 다시 시작해야겠습니다. 셈나샤오비로다인트라쉬부 선생이 후계자에게 불만을 품고 있습니까, 그라브마제스테?"

"다른 방으로 갑시다." 샤름이 제안했다. "여기서 할 얘기가 아니라서……."

그들이 예비 여왕을 따라 궁전 감독관의 방으로 들어가자 초록색과 오렌지색 드래곤이 기꺼이 방을 비워주었다. 그들은 인간에게는 너무 큰 의자에 앉았고, 크산디아르와 호위대는 밖에서 보초를 섰다. 이제는 마법을 사용할 수 있기 때문에 무아노가 타라를 살폈다. 무아노는 친구의 상반신과 갈비뼈에 생긴 시퍼런 멍들을 보면서 얼굴을 찌푸렸다.

"오, 타라, 갑옷을 입고 있어서 천만다행이었어! *레파루스의 이름으로 상처는 아물고 통증은 멈춰라!*"

통증이 물러가자 타라는 안도의 숨을 내쉬었다. 이어서 타라가 자리에 앉자 샤름이 토르두 수사관에게 말했다.

"좀 전의 질문에 대답하지요. 셈은 타라에 대해 불만이 없습니다. 셈은 여러 번 타라의 목숨을 구해줬고, 타라에게 깊은 애정을 갖고 있다고 내게 말했어요. 따라서 타라를 죽이려고 할 이유가 전혀 없습니다. 그리고 셈이 감옥에 갇힌 것은 내 아버지를 살해했기 때문입니다."

토르두 수사관은 음식물이 목구멍으로 넘어가는 소리를 냈다.

"뭐라고요?"

"하지만 나는 셈을 전혀 원망하지 않아요." 샤름은 차분하게 말했다. "따라서 용의자 명단에서 내 이름은 삭제해도 됩니다. 셈이 내 아버지를 죽인 건 우리 세계와 지구를 구하기 위해서였어요. 내 아버지가 미쳤기 때문에 셈은 어쩔 수 없었습니다. 그러나 그 사건은 극비사항인데 누군가가 셈에 대해 소송을 제기하고 언론에 정보를 유출한 겁니다. 우리는 그 사건을 은폐하려고 애를 썼는데 우리 모두를 구하기 위해 저질렀던 죄로 결국 셈은 다시 고소를 당한 겁니다. 우리는 분명히 혐의를 씻어주었거든요. 함정에 빠진 것이 분명해요. 따라서 셈을 이런 곤경에 빠뜨린 자가 누군지 찾아서 정체를 밝혀주기 바랍니다. 좀 전에 셈이 최고 날개를 살해하고 타라를 죽이려고 한 사건으로 나는 셈이 알 수 없는 어떤 게임의 들러리라는 확신이 더 굳어졌어요. 따라서 그 어느 때보다 수사관의 도움이 필요합니다."

토르두 수사관의 흥분이 가라앉았다.

"흠, 흠, 알겠습니다." 토르두 수사관은 서류를 챙기면서 말했다. "그런 의미에서 나에게 도움을 요청한 것은 아주 잘하신 겁니다. 나는 최고 수사관이니까요. 나 말고는 어느 누구도 구렁텅이에 빠진 셈을 구할 수 없을 겁니다."

수사관은 그렇게 큰소리를 치고 방을 나갔다.

그들이 궁전에 돌아오는 것과 거의 동시에 셈의 피를 분석한 결과가 나왔다.

끔찍한 환각 증세를 일으키는 마약 비르굴리즈 복용 양성 반응이 나왔다. 이 마약을 복용한 자에게 표적의 사진이나 비디오를 보여주면 죽여야 할 괴물로 보이기 때문에 셈은 무조건 순종한 것이었다.

이 소식에 토르두 수사관은 수사에 박차를 가할 수 있었다. 감옥에 있는 의뢰인에게 누군가가 마약을 먹여서 후계자를 죽이려고 했다는 것은 계획적인 살인을 위한 술책이기 때문에 토르두는 확실한 단서를 잡았다며 기뻐했다.

타라는 이 행성에 온 지 두 시간도 안 돼서 살해 위협을 받았다. 이 소식을 들은 리스베스 여제는 타라의 크리스털 볼을 통해 노발대발했다.

"당장 돌아오너라! 정말이지 드래곤들은 믿을 수가 없구나!"

타라 뒤에서 파프니르가 전적으로 동감이라는 표시로 고개를 끄덕였다.

"며칠 후가 대관식이에요." 타라는 침착하게 대답했다. "샤름 여왕에게 참석하겠다고 약속했어요. 대관식이 끝나는 즉시 돌아갈게요, 고모. 강대국의 대표로서 약속을 깨뜨리는 것은 경솔한 행동이라고 생각해요. 내가 금지된 대륙으로 떠날 때 고모가 설명해주셨던 대로 우리의 통상 교역이 중요하다는 걸 잊지 않고 있어요."

리스베스 여제는 한숨을 내쉬었다. 조카의 기억력은 정말 대단했다.

"너와 대화하다 보면 계속 같은 말을 되풀이하는 느낌이 드는구나." 여제는 두 손을 들었다. "내가 안 된다고 하는 일에는 특히 네가 고집을 피우는 것 같아. 정말 너란 애는 알다가도 모르겠다. 내가 제국을 다스리는 사람인데도 네가 이따금 복종하지 않는다는 것이 믿기 힘들 때가 있어."

타라는 잠자코 있었다. 고모가 화나 있지만 타라는 내심 미소를 지으면서 화제를 돌렸다.

"자르와 이사벨라 할머니는 어떻게 됐어요?"

"좋을 리가 없지." 리스베스 여제는 비웃는 듯한 미소를 지으면서 대답했다. "서로 들볶으면서 난리를 치고 있는 모양이야. 둘이서 나한테 어찌나 크리스털 볼로 연락을 해대는지 한 시간에 평균 열 통은 받을 거다. 돌아가는 상황으로 봐서는 네 할머니가 2 대 0으로 앞서는 것 같은데 서로 죽도록 미워하지 않기만 바랄 뿐이다. 하여튼 각별히 몸조심해라. 무슨 일이 생기면 네 동생이 지구에서 체류하는 시간이 예정보다 짧아질 테니까."

일단 통화를 끝내고 타라가 생각에 잠겨 있는 사이에 친구들은 셈 선생님에 대해 얘기하고 있었다. 타라는 금빛 술 장식이 달린 은빛 양탄자를 쳐다보면서 몸집에 맞게 줄인 소파에서 몸서리쳤다. 타라는 셈 선생님 때문에 너무 불안했다. 정체불명의 적들이 친구들을 공격한다면? 친구들에게 최면을 걸거나 마약을 먹여서 농락한다면? 칼과 파브리스, 무아노는 무조건 믿기 때문에 나는 절대로 경계하지 않을 텐데……, 로빈은 말할 것도 없었다. 타라는 한숨을 쉬었다. 드래곤들은 적이라고 생각하지 않았는데 어떻게 된 걸까? 크산디아르는 호위대를 세 그룹으로 나누고 교대로 쉬면서 하루 28시간(드란보우글리스펜쉬르 행성의 회전이 아더월드와 지구보다 더 느리기 때문이다) 후계자를 보호하고 있었다.

드래곤들의 행성에 도착한 직후 스스세트는 타라의 어깨를 떠나 궁전 안을 돌아다니고 있었다. 타라는 스스세트가 발각되지 않고 여기서 일어나는 일에 대해 많은 정보를 입수하기 바랐다.

타라는 친구들을 돌아보면서 말했다.

"나는 어머니를 만나러 안드레아의 관저로 갈 건데 같이 갈래?"

"그런 건 물어볼 필요도 없지, 타라." 로빈이 다정하게 말했다. "우리는 당연히 어디든 너를 따라갈 건데!"

로빈은 사랑하는 타라를 잃을 뻔했던 아찔한 충격에서 아직 벗어나지 못한 상태였다.

파프니르는 훨씬 직선적이었다.

"빌어먹을 드래곤들이 또 너를 죽이려고 하면 누구든 가만두지 않을 건데 당연히 같이 가야지!"

무아노와 파브리스는 동물의 모습을 유지하기로 했다. 파브리스에게는 문제될 게 없지만 무아노는 그렇지 않았다. 무아노는 야수로 변신할수록 배가 고팠고, 인간으로 돌아가는 것이 점점 힘들었다. 그러나 무아노는 무슨 일이 생겼을 때 타라를 재빨기 돕기 위해 용기를 내서 고통을 참았다.

후계자가 원하는 곳은 어디든 동행할 책임이 있는 위베른족 세토스 대사 덕분에 타라는 호위대를 이끌고 그레이 드래곤 안드레아의 관저에 도착했다.

위베른족 경비가 그레이 드래곤은 출타 중이고 셀레나만 있다면서 방을 알려주었다.

타라는 친구들에게 미소를 지으면서 어머니를 만나는 동안 밖에서 기다려달라고 말했다. 그들은 이유를 묻지 않고(특히 그르룰과 크산디아르) 순순히 따랐다.

따라 들어갔더라면 좋았을걸.

타라가 방문을 열고 들어갔을 때 어머니는 방에 있었다. 가슴이 많이 파이고, 초록빛과 장밋빛 꽃무늬를 수놓은 아름다운 드레스 차림이었다.

어머니는 투명한 사기 찻잔을 한 손에 들고 있었다.

가슴에 빨간색 원이 그려진 시커먼 마법복에 반사경 마스크로 얼굴을 가린 남자가 어머니와 마주 보고 있었다.

어머니와 똑같이 한 손에는 찻잔을, 다른 손에는 비스킷을 들고 있는 사람…… 맙소사 마지스터!

23
미행

적에 대한 강박관념이 너무 지나친 건 좋지 않은데……

*

격분한 타라는 마법을 작동했지만, 어머니 셀레나가 재빨리 찻잔을 떨어뜨리면서 개입했다.

"타라! 안 돼, 잠깐!"

그 틈에 매로 변신한 마지스터는 그들의 머리 위로 날아올라서 열린 창문으로 달아났다.

바닥에 찻잔 두 개가 박살이 나 양탄자가 젖어 있었다.

타라는 분노의 눈길로 어머니를 쳐다봤다.

"엄마가 왜 그 비열한 작자를 보호하는 거예요?"

"엄마한테 그렇게 말하지 마." 셀레나가 차갑게 대답했다. "너를 만나서 반갑구나."

타라는 침착함을 되찾으려고 노력했다.

"네, 나도 반가워요. 근데 어떻게 된 거예요? 그자가 또 엄마에게 무슨 짓을 한 거예요? 최면이라도 걸었나요, 아니면 마법을 걸었나요? 정말 믿을 수가 없어요. 둘이 차를 마시고 있다니……."

아직도 가슴이 뛰는 타라는 어머니에게 어떤 주문이 걸려 있는지 유심히 살폈다. 어머니는 딸을 포옹하면서 설명했다.

"그는 아무 짓도 하지 않았어. 내가 차를 준 것은 그가 다른 짓을 못하게 하려고 일부러 그런 거야. 네 엄마 그렇게 바보 아니야, 타라. 샤투아로 변신해 있었기 때문에 모르고 방에 들인 거야."

"무엇으로 변신했다고요?"

"샤투아. 이 행성의 고양이야. 지구의 고양이와 비슷한데 색깔이 화려하고 털이 얼마나 반짝거리는지 아주 예쁜 동물이지. 샤투아가 방문 앞에서 자꾸 야옹 소리를 내서 문을 열어주고 발분 젖을 줬어. 그랬더니 갑자기 말을 하는 거야. 자기 말을 믿으라면서 네가 위험에 빠져 있다고 했어. 그 순간에도 나는 마지스터인지 몰랐어. 소리치지 말라고 부탁하면서 변신했을 때 내가 얼마나 놀랐는지 몰라. 이 궁전에서는 트란스미투스를 사용할 수 없기 때문에 그런 술수를 쓴 거였어. 그래서 위베른족 경비를 부르려는 순간 자신의 바람은 오직 네가 살아서 이 행성을 떠나는 것이라고 했어. 그러면서 한 드래곤이 너를 죽이려고 했다면서 자기는 너를 구하기로 결심했다는 거야. 좀 전에 감방에 셈 선생과 같이 있었는데 자기도 깜짝 놀랐다면서 그런 일은 두 번 다시 일어나지 않을 거라고 너에게 전해달라고 했어. 아, 물론 내가 그 말을 믿지 않자 그가 크리스털 볼로 찍은 동영상을 보여줬어. 오, 아더월드의 모든 신이시여! 타라, 셈 선생이 너를 죽이려고 했을 때 난 정말 숨이 멎는 줄 알았어. 타라, 괜찮은 거니? 다친 데는 없어? 그 동영상으로는 확인할 수 없었어. 맥의 말로는 네가 무사하다고 했지만……."

타라는 입을 벌리다가 다물고 어이없는 표정으로 소파에 털썩 주저앉았다.

"나는 괜찮아요. 근데 엄마 방금 마지스터를…… 뭐라고 불렀어요?"

셀레나의 얼굴이 빨개졌다.

"아, 그가 친절하게 대할 때 가끔 그렇게 불렀어. 마지스터보다는 맥이 덜 딱딱하니까."

타라는 자신의 귀를 믿을 수 없었다.

"그가 우리의 철천지원수라는 걸 잊은 거예요?"

"알아, 그걸 잊을 리 있겠니. 하지만 나는 정치든 사랑이든 전쟁이든 손에 쥐고 있는 것을 이용해야 한다는 걸 배웠어. 적의 말을 믿어주는 것으로 네 목숨을 구할 수 있다면 나는 무슨 짓이든 할 수 있어."

타라는 다른 각도에서 접근해보기로 했다.

"마지스터가 동영상을 보여줬다고 했죠? 그렇다면 그가 무슨 일이 일어날지 어떻게 알고 그 장면을 찍었을까요?"

"그건 나도 모르지."

"그건 마지스터가 내 호위대나 예비 여왕의 호위대에 끼어 있었다는 뜻이에요. 아니면 감옥에 미리 들어가 있었거나. 그 자리에는 우리, 드래곤들과 도마뱀 간수들밖에 없었으니까요. 그것으로 엄마가 여기 있는 걸 알았다는 것이 설명이 되고요. 그 멍청한 그레이 드래곤 안드레아가 공개적으로 엄마가 자기 집에 있다고 말했으니!"

"제발 그런 못된 표현 쓰지 마." 셀레나가 나무랐다. "그런 말투는 대체 어디서 배운 거니? 네가 전사들과 너무 많은 시간을 보내는 것 같구나. 넌 아직 소녀야. 소녀는 그런 식으로 말하면 못써!"

타라는 반박하지 않았다. 그래, 엄마 말이 맞아, 화가 난다고 그런 표현을 쓰는 것은 어리석은 짓이야. 설득력도 없고…….

"마지스터는 최선을 다해서 너를 보호하려고 애를 쓰고 있지만 이 행성은 너나 내가 있을 곳이 아니라는 말도 했어." 셀레나는 말을 계속했다. "여기서는 트란스미투스 마법을 사용할 수 없기 때문에 우리를 납치할 수 없다는 걸 그도 알고 있는 거야. 실제로 이 궁전에 들어오기 위해 사절단을 이용했지만 목적은 따로 있어."

타라는 입을 멍하니 벌리고 있었다. 계속 그러고 있다가 파리라도 삼키면 어쩌려고.

"그가…… 그런 말까지 했단 말이에요? 완전히 미치지 않고서야 어떻게 그런 말까지……. 자신의 계획까지 엄마한테 설명한다는 게 말이 돼요?"

"내게 사랑을 고백한 뒤로." 셀레나는 얼굴이 더 빨개져서 말했다. "그는 자기가 무슨 일을 하는지 보여주고 나를 설득해서 그 일에 끌어들이기로 결심했다고 말했어. 그래서 그가 나한테 털어놓은 거야."

맙소사, 마지스터가 어머니에게 너무 큰 영향을 주고 있기 때문에 이젠 정말 타라가 아버지를 돌아오게 할 때가 온 것이다. 어머니가 마지스터를 사랑하지 않는다는 걸 분명히 느끼고 있지만.

"난 믿지 못하겠어요." 타라가 마침내 말했다. "그가 한 말을 빠짐없이 다 기억하죠?"

"그의 계획에 관해서는 물론 똑똑히 기억해. 그가 여기 온 건 지각단층 전쟁이 일어났을 때 드래곤들이 빼돌려서 숨겨놓은 악마의 힘을 지닌 사물들을 훔치기 위해서야."

타라는 앉아 있어서 다행이란 느낌이 들었다. 4차원의 세계에 와 있는 것이 맞았다. 무슨 일이든 악몽이 되어버리는 곳, 타라가 아더월드에 온 뒤로 거의 날마다 경험하는 느낌이었다. 이젠 놀랄 일도 아니었다.

"엄마, 악마의 힘을 지닌 사물은 열세 개밖에 없어요. 그리고 그것들 모두 지킴이들과 심판관들이 지키고 있는데 말도 안 되는 소리!" 타라는 강력하게 반박했다. "순전히 엄마의 환심을 사려고 꾸며낸 말이라고요!"

"그렇지 않아. 마지스터는 드래곤들이 그걸 어디에 숨겨놨는지는 몰라도 최소한 한 개를, 어쩌면 여러 개일 수도 있고, 소지하고 있다는 걸 알고 있어. 지금까지는 드래곤들의 눈을 피할 수 없기 때문에 드란보우글리스펜쉬르에 오래 머무른 적이 없었지만, 샤름의 대관식 덕분에 기회를 얻은 거야. 외국 사절단이 몰려온 틈에 끼여서 때를 기다리고 있는 거니까. 그리고 네가 자기 말을 믿지 않을 거라면서 정말 조심해야 한다고 전해달라고 했어. 너를 죽이려고 했던 자가 다시 시도할 거라고, 머지않아서 곧."

"그래서 엄마의 '맥'이 그 이유도 안대요?"

"타라! 제발 부탁인데 그렇게 빈정거리지 마. 아니, 이유는 모른다고 했어. 하지만 너도 알잖아, 마지스터가 그렇게 호락호락한 사람이 아니라는 거. 나는 그와 대화를 하고 싶었어. 그래서 이 기회에 그가 우리에게 얼마나 나쁜 짓을 많이 했는지 깨닫게 하려고. 싸우는 것이 아니라 친구처럼 대화를 나누면 그가 우리를 조용히 살게 내버려둘지도 모르니까."

"엄마의 꿈이겠죠."

"뭐라고?"

"아무것도 아니에요, 엄마. 오늘 저녁 공식 만찬이 있는데 참석하실 거죠? 엄마와 함께 저녁을 먹고 싶어요."

엄마 뒤를 졸졸 따라다녀야겠어. 마지스터와 친구가 되겠다니, 얼마나 위험한 생각인가. 엄마가 이 정도로 착하고 순진할 줄이야, 타라는 정말 생각도 못한 일이었다.

"물론이지!" 셀레나는 미소를 지었다. "그렇지 않아도 안드레아가 함께 가자고 했어. 내가 옆에 있으면 마음이 편안하다면서."

타라는 눈살을 찌푸렸다. 이건 또 무슨 소리지? '마음이 편안해져'? 그레이 드래곤도 셀레나의 치명적인 매력에 빠졌다는 건가? 어머니와 딸은 또다시 말다툼을 했다. 하지만 빨리 친구들을 만나서 대책을 논의해야겠다는 생각 때문에 타라는 어머니의 뺨에 입맞춤을 하는 것으로 얘기를 끝냈다. 그리고는 저녁에 데리러 오겠다고 말한 다음 누군가에게 쫓기듯 방을 뛰쳐나왔다.

타라는 오렌지색과 검은색 응접실에서 기다리고 있는 친구들 앞을 지나가면서 외쳤다.

"작전 회의!"

그렇게 말하면서 타라가 밖으로 나가자 세토스 대사를 비롯해서 타라의 친구들이 질겁한 얼굴로 줄줄이 따라나갔다.

타라는 자신의 숙소에 이를 때까지 아무 말도 하지 않았다. 그리고는 친구들만 남아 있게 하고 모두 방에서 내보냈다. 그르룰도 툴툴거리면서 방을 나갔다.

타라가 마법을 작동하자 친구들이 불안한 얼굴로 뒷걸음쳤다.

"오파쿠스!" 너무 화가 난 타라는 주문을 제대로 읊을 수가 없었다.

그런데도 타라는 공기와 빛은 통과하되 이미지와 소리는 밖으로 새나가지 않는 마법의 장막을 만들었다.

"오, 내 조상의 혼령들이시여!" 로빈이 물었다. "왜 그래? 대체 무슨 일이야?"

"여기에 마지스터가 나타났어!"

아연실색한 외침이 동시에 터져 나와서 타라는 잠시 친구들이 진정하기를 기다렸다.

"내가 방에 들어갔을 때 마지스터가 엄마와 같이 있었어."

그들은 꿀 먹은 벙어리가 된 것처럼 아무 말도 못했다. 무아노는 마법복 차림의 수줍은 소녀의 모습으로 변신했다.

"말도 안 돼, 농담이지?"

"그 철천지원수가 엄마와 같이 있었다니까."

이번에는 파브리스가 인간으로 돌아왔다.

"너한테 아무 짓도 안 했어?"

"응." 타라는 쓸쓸한 어조로 대답했다. "엄마와 차를 마시느라고 나에게 어떻게 할 겨를이 없었거든!"

"뭐, 차를 마셔?" 파프니르가 물었다. "어머니가 그자의 가슴을 도끼로 찍은 게 아니고?"

타라는 슬픈 미소를 지었다. 파프니르의 표현이 섬뜩했다.

"응. 그런데 어처구니없는 건 마지스터가 친절하게도 여기는 엄마나 내가 있을 곳이 아니라고 설명했다는 거야. 드래곤들은 악마의 사물 중 일부를 숨겨두고 있는 배신자들이라면서. 지금 마지스터는 그걸 찾는 중이야."

이번에는 친구들의 침묵이 훨씬 길어졌다.

"아, 악마의 힘을 지닌 사물들이 여, 여기에 있다고?" 무아노는 말까지 더듬었다. "오, 끔찍해! 그건 엄청난 파괴력이 있는 무기야. 악당들의 손에 들어가면 행성에 있는 모든 생명체가 전멸될 수도 있어."

"그게 시제품일까, 아니면 완제품일까?" 그런 무기를 만들 수 있다는 것 자체를 믿을 수 없는 파브리스가 물었다.

"악마의 힘을 지닌 사물은 모두 시제품이야." 지각단층 전쟁에 대한 전문가인 무아노가 차분하게 설명했다. "데미데루스께서 그 사물들이 완성되기 전에 몰수했거든. 그렇지만 존재하는 무기 중에서 가장 강력한 파괴력이 있다는 것에는 이론의 여지가 없어. 그래서 데미데루스께서 그것들을 숨겨놓은 거야. 그 누구도 사용할 수 없게 하려고. 그리고 타라 이전에는 누구도 그걸 파괴할 정도로 강력한 힘을 지닌 사람도 없었어. 붉은 여왕이 크라에토비르의 반지 시제품을 갖고 있는 걸 보고서야 존재한다는 걸 알았어. 그걸 사용하는 자와 함께 폭발한다는 소문이 돌면서 모두 파괴된 것으로 알려졌었거든. 그런데 아직도 남아 있다면 정말 위험해."

그렇게 말하면서 무아노는 타라의 손가락에 낀 반지에 눈길을 던지면서 모른 체하겠다는 눈짓을 보냈다.

"따라서 방법은 하나밖에 없어."

"마지스터를 찾아서 작살내는 거?" 파프니르가 만면에 미소를 지으면서 물었다.

"아니, 드래곤들이 갖고 있다는 악마의 사물들을 마지스터보다 우리가 먼저 찾아내서 파괴해야지!"

무거운 침묵이 흘렀다.

"왠지 네가 그런 말을 할 것 같더라." 칼이 한숨을 내쉬었다. "내가 제대로 이해한 거라면 낮에는 여러 가지 예식에 참석해야 하니까 밤에 그것들을 찾아야겠네. 그리고 훔치는 일이라면 전문가인 내가 할 일이고, 파괴하는 건 네가 할 일이겠지. 휴, 며칠 조용히 휴가를 보낼 거라고 생각했는데 잠도 못 자게 생겼네."

"그래, 칼의 말이 맞아." 무아노가 말했다. "너는 오무아 제국을 대표해서 모든 공식 연회에 초대를 받을 테니까 그것들을 찾는 일에 전념할 수 없지만 우리는 할 수 있어."

타라는 이런 식으로 친구들을 이용하는 것에 대해 죄책감을 느꼈다.

"미안해. 난 너희들에게 강요하고 싶지는……."

"그런 말 할 필요 없어, 타라." 칼이 말을 잘랐다. "농담한 거야. 드래곤들의 행성을 턴다는 것은 나에게는 아주 흥분되는 일이야. 면허 받은 도둑 중 어느 누구도 경험해볼 수 없는 최고의 업적이 될 테니까. 성공하면 살아 있는 전설이 되는 건데!"

"드래곤들의 불에 재가 되지 않기만 바라는 수밖에……." 파브리스는 시니컬하게 말했다.

"예측만 갖고 뭔가를 훔쳐야 하는 경우에는 작전을 잘 짜야 해." 오랜만에 실력 발휘를 하게 된 칼이 눈을 반짝이면서 말했다. "1. 표적의 위치를 파악하고 그 표적을 지키는 인간, 아니 드래곤들을 살핀다. 언제나 약점은 있기 마련이므로 경비들의 움직임을 주시한다. 2. 함정과 경보기의 작동 방식을 탐지한다. 3. 교란작전을 펴서 경비들의 주의를 흩뜨린다. 4. 경보기와 함정을 해제한다. 5. 사물을 훔친다. 6. 사물이 없어진 걸 경비들이 알아채기 전에 전원 빠져나온다. 숙련된 도둑에게는 어린애 장난이야."

"1번, 표적의 위치를 파악한다는 것." 타라가 말했다. "그건 다시 말해서 악마의 사물들을 숨겨놓은 곳을 알아낸다는 건데…… 악마의 사물들이 정말 여기 있는 것이 맞는다면."

"왜, 확신이 없어?" 파브리스가 물었다.

"아니, 확신해. 마지스터는 악마의 힘을 지닌 사물들을 손에 넣기 위해 지구에 있는 나를 납치하려고 했던 사람이야. 그렇지만 내가 드란보우글리스펜쉬르에 오기가 무섭게 마지스터가 훔치러 왔다는 것이 좀 이상한 생각이 들어서 그래. 우리는 또 다른 악마의 사물이 존재한다는 것조차 모르고 있었잖아. 따라서 내 생각에는 1번을 시작하기 전에 확인부터 해야 될 것 같아."

눈치 빠른 무아노가 제일 먼저 타라의 말을 알아차렸다.

"그런 것이 정말 여기 있는지 확인하자는 거지?"

"응, 맞아. 샤름을 만나야겠어."

그라브마제스테는 기꺼이 타라와의 면담을 허락했다. 물론 타라는 만나는 이유에 대해서는 언급하지 않았다. 타라는 샤름의 반응을 보기 위해 마주 보고 앉았다. 로빈과 친구들은 응접실에서 기다리고 있었다. 그르룰은 문 앞에 화초처럼 서서 누군가 타라를 공격할 경우 뛰어 들어가기 위해 귀를 세우고 있었다.

타라와 마주한 샤름은 그리 편해 보이지 않는 옥좌에 앉아 있었다. 장밋빛이 도는 금으로 도배한 방에서 샤름의 흰색 비늘이 붉은빛 다이아몬드 샹들리에의 불빛을 받아 아름답게 빛났다.

"정말 놀랐어요." 샤름이 감옥에서 일어났던 살인미수 사건을 암시하면서 다정하게 말했다. "어떻게 그렇게 의연할 수가 있지요?"

"감옥에서 마법을 사용할 수 없다는 걸 나중에야 깨달았거든요. 체인지라인이 없었다면 나는 죽었을 거예요. 고모는 드래곤족에게 몹시 화가 나셨어요. 하지만 이런 일이 한두 번 일어난 것도 아니고, 또 앞으로도 계속될 텐데 불안에 떨어봐야 아무 소용없죠. 계속 두려워하면서 살 수는 없으니까요."

생각에 잠긴 드래곤은 파충류의 눈으로 타라를 쳐다봤지만 아무 말도 하지 않았다. 연약해 보이기만 하는 소녀의 대담한 용기에 감탄하고 있었다.

"셈 선생님은 어때요?"

"감옥 의무실로 옮겨놨어요. 샤먼이 그의 피에서 마약 성분을 제거했지요. 쇼우모우리쉬바가 비행 훈련을 하다 균형 감각을 잃으면서 목이 부러지는 사고로 숨졌다고 알렸지요."

'최고의 날개'로 명성을 떨쳤을 텐데 명예롭지 못한 죽음이네, 타라는 쇼우가 안 됐다는 생각이 들었다. 하지만 셈의 목숨을 구하기 위해서는 샤름에게 다른 방법이 없었다는 걸 이해했다.

"그럼 셈 선생님을 석방할 건가요?"

"그래야지요, 몇 시간 후에는 풀려날 거예요. 우리의 적은 셈이 어디에 있든 접근할 수 있다는 걸 보여줬으니까요. 그를 감옥에 가둬두는 것이 더 나쁘기도 하고요. 마법을 사용할 수 없으니 공격을 피할 방법이 없으니까요. 토르두 수사관이 몇 가지 의심스러운 것을 발견했어요. 특히 셈이 그 도마뱀 간수를 공격한 것을 이상하다고 생각하고 있어요. 자, 보세요."

샤름이 움직이는 크리스털 전광판을 작동했다. 타라는 영상을 보면서 소름이 돋았다. 셈 선생님이 공격하는 장면이었다. 샤름은 그 장면을 여러 각도에서 보여주었다. 그리고 셈 선생님이 죽인 간수 외에 위베른족 도마뱀은 여럿이었다.

"왜 그 위베른이었는지 의문이 생긴 토르두 수사관은 은행 계좌를 확인했지만 아무 이상이 없었어요. 그래서 죽은 간수의 가택수색을 명했는데 뭘 찾아냈는지 알아요?"

"뭐가 있었는데요?"

"금고 열쇠. 그 위베른이 거래하는 은행이 아닌 다른 은행의 금고 열쇠였어요. 금고를 열라고 명했는데 그 안에 백금 7000이 들어 있는 겁니다."

타라는 백금이 드래곤의 화폐라는 걸 알고 있었다. 세계에서 가장 희귀한 금속 중 하나인 백금 7000을 갖고 있다니, 어마어마한 재산이었다.

"그 위베른이 셈 선생님에게 마약을 먹였다는 말이죠? 그러니까 누군가의 사주를 받고서……?"

"그렇지요. 토르두 수사관은 그 단서로 감옥에서 난동을 부린 것에 대해서는 셈의 무죄를 증명했어요. 그리고 또다시 그런 일이 일어날 경우 마법을 사용할 수 없는 감옥에서는 방어할 수 없기 때문에 우리는 셈을 석방할 수 있게 된 겁니다. 천만다행이지요."

"셈 선생님을 조종해서 나를 죽이려고 했던 자는 아직 모르잖아요. 따라서 여전히 위험해요."

"하지만 수사가 활발히 진행되고 있어요. 범인이 잡히면 내가 가차 없이 죽일 겁니다."

타라는 고개를 끄덕이면서 속으로 말했다. 그건 나도 전적으로 동감이에요.

"나를 보면 또 죽이려고 할지 셈 선생님을 만나고 싶네요. 하지만 그 일 때문에 온 게 아니에요." 타라는 조심스럽게 말을 꺼냈다. "아더월드 사람들이 불안에 떨고 있어요. 드래곤들이 지킴이들과 심판관들이 지키고 있는 것들 외에, 또 다른 악마의 힘을 지닌 사물들을 갖고 있다는 아주 해괴한 소문이 돌고 있거든요. 우리 가문은 그 사물들을 지킬 의무가 있는데 다른 것들이 있다는 소문이 돌아서 난처하네요."

그렇게 말하면서 타라가 어찌나 천사 같은 얼굴을 하는지 후광이 머리를 감싸고 등에서는 날개가 펄럭이는 것 같았다.

뜻밖의 질문에 당황한 샤름이 눈길을 피했다.

"왜 그런 생각을 했습니까, 마마?"

이런, 갑자기 나에게 정중한 말투로 마마라는 칭호를 사용한다는 건 내 질문에 몹시 당황했다는 뜻인데……. 미끼를 물은 건가?

"질문에 대한 대답을 다른 질문으로 하는 방식은 나에겐 통하지 않아요." 타라는 차분하게 경고했다. "샤름, 진실을 말해주지 않는다면 나는 당장 이 행성을 떠날 겁니다."

"대관식에 참석하지 않고요?"

"잠시도 머물고 싶지 않아요. 더구나 이런 말을 하게 돼서 미안하지만, 샤름, 진실을 알기 위해서는 주저치 않고 내가 입수한 모든 정보를 이용할 겁니다. 당신이 감추고 싶어 하는 감옥에서 일어난 사건도 포함해서."

드래곤이 6미터 위에서 쏘아봤지만 타라는 아랑곳하지 않았다. 타라는 아주 단호했다.

잠시 후, 샤름이 고개를 돌렸다.

"알고 싶은 게 뭡니까?"

"이 행성에 악마의 힘을 지닌 사물들을 숨겨두고 있는 것이 사실이에요?"

"사실입니다."

쯧, 마지스터의 말은 거짓이 아니었어. 그렇다면 이 사건을 꾸민 것은 마지스터가 아니라는 건데……. 그 순간 손가락에 낀 크라에토비르의 반지가 번쩍거렸다. 그래, 마지스터 앞에서는 반지가 반응하지 않았어. 악마의 사물들에 대해 테스트해볼 뜻밖의 기회를 갖게 되는 건가.

타라는 지나친 관심을 보이지 않으려고 조심하면서도 호기심을 감추지 않았다.

"왜 데미데루스에게 주지 않았어요?"

샤름이 한숨을 내쉬면서 옥좌 팔걸이에 팔꿈치를 괴었다.

"5000년 전에 우리는 악마의 사물들을 몰수해서 마마의 조상 데미데루스의 도움을 받아 숨겼지요. 하지만 우리가 데미데루스에게 알렸던 대로 열세 개가 아니라 사실은 열다섯 개였습니다."

"열다섯 개요? 그럼 아직 두 개를 갖고 있단 말인가요?"

"응, 악마의 힘을 지닌 사물들이 정확하게 뭔지 아니, 타라?"

처음 알게 될 때부터 타라에게 말을 놓았던 샤름이 예비 여왕이 되면서부터 존대를 하고 있었다. 그런데 지금 다시 반말을 한다는 것은 중대한 고백을 하겠다는 뜻인가? 타라는 정신과 귀를 활짝 열었다.

"아니, 정확하게 뭔지는 몰라요."

샤름이 천천히 말했다.

"악마들이 자기들의 세계와 우리 세계 사이의 지각단층을 발견했을 때는 지금의 모습이 아니었어. 아더월드에 있는 켄타우로스와 약간 비슷하게 생긴 모습이랄까, 하여튼 처음에는 네 발 동물 전사들이었어. 최초로 지각단층이 열렸을 때 한 행성이 우리 은하계 속으로 들어오게 되었는데 그 행성에 사는 전사들이 바로 우리가 악마라고 부르는 자들이었지. 아주 잔혹했고, 몇몇은 아주 영리했지. 브르리르 떼처럼 우리 세계로 몰려들었고, 인간들이 쓰는 것과 비슷한데 기술이 고도화된 무기를 사용하고 있었지.

우리는 불안에 떨다가 악마들의 행성으로 쳐들어갔어. 우리가 도착했을 때는 모든 것이 폐허가 되어 있었지. 우리는 공격했고, 그들을 지금의 림보로 추방해버렸어. 그들에게는 마법 능력이 없었거든. 마법을 쓰는 드래곤들과 대결한 적이 없었지만, 그들은 우리 드래곤보다 수가 훨씬 많았고, 아주 용맹해서 모조리 림보로 몰아내지는 못했지.

그러다 그들이 우리의 마법 능력을 연구하기 위해 우리 드래곤들을 생포하는 사건이 일어났어. 그리고 얼마 후, 한 위대한 수장이 악마의 세계 림보를 통합하기에 이르렀고, 기술 연구와 발전을 위한 자금이 답지했지. 그들이 우리를 공격하기 위해 개발한 것은 정말 혐오스러운 것, 정말 끔찍한 것이었어. 그들의 세계에는 마법이 존재하지 않기 때문에 아주 새로운 것을 만들기로 결정했던 거야. 하지만 너무나 사악하고 흉악한 것이라서 나는 지금도 한 문명이 어떻게 그렇게까지 극악무도하게 전락할 수 있는지 이해할 수가 없어."

타라는 이야기에 완전히 빠져들고 있었다.

"그들이 뭘 만들었는데요?"

"종족을 죽여서 에너지를 끌어모았지."

"그들이 어떻게 했다고요?"

"종족을 죽이고 빼낸 혼을 이용했어. 다시 말해서 죽는 순간의 생명 에너지를 빨아들이는 기계를 만들고 그 에너지를 자기들의 몸속에 축적하는 데 성공한 거야. 그리고 몸속에는 제한된 수의 정신적 힘만 들어갈 수 있기 때문에 그들은 수많은 생명 에너지를 사물에 축적했던 거지. 믿을 수 없을 정도의 강력한 힘을 지닌 사악한 사물을 만들기 위해 수백만의 악마가 희생되었던 거야. 실루르의 옥좌에만 1000만이 넘는 악마의 혼이 축적되어 있는 거지. 네가 실루르의 옥좌와 저주받은 왕홀을 파괴할 수 있었던 것은 시험 삼아 만든 것들이었기 때문이야. 완제품이었다면 너 혼자서는 파괴할 수 없었을 거야."

타라의 눈길이 저절로 손가락에 고정되었다. 더 이상 반지를 사용하고 싶은 마음이 싹 달아났다. 당장 반지를 빼고 싶지만 샤름이 의혹을 품을까 봐 꾹 참았다.

"악마가 그 사악한 사물을 사용할 때마다 수백의 혼이 소진되는 것이야. 따라서 개선할 필요를 느꼈겠지. 악마들은 너무 많은 혼을 소진하지 않기 위해 자기들의 몸을 변형해서 무시무시한 무기로 만들었던 거야. 뾰족한 송곳니, 날카로운 갈퀴발톱, 치명적인 독, 끔찍한 촉수 등으로 무장하고 우리 세계를 또다시 침략했지."

샤름은 잠시 입을 다물었다. 가슴을 졸이면서 듣고 있던 타라도 잠자코 있었다. 그 전쟁이 악마들의 승리로 끝났다는 걸 알고 있었기 때문이다.

"우리는 도망쳐야 했어. 그 전쟁으로 수백만의 드래곤을 잃었으니까. 그들은 정말 흉측한 모습이었지. 그러나 우리 은하계에서는 그렇게 변형된 모습을 오랫동안 유지할 수 없다는 걸 알아차린 악마들이 대학살을 시작했어. 그들은 뱀파이어들을 거의 말살시킨 다음 뱀파이어들의 행성에 이어 엘프들의 행성을 파괴했어. 우리 드래곤들은 악마들의 침략 전쟁이 끝나기를 기다리면서 우주 공간에 숨어 있다가 아더월드 행성을 발견하게 되었지. 우리 드래곤의 행성만큼 강력한 마법의 세계였어. 그리고 우리의 세계와 악마의 세계 사이의 지각단층을 여는 우주공간의 일시적인 소용돌이를 연구해온 드래곤 과학자가 공간이동의 문을 조종하는 데 성공했지. 아직도 그 원리는 모르지만."

"'아직도 원리를 모른다'는 것이 무슨 뜻이에요?"

"불행히도 최초로 시험할 때 우리의 드래곤 과학자는 이동의 문이 어떤 원리로 작동하는지 이해하지 못했거든. 과학자의 몸이 둘로 분리되었는데 절반의 몸은 여기 남아 있고, 나머지 절반의 몸은 지구에 가 있었거든. 더 구체적으로 말하면 지구의 중국이라는 나라에. 우리가 지구를 발견한 것은 그 과학자의 희생 덕분이었어. 그런데 불행히도 그 과학자가 아더월드와 지구 사이의 소용돌이를 열었을 때 본의아니게 드래곤의 세계와 악마의 세계 사이에 있는 단층 두 개와 동시에 지구에 있는 단층 두 개도 열었던 거야. 그 틈을 타서 악마들이 우리와 거의 동시에 지구에 들이닥쳤지. 그러나 악마들이 어디 있는지 위치를 알 수 없었어. 첫 번째 대규모의 지각단층이 열렸을 때 엄청난 충격으로 아틀란티스가 물속에 잠겼기 때문에 악마들도 같이 빠졌던 거야(지구와 림보를 연결하는 지각단층이 아틀란티스에 있으며, 악마들이 지구 침략을 시도했던 곳이다). 그때 악마들이 물과 싸우면서 수면으로 떠오르는 방법을 터득했던 모양이야."

"그래서 악마들이 아쿠알릭이 된 건가요?"

"그래, 맞아. 악마에게 바다의 짠물은 강한 알코올이 인간에게 미치는 것과 같은 효과를 주니까. 지구인들을 공격해야 할 악마들이 완전히…… 뭐라고 하더라……."

"완전히 취했다고요?"

"아, 그래." 샤름이 미소를 지으면서 대답했다. "그렇게 말할 수 있지. 명예로운 일이 아니라서 그들이 시치미를 떼고 있지만. 악마들은 취한 상태로 지구에 사는 마법사들과 맞닥뜨리게 되었지. 마법사들은 악마들을 가볍게 물리쳤어. 인간이 술에 취해 있는 것처럼 많은 악마가 바닷물에 취해 있었으니까. 그래서 격분한 마왕이 군대에 바닷물을 마시는 걸 금했지. 그때부터 지구 정복이 시작되었어. 수적으로 우세한 악마들과 대적하게 된 데미데루스는 마법사들을 연합하여 군대를 결성했지. 그사이에 드래곤들은 악마들의 동태를 주시하고 있었어. 두 번째 지각단층이 열렸을 때는 키가 작은 악마들만 통과할 수 있는 작은 공간이 열렸기 때문에 정찰대를 보냈지. 하지만 드래곤들은 악마들이 교두보를 마련할 거란 생각에 먼저 지구를 점령하기로 결정했지. 그러자 데미데루스는 마법사 군대를 두 그룹으로 나누어 우리 드래곤들을 공격했어. 우리가 악마들의 연합군이라고 생각했던 거야."

"드래곤들이 큰 실수를 저지른 거네요. 그래서요?"

"데미데루스는 너처럼 엄청나게 강력한 마법사였어. 우리 드래곤들을 무찌르지는 못했지만 전투는 치열했지. 따라서 우리는 휴전을 제안했어. 데미데루스는 우리 드래곤들이 악마들과 싸우는 걸 보면서 한패가 아니라는 걸 알아차리고 나서야 수락했지. 우리 드래곤들과 데미데루스가 이끄는 마법사들은 악마 군단과 싸웠고, 데미데루스가 악마의 사물들(아직 완제품이 아닌)을 빼앗아서 감췄기 때문에 더 이상 종족을 죽일 수 없는 악마들은 항복할 수밖에 없었지. 우리는 지각단층을 밀폐했고, 그 뒤로 드래곤의 세계와 지구는 변함없는 관계를 유지하고 있는 거야."

"근데 왜 악마의 사물 두 개를 감췄어요?"

크라에토비르의 반지를 갖고 있으면서 그런 말을 하는 것이 마음에 걸렸지만 타라는 이유를 알아야 했다.

"우리는 악마들이 사물 속에 혼을 집어넣는 방법을 연구할 필요가 있었어. 하지만 데미데루스가 어찌나 그 사물들을 두려워하는지 설득할 수 없었거든. 그래서 우리는 사물 두 개의 존재에 대해서는 함구하기로 결정했던 거야. 그 두 개는 다른 열세 개의 사물들과 다른 장소에 있었거든."

"어떻게 숨겨놨는지 정말 궁금하네요. 그래서 그 사물들을 연구하면서 방법을 알아냈어요?"

"아직 연구 중이야."

"그럼 두 개가 여기 있나요?"

타라는 속으로 회심의 미소를 지었다. 호기심에서 물어보는 것 같은 이 방식이 뱀파이어들에게 통했는데 드래곤들에게도 당연히 통하겠지. 그러나 드래곤의 대답은 약간 달랐다.

"아니, 하나밖에 없어."

샤름이 난처한 표정을 지었다.

"연구하다가 한 개를 파괴했군요?"

"아니, 하나가 사라졌어."

샤름이 그 점에 대해 길게 얘기하고 싶지 않은 얼굴을 해서 타라도 더 이상 캐묻지 않았다.

"그럼 남아 있는 건 뭐예요? 왕관? 삼지창? 검인가요?"

샤름이 훨씬 난처한 표정을 지었다.

"우리가 갖고 있는 건…… 일종의 속옷이야."

타라는 눈초리를 추켜올렸다.

"네?"

샤름이 몸을 비비 꼬고 있었다. 자신도 모르게 몸이 난처한 느낌을 표현하고 있는 것이었다.

"인간들이 바지나 드레스 속에 입는 속옷."

이번에는 타라가 눈살을 찌푸렸다.

"설마…… 악마들이 속바지를 만들었다는 말은 아니죠?"

웃을 상황이 아닌데 타라는 입이 근질거리는 느낌이 들었다. 몹쓸 웃음이 목구멍에 걸려서 튀어나오려고 애를 쓰고 있었다.

"그럼 없어진 것은 뭐예요? 브래지어예요?"

속수무책, 머릿속이 온통 웃긴다는 생각밖에 없어서 입이 배신을 하고 말았다. 예의에 어긋나게 웃음이 터지고 말았으니.

샤름이 타라를 엄하게 쳐다봤다.

"웃기는 얘기가 아닙니다. 하마터면 우리 세계를 파괴할 뻔했던 무시무시한 사물들이에요."

이런, 다시 존댓말로 돌아왔네. 드라고쉬 선생님과 마찬가지로 샤름도 신경이 예민해질 때는 존대를 했다. 괴물들, 아니 외계 존재들이 사는 세계의 문화인 모양이었다. 타라는 심호흡을 했다. 그러나 또다시 웃기는 생각이 떠오른 타라는 웃음을 틀어막느라고 숨이 막힐 뻔했다.

"혹시 그럼 없어진 것이…… 스타킹인가요?"

"아니, 셔츠였어."

타라는 고개를 끄덕였다.

"스타킹보다는 낫네요. 악마의 힘을 지닌 셔츠…… 어떻게 생긴 옷인지 정말 보고 싶네요."

그러면서 타라는 웃음을 참느라고 볼의 안쪽 살을 어찌나 꽉 물었는지 그 자국이 적어도 일주일은 갈 것 같았다.

침통한 표정을 짓는 드래곤을 보면서 타라는 가까스로 감정을 억눌렀다.

"속바지는." 타라는 마치 어떤 강철 손이 입을 틀어막고 있는 것 같은 목소리로 말했다. "구체적으로 어떤 기능이 있어요?"

"반지, 왕홀, 옥좌 등 다른 것들은 공격용 무기지만, 속바지와 셔츠는 방패처럼 방어용 무기죠. 속바지와 셔츠는 악마를 보호하는 에너지의 장벽을 만들어내기 때문에 어떤 마법에도 뚫리지 않는 난공불락의 장벽이라고 할 수 있어요. 어떤 체형이라도 착용할 수 있는 만능 옷이지요."

수백 개의 눈과 꿈틀거리는 촉수들을 가진 마왕을 생각하면 그런 걸 만들 수 있을 것 같기도 했다. 타라는 곰곰이 생각했다.

"없어졌다고 하는 그 셔츠가 마지스터와 상관이 있나요?"

샤름이 경계하듯 눈을 가늘게 떴다.

"그걸 어떻게 알지요?"

"마지스터가 드래곤들을 증오하는 걸 알고 있으니까요. 서로에게 얽힌 감정이 많다는 걸 생각하면 마지스터가 드래곤이 갖고 있는 악마의 사물들을 훔치려고 했을 거라고 추측할 수 있지요. 그리고 난공불락의 장벽이 될 만한 것이 있다면 더더욱 마지스터가 눈독을 들였을 테니까요."

맙소사, 마지스터가 드래곤들의 방어를 뚫는 데 성공했다는 거잖아. 그렇다면 나머지 한 개를 훔치는 것도 시간문제라는 건데……. 하지만 석연치 않은 것이 있었다.

"나는 마지스터와 여러 번 맞서 싸웠어요. 나는 그에게 부상을 입혔고, 죽일 뻔한 적도 있어요. 검은색 마법복 속에 그 셔츠를 입고 있었는지 확인해보지 않아서 모르겠지만 마지스터가 부상을 당했던 것은 분명하게 말할 수 있어요."

드래곤이 우람한 어깨를 으쓱하며 인간의 몸짓을 했다.

"그래서 우리는 마지스터가 악마들과 손을 잡았고, 도움을 받는 대가로 그 셔츠를 악마들에게 넘겨주었을 거라고 의심하고 있어요. 언젠가 그자를 잡게 된다면 어떻게 된 건지 알게 되겠죠."

"그러니까 속바지는 이 행성 어딘가에 숨겨두고 있는 거죠?"

속바지란 말만 꺼냈다 하면 웃음이 터질 것 같아서 타라는 정신을 집중하기가 정말 힘들었다.

"그래요, 우리 연구소에서 분석하고 있는 중이지요. 장소는 극비입니다."

이 말은 악마의 속바지가 어디 있는지 말해줄 정도로 샤름이 타라를 믿지 않는다는 뜻이었다. 타라는 더 이상 웃지 않기 위해서 속바지를 '그 물건'이라고 부르기로 했다.

"그 물건을 잘 지키고 있는 거죠?"

샤름은 타라가 속바지의 안전을 걱정하는 것이라고 생각했다.

"네, 악마들이 떼거리로 몰려와도 접근할 수 없을 정도로 지키고 있지요. 위베른족 군대가 연구소 주변에 주둔하면서 스물여덟 시간 불철주야 감시를 게을리하지 않고 있죠."

이런, 아주 나쁜 소식이었다. 하지만 셔츠를 이미 도둑맞았는데 속바지마저 없어지는 걸 원치 않는 것이야 당연한 일 아닌가.

샤름은 타라에게 속바지에 대해 발설하지 말라고 부탁하지는 않았지만 극비라는 걸 넌지시 알려주고 있는 것이다.

그들은 셈에 대해 몇 마디 더 주고받다가 면담을 끝냈고, 타라는 핵심을 찔렀다는 확신을 갖고 샤름의 방을 나왔다. 가능한 한 빨리 속바……, 아니 그 물건을 손에 넣어야 해. 무슨 일이 있어도 마지스터보다 먼저 훔쳐야 해.

타라는 샤름에게 마지스터가 지금 드란보우글리스펜쉬르에 있다는 말을 하고 싶었다. 하지만 말하지 않았다. 드래곤들이 경비를 강화한다면 칼의 작전에 차질이 생겨서 물건을 훔치기가 훨씬 힘들어질 우려가 있었다. 물론 마지스터에게도 불리해지는 것이지만, 타라는 상그라브들의 보스가 얼마나 교활한지 잘 알았다. 그래서 위험을 무릅쓸 수 없었다.

마지스터와 타라의 시합이 시작된 것이었다.

감옥에서 일어난 사건 때문에 더 가까이에서 후계자를 지켜야 한다는 크산디아르의 요청에 따라 호위대의 숙소는 타라와 친구들의 방 옆으로 정해졌다. 무아노와 파프니르도 안심이 안 된다면서 타라와 같이 자겠다고 제안했다.

친구들은 타라가 없는 동안 옷을 갈아입었다. 크산디아르는 이미 세네의 기구를 사용해서 타라의 숙소에 설치된 스쿠프와 마이크를 차단했다. 두 행성 간의 몇 가지 조약을 체결하기 위해 회의할 때마다 타라를 따라다니던 칼리손 특사가 저녁 만찬 시간에 다시 만나자고 알렸다. 타라와 친구들은 내심 반가웠다.

스스세트는 궁전에서 일어나고 있는 일에 대한 정보를 타라에게 알려주기 위해 두 번 돌아왔었다.

첫 번째는 불편을 늘어놓기 위해서였다. 궁전이 너무 커서 덩치가 작은 스스세트는 발이 아프다고 울상을 지었다. 두 번째는 많은 정보를 가져왔다. 특히 드래곤들이 아더월드와 드란보우글리스펜쉬르 사이의 은하계 상황에 불안해하고 있으며, 급진파의 고위급 드래곤이 뭔가를 꾸민다는 내용이었다. 무슨 일인지 아직 알아내지 못했지만 녹음된 내용으로 보아 뭔가 심상치 않은 일이 틀림없었다.

타라는 레파루스로 카멜레온의 아픈 발을 치료해주었다. 그리고 투덜거리는 스스세트를 달래서 계속 조사해달라고 부탁하면서 아무도 모르게 내보냈다. 타라는 반지를 빼서 탁자 위에 올려놨다. 이제 뭘 해야 할지 알게 된 타라는 심사숙고해야 했다. 친구들이 한자리에 모였다.

이번에는 칼이 오파쿠스 주문을 읊었다.

그들의 대화를 아무도 듣지 못하게 조치를 취했기 때문에 로빈이 말했다.

"그럼 이제 진행 상황을 보고해봐."

군대에서 사용하는 표현이 타라는 재미있었다.

"그래. 샤름이 악마의 사물이 두 개 더 있는 것이 맞다고 시인했어. 그런데 한 개만 갖고 있대."

그렇게 말하면서 타라는 예비 여왕이 해준 말을 그대로 친구들에게 전했다.

그런데 타라와 달리 친구들은 속바지 이야기를 할 때 재미있어하지 않았다. 파브리스만 배꼽을 잡고 웃었고, 칼과 무아노, 파프니르, 로빈은 깜짝 놀라는 눈길로 타라를 쳐다봤다.

"오, 내 조상의 혼령들이여!" 무아노가 중얼거렸다. "드래곤들이 거짓말을 한 거였어. 타라, 샤름이 너에게 털어놓은 것이 무슨 의미를 지니는지 네가 알아채지 못한 거야. 내 생각에는 샤름이 정치 초년생이라서 그런 말을 한 것 같은데 아주 중대한 거야! 그것이 알려지면 아더월드의 각 나라 정부가 더 이상 드래곤을 신뢰하지 않을 거야. 그뿐만 아니라 마지스터가 그걸 이용해서 드래곤들과 마법사들의 동맹 관계를 악화시킬 위험이 있어. 마지스터가 그걸 폭로하면 아무도 그 말을 믿지 않겠지만, 드래곤들의 여왕이 오무아의 후계자에게 고백한 거라면 얘기가 달라지지. 모든 사람이 믿을 테니까."

"그렇다고 해도 드래곤들은 개의치 않을 거야!" 파브리스가 응수했다. "드래곤들은 강해. 강하면 뭐든 원하는 것을 할 수 있으니까!"

"어쨌든 나는 그 물건에 대해 발설할 생각이 없어. 우리가 마지스터보다 먼저 그걸 훔쳐서 파괴하거나 지킴이들에게 돌려주자."

타라는 그 물건을 이용해서 마지스터의 위치를 파악한 다음 죽일 계획이라는 걸 말하지 않기로 했다. 한편으로 그것이 가능할지 확신이 없었고, 다른 한편으론 친구들이 얼마나 불안해할지 잘 알기 때문이었다.

"속바지가 있는 곳을 알아내야 해. 극비에 부치고 지키고 있다니까 내 생각에는 쉽지 않을 거야."

"저녁 만찬 시간에 원주민들과 접촉하는 것이 가장 좋은 방법이야." 칼이 말했다. "샤름이 그 물건을 보관하고 있는 건물이 연구소라고 했지?"

"응." 타라가 대답했다. "왜?"

"그럼 됐어. 연구소에서 누가 일하겠어? 과학자들이잖아. 그리고 과학자들은 찾기가 쉽지. 나만 믿어, 연구소의 위치를 알아낼 테니까."

친구가 활기를 되찾은 것이 기쁜 타라는 칼에게 미소를 지어 보였다. 이따금 눈빛이 슬픔에 젖어 있는 것으로 보아 칼은 엘레아노라를 잊은 것이 아니었다. 어쨌든 칼이 새로운 도전을 하게 된 것에 즐거워하는 것이 느껴졌다.

"이제부터 나는 늑대인간 보디가드로서 그 어떤 놈도 너를 공격하게 내버려두지 않겠어! 절대 용납 못해!" 파브리스가 두 주먹을 불끈 쥐었다.

무아노는 파브리스에게 윙크를 보냈다. 무아노가 무슨 말을 하려는 순간, 드래곤, 아니 도마뱀의 주둥이가 금빛 철문에 나타났다. 드란보우글리스펜쉬르의 문도 오무아 제국의 문과 마찬가지로 눈, 귀, 입이 있었다.

"최고 비늘이 방문했습니다." 문이 말했다.

오파쿠스 마법의 장막이 안에서는 소리와 이미지를 듣거나 볼 수 있지만 밖에서는 보이지도 들리지도 않아서 다행이었다.

칼이 재빨리 오파쿠스를 해제했다. 타라는 문에게 그레이 드래곤을 들여보내라고 명한 다음, 방문객을 맞기 위해 일어났다.

위엄을 부리면서 들어온 안드레아는 타라를 향해 눈길을 내리면서 코를 실룩거렸다.

"어린 나이에 걱정스러운 일을 많이 일으키십니다, 마마."

타라는 어이가 없어서 잠시 말이 나오지 않았다. 하늘을 찌를 듯한 저 거만한 말투는 뭐지?

"이 나라의 치안은 아주 형편없군요." 타라는 얼음장같이 차갑게 응수했다. "당신은 초대한 손님들을 이런 식으로 보호하나요? 그 태도를 보니까 이제 그 이유를 알겠어요."

1 대 1.

그레이 드래곤 안드레아가 아가리를 멍하니 벌리고 있다는 건 말대꾸를 듣는 것에 익숙하지 않은 모양이었다.

타라는 불편한 소파에 앉아서 팔짱을 꼈다. 인간의 보디랭귀지에 익숙한 사람에게 타라의 행동은 이런 뜻이었다. '짜증 나니까 할 말 있으면 빨리 하고 나가시죠!'

아무 생각이 없는 안드레아는 그 경고 신호를 무시해버렸다.

"나는 주의 사항을 알려주려고 온 겁니다. 우리의…… 그라브마제스테께서 마마가 금지된 곳을 돌아다니는 습관이 있다고 알려주기에 우리 행성에서는 그러면 안 된다는 말을 하러 온 겁니다. 금지된 곳에 걸어놓은 마법에 걸리면 드래곤이나 위베른도 마비가 되며, 특히 인간에게 미치는 효과는 아주 치명적이거든요."

"항상 감출 것이 있거나 잃을 것이 있는 자들이 나를 위협하지요."

타라는 거침없이 말했다.

안드레아는 흠칫 물러서다가 분개했다.

"나는 감춰야 할 것이 전혀 없습니다! 조심하라고 알려주러 온 것뿐입니다!"

"하지만 당신의 여왕께서는 나를 신뢰하십니다."

"그건 여왕이 너무 젊어서……."

"젊은 건 사실이지만 천성이 선량한 영혼의 가치는 햇수로 측정되는 것이 아니지요."

"여왕은 아직 무엇이 옳은 건지 모릅니다."

"신의, 명예, 나는 여왕이 옳은 것이 뭔지 아주 잘 알고 있다고 생각합니다."

드래곤과 타라는 거의 말싸움 수준의 격한 대화를 빠르게 주고받았고, 그걸 지켜보는 친구들의 머리는 마치 테니스 경기를 보듯 좌우로 움직이고 있었다.

"그건 마마의 생각일 뿐입니다."

"그 통찰력이 아주 놀랍군요, 최고 비늘. 예리하십니다."

"이렇게 호의를 무시하는데 어쩔 수 없지요!"

격분한 드래곤이 질풍처럼 문을 박차고 나가는 바람에 문짝이 떨어져나갈 뻔했다.

문이 신음소리를 냈다.

"어휴, 저 드래곤 한 성깔 하네." 칼이 말했다. "이제 뭐 하지?"

"저녁 만찬에 갈 준비를 해야지."

연회장은 지붕이 없었다. 은하계 가장자리에 위치하는 지구**32**와 달리 드란보우글리스펜쉬르는 은하계 중심에 있었다. 우수수 쏟아져 내릴 것 같은 무수한 별이 대낮처럼 밝혀주는 하늘은 정말 환상적이었다. 그 장관에 감탄하면서 타라는 어머니 셀레나(타라가 직접 가서 모셔온)와 함께 만찬에 참석한 랑코비트의 티타니아 왕비와 베어 왕에

• • • • • • • • • • • •

32. 지구는 별이 많지 않은 가장자리에 거의 숨어 있다. 아마도 그래서 외계인들이 우리를 아직
   발견하지 못한 건 아닐까.

게 인사를 하러 갔다. 타라를 따뜻하게 안아주는 왕비와 달리 베어 왕은 눈초리가 올라갔다.

"말썽 피우지 마." 베어 왕이 으름장을 놓았다. "우리는 나라를 대표해서 온 것이니 여기서는 아무 데나 돌아다니지 말고 얌전하게 지내기 바란다. 나는 너를 믿는다."

지난번 궁전을 살테렌스로 이동시킨 일로 베어 왕이 아직도 나를 원망하고 있는 거야.

타라는 칼과 이야기를 나누고 있는 자이언트 거미 드르르르에게도 인사하러 갔다. 드르르르와 칼은 오무아 감옥에서 우정을 쌓았다. 드르르르는 아더월드의 숲에 사는 자이언트 거미들의 대표였다. 대륙 전체에 고루 퍼져서 살기 때문에 나라를 대표한다고 말할 수는 없지만 엄연히 정부가 있기 때문에 대관식에 초청받은 것이었다. 전갈의 꼬리에 여덟 개의 눈을 가진 자이언트 거미들은 운율을 맞춰서 말하는 특징이 있으며, 숲에서 길을 잃은 여행객들에게 수수께끼를 내는 버릇이 있고(그러나 현재는 수수께끼의 답을 맞히지 못해도 잡아먹지는 않는다), 드래곤들과 마찬가지로 검은색 키틴질 등껍질에 박아 넣을 정도로 보석을 좋아했다.

"다시 만나서 반가워요, 드르르르." 타라는 칼의 친구에게 미소를 지었다. "조만간 오무아 궁전에도 방문해주세요."

"궁전으로 초대해주시니 영광입니다. 숨길 줄 모르는 칼을 통해 마마께서 위험에 처했고, 임무를 수행 중이며, 뭔가를 찾는다는 것도 알고 있습니다. 우리를 결합시키기 위한 선물을 드리지요. 받아주십시오."

결합시킨다고? 왜?

494

"나는 이미 페가수스와 결합되어 있는데요."

자이언트 거미가 타라의 팔뚝만 한 송곳니들을 드러내는 것으로 보아 미소를 짓는 것 같았다.

"그냥 선물로 드리는 겁니다. 이건 마마의 명령에 복종하는 로프입니다. 무엇이든 묶을 수 있는 일종의 밧줄입니다."

자이언트 거미가 두꺼운 실크 로프를 내밀었다. 감촉은 아주 부드러웠다. 타라는 선물이 마음에 든다는 표시를 하려고 찬사를 늘어놓은 다음 체인지라인의 주머니에 집어넣었다.

"고마워요, 드르르르, 정말 더없이 귀한 선물이에요. 궁전으로 돌아가면 나도 당신에게 줄 귀한 것을 찾아봐야겠는데 어려운 숙제가 될 것 같아요."

자이언트 거미는 기쁨의 춤을 추듯 몸을 흔들었다.

"로프를 사용하려면 풀어서 세 번을 흔들고 앞으로 던지세요. 로프를 다 사용했으면 잡아당겨서 세 번을 흔들면 됩니다. 불에 닿아도 타지 않기 때문에 드래곤의 불에도 끄떡없습니다."

"잘 간직할게요."

"가끔 톨리스 기름을 발라주면 좋습니다."

톨리스 기름은 아몬드에서 추출한 것으로 아더월드에서 사용하는 고급 기름이었다.

"고마워요, 드르르르, 만나서 정말 즐거웠어요."

안드레아의 안내를 받아 타라는 자리에 앉았다.

연회장으로 몰려드는 수천의 드래곤들을 보면서 타라는 약간 의기소침해졌다. 이렇게 많은 드래곤 속에서 어떻게 과학자들을 구별하지?

빌랭 왕국의 대표로 참석한 바리우스 덩컨이 와서 인사를 했다. 한때 사랑했던, 어쩌면 아직도 사랑하는 셀레나 앞에서 정중하게 허리를 굽히면서 부드러운 눈짓을 보냈다. 하지만 타라에게는 퉁명스럽게 인사했다. 셀레나에게 청혼하는 순간 스파슌으로 변했던 사건[33] 때문에 오무아 제국에 아직도 화가 나 있는 모양이었다. 타라는 나오는 한숨을 가까스로 꾹 눌렀다. 어머니에게 홀딱 반해서 정신 못 차리는 남자가 왜 이렇게 많은 건지……. 벌써 몇 명이야? 휴…….

타라의 자리는 샤름의 자리와 아주 가까웠다. 예비 여왕은 활짝 웃는 얼굴로 자신의 대관식을 위해 방문해준 여러 나라의 사절단에게 고마워하면서 감사의 인사말을 하고 있었다.

샤름의 모습을 보면서 느닷없이 여왕으로 추대된 것은 말할 것도 없고, 위협받고 있는 연인의 일로 불안에 떨고 있다는 걸 누가 짐작이나 할까. 스쿠프들이 나비 떼처럼 주위를 날아다니면서 은하계 전체에 예비 여왕의 모습을 생생하게 전송했다. 흰색 비늘과 머리에 쓴 왕관이 별빛을 받아 눈부시게 반짝였다. 예비 여왕이 인사를 끝내자 카흠보움의 사촌들인 타츠보움의 오케스트라 연주가 시작되었다.

이윽고 예비 여왕이 자리에 앉자 위베른족 도마뱀들이 식사 시중을 들었다.

식기는 모두 금으로 만든 것이었다. 샤름 가문의 문장인 검은색 원을 찌르는 드래곤의 발톱 문양, 드래곤 정부에 충성하는 위베른족의

---

33. 자신에게 청혼할 거라고 믿고 있던 리스베스는 불쾌한 감정을 억제하지 못하고 바리우스 덩컨을 스파슌으로 둔갑시켰다. 그 일로 빌랭 왕국은 오무아 제국에 전쟁을 선포할 뻔했다.

비늘 문양……, 접시에 새기는 무늬로는 너무 심하지 않나?

식사하는(쇠고기 구이, 쇠고기 등심 스테이크, 쇠고기 볼살…… 등) 동안 타라는 테이블에 동석한 드래곤들의 직업을 물었다. 안드레아는 경계하는 눈길을 던지면서도 날씨, 작물의 수확에 관한 이야기로 분위기를 띄웠다. 표면적으로는 화기애애했다.

동석한 드래곤들 중에 과학자는 없지만, 타라는 체리 색깔의 드래곤 베오도라쉬바를 알게 되었다. 샤름의 친구이자 가수인 베오도라쉬바는 유머 감각이 뛰어났고, 샤름을 진심으로 걱정하고 있었다. 그래서인지 호감이 갔다.

안드레아가 셀레나에게 친절을 베풀고 있어서 타라는 가슴을 졸였다. 할머니가 어머니에게 무슨 주문을 걸어놨기에 눈만 마주쳤다 하면 남성들이 사랑에 빠지는지 꼭 알아내야겠어. 그걸 알아내는 날 할머니는 크게 후회하실 거야.

식사하는 동안 실마리를 찾겠다는 타라의 계획은 실패로 끝났다. 친구들은 뿔뿔이 흩어져서 다른 테이블에서 저녁을 먹고 있었다. 타라는 안드레아가 사사건건 방해할 거라고 의심했지만 의외로 자유롭게 드래곤들을 만날 수 있었다.

식사를 끝내고 그들은 타라의 방에 모였다. 친구들도 성과가 거의 없었다. 다만 친구들 중에서 시력이 제일 좋은 무아노가 이상한 것을 발견했다.

"다리가 불구인 드래곤이 있었어."

"그게 뭐가 이상해?"

"한쪽 다리가 비틀려 있었거든."

타라는 그게 왜 이상하다는 건지 이유를 알 수 없었다.

"아, 미안해, 타라. 네가 지구에서 자랐다는 걸 자꾸 잊어버려." 무아노는 미소를 지었다. "아더월드에서는 샤먼들과 레파루스 마법 덕분에 불구가 되는 일이 없어. 그런데 그 드래곤은 불구였거든. 내 생각에는 자세히 알아볼 필요가 있어. 그리고 샤름과 아주 가까운 자리에 앉아 있었단 말이야. 그건 고위층이란 뜻이잖아. 네가 접근해볼 필요가 있겠어."

"내일 축하 행사들이 시작되니까 그 드래곤도 참석하겠지." 타라는 생각에 잠긴 얼굴로 말했다. "어쩌면 참석하지 않을 수도 있으니까 오늘 밤부터 뒤를 밟자."

친구들이 깜짝 놀라서 타라를 쳐다봤다.

"너 피곤하지 않아?" 안드레아의 경고가 마음에 걸리는 로빈이 물었다.

"피곤하지만 중요한 일이잖아. 마지스터보다 우리가 먼저 그 물건이 있는 곳을 알아내야 해. 가자."

탁자 앞을 지나가면서 타라는 반지를 쳐다봤다. 식사를 하는 동안 타라는 곰곰이 생각해봤는데 반지는 분명히 도와주었다. 한 번이 아니라 여러 번. 반지는 타라를 둔갑시키지도 않았고, 원할 때는 언제든 손가락에서 뺄 수 있었다. 오늘 밤의 미션은 위험할 수 있었다. 타라는 살아있는 돌이 도와줄 준비가 되어 있는지 확인한 다음 반지를 꼈다.

타라와 친구들은 또 다른 파티에 가는 것처럼 조용히 방을 나왔다.

그들이 다시 나오자 크산디아르가 눈살을 찌푸렸다.

"마마?"

"방에 두고 나온 게 있어서 왔던 거예요." 타라는 크산디아르에게 질문할 겨를을 주지 않으려고 재빨리 말했다.

크산디아르는 부하 네 명에게 뒤따라가라고 명했다.

타라 일행은 거의 뛰다시피 하면서 연회장으로 다시 들어갔다. 샤름이 자리를 뜰 때 초대손님과 드래곤 대부분이 물러났었다. 문제의 드래곤이 앉아 있던 테이블도 비어 있었다.

"이런." 타라가 투덜거렸다. "좀 더 서둘러야 했는데! 빨리 흩어져서 찾아보자. 어딘가에 있겠지."

타라가 살해당할 뻔했던 걸 잊고 그들은 연회장으로 흩어졌다. 타라는 갈랑에게 다리가 불구인 드래곤을 찾으라고 부탁했다. 연회장을 위에서 내려다보면 훨씬 쉽게 찾을 수 있을 거란 생각에서였다. 역시 예상 적중, 갈랑이 문제의 드래곤을 제일 먼저 발견했다. 브라운 드래곤이었는데 비늘이 윤기를 잃은 상태라서 눈에 띄지 않았던 것이다. 다른 드래곤들보다 머리 하나가 작았다. 브라운 드래곤이 옆쪽 출구로 향하고 있었다. 타라는 갈랑이 인도하는 대로 무작정 따라갔다. 마침내 타라가 출구 부근에 이르렀을 때 페가수스가 어깨에 내려앉았다.

"아주 잘했어." 타라가 속삭였다. "네가 최고야!"

갈랑은 즐거운 울음소리를 내면서 타라의 뺨에 대고 주둥이를 비볐다. 티그족 친위대원들은 불안한 얼굴로 뒤따르고 있었다. 쯧쯧, 타라는 그들을 따돌려야 했다. 속으로 혼란을 일으키는 주문을 읊었다. 그런데 불행히도 긴장해 있을 때는 늘 그렇듯 타라의 손에서 빠져나온 마법의 광선이 연회장에 있는 모든 존재를 후려쳤다.

예외는 없었다.

사팔눈이 된 드래곤들이 비틀거리다가 벽에 쾅쾅 부딪쳤고, 있는지도 모르던 물웅덩이에 빠졌다. 연회장은 몇 분 사이에 완전 아수라장이 되었다. 친구들과 티그족 친위대원들도 어지러운지 빙빙 돌고 있었다. 타라는 갈랑을 데리고 정신없이 뛰쳐나갔다.

타라가 주문을 읊었을 때 브라운 드래곤이 연회장을 이미 나간 뒤라서 다행이었다. 타라는 방향 감각을 잃은 드래곤들과 도마뱀들을 피해서 브라운 드래곤을 따라갔다.

브라운 드래곤이 절룩거리고 있고, 건강 상태가 안 좋은지 천천히 걸어가기 때문에 미행이 힘들지 않았다.

타라는 칼과 다른 친구들에게 알려야 하지만 들킬까 봐 살아있는 돌을 사용할 수 없었다. 궁전 밖으로 나가자 체인지라인이 타라의 드레스를 검은색 복장으로 바꿔주었다. 브라운 드래곤이 힘겹게 양탄자에 올라탔다.

타라는 재빨리 나무 뒤에 숨어서 손짓으로 갈랑을 원래의 크기로 돌아오게 하고 검은색으로 바꾼 다음 발각되지 않기 위해 브라운 드래곤의 머리 위 상공을 날았다.

밤에는 드래곤들이 비행을 좋아하지 않아서 다행이었다. 기온이 떨어진 어둠 속에서는 속도를 내기 힘들기 때문에 공중에는 날아다니는 드래곤이 없었다. 양탄자들도 밤에는 거대한 집들의 지붕을 피해야 하기 때문에 위험했다. 따라서 발각될 우려는 없었다. 위베른족 정찰대가 있다면 몰라도.

페가수스가 작은 성의 망루 뒤로 숨기 위해 갑자기 방향을 바꿨을 때 타라가 속삭였다.

"아, 깜짝이야. 갈랑, 미리 알려줘야지!"

양탄자를 타고 날아다니는 위베른족 정찰대를 발견한 갈랑은 대답할 수가 없었다. 다행히 양탄자들보다 더 높은 상공을 날고 있어서 페가수스는 브라운 드래곤을 다시 따라잡았다. 구름이 점점 많아지면서 하늘이 시커메지고 있었다.

브라운 드래곤을 태운 양탄자가 한 집 앞에서 착륙했다. 드래곤이 들어가고 문이 닫혔다.

"이 집은 전혀 연구소 같지 않아." 타라가 속삭였다. "여기서는 도청이 될까 봐 살아있는 돌을 사용할 수 없어. 갈랑, 네가 가서 친구들을 데려올래? 지금은 혼란을 일으키는 마법이 풀렸을 거야."

그렇게 말하고 나서 타라는 페가수스의 머릿속으로 친구들의 이미지를 보냈고, 갈랑은 알았다는 울음소리를 내고는 요란하게 날개를 퍼덕이면서 사라졌다.

타라는 이맛살을 찌푸렸다. 날아가면서 소리를 내지 않게 갈랑을 다시 축소해야 했나?

집 앞에 철책을 친 작은 공원이 보였다. 타라는 공원으로 들어가서 엿보았다.

이따금 위베른족 도마뱀들이 지구의 개처럼 생긴 시커먼 동물들을 데리고 나왔다. 그들이 공원을 지나가면서 요란하게 냄새를 맡았다. 타라는 제발 들키지 않기를 바라면서 숨죽인 채 나무에 딱 달라붙었다. 이윽고 위기를 벗어나자 타라는 숨을 쉴 수 있었다.

15분쯤 후, 졸음이 몰려오면서 눈꺼풀이 감기고 있을 때 뒤에서 소리가 났다.

타라는 잠이 싹 달아났다. 드란보우글리스펜쉬르에 사는 무시무시한 동물들의 모습이 떠올랐다.

로빈이 나타났을 때 타라는 안도의 숨을 내쉬었다.

로빈은 화가 나 있었다.

"오, 내 조상들이시여! 타라, 그렇게 없어지면 어떡해? 네가 안 보여서 얼마나 놀랐는지 알아? 파브리스가 네 냄새를 따라 궁전 밖까지 쫓아갔는데…… 네가 하늘로 날아가버렸다는 거야! 불안해서 미칠 뻔했다고!"

"선택의 여지가 없었어." 타라는 변명을 했다. "당장 따라가지 않으면 그 드래곤을 놓칠 것 같고 도청이 될까 봐 살아있는 돌을 사용할 수도 없었어. 그래서 갈랑을 보냈던 거야."

타라의 설명을 들으면서 하프엘프는 화가 누그러졌다. 로빈은 검은 머리털이 섞인 은발을 쓸어 넘기면서 긴장을 풀었다. 타라는 정말 미치게 만드는 소녀임에 틀림없었다.

칼, 파프니르, 파브리스, 무아노는 결국 타라의 판단이 옳았다고 인정했다. 좀 무모했지만 어쨌든 성공했다는 것이 중요하지 않은가.

"우리가 다 여기서 저 집을 엿보고 있을 필요는 없어." 정탐 행위의 전문가인 칼이 제안했다. "두 명씩 교대로 지키자. 내가 먼저 파프니르와 함께 여기 있을게. 그다음은 파브리스와 무아노, 타라와 로빈의 순서로. 그러니까 너희는 궁전으로 돌아가. 무슨 일이 생기면 곧바로 알릴게. 네 시간 후에 파브리스와 무아노가 우리와 교대하는 거야. 오케이?"

"왜 네 시간이야?" 무아노가 물었다.

면허 받은 도둑의 대답은 아주 솔직했다.

"나는 네 시간 동안 참을 수 있으니까. 네 시간이 지나면 빨리 화장실을 찾아야 하거든. 그리고 여자보다는 남자가 해결하기도 쉽고……."

구름 너머로 별이 총총한 하늘이 언뜻 보였다. 무아노의 얼굴이 빨개졌다.

"그건 그렇지……."

파프니르가 비아냥거렸다.

"난쟁이들은 며칠 동안 지하 광산에서 일해. 우리는 너희 인간들보다 훨씬 더 잘 참을 수 있어. 게다가 잠을 많이 잘 필요도 없어. 인내심이 훨씬 많으니까!"

타라는 아직 견딜 만하지만 몸을 아껴야 한다는 걸 알고 있었다.

"알았어, 돌아갈게. 하지만 무슨 일이 생기면 즉시 연락해야 돼, 약속하지?"

"물론이지, 연락할게. 좋은 밤이 되기를!"

"유익한 밤이 되길!" 타라는 의례적인 답례의 말을 건넸다.

그사이에 잠든 도시 위로 먹구름이 몰려오고 있었다. 비가 내리기 시작했다. 타라는 친구들이 걱정되었다. 특히 파프니르는 도끼에 녹이 슬까 봐 비를 싫어하는데…….

궁전으로 돌아가면서 타라는 잠이 오지 않을 거라고 생각했다.

그러나 베개에 머리가 닿자마자 깊은 잠에 빠졌다.

타라는 입맞춤에 잠이 깼다.

"음……."

눈을 떠보니 로빈의 잘생긴 얼굴이 미소를 짓고 있었다. 창문을 통해 태양의 금빛 햇살이 비처들고 있었다.

벌떡 일어나던 타라는 하마터면 로빈의 멋진 코와 부딪칠 뻔했다. 놀라운 반사신경 덕분에 로빈은 아슬아슬하게 충돌을 피했다.

"미안해, 지금 몇 시야?"

"8시." 소파에 누워서 뒹굴던 칼이 대답했다. "어�찌나 깊이 잠들었는지 누가 업어가도 모르겠더라. 페가수스도 곯아떨어졌어. 어쩌면 그렇게 둘이 똑같은지, 환상의 커플 아니랄까 봐!"

"근데 왜 나를 안 깨웠어?"

칼이 기지개를 켰다.

"비 때문에." 칼이 코를 훌쩍거렸다. "두 시간 전에야 그쳤거든."

"칼!"

칼은 소리 나게 코를 풀고 나서 타라가 깜빡 잊고 있던 오파쿠스 주문으로 마법의 장막을 만든 다음 마침내 대답했다.

"그럴 필요가 없었어. 그 드래곤은 밤새도록 잤고, 너는 쉬어야 할 필요가 있었어. 로빈이 잠 없는 파프니르와 불침번을 섰어. 난쟁이들은 엘프들과 마찬가지로 우리 인간보다 잠을 덜 자도 괜찮거든. 지금은 파브리스와 무아노가 지키고 있어. 우리는 축하 행사가 10시에 시작되기 때문에 너를 깨우러 돌아온 거야. 여자들은 준비하는 데 시간이 많이 걸리잖아."

타라가 째려보자 칼은 히죽거리는 웃음으로 응수했다.

"무아노와 통화하면서 안전을 위해 암호를 쓰기로 했으니까 걱정 마. 그리고 너까지 거기 갈 필요는 없어. 너는 축하 행사에 참석해야 하니까. 그 브라운 드래곤이 오면 말을 걸기 좋은 기회인데……."

불안하기 때문에 타라는 고집을 피웠다.

"하지만 그 집이 속임수라면? 연구소가 그 집 지하에 있고 터널 같은 걸 파냈으면 어떡해? 비밀 문이 따로 있고 경비들은 숨어 있는 거라면?"

타라를 쳐다보는 칼의 눈초리가 올라갔다.

"넌 너무 영화를 많이 봤어, 타라. 그냥 집이야. 내가 송두스 주문을 날려서 내부를 탐색해봤단 말이야. 브라운 드래곤과 늙은 도마뱀 둘밖에 없었어. 어찌나 곯아떨어졌는지 코 고는 소리만 들리던데, 뭐."

타라는 긴장이 약간 풀렸다. 칼의 말이 옳았다. 내가 너무 신경과민이야.

하지만 이 은하계에서는 신경을 곤두세우지 않으면 그건 곧 죽음인데……

"정찰대의 방해를 받지 않았어?"

"정찰대는 또 무슨 소리야?"

"갈랑을 타고 브라운 드래곤을 쫓아가다가 위베른족 정찰대에 들킬 뻔했거든."

"있지만 그 때문이 아냐. 타라, 우리는 지금 드래곤들의 행성에 있어. 지구나 아더월드가 아니라. 거리를 돌아다니는 미친 드래곤을 가둬야 할 경우를 제외하고는 체포하는 일이 거의 없어. 늙은 드래곤이나 어린 드래곤을 도와주고, 교통 통제를 하고, 불편 사항을 기록하는 것이 경찰의 임무야. 드래곤들은 보물을 집에 두고 있기 때문에 문이 잠겨 있지만, 지금은 아무도 드래곤의 것을 훔치는 일이 없어. 훔치기 위해 마왕과 친구가 된 마지스터를 제외하고는."

타라는 거기까지는 생각하지 못하고 있었다.

"하지만 우리가 악마의 사물을 훔칠 경우 드래곤들이 우리를 추적해서 대가를 치르게 하겠지? 우리가 범인이라는 걸 알아내는 것은 그리 어렵지 않을 테니까⋯⋯."

"그러니까 마지스터가 한 짓으로 믿게 만들어야지. 드래곤들에게도 마지스터는 만만한 상대가 아니니까."

타라가 미소를 지었다. 와우, 얼마나 기발한 생각인가! 이번만은 마지스터가 자신이 저지르지 않은 일로 대가를 치른다⋯⋯? 굿 아이디어!

"그 방법이 통하지 않아서 드래곤들이 네가 범인이라는 걸 알아낸다고 해도." 칼이 말했다. "무아노가 말한 대로 드래곤들이 동맹국 모르게 그런 무시무시한 무기를 감추고 있었다는 말을 어떻게 하겠어? 의심하면서도 너를 상대로는 아마 방법이 없을 거야."

"고마워, 칼. 너 같은 도둑 선생님이 곁에 있어서 정말 든든해."

칼이 싱긋 웃었다.

"에헴, 그럼 이 선생님께서는 너무 피곤한 관계로 잠시 눈 좀 붙일게. 드래곤이 집에서 나오면 무아노가 크리스털 볼에 대고 이렇게 말할 거야. '어린 새가 둥지를 나와서 마지막으로 봤던 곳으로 날아가고 있다⋯⋯'. 그리고 드래곤이 가는 곳을 알려줄 거야. 네가 대관식 축하 행사 때문에 움직이지 못할 경우를 대비해서 우리가 계속 뒤를 밟을게. 에에, 에취!(칼이 손수건에 코를 풀었다) 이따 보자."

"알았어. 조금 이따 봐!" 타라는 모든 걸 그렇게 치밀하게 생각하고 있는 친구에게 감동했다.

타라는 응접실에서 기다리는 로빈의 뺨에 가볍게 입을 맞추고는 욕실로 뛰어갔다. 체인지라인은 칼과 로빈을 의식해서 타라에게 입혀놨던 잠옷 차림의 옷을 사라지게 했다.

타라는 물의 원소에게 샤워하겠다고 손짓을 했다가 익사할 뻔했다.

드래곤에 맞게 수량이 조절된 물의 원소……! 드래곤들의 나라에 있는 물의 원소라는 것이 실감이 났다. 이건 집중호우라고 해야 하나. 쏟아지는 물줄기에 숨이 막힌 타라는 몸을 움츠리면서 손을 흔들었다. 그 순간 발사된 마법의 광선이 깜짝 놀라는 원소의 투명한 몸을 뚫었고, 벽의 절반이 사라지면서 마침 벽 너머 욕실에서 샤워를 하던 티그족 칼리손 특사의 모습이 드러났다. 질겁한 칼리손이 여섯 개의 팔로 허겁지겁 몸을 가리면서 욕실을 뛰쳐나갔고, 민망해서 얼굴이 빨개진 타라는 딸꾹질을 했다. 타라의 반응에 아연실색한 물의 원소는 물 뿌리기를 멈추고 벽에 뚫린 구멍을 쳐다보면서 투명한 물의 머리를 흔들었다.

로빈이 부리나케 달려왔을 때 타라는 체인지라인이 재빨리 준비해준 타월로 몸을 감싼 채 웅크리고 있었다. 타라의 어깨가 들썩이고 있어서 로빈은 머뭇거렸다.

"타라? 괜찮아? 왜 그래? 울지 말고 무슨 일인지 말해봐! 무슨 일이냐고? 타라, 뭐라고 말 좀 해봐!"

타라는 웅크린 채 신음소리를 내는 것처럼 중얼거렸다.

"무슨 말이야?" 로빈은 무슨 말인지 알아들을 수 없었다.

"뭐라고."

"응?" 어리둥절해서 되물었다.

타라가 젖은 머리를 들었을 때 로빈은 어깨를 들썩인 것은 울고 있어서가 아니라 터져 나오는 웃음을 참기 위해서라는 걸 알았다.

"뭐라고 말 좀 해보라면서?" 타라는 킥킥거리면서 말했다. "그래서 '뭐라고'라고 말한 거야."

"지금 무슨 말을 하는 거야? 왜 이래?" 로빈이 외쳤는데 얘가 미친 거 아냐? 하는 얼굴이었다.

"하하하. 내가 욕실 벽을 허물었을 때 칼리손의 그 얼굴! 하하하, 아, 옆구리 아파!"

"아파? 누가 공격한 거야?"

"아니, 그게 아니라 너무 웃어서 배가 아프다고! 물의 원소가 수량 조절을 잘 못해서 내가 익사할 뻔했어. 난 그냥 물을 멈추려고 했는데 마법의 광선이 발사되면서 벽에 구멍이 뚫려버린 거야. 하필이면 그때 벽 너머 욕실에서 칼리손이 샤워를 하고 있을 줄이야. 비누칠범벅을 해서 뛰쳐나가는 칼리손의 얼굴을 본 뒤로 웃음보가 터져서 참지를 못하겠어. 미안해."

"미안하다는 말은 내가 아니라……" 특히 놀랐을 때는 유머 감각이 전혀 없는 로빈이 말했다. "칼리손 특사에게 해야지! 그 티그족 특사가 얼마나 충격을 받았겠어?"

눈살을 찌푸리면서 그 장면을 떠올리던 타라는 대번에 깔깔대고 웃었다.

"칼리손은 아마 폭발할까 봐 다시는 욕실에 들어가지 못할 거야. 로빈, 웃음을 그칠 수가 없어."

타라는 어찌나 웃었는지 눈물까지 나왔다. 배를 잡으면서 벽에 뚫린 구멍을 보던 타라는 다시 웃음이 터졌다. 잠시 후, 로빈은 마법으로 구멍 뚫린 욕실 벽을 복원했다.

그리고 나서도 타라가 로빈의 눈과 마주칠 때마다 웃음을 터뜨리자 로빈은 고개를 설레설레 저으면서 욕실을 나갔다. 타라는 체인지라인이 준비해준 목욕가운을 입고 욕실 문을 열었다.

타라는 로빈이 양을 조절해놓은 공기의 원소에 젖은 머리를 맡겼는데 여전히 웃음이 나왔다. 잠시 후, 타라는 심호흡을 하고 로빈을 쳐다봤다.

"자꾸 웃어서 정말 미안해. 하지만 이렇게 웃어본 게 얼마 만인지 모르겠어. 이젠 배가 아파 죽겠어."

"휴." 로빈이 짜증이 난 얼굴로 한숨을 내쉬었다. "나는……."

그러나 로빈은 말을 잇지 못했다. 방문에게서 연락을 받은 욕실 문이 크산디아르와 칼리손 특사, 세토스 대사가 찾아왔다고 알렸기 때문이다.

타라는 몹시 당황했다.

"어머, 로빈, 네가 나가서 그들에게 설명해줘. 나는 칼리손 특사를 보면 또 웃음이 터질 것 같아."

"그래, 침실에 들어가 있어. 내가 알아서 할게."

타라가 침실에 틀어박혀 있는 동안 체인지라인이 금빛 눈을 가진 공작을 수놓은 복숭앗빛 짧은 드레스에 살굿빛 사파이어를 박은 샌들을 준비해주었다. 타라는 드래곤들에게만 다이아몬드와 금이 있는 것이 아니라는 걸 보여주기 위해 팔과 목에 보석을 주렁주렁 걸었다.

로빈이 곧 돌아왔다.

"칼리손 특사에게 너의 사과를 전하면서 상황을 설명했더니 세토스 대사가 물의 수량을 미리 조절해놓지 않은 것에 대해 사과한다는 말을 전해달라더라. 크산디아르는 화가 잔뜩 나서 스위트룸 안에서 경비를 서야겠다고 말했어. 칼리손 특사가 비누칠범벅이 된 알몸으로 뛰쳐나올 때까지 밖에서는 아무 소리도 듣지 못했다면서."

타라는 눈이 동그래지다가 또다시 배꼽을 잡고 웃었다.

"하하하, 로빈, 하하하, 더는 못 참겠어. 아, 정말 미치겠다."

어이가 없는 로빈도 웃고 말았다. 체인지라인이 화장을 다시 해야 한다고 투덜거렸지만, 타라는 또다시 터진 웃음보를 참지 못했다.

진정하기까지는 30분이 걸렸다. 타라는 제발 칼리손과 마주치지 않게 해달라고 기도하면서 이날의 첫 번째 축하 행사에 참석하러 나갔다.

병이 났다면서 칼리손 특사가 참석하지 않은 것은 다행이지만, 불행히도 브라운 드래곤 역시 병이 났다는 이유로 나타나지 않았다. 어쩌면 다리를 절기 때문에 축하 행사에는 관심이 없을지도 몰랐다.

시 낭송 경연이 열렸다. 타라는 시를 아주 좋아하지만 드래곤들은 난해한 데다 끝도 없이 길고 긴 시만 골라서 낭송했다.

처음에는 아주 인상적이었다. 경기장을 연상시키는 계단식 좌석을 세운 정원에 흰색 예복 드레스 차림의 샤름이 앉아 있었다. 그 바로 아래쪽 좌석에 앉은 타라는 흰모래가 깔린 거대한 통로를 따라 올라온 드래곤들이 예비 여왕 앞에서 머리를 숙이고 시를 낭송하는 모습을 볼 수 있었다.

타라는 정오 향연이 시작되기까지 열 번쯤 잠이 들 뻔했다. 가장자리에 은빛 수를 놓은 파란색 드레스를 입은 어머니 옆에 안드레아가

510

앉아 있었는데 그쪽에서 코 고는 소리가 들리는 것 같았다.

타라는 그렇게 꾸벅꾸벅 졸다가 중간 휴식 시간에 잠을 깼다. 그 기회에 주위에 앉은 드래곤들과 얘기를 나눴지만 미묘한 질문에는 경계의 눈초리가 확연했다. 타라는 악마의 사물에 대해 이미 알고 있는 것 이상의 정보는 얻을 수 없었다.

마지막 순서가 진행되고 있을 때 가까운 자리에 앉은 세니보우리쉬부가 타라에게 아주 친절하게 드래곤들의 우의적 수사법인 알레고리에 대해 설명해주었다. 최고 발톱 세니보우리쉬부는 시를 낭송한 드래곤 중 하나였다. 영광과 모험에 관한 시여서 마음에 들었지만 그렇다고 몇 시간씩 듣고 있을 정도는 아니었다.

타라는 머리가 아프고 속이 거북해서 방으로 돌아갔다. 무아노가 기다리고 있다가 오파쿠스 주문을 읊었다.

"브라운 드래곤은 집에서 꼼짝도 않고 있어."

무아노가 타라에게 말했다.

"아무도 메시지를 보내주지 않아서 그런 줄 알았어. 너 괜찮아? 너무 피곤하지 않아?"

무아노의 눈가에 다크서클이 짙게 드리워져 있었다. 그제야 타라는 친구가 많이 야윈 것을 알아차렸다.

"무아노? 너 정말 괜찮은 거야?"

무슨 말을 하려던 무아노는 파브리스가 방으로 들어오자 입을 꼭 다물었다. 오파쿠스 주문이 걸려 있는 걸 알아챈 파브리스는 타라의 허락을 받고 마법의 장막 안으로 들어왔다.

"와, 힘들다." 파브리스는 고양이처럼 기지개를 켜면서 말했다. "아무도 들락거리지 않는 집을 몇 시간 동안 지켜보고 있는데 진짜 지겹더라고. 비가 다시 내리지 않아서 다행이었어."

"지금은 누가 지키고 있어?"

"칼과 파프니르. 로빈은 자는 중이야."

"오케이. 나는 오늘 저녁 만찬에 갈 준비를 해야 돼. 마법으로 치료할 수 없는 병에 걸리지 않았다면 브라운 드래곤이 참석하겠지."

"아니, 마법으로 치료할 수 없는 병은 없어." 무아노가 단언했다.

"그건 아닌 것 같은데? 부디우 부인 잊었어? 죽이려고 할 정도로 마니투를 원망하던 상그라브의 딸 말이야."

무아노의 퉁명스러운 어조에 타라는 깜짝 놀랐다.

"왜 모르겠어? 네 증조할아버지가 젊어지기는커녕 수십 년 더 늙게 만들고 그 효과를 무효화시킬 수 없는 묘약을 만들어서 팔았는데. 아주 엄청난 사건이었지. 따라서 아주 드문 예외를 제외하고 마법은 거의 모든 병을 치료할 수 있어. 마법 자체의 문제로 일어나는 녹아웃 병이 있지만."

타라가 응수하려는 순간 주머니에서 튀어나온 살아있는 돌이 눈앞에서 멈췄다. 타라의 머리 위로 이미지가 나타났다.

칼이었다.

"어린 새가 둥지를 나와서." 칼이 흥분한 얼굴로 눈을 반짝이고 있었다. "궁전 쪽으로 가고 있다. 먹이를 찾으러 가는 것 같은데 너희들이 생포할 것이라 믿는다. 이따 봐."

"좋았어. 그가 오는 게 확실해졌네." 살아있는 돌의 화상이 꺼지는 사이에 타라는 흡족한 얼굴로 말했다. "나는 준비를 해야 하니까 무아노, 네가 지금 당장 연회장으로 가주면 좋겠어. 브라운 드래곤의 자리가 정해져 있으면 내 이름이 적힌 초대장을 그 테이블 쪽으로 옮겨봐."

눈이 동그래진 무아노가 자신 없는 목소리로 물었다.

"네 자리를 바꿔치기 하라는 거야? 그러다 누가 보면?"

"위베른족을 도와 식탁을 차리는 여자 종업원이 몇 명 있어. 네가 웨이트리스 행세를 하면 돼. 난 너를 믿어. 너는 할 수 있어."

무아노와 파브리스 사이에 뭔가 석연치 않은 일이 일어나고 있다는 걸 잘 알기 때문에 타라가 더 힘주어 말했다.

"너는 야수로 변신할 수 있는 강력하고 아주 훌륭한 마법사야. 그 무엇도, 그 누구도 너에게 겁을 줄 수 없고, 너를 과소평가할 수 없어. 그걸 잊지 마."

타라는 따뜻한 미소로 농담이 아니라는 표시를 했고, 무아노는 눈살을 찌푸리면서 그 말을 듣고 있었다. 무아노가 한숨을 내쉬면서 마지못해 고개를 끄덕였다. 파브리스는 빙긋이 웃으면서 방을 나가는 무아노를 쳐다봤다.

그러나 손가락을 퉁기는 것으로 오파쿠스 주문을 해제하면서 분노로 이글거리는 타라의 파란 눈과 마주치는 순간 파브리스는 이내 웃음을 멈췄다.

"파브리스, 너 무아노에게 무슨 짓을 하고 있는 거야?"

"뭐, 뭐라고?"

"내가 아무리 바빠도 눈까지 멀진 않았어. 여기 온 뒤로 무아노가 계속 우울해 보이고 풀이 죽어 있단 말이야. 무아노를 그렇게 우울하게 만들 사람은 너밖에 없잖아. 따라서 다시 물을게. 너 무아노에게 무슨 짓을 하고 있는 거야?"

"난 아무 짓도 안 했어." 파브리스는 딱 잘라 말했다. "그리고 네가 참견할 일이 아냐."

그러고는 타라가 뭐라고 말할 겨를도 주지 않고 휙 나가면서 문을 쾅, 닫았다.

문이 신음소리를 내면서 구시렁거렸다. 대체 내가 뭘 어쨌다고 걸 핏하면 쾅, 쾅 닫는 거야!

방에 남아 있던 바룬이 항의의 울음소리를 냈다. 그 소리를 들었는지 파브리스가 문을 벌컥 열고 매머드를 끌어낸 뒤 이번에는 문을 조심스럽게 닫았다.

성난 문이 열어주지 않겠다고 으름장을 놨기 때문이었다.

갈랑이 타라의 머릿속으로 비웃음을 보냈지만, 타라는 두 친구에 대한 걱정 때문에 맞장구를 쳐줄 수 없었다.

타라는 샤워를 하고 나서 준비를 했다. 파브리스의 마음을 잡지 못하면 무아노가 상처를 받을 텐데.

무아노가 돌아오지 않는 걸 보면 일이 잘된 것 같았다. 하지만 연회에 갈 시간이 되자 타라는 갑자기 초조해졌다.

위베른족 도마뱀들이 드래곤들을 자리로 안내하고 있었다. 연회장은 전날보다 훨씬 화려했다. 저녁에는 불꽃놀이가 대관식 축하 행사의 피날레를 장식할 모양이었다. 낮에 있었던 시 낭송 경연에 이어 드래곤 화가들도 테이블에 그림을 그려놨는데 꽃과 동물의 묘사가 어찌나 아름다운지 감탄하던 타라는 곧 브라운 드래곤을 발견했다.

타라가 브라운 드래곤 오른쪽 자리에 가서 앉자 안내하던 도마뱀이 깜짝 놀라는 표정을 지었다.

얼마 후, 타라는 다른 테이블에서 시중을 들고 있는 무아노를 봤다. 무아노는 얼굴이 좀 상기되었지만 만족스러운 표정이었다. 무아노가 은밀하게 보내는 고갯짓에 안심한 타라는 옆에 앉은 브라운 드래곤에게 의례적인 인사말을 건넸다.

"당신의 불이 맑게 타오르기를!"

"그 불에 당신의 적들이 타죽기를!" 브라운 드래곤이 정중하게 화답했다. "내 이름은 테올루비론드리쉬부입니다."

"나는 오무아 제국의 공주이자 여제 후계자인 타라입니다."

"네?" 드래곤이 전혀 몰랐다는 표정으로 물었다. "그라브마제스테의 초대를 받고 오셨습니까?"

"네. 이 자리의 위치로 보아 선생님은 그라브마제스테의 최측근인가 봅니다."

테올 드래곤이 거드름을 피웠다.

"나는 우리 세계의 미래를 위해 아주 중요한 연구를 하고 있지요. 그라브마제스테께서 나의 헌신에 감사하는 뜻으로 이 자리를 허락하신 것이지요."

타라는 심장박동이 빨라지고 있었다. 아주 중요한 연구? 그 말을 머릿속에 새기면서 마음을 진정시켰다.

"아! 네. 어떤 걸 연구하시는데요?"

테올 드래곤이 타라를 쳐다보고 나서 몹시 아쉬워하는 목소리로 대답했다.

"그건 극비라서 말할 수가 없습니다."

타라는 억지로 실망한 표정을 지을 필요도 없었다.

"오, 아쉽네요. 뭔가 굉장히 흥미진진할 것 같은데요!"

그때 다른 드래곤들이 자리에 앉으면서 소란스러워졌다. 돌로 만든 의자 잡아끄는 소리, 갈퀴발톱 긁히는 소리……. 하필이면 지금 방해를 하다니, 타라는 내색하지 않으려고 애를 썼다.

테올루비론드리쉬부는 드래곤 둘을 반갑게 맞았다. 이 드래곤들은 옆구리에 이상한 혹이 잔뜩 달려 있고, 비늘의 색이 퇴색되어 있었다. 다른 드래곤들이 못 본 척하고 있지만, 타라는 그들이 난처해하고 있음을 느꼈다.

무아노의 말이 맞았다. 뭔가 이상했다.

타라는 오전에 앉았던 자리에 안드레아가 앉아 있는 것을 봤다. 타라가 없다는 걸 알아챈 안드레아가 콧구멍을 실룩거리면서 주위를 살피고 있었다. 다른 자리에 앉아 있는 타라를 발견한 안드레아는 위베른족 도마뱀을 불렀다. 이제 시간이 없었다. 할 수 없지, 타라는 밀어붙이기로 했다.

"나는 그 사물에 대해 알고 있습니다." 타라는 속삭였다. "그것이 선생님의 몸에 어떤 영향을 주었는지 알고 있어요. 목숨을 걸고 악마의 사물을 연구하시다니 정말 용감하십니다. 선생님은 영웅이에요!"

테올의 눈이 파르르 떨렸다. 드래곤이 몸을 숙이면서 타라를 쳐다봐서 누런 송곳니들이 드러나 보였다.

"오, 내 조상들이시여! 나는 인간들이 알고 있는지 몰랐습니다." 테올이 몹시 불안한 어조로 속삭였다. "그걸 누구한테 들었습니까?"

타라는 속으로 쾌재를 불렀다. 위베른족 도마뱀이 등 뒤에서 초조하게 기다리고 있었다.

"최고 비늘께서 마마를 모셔오라고 하셨습니다. 자리에 착오가 있었던 것 같습니다."

타라는 순진한 얼굴로 놀라는 척했다.

"아, 그래요? 애석하지만 이 자리가 아니라고 하니까 이만 헤어져야겠습니다, 선생님."

결정적인 순간에 나타난 도마뱀 덕분에 질문에 대답하지 않아도 되어 기쁜 타라는 테올 드래곤에게 미소를 짓고는 자리에서 일어났다.

타라는 춤을 추면서 노래라도 부르고 싶은 심정이었다. 목숨이 위태로운 모험이라는 걸 생각하면 이상한 반응이지만 타라는 악마의 사물과 연결된 중요한 단서를 찾는 데 성공했다는 것이 너무나 기뻤다.

무슨 일을 꾸미고 있는지 궁금해서 미치겠다는 듯 탐색하는 안드레아의 눈길 때문에 타라는 자제하기가 힘들었다. 어제 저녁 연회가 끝날 무렵 있었던 소동에 대한 질문을 받았지만, 타라와 친구들은 연회장을 일찍 나간 것으로 알려져 있기 때문에 타라는 시치미를 뚝 떼면서 딴전을 피웠다.

"그런 일이 있었어요?" 타라는 그렇게 말하면서 접시에 담긴 분홍색 요리를 먹기 시작했다.

맛은 있는데 무슨 요리인지 전혀 알 수 없었다. 가금류의 살코기, 갑각류 요리, 구운 고기, 크림, 감자 퓨레, 누에콩, 강낭콩, 파스타, 밥, 수프, 디저트 등 온갖 음식이 차려져 있는 걸 보면 드래곤들은 요리를 좋아하는 것이 틀림없었다.

연회가 열릴 때마다 계속 먹다가는 뚱보가 되겠어.

샤름이 거처로 돌아갔기 때문에 타라도 연회장을 떠나 방으로 돌아갈 수 있었다.

방으로 들어가니 손님이 기다리고 있었다.

셈 선생님!

셈 선생님이 달려와서 타라를 덥석 들어서 꼭 끌어안았다.

"오, 블루 드래곤 조상들이시여! 타라, 정말 미안하구나, 얼마나 걱정했는지 모른다!"

셈의 비늘에 눌린 타라는 숨을 쉬려고 애를 썼다.

"이제는…… 아무렇지도 않아요. 선생님은 괜찮으세요?"

"응, 괜찮아." 셈 선생님이 마침내 타라를 내려놓으면서 대답했다. "너는 괜찮니?"

"네, 좋아요. 샤름의 말로는 선생님이 추악한 음모에 걸려들었다는 걸 입증해줄 증거를 수사관이 충분히 확보했다고 하던데요?"

이건 완전히 고모의 말투잖아. 맙소사, 오무아 제국이 나를 바꿔놓은 거야.

블루 드래곤이 앉았다.

"그래, 맞아, 위험에서 빠져나왔어. 로빈? 샤름과 나는 네가 필요한 돈을 빌려줘서 정말 고마워하고 있다. 가능한 한 빨리 갚아주겠다."

자느라고 연회에 참석 못한 로빈은 식당에 주문한 어떤 동물의 다리에 붙은 살코기를 뜯어먹고 있었는데 아직 잠옷 차림이었다.

다리 모양으로 보아 자이언트 타조 같았다.

"천만의 말씀입니다." 셈 선생님이 그런 말을 하는 것에 놀란 로빈은 입안에 가득한 고기 때문에 우물우물 말했다. "그 돈은 돌려주지 않으셔도 됩니다."

"아니, 꼭 돌려주겠다." 셈 선생님이 강조했다. "너무 엄청난 금액이라 어쩌면 돈으로 갚을 수 없을지도 모르지만 어떻게든 빚을 갚겠다."

로빈은 어깨를 으쓱하면서 고기를 마저 뜯어먹었다. 엘프들은 체질적으로 콜레스테롤 문제는 걱정할 필요가 없나? 타라는 기름이 번질번질한 로빈의 입을 보면서 얼굴을 찌푸렸다.

"그럼 다시 아더월드의 지킴이가 되시는 건가요?" 셈 선생님을 좋아하는 무아노가 물었다.

"정확하게 말하면 아더월드의 지킴이가 아니라, 공식적으로 드란보우글리스펜쉬르를 대표하는 드래곤이지. 나는 샤름이 즉위하는 즉시 랑코비트로 돌아갈 거야."

"어, 샤름과 결혼하지 않으세요?" 칼이 무심코 물었다. "음…… 뭐라고 하더라, 아! 부군, 여왕의 남편이 되시는 거 아니에요?"

블루 드래곤이 얼굴을 찌푸렸다.

"아니, 우리 행성에서는 왕이나 여왕의 배우자를 토르크마제스테라고 한다. 하지만 나는 샤름과 결혼할 수 없어. 나는 샤름과 사회 계급이 다르고, 아더월드나 전쟁에 대한 나의 독자적인 방식 때문에 이 행성의 권위자들은 나를 경계하고 있어. 아주 많이 불신하지. 따라서 나는 아더월드로 돌아갈 생각이다. 날마다 샤름을 보면서도 같이 있을수 없다는 건…… 너무 힘들 테니까."

만화영화 〈알라딘〉에서처럼 왕자가 아니면 공주와 결혼할 수 없단 말인가. 타라는 드래곤들까지 신분에 대한 편견이 있을 줄은 상상도 하지 못했다.

타라가 못마땅한 얼굴로 일어났다.

"그건 절대 안 돼요! 선생님은 샤름을 위해 싸워야 해요! 그리고 낡은 사고방식을 가진 권위자들이 선생님의 방식을 비방하도록 내버려 두면 안 됩니다! 선생님은 강하고 용감하세요. 위험에 처한 지구와 아더월드를 여러 번 구하셨어요. 그것만으로도 출신 성분을 따질 이유가 없죠."

블루 드래곤이 미소를 지으면서 타라의 머리를 쓰다듬었다.

"강심장을 가진 나의 어린 전사를 오랜만에 다시 보니까 정말 기쁘구나. 나는 아직 아더월드에서 하는 일을 끝마치지 못했고, 우리 드래곤은 수명이 아주 길어. 따라서 오늘 하지 못하면 내일 하면 되는 거야. 자, 이제 무슨 일이 있는지 얘기해주겠니? 난 너와 네 친구들의 직감을 믿어. 여기서 수상하거나 이상한 것을 알아내지 못했니?"

당연히 알아냈죠. 마지스터가 나를 수행하는 사절단 틈에 숨어들어서 이 행성에 있는 악마의 사물을 훔칠 예정이에요. 그것 말고는 특별한 것이 없어요. 선생님은 어떤데요? 모든 일이 착착 진행되고 있나요?

타라는 이런 말을 쏟아낼 때 셈 선생님이 어떤 표정일지 상상하면서 입술을 깨물었다. 타라는 정보원들이 알려온 바에 따르면 여러 급진파가 대립하면서 뭔가 준비하고 있는데 그 이상의 자세한 사항은 모른다고 말했다.

"그건 우리도 알고 있단다." 셈 선생님이 머리를 설레설레 저으면서 대꾸했다. "너희들도 좀 쉬어야 하니까 난 그만 가야겠다. 수사관이 너희가 준 돈을 다 쓰지 않았어. 의뢰인이 누군지 끝까지 역추적해서 알아내라고 수사관에게 부탁할 생각이다. 타라, 솔직히 나는 너를 죽이려고 한 이유를 전혀 몰라. 도무지 영문을 모르겠어."

눈과 코 주위의 비늘 빛깔이 칙칙한 것으로 보아 셈 선생님이 많이 지쳐 있는 것 같았다. 물론 마약중독으로 본의 아니게 저지른 일로 밝혀졌지만 오무아의 후계자를 죽이려고 했던 것에 괴로워하는 셈 선생님을 보니 타라도 마음이 편치 않았다. 범인이 잡히면 나와 셈 선생님을 공격했던 걸 후회하게 만들어주겠어.

셈 선생님의 행동이 이따금 아주 이상하기 때문에 약간 경계하면서도 타라는 블루 드래곤을 아주 좋아하고 있었다.

셈 선생님이 나가자마자 타라는 위베른족 도마뱀들이 날마다 새로 설치해놓은 스쿠프와 마이크들을 중지시킨 다음 오파쿠스 주문을 읊었다.

"무아노, 너는 정말 최고야. 네 말이 맞았어. 그 드래곤은 이름이 테올……이고, 악마의 사물에 대해 연구하고 있어. 내 자리를 바꿔치기 하느라고 힘들었지?"

"'체포하라, 가짜다!' 하는 소리가 들리는 것 같아서 가슴이 조마조마했는데 아무도 나를 알아채지 못했어. 의심은커녕 한 위베른이 자꾸 일을 시키는 바람에 슬그머니 빠져나오느라고 힘들었어."

"넌 완벽하게 해냈어. 고마워, 무아노. 지금은 누가 테올을 미행하고 있지?"

"파브리스. 잠이 오지 않는다면서 테올이 궁전에 있으니까 혼자서 미행할 수 있다고 했어. 파프니르는 지금 자는 중이고."

"됐어. 파브리스가 뒤를 밟고 있으니까 이번에는 내가 곧장 그 집으로 가서 지켜볼게. 테올이 집 안으로 들어가면 파브리스는 궁전으로 돌아올 거야."

그 순간 살아있는 돌과 친구들의 모든 크리스털 볼이 울려서 그들은 깜짝 놀랐다. 파브리스의 모습이 모든 크리스털 볼에 나타났다. 파브리스는 늑대의 모습으로 헐떡거리고 있었다.

"타라, 네가 그자에게 무슨 말을 했는지 모르겠지만 엄청나게 **빠른** 속도로 가고 있어. 근데 내가 바룬을 데리고 미행할 수가 없기 때문에 궁전 로비에 두고 와야 했어. 바룬을 보살펴줄 거지? 내 마법이 약해져서 바룬을 축소하는 데 문제가 생길지도 몰라서 나 혼자 나왔거든. 그 도마뱀들이 매머드에게 무슨 짓을 할까 봐 걱정이야."

로빈이 잠옷 차림인 걸 잊고 즉시 뛰쳐나갔다.

"걱정 마, 로빈이 지금 막 바룬을 찾으러 나갔으니까. 너를 어떻게 만나지?"

"내가 수시로 연락하겠지만 무아노에게 후각을 사용해서 따라오라고 해. 나는 날아가지 않을 거니까 무아노가 내 흔적을 쉽게 찾을 거야."

타라가 눈으로 친구에게 묻자 무아노는 고개를 끄덕였다. 좋은 생각이었다. 무아노는 파브리스의 냄새를 대번에 맡을 테니까.

"오케이. 바룬을 안전한 곳에 넣어두고 바로 따라갈게."

"북쪽으로 와! 그럼 이따 보자!"

그리고 파브리스의 모습이 사라졌다.

로빈이 어느새 축소한 매머드를 안고 돌아와 있었다. 로빈이 오파쿠스 마법의 장막 안으로 들어왔다.

"내가 잠옷 차림이라는 걸 왜 아무도 말해주지 않았어?" 로빈이 숨을 몰아쉬었다. "인간들이 놀란 얼굴로 쳐다보는 바람에 알아차렸단 말이야."

"말할 시간이 없었어." 칼이 웃었다. "네가 빛의 속도로 뛰쳐나가는 바람에."

"옷 갈아입어, 로빈." 타라가 다정하게 미소를 지어 보였다. "드래곤 사냥을 나가야지!"

24
악마의 힘을 지닌 사물

두 사물이 만나면 어떻게 될까?
자기들끼리 대화라도 나누려나

*

타라는 바룬을 좀 더 축소해서 안전한 곳에 넣어두고 친구들과 함께 방을 나갔다. 그러고는 로빈과 낭만적인 비행을 하고 싶다는 핑계를 대면서 양탄자를 요청했다. 전날 밤 또 사라졌던 것을 원망하는 크산디아르의 부하들이 따라나섰다. 악마의 사물을 손에 넣을 때까지는 밤마다 이래야 하는데 크산디아르에게 언제까지 숨길 수 있을지 걱정이 되지만, 타라는 어쩔 수 없이 친위대원을 따돌려야 했다.

타라는 티그족 친위대원들을 제압해서 편안하게 코를 골면서 잘 수 있는 공원에 데려다놓은 다음 파브리스를 뒤쫓았다. 야수의 후각으로 파브리스를 찾는 것은 그리 어렵지 않았다. 무아노가 냄새를 맡으면서 그들을 이끌었다. 양탄자 덕분에 그들은 20분도 안 돼서 파브리스를 발견했다.

"와우." 파브리스가 속삭였다. "진짜 빨리 왔네!"

"타라가 양탄자를 빌려서 약간 손을 봤거든." 칼이 말했다. "무아노는 사냥개 역할을 했고. 그래서 어떻게 됐어?"

"지금은 아무 일 없어. 테올이 저기 보이는 건물로 들어갔어. 궁전을 빼놓고는 저렇게 경비가 많은 곳은 처음 봤어. 신사숙녀 여러분, 드디어 우리가 드래곤들의 비밀 연구소를 찾은 것 같다!"

그들은 거대한 건물을 유심히 살폈다. 흔히 볼 수 있는 붉은 돌로 지은 건물인데 위베른족 도마뱀 부대와 드래곤들의 경비가 삼엄했다. 가까이 오지 말라는 경고성의 광선이 일정한 간격으로 발사되고 있었다. 게다가 하늘이 맑은데도 탐조등까지 주위를 훤히 비추었다. 크리스털 전광판들이 날아다니면서 메시지를 보내고 있었다. '접근 금지, 이 구역에 발을 들여놓는 자는 누구든 타죽을 것이다'.

건물 입구에 여러 종류의 감시 장치가 있었다. 방문자는 먼저 팔뚝에 박힌 인식 패스를 보이고, 사진 촬영을 하는 것처럼 플래시가 번쩍, 번쩍, 하는 일종의 검색기를 통과한 다음 무장한 드래곤들에게 몸수색을 받아야 연구소로 들어갈 수 있었다.

인간이라곤 없고 온통 파충류였다.

그들은 안전을 위해 아무 말도 하지 않았다. 칼이 나직하지만 길게 휘파람을 불었다.

"쉽지 않겠어. 음…… 지상으로 통과하는 건 불가능하고, 지하로 들어가야겠는데……."

"지하로?"

칼이 이마에 주름을 잡았다.

"응, 하수도를 통해 들어가는 방법밖에 없겠어. 당연히 방어 장치를 해놨겠지만 연구소는 일반적으로 물을 엄청나게 많이 사용한단 말이지⋯⋯."

"그래서?"

"물을 많이 사용하니까 당연히 배수를 해야 되잖아. 그런데 준비하려면 장비가 필요한데 아더월드에 있어. 오늘 밤은 너무 늦어서 더는 아무것도 할 수가 없어."

마음이 조급해진 타라는 신경질적으로 한숨을 내쉬었지만, 선택의 여지가 없었다. 게다가 잘 시간이었고, 밤을 샌다는 건 어리석은 짓이었다.

"좋아, 돌아가자." 타라는 결정을 내렸다. "계속 드래곤을 지킬 필요는 없으니까."

그들은 모두 양탄자에 올랐고, 공간이동의 문까지 칼을 배웅했다. 칼이 떠나기 직전, 타라는 몸을 숙이고 귀엣말을 했다. 칼의 회색 눈이 어두워지더니 타라를 뚫어져라 쳐다봤다.

"틀림없어?" 칼이 물었다.

"응." 타라는 호기심 가득한 친구들의 눈길을 받으면서 대답했다.

"그럼 해야지. 무슨 수를 써서라도. 이따 봐."

"고마워, 칼."

칼이 사라지자 로빈이 모두 궁금해하는 질문을 했다.

"뭐라고 말한 거야?"

"아무것도 아냐." 타라는 가볍게 대답했다. "아, 피곤해서 죽을 지경이다. 이제 가서 잘까?"

로빈이 씩, 웃으면서 대답했다.

"와, 그거 듣던 중 반가운 소리다. 그러자!"

타라는 얼굴이 빨개졌다.

"내 말은 이제 자러 가자고."

로빈이 더 활짝 웃었다.

"너 무슨 생각하는 거야? 나도 그런 뜻인데."

공간이동의 문 대합실에서 나오는 타라의 얼굴이 여전히 빨갰다. 이번만은 로빈이 타라를 약간 놀려먹은 것이다. 사실, 타라에게 표현 하지는 않았지만 엘프의 피가 흐르는 로빈으로서는 성적 욕구불만을 참는 것이 그리 쉬운 일이 아니었다. 게다가 여제의 사이렌이 울리지 않는 여기서는 연회에 함께 참석하는 등 계속 같이 지내고 있는데도 이 좋은 기회를 이용할 수가 없으니……. 약간 짜증이 난 로빈은 한숨 을 쉬었다.

그들 뒤에서 무아노가 파브리스에게 말했다.

"우리 문제를 타라에게 숨길 수가 없어." 무아노는 눈을 내리깐 채 말했다. "타라는 내 친구고, 내가 우울해하는 걸 알아차렸어."

쉬바가 으르렁거렸다. 표범은 파브리스가 미웠다. 영혼의 동반자가 흘리는 눈물에 자신의 털이 젖을 때마다 무아노를 슬프게 하는 파브 리스에게 이를 갈았다.

파브리스는 한숨을 내쉬었다. 여자들은 왜 이렇게 까다롭게 구는지!

"그래, 알아. 나한테도 우리 사이에 무슨 일이 있냐고 물었어."

"그래서 너는 뭐라고 했는데?"

"아무 일 없다고 했어. 참견하지 말라고 하고 방을 나와버렸어."

무아노는 용기를 내서 이번에는 자신이 사랑하는 파브리스의 눈을 뚫어져라 쳐다보면서 말했다.

"파브리스, 이런 식으로 계속 지낼 수는 없어. 사귀든가 헤어지든가 선택하자. 너는 생각할 시간이 필요하다고 했어. 하지만 결정은 너 혼자서만 내리는 게 아냐. 우리는 둘이야. 그리고 솔직히 말해서 나는 이 상황이 너무 힘들어. 그래서 이렇게 불확실한 상태로 괴로워하느니 가슴 아픈 쪽을 택하겠어."

파브리스는 깜짝 놀랐다. 전혀 예상도 못했던 일이었다. 수줍음 많고 소심한 무아노가 이렇게 과감하게 나오다니!

감탄과 짜증이 동시에 느껴지는 파브리스는 어찌할 바를 몰랐다.

"이제 나를 원하지 않는단 말이지?"

파브리스가 눈을 동그랗게 뜨고 외쳤다.

"그게 아니야. 사랑은 감미롭고, 다정하고, 열렬한 거야. 사랑하는 사람을 보면 뜨거움을 느끼고, 심장이 더 세게, 더 빠르게 뛰는 거야. 우울해지는 게 아냐. 고통스러운 게 아냐. 따라서 이건 사랑이 아냐. 난 이런 사랑은 싫어. 타라와 로빈도 우리와 약간 비슷한 상황이야. 로빈은 타라를 미치도록 사랑하지만, 타라의 감정은 좀 달라. 타라는 아직 깨닫지 못하고 있지만."

"네가 그걸 어떻게 알아?" 파브리스는 공격적으로 물었다.

"로빈이 타라에게 다가가는 거지 타라가 로빈에게 다가가는 게 아냐. 파브리스, 그건 큰 차이가 있어. 타라는 생각할 겨를도 없이 하프엘프의 사랑에 빠져든 거야. 나는 그걸 잘 알아. 너에 대한 내 사랑이 그랬으니까."

파브리스는 눈살을 찌푸렸다.

"하지만 너에게 다가간 건 나야."

"아니." 무아노는 단호하게 말했다. "내가 훨씬 더 일찍 너에게 반했어. 나는 너무 소심했기 때문에 표현하지 못했던 거야. 그러다 우리는 함께 많은 모험을 했고, 차츰 내가 네 눈에 보이기 시작한 거지."

파브리스는 입을 멍하니 벌린 채 눈앞의 사랑스러운 얼굴을 쳐다봤다. 맙소사, 전혀 알아채지 못하고 있었는데……. 파브리스는 불쾌하게 여겨야 하는지, 기쁘게 여겨야 하는지 알 수가 없었다.

팔짱을 낀 채로 쳐다보는 파브리스를 보면서 무아노는 가슴이 미어졌다. 대화를 거부하겠다는 뜻인가?

"그래서 네 결정이 뭔데?"

무아노의 눈에서 눈물이 주르륵 흘러내렸지만 목소리는 단호했다.

"미안하지만, 파브리스, 너 때문에 계속 우울하게 지내고 싶지 않아. 타라의 말대로 나도 자존심이 있어. 그래서 끝내기로 결심했어. 우리 헤어지자."

그렇게 말하고 나서 무아노는 눈길도 주지 않고 그림자처럼 복도의 어둠 속으로 사라졌다.

파브리스는 얼이 빠졌다. 파브리스가 돌아오자마자 졸졸 따라다니는 바룬이 긴 코로 다리를 휘감았다. 파브리스는 무의식적으로 매머드의 머리를 쓰다듬어주었다.

"이게 꿈인가? 내가 방금 버림받은 거 맞아? 바룬, 무아노는 후회할 거야."

그러나 가슴속 깊은 곳에서 작은 목소리가 말했다. 너는 큰 실수를 저지른 거야.

무아노가 타라의 품에 안겨서 눈물을 펑펑 쏟는 것이 벌써 두 번째였다.

타라는 인내심을 갖고 무아노를 달래주었다. 타라도 친구들의 끝난 사랑에 울고 싶지만 참고 있었다.

"내가 무슨 짓을 했는지 모르겠어." 무아노는 탄식했다. "내가 왜 그런 말을 했을까?"

"잘한 거야. 파브리스가 너한테 너무했잖아. 그게 도대체 뭐 하는 짓이야?"

"그게 아냐아아아아아. 그런 말은 하지 말았어야 했는데!"

타라가 '네가 잘한 거야'라고 말하면서 위로할 때마다 무아노는 '그게 아냐'라고 말하고 있었다. 그래서 타라는 반대로 말해봤다.

"그럼 네가 잘못한 거야."

친구의 어깨에 기대어 눈물을 쏟던 무아노가 울음을 뚝 그치더니 얼굴을 들었다. 빨개진 눈과 코, 눈물에 젖은 무아노는 애처로웠다. 타라는 백 번째 손수건을 내밀었다.

"그, 그렇게 생각해?"

"응." 타라는 아주 진지하게 대답했다. "20년 동안 오디세우스가 돌아오길 기다리는 페넬로페처럼 괴로워도 참고 인내하면서 기다렸어야 했는데. 그리고 세상에는 잘생긴 남자애들이 얼마든지 있다는 생각은 하지 말았어야 했는데."

무아노는 눈이 동그래져서 타라를 쳐다봤다.

"타라! 나 농담 아니야!"

"나도 농담 아냐." 타라가 대꾸했다. "무아노, 어떻게 네가 잘못했다는 생각을 할 수 있어? 파브리스는 강력한 야수로 변신할 수 있는 너를 너무 우습게 취급했어. 이제 끝내자고 말한 건 아주 당연한 건데 그걸 후회한단 말이야? 내 말 잘 들어. 넌 나의 절친한 친구고, 파브리스는 소꿉친구라서 잘 아는데 이번 경우는 파브리스가 지나쳤어!"

무아노는 입술을 깨물었다. 완전히 틀린 말이 아니었다. 무아노는 파브리스에게 타라에 대해 말한 걸 후회하고 있었다. 타라를 향한 하프엘프의 무조건적인 사랑은 진실이기도 하지만 질투심도 섞여 있었기 때문이다.

무아노는 파브리스가 타라에게 그 말을 하지 않기를 바랐다. 그러면 상황이 훨씬 복잡해지는데…….

"타라, 어떻게 해야 할지 모르겠어. 파브리스를 너무 사랑하는데……."

"아더월드는 사람들을 변하게 만들어." 타라는 침울하게 말했다. "몇 년 전의 파브리스는 누군가에게 욕 한번 해본 적이 없는 아이였어. 그런데 여기 온 뒤로 변한 거야. 몰인정하고 이기적이며, 무엇보다 마법 능력에 너무 집착하고 있어."

"네 마법의 일부를 갖고 있는 동안…… 파브리스는 정말 멋졌어. 자신의 마법 능력이 강력해져서 아주 행복해했거든. 그러다 너의 마법을 다시 돌려준 뒤로는 자기 뜻대로 되지 않자 의기소침해지면서 내게서 멀어지기 시작했어."

"내 마법을 줄 수 있다면 기꺼이 주겠어, 무아노. 하지만 나는 그 집착이 이해가 안 돼. 늑대인간이 된 지금은 우리 중에서 가장 강해졌어. 인간의 모습을 하고 있을 때도 그 누구든 파브리스를 죽이는 것이 거의 불가능해. 그런데 왜 그렇게 마법에 집착할까?"

"나도 정말 모르겠어." 무아노는 너무 울어서 따가운 눈을 문지르면서 한숨을 내쉬었다. "야수의 모습을 하고 있을 때는 내가 부상당할 위험이 없기 때문인지 나를 보호해주지도 않아. 그런데 타라, 곰곰이 생각해보면 파브리스가 두려워하고 있는 것 같아."

뜻밖의 말이었다.

"두려워해?"

"응, 두려워하고 있는 것 같아. 파브리스는 아더월드의 동물들을 무서워했어. 마지스터의 자이언트 거미에게 잡아먹힐 뻔한 뒤로 거미라면 치를 떨거든. 두려움을 감추기 위해서 마법 능력에 집착하는 척하는 것 같아."

타라는 친구의 예리한 심리 분석에 감탄했다.

"네 말을 들으니까 파브리스의 행동이 설명되네. 강해지려면 냉정할 필요가 있다고 생각해서 파브리스가 그러는 거란 말이지? 그래서 너한테도 이상하게 구는 것이고."

"파브리스가 나에게 다시 돌아올까?"

타라는 무아노를 안아주었다.

"나도 진심으로 그렇게 되길 바라. 너희 둘은 나의 절친한 친구들이야. 너희가 헤어지는 건 나도 원치 않으니까."

무아노는 몸을 빼면서 타라를 뚫어져라 쳐다보면서 덧붙였다.

"너 때문이기도 해."

타라의 얼굴이 굳어졌다. 무아노가 알아채고 있었구나.

"알아." 타라는 솔직하게 말했다. "내가 강력하기 때문에 파브리스가 나한테 빠져 있단 말이지?"

"응, 파브리스는 내가 눈치채지 못했다고 생각하지만, 나는 네가 마법을 사용할 때 너를 쳐다보는 파브리스의 눈빛을 봤어."

"그건 사랑이 아냐." 타라는 힘주어 말했다. "그건 절대 아냐. 파브리스가 탐내는 것은 내 마법이지 내가 아냐. 난 영원히 어릴 적의 친한 친구 타라일 뿐이야."

무아노는 한숨을 쉬면서 얼굴을 닦았다.

"알아. 난 너를 믿어. 너를 안 뒤로 너는 한 번도 약속을 어긴 적이 없어. 내가 불안한 건 그게 아냐. 난 그저 파브리스가 너무 늦기 전에 멈추고, 너무 멀리 가지 않기를 바랄 뿐이야."

타라는 어깨를 으쓱했다.

"하지만 내가 한 말은 계속 유효해, 무아노. 그래도 네가 얼마나 사랑스럽고 착한지 파브리스가 모른다면 세상에는 다른 남자가 얼마든지 많으니까 걱정 마."

무아노가 타라를 이상한 눈으로 쳐다봤다.

"나는 그렇게 사랑스럽지도 그렇게 착하지도 않아, 타라. 내 얘기 들어줘서 고마워, 이젠 기분이 나아졌어."

얼이 빠진 타라는 잘 자라는 손짓을 하며 방으로 들어가는 무아노를 쳐다봤다. 그런데 무아노가 자신은 그렇게 착하지 않다고 강조하는 건 무슨 뜻이지?

다음 날, 타라는 부스럭거리는 소리에 잠을 깼다. 그러고는 졸린 눈을 뜨다가 비명을 질렀다. 머리가 동그란 시커먼 괴물이 눈앞에 있었다. 마법이 작동되고 광선이 날아가는 순간 괴물이 잽싸게 바닥에 납작 엎드렸다.

로빈이 소리를 질렀다.

"타라, 안 돼, 멈춰! 칼이야!"

타라는 마법의 광선을 껐다.

"칼?" 타라가 믿기지 않는 목소리로 물었다.

"네 손에서…… 마법의 광선을 껐어?" 밑에서 목소리가 물었다.

"응."

"그럼 누가 나를 좀 일으켜줘. 이게 너무 무거워서 혼자서는 못 일어나겠어."

칼이 일어났을 때 타라는 시커먼 잠수복을 입은 칼을 괴물로 착각했다는 걸 알았다.

로빈이 오파쿠스 주문을 읊었다. 타라는 스쿠프들과 마이크 기능을 정지시켰다.

칼이 모자를 벗고, 머리가 엉망으로 헝클어진 얼굴을 내보였다.

"오, 젤리소르의 썩은 이빨이여!" 칼이 중얼거렸다. "이거 왜 이렇게 더운 거야! 다시는 입지 말아야지!"

"근데 뭐 하려고 그걸 입었어?" 그사이에 체인지라인이 재빠르게 입혀준 트레이닝복 차림으로 타라가 침대에서 펄쩍 뛰어내리면서 물었다.

"하수도에 물이 차 있을 텐데 여기 있는 것들은 뭐든지 상상을 초월할 정도로 크잖아. 따라서 물이 상당히 깊은 건 당연하겠지. 그런데 나는 작으니까 잠수복이 필요한 거야. 블롱딘에게도 잠수복을 입혀놨어."

칼의 발치에 부드러운 플라스틱 잠수복을 입은 여우가 갑갑해서 죽겠다는 얼굴을 하고 있었다.

타라는 참을 수 없었다. 웃음이 터졌다. 타라의 눈과 마주친 로빈도 웃기 시작했다. 파브리스와 무아노는 없지만, 파프니르도 웃음에 합세했다.

"왜, 왜 그러는데?" 자이언트 개구리 같은 칼이 물었다.

그 모습에 타라의 웃음이 폭발했다.

"이 행성한테 내가 손들었다." 이틀 만에 두 번이나 미친 듯이 웃게 된 타라는 눈물을 닦으면서 말했다. "그렇게 입고 연구소 지하로 몰래 들어가려고? 그러다가 금방 발각되면 어떡하려고?"

"외부인은 마법을 사용할 수 없는 경비 시스템이야."

"뭐?"

"이 행성으로 돌아오자마자 마지막 정찰을 위해 연구소의 경비 시스템을 유심히 살펴봤거든. 드래곤들은 악마가 그 물건을 훔치러 올까 봐 두려워서 마법 탐지기까지 설치해놨더라고. 따라서 나는 마법 기구를 몸에 지닐 수 없어. 순수하게 과학기술로 만든 것만 사용해야 된다는 뜻이지. 고성능 쌍안경으로 연구소 뒤쪽을 살펴봤고, X선 망원경을 사용해서 연구실에 누가 있는지, 그들의 움직임을 탐색했어. 덕분에 발각되지 않고 통과하는 방법을 찾았지.”

순식간에 타라의 얼굴에서 웃음기가 사라졌다.

“칼! 혼자 들어가려고?”

“난 원래 혼자 작업해.”

블롱딘이 성난 울음소리를 냈다.

“아, 블롱딘만 데리고 갈 거야. 근데 그건 왜 묻는데?”

“왜냐하면 내가 같이 갈 거니까.” 타라가 말했다.

“그럴 줄 알고 계획을 짰지, 내가.” 칼이 말했다. “너는 공식적으로 들어가. 그러면 네가 위에 있는 동안 나는 밑으로 들어가는 거야. 오늘 샤름을 만나서 그 물건이 안전하게 보관되고 있는지 확인해야겠다고 주장하면서 연구소를 방문해도 좋다는 허락을 받아내. 샤름은 데미데루스의 후손으로서 악마의 사물들을 감시하는 지킴이 중의 지킴이인 너의 공식적인 요청을 거절할 수 없을 거야.”

표현이 웃겼다.

“지킴이 중의 지킴이, 그거 아주 재미있는 호칭이다!” 로빈이 웃었다. “근데 샤름이 허락할까?”

“셈 선생님이 감옥에서 나왔다는 게 마음에 걸리네. 내가 샤름을 만나러 갔을 때 셈 선생님이 같이 있지 않으면 좋겠어. 우리를 너무 잘 아는 드래곤이라서 당장 냄새를 맡을 텐데……. 칼, 내가 그래야 하는 이유를 설명해줄래?”

“작전이 있어서 그래. 네가 할 일을 말해줄게.”

칼은 타라에게 필요한 설명을 했고, 무엇을 어떻게 할지 각자의 역할을 정했다. 예비 여왕은 순종 인간들 외에는 누구도 연구소 출입을 허락하지 않을 것이 틀림없었다.

그러면 엘프, 난쟁이, 늑대인간은 물론이고, 야수로 변신할 수 있는 무아노도 예외일 수 없었다.

따라서 로빈, 파브리스, 파프니르, 무아노는 밖에서 기다릴 수밖에 없었다. 타라와 칼이 모든 걸 맡아야 했다. 타라 혼자서 드래곤들과 맞서야 한다는 사실에 로빈의 얼굴이 파랗게 질렸다.

"나는 좀 쉬었다가 준비할게." 칼이 말했다. "이따 보자."

대관식 전날이라서 그들은 우주선을 타고 유람할 기회가 있었다.

드란보우글리스펜쉬르에 행성 간 이동을 위한 공간이동의 문이 설치되어 있지만, 타라는 드래곤들이 오직 문을 통해서만 공간을 이동하는 것이 아님을 알고 있었다.

우주선이 행성 표면에 머물러 있지 않기 때문에 그들은 우주왕복선을 타고 가야 했다. 타라는 깜짝 놀랐다. 〈스타트렉〉의 엔터프라이즈호(할리우드의 대표적인 SF 시리즈 영화 중 하나-옮긴이)를 복제해놓은 것 같은 우주선을 보게 될 줄이야. 양쪽에 긴 추진기가 달린 거대한 우주선이 보이는데 드래곤들의 표현대로 '공포의 우주선'이었다.

예비 여왕을 경축하고, 은하계를 탐험한 우주비행사들에게 경의를 표하는 의식에 이어 셈나샤오비로다인트라쉬부 때문에 죽은 쇼우모우리쉬바의 장례식도 거행되었다. 셈은 죄책감에 눈물을 참지 못했다. 드래곤들은 사체를 땅에 묻지 않고 화장했다.

드래곤들은 우주선을 직접 건조할 정도로 기술이 발달해 있었다. 우주선을 갖게 되면서부터 드래곤들은 항성의 인력을 이용하여 사체를 처리했다. 쇼우의 사체가 우주선 밖에 장착된 중력을 이용하는 일종의 썰매 같은 것에 실려 있었다. 타라는 우주선 트랩에 오르면서 우주의 텅 빈 허공에 경탄했다. 거대한 황금빛 우주선의 금속은 금보다 더 단단하고 내구력이 있는 재질이었다. 우주선 안에서 타라는 크리스털처럼 투명한 물질을 통해 우주 공간을 내다보았다. 빛의 속도를 넘어서는 엄청난 속력이었다. 퀴크(우주 물질의 기초를 이루는 소립자 중 하나로 아직 그 자체는 발견되지 않았다─옮긴이)처럼 우주 공간에서의 이동 속도는 어떤 법칙과도 부합하지 않았다. 타라는 드래곤들의 은하계가 수백만 광년 떨어져 있는데도 이 우주선들로 두 달이면 지구에 도달할 수 있다는 걸 알았다.

우주선이 제공하는 인공 중력에도 불구하고 타라는 심한 구토증과 더위를 느꼈다. 타라는 무릎에 토하기 전에 무의식적으로 시원한 바람을 보내달라는 주문을 읊었다.

엄청난 실수였다.

타라의 통제를 벗어난 마법이 작동했고, 눈보라가 우주선을 강타하면서 탑승원들이 얼어붙고 있었다. 질겁한 타라가 이번에는 모든 것이 멈추라는 주문을 읊었다.

그 순간 모든 것이 멈췄다. 엔진, 중력 장치, 빛, 전기…… 모두 정지되었다. 얼이 빠진 드래곤들이 온갖 색깔의 풍선처럼 날아올랐다.

"타라!" 칼이 고함쳤다. "너 뭐 하는 거야?"

"나 토할 것 같아!" 타라는 죽는소리를 했다.

타라는 빙글빙글 돌고 있어서 어찌할 바를 몰랐다.

"우주선이 움직인다!" 누군가가 외쳤다. "항성의 중력이 우주선을 끌어당기고 있다! 빨리 엔진을 다시 작동시켜라!"

그러나 타라의 마법은 고지식했다. 타라가 원하는 대로 모든 걸 멈춰놓은 것이다.

중력이 없기 때문에 둥둥 떠오른 도마뱀들이 서로 부딪치고 있었다. 로켓 발사 조작대에 거꾸로 매달린 셈 선생님이 중얼거렸다.

"역시 저 아이는 기대를 저버리지 않는군."

이어서 목소리를 높였다.

"타라, 네 마법을 억제해, 아니면 우리 모두 태양에 타죽게 돼!"

무슨 일인지 영문을 모르고 있던 다른 드래곤들은 비난의 화살이 소녀에게 쏟아지는 걸 보면서 눈치를 채고 서서히 타라를 포위하기 시작했다. 타라는 랑코비트에 있을 때 경험했던 경기가 기억났다. 중력이 없는 상태에서도 칼이 멋지게 이동하지 않았던가.

"칼!" 타라가 외쳤다. "내 몸이 빙빙 돌지 못하게 나를 좀 잡아줘! 어지러워서 정신을 못 차리겠어!"

우주선의 벽면에 기대어 공중으로 몸을 날린 칼은 그 반동을 이용하여 한 손으로는 타라의 팔을 잡고, 다른 손으로 천장을 짚었다. 더 이상 가망이 없겠는데, 하고 타라가 생각하는 순간이었다. 칼이 타라의 허리를 감더니 다이빙을 하듯 몸을 날려서, 바닥에 다리가 고정된 탁자 위로 착지했다. 그러고는 숨 돌릴 틈도 없이 재빨리 타라를 탁자 밑으로 밀어 넣었다. 타라는 즉시 원근감이 돌아왔다.

"됐어. 칼, 이제 너는 좀 쉬어. 무아노, 파브리스, 로빈! 너희의 패밀리어를 잘 잡고 조심해서 착지해!"

친구들이 패밀리어를 꽉 붙잡았다.

타라는 부들부들 떨리는 두 손을 쳐들고 마법을 작동했는데 어둠 속에서 발사된 광선이 마치 작은 태양 같았다.

"노르말루스의 이름으로 모든 것이 정상으로 돌아올지어다!"

다행히 우주선이 타라의 마법에 응하면서 빛과 중력이 돌아왔다.

모든 드래곤이 비명을 지르면서 바닥으로 쿵, 쿵, 떨어졌다. 중력이 돌아올 걸 예상하고 대기하던 기장과 조종사는 재빨리 태양의 치명적인 인력에서 벗어나려고 애를 썼다.

우주선이 후진의 기미를 보이지 않는 극도의 긴장된 순간이 흐르다 추진기 소리가 점점 요란해지면서 태양에서 차츰 멀어지기 시작했다. 모두 우주선을 조종하는 두 드래곤을 향해 환호성을 질렀다.

"이게 대체 무슨 일이오?" 아직도 충격에서 벗어나지 못한 안드레아가 물었다.

"친애하는 공주의 마법이 실력을 한번 발휘한 것뿐이지요." 셈이 대답했다. "당혹스럽긴 해도 이런 엉뚱한 일이 공주에게는 자주 일어나지요."

일제히 쏘아보는 드래곤들의 매서운 눈초리에 타라는 절로 몸을 움츠렸다.

빌어먹을 마법.

타라에게 익숙해 있는 셈과 아주 흥미로운 아이라고 생각하는 셰니만 싫은 얼굴을 하지 않고 있었다. 파프니르는 재미있는 실험(벽에 도끼 두 개를 찍고 거기에 매달려 균형을 잡는 난쟁이를 보면서 드래곤들은 저건 또 뭐야? 하는 얼굴이었다)이라고 생각했다. 헤어진 뒤로 무아노와 파브리스는 말도 하지 않았고, 로빈은 레파루스로 치료를 했는데도 옆구리가 아팠다.

드란보우글리스펜쉬르로 돌아온 뒤에도 축하 행사는 계속되었다. 이번에는 시 낭송이 아니라, 드래곤들의 역사, 특히 지각단층 전쟁의 일화를 담은 연극 공연으로 예비 여왕에게 경의를 표했는데 대부분 오페라 형식이었다. 타라는 무대에서 샤름의 친구, 체리 색깔의 매혹적인 드래곤을 발견했다. 마왕의 함정에 빠져 죽기 직전 샤름의 어머니 역을 맡은 베오도라쉬바가 멋지게 노래하고 있었다.

줄거리에 빠져든 드래곤들이 격분해서 으르렁거리는 소리가 들렸다.

이날 오후에는 별다른 사고 없이 지나갔다. 노랫소리, 이미지, 음식으로 귀와 눈과 배를 채운 뒤에 타라는 숙소로 돌아갔다가 샤름에게 면담을 청했다.

셈 선생님이 함께 있었다. 파충류의 눈이 아직 슬픔에 젖어 있었다.

이런, 분위기가 안 좋네, 하고 속으로 말하면서 타라는 셈 선생님과 샤름에게 활짝 웃어 보였다.

약간 지쳐 보이는 샤름도 미소를 지어 보였다.

샤름은 공포의 우주선에서 일으킨 일 때문에 타라가 사과하러 온 것이라고 생각하고 있었다.

타라가 원하는 것이 무엇인지 알았을 때 샤름의 미소가 번개의 속도[34]로 사라졌다.

"그건 절대 안 됩니다!" 샤름이 소리치면서 벌떡 일어나는 바람에

. . . .

34. 질문을 제기하는 독자들을 위해 밝히자면 번개의 속도는 초속 4만 킬로미터이다. 따라서 엄청나게 빠른 속도를 의미한다.

셈이 깜짝 놀랐다. "연구소는 극비 사항입니다!"

"그럼 내 눈을 가리세요. 그리고 내가 어디로 가는지 모르게 주문을 거세요. 장소에는 관심 없으니까요. 하지만 나는 지킴이들과 심판관들만큼 악마의 사물을 안전하게 지키고 있는지 내 눈으로 확인하고 싶은 것뿐이에요."

이것도 칼이 짜놓은 작전의 일부였다. 칼은 샤름이 연구소 방문을 허락하는 대신에 내거는 조건을 무엇이든 따르라고 말했었다. 게다가 타라는 연구소의 위치에 관심이 없었다. 이미 알고 있기 때문에.

샤름이 경계하는 얼굴로 눈살을 찌푸렸다.

"눈을 가리라고요?"

타라는 태연하게 어깨를 으쓱했다.

"말했잖아요, 장소에는 관심 없다고. 난 잘 지켜지고 있는지 확인하고 싶을 뿐이에요."

"그래도…… 어떤 인간도 그곳에 들어간 적 없어요."

"그럼 마지스터는요?"

"그 장소가 아니었어요. 그 연구소는 마지스터 때문에 새로 지은 건물이에요."

타라는 이대로 물러서지 않겠다는 듯 팔짱을 꼈다.

"내가 확인하는 걸 원치 않으면 아마 진짜 문제가 생길 거예요."

타라에게는 아주 중요한 일이라는 걸 알고 있는 셈은 한순간 데미데루스를 만나고 있는 느낌이 들었다. 고집은 최고 마구스 데미데루스가 후손에 물려준 특성 중 하나였다.

"타라에게 보여줍시다." 셈이 샤름에게 부드럽게 말했다. "타라가 어떻게 할 것 같소? 타라는 비밀을 지키겠다고 약속했지만, 나는 이 아이를 잘 알아요. 당신이 그 사물을 안전하게 지키고 있다는 걸 보여주지 않으면 타라는 전 세계에 우리가 악마의 사물을 갖고 있다고 알릴 것이고, 그럼 정말 난처한 일이 벌어질 거요. 우리가 그런 위험을 무릅쓸 필요가 있겠소?"

샤름은 입을 꾹 다물고 대답하지 않다가 머리를 끄덕였다.

"좋아요. 하지만 내일은 대관식 때문에 불가능하니까 오늘 저녁 연회가 시작되기 한 시간 전에 방문하세요. 나와 셈은 할 일이 많아서 같이 갈 수 없고, 안드레아와 셰니가 동행할 겁니다. 방문 시간은 30분이니까 빨리 끝내고 돌아와서 연회에 참석하세요, 마마."

타라는 미소를 지으면서 머리를 숙였다. 이것도 칼이 예상한 대로였다. 칼은 샤름이 허락하더라도 시간을 많이 주지 않을 거라고 말했었다. 어쨌든 1단계는 아주 순조로웠다.

앞을 볼 수 없는 모자를 뒤집어쓴 타라는 전투용 드래곤을 타고 연구소를 향해 출발했다. 가슴이 두근거리는 타라는 속으로 1초 간격으로 하나, 둘…… 수를 세면서 시간을 쟀다. 드래곤이 돌풍에 흔들리는 바람에 몇 개를 셌는지 약간 헷갈렸지만, 파브리스를 따라가기 위해 이동할 때와 비슷한 시간이 걸렸다. 전날 밤에 브라운 드래곤을 미행해서 알아낸 건물은 연구소가 맞았다.

그들이 착륙하자 위베른족 도마뱀들이 즉시 건물 주위를 경비하는 장치들을 정지시켰다. 타라는 누군가가 모자를 벗길 때 기지개를 길게 켜는 것으로 시간을 끌었다. 칼은 보이지 않았지만, 잠시 후 귀걸이 클릭이 짧게 진동했다. 칼도 무사히 들어와 있다는 신호였다. 이 순간부터 그들에게는 30분밖에 시간이 없었다.

타라는 거대하지만 볼품없는 건물, 붉은색 풀, 탐조등, 병사들을 유심히 살폈다.

"우와, 굉장하군요." 타라는 경비들을 가리키면서 말했다. "경비가 삼엄하군요."

건물의 경비는 최고 발톱 세니보우리쉬부가 책임지고 있었다. 노골적으로 못마땅한 티를 내는 안드레아와는 달리 세니는 즐기는 듯 상당히 여유가 있어 보였다.

"위베른족 4연대, 즉 병사 4000이 주둔해서 밤낮으로 지키고 있습니다. 전체 면적이 1000헥타르(1000만㎡)가 넘고, 전기와 마법을 이용한 철책에 둘러싸여 있지요. 이제 우리가 통과했으니까 모든 경비 장치가 다시 작동하고 있습니다."

실제로 타라가 기지개를 켜면서 시간을 끄는 사이에 칼이 구멍 낸 철책이 진동하면서 윙윙거리기 시작했다.

"건물 안에는 마법, 37도 안팎의 체온, 50킬로그램 이상의 체중을 감지하는 여러 종류의 탐지기들이 설치되어 있지요. 그리고 위베른족 도마뱀들과 우리가 길들인 '카호쉬'라는 동물들이 순찰을 도는데 후각이 아주 뛰어납니다."

"침입자가 철책 안이나 연구소 안에서 유형화되는 경우에는 어떻게 하나요?"

"건물 밖은 너무 넓어서 트란스미투스 방지 주문을 걸 수가 없지요. 따라서 침입자가 건물 안에 유형화될 수도 있겠지만, 트란스미투스 방지 마법 때문에 사실상 이동이 불가능합니다. 마법 행위가 감지되는 즉시 경보기가 작동하면서 침입자를 감옥에 가두고, 심문하기 위해 독가스를 살포하니까요."

타라는 소름이 끼쳤다. 잔혹한 행위를 즐기는 듯한 드래곤의 어조가 마음에 들지 않았다.

칼이 이 모든 걸 예상하고 있어서 다행이었다. 칼의 잠수복은 액체와 기체가 새지 않을 뿐만 아니라 석면 덕분에 절연 기능도 있어서 체온과 냄새가 밖으로 빠져나갈 염려가 전혀 없었다. 그래서 칼이 랑코비트로 가서 그 특수 잠수복을 가져왔던 것이다. 그리고 칼은 마법을 감지하는 탐지기가 있다는 것도 알고 있었다.

연구소에 파충류들만 있다는 것이 칼에게 난관이 예상되었다.

그들은 현관을 통과했다. 카메라 플래시 터지는 것 같은 빛이 번쩍하더니 타라의 골격이 크리스털 전광판에 나타났다.

"엑스레이 촬영과 비슷하지만 정신 구조도 탐지할 수 있는 장치입니다. 만약 전광판에 나타난 이미지와 정신의 이미지가 일치하지 않을 경우 마마는 즉시 제압될 겁니다."

"따라서 변장을 하고서는 통과할 수 없는 거네요?"

"네, 맞습니다, 마마."

"응, 대단하군요."

"마마의 체인지라인도 주십시오."

타라는 놀라는 얼굴을 했다.

"뭐라고요? 체인지라인이 없으면 난 벌거벗은 것이나 다름없어요. 그건 안 돼요!"

"주머니가 있는 것은 절대 연구소 안으로 갖고 들어갈 수 없습니다.

그리고 마마의 벌거벗은 모습을 봐도 우린 아무렇지도 않습니다."

드래곤이 응수했다.

"나한테는 그렇지 않거든요! 작업복이나 걸칠 만한 옷이 있으면 빌려주시겠어요?"

안드레아는 한숨을 내쉬면서 위베른족 도마뱀에게 손짓을 했다. 잠시 후 파란색 작업복을 걸쳤는데 타라는 어찌나 큰지 걸려 넘어지지 않도록 옷자락을 움켜쥐었다.

"마마의 패밀리어도 들어갈 수 없습니다." 안드레아가 말했다.

이번에는 타라가 한숨을 내쉬면서 갈랑에게 손짓을 했다. 페가수스는 뿌루퉁한 얼굴로 한쪽 구석으로 갔다.

"아주 철저하군요, 최고 비늘." 타라가 말했다.

안드레아는 거만한 미소를 짓는 것으로 만족했다. 하지만 타라의 손가락에 낀 반지는 알아보지 못했다.

연구소는 대단히 넓고, 텅 비어 있었다. 안드레아는 악마의 사물이 밤에 암흑의 힘을 빨아들이기 때문에 더 강력해진다고 설명했다. 그래서 밤에는 연구를 하지 않는다고 말했다. 그것으로 브라운 드래곤이 밤마다 자기 집에 머물러 있는 이유가 설명되었다. 타라는 다행이라고 생각했다. 연구소 안에 드래곤이 많지 않다는 거니까 칼에게는 잘된 일이 아닌가. 몇몇 과학자들이 X선 검색기를 통과하고 있었다.

그들이 이동할 수 있게 경보기들이 정지되었다. 그러나 과학자들과 마찬가지로 그들도 스쿠프들의 감시를 받고 있었다. 꼼짝 않고 있다가 누군가가 움직이면 즉시 날아오는 카메라들을 피하는 것은 쉽지 않았다. 타라는 칼이 어떻게 스쿠프들을 피했을지 궁금했다.

타라보다 큰 푸프푸프들이 곳곳에서 연구실의 청결에 신경을 쓰고 있었다. 푸프푸프들은 밤에는 꼼짝 않고 있다가 경보기가 해제되는 즉시 활발하게 움직였다.

그들은 내려가야 했다. 엘리베이터가 아니라 중력 장치를 이용하는 수직 통로로 내려가는 것이었다. 우주선에서 있었던 일로 허공만 봐도 현기증이 나는 타라는 이를 악물었다. 그러고는 작업복이 훌렁 뒤집어지지 않도록 옷자락을 꽉 움켜잡고서 허공 속으로 뛰어내렸다.

"상당히 불편하다는 건 인정합니다." 안드레아는 친절하게 말했다.

"하지만 누군가가 모든 장애물을 뚫고 침입했을 경우 이 수직 통로의 중력 장치만 정지시키면 침입자를 처참하게 죽일 수 있거든요."

타라는 이를 갈았다. 이제 열다섯 살인데 그렇게 끔찍한 걸 자세히 알려주다니!

마침내 그들은 악마의 사물이 있는 방 앞에 도착했다. 타라는 입술을 깨물면서 칼이 잘해내기를 빌었다.

푸프푸프들이 한쪽 구석에 대기하고 있었다. 그들이 지나갈 때 그중 하나가 흔들렸다.

타라는 방으로 들어갔다.

그리고 그대로 멈춰 섰다.

눈앞에 브라운 드래곤 테올이 있었다.

하필이면 여기서 맞닥뜨리다니!

브라운 드래곤 테올이 무슨 말을 하기 전에 타라가 선수를 쳤다.

"테올 선생님." 타라가 외쳤다. "여기서 만나다니 뜻밖이네요!"

테올이 멍한 얼굴로 눈을 깜박였다.

"여기서 일하지요. 잊고 나온 서류가 있어서 가지러 왔습니다."

"아는 사이입니까?" 안드레아가 놀란 어조로 물었다.

"네." 타라는 경쾌하게 대답했다. "연회에서 테올 선생님을 만났거든요. (타라는 테올 뒤쪽에 있는 것을 뚫어져라 쳐다봤다.) 오, 그러니까 저게 샤름이 말했던 악마의 사물이군요!"

테올이 안도하는 것이 역력했다. 테올의 입을 막는 데 성공! 타라는 악마의 사물에 대해 말해준 것이 샤름이었다고 알려준 것이었다.

샤름이 누구인가? 그들의 여왕이 될 드래곤이 아닌가.

타라가 합법적으로 왔다는 걸 알려주는데 테올이 무슨 말을 하겠는가.

테올이 자신만만하게 속바지를 가리켰는데 푸르스름한 힘의 장막 속에 갇혀 있었다.

"힘의 장막 속에 넣어두어야 했습니다." 테올이 거드름을 피웠다. "악마의 에너지가 생명체든 무생물체든 변형시키기 때문이지요."

타라는 무의식적으로 뒷걸음쳤다.

"불행히도." 테올이 자신의 다리를 가리키면서 말을 이었다. "처음에는 알아채지 못했습니다. 악마의 마법에 입은 상처는 일정 기간이

지나면 치료가 불가능하지요."

"그 기간이 얼마나 되는데요?" 가슴이 철렁한 타라가 물었다. 칼도 걱정이고 자신도 걱정이었다. 며칠 전부터 악마의 반지를 끼고 있었는데……. 그렇다고 지금 당장 반지를 뺄 수도 없지 않은가.

"백 년쯤 될 겁니다." 테올이 대답했다.

타라는 드래곤들의 시간 개념이 다르다는 걸 자꾸 잊었다. 불안해진 타라는 속바지를 훔치다가 칼에게 무슨 일이 생기지 않기를 빌었다.

"이건 금속이네요. 속바지로 사용하기에는 좀 이상한 거 아닌가요?"

테올이 빙긋이 웃었다.

"악마들은 이걸 인간이 사용할 거란 생각은 하지 않았을 겁니다. 악마들은 지구에서 봤던 갑옷을 흉내 낸 겁니다. 탄력 있고, 휘어지는 철로 이루어져 있다는 것을 빼면. 표면에 새긴 악마들은 사물 속에 갇혀 있는 수많은 혼을 나타내지요. 5000년 동안 연구했지만 아직 어떻게 만들었는지 알아내지 못했습니다."

갑자기, 타라는 손가락이 따끔거리는 걸 느꼈다. 힘의 장막에도 불구하고 반지가 속바지를 감지했다는 것은 악마의 사물에 반응하고 있다는 뜻이었다. 그럼 반지가 마지스터 앞에서 아무런 반응이 없었던 것은 악마의 마법에는 반응하지 않는다는 것인가?

타라는 잠시 후 칼이 사물을 훔치는 데 성공했는지 알기 위해서라도 테스트해볼 필요가 있었다.

그때, 반지가 약간 움직이면서 빛을 번쩍였다. 타라는 재빠르게 다른 손으로 반지를 가렸다.

그런데 속바지가 빛을 번쩍이는 것으로 응답하는 것이 아닌가.

악마의 사물들이 대화를 나누고 있는 건가? 정보라도 교환하는 걸까? 당황한 타라는 주위를 둘러봤다. 탐지기가 반지와 속바지의 교감을 감지한다면?

그러다 누군가가 던진 물감을 뒤집어쓰듯 느닷없이 속바지가 하얗게 변했다. 속바지 표면에 있는 악마들의 얼굴도 은빛의 멋진 유니콘들로 변했다.

질겁한 테올이 절룩절룩 뒷걸음쳤다.

"아니…… 이게 어떻게 된 일이지?"

안드레아는 콧구멍을 벌름거렸다.

"악마의 사물이 이런 반응을 보이는 건 처음입니다, 마마. 어서 나가세요. 마마의 안전을 보장할 수 없습니다."

"그러지요." 타라는 순순히 말을 들었다.

문턱을 넘어서던 타라는 옷자락에 걸려 넘어지는 척하면서 문손잡이를 잡고 문짝 옆면에 얇은 판을 붙였다.

칼에게 받아서 체인지라인의 주머니에 넣어두지 않고 팔뚝에 붙여둔 것이었다.

칼은 체인지라인을 지니고 연구소 안으로 들어갈 수 없다는 것도 예상했다.

속바지의 이상한 반응 때문에 너무 당황한 드래곤들은 문이 완전히 닫히지 않았다는 걸 알아채지 못했다.

서둘러서 연구소를 나가야 한다는 생각밖에 없는 드래곤들은 타라가 쫓아가기 힘들 정도로 빠르게 걸어갔다.

중력 장치를 설치한 수직 통로 앞에 이르자 타라는 파랗게 질려서 뒷걸음쳤다.

"또 여기로 올라간다고요? 난 못해요. 계단으로 가고 싶어요." 타라는 공포에 질린 얼굴로 말했다.

"계단은 없습니다, 마마." 안드레아가 대답했다. "어서 올라가십시오."

"싫어요." 타라는 더 뒷걸음치면서 외쳤다. "도저히 여기로는 못 올라가겠어요."

인내심을 잃은 안드레아가 타라의 팔을 움켜잡고 앞으로 떠밀었다. 겁에 질린 타라는 본능적으로 대응했다. 마법의 광선이 발사되면서 우주선에서처럼 모든 것이 정지되었다. 불빛, 전기, 마법, 경보기, 함정……

꺄아악……! 위베른족 병사 둘과 이미 수직 통로로 날아오르고 있던 셰니가 그대로 떨어지면서 늑골이 부러졌다. 안드레아는 10여 분 동안이나 타라를 설득한 끝에 마법을 취소할 수 있었다. 불빛이 돌아왔고, 중력 장치도 가동되자 타라는 두 눈을 감고 수직 통로를 이용해서 올라갔다.

위로 올라가니 아수라장이었다. 과전류로 인해 대부분의 전기 시설이 파괴되었고, 철책도 작동하지 않았다. 타라는 소스라치게 놀랐다. 클릭이 윙윙거렸던 것이다. 그 순간 타라는 연구소 밖의 한 나무에 달라붙어 있는 그림자를 봤다.

칼이 나온 것이다.

타라는 긴장을 풀었다. 모든 것이 예상대로 진행되고 있었다. 이제 칼이 속바지를 훔쳤는지 알면 되는데…….

갑자기 뒤에서 폭발이 일어났고, 타라는 조마조마한 마음으로 돌아봤다. 이건 예정된 일이 아닌데……. 뭔가에 불이 붙었고, 거대한 물의 원소들이 화재를 진화하기 위해 달려가고 있었다.

타라는 드래곤들이 악마의 사물이 사라진 걸 알아채기 전에 벗어나야 했다. 타라는 출구에서 X선 검사를 받았지만, 제대로 작동하는 것이 없기 때문에 갖고 나가는 것이 없는지 다시 몸수색을 받아야 했다. 이어서 체인지라인을 돌려받으면서 타라는 안도의 숨을 내쉬었다. 타라를 만나서 기쁜 페가수스도 얼이 빠진 도마뱀들과 드래곤들의 우스꽝스러운 모습을 전해주었다.

타라가 양탄자에 오르는 순간, 한 도마뱀이 안드레아에게 뭐라고 소리쳤다. 안드레아가 의심하는 듯한 눈초리로 타라를 쳐다보면서 부드럽게 말했다.

"정말 유감스럽지만 마마를 체포하겠습니다!"

테러

누군가를 죽이고 싶을 때는 조준을 잘해야 하는데……

*

감옥은 이제 타라에게 익숙한 곳이 되었다.

안드레아가 아무런 설명 없이 페가수스와 함께 가뒀기 때문에 타라는 몹시 화가 났다. 무슨 이유로 체포되었는지도 전혀 모르고 있었다.

짐작은 하고 있지만 그래도 이건 너무 심하잖아! 그래서 셈 선생님이 면회를 왔을 때 타라는 폭발했다.

"선생님, 이게 대체 무슨 짓입니까? 드래곤들이 미친 거 아니에요? 내가 왜 여기 있는 겁니까? 내가 연구소를 아수라장으로 만든 건 안드레아가 겁을 줬기 때문이라고요!"

셈 선생님이 타라의 감방까지 의자 하나를 끌고 와서 무겁게 앉았다.

"정말 미안하구나. 하지만 우리의 최고 비늘은 의심이 많은 드래곤이야. 누군가가 악마의 사물을 훔치려는 바로 그 순간에 너의 마법이 경보기와 함정들을 정지시켰다는 걸 아주 수상하게 생각한 거야. 악마의 에너지 파동도 일지 않고 그 사물이 은빛 유니콘으로 변한 것도 그렇고."

'훔치려는 순간'? 그럼 칼이 실패했다는 거잖아.

"천만다행으로." 셈 선생님이 미소를 지으면서 말을 이었다. "전기가 끊어질 때 히플리아의 난쟁이들이 만든 강철 케이스가 자동으로 그 사물을 덮어씌웠지. 그걸 훔치려고 했던 자는 따라서 실패했어. 마법이 통하지 않는 그 강철이 너무 두꺼워서 뚫을 시간이 없었거든. 뭐라고 할 말 없니, 타라?"

"내가 무슨 할 말이 있겠어요?" 타라는 너무나 천연덕스럽게 응수했다. "내가 거기 있을 때 속바지를 훔치려고 했던 사람은 마지스터라고 생각하는데요."

"안전 철책에 난 구멍과 하수도를 통해 침입한 흔적을 발견했어. 악마의 마법을 사용하는 신호가 포착되지 않았기 때문에 우리는 마지스터나 악마는 이 사건에 관련되어 있지 않다고 생각해. 그래서 이번에 드러난 허점을 찾아서 더욱 경비를 강화하기로 했다. 그런 점에서 너의 방문은 건설적인 셈이지."

셈 선생님의 말 중에 귀가 번쩍 뜨이는 말이 있었다.

"악마의 마법을 감지하는 방법이 있어요?"

그러나 드래곤들은 크라에토비르의 반지를 감지하지 못했다. 그리고 두 사물 간의 교감도 알아채지 못했는데…… 이유가 뭐지?

"항상 알아내는 건 아니다. 악마의 마법이 작동하고 있을 때만 감지할 수 있으니까."

그런 것 같네요. 타라는 잠자코 있었지만 두뇌 회전이 빨라졌다. 드래곤들은 악마의 사물에 대해서는 모르는 게 없다고 생각하지만 세세하게 알고 있는 것이 아니었다.

셈 선생님이 몸을 숙이면서 속삭였다.

"칼이 왜 악마의 사물을 훔치려고 했니?"

타라는 경계를 하면서 눈살을 찌푸렸다.

"칼이 이 사건과 관련이 있다고 생각하는 이유가 뭐예요?"

"철책에 뚫린 구멍이 작다는 것. 조용히 돌아다니기 위해 가짜 푸프푸프에 숨어 있었다는 것. 아, 또 하나, 지하층에서 여우의 털이 발견되었다는 것."

타라는 이를 악물었다. 칼에게 여우의 털이 빠질 거란 주의를 줬어야 했는데.

셈 선생님이 대답을 기다렸다. 그러나 타라는 뚫어져라 쳐다보고만 있었다. 셈 선생님이 한숨을 내쉬었다.

"너희들이 원하는 게 무엇인지 이해하려고 애쓸 필요는 없겠지. 틀림없이 그럴 만한 이유가 있을 테니까. 하지만 우리는 악마의 사물에 대해서는 굉장히 예민해. 안드레아가 이 사건으로 곤경에 처할까 걱정이구나. 어쨌든 너를 석방하는 대신 숙소에 돌아가서는 금족령이야. 그리고 샤름이 즉위한 뒤에 곧바로 네 친구들과 너를 아더월드로 보낼 것이다. 내가 너희들과 함께 갈 거야."

타라는 심호흡을 했지만 한마디도 하지 않았다. 마지스터와 시합을 벌이는 상황이라서 타라는 어떻게든 사물을 훔칠 방법을 찾아야 했다. 그리고 몇 가지 테스트를 한 뒤에는 악마의 사물을 유일하게 믿고 맡길 수 있는 지킴이들과 심판관들에게 가져갈 생각이었다.

셈 선생님이 신호를 보내자 도마뱀 둘이 와서 감방을 열었다. 셈 선생님이 타라를 숙소까지 데려다주고 허리를 굽혀 인사했다. 타라도 정중하게 인사한 다음 방으로 들어가서 문을 닫았다.

칼과 무아노는 이쪽에, 파프니르와 로빈은 저쪽에, 파브리스만 혼자 한쪽 구석에 앉아 있었다. 타라가 들어서자 로빈이 뛰어왔다.

"얼마나 걱정했는지 몰라. 도마뱀들이 네가 체포되었다고 알려줬는데 무슨 이유인지 알 수가 있어야지."

타라는 로빈이 스쿠프들을 의식해서 하는 말이라는 걸 알아차렸다. 타라는 세네의 기구를 작동해서 스쿠프들을 정지시킨 다음 오파쿠스 주문을 읊었다. 이제는 안심하고 말할 수 있었다.

"칼, 드래곤들이 연구소에서 블롱딘의 털을 발견했어. 조심했어야 했는데." 타라는 심각한 얼굴로 말문을 열었다. "드래곤들이 아직은 너라는 확신을 갖지 못하고 있어. 예식이 열릴 때마다 우리도 봤지만 사절단의 여러 마법사들이 여우를 패밀리어로 데리고 다니기 때문에. 하지만 셈 선생님은 대번에 알아챘어."

"알아." 당황한 칼이 대답했다. "하지만 털이 빠지지 않게 하는 주문을 걸 수 없었어. 마법을 사용하면 당장 발각될 거라서. 블롱딘을 데리고 가지 말았어야 했는데."

"이제 와서 뭘 어쩌겠어. 할 수 없지."

"너와 드래곤들이 악마의 사물이 있는 방을 나가자마자 가짜 푸프푸프의 모습으로 잠입했어. 그리고 네가 공포에 질린 척하면서 마법으로 스쿠프를 포함해서 모든 경보기를 정지시키길 기다렸지."

"와, 그거 흥미진진했을 텐데 못 봐서 아쉽다." 파프니르가 말했다.

"스쿠프들과 경보기가 작동하고 있는 한 움직일 수가 없었어. 너의 마법으로 모든 것이 정지되었을 때 뛰어 들어갔지만 간발의 차로 늦었어. 뭔가 커다란 게 떨어지더니 그 사물을 완전히 덮어씌우는 거야. 마법을 사용할 수 있기 때문에 비누나 액체, 거품…… 등 쉽게 파괴되는 것으로 바꾸려고 했는데 안 됐어. 알고 보니 마법에 반응하지 않는 히믈리아의 강철로 만들어진 거였어."

"당연하지." 파프니르는 만족스러운 어조로 말했다. "우리는 뭐든 아주 확실하게 만드니까."

"그래서 우리 작전을 망쳤잖아." 타라가 낙심한 얼굴로 투덜거렸다.

"마지스터보다 먼저 손에 넣으려면 다른 방법을 찾아야 하는데 이제 어떡하지?" 칼이 말했다.

"오늘 밤에 다시 하길 바라는 거야? 그럼 내 마법을 사용해서 닥치는 대로 공격해볼까?"

"좋았어!" 파프니르가 흥분했다. "드래곤들을 묵사발로 만들어버리자!"

"타라." 침묵을 지키고 있던 무아노가 끼어들었다. "너는 공식적으로 개입하면 안 돼. 너는 오무아의 후계자야. 아더월드와 드란보우글리스펜쉬르가 맺은 협약 때문에 외교적 분쟁이 일어날 수 있어. 샤름의 연구소를 정면 공격한다는 것은 선전포고로 간주될 거야."

타라는 입술을 깨물었다.

"그럼 아무것도 못한다고?"

"너는 하면 안 돼. 나도 안 되고. 내가 직계는 아니라도 랑코비트의 왕족이니까. 로빈도 안 돼. 아버지가 랑코비트 정보국 국장이기 때문에 국가 개입으로 간주될 수 있어."

"그럼 칼과 나밖에 없네." 파프니르는 활짝 웃었다.

"너도 안 돼, 파프니르." 무아노는 냉정하게 잘랐다. "너는 말하지 않았지만 네 어머니가 난쟁이 종족을 다스리니까 사실상 너희 국민의 지도자야. 따라서 너는 난쟁이 종족의 공주에 해당하기 때문에 드래곤들을 공격하는 일에 연루되면 안 돼."

파프니르가 노려봤지만 무아노는 아랑곳하지 않았다.

"야호, 이 상황에서는 내가 완전한 평민인 것이 다행이라고 해야 하는 거지?" 칼이 비아냥거렸다.

"나도 평민이야!" 로빈이 상기시켰다.

"그거야 그렇지. 하지만 너는 공인이고, 난 아니거든. 면허 받은 도둑이지만 아직 학위를 받지 않았기 때문에 랑코비트의 공인이라고 할 수 없어. 따라서 내가 붙잡히면 외교 문제를 일으키지 않아."

"감옥에 갇히게 될 거야."

"걱정 안 해. 네가 구해줄 거니까." 칼은 미소를 지으며 유쾌하게 웃었다.

타라는 칼을 물끄러미 쳐다보다가 고개를 흔들었다.

"안 돼, 너 혼자서는 할 수 없어. 내가 다른 방법으로 드래곤들이 그 사물을 내놓을 수밖에 없게 해야겠어."

"어떤 방법으로?" 말 한마디 없이 지켜보고만 있던 파브리스가 마침내 입을 열었다.

"지금까지 사용하지 않았던 방법이야. 외교술! 중국의 손자가 말하기를 맞서 싸우는 것만 전쟁이 아니라고 했어. 오무아로 돌아가는 즉시 고모에게 드래곤들이 악마의 사물을 갖고 있다는 걸 알릴 거야. 데미데루스와 맺은 협약을 깨뜨린 것에 격노한 고모가 드래곤들에게 그 사물을 내놓게 만들고 지킴이들에게 맡길 거야. 그 방법밖에 없어."

악마의 사물을 지킴이들에게 맡기는 일은 어차피 타라가 해야 할 일이었다(목숨을 걸지 않고 지킴이들에게 접근할 수 있는 사람이 타라밖에 없기 때문에). 그 기회에 몇 가지 테스트할 시간이 있을지도 몰랐다. 어쩌면.

어느새 늦은 밤이었고, 그들은 자러 갔다. 파브리스와 얘기를 하기 위해 무아노만 남았다. 무아노가 헤어지겠다고 선언한 뒤로 파브리스는 말도 하지 않기 때문에 친구들까지 기분이 가라앉아서 분위기가 무거웠다. 이대로 지낼 수는 없었다.

"파브리스." 무아노는 소리를 지르고 싶은 심정이지만 부드럽게 말했다. "친구로 지내면 좋겠어. 어쨌든 네가 제안한 게 그거니까."

"네가 나를 차버릴 줄은 몰랐어."

파브리스는 시무룩한 얼굴로 말했다.

"내가 너를 차버려?"

지구에서 쓰는 표현을 이해하지 못한 무아노가 물었다.

"네가 나를 버렸다고, 헤어지자고 했다고."

무아노는 눈을 감을 뻔했다. 가슴이 너무 아프지만 무아노는 꿋꿋하게 버티기 위해 야수의 힘에 도움을 청하면서 단호하게 말했다.

"나에게 선택할 기회도 주지 않은 건 너였어. 나는 타라를 굉장히 좋아하고 타라도 나를 좋아해. 하지만 너와 나의 불화가 매직 6총사의 우정을 위태롭게 만들고 있어. 나는 그걸 원치 않아. 그러니까 친구로 지내자."

파브리스는 무아노의 심장을 두근거리게 하던 그 섬세한 손놀림으로 금발을 쓸어 넘겼다. 그러고는 눈살을 찌푸리면서 억지로 꾸민 어조로 내뱉었다.

"그러지, 뭐. 그래, 친구로 지내자."

파브리스가 손을 내밀자 무아노는 약간 놀라는 얼굴로 손을 잡았다. 그 순간 늑대인간의 힘을 발휘하는 건가? 파브리스는 무아노의 몸이 상체에 닿을 정도로 갑자기 손목을 확 잡아끌면서 말했다.

"하지만 내가 원하는 걸 찾으면 너를 이렇게 내버려두지 않을 거야. 무아노, 우리는 아직 끝나지 않았어. 그리고 난 타라를 사랑하지 않아."

무아노는 딸꾹질을 했다.

"그걸 생각하는 데 이틀이 걸렸어." 파브리스는 침착하게 말했다.

무아노는 속으로 말했다. 고작 이틀? 나는 그걸 깨닫는 데 몇 달이 걸렸는데…….

"처음에는 나도 타라를 사랑한다고 생각했어. 타라가 예쁘기 때문에 사랑한다고 생각했어. 하지만 내 마음을 사로잡은 건 타라의 마법이지 타라가 아니야. 타라는 나의 소꿉동무야. 너에게 그런 마법 능력이 있었다면 난 타라를 쳐다보지도 않았을 거야. 내가 원하는 사람은 너니까. 지금 당장은 그럴 수 없지만."

무아노의 눈이 동그래졌다.

"그리고 넌 나한테 고마워해야 돼. 너와 잘 수도 있었어, 무아노. 너는 나에게 뭐든 해줄 준비가 되어 있었으니까. 나에게 굴복하기보다

반기를 들었던 너를 존중해. 네 말대로 너는 나한테 그런 취급을 받을 이유가 없어. 하지만 내가 원하는 걸 찾으면 넌 더 이상 선택의 여지가 없을 거야."

파브리스는 몸을 숙이면서 무아노에게 입맞춤을 했다. 그러고는 고개를 젖히고 까만 눈동자로 무아노의 예쁜 눈을 응시했다.

"그때는 나한테 굴복할 거니까."

어조에 특별한 감정은 실려 있지 않았다. 파브리스가 놓아주자 무아노는 빨간 자국이 남은 손목을 문질렀다. 파브리스는 무아노를 머리끝에서 발끝까지 훑어보다가 자기 방으로 들어갔다.

당황한 무아노는 다리가 후들거려서 의자에 주저앉았다. 사랑스럽던 파브리스가 차갑고 위협적인 소년으로 변해 있었다.

눈물이 흘러내렸다. 파브리스의 말이 맞았다. 무아노는 파브리스를 포기할 수 없었다. 무엇보다도 예전의 파브리스로 돌아오게 해야 했다.

무아노는 훌쩍거리다가 손수건에 대고 코를 풀면서 결정을 내렸다.

파브리스는 아더월드 태생이 아니기 때문에 나보다 마법에 대해 잘 몰라.

파브리스만 금서를 손에 넣어야 하는 건 아니잖아. 파브리스보다는 내가 찾는 것이 훨씬 쉬워.

무슨 일이 있어도 파브리스가 원하는 것을 찾아주겠어. 누군가의 것을 빼앗아서라도 마법을 파브리스에게 주겠어.

그러면 우리는 다시 행복하게 지낼 수 있어.

다음 날은 대관식이 거행되는 날이었다. 장엄한 태양이 드란보우글리스펜쉬르를 훤히 비추고 있었다. 타라와 친구들은 대관식에 참석할 준비를 했다. 흰색 드레스를 입어야 했다. 방을 나가보니 궁전이 온통 흰색의 물결이었다. 심지어 벽에 박힌 보석들도 모두 다이아몬드로 변해 있고, 위베른족 도마뱀들도 흰색이었다. 샹들리에의 불빛마저 하얀빛을 발하고 있었다.

인간들만 옷 속에 검은색, 살색, 보라색, 초록색(그르룰의 경우) 등 고유의 피부색을 유지하고 있었다. 연회장에서 몇 번 마주쳤던 바리우스 덩컨이 고갯짓으로 타라에게 인사했다. 성깔 있는 바리우스 남작이 이번만은 타라에게 말을 걸고 싶은 모양이었다.

"오늘은 어머니가 어떤 모습일지 궁금합니다. 어제 저녁 연회에서는 정말 아름다우셨는데." 바리우스 남작이 경쾌한 어조로 물었다.

"직접 물어보시죠." 타라는 퉁명스럽게 대꾸했다. "지금 모시러 갈 거예요."

남작이 숱 많은 검은색 머리를 매끄럽게 가다듬었다.

"한 상그라브가 어머니에게 접근하는 자는 누구든 죽이겠다고 협박했다지요."

"그랬죠." 타라는 이를 악물고 대꾸했다. "어떻게 그처럼 오만할 수 있는지! 누구와 시간을 보낼지는 어머니가 선택해야지요."

말은 이렇게 하지만 타라는 어머니와 행복하게 지낼 사람은 아버지

밖에 없다고 생각하고 있었다.

"물론 그렇지요. 내가 모시겠습니다, 마마." 바리우스 남작이 미소를 지으면서 정중하게 손을 내밀었다.

바리우스 남작의 팔에 의지해 걸으면서 타라는 그의 손에 굳은살이 잡혀 있음을 알았다. 남작은 검술 훈련을 하고 있는 것이 틀림없었다. 오만한 상그라브가 공개적으로 보낸 위협적인 메시지를 남작이 보란 듯이 어기고 있다는 것은 마지스터를 두려워하지 않는 모양이었다.

흰색 드레스 차림으로 문을 열어주는 셀레나는 눈부시게 아름다웠다. 타라는 바리우스가 어머니에게 보내는 늑대의 눈초리를 보면서 가슴이 죄어들었다. 셀레나는 면사포만 없지 웨딩드레스를 입은 신부 같았다. 셀레나는 딸을 다정하게 포옹했다. 딸이 몇 시간 동안 감옥에 갇혔다는 걸 모르는 것 같아서 타라도 잠자코 있었다.

셀레나는 마지스터의 위협에도 불구하고 바리우스가 딸과 함께 자신을 데리러 온 것에 깜짝 놀랐다.

"당신은 마지스터가 두렵지 않아요?" 셀레나는 얼굴이 빨개져서 물었다. "마지스터는 나에게 접근하는 사람은 누구든 죽이겠다고 했는데요."

"마지스터가 나보다 강한 것은 틀림없지요." 바리우스는 아주 솔직하게 대답했다. "셀레나, 당신의 아름다움에 어떤 남자가 미치지 않겠습니까? 하지만 나는 그자의 위협에 굴복하지 않아요. 자, 내 팔을 잡으시겠습니까?"

안드레아가 이미 대관식에 참석하러 나갔기 때문에 셀레나는 기꺼이 바리우스의 팔을 잡았다.

타라는 속이 부글부글 끓었다. 바닥에 깔린 흰모래에 돌이 없었다. 돌이라도 걷어차면 속이 좀 풀릴 것 같은데.

타라는 바리우스 남작의 팔을 잡고 멀어져가는 어머니의 뒷모습을 쳐다봤다. 칼과 파브리스도 셀레나를 보자 넋을 잃었다.

"와, 네 어머니 진짜 아름답다." 칼이 마침내 말했다.

"어휴, 너희들까지!"

"뭐라고?"

"아무것도 아냐. 가자."

그들은 대기하고 있는 흰색 양탄자에 올랐고, 수도의 거리를 날아갔다. 집, 식물 모든 것이 흰색이었다.

심지어 태양까지.

크고 작은 드래곤들이 은빛 별에 붉은빛 드래곤의 발톱 문양을 새긴 드란보우글리스펜쉬르의 국기를 흔들고 있었다. 고기와 음료수가 불 타나게 팔리고 있는 거리는 온통 축제 분위기였다.

흥분한 어린 드래곤들이 울타리를 넘다가 콰당, 넘어지는 모습도 보였다. 타라는 도와주려고 마법을 작동할 뻔했지만 꾹 참았다.

출발하기 전에 만일의 사태를 대비하여 경비가 삼엄하기 때문에 어떤 경우에도 마법을 사용하면 안 된다는 주의를 들었기 때문이다.

이윽고 그들은 대관식이 거행되는 별궁에 도착했다.

번쩍거리는 흰색 돌로 지은 별궁 앞에 거대한 금빛(물론 지금은 흰빛이지만) 드래곤 조각상들이 지나가는 이들을 굽어보고 있었다.

타라 일행은 별궁의 앞마당에 착륙했다. 거대한 계단식 관람석이 보이고 지붕 대신 비나 햇빛을 차단하기 위한 마법의 장막이 쳐 있었다. 많은 드래곤이 관람석의 편안한 소파에 자리를 잡고 앉아서 이날의 주인공이 등장하길 기다렸다.

12부족은 고유의 색깔로 부족 표시를 하는 것이 관례지만, 이날만은 예비 여왕을 중심으로 드래곤 국민이 단결하고 있다는 걸 보여주기 위해 모두 흰색이었다.

별궁을 향해 엄청난 군중이 몰려들었다. 입장하지 못한 군중을 위해 대형 크리스털 전광판에 대관식 장면이 중계 방송되고 있었다. 수많은 스쿠프가 여러 행성의 10여 개 채널로 전송하고 있었다.

대제사장들이 도착해서 드래곤의 신들인 네 개의 백금 조각상 밑에 섰다. 타라를 발견한 드르르르가 발로 반가운 인사를 보냈다. 자이언트 거미는 위풍당당한 모습으로 바리우스와 함께 자리를 잡고 있었다. 바리우스와 떨어진 윗자리에 앉아 있는 셀레나를 보면서 타라는 안심했다.

타라는 경호원들과 호위대에 둘러싸인 채 예비 여왕의 좌석 바로 아래쪽 자리에 앉았다. 비어 있는 여왕의 좌석 양옆에 최고 비늘 안드레아비로우쉬부와 최고 발톱 세니보우리쉬부가 자리 잡고 있었다. 샤름이 아직 오지 않았기 때문에 타라는 그 기회에 주변을 둘러봤다. 이상한 흙냄새에 목이 콱 막히는 느낌이 들었다. 파충류들은 따뜻한 걸 좋아하기 때문에 날씨가 더워서 타라는 땀이 줄줄 흘러내렸다.

햇빛을 받아 영롱하게 빛나는 새하얀 비늘들, 코를 간질이는 파충류의 냄새, 엄청난 관람석, 모두 인상적이었다.

갑자기 웅성거리는 소리가 났다. 샤름이 하얀 모래를 밟으며 등장하는데 커다란 구름 같은 베일이 너울거리고 있었다. 마치 면사포를 드리운 신부 같았다.

샤름이 전진하다가 대제사장들 앞에서 멈춰 섰다. 그리고 선서했다. 샤름은 죽을 때까지 드래곤 국가에 충성을 맹세하고, 드래곤의 명예와 나라의 영광을 위해 목숨을 걸겠다고 맹세했다. 선서하는 데 한 시간 이상 걸렸고, 맹세할 때마다 왕홀, 군대의 사령관 계급장 별, 배지가 샤름에게 수여되었다. 마침내 늙은 드래곤이 샤름의 머리에 으리으리한 왕관을 씌우는 의식이 시작되었다. 칼은 숨이 넘어갈 뻔했다.

"조상들의 이름으로 그대, 샤르맘니쉬라쉬바가 우리 국가의 열두 번째 여왕이 되었음을 선포하니 태평성대를 이룰지어다."

왕관이 머리에 닿자마자 새 여왕이 위에서부터 아래로 차츰 자신의 색을 되찾기 시작했다. 샤름은 주홍빛 드래곤이 되었고, 금빛 눈꺼풀에 검은 테가 둘러져 있었다. 그와 동시에 다른 드래곤들의 비늘이 본래의 색을 되찾으면서 무지갯빛이 아롱졌고, 마법사들의 예복도 오무아의 주홍빛과 금빛, 랑코비트의 파란빛과 은빛…… 등 각 나라를 상징하는 색으로 바뀌었다.

여왕의 즉위식을 축복하는 엄청난 함성이 일었다.

허리를 숙여 경의를 표하던 타라는 소스라치게 놀랐다. 갑자기 반지를 낀 손가락이 따끔거렸다.

그때였다. 어디선가 불빛 광선이 날아오고 있었다. 아슬아슬하게 피했지만 광선이 타라의 머리털과 갈랑의 날개를 스치면서 바로 옆에 있던 최고 비늘 안드레아를 관통했다.

그레이 드래곤은 아연실색한 얼굴로 몸에 뚫린 구멍을 쳐다보다가 쿵, 쓰러졌다.

566

26
낙인

이마에 낙인이 찍히면
누군가에게 당하는 날이 오고야 마는데……

*

머리에 화상을 입은 타라는 끔찍한 고통에 비명을 질렀다. 날개가 불에 탄 갈랑도 고통스러운 소리를 냈다.

참석한 드래곤들이 일제히 일어났다. 그 사건은 모두를 충격과 공포의 도가니로 몰아넣었다. 드래곤들이 서로 빨리 날아가려고 밀치다가 날개들이 부딪치는 대형 충돌사고까지 발생했다.

최고 발톱 세니보우리쉬부는 경호원 그르룰보다 간발의 차로 빠르게 달려와서 타라를 방어했다. 세토스 대사가 모두 지하로 대피하라고 고함을 지르는 바람에 엄청난 소동이 벌어졌다. 타라는 들것에 실려서 궁전의 의무실로 옮겨졌다. 로빈과 친구들은 사색이 되어서 뒤따라갔다. 거미라면 질색하는 파브리스가 못마땅하거나 말거나, 친구에게 일어난 일에 격분한 드르르르까지 쫓아왔다. 아연실색한 티타니아 왕비도 타라에게 달려왔다. 긴급히 호출된 최고 발톱의 군의관이 타라의 친구들을 제외한 모든 드래곤을 내보내고 진찰했다.

불빛 광선을 맞아 머리에 심한 화상을 입은 타라는 몹시 고통스러워했다. 군의관이 타라와 함께 날개에 화상을 입은 갈랑을 동시에 레파루스 주문으로 치료했다. 이어서 타라에게 물약을 먹였고, 머리털과 깃털이 새로 돋아나게 하는 크루아수스 주문을 읊었다.

타라는 군의관이 헷갈리지 않기를 바랐다. 내 머리에 깃털이 나면 정말 싫은데…….

로빈과 크산디아르는 이 행성에서 타라를 보호하는 것이 거의 불가능하다는 결론을 내렸다. 대관식이 끝났기 때문에 그들은 가능한 한 빨리 돌아가야 했다. 파브리스는 늑대로 변해서 보디가드로 타라의 곁을 지키기로 했다. 은으로 만든 무기로 공격받지 않는 한 죽을 위험 없이 타라를 지킬 수 있는 것은 파브리스밖에 없었다. 그르룰과 로빈은 못마땅했지만 선택의 여지가 없었다.

크산디아르는 그 와중에 칼리손 특사가 사라졌기 때문에 몹시 불안했다. 친위대장은 특사의 안전도 책임지고 있었다. 드래곤 정부의 대사 세토스의 도움을 받아 샅샅이 찾아다녔지만 칼리손 특사는 어디에도 없었다.

샤름은 수사를 명했다. 칼리손이 흔적도 없이 사라졌고, 저격수의 레이저 광선총이 발견되었다. 이 광선총은 드래곤들이 발명한 무기로 파괴력 있는 레이저 광선을 발사하는 초강력 무기였다. 그러나 탐정 시리즈에서처럼 떨어진 드래곤의 비늘이나 담배꽁초 같은 단서가 될 만한 것이라곤 없었다. 게다가 드란보우글리스펜쉬르에는 진실의 입들이 없었다. 비밀이 많은 드래곤들로서는 생각을 읽는 영리한 식물의 존재가 달갑지 않기 때문이었다.

수사 보고서의 내용에 모두 등골이 서늘해졌다. 만약 타라가 조금만 늦게 몸을 숙였다면 죽는 것이었다. 타라를 향해 발사된 레이저 광선이 약간 빗나가면서 옆에 있던 안드레아가 정통으로 맞은 것이었다.

노발대발한 여왕이 세니보우리쉬부에게 고함치는 소리에 옆에 있던 세토스 대사가 부들부들 떨었다.

"우리 면전에서 어떻게 그런 일이 일어날 수 있습니까? 즉위식이 끝나기가 무섭게 끔찍한 일이 일어났는데 이래서야 림보의 악마들을 막아낼 수 있겠습니까?"

"치안 문제는 안드레아비로우쉬부의 권한입니다." 세니가 일장 연설을 했다. "봐서 아시겠지만 정말 난장판입니다. 군대를 책임지고 있는 제가 만약 전하와 궁전의 안전을 맡는다면 이런 일은 절대 일어나지 않을 겁니다. 말씀하신 대로 이 모든 일은 용납할 수 없는 일입니다, 전하. 그리고 오무아의 후계자 경호를 강화하는 문제에 대해 비공개 회의를 제안합니다. 보안상 그것이 훨씬 효과적이니까요."

"좋습니다." 여왕이 말했다. "그렇게 자신 있게 말하는 그대에게 신임 최고 비늘을 선출할 때까지 정부의 치안을 맡기겠소."

세니가 뒷걸음쳤다.

"네? 그건 안 됩니다! 저는 정치가가 아닙니다! 다른 적임자를 찾으십시오!"

여왕이 차가운 미소를 흘리면서 몸을 숙였다.

"전임자가 이뤄놓은 일을 그토록 혹평하였으니 이 기회에 그대의 뛰어난 능력을 보여주세요. 테러범을 잡아서 그자의 머리를 가져오세요. 몸통은 필요 없어요. 알겠소?"

셰니는 송곳니를 꽉 물었다. 말과는 달리 머리로는 방금 궁전을 장악한 표정이었다.

"알겠습니다, 전하, 하지만⋯⋯."

"하지만 없습니다. 나는 그대를 임시 최고 비늘로 임명하겠소. 어서 가서 임무를 이행하시오!"

셰니는 선택의 여지가 없었다. 재빨리 신임 최고 발톱과 최고 날개를 임명한 다음 오만상을 찌푸리면서 방을 나갔다.

샤름이 아직 기력을 찾지 못한 타라를 향해 돌아섰다.

"미안해, 타라." 샤름이 침착해지려고 심호흡을 한 뒤에 말했다. "무슨 일인지 전혀 모르겠어."

"솔직히 짜증스럽네요." 칼이 타라를 대신해서 말했다. "이런 난장판이 일어난 곳의 우두머리이신 분이 모르시면 이 웃기지도 않는 소프에 빠진 우리 인간들, (칼이 그르룰과 크산디아르, 로빈을 향해 눈길을 던졌다) 엘프, 트롤, 티그족이 뭘 알겠어요?"

"칼, 소프가 아니라 수프야." 무아노가 속삭였다.

"아, 수프? 그래, 알았어! 하여튼 전하, 이 행성에서 석연치 않은 일이 벌어지고 있습니다. 타라를 죽이려고 하는 사건이 두 번이나 일어났는데 아직도 범인을 모르고 있어요. 그 이유를 아무리 생각해도 답이 안 나와요. 오무아를 대표하는 후계자에게 누가 이런 짓을 할 수 있을까요? 그리고 칼리손 특사가 사라진 이유는 어떻게 생각해야 될까요?"

여왕이 생각에 잠긴 표정으로 칼을 쳐다봤다.

"칼, 맞는 말이지만 섣부른 추측은 안 돼. 타라, 우리가 수사를 끝낼 때까지 몇 시간만 더 머물러줄 수 있겠니? 당장 토르두 수사관에게 연락해볼게. 새로운 단서를 찾았을지도 모르니까. 무슨 일이 있어도 칼리손 특사를 찾아야 해."

"내 생각에는 특사의 시체를 찾게 될 것 같아요." 타라를 향해 불안한 눈길을 보내면서 파프니르가 이죽거렸다.

정신이 몽롱해서 더 이상 대화할 수 없는 타라는 샤름에게 양해를 구하고 숙소로 돌아왔다.

타라는 친구들의 부축을 받으면서 침대에 누웠다. 갈랑도 타라 옆에 눕더니 화상을 입었던 날개가 많이 가려운지 열심히 핥았다. 크리스털 전광판에서 뉴스를 방송하고 있었다. 셰니보우리쉬부는 이마에 주름을 잡으면서 여왕의 명을 받아 안드레아 후임 최고 비늘로 임명되었다고 설명했다. 그리고 1차 수사 결과 고위급 정부 인사들이 그 테러에 연루되어 있다고 덧붙였다.

수백 대의 스쿠프들이 현장을 촬영했고, 타라는 당시의 상황을 다시 봤다. 갑자기 몸을 앞으로 숙이는 자신의 동작과 타라를 향해 날아오던 레이저 광선을 맞고 쓰러지는 안드레아.

타라는 소스라쳤다. 또 다른 각도에서 찍은 장면을 보면 레이저 광선이 분명히 자신의 머리를 맞혔다. 그런데 레이저 광선이 어떤 힘의 장막에 막히면서 정수리 부근을 스쳐 지나가는 것이 아닌가.

로빈, 칼, 무아노, 파프니르, 파브리스도 눈이 휘둥그레졌다.

"타라? 네가 힘의 장막을 만든 거야?" 무아노가 깜짝 놀란 얼굴로 물었다. "분명히 레이저 광선이 빗나갔어. 그러니까 대관식이 거행될 때 누군가가 공격하리라는 걸 예측하고 있었던 말이야?"

"아니, 전혀." 타라는 머리를 움직이지 않으려고 조심하면서 솔직하게 대답했다. "나는 힘의 장막을 만든 기억이 없어. 내 목숨을 구해준 것이 누군지 모르겠지만 내 생각에는 비밀리에 그런 것 같아."

파프니르는 타라의 손가락에 낀 은빛 반지를 훔쳐봤다.

"그게 너를 도와줬다고 생각하는 거야? (파프니르는 오파쿠스 마법을 걸지 않았고, 방에 친위대원들이 있기 때문에 반지라고 말하지 않았다) 주인을 바꾸고 싶지 않아서 그게 광선을 빗나가게 했다고 생각해?"

타라는 기억을 더듬었지만, 그건 아니었다. 손가락이 따가운 느낌은 있었지만 분명히 악마의 힘은 아니었다.

"아니, 무슨 일이 일어날 거란 신호만 보냈어. 레이저 광선이 날아오기 직전에 손가락이 따가웠거든. 힘의 장막이 나타나는 장면을 보고 나도 깜짝 놀랐어."

"그렇다면 용의자의 범위가 좁혀지는데……." 로빈이 심각한 얼굴로 말했다. "네 주위에는 우리가 있었고, 그 위쪽에는 드래곤들만 있었어. 따라서 너를 보호했던 것은 드래곤일 수도 있고, 이유는 모르겠지만 우리 중의 누군가일 수도 있어."

"우리 매직 6총사 중 한 명이라고?" 타라가 말도 안 된다는 얼굴로 물었다.

"아니, 우리였다면 너한테 말했겠지. 나는 호위대원 중 누군가가 그런 것 같아."

타라의 눈이 동그래지자 크산디아르가 황당한 표정을 지었다.

"지금 내 부하 중 하나를 용의자로 지목하면서 비난하는 건가? 내 부하가 무엇 때문에 대장인 나에게 알리지도 않고 그런 일을 했단 말인가?"

"그건 나도 모릅니다." 로빈이 진지하게 대답했다. "하지만 그가 타라의 목숨을 구해줬으니 내 말은 그를 처벌하는 대신 치하해야 한다는 뜻입니다!"

"다시 말하지만 내 부하들은 사전에 내 허락도 받지 않고 그런 일을 절대 하지 않아!" 크산디아르가 고집스럽게 말했다.

"성가시지 않다면 부하들에게 물어보는 게 좋을 것 같아요, 크산디아르." 로빈의 의도를 알아챈 칼이 말했다. "호위대에 티그족만 있는지도 확인해보시고. 내 말 무슨 뜻인지 아시죠?"

"그럴 리 없어!" 친위대장의 얼굴이 굳어졌다.

칼은 한숨을 길게 내쉬었다.

"사실은 우리를 꼼짝 못하게 방해할까 봐 말하지 않았는데요. 마지스터가 여기 있어요."

"뭐라고?"

"타라가 만났어요. 그래서 우리는 타라의 목숨을 구해준 것이 마지스터라고 생각하고 있어요. 마지스터가 타라의 어머니에게 딸을 지켜줄 거라고 말했거든요."

"뭐?"

"네, 타라의 어머니도 알고 계세요. 그래서 두 사람이 함께 차를 마셨대요."

"뭐…… 뭐라고?"

크산디아르에게는 숨이 넘어갈 정도로 충격적인 말이었다. 친위대장은 갑자기 몹시 피곤한 듯 콧등을 틀어쥐었다.

"나한테 언제 말할 생각이었니?"

"방금 말했잖아요."

크산디아르는 입을 열려다가 후계자의 친구에게 욕설이 튀어나가기 전에 입을 다물었다. 하지만 속으로 온갖 욕설을 퍼붓고 있는 것이 느껴졌다.

"내가 직접 확인해보지." 크산디아르는 퉁명스럽게 말했다. "내 부하들은 내가 잘 아니까. 가짜가 끼여 있다면 답변하지 못할 몇 가지 질문이 있지."

타라는 한숨을 내쉬었다. 두통과 구토증이 점점 심해지고 있었다. 크리스털 전광판에 심문을 받기 위해 위베른족 경찰에 연행되는 드래곤들의 성난 모습이 보였다. 샤름의 장관급 드래곤들이었다.

그 순간 타라는 스스세트가 했던 말이 기억났다. '급진파의 드래곤이 뭔가 심상치 않은 일을 꾸미고 있다.'

"무슨 일이 꾸며지고 있어." 타라는 두통 때문에 두 손으로 관자놀이를 누르면서 중얼거렸다. "샤름을 만나러 가야겠어."

손가락의 반지가 반짝거렸다.

"하지만 의사가 쉬어야 한다고 말했어." 로빈이 말했다.

반지가 더 반짝거리는 것으로 의사 표현을 했다.

"아니, 난 샤름을 만나야 해. 뭔가…… 석연치 않아. 불길한 예감이 들어. 어서 가자."

타라가 신음소리를 내면서 소파를 붙잡자 파브리스가 재빨리 부축했다.

눈앞에 별이 보였다. 모든 것이 빙빙 돌고 있었다.

"아아아아아 어지러워어어어어어어!"

로빈이 걱정되는 얼굴로 타라 앞에 섰다.

"타라, 정말 괜찮겠어?"

타라는 침을 삼키면서 로빈에게 토하지 않으려고 고개를 돌렸다.

"괜찮아, 괜찮아, 로빈. 나를 좀 부축해줘. 가자."

파브리스는 마지못해서 로빈에게 자리를 내주었지만, 만일을 대비해서 옆에 붙어 있었다. 야수로 변신한 무아노와 쉬바, 힘이 없어서 표범의 등에 올라탄 갈랑이 타라를 호위했다. 파프니르는 도끼 두 개를 움켜쥐었다.

궁전 곳곳에 전투 갑옷 차림의 위베른족 병사들이 배치되어 있었다. 계엄령이 선포된 것 같았다. 긴장감이 감돌았고, 몇 분 동안에 세 번이나 검문을 받았다. 그들은 공식적인 사절단이고 벌써 며칠 전부터 날마다 대면한 사이라 웃긴다고 여겨졌지만, 위베른족 병사들은 지나칠 정도로 철저하게 검문했다.

시한폭탄 같은 파프니르가 걱정이었다. 유난히 드래곤을 싫어하는 난쟁이지만 용케 몸수색을 하게 내버려두고 있었다. 접견실까지는 그리 멀지 않은데 타라에게는 한없이 길게 느껴졌다. 레파루스 치료를 받고 이런 상태가 되기는 처음이었다.

물약까지 먹었는데 왜 머리가 더 아프고 메스꺼운 거지?

그 순간 머릿속에서 종소리가 울렸다. 그래, 그거였어! 물약, 군의관, 군대! 최고 비늘과 최고 날개! 내가 왜 그렇게 멍청했을까!

부축해주는 로빈이 무색할 정도로 타라는 걸음을 재촉했다. 굳게 닫힌 접견실 앞에 이르자 타라는 위베른족 병사들에게 문을 열라고 했다.

"못 들어가십니다. 지금 회의 중입니다. 계엄령이 선포되었습니다."

계엄령이라는 건 국가 비상시 공공질서를 목적으로 군사권을 발동했다는 뜻이 아닌가. 세니보우리쉬부가 발 빠르게 전임 최고 비늘의 안보 체제를 바꾼 것이었다.

비명소리가 들리는 순간 타라는 더는 지체하지 않기로 했다. 오해한 것이라면 사과를 구하면 될 일이었다. 기력이 없지만 타라는 마법을 작동했고, 미처 대응하지 못한 위베른족 병사들이 나가동그라지면서 문이 박살 났다.

"좋아, 아주 좋아."

파브리스가 중얼거렸다.

무아노는 머리를 숙였다. 그리고 다시 고개를 들던 무아노는 아연 실색했다.

부서진 문의 파편과 먼지 속으로 들어서던 그들은 눈앞의 광경에 발이 얼어붙은 듯 꼼짝하지 못했다. 드래곤 둘, 도마뱀 둘에게 붙잡혀 있는 샤름, 바닥에 내동댕이쳐진 왕관, 게다가 옥좌에 앉은 세니보우리쉬부가 여러 드래곤에게 둘러싸인 채 아주 흡족한 표정을 짓고 있었다.

"어허, 어린 인간이 성격이 꽤나 급하군요. 누군가의 방에 들어올 때 늘 이렇게 문을 부수는 건 아니겠지요? 어서 오세요. 아더월드에서 쓰는 표현으로 모여드는 사람이 많을수록 더욱 즐거워지니까요!"

"어떻게 된 거지?"

질겁한 무아노가 물었다.

"샤름을 체포했잖아!" 아직 사태를 깨닫지 못한 파브리스가 외쳤다. "돌발 상황이 일어났나?"

"아냐, 파브리스." 타라가 지적했다. "이건 돌발 상황이 아니라 쿠데타야!"

27
셰니보우리쉬부

배신자의 말로가 어떤 건지 알아야 하는데……

*

그들 모두 마법을 작동했지만, 셰니보우리쉬부는 샤름을 가리키면서 송곳니를 드러내고 미소를 지었다. 드래곤 둘과 도마뱀 둘이 부리가 나팔처럼 벌어진 레이저 광선총으로 샤름의 관자놀이를 겨냥하고 있었다.

"쯧쯧, 그렇게 흥분할 것 없다. 무기를 버리고 마법을 중지하지 않으면 우리의 전 여왕이 그 대가를 치를 것이다."

티그족 호위대가 언제든 뛰어들 기세로 대기하고 있었다. 타라는 망설였다. 놈들이 샤름을 죽일지도 몰랐다. 그리고 친구들을 위험에 빠뜨릴 수는 없었다.

타라는 잠시 생각했다. 셰니보우리쉬부가 발밑에 있는 상자 같은 걸 누르자 티그족과 타라의 마법이 꺼졌다.

그러나 패밀리어들이 여전히 축소되어 있는 걸 보면 마법을 사용할 수 없다는 뜻은 아니었다.

꼭 이렇게 불리한 순간에 마법을 사용하지 못하게 하는 기구들을 저주하면서 타라는 포기했다. 타라의 지시에 따라 크산디아르가 팔을 내리자 부하들도 마지못해서 팔을 내렸다.

그래도 비밀 무기는 남아 있었다. 드래곤들은 티그족의 전투력을 모르고 있었다. 타라는 티그족의 능력을 믿었다. 티그족은 싸우는 데 마법 능력이 전혀 필요 없었다. 타라는 티그족에게 준비할 시간을 주기 위해 드래곤들의 주위를 흩뜨리기로 했다. 곧이어 타라는 크산디아르가 옆으로 약간 움직이기 시작하는 걸 봤다.

세니보우리쉬부는 비웃음을 흘렸고 목소리는 비열했다.

"역시 듣던 대로 어린 인간이 그리 멍청하지는 않군. 쿠데타라, 대단해. 가까이 와봐, 어떻게 알았는지 어디 한번 들어보자."

"함정이었어." 타라가 친구들에게 신랄하게 말했다. "우리가 이렇게 갇히기 전까지는 전혀 알아채지 못했을 정도로 아주 교묘한 함정. 그동안의 테러가 전부 내가 표적이었다고 믿게 할 정도로."

"그게 아니었다고? 그럼 우리가 감쪽같이 속았던 거야?"

칼이 말했다.

"죽은 드래곤, 최고 날개와 최고 비늘이 표적이었어. 아주 교활한 음모야. 셈 선생님에게 마약을 먹여서 나를 공격하게 만들었지만, 사실은 쇼우모우리쉬바를 죽이는 것이 목적이었어. 레이저 광선 역시 나를 향해 날아왔지만, 내 옆에 있다가 우연히 당한 것처럼 안드레아를 죽였어. 우리 모두 두 번의 테러가 나를 죽이려는 것이었다고 믿었지.

하지만 내가 아니었어. 표적은 처음부터 쇼우모우리쉬바와 안드레아 비로우쉬부였던 거야!"

"흠, 대단하구나." 세니보우리쉬부가 말했다. "그걸 어떻게 알았을까?"

"물약. 어떤 샤먼도 나를 치료한 뒤에 물약을 먹게 한 적이 없었고, 물약을 먹기 전보다 지금이 더 아프니까요. 나를 무력화시키기 위해 당신이 선택한 방법은 내게 독약을 먹이는 것이었어요. 이번에는 의사를 이용해서. 그런데 그 의사가 군의관이었단 말이죠! 그다음, 장관들이 연행되는 장면을 뉴스로 봤는데 그것은 당신의 사람들로 바꾸기 위한 수작이었지요. 당신은 최고 비늘 직책을 사양하는 척했지만 사실은 처음부터 당신이 원했던 것이 바로 그거였어요. 안드레아와 쇼우를 죽인 이유가 뭡니까?"

"그들은 배신자들이었어!" 세니보우리쉬부가 응수했다. "그들은 아주 오래전부터 내 계획에 걸림돌이었지. 안드레아비로우쉬부는 자신의 정책을 위해 쇼우모우리쉬바를 이용했지. 안드레아 때문에 드래곤 정부는 수백 년 사이에 아주 소심한 정부가 되고 말았다. 그래서 우리 노선을 가장 강력하게 지지해줬던 샤름의 아버지는 비밀리에 악마들의 공격을 대비한 계획을 세워왔는데…… 멍청한 셈나샤오비로다인트라쉬부가 그분을 죽임으로써 우리의 모든 계획이 수포로 돌아갔단 말이다."

스톤헨지의 거석 유적을 이용해서 지구를 파멸시키려다 셈나샤오비로다인트라쉬부에게 살해됐던 미친 왕, 세니보우리쉬부는 그 왕을 추종하던 급진파의 실세였던 것이다.

"뭔가를 해야 했어." 세니보우리쉬부는 거드름을 피우면서 연설을 계속했다. "수백 년 동안 평화주의자들 때문에 우리는 악마들을 방어하는 군대만 조직했고, 국민의 자유와 데미데루스와 맺은 협정을 생각해서 지구에 발을 들여놓지 않고 있지. 우리 세계와 악마 세계를 잇는 지각단층이 지구에 있는데도 불구하고. 악마들의 온갖 종류의 침략 시도를 즉각적으로 저지하려면 인간들에게는 안된 일이지만 지구에 요새와 군대, 함정을 만들어야 한다. 그런데 그러기는커녕 우리는 아무것도 못하고 있어. 이제는 시작할 때가 되었기 때문에 이번 일을 모두 내가 꾸몄지. 처음에는 오무아의 여제가 참석할 것으로 예상하고 계획을 세웠지. 여제의 목숨을 노리는 적이 많기 때문에 테러를 당해도 그리 놀랄 일은 아니니까. 그러나 여제는 자기 대신 후계자를 보낸 거야. 마지스터가 벌써 몇 차례 납치 시도를 했던 후계자를 보내주었으니 나에게는 오히려 고마운 일이었지. 네가 표적인 것처럼 꾸며서 내 정적 둘을 쉽게 제거할 수 있었으니까. 게다가 여왕이 전권을 주었기 때문에 방해가 될 만한 장관들을 모조리 감옥에 처넣을 수 있었고. 여왕을 체포하는 일만 남았는데 이렇게 빨리 결판이 나게 도와주었으니 고맙다고 해야 하나?"

독약 때문에 머리가 맑지 못하지만 타라는 정신을 똑바로 차리려고 애를 썼다. 그래도 아직 풀리지 않은 의문이 있었다.

"아더월드의 숲에서 우리가 트롤들에게 붙잡혔을 때 위베른족 도마뱀이 우리를 도와준 일이 있었어요. 그 위베른은 트롤들을 죽이면서도 우리를 풀어주진 않았어요. 이유가 뭐죠?"

"우리는 대관식에 참석할 것으로 예상되는 모든 손님을 감시하고 있었다. 여제, 황제, 너의 쌍둥이 동생들, 너는 물론이고. 테러를 당하면 드래곤 정부의 초청에 불참하게 되는 변수가 생길 수 있으니까. 그래서 우리는 호위대의 티그족 중 한 명을 매수했지(소스라치게 놀란 크산디아르가 드래곤을 노려봤다). 한 티그족 친위대원이 갑자기 데굴데굴 구르면서 고통스러워하던 것 기억나니? 그렇게 병이 난 것처럼 꾸민 티그족은 폭발시켜서 죽이고, 트롤들은 우리가 투입한 위베른에게 목이 뽑혀서 죽었지. 그 뒤에도 위베른은 트롤 몇 놈을 해치우는 것으로 트롤들을 공포에 떨게 만들었으니 결국은 너를 도와준 셈이지."

"당신을 위해 일했는데 죽였단 말이에요?" 칼이 경악했다.

"나는 배신자를 좋아하지 않아." 셰니보우리쉬부가 거만하게 대꾸했다.

아, 진짜 웃기네. 그럼 자기가 하는 짓은? 이건 배신이 아니고 뭐지?

"하지만 이 행성에서 일어난 두 건의 테러로 타라가 죽을 수도 있었어요." 참다못한 파브리스가 반박했다.

셰니보우리쉬부는 늑대로 변해 있는 파브리스의 송곳니와 털을 유심히 살피다가 말했다.

"늑대인간이로구나. 늑대인간들은 우리 위베른족 도마뱀들과 싸워볼 만하지. 늑대인간의 전투 실력이 어떤지 보는 것도 아주 흥미롭겠어. 우리 병사들의 뛰어난 능력을 한순간도 의심하지 않지만."

셰니보우리쉬부가 한 도마뱀의 등을 쓰다듬자 가르랑거리는 소리를 냈다. 타라는 세토스를 알아보면서 충격을 받았다. 여왕의 총애를 받는 위베른이 배신자였다니! 샤름이 측근을 선택하는 데 문제가 있는 것이었다.

타라가 살아남아서 오무아의 여제가 된다면 이것은 훌륭한 교훈으로 삼아야 할 일이었다.

파브리스는 이맛살을 찌푸렸다. 자신의 반박에 대꾸도 없이 드래곤이 딴전을 피운다는 것은 뭔가 다른 속셈이 있다는 생각이 들었다.

"나는 당신의 살육 취미를 만족시키기 위해 맹목적인 도마뱀들과 싸우지 않겠습니다." 파브리스가 냉랭하게 말했다. "이제 우리를 어떡할 겁니까?"

"글쎄, 나도 아직은 모르겠다. 후계자가 살아서 우리의 음모를 알아챌 거란 예상을 하지 않았으니까. 원래대로라면 후계자의 시신과 함께 너희들을 아더월드로 돌려보냈을 텐데, 아주 골치 아프게 됐단 말이지. 흠, 오무아의 사절단은 며칠 후 우리가 침략할 때 죽어야 할 것 같구나."

무아노가 경악했다.

"네? 아더월드를 침략하겠다는 뜻입니까?"

세니보우리쉬부가 무아노를 쳐다보면서 대답했다.

"아더월드? 아, 그거 기발한 생각이군. 하지만 마법사들과 우리 드래곤은 동맹 관계란 말이야. 음, 그건 안 돼지. 나는 당연히 지구를 말하는 것이다!"

타라 일행이 질겁하여 시선을 주고받는 사이, 세니보우리쉬부는 거대한 덩치치고는 상당히 민첩하게 일어났다.

"너희들이 마침 때맞춰 왔으니 보여주지. 이쪽으로 가까이 오라."

타라는 알아채지 못하고 있었지만, 접견실의 발코니는 수도의 거대한 광장 쪽으로 나 있었다.

대관식 무대가 철거된 뒤에 그들이 지나갈 때는 텅 비어 있던 광장이었다.

드란보우글리스펜쉬르의 태양이 수백, 수천의 금빛 비늘을 비추고 있었다.

타라는 숨이 막히는 것 같았다. 눈앞에 무장한 위베른족 병사들이 새까맣게 차려 자세로 도열해 있었다. 모두 안드레아를 쓰러뜨렸던 레이저 광선총을 들고 있었다.

고성능 무기를 지녔다고 해도 지구의 인간들이 드래곤들의 마법과 사나운 위베른족 병사들의 레이저 광선총을 당해낼 수 있을까?

총사령관 셰니보우리쉬부의 모습이 보이자 위베른족 병사들이 일사불란하게 두 발을 얼굴 높이로 쳐들고 경례하면서 외쳤다.

"셰에에에에에에에트ㅇㅇㅇㅇㅇ!"

'카이사르 만세, 죽으러 가는 자들이 인사드립니다'(고대 로마의 검투사들이 죽음의 결투를 시작하기 전에 황제에게 하는 표현─옮긴이)와 같은 뜻의 구호였다. 그때였다. 살을 에는 듯한 소리가 뼈와 귀를 뚫고 들어왔다.

머릿속에서 소리가 공명하고 있어서 타라는 견디기 힘들었다. 크산디아르에게 공격 신호를 보낼 겨를조차 없었다.

타라는 푹 쓰러졌다.

타라는 눈을 뜨고 주위를 둘러봤다. 감옥이 아니었다. 혹시 구조 변경으로 안락하게 만든 감방인가? 아니었다. 팔각형의 붉은색 방에 드래곤을 위해 만든 것이 틀림없는 어마어마하게 큰 침대에 누워 있었다.

갈랑이 옆에서 자고 있는데 무사한 것 같았다. 타라는 안도하면서 페가수스를 쓰다듬었다. 그 손길에 깬 페가수스가 눈을 떴다. 그러고는 눈이 동그래져서 주위를 살폈다. 갈랑이 머릿속으로 보내는 질문에 타라는 힘없는 미소를 지었다.

"응, 감금되어 있는 건 분명해. 근데 이번에는 창살이 없고 편안한 침대가 있네."

사방이 온통 거울이었다. 거울들이 밝아지는 순간 거울 너머의 모습이 보였다. 갈랑이 벌떡 일어나서 전투 자세를 취했다.

8면이 대형 거울로 이뤄져 있고, 거울 속에 각각 다른 방의 모습이 보였다. 샤름을 함정에 빠뜨렸던 배신자 세니를 에워싼 드래곤들과 도마뱀들이 있는 방, 불빛이 깜박이는 기계들과 기술자들이 있는 방도 보였다.

그 옆방에는 친구들의 모습이 보였다.

모두 부상을 당했고, 크산디아르는 팔에 붕대를 감고 있었다. 너무 많은 걸 알고 있기 때문인지 토르두 수사관도 함께 갇혀 있었다. 게다가 셈 선생님과 샤름까지? 모두 모여서 침대에 누운 채 꼼짝 않는 파브리스를 지키고 있었다. 타라는 가슴이 철렁했다. 파브리스가 갑자기 소리를 지르면서 발버둥쳤다.

토르두 수사관이 파브리스에게 몸을 숙이더니 두 팔을 잡으면서 뭐라고 속삭였다. 진정이 된 파브리스가 뭐라고 중얼거리다가 다시 까무러쳤다.

질겁해서 일어난 타라는 구토가 일었지만 이를 악물었다. 현기증이 사라지자 타라는 거울 앞으로 다가갔다. 로빈이 불안한 눈빛으로 차가운 거울에 바짝 붙어 섰다. 둘은 거울에 서로의 손을 맞대고 쳐다봤다. 갇혀 있는 것이 처음 있는 일은 아니지만, 이 상황은 지금까지 경험했던 그 어떤 때보다 최악이었다.

타라는 아직 어떤 상황인지 정확히 몰랐다. 무아노, 칼, 로빈이 패밀리어들을 쓰다듬어주면서 진정시키고 있었다. 그 순간 타라는 알아차렸다.

바룬이 보이지 않았다.

거울을 통해 파브리스의 모습을 자세히 볼 수 있었다. 친구의 숨소리가 거칠고, 얼굴이 눈물에 젖어 있었다.

"맙소사, 무슨 일이지?" 타라가 중얼거렸다.

타라의 놀라는 얼굴을 보고 로빈이 말했는데 두꺼운 거울을 통해 목소리가 또렷이 들렸다.

"위베른 둘이 축소되어 있던 바룬을 잡으려고 했어. 매머드가 너무 겁을 먹는 바람에 파브리스의 축소 마법이 깨지면서 원래의 크기로 돌아오고 말았어. 깜짝 놀란 도마뱀들이 레이저 광선을 쏘면서 티그족 친위대원들과 전투가 벌어졌고, 그 과정에서 티그족 6명이 사망했지. 결국 우리 모두 체포되고 말았어. 마법을 사용할 수 없기 때문에 바룬을 구하지 못했고……."

로빈이 애석한 얼굴로 목소리를 낮췄다.

"패밀리어가 된 지 그리 오래되지 않았기 때문에 파브리스까지 죽지는 않았지만, 그 충격으로 위독한 상태야."

둘은 눈길을 주고받으면서 더 말하지 않고도 서로의 마음을 읽을 수 있었다. 파브리스는 바룬의 죽음에 대한 자책감을 절대 떨쳐내지 못할 텐데. 위베른들이 파브리스가 강력한 마법에 대한 욕심을 버리길 바라는 타라의 희망을 날려버린 것이었다.

이제 모두 죽을 위험에 처해 있었다. 빨리 이 구렁텅이에서 빠져나갈 방법을 찾아야 하는데…….

셰니보우리쉬부는 흡족한 표정으로 그 장면을 재미있다는 표정으로 지켜보고 있었다.

"내 위베른 병사들은 훌륭한 전사들이야. 대단한 반사신경이지. 늑대인간이 싸우기도 전에 기절해버린 것이 유감이다. 늑대인간의 전투 실력을 정말 구경하고 싶었는데."

"비열한 놈!" 로빈이 외쳤다. "얌전하게 있는 바룬을 죽이다니!"

셰니는 로빈을 날카롭게 쏘아봤다.

"죽고 싶지 않으면 그런 욕설은 내뱉지 않은 것이 좋을 텐데."

그러고는 하프엘프를 더 이상 거들떠보지도 않고 타라에게 말했다.

"당돌한 인간아, 먼저 보여줄 것이 있다. 이자는 우리 국민에게 형언할 수 없는 죄를 저질렀는데 우리에게 도전하면 어떻게 되는지 잘 봐두어라. 똑같은 벌을 주었을 때 그 대단하다는 마법으로 타라 네가 어떻게 견디는지 테스트해봐야겠다."

거울들이 어두워지더니 모두가 볼 수 있게 타라 뒤쪽 벽에 이미지가 나타났다.

비디오, 아니 아더월드의 용어로 크리스털레오로 보여주는 장면들이었다.

쇠사슬에 묶인 한 인간이 차마 눈뜨고 볼 수 없는 끔찍한 고문을 당하고 있었다. 소리는 들리지 않아도 드래곤이 집요하게 심문을 하고, 죄수는 끈질기게 모른다고 대답하는 상황이라는 걸 추측할 수 있었다. 누군지 알아보지 못하게 인간의 얼굴에 씌운 검은색 마스크가 딱 달라붙어서 거칠게 숨을 몰아쉬고 있는 게 분명했다.

마스크의 인간 옆에 검은색과 보라색이 섞인 뱀도 붙잡혀 있었다. 고문당한 뱀의 허리에서 보라색 피가 흘러내렸다.

갑자기 누구인지 알아차린 타라는 속이 울렁거렸다. 마스크의 남자는 마지스터였다. 틀림없었다. 드래곤들이 저렇듯 온갖 고문을 가했는데도 마지스터가 죽지 않은 것이었다.

드래곤들은 저때 마지스터를 죽이지 않은 걸 후회하고 있는 것이 틀림없었다. 타라는 드래곤을 증오하는 마지스터의 심정이 이해되었다. 마스크로 얼굴을 가린 이유도 알 것 같았다.

"저 남자……."

타라는 목소리가 갈라져서 말을 다시 해야 했다.

"저 남자가 무슨 죄를 지었기에 저런 벌을 받는 거죠?"

셰니가 아니라 토르둘레코테파클레르쉬부가 대답했는데 입술을 젖히고 있다는 건 드래곤이 난처해하고 있다는 표시였다.

"우리 궁전에 침입해서 드래곤들이 '빌린' 악마의 사물들을 훔치기 위해 왕의 누이동생을 살해했다." 토르두는 빌렸다는 표현을 힘주어 발음했다.

샤름이 말한 악마의 사물 중에서 사라졌다고 한 셔츠. 마지스터가 그 셔츠를 훔치려고 했을 때의 상황을 말하고 있는 것이다.

"그래서 어떻게 됐는데요?"

"저 인간이 마법으로 감시 스쿠프들을 파괴한 다음 보물고에 들어가 있을 때 마침 우리의 공주 아마바쉬로우쉬바가 그곳에 들렀지. 보물고에서 무슨 일이 있었는지는 아무도 모른다. 우리가 문을 열었을 때 공주는 보석 더미 위에 쓰러져 있었고, 드래곤들이 보관하고 있던 악마의 사물 중 하나가 사라졌다. 경보 사이렌이 울렸기 때문에 저자를 체포했지. 우리는 심문했지만 저자는 끝내 훔친 사물을 어떻게 했는지 말하지 않았다."

"저 사람이 누군지 아세요?"

"아니, 저자를 심문했던 드래곤들은 그 뒤로 모두 미스터리한 죽음을 맞았기 때문에 아무도 몰라. 크리스털 볼로 촬영한 이 영상 자료밖에 찾지 못했다. 마스크로 얼굴을 가리고 있었고, 귀신같이 도망쳐버렸으니까. 저자는 너무 심한 부상을 입어서 데려갈 수 없게 되자 패밀리어인 뱀을 자기 손으로 죽였지."

타라는 힘을 합해서 영혼 약탈자와 싸울 때 마지스터가 했던 말이 기억났다. 마지스터는 패밀리어가 힘을 쓸 수 없기 때문에 죽었다고 말했었다. 타라는 이제 그렇게 말한 이유를 알았다.

"잡담이나 하려고 너희를 여기 데려다놓은 것이 아니다." 셰니보우리쉬부가 말했다. "정보원들이 너희의 마법 능력에 대해 조사한 내용이 맞는지 시험해보기 위해서야. 그다음에 너희를 어떻게 할지 결정할 것이다."

어조로 봐서는 여섯 개의 발로 흙을 파고 들어가서 묻히는 목재 관을 생각하는 것 같았다.

"하지만 나는 여왕 쪽의 드래곤이 아닙니다!" 토르두가 재빨리 끼어들었다. "나는 단지 셈나샤오비로다인트라쉬부가 저지른 테러 행위에 대한 수사를 하기 위해 돈을 받고 일해준 것뿐입니다. 이 방을 나가서 나의 충성심을 보여드리고 싶습니다."

"맹세하겠는가?" 세니가 물었다.

샤름과 셈, 타라 일행이 일제히 역겨운 얼굴로 쳐다보거나 말거나 토르두가 대답했다.

"물론입니다. 나는 드래곤의 법을 완벽하게 알고 있고, 쿠데타를 정당한 것으로 인정받으려면 복잡한 법률적 절차가 필요할 겁니다. 첫 단계가 성공했다고 나머지 일도 잘될 것이라고 보장할 수 없지요. 나는 쿠데타를 합법적인 것으로 승인받도록 도와줄 수 있습니다. 아시겠지만 나는 그 일을 해낼 수 있는 최고 적임자입니다."

세니보우리쉬부는 고개를 끄덕였다. 맞는 말이었다. 그런 도움이 절실히 필요한 때였다.

세니가 위베른 병사 둘에게 명했다.

"저자를 데리고 나와서 우리 편인지 아닌지 확인하라! 샤름의 패거리를 도우려고 수작을 부린 것이면 없애버려!"

"반역자!" 토르두가 앞을 지나갈 때 셈이 내뱉었다.

토르두의 반응은 믿을 수 없을 정도로 격했다. 토르두는 힘없는 셈의 멱살을 잡아서 거칠게 벽에 밀어붙이고 말했다.

"더 강한 세력의 편에 서서 돕는 것을 반역 행위라고 할 수 없다! 역사를 위해서는 당신과 이 친구들이 반역자야, 우리가 아니라!"

그러고는 문이 열리자 샤름이나 파프니르가 반응하기 전에 셈을 놓아주고 토르두는 방을 나갔다. 샤름이 달려가서 셈을 끌어안았다. 블루 드래곤은 숨을 몰아쉬고 있었다.

"괜찮아요?" 샤름이 걱정이 가득한 목소리로 물었다.

셈의 얼굴이 일그러졌다.

"다쳤던 데를 움켜잡는 바람에 너무 아파서……. 하지만 걱정 마요, 괜찮아질 거요."

"동맹국의 국민을 이따위로 대하는데 적에게 어떤 짓을 할지는 안 봐도 뻔하군." 격분한 파프니르가 거울 뒤의 세니를 마주 보고 서서 이죽거렸다. "이 빌어먹을 드래곤, 내 도끼를 돌려줘! 그리고 덤벼라, 난쟁이 전사의 뜨거운 맛을 보여주겠다!"

세니는 로빈에게 그랬던 것처럼 난쟁이를 무시해버렸다. 모두 갇혀 있는데 제까짓 것들이 반항해봐야 어쩌겠어? 하는 식이었다.

"테스트를 시작하겠다." 세니가 선언했다. "그 방에서 어디 한번 나와봐라, 성공하면 너를 풀어주겠다."

이건 거미가 파리를 유인할 때 하는 말 아닌가? '얘들아, 우리 집에 밥 먹으러 와.'

빛이 번쩍하더니 타라 앞에 있는 거울만 빼고 모든 거울이 어두워졌다. 타라는 거울에 비친 자신의 모습을 보니 낯설었다. 체인지라인을 빼앗겼기 때문에 딱 붙는 티에 쇼트팬츠 차림이었다.

단검, 가문의 반지도 빼앗겼지만, 이상하게도 크라에토비르의 반지는 그대로 있었다. 드래곤들의 눈에는 반지가 안 보인 걸까? 따라서 타라는 악마의 힘을 믿을 수 있지만, 살아있는 돌만큼 신뢰할 수는 없었다. 그래, 해보자. 나의 초강력 마법을 기대하고 있다는데. 어쩌면 반지가 이 방에서 빠져나가게 해줄지도 몰라. 아니면 말고.

한 가지 방법밖에 없었다.

타라는 드래곤들에게서 등을 돌리고 앉아서 팔짱을 꼈다.

"뭐 하는 거냐?" 마침내 셰니가 성난 목소리로 물었다.

"거부."

"뭐라고?"

"거부한다고요. 당신 마음대로 해요, 나는 당신의 테스트를 받지 않을 테니까! 찬탈자, 지옥으로 꺼져라!"

등 뒤에서 분노로 으르렁거리는 소리가 들렸다. 흥, 걸려들었군. 뭐라고 지시를 내리는 소리가 들리더니 셰니가 타라에게 말했다.

"테스트를 받지 않으면 네 친구들을 죽이겠다."

샤름과 셈, 친구들, 친위대원들이 있는 방이 밝아졌다.

도마뱀 둘이, 두 팔이 등 뒤로 묶인 로빈의 무릎을 꿇렸다. 그리고 또 다른 도마뱀이 로빈의 목에 장검을 들이댔다. 로빈이 몸부림치자 피가 약간 흘러내렸다.

"이 엘프가 너에게 얼마나 소중한지 알고 있다. 복종하지 않으면 엘프는 죽는다."

"난 차라리 죽을 테니까 우리 걱정은 하지 마, 타라!"

로빈이 악을 썼다.

타라는 눈을 감았다. 드래곤이 인간을 어떻게 다뤄야 하는지 방법을 알고 있었다.

이젠 정말 그 방법밖에 없어.

타라는 눈을 더 꼭 감고 정신을 집중했다.

분노가 치밀기 시작했다.

바룬을 죽인 도마뱀들, 생사의 갈림길에 놓인 소꿉동무 파브리스, 아직도 어머니를 탐내고 있는 마지스터, 권력에 굶주린 어린 동생 자르, 로빈에 대한 사랑을 무조건 반대하는 고모, 죽음으로부터 구해야 하는 친구들…… 정말 지긋지긋해!

타라가 갑자기 눈을 번쩍 떴고, 드래곤들이 예상보다 더 크게 놀라는 반응을 보였다.

새파랗게 변한 타라의 눈에 강력한 마법의 빛이 이글거렸다.

온몸이 마법의 불에 휩싸인 타라는 붕 날아올라서 세니가 있는 방의 거울에 두 주먹을 날렸다.

아주 두꺼운 거울이 순식간에 산산조각으로 부서졌다.

드래곤 무리가 상당히 당황해하는 표정이었다. 그러나 타라가 알아채지 못한 힘의 장막이 드래곤들을 보호하고 있었다.

"흠, 정말 대단하군." 세니가 약간 충격을 받은 것 같았다. "역시 듣던 대로야. 어쨌든 엄청나게 강력한 능력을 지녔으니 악마들을 물리치는 데 이상적인 무기가 되겠어. 첫 번째 테스트를 성공했으니 너를 죽이지는 않겠다."

마법을 사용하면서 행복을 느끼다니, 타라는 묘한 쾌감에 빠져들었다. 아, 그래, 내 마법 속으로 악마의 힘이 들어온 거었어! 타라는 반지가 도와주고 있음을 깨달았다.

아주 잘했어, 냄새나는 파충류들이 이번에는 또 뭐라고 할지 보자!

타라는 셰니보우리쉬부를 향해 초강력 마법의 광선을 발사했다.

셰니는 무의식적으로 뒷걸음쳤지만, 힘의 장막이 버티고 있었다. 수십, 아니 수백의 드래곤이 합세해서 힘의 장막을 지원하고 있는 것이 틀림없었다. 타라 혼자서는 역부족이었다.

타라는 바닥과 천장, 여덟 개의 벽면을 시험해봤지만 힘의 장막에 뒤덮여 있었다.

타라는 마법을 아끼기 위해 내려가기로 했다.

어? 아무런 예고 없이, 그것도 눈 깜짝할 사이에 마법이 휙 사라지다니! 그래서 타라의 착륙은 위험천만했지만 다행히 침대 위쪽에 떠 있어서 떨어질 때의 충격을 완화해주었다.

"휴, 이게 대체 어떻게 된……."

"테스트를 변경하겠다." 셰니가 미소를 흘리고 있었다. "마법이 없으면 고통을 어떻게 견디는지 보고 싶구나."

당황한 타라는 크라살비에서도 그랬고, 몇 시간 전 샤름의 접견실에서도 노-매직 버블에 걸려 있었던 것이 기억났다.

도마뱀 다섯이 들어와서 공격했다. 네 놈은 타라를 거울 앞에 세운 채 제압했고, 나머지 한 놈의 공격을 받은 갈랑이 성난 울음소리를 내질렀다. 이윽고 드래곤이 등장했다.

날개에 무늬조차 없이 새까만 드래곤이었다. 난쟁이 드래곤인지 드래곤치고는 키가 작았다. 블랙 드래곤이 타라를 유심히 관찰했다. 그러고는 고갯짓으로 도마뱀들에게 타라를 잘 붙잡고 있으라는 신호를 보냈다. 타라는 참을 수 없는 구토증이 일었다. 예의를 차릴 필요는 없지만 참아야 했다. 한쪽 구석에 웅크리고 있다가 가까이 오는 놈에게 발길질할 생각이기 때문이다.

그 순간 블랙 드래곤이 도구를 꺼냈다. 타라는 덜덜 떨렸다. 무시무시한 고문 도구들, 끔찍한 고문을 당하던 마지스터의 모습이 떠올랐다.

"무…… 무슨 짓을 하는 겁니까?" 타라가 떨리는 목소리로 물었다.

"힘의 장막으로 마법을 차단했지만." 셰니보우리쉬부가 대답했다. "마법은 피나 내장과 마찬가지로 네 몸의 일부라고 할 수 있지. 끔찍한 고통 속에서도 장막을 뚫고 네가 마법을 사용할 수 있는지 보기 위해 너를 고문할 것이다. 너만큼 강력한 마법사는 본 적이 없기 때문에 아주 흥미로운 테스트가 될 것이다."

끔찍한 말을 저렇듯 태연하게 말하는 것도 재주라면 재주일까? 타라는 실험실의 개구리가 된 느낌이었다. 셰니가 말하는 사이에 준비를 끝낸 블랙 드래곤이 긴 매스를 들고 있었다. 그러고는 눈 깜짝할 사이에 타라의 배를 갈랐다.

매스가 어찌나 날카로운지 타라는 곧바로 통증을 느끼지 못했다. 멀미가 나는 것처럼 심한 구토증이 일어났다. 자존심이 상하지만 타라는 참을 수가 없었다.

타라는 비명을 질렀다. 갈랑도 비명을 질렀다.

로빈이 미친 듯이 발광하자 도마뱀들이 놓아주었다. 쏜살같이 달려간 로빈이 있는 힘을 다해 거울에 몸을 쾅, 부딪치고 나서 주먹이 터져라 거울을 내리쳤다. 로빈을 보호할 수 없는 소우르브도 일곱 개의 머리를 정신없이 흔들면서 괴성을 질렀다. 뼈라도 부러질까 걱정이 된 크산디아르와 친위대원들이 전부 달려들어서 히드라를 붙잡았다.

소리만 지를 뿐 타라에게 아무런 도움을 줄 수 없는 로빈은 거의 미쳐가고 있었다.

블랙 드래곤이 기다리고 있었다. 타라는 너무 고통스러워서 정신을 집중할 수 없었다. 타라는 안간힘을 다해 고통과 싸우고 있지만, 크라에토비르의 반지가 있는데도 마법을 쓸 수 없었다.

드래곤이 또다시 매스로 타라의 몸에 상처를 냈다. 타라는 비명을 지르면서 죽을지도 모른다는 생각이 들었다.

이제 열다섯 살인데……. 너무 억울했다. 아직 배울 것이 너무나 많은데! 게다가 이렇게 끔찍한 죽음으로 끝나야 하다니. 그러나 뛰어난 정신력의 강력한 마법사 이사벨라 덩컨의 손녀딸이고, 온갖 역경을 의연히 대처해온 수많은 여제와 황제의 후손인데 이대로 물러설 수는 없었다. 타라는 가물가물해지는 정신을 차리려고 이를 악물었다.

그러고는 곰곰이 생각했다. 마법을 방해하는 힘의 장막……. 하지만 셰니가 강조한 대로 마법은 몸의 일부로서 핏속에 있는 것이다. 그리고 무아노와 파브리스는 변신하는 데 마법이 필요하지 않았다.

뱀파이어들도 마법의 도움 없이 변신했다.

그 순간 타라의 머릿속에 뱀파이어들의 혈액상(혈액의 형태적 성질을 말하는 것으로 적혈구와 백혈구의 수, 모양, 크기, 종류별 비율, 형태 등을 통틀어 일컫는다-옮긴이)이 줄지어 나타났다.

타라는 눈을 감고 다가오는 매스의 이미지를 떨쳐냈다.

눈을 다시 떴을 때 타라의 눈빛이 빨간색으로 변해 있었다.

깜짝 놀란 블랙 드래곤이 매스를 든 발을 멈췄다. 타라가 미소를 지었는데 송곳니가 드러나 보였다.

이어서 타라가 반딧불이처럼 빛을 발하기 시작했는데 눈이 부셔서 쳐다보기 힘들 정도였다.

"썩 물러서라." 타라는 뱀파이어처럼 슛슛, 소리를 내면서 말했다.

그러나 뱀파이어의 카리스마에 사로잡히기는커녕 블랙 드래곤이 비웃었다.

이런, 뱀파이어의 카리스마가 드래곤들에게는 통하지 않을 수 있다는 점을 생각해야 했는데. 오케이, 작전 A가 통하지 않으면 곧바로 작전 B로 들어갈 수밖에.

놀라운 힘으로 도마뱀들에게서 빠져나온 타라가 느닷없이 침대에서 펄쩍 뛰어오르더니 발등으로 블랙 드래곤의 매스를 날렸다. 그러고는 매스를 낚아채서 블랙 드래곤의 이마에 꽂았는데 정말 눈 깜짝할 사이였다. 내 이마에 무슨 일이지? 하는 듯 사팔눈으로 매스를 쳐다보던 드래곤이 그대로 쿵, 쓰러졌다.

위베른족 도마뱀들은 더 이상 타라를 당해낼 수 없었다. 타라는 뱀파이어의 힘으로 차례로 도마뱀들의 다리를 뽑고, 비늘 덮인 아가리를 으스러뜨렸다. 도마뱀들이 맥없이 쓰러졌다. 갈랑도 갈퀴발톱으로 도마뱀들의 눈을 찌르는 것으로 타라를 거들었다.

페가수스의 눈도 빨갛고, 초식동물의 이빨과는 전혀 무관한 송곳니가 삐죽 나와 있었다.

타라는 핏속의 마약 같은 뱀파이어의 힘으로 순식간에 파충류들을 처치했다. 뭔가에 도취된 것처럼 그 느낌이 황홀했다.

타라는 이제 셀렌바를 훨씬 더 이해할 수 있을 것 같았다.

거울 뒤에서 친구들이 믿기지 않는다는 표정으로 그 광경을 지켜보고 있었다.

파프니르만 만면에 미소를 지었다. 난쟁이가 보기에 얼마나 화끈한 싸움인가! 파프니르는 속으로 다짐했다. 타라에게 도끼 다루는 방법을 가르쳐줘야겠어.

타라는 힘의 장막으로 방어하고 있는 방을 향해 돌아섰다. 세니보우리쉬부가 잔을 든 채로 얼이 빠져서 쳐다보고 있었다.

타라의 눈에 혈액 체계가 겹쳐 보였다. 정맥, 동맥, 경동맥. 타라의 피에 블랙 드래곤과 도마뱀들의 피가 섞였기 때문인 것 같았다.

그런데 기분 나쁜 것은 배고픔이 느껴지는 것이었다.

갑자기 세니가 해롱거렸다.

이어서 흐리멍덩한 눈빛으로 타라의 머리 위쪽을 쳐다봤다.

"오, 아름다운 빛이야!" 세니가 나른한 목소리로 말했다.

무슨 빛? 호기심이 동한 타라는 고개를 쳐들었지만 아무것도 없었다.

드래곤이 신음소리를 내면서 주저앉더니 열심히 갈퀴발톱을 핥기 시작했다.

타라의 눈길이 세니보우리쉬부가 들고 있는 잔에 꽂혔다. 드래곤이 뭘 마신 거지?

그때 옆면 거울에서 문이 열렸다. 토르두 수사관에 이어 세토스가 방으로 들어왔다. 타라는 초인적인 몸놀림으로 죽은 블랙 드래곤의 이마에서 매스를 뽑아 들고 맞섰다.

"워워, 진정하세요." 토르두가 부드럽게 말했다. "우리를 공격하지 마세요, 아가씨…… 아니 뱀파이어. 어떻게 한 겁니까? X선 검색기에 뱀파이어로 위장한 것이 아니라 진짜 뱀파이어로 나타났는데 이해할 수가 없습니다."

타라는 딸기 색깔 드래곤의 목구멍에 빨간 눈길을 고정한 채 대구하지 않았다. 그걸 알아차린 토르두가 두 발을 드는 것으로 싸우러 온 것이 아니라는 표시를 했다.

"우리는 해치러 온 게 아닙니다."

"아니면 뭐 하러 온 거지?" 타라는 매스를 흔들면서 응수했다. "난 안 믿어! 죽고 싶지 않으면 가까이 오지 마라!"

"어떻게 하면 내가 적이 아니라는 걸 믿겠습니까?" 토르두는 자신감에 찬 목소리로 물었다.

'이 행성을 폭파해' 이렇게 말하면 좀 지나치려나? 타라는 보다 현실적인 요구를 했다.

"세토스를 없애버려, 그러면 참고해보겠다."

샤름을 배신했던 세토스가 웃음을 흘렸다. 그러나 그 비웃음은 토르두의 아가리에 목덜미를 물렸을 때 경악하는 낯짝으로 변했다.

목덜미가 통나무처럼 부서지면서 세토스는 쓰러졌다. 곧이어 공포가 가득한 도마뱀의 금빛 눈이 감겼다.

타라의 빨간 눈이 동그래졌다.

"이제 만족하세요?" 딸기 색깔 드래곤이 송곳니에 낀 비늘 몇 개를 빼면서 말했다. "또 다른 걸 원하십니까?"

타라는 침을 삼켰다.

"왜 죽였어요?"

"배신자였으니까요. 시간이 없어요. 뱅뱅의 효과가 사라지기 전에 빨리 나가야 해요."

"뱅뱅?"

"성능이 뛰어난 마약이죠. 내가 마마의 편이라고 말했더니 파브리
스라는 친구가 슬쩍 나에게 작은 봉지를 쥐어주더군요. 위베른과 드
래곤이 마시는 음료수에 마약을 타고, 하프엘프의 눈물도 첨가했지
요. 그렇게 눈물을 흘리는 엘프[35]는 정말 처음 봤습니다."

약간 비난이 담긴 어조였다.

"모두 환각 증세에 빠져 있지요. 하지만 약효 시간이 정해져 있을 테
니 놈들의 정신이 돌아오기 전에 도망쳐야 합니다. 마약이 조금이라
서 많은 양의 테오디르[36]에 희석했거든요."

타라의 머릿속에 문득 떠오르는 이미지가 있었다. 트롤 대장 그르
로그가 뱅뱅이 들어 있는 자루를 보여주다가 떨어뜨렸을 때 파브리스
가 집어 들었는데…… 그럼 그때 훔친 건가?

"하지만 힘의 장막은 여전히 작동하고 있잖아요?"

"힘의 장막은 드래곤들이 아니라 기계가 만드는 것입니다. 세토스
덕분에 문을 열고 마마를 구하러 올 수 있었지요. 하지만 더는 위험을
무릅쓰고 싶지 않습니다."

"그럼 내가 마법을 사용할 수 없는 이유는 뭐죠?"

"기계가 마마의 마법을 차단하고 있기 때문이지요. 영향권을 벗어

. . . .
35. 아더월드에서 엘프의 눈물은 아주 희귀하며, 강력한 환각 성분이 있다. 엘프의 눈물을 먹을
경우 미치광이가 되어 비밀이든 계획이든 모두 털어놓기 때문에 위험하다.
36. 드래곤들이 즐겨 마시는 일종의 금빛 샴페인. 인간들은 부동액의 맛을 느낀다.

나는 즉시 마법이 돌아올 겁니다."

"좋아요, 그럼 빨리 나가요."

그 말이 떨어지기가 무섭게 토르두는 방을 뛰쳐나가서 샤름과 셈, 타라의 친구들을 풀어주었다.

로빈이 미친 사람처럼 달려와서 타라를 끌어안았다.

"타라, 얼마나 불안한지 정말 미치는 줄 알았어!"

행복하지만 타라는 고통의 비명소리를 내지 않을 수 없었다.

로빈이 타라를 놓아주면서 어찌할 바를 몰라했다.

"오, 미안해, 너를 아프게 하려는 게 아니었는데!"

타라는 애써 미소를 지으면서 옆구리를 만졌다.

"아니, 괜찮아, 나아가는 중이야. 볼래?"

실제로 배와 허벅지에 깊게 난 상처들이 아무는 중이었다. 타라는 영화에서 뱀파이어들의 상처가 이런 식으로 시간이 지나면서 낫는 걸 본 적이 있었다. '뱀파이어가 되어 행복해지는' 방법이 명시되어 있지는 않았어도 상당히 인상적이었는데!

"'사랑해, 나도 사랑해' 그런 사랑 타령은 여길 나가서 해도 늦지 않아요." 토르두가 한마디했다. "셰니보우리쉬부가 곧 깨어날 겁니다. 빨리 공간이동의 문으로 가서 이 행성을 떠납시다."

"아니, 난 안 갑니다." 샤름이 말했다. "그 배신자와 문제를 해결해야지요. 그자가 어디 있죠?"

"옆방에 있습니다. 나는 후계자를 모시고 아더월드로 가서 여기 일이 마무리되지 않을 때를 대비해서 임시로 피신해 있을 거처를 오무아에 요청하겠습니다."

샤름은 귓등으로도 듣지 않았다. 주홍빛 드래곤의 눈빛이 분노로 이글거렸다. 샤름은 발톱을 갈면서 단호한 걸음으로 방을 나갔다.

"나도 여기 같이 남겠다." 셈이 말했다. "타라, 고맙다. 자, 받아, 너의 체인지라인이야. 너에게만 반응하기 때문에 놈들이 나한테 돌려줬어. 네가 마법을 사용할 수 없기 때문에 살아있는 돌이 계속 체인지라인의 주머니에 갇혀 있었다. 조심해. 상황이 정리되는 즉시 연락하마."

타라가 체인지라인을 목덜미에 가져가자마자 철썩 달라붙었다. 체인지라인이 즉시 갑옷으로 바꿔주었다. 한결 든든해진 타라는 빨간 눈으로 파브리스를 쳐다봤다.

"파브리스는 어때?"

"다시 의식을 잃었어요." 토르두가 말했다. "옮겨야 하니까 내가 데려가죠."

토르두는 파브리스를 등에 업었다. 무아노가 얼른 따라나섰는데 하염없이 눈물을 흘리고 있었다. 힘의 장막 때문에 레파루스로 파브리스를 치료할 수 없는 무아노는 땀을 닦아주는 것 말고는 아무것도 해주지 못했다.

방 밖으로 나와보니 토르두가 마약을 먹인 위베른족 도마뱀들이 조금씩 정신이 드는지 비칠거리면서 눈을 깜박거리기 시작했다. 성난 샤름이 질풍처럼 지나쳐서 배신자가 있는 방으로 들어가자 셈이 뒤따라갔다.

타라 일행이 그 방 앞을 지나갈 때 분노의 고함소리와 싸우는 소리가 들렸다.

이런, 드래곤들과 도마뱀들이 깨어난 모양이었다. 복도에서 마주치는 도마뱀들이 아직 비실비실 걷는 것으로 보아 드래곤들끼리 싸우고 있는 것이 틀림없었다.

타라는 샤름을 도와주러 들어가고 싶지만, 토르두가 막았다.

"우리의 여왕이 스스로 해결하지 못할 경우 마마가 수치를 안겨주는 것이 됩니다. 그건 전혀 도움이 되지 않을 테니 괜한 실수를 저지르지 말아야지요."

타라는 경계를 하면서 이런 문제에 관한 한 전문가인 무아노를 쳐다봤다. 무아노가 드래곤의 말이 맞다는 듯 고개를 끄덕였다.

"내 도끼는 어디 있죠?" 파프니르가 물었다. "그런 도끼를 만들려면 10년은 족히 걸린단 말이에요. 내 도끼들을 찾아야겠어요."

"우리 여왕이 승리하면 돌려줄 거예요, 난쟁이 양. 아니면 내가 꼭 찾아줄게요. 나중에."

'난쟁이 양'이라고 불러주는 말에 콧방귀를 뀌면서도 속으로는 은근히 좋았는지 파프니르가 잠자코, 빠르게 걸어가는 드래곤을 뒤쫓아갔다. 그들은 궁전으로 가기 위해 연구소 구역을 벗어났다.

타라 일행은 도처에 깔려 있는 위베른들의 의심을 살까 봐 뛰지만 않았지 거의 날아갈 듯한 걸음으로 전진했다. 토르두가 합법적인 통행허가증을 갖고 있어서 검문에 걸리지 않았다.

몇 분 후, 그들은 숨을 헐떡이면서 마침내 공간이동의 문 대합실 앞에 이르렀다.

이번에는 토르두가 통행허가증을 보이지 않고 타라의 호위대에게 이렇게 말했다.

"병사들을 제거해주시오."

티그족 호위대는 기다렸다는 듯이 속전속결로 해치웠다. 토르두가 얼굴을 찌푸릴 정도였다.

토르두는 야수로 변신한 무아노에게 파브리스를 넘겨준 다음 이동의 문을 작동했다. 태피스트리들이 빛을 번쩍이자 드래곤이 주머니에서 이상한 걸 꺼냈다. 화분에 심은 아스토펠 꽃. 그러나 토르두는 이유를 설명하지 않았다.

"놈들이 알아채기 전에 빨리 갑시다." 토르두가 재촉했다.

그때 갑자기, 타라는 마법이 돌아왔다는 걸 알았다.

그리고 손가락에서 강렬한 통증을 느꼈다. 반지가 어찌나 꽉 조이는지 피가 안 통하는 것 같았다. 반지의 방향이 토르두를 가리키고 있었다.

여전히 뱀파이어로 변해 있는 타라의 뇌가 빠르게 회전했다. 갑자기 휙 날아오른 타라가 토르두의 갈퀴발톱에서 이동의 왕홀을 낚아챈 다음 드래곤 등 뒤로 멋지게 착지했다.

드래곤이 눈두덩을 찌푸렸다.

"뭐 하는 겁니까?"

마법을 작동한 타라의 손에서 무시무시해 보이는 광선이 솟아오르고 있는데 드래곤이 한 발짝이라도 움직일 경우 날려버릴 기세였다.

"당신 누구예요? 아니, 당신 뭡니까?"

딸기 색깔 드래곤이 어안이 벙벙한 몸짓을 했다.

"내가 누군지 알잖아요!"

"당신에게서 악마의 마법이 느껴지는데…… 정체가 뭡니까?"

드래곤이 당황하는 기색이 역력했다.

"아, 그거요? 만일을 대비해서 목숨과 교환할 뭔가를 슬쩍해왔는데 그걸 알아채셨군요. 일종의 생명보험 같은 것이지요. 드래곤들이 워낙 고집불통인 데다 복수심이 강한 종족이라서 말이지요."

"까발리시죠." 칼이 나섰다. "또 무슨 짓을 꾸미고 있는 거 아닙니까?"

딸기 색깔 드래곤이 격분하며 내뱉었는데 너무 썰렁한 농담이었다.

"내가 조개도 아닌데 뭘 까발리라는 건가?"

"토르두 선생님, 그럼 갖고 있다는 것이 뭔지 보여주세요."

로빈이 점잖게 끼어들었다.

드래곤은 한숨을 내쉬면서 주머니에서 뭔가를 꺼냈다.

속바지.

드래곤이나 두 발 짐승보다는 발이 아주 많은 존재에게 훨씬 어울릴 만한 해괴하게 생긴 속바지였다. 그들의 눈앞에서 속바지 표면의 은빛 유니콘들이 검은빛 악마 형상으로 변했다.

"맙소사." 타라가 말했다. "악마의 속바지!"

너무 울어서 아직도 빨간 무아노의 눈이 휘둥그레졌다. 무아노는 역사 전문가지만 악마의 사물을 실물로 본 적이 없었다.

"연구소가 혼란에 빠졌기 때문에 내가 여왕에게 안전을 위해 악마의 사물을 다른 데로 옮기는 것이 낫다고 말했지요. 그래서 여왕의 명을 받고 악마의 사물을 궁전으로 가져오는데 쿠데타가 일어났으니…… 나는 정말 얼떨결에 이 속바지를 갖고 있게 된 거지요."

그제야 타라의 손에서 번쩍이는 마법의 빛을 발견한 무아노가 즉시 마법을 작동했다.

"마법이 돌아왔으니까 나는 파브리스를 치료해야겠어!"

무아노는 고열에 신음하고 있는 파브리스에게 레파루스 주문을 읊었다.

그 순간 타라도 드래곤을 향해 마법의 광선을 날렸는데 살짝 빗나가면서…… 하필이면 로빈이 맞았다.

하프엘프는 몸을 떨고 있었다. 타라는 재빨리 레파루스로 상처를 치료했다.

"그럼 이제 됐지요? 어서 여길 떠나야 합니다." 토르두가 주장했다. "마마께서 저에게 왕홀을 돌려주시면 우리는 안전한 곳으로 피할 수 있습니다."

드래곤이 속바지를 갖고 있다는 걸 알게 되어 기쁜 타라가 왕홀을 돌려주려고 할 때였다. 카멜레온이 대합실에 들이닥쳤는데 그 짧은 다리로 얼마나 미친 듯이 달려왔는지 숨이 턱에 닿아 있었다.

"주인님. 주인님!"

"스스세트." 타라가 외쳤다. "어머, 너를 깜빡 잊고 있었어. 빨리 이리 와!"

그러나 토르두를 보는 순간 카멜레온이 뒷걸음쳤다.

"주인님, 이이이이이자는 드래곤이 아니에요!"

"뭐? 뭐라고?"

"이이이이이자는 인간이에요. 마지스스스스스터!"

28
마지스터
서서히 정체를 드러내는데……

*

타라는 믿을 수 없다는 얼굴로 카멜레온을 쳐다봤다.

"스스세트, 확실해?"

"나는 변신한 모습을 여러 번 봤습니다. 처음에는 팔이 네 개인 티그족 호위대원이었다가 팔이 여섯 개인 티그족으로 변했는데 칼리소소소소손 특사의 모습이었어요." 스스세트가 두 갈래로 갈라진 혀로 토르두를 가리켰다. "그다음에 드래곤으로 변신했지만 바로 직전에는 얼굴에 마스스스크를 쓴 마지스스스스터였어요!"

"도대체 이 동물은 뭡니까?" 토르두는 격분했다. "마마 주변에는 정말 이상한 존재가 많군요. 더 이상 지체할 시간이 없어요! 빨리 떠나야 합니다. 이 모든 일은 오무아에서 밝힙시다."

맞는 말이었다. 대합실의 문을 봉쇄했지만 싸우는 소리를 냈다가는 밖에서 도마뱀들이 수상하게 생각할 위험이 있었다.

타라는 위험을 무릅쓸 수 없었다. 보호하려는 듯 로빈이 다가와서 어깨를 감싸주었다.

타라는 하프엘프를 좋아하지만, 이런 위기의 상황에서는 이 같은 행동이 불편했다. 그렇지만 로빈의 품에서 빠져나오지 않았다. 로빈의 마음을 아프게 하고 싶지 않았다.

이러다 죽으면 묘비에 이렇게 적히겠지. '남친의 마음을 아프게 하고 싶지 않았던 타라, 여기 잠들다.'

결정을 내린 타라는 왕홀을 들고 드래곤에게서 멀리 떨어졌다.

"아니, 미안하지만 나는 당신과 함께 떠나지 않겠어요. 당신이 누구인지 모르기 때문에 우리는 당신을 믿을 수 없어요. 물러서요. 우리가 먼저 떠날 테니까."

"빌어먹을!" 드래곤이 말했다. "너는 왜 이렇게 항상 일을 복잡하게 만드니, 타라?"

타라가 공격할 겨를도 없이 드래곤이 번개같이 빠르게, 발에 감추고 있던 또 하나의 작은 왕홀을 휘두르면서 이상한 주문을 읊었다. 아스토펠 꽃이 번쩍였고, 그 빛이 타라, 로빈과 소우르브를 휘감았다. 바로 그 순간 펄쩍 뛰어오른 칼에 막혀서 마법의 빛이 다른 일행의 몸에는 닿지 않았다.

그리고 그들은 사라졌다.

갈랑의 울음소리가 메아리쳤다.

그들은 아더월드의 숲 속 빈터에서 유형화되었다. 불안에 떨면서 생난리를 치고 있을 패밀리어가 걱정이 되면서도 타라는 안도의 숨을 내쉬었다. 토르두가 악마의 림보로 데려가는 것일까 봐 두려웠던 것이다. 드래곤이 변신하는 걸 알아차린 소우르브가 이상한 울음소리를 냈을 때 로빈과 칼이 방어 자세를 취했다.

점점 윤곽이 또렷해지는 모습을 보면서 그들은 숨이 멎는 것 같았다.

빨간색 망토에 금빛 반사경 마스크로 얼굴을 가린 키가 큰 인간.

마지스터!

그는 마법복 주머니에 아스토펠 화분을 집어넣었다.

그 순간 타라는 정말 엉뚱한 생각이 떠올랐다.

"어? 망토 색깔이 바뀌었네요? 마스크도?"

마지스터는 잠시 침묵하다가 말했다.

"넌 나를 놀라게 하는 재주가 있구나, 타라. 잿빛과 검은빛, 그런 어둡고 칙칙한 무채색이 좀 지겹기도 하고, '악당'을 나타내는 그런 전형적인 색깔이 싫어졌어. 그래서 다른 색으로 시험해보는 중인데 마음에 드니?"

타라는 환각 상태에 빠져드는 느낌이 들었다. 마지스터는 너무 멋을 부리고 있었다. 좀 유치하지만 잿빛보다는 봐줄 만하네. 타라는 정신을 바짝 차렸다.

"핑크빛을 보게 되길 기대할게요."

"핑크빛은 좀 심할 것 같은데…… 하하하. 난 너의 유머가 아주 마음에 들어. 이번에는 공중으로 붕붕 날아다니지 말고 너와 내가 차분히 토론하는 시간을 갖는 게 어떨까?"

타라는 속으로 외쳤다. '그러면 나야 좋죠. 싸우는 것보다 당연히 토론이 낫지. 논쟁을 벌이다 치명적인 싸움이 될 수도 있겠지만.' 타라가 먼저 질문을 시작했다.

"드래곤들의 행성에서 어떻게 드래곤으로 행세할 수 있었지요? 드래곤들은 존재의 본질을 알아볼 수 있는 것으로 아는데요."

마지스터는 상냥하게 대답했다.

"그래, 놈들에게 진짜 드래곤인지 가짜인지 알아보는 능력이 있지. 하지만 악마의 마법이 나의 본질을 드래곤의 본질로 바꿔줬기 때문에 감쪽같이 속일 수 있었지. 네 카멜레온의 말이 맞아. 너의 호위대 속에서 티그족 행세를 했고, 궁전 밖에서 셀렌바가 칼리손을 억류하고 있는 동안 내가 그자로 행세했으니까. 아! 그리고 셀렌바를 돌려보내줘서 고마웠……."

"내가 보낸 게 아닌데 고마워할 필요 없죠." 타라는 말을 딱 잘라버렸다.

"그다음에는 도마뱀, 마지막으로 토르두." 마지스터는 개의치 않고 하던 말을 계속했다. "셰니보우리쉬부가 너에게 함정을 팠다고 했는데 그건 모두 내가 꾸민 거였지!"

이건 진짜 놀랄 일이군.

드래곤들이 마지스터를 도와줬다는 말이잖아?

"물론 셰니보우리쉬부는 모르고 있어." 마지스터는 마치 타라의 의

문을 알아챈 듯이 대답했다. "나는 몇 년 전부터 은둔 생활을 하는 드래곤으로 행세하면서 셰니와 접촉해왔다. 셰니는 내가 드래곤들의 행성에 거주한다고 생각했지만, 사실 나는 드란보우글리스펜쉬르에 갈 수 없었지. 너무 위험하기 때문에. 따라서 크리스털 볼을 통해서만 연락하며 지내다가 셰니가 불만이 많다는 걸 알았지. 그래서 뛰어난 능력에도 불구하고 상관들에게 가려서 실력 발휘를 못한다는 건 너무 부당하니까 권력을 쟁취하라고 부추겼지. 그리고 방해가 되는 상관들을 제거하는 방법까지 알려줬지만, 셰니는 안드레아와 쇼우가 음모를 알아챌까 봐 겁이 나서 감히 공격할 엄두를 내지 못했어. 그래서 대관식을 계획한 거야. 외국에서 많은 인사를 초청해서 알리바이로 이용하는 것이야말로 최선의 방법이니까."

타라는 한순간에 많은 것이 이해가 되었다.

"그래서 샤름을 여왕으로 선출했던 거군요. 샤름을 이용하려고?"

"브라보, 훌륭한 추리였다. 가장 순진하고 가장 정치에 문외한인 드래곤을 찾아서 여왕으로 앉힌 거였으니까. 모든 일이 우리의 계획대로 착착 진행되었지. 그런데 셰니보우리쉬부가 깨닫지 못한 것이 있었어. 첫째, 자기가 정부의 수장이 되고, 여왕이 억류되면 파당 간의 분열이 일어나서 나라의 힘이 약해진다는 것. 둘째, 지구를 침략할 경우에는 아더월드가 드래곤들의 나라를 상대로 전쟁 상태에 돌입할 것이라는 것. 셋째, 우리 인간들이 우리의 조상이 태어난 지구가 침략당하는 걸 절대 용납하지 않는다는 것. 넷째, 드래곤들이 외톨이로 몰린다는 것, 마침내 우리 인간들이 자유로워진다는 것. 셰니는 이런 것들을 전혀 깨닫지 못했어. 멍청한 드래곤!"

마지스터가 말하는 도중 주체가 바뀌고 있었다. '전 세계를 상대로 하는 나'가 아니라 '악한 드래곤들을 상대로 하는 우리'로 표현을 바꾼 이유가 뭐지? 마지스터가 무슨 일을 꾸미고 있는 거지?

타라는 도전적으로 물었다.

"아까 셰니가 보여준 크리스텔레오의 장면, 드래곤에게 끔찍한 고문을 받던 인간, 그 사람 당신 맞죠? 그간 온갖 권모술수로 그렇게 복잡한 음모를 꾸민 이유가 단순히 고문당한 것에 대한 복수심 때문인가요?" 타라는 '단순히'라는 표현을 힘주어 말했다.

타라는 마지스터의 얼굴을 볼 수 없지만, 마스크 안의 얼굴이 일그러지는 것이 느껴졌다.

"드래곤들은 나를 고문하는 것으로 만족하지 않았다." 감정이 격해졌는지 마지스터의 목소리가 갈라졌다. "그들이 내가 사랑하는 아마바쉬로우쉬바를 죽였어!"

타라가 들어본 이름이었다.

"아마바쉬로우쉬바…… 왕의 누이동생?"

마지스터가 여성 드래곤과 사랑에 빠졌었다고? 독특한 취향이네. 그런 생각을 하던 타라는 엘프를 사랑하는 자신이 떠올랐다. 그래, 이런 편견은 쓰레기통에 버려야 해.

"우리는 세상에서 가장 사랑하는 연인이었어." 마지스터는 다시 침착한 목소리로 말했다. "아마바는 나를 사랑했고, 나도 아마바를 사랑했으니까. 아마바는 내가 어찌나 잘생겼는지 나를 볼 때마다 완벽한 예술 작품을 보는 것처럼 전율이 일어난다고 했지."

마지스터가 잘생겼다고? 흥미롭네. 타라는 흉측하게 생긴 괴물로 상상하고 있었다. 마지스터의 신상 자료에 추가해야 할 정보였다.

그러나 드래곤의 미적 기준이 인간들과 같다고 할 수 없는데 이것이 단서가 될 수 있을까? 하지만 마지스터가 인간이 아닌 다른 존재라면?

"아마바와 나는 모든 걸 공유했어. 어느 날, 그 저주의 날, 아마바가 드래곤들이 탈취한 악마의 사물들을 보여주고 싶다는 거야. 수백 년을 살아온 아마바는 나보다 훨씬 나이가 많았지만 어떤 때는 철부지 어린애 같았지. 그래서 우리는 변장하고 들어가기로 했는데 혹시 들킬 경우 나를 알아보지 못하게 얼굴을 변형시키는 부적 같은 걸 아마바가 주었지. 나는 잃어버릴까 봐 그 부적을 내 얼굴의 살 속에 박아 넣었어. 오늘날까지도 내 얼굴을 숨길 수 있는 것은 그 부적과 이 마스크 덕분이지. 그래서 상그라브들에게도 똑같은 걸 만들어주었고."

연인의 선물을 살 속에 박아 넣으면서까지 고이 간직하고 있다니, 마지스터에게도 이런 면이 있을 줄이야. 타라는 마지스터가 의식을 잃거나 잘 때도 마스크를 쓰고 있는 이유를 알았다. 연인의 부적 덕분에 적이 그의 얼굴을 알 수가 없는 것이다.

"물론 아무도 우리가 사랑하는 사이라는 걸 몰랐어. 그게 알려졌다면 드래곤들의 나라가 떠들썩했겠지. 그래서 우리 둘만의 비밀로 남아 있는 것이고. 우리는 철부지 아이들처럼 감시를 따돌리고 보물고로 들어갔지. 타라, 너는 드래곤을 잘 안다고 생각하지만 아무것도 모르고 있어. 그 파충류들이 세계에서 얼마나 많은 것을 약탈했는지 넌 상상도 못할 거야. 산더미같이 쌓인 보석, 수많은 나라의 예술 작품이 있었지. 그 보석 더미 속에 보물 상자가 숨어 있더군. 악마의 사물 두 개가 들어 있었는데 아마바가 셔츠를 꺼내서 나에게 내밀었지."

마지스터의 떨리는 목소리에 타라는 동정심이 느껴졌다. 타라는 마지스터가 오로지 권력에만 목마른 인간이 아니라 훨씬 복잡한 인간이라는 걸 느꼈다.

"그러나 내 손이 셔츠에 닿는 순간⋯⋯" 마지스터가 말을 이었는데 아픈 기억 때문에 괴로운 것 같았다. "충돌이 일어났는데 어찌나 격렬한지 우리 둘이 쓰러지면서 동시에 의식을 잃고 말았어. 내가 깨어났을 때는 드래곤들이 썩은 시체에 달라붙은 구더기처럼 우글거리고 있었지. 미친 듯이 날뛰면서 나한테 똑같은 질문을 반복했어. 자기들의 행성에 무슨 일로 왔느냐, 내가 누구냐, 보물고에는 어떻게 들어왔느냐, 셔츠는 어디 있냐? 내가 모른다고 하자 드래곤들은 아마바와 내가 그걸 훔쳤다고 생각했고, 아마바가 가장 소중한 보물을 나에게 보여줬다는 걸 알게 된 왕이 극도로 흥분했지. 왕은 아마바에게 달려들어서 미친 듯이 때리더니 결국 죽이고 말았어. 그 미치광이가 일부러 그런 건지, 아닌지 난 알 수가 없었지. 이어서 왕은 아마바쉬로우쉬바라는 이름을 아예 없애버렸고, 그 이름을 언급하는 것조차 금지해버렸어. 마치 존재한 적도 없는 것처럼. 그 순간 나는 내가 누구인지 절대로 말하면 안 된다는 걸 깨달았다. 부적에 대해서도 말하지 않았지. 나를 고문할 거라고는 예상하지 않았으니까. 어차피 진실을 털어놓기에는 너무 늦었고!"

"누이동생이라면서 어떻게 그런 끔찍한 짓을!"

타라가 치를 떨었다.

"드래곤들에게 사흘 동안 끔찍한 고문을 당한 뒤에 이상한 일이 일어났어. 셔츠가 다시 나타난 거야. 아마바와 내가 쓰러졌을 때 셔츠가 내 몸 위로 떨어졌고, 나는 모르고 있었지만 셔츠가 내 몸으로 들어와서 보이지 않았던 모양이야. 고문을 받은 뒤에 거의 혼수상태에 빠져 있던 나는 셔츠가 다시 나타났을 때 내가 미친 거라고 생각했어. 게다가 내가 시키면 금속 속옷을 입고 있었으니. 그 셔츠가 나를 구해주었지. 나는 내 패밀리어 후우우를 풀어주고, 레파루스로 치료해봤지만 너무 중상을 입어서 치료가 불가능했어. 드란보우글리스펜쉬르로 비밀 여행을 하던 중에 만나서 나의 패밀리어가 된 지 며칠밖에 안 된 뱀이었지. 드란보우글리스펜쉬르의 곤충을 잡아먹는 뱀이 패밀리어가 되는 것은 처음 있는 일이라면서 아마바가 굉장히 예뻐했는데……."

마지스터가 당시의 슬픔에 젖어 있는 듯 잠시 말을 중단했다.

"셔츠는 나를 이동시킬 수 있으니까 연구소를 나가야 한다고 알려주었지. 그러나 후우우는 그 이동을 견딜 수 있는 상태가 아니었어. 그렇다고 괴물들이 우글거리는 곳에 두고 갈 수도 없었어. 나는 선택의 여지가 없었다."

"그래서 당신이 죽인 거예요?"

타라는 속이 메스꺼웠다.

타라의 눈에 눈물이 글썽거렸다. 로빈이 손을 꽉 잡아주었다. 사연은 가슴 아프지만, 마지스터가 무시무시한 적이라는 걸 잊어서는 안 되는데…….

"이런 이야기에 영향을 받을 정도로 내가 마지스터와 끈끈한 사이는 아니지." 타라가 로빈에게 속삭였다. "하지만 너무 가슴이 아프다."

마지스터의 목소리는 심각했다.

"드래곤들은 우리와 근본적으로 달라, 타라. 드래곤의 선택은 우리와 같지 않아. 처음부터 그걸 알려주려고 했던 것인데 너는 내 말을 듣지 않았어. 드래곤들이 우리를 제거하기 전에 우리가 그들을 제거해야 돼. 그리고 네가 생각하는 것과는 달리 악마들이 우리에게는 큰 행운이었어."

타라는 믿기지 않는 얼굴로 마지스터를 쳐다봤다. 세계를 침략하면서 모든 걸 휩쓸어버리는 악마 군단에게 '극악무도한', '흉악한'이란 수식어를 붙이는 건 들어봤어도 '행운'이란 표현은 들어본 적이 없었다.

타라가 놀라는 걸 알아차린 마지스터의 마스크가 즐거워하는 뜻의 오렌지빛으로 변했다.

"데미테루스의 시대에 우리 인간들이 악마들에게 우리의 힘을 보여주지 않았다면 오래전에 드래곤들이 우리를 정복했을 거야. 다른 행성들을 정복했던 것처럼 드래곤들은 지구를 침략했을 테니까. 내 말을 믿어야 해. 드래곤은 인간과 타협했던 걸 후회하고 있어. 정말로 원했던 일이 아니니까."

"5000년 전 지구를 침략했을 때를 제외하고는 드래곤들이 전쟁을 일으키지 않았습니다." 이번에는 로빈이 응수했다. "그 뒤로는 아더월드 국민을 노예로 만들려고 한 적이 없었어요."

"아더월드 외의 다른 행성들을 누가 다스리고 있다고 생각하니? 아더월드의 위성 타딕스와 마딕스를 포함해서 모든 행성의 최고위원회에는 드래곤들이 있어. 그들은 우리 과학의 발전을 제한하기 위해 별의별 짓을 다 하고 있어. 데미테루스가 금지했기 때문에 드래곤들이 발도 들여놓지 못하는 지구에서는 과학이 장족의 발전을 하고 있는데 반해 아더월드에 사는 우리는 지구인들이 만든 것을 이용하는 것으로 만족하고 있다. 다른 마법사가 걸어놓은 주문을 무효화할 수 있다는 걸 타라가 보여주기 전까지는 드래곤들의 농간에 넘어간 우리는 마법에 대한 연구를 단념하고 있었지. 블루르 마브리 유전학자는 드래곤들에게 위험한 무기를 발명했기 때문에 살해된 거야. 과학자들이 알 수 없는 사고를 당하거나 위대한 발명품들이 작동하지 않아서 버려지거나…… 그런 이상한 일이 계속 일어나고 있다는 걸 오랫동안 조사한 끝에 알아냈지. 과장이 아냐. 주르스탈로 확인해보면 내 말이 맞다는 것을 알게 될 거야."

이 정도 수준이면 마지스터는 편집중인데……. 도처에서 음모가 일어나고 있다고 생각하니, 이것이 그 징후 중 하나 아닌가?

"그래서 세니보우리쉬부가 데미데루스와 맺은 협약을 깨고 지구를 정복하려는 거야. 지구의 과학이 나날이 급속도로 발전하고 있어서 드래곤들의 과학을 능가할지 모른다는 위기감 때문이지. 원자력의 발견은 드래곤들에게 엄청난 충격이었으니까."

"하지만 드래곤들은 그동안 많은 사람을 구해줬습니다." 로빈이 반박했다. "아더월드를 발견한 것도 드래곤이고, 망명자들을 받아준 것도 드래곤입니다. 반역한 왕, 붉은 여왕, 세니보우리쉬부처럼 미친 드래곤들이 있다는 건 인정하지만……."

"그래요, 몇몇 드래곤이 우리 인간을 좋아하지 않는다는 건 인정해요." 타라는 바룬의 잔혹한 죽음을 생각하면서 말했다.

마지스터는 고개를 끄덕였다. 이 아이가 마침내 나와 함께 일할지 모른다는 희망이 보이는군.

하프엘프는 논리적인 반박으로 마지스터를 자극했다.

마지스터는 흥분하지 않으려고 애를 쓰는 것이 역력했다.

"아까 하던 얘기로 돌아가겠다. 그 셔츠는 나를 곧장 악마의 세계로 데려갔고, 거기서 마왕을 만났지. 마왕이 서서히 나를 갉아먹는 중인 셔츠를 빼앗은 다음 그 대가로 나에게 막강한 힘을 가진 악마의 사물을 주었다. 그리고 우리는 일종의 협정을 맺었지. 마왕은 나를 도와주고, 나는 드래곤들에 대한 복수를 하기로. 마왕도 드래곤들에게 원한을 품고 있었으니까. 그러나 그 복수가 악마들에게 전보다 더 우리 세계에 이르는 길을 막는다는 걸 마왕은 모르고 있었지. 우리는 지각단층을 봉쇄하는 데 드래곤들의 도움이 필요하지 않아. 우리의 힘으로 충분히 악마들을 물리칠 수 있지. 데미데루스 시대에는 수적으로 열세였는데도 악마 군단을 물리친 적이 있기 때문에 우리는 언제든 다시 무찌를 수 있어. 게다가 마왕이 준 악마의 사물은 그걸 소유하고 있는 자에게만 복종하기 때문에 악마들이 조종할 수 없거든."

마지스터는 악마의 사물이 무엇인지에 대해서 말하지 않았다. 실루르의 옥좌 시제품이지만, 타라에게 말할 필요가 없지 않은가. 그리고 악마의 에너지가 거의 바닥이 난 상태라서 실루르의 옥좌는 머지않아 무용지물이 될 텐데.

타라는 마지스터가 방금 털어놓은 말을 머릿속에 새겨두었다.

"몇몇 드래곤이 우리에게 우호적이 아니라는 것에는 동의하지만, 드래곤 두셋이 괴물이라는 이유로 그들을 몰아내고 섬멸할 수는 없어요. 그건 한 택시 기사가 손님에게 요금을 속였다는 이유로 모든 택시 기사를 도둑이라고 말하는 것과 같아요. 정부의 한 각료가 당신을 속였다는 이유로 정부 전체를 부패했다고 말하는 것과 같아요. 어디나

올바른 이들이 있으면 부정직한 이들도 있기 마련이에요. 따라서 당신의 생각은 너무 편협해요. 당신이 바라는 것이 무엇이든 로빈의 말이 옳아요. 드래곤들은 우리 세계를 구해줬어요. 그랬기 때문에 당신이 이렇게 존재하는 것이고요. 드래곤들이 목숨을 걸고 우리를 지켜주지 않았다면 당신은 태어나지 않았을 테니까요. 이건 과장이 아니라 엄연한 사실이에요."

마지스터의 마스크가 갈색으로 물들었다. 불쾌하다는 표시였다. 마지스터는 마음을 가라앉히기 위해 심호흡을 했는데 마스크의 색깔이 때로는 잿빛, 때로는 금빛으로 변했다.

"생각이 좀 바뀐 것 같은데 이제 어떻게 할 거죠? 서로 치고받고 싸우는 건가요?"

칼이 물었다.

타라는 칼을 향해 눈을 굴렸다. 상대를 자극할 필요는 없었다.

"어떤 면에서는 타라의 말이 맞아." 마지스터의 말에 모두 깜짝 놀랐다. "악마의 세계에서 우리의 세계로 통하는 길은 지각단층밖에 없다. 데미데루스의 마법이 지각단층을 파괴할 정도로 강력하지는 않았어. 타라도 마찬가지고. 그러나 우리의 힘과 악마의 힘을 결합하면 지각단층을 확실하게 봉쇄할 수 있다고 생각해."

타라와 로빈, 칼은 귀를 믿을 수 없었다.

"지각단층을 봉쇄하기 위해 악마의 마법을 이용한다는 것은 악마를 배신하는 거잖아요?" 타라는 묻지 않을 수 없었다. '당신 완전히 미쳤군요'라고 말하지 않았지만 어투에서 그것이 느껴졌다.

"악마들은 절대로 당신이 그렇게 하게 내버려두지 않을 거예요! 악마들은 그렇게 어리석지 않으니까요. 내가 마왕을 만나봐서 아는데 당신이 배신할 수도 있다는 걸 예상 못할 리가 없어요."

"그렇겠지. 하지만 마왕은 셔츠가 이야기를 해줘서 내 사연을 알고 있어. 드래곤들에 대한 나의 증오심이 얼마나 깊은지 잘 알기 때문에 나를 조종할 수 있다고 생각하지. 우리 둘 중 누가 영악한지는 두고 보면 알 일이야."

자신의 목숨과 세계의 미래가 걸려 있는 문제에 대한 마지스터의 두둑한 배짱은 비록 적이지만 존경할 만했다. 그러나 타라는 그가 미쳤다는 생각이 들었다.

"마왕은 인간을 이해하지 못하지만." 마지스터는 자신 있게 말을 이었다. "나는 악마들을 아주 잘 알지. 타라, 내가 악마들과 싸우지 않겠다고 하면, 지각단층을 봉쇄하기 위해서 너를 억지로 끌고 가서 악마의 사물들을 손에 넣으려고 하지 않겠다고 하면, 인간들을 괴롭히지 못하도록 드래곤들과 협상을 시도하겠다고 하면 나를 도와주겠니? 그러면 드래곤들이 우리 세계를 구해준 나에게 감사할 것이고, 협상을 우리 쪽으로 유리하게 이끌어낼 수 있지."

어? 『궁정 비사』에서 읽었던 내용이었다. 타라는 얼굴을 보지 못하는 걸 유감스러워하면서 마지스터의 마스크를 뚫어져라 쳐다봤다. 적일 때의 마지스터를 대하는 방법은 알고 있었다. 하지만 우호적으로 나올 때의 마지스터는 답이 없는 방정식 같았다.

타라가 생각에 잠겨 있는 동안 로빈이 또다시 끼어들었다.

"당신을 어떻게 믿죠? 드래곤들을 몰아내고 지구를 정복할 욕심으로 당신은 악마의 사물들을 손에 넣기 위해 우리를 공격하고 타라를 납치했어요. 그랬던 당신이 이번에는 또 느닷없이 지각단층을 봉쇄하고 드래곤들과 평화적으로 협상할 테니 악마의 사물들을 손에 넣을 수 있게 힘을 합하자고 말하네요. 그런데 우리는 당신이 약자에게 얼마나 인정사정없는지 잘 알고 있어요. 따라서 그런 능력이 있으면 당신 혼자서 드래곤들을 무찌르세요."

마지스터는 어깨를 으쓱하며 믿을 수 없을 정도로 태연하게 말했다.

"나에 대해 몇 가지 알고 있는 것만을 가지고 그렇게 말하는 것은 좀 무리지. 하프엘프, 3년 전 타라를 만나기 전의 너와 지금의 네가 똑같다고 자신 있게 말할 수 있니? 사람들은 변해. 상황이 변하게 만들지. 인생을 살다 보면 끊임없이 선택을 해야 한다. 이걸 먹을까, 저걸 먹을까. 이 옷이 더 잘 어울릴까, 저 옷이 더 잘 어울릴까. 이 사람과 일할까, 저 사람과 일할까…… 등등. 우리는 타라가 믿을 수 없는 능력을 지녔다는 걸 알았지. 너희들은 다른 사람들이 상상도 할 수 없는, 결코 있을 수 없는 모험을 했고, 그런 시련을 겪으면서 우정이 아주 견고해졌어. 너희 둘의 사랑도 그렇고. 너의 목표가 3년 전과 똑같다고 말할 수 있니?"

타라와 로빈은 눈길을 주고받았다. 틀린 말은 아니었다.

"어떤 점에서는 네 말이 맞는 것도 사실이야. 솔직히 말하자면 나에게 드래곤들을 전멸시킬 힘이 있는지 모르겠다. 너희 둘 다 내가 드래곤들을 증오한다는 것, 그리고 그 이유도 알고 있어. 나 혼자만 드래곤들의 음모에 고통받는 것이 아냐. 타라, 오늘날의 너를 만든 것은 드래곤들이야. 드래곤들의 왕이 너와 제레미의 혈통에 무슨 짓을 했었는지 상기시켜야겠니? 그 왕은 너희를 살아 있는 무기로 만들기 위해 유전자를 조작했고, 너희 둘 다 죽일 뻔했어!"

"그래서 자기가 놓은 덫에 자기가 걸려서 죽었죠."

칼이 짧막하게 한마디했다.

마지스터는 한숨을 내쉬었다.

"물론 그래. 나도 타라의 적들이 오래 살지 못한다는 걸 아니까 그렇게 강조할 필요 없다. 타라, 그 때문에 나는 너를 상대로 싸우고 싶지 않아. 네가 나와 함께 가지 않겠다면, 악마들의 공격을 완전히 차단할 수 있는 유일한 방법인데도 악마의 사물들을 나에게 넘기지 않겠다면 너를 보내주겠다."

그 순간 타라는 턱이 빠져라 입을 쩍 벌렸다.

"진심이에요?"

그렇게 말하고 나서 너무 순진한 질문을 한 것을 깨닫고 타라의 얼굴이 빨개졌다.

"그러니까 내 말은…… 그게 정말이냐고 묻는 거예요. 당신은 어떤 대가를 치르더라도 나를 잡아갈 거라고 생각했는데요? 갑자기 돌변한 이유가 뭐죠?"

"난 단지 너와 대화를 하면서 우리의 목적이 거의 같다는 걸 알려주고 싶었을 뿐이야. 만날 때마다 매번 너와 나 사이에 격렬한 싸움이 일어나는 바람에 수포로 돌아갔지만. 내 곁에서 네가 통치하게 되길 바라지만 너와 싸우는 것에 나는 지쳤어.

타라는 귀가 번쩍했다. '통치'?

"'통치'라는 말이 거슬리면 내 곁에서 함께 '일하자'는 표현으로 바꾸지. 무엇보다도 지각단층을 봉쇄하게 도와달라는 뜻이다. 정말 중요한 일이야, 타라. 너 없이는 할 수 없으니까."

그러나 타라는 '통치'라는 말을 그냥 흘려버릴 수 없었다. 마지스터가 실언한 것이 아니라면 그가 한 말은 괜한 소리가 아니기 때문이었다.

"생각해봐야겠어요." 타라가 마침내 대답했다. "우리를 떠나게 해준다면 당신의 제안에 대해 다시 만나서 의논할 수도 있고요."

와우, 타라의 이 대단한 자신감은 어디서 나온 걸까? 『궁정 비사』에서 인용한 문장이었다.

마지스터는 유감스러워하듯 한숨을 내쉬었다.

"그래, 알았다. 너를 설득하고 싶었는데 할 수 없지. 이동의 왕홀은 네가 갖고 있으니까 너는 언제든 원할 때 떠날 수 있다. 이곳에는 비밀 공간이동의 문이 설치되어 있지. 태피스트리의 문양들은 나무들의 껍질에 포함되어 있어. 아스토펠 덕분에 나는 악마들의 림보를 거치지 않고도 공식적인 공간이동의 문을 통과할 수 있지."

마지스터는 그 이유[37]를 설명하지 않았다. 호기심이 동했지만 타라는 머릿속에 새겨두는 것으로 만족했다.

"고마워요." 이번만은 싸울 필요가 없게 된 것이 기쁜 타라가 대답했다.

마스크가 파란색으로 변했다.

"천만에."

그리고 마법의 광선이 타라를 후려쳤다.

----

37. 타라의 어머니 셀레나의 옛 연인 브래드포드 메델루스는 식물성 존재가 이동의 문들을 조종하고 있다는 걸 발견했다. 아더월드 사람들은 아직 그 사실을 모르고 있다.

29
대결

*

마법의 광선에 맞은 타라가 쿵, 부딪친 나무가 쩍 갈라졌다.

마법이 감싸고 있지 않았다면 타라의 등이 으스러졌을 것이다. 다행히 마법 덕분에 충격이 완화되었다.

타라가 일어났는데 거의 멀쩡했다.

의식을 잃었을 거라고 생각했는지 마지스터가 적잖이 놀라는 것 같았다.

놀라기는 타라도 마찬가지였다.

마지스터의 공격을 막은 것은 타라가 아니라 크라에토비르의 반지였다.

반지가 악마의 광선을 힘의 장막으로 막아서 타라를 보호해준 것이었다. 이제는 마지스터의 막강한 힘에 대응할 수 있게 변신해야 했다.

반지는 타라의 손과 손목을 완전히 감싸는 은빛 장갑으로 변했다.

타라는 두렵기는커녕 오히려 희열감이 느껴졌다.

이윽고 타라는 옆의 나무에 몸을 기대고 마법의 광선을 발사했다. 평소의 파란빛이 아니라 시커먼 광선이었다.

광풍 같은 광선을 맞고 밀려나간 마지스터 역시 나무에 부딪치면서 나가동그라졌다.

로빈의 입에서 신음소리가 나왔다. 무력하게 지켜볼 수밖에 없는 로빈은 자신이 원망스러웠다. 고리무늬는 사라졌지만 팔뚝이 따가웠다.

마지스터도 멀쩡한 상태로 일어났다.

"나는 악마의 속바지를 갖고 있다. 살아있는 돌의 도움으로는 나에게 대적할 수 없어."

타라는 앙큼한 미소를 지었다. 과연 그럴까요?

타라가 마법을 작동하자 마지스터가 긴장하는 것이 역력했다.

"로빈?"

"내 사랑, 왜?"

"칼?"

"내 사랑, 왜?"

깜짝 놀라서 처다보는 로빈의 눈길에 칼이 히죽거렸다.

"미안해, 나도 모르게 따라했네. 타라, 왜 불렀어?"

"난 너희를 믿어. 둘 다 비켜줄래? 마지스터와 나의 일이야. 이 악연을 끝내야겠어. 지금이 그 순간이야."

타라의 자신만만한 태도에 마지스터가 놀라는 것 같았다. 그는 한 손으로 속바지를 감아쥐고 악마의 마법을 작동했다.

타라가 휘청거렸다. 속바지가 보내는 악마의 에너지가 어찌나 강력한지 타라는 밀려오는 파동 같은 걸 느꼈다.

타라가 살아있는 돌에게 생각을 전하자 즉시 체인지라인에서 튀어나왔다. 세니보우리쉬부 때문에 몇 시간 동안 갇혀서 듣지도 보지도 못하는 상태로 있었기 때문에 살아있는 돌은 몹시 화가 나 있었다. 누구든 걸리면 뜨거운 맛을 보여주겠다고 벼르던 참이라서 성난 돌이 윙윙거렸다.

타라는 이내 온몸이 힘의 물결에 휩싸이는 걸 느꼈다. 와우, 엄청나게 강한데!

마지스터와 타라가 동시에 발사한 마법의 광선이 방패를 후려쳤다. 마지스터도 똑같이 방어했다. 수십 그루의 나무에 불이 붙어서 로빈이 재빨리 불을 끄는 주문을 읊었다.

"타라, 나도 도울게."

"아니."

로빈은 타라의 어조에서 공포를 느꼈다.

"네가 옆에서 싸우면 걱정이 돼서 정신을 집중할 수 없어. 부탁인데 방패를 만들어서 방어하고 있어."

엘프의 본능이 깨어난 로빈은 피가 끓어오르지만 타라가 시키는 대로 했다. 말 듣길 잘했다. 잠시 후 검은색 마법의 광선에 맞은 로빈의 방패가 산산조각 났으니. 마지스터는 로빈이 타라의 아킬레스건임을 알고 있었던 것이다.

로빈은 이날 일어난 일을 어떻게 이해해야 할지 알 수 없었다. 마법의 에너지가 어찌나 강렬한지 땅바닥에 커다란 구덩이가 만들어질 정도여서 칼과 함께 뒷걸음쳐야 했다.

그러나 한 가지는 확실했다.

타라가 지고 있는 중이었다. 타라의 손에서 번쩍이던 마법의 빛이 가물거리자 마지스터가 외쳤다.

"타라! 항복해! 너를 해치고 싶지 않다!"

눈빛이 빨간 타라가 고양이 울음소리를 내면서 송곳니를 드러냈는데 당장이라도 물어뜯을 기세였다.

"어림없는 소리! 어머니와 나를 못살게 구는 짓은 이제 끝이다!"

타라는 죽을힘을 다해서 날아올랐고, 온몸에서 발산되는 마법의 빛이 숲을 비추었다.

이번에는 악마의 마법을 사용하는 마지스터가 날아올랐다. 둘이 동시에 광선을 발사했다.

흙먼지가 걷혔을 때, 땅바닥에 의식을 잃고 쓰러진 사람이 있었다.

타라!

30
함정

김칫국부터 마시지 말아야 하는데……

*

마지스터는 힘겹게 숨을 쉬고 있지만, 그의 주먹에서는 여전히 시커 먼 마법의 빛이 번쩍이고 있었다. 가볍게 착지한 마지스터가 쓰러진 타라를 향해 걸어갔다.

"드디어, 타라가 드디어 내 손에!"

그의 웃음소리는 분노의 외침 같았다.

"안 돼." 로빈이 고함쳤다. "타라는 안 돼!"

그 순간 칼이 발사한 마법의 광선을 맞은 로빈이 아연실색하는 표정 으로 그 자리에 굳어버렸다. 마지스터가 로빈을 죽이기 전에 칼이 선 수를 쳐서 친구를 마비시킨 것이다.

"고맙구나, 내 수고를 덜어줘서. 하여튼 대단한 우정이야."

마지스터가 빈정거렸다.

그러면서 마지스터는 타라가 쓰러져 있는 구덩이로 내려갔다.

칼은 심호흡을 했다. 그리고 타라가 알려준 주문이 제발 통하길 바라면서 읊었다.

"*콘트레뉴스의 이름으로 속바지는 주저치 말고 당장 나에게 올지어다!*"

작전 C였다. 마지스터 같은 악당이 손에 넣었을 경우 속바지를 회수하기 위한 주문이었다. 타라가 부탁한 대로 칼은 연구소에서 악마의 사물이 있는 방으로 들어갔을 때 강철 케이스가 속바지를 덮어씌우기 직전에 이 주문을 날렸었다. 칼은 그 주문이 걸렸는지 확인할 수 없었다.

마지스터의 주먹에서 속바지가 움직이기 시작했다. 깜짝 놀란 마지스터가 속바지를 쳐다보면서 분노의 고함을 질렀다. 그러나 이미 손아귀에서 빠져나온 속바지가 붕 날아서 칼의 손에 내려앉았다.

악마의 사물이라니까 왠지 찜찜한 걸까, 칼이 이마에 주름을 잡으면서 속바지를 재빨리 마법복 주머니에 집어넣었다.

구덩이에서 나온 마지스터가 위협했다.

"묵사발을 만들기 전에 당장 내놔!"

"해보시죠." 칼이 침착하게 응수했다. "악마의 사물은 나한테 왔고, 지칠 대로 지친 당신을 쓰러뜨리는 건 어렵지 않을 것 같은데요."

성난 마지스터가 칼을 향해 검은 광선을 발사했지만 빗나갔다. 칼이 아슬아슬하게 옆으로 몸을 날렸던 것이다.

"이런, 많이 벗어나지 않았는데 아깝겠다! 이번에는 내 차례다!"

칼이 금빛 광선으로 후려쳤지만 마지스터는 끄떡하지 않았다. 그러나 등 뒤에서 불시에 날아온 광선을 맞은 마지스터가 앞으로 떠밀리

면서 치명상을 입고 쓰러졌다. 마지스터의 마스크 안에서 피가 흘러
내렸다.

　그때 구덩이에서 타라가 튀어나왔다.

　"칼?"

　"왜, 타라?"

　"넌 최고야."

　"나도 알아."

　타라를 피해 달아나야 하지만 마지스터는 트란스미투스 마법을 작
동할 힘조차 없는 상태였다. 그는 졌다는 걸 알고 있었다.

　"속임수였어!"

　마지스터가 고함치면서 마스크 밖으로 피를 뱉어냈다.

　"맞아요."

　"하지만…… 어떻게?"

　"마법의 힘이 바닥난 것처럼 자제하고 있었죠. 솔직히 말하면 칼이
공격하는 것으로 당신의 주의를 끌 때 내가 뒤에서 광선을 날린 거죠."

　"등 뒤에서 공격하다니! 네가 그런 짓을 할 줄은 몰랐다. 너는 나보
다 더 가혹하구나, 타라."

　타라는 민망한 얼굴을 했다.

　"우리는 선택의 여지가 없었어요. 당신은 무시무시한 상대라서 정
직한 방법으로는 이길 수 없으니까요. 그래서 비겁한 방법을 사용했
어요. 미안해요."

　마스크가 서서히 어두워졌다. 타라는 레파루스로 치료해줄 수도 있
지만 그러지 않았다.

갑자기 뒤에서 펑, 하는 소리가 나더니 파브리스, 갈랑, 블롱딘, 무아노, 파프니르와 셈 선생님이 나타났다. 그들은 아연실색한 얼굴로 그 자리에 멈춰 섰다.

"파브리스!" 타라가 외쳤다. "너 살아났구나!"

파브리스는 고개를 끄덕였지만, 레파루스 치료에도 불구하고 초췌한 얼굴과 떨리는 손은 아직 회복되지 않았다는 표시였다.

고통스러워하는 친구의 눈빛을 보면서 타라는 가슴이 미어졌다.

"오, 내 조상들이시여!" 피를 흘리면서 쓰러진 남자를 발견한 셈 선생님이 소리쳤다. "또 마지스터였어?"

로빈은 자신을 마비시켰던 칼을 원망의 눈초리로 쳐다보면서 대답했다.

"네. 타라와 칼이 둘이서만 술책을 꾸몄는데 나는 정말 심장마비로 죽는 줄 알았어요. 그게 속임수였거든요."

"당연히 기분 나쁘겠지만 너에게 말할 수 없었어. 미안해." 타라는 다정하게 말했다. "셈 선생님? 우리를 어떻게 찾아냈어요?"

"공간이동의 문을 구슬려서 너희가 도착한 장소를 다시 찾아가게 했지." 셈 선생님이 대답했다. "잘될지 정말 자신이 없었는데 휴, 얼마나 다행인지……. 마지스터를 드래곤들의 행성에 가둬야겠다. 그래야 혹시 살아나더라도 다시는 너희들을 해치지 못해."

공간이동의 문을 구슬려서 알아냈다고? 그게 정말 가능한 일일까? 타라가 그런 생각을 하고 있는 사이에 파브리스가 홀린 것처럼 마지스터에게 다가갔다. 마지스터가 뭐라고 중얼거리자 파브리스는 몸을 숙였다.

"파브리스!" 깜짝 놀란 타라가 외쳤다. "너무 가까이 가지 마. 혹시 모르니까."

"바룬이 죽었어." 파브리스가 말했다.

"그래 알아. 제발 그에게서 멀리 떨어져."

"내 잘못이었어."

"아냐, 파브리스, 네 잘못이 아냐." 점점 더 불안해진 타라가 말했다. "그렇게 가까이 가면 안 돼."

"내 잘못이야!" 파브리스가 울부짖었다. "내 잘못이 맞아! 미, 미안해."

"미안해? 뭐가?"

"너희들에게 화가 난 건 아냐."

"파브리스, 왜 그런 말을 해? 겁주지 말고 이리 와, 얘기 좀 하자."

"얘기하기에는 너무 늦었어. 힘이 있었다면 그런 일은 일어나지 않았을 거야. 너희들 모두 사랑해."

그들이 미처 반응할 겨를도 없이 파브리스는 쓰러진 마지스터의 손을 잡고 트란스미투스를 작동했다.

그리고 둘은 사라졌다.

31
아더월드의 유령들

무엇이든 처음 시도할 때는 사용법을 잘 읽어야 하는데,
전 세계를 파괴하기 전에……

*

무아노는 마치 가슴에 비수가 꽂힌 것처럼 비명을 질렀다.

"파브리스, 안 돼애애애애애애!"

너무 늦었다. 파브리스가 트란스미투스 마법을 사용해서 어디로 갔는지 알아내는 것은 불가능한 일이었다. 몸이 허약한 상태로 의식이 없는 마지스터를 데리고 가는 여행은 목숨이 위험할 수도 있었다.

파브리스의 배신으로 그들 모두 어찌할 바를 몰랐다. 뭘 어찌해야 할지 모르기 때문에 그들은 오무아로 돌아갔다.

그 소식을 들은 브주아 지롱 백작은 아들이 배신했다는 걸 절대 믿을 수 없다면서 지구에 있는 공간이동의 문을 지키는 일에서 물러났다. 그는 아들을 찾아서 무슨 일이 있었는지 반드시 밝혀내겠다고 다짐했다.

공간이동의 문은 이사벨라의 저택으로 옮겨졌고, 이사벨라의 조수 중 한 사람인 타쉴이 문지기로 임명되었다. 그러나 집이 여행객들로 붐비는 것이 못마땅한 이사벨라는 결국 저택 측면에 탑을 세우고 태피스트리들을 설치했다. 그리고 보기만 하면 으르렁거리는 사이인 자르를 문지기 타쉴의 조수로 임명했다.

타라는 리스베스 여제에게 그간의 일을 보고했다. 칼은 드래곤들의 연구소 못지않은 비밀 장소에 속바지를 감춰두었다. 타라는 마지스터가 살았는지 죽었는지 모르지만, 크라에토비르의 반지에다 속바지까지 손에 넣었기 때문에 마지스터의 위치를 파악할 방법이 전혀 없는 것은 아니었다. 리스베스를 설득하는 것은 그리 어렵지 않았다.

그런데 그들은 큰 문제에 직면했다. 파브리스의 배신보다 더 심각한 건 아니지만 중요한 문제였다.

타라가 정상으로 돌아오지 못하고 있었다.

여전히 뱀파이어로 남아 있었다.

뱀파이어로 있는 것이 불쾌한 느낌은 아니었다. 그러나 타라는 피를 아주 싫어했고, 그로 인해 음식을 소화하지 못하는 것이 문제였다. 그래서 타라는 입맛에 맞게 향신료를 첨가한 피를 음식에 섞어서 먹는 습관이 생겼다. 후계자의 취향이 정말 이국적이라고 생각하는 오무아 궁인들과는 달리, 뱀파이어 대사관에 정착한 킬라와 아르노는 아주 기뻐했다.

게다가 반지가 커져 있었다. 손가락의 일부를 덮을 정도여서 구부리는 것이 불편했다. 그러나 현재로서는 반지를 뺐을 때보다 끼고 있을 때 더 든든함을 느꼈다. 그래서 타라는 반지를 없애고 싶지 않았다.

다리를 절룩거리던 브라운 드래곤 테올의 모습이 머릿속에 어른거렸다. 타라는 반지를 오랫동안 간직할 수 없으리라는 걸 알고 있었다.

무아노는 수석 조수의 일을 포기하고 랑코비트 궁전을 떠났다. 파브리스가 살아 있다면 언젠가는 연락할 거라는 생각에 타라 옆에 있기로 결정을 내린 것이다.

타라는 무아노를 기꺼이 받아들이고 오무아 황궁의 수석 조수로 일하게 했다. 둘은 늘 붙어 다녔다. 슬픈 이유로 온 것이 아니었다면 얼마나 즐거웠을까. 무아노는 어떤 희생을 치르더라도 파브리스를 찾기로 결심했고, 타라는 무아노가 친구를 찾을 수 있도록 모든 재량권을 줄 각오였다.

셈과 샤름은 끝내 세니보우리쉬부를 체포하지 못했다. 전 최고 발톱이자 신임 최고 비늘이 종적을 감춘 상태라서 일주일 동안 드래곤 정부는 어수선했다. 이윽고 더 이상의 혼란을 방치할 수 없다고 판단한 12부족이 단합해서 국가의 안정을 위해 발벗고 나섰다. 세니의 군대는 항복했고, 지구 침략 계획도 취소되었다. 어쨌든 당분간은.

부상을 당했지만 전투가 끝난 뒤 어디서도 찾을 수 없던 세니보우리쉬부가 오무아에 나타났다.

더 구체적으로 말하면 타라의 스위트룸에 불쑥 나타난 것이다. 마침 로빈을 마주 보고 앉은 타라가 하프엘프를 맛있는 샌드위치로 생각하지 않으려고 애쓰고 있을 때였다. 냠냠, 보기만 하면 군침이 돌면서 자석에 끌리듯 로빈의 목에 입이 가려고 했다.

"타라?" 로빈이 침을 꼴깍 삼켰다. "또 시작이야?"

"아, 미안. 나도 어쩔 수가 없어. 그냥…… 깨물기만 할게, 안 될까?"

"빨리 정상으로 돌아와야 해, 타라. 더는 참기 힘들어. 너는 같이 있을 때마다 나를 깨물고 싶은 욕망밖에 없는 것 같아."

"아냐, 절대 아냐!" 타라는 강력하게 부인했다.

"맞아!"

"아냐!"

"맞아!"

그 순간 피를 철철 흘리면서 방에 불쑥 나타난 거대한 드래곤 때문에 둘은 말다툼을 중단했다.

둘은 공포의 비명을 지르면서 뒷걸음치다 마법을 작동했다.

드래곤이 오무아 궁전의 트란스미투스 방지 주문을 뚫고 침투한 것이었다.

드래곤은 치명적인 부상을 입은 상태였고, 푹 쓰러지면서 움직이지 못했다.

타라는 경계를 하면서 다가갔다.

"맙소사! 찬탈자 세니야! 로빈, 샤름에게 연락해, 빨리!"

"그럴 필요 없다." 드래곤이 힘없는 소리로 말했는데 허리에서 피가 흘러내리고 있었다. "난 이미 죽어가고 있다. 시간이 얼마 남지 않았어."

"원하는 게 뭐죠? 동정을 받고 싶은 거라면 다른 데 가서 알아보시죠. 당신 때문에 나의 절친한 친구가 미쳐서 나는 인내심이 한계에 다다랐으니까요."

드래곤은 힘겹게 숨을 쉬고 있었다. 숨이 끊어지기 직전이었다. 대체 무슨 말을 하겠다는 걸까? '후회한다'? 아니, 그건 분명히 아니었다. 후회하는 기색이 전혀 없었다. 그럼 '너를 원망하지 않아'? 그것도 아니었다. 드래곤은 그 어느 때보다 인간을 증오하고 있었다. 아니, 드래곤은 멋지게 끝내는 방법을 알고 있는 것이었다. 타라에게서 모든 희망을 앗아가는 것, 그 이상의 복수가 있을까? 정말 셰니보우리쉬부다운 복수였다.

"너의 양피지를 읽어봤다, 타라 덩컨." 드래곤은 거의 숨이 넘어가는 소리로 말했다. "체인지라인을 빼앗았을 때 주머니를 뒤져봤거든. 그래서 너에게 해줄 말이 있어."

"뭐죠?" 드래곤과 마찬가지로 아무런 후회가 없는 타라가 냉정하게 대꾸했다.

"네 아버지의 유령을 소생시키기 위한 묘약 조제법이 적혀 있었다. 그런데 빠진 것이 있어서……."

숨이 탁 막힌 타라는 본능적으로 다가갔다.

"조심해." 로빈이 주위를 줬다. "너를 공격하려는 함정일 수도 있어!"

타라는 고개를 끄덕이면서 힘의 장막으로 방어했다.

그러나 드래곤이 강타를 날리고 싶은 것은 타라의 몸이 아니라 정신이었다.

드래곤이 타라의 귀에 뭐라고 속삭이고 나서 심상치 않은 신음소리를 토해냈다. 드래곤의 아가리가 닫히고, 눈빛이 흐려지더니 심장이 멈췄다. 그리고 숨이 완전히 끊어졌다.

돌아서는 타라의 얼굴이 하얗게 질려 있었다.

"왜 그래? 뭐라고 했는데?"

"양피지에 적힌 묘약 조제법 중에 빠진 것이 있었어. 일종의 안전장치. 그걸 해놓지 않으면 모든 유령이 빠져나온대. 내가 80킬로그램 체중의 한 사람에게 해당하는 질량의 원소들만 냄비에 넣었기 때문에 다른 유령들이 소생하려면 살아 있는 사람들의 몸을 점령하거나 집어삼킬 수밖에 없다는 거야! 그리고 셰니의 목소리가 하도 작아서 무슨 말인지 잘 들리지 않았는데…… 유령들이 이 세상으로 돌아오기 위해 만든 에너지 때문에 아버지가 되살아날 수 없다고 했어. 그렇다면 아버지가 계속 유령으로 남아야 한다는 거잖아!"

눈이 휘둥그레진 로빈이 무슨 말을 하려는 순간 다급한 고함소리가 들렸다.

"마마, 마마." 누군가가 외쳤다. "빨리 와보십시오!"

타라는 소리가 나는 방향으로 황급히 달려갔다. 타라가 만든 묘약이 완성 단계에 이르러 있었다. 공 모양의 묘약 덩어리가 윙윙거리면서 미친 듯이 돌고 있었다.

복도 저편에서 칼이 비밀리에 만들어놓은 묘약까지 이상한 소리를 내고 있었다. 이윽고 두 개의 묘약 덩어리 사이로 저승 문이 열렸다.

문 한가운데에서 수많은 유령이 분노의 고함을 지르면서 쏟아져 나오고 있었다.

7권에서 계속……

아더월드의 용어 해설

아더월드_ 아더월드는 지구 표면적의 1.5배에 이르는 마법 행성으로 태양 주위를 자전하며, 하루 26시간, 1년 454일, 14개월로 이루어져 있다. 위성으로는 두 개의 달 마딕스와 타딕스가 아더월드의 주위를 돌고 있으며, 춘·추분에 조수간만의 차가 몹시 크다.

아더월드의 산들은 지구의 산보다 훨씬 더 높으며, 채굴되는 광물은 대체로 마법의 폭발성이 있어서 추출하는 것이 상당히 위험하다. 지구(육지 29%, 바다 71%)보다 바다가 차지하는 비율은 적으며(아더월드: 육지 45%, 바다 55%), 그중 두 개의 바다는 민물이다.

아더월드를 지배하는 마법은 동물상, 식물상과 마찬가지로 기후에도 영향을 미친다. 그로 인해 계절을 예측하기가 아주 힘들다(아더월드에서는 한여름에도 폭설이 내려 1미터나 되는 눈에 덮일 수 있다!).

아더월드의 7계절 분류: 계절 1 카일로스(지역에 따라 −30~−50℃까지 내려간다), 계절 2 보탄트(지구의 봄 날씨와 유사하다), 계절 3 트레보, 계절 4 파이초, 계절 5 플루초, 계절 6 모인초, 계절 7 살탄(우기).

아더월드에는 인간, 난쟁이, 거인, 트롤, 뱀파이어, 땅신령, 꼬마도깨비, 엘프, 유니콘, 키마이라, 타트리스, 드래곤 등 수많은 종족이 살고 있다.

✹ 그 밖의 다른 행성

🐉 **드란보우글리스펜쉬르_** 얼마 전까지 드래곤들의 왕 샨도우바릴로우바쉬부가 통치하던 행성이다. 지능이 높은 거대한 파충류인 드래곤은 마법 능력을 타고나서 어떤 형상으로든 변신할 수 있으며, 대체로 인간으로 변신해 있다.

마법사들 편에 서서 림보의 악마들과 싸우고 있다. 세계의 영토를 점령하기 위해 악마들과 대립하면서 드래곤들은 지구의 마법사들과 충돌하는 순간까지는 알려져 있는 모든 세계를 정복했다. 끊임없이 악마들과 싸워야 하는 드래곤들은 지구인 마법사들과 전쟁을 벌인 뒤에 지구인들과 동맹을 맺는 것이 유리하다는 결론을 내렸다. 지구를 지배하겠다는 계획은 포기했지만, 마법사들이 지구를 지배하는 것도 인정할 수 없는 드래곤들은 지구의 마법사들에게 아더월드에서 더 많은 마법사를 양성하고 훈련시키자고 제안했다.

수년 동안 드래곤들을 경계하면서 고심한 끝에 지구의 마법사들은 결국 그 제안을 받아들이고 아더월드에 정착하였다.

　드래곤들은 드란보우글리스펜쉬르를 비롯하여 지구, 아더월드, 마딕스와 타딕스 등 많은 행성에 살고 있으며, 특히 인간들의 일에 사사건건 참견한다. 드래곤들이 가장 끔찍하게 싫어하는 적은 림보에 사는 악마들이다.

🐉 **림보_** 악마의 세계로 악마들의 영역. 림보는 서클이라고 불리는 여러 세계로 나뉘어 있으며, 서클에 따라 악마들의 능력과 학식이 차이 난다. 제1, 2, 3서클의 악마들은 거칠고 아주 위험하다. 제4, 5, 6서클의 악마들은 마법사들과 정해진 조건 내에서 서로 도움을 주고받는다(마법사는 필요한 것을 악마에게서 얻을 수 있으며 악마의 경우도 마찬가지다). 제7서클은 마왕이 군림하는 서클이다.

　림보에 사는 악마들은 저주받은 태양이 제공하는 악마의 에너지를 먹고산다. 다른 세계로 가기 위해 림보를 나갈 경우엔 생명력이 강한 존재의 살과 정신을 먹어야 한다. 전 세계를 침략하던 중 갑자기 나타난 드래곤들과의 전쟁에서 패배한 뒤로 악마들은 림보에 갇히게 되었고, 마법사나 마법 능력이 있는 존재의 긴급 요청이 있어야만 다른 행성으로 갈 수 있게 됐다. 악마들은 이런 활동범위 제한을 견디기 힘들어서 끊임없이 해방될 방법을 모색하고 있다.

　악마들이 지구를 침략하려는 이유는 아쿠알릭, 바닷물에 중독되어 있기 때문이다. 악마들에게 바닷물은 알코올과 같은 작용을 하는데 림보에는 바다가 없다. 게다가 지구의 바닷물 맛을 특히 좋아하기 때문이다. '모든 인간을 죽이고 짠물을 실컷 마시겠다'는 것이 악마들의 신조다.

🌿 **산티보르_** 텔레파시 능력이 있는 식물성 존재 진실의 입들이 사는 얼음 행성.

🌿 **지구_** 인간과 비밀 임무를 맡은 마법사들이 살고 있다.

🌞 아더월드의 나라들과 종족

🌿 **간디스_** 거인들의 나라로 수도는 제오폴. 세력 있는 그로아르 가문이 통치하며 흑장미 섬과 황무지 늪이 있다. 나라의 문장은 '주문방지' 돌로 쌓은 벽에 아더월드의 태양이 올라앉은 형상이다.

🌿 **랑코비트_** 인간이 지배하는 가장 큰 왕국으로 수도는 트라비아. 왕국의 문장은 은빛 초승달 아래 금빛 뿔의 하얀 유니콘이다. 베어 왕과 티타니아 왕비가 통치하고 있으며, 타라와 어머니 셀레나의 조국이다. 약 8천만의 주민이 살고 있고, 뱀파이어들을 받아들이는 드문 나라 중 하나다.

🌿 **멘탈리르_** 보우 대륙 동쪽의 광활한 평원이며 유니콘들과 켄타우로스들의 나라. 유니콘은 생김새와 크기가 말과 같고, 이마에 나선형 뿔이 하나 있으며 발굽은 갈라져 있고 털은 흰빛이다. 지능이 떨어

지는 유니콘도 간혹 있지만, 대부분은 영리하며 그 지능은 용들의 지능에 견줄 수 있다. 유니콘의 이 특성을 어떤 종족의 지능이나 동물의 지능으로 분류하기는 힘들다.

켄타우로스는 반은 남자나 여자의 형상, 반은 말의 형상을 하고 있는데 두 종류가 있다. 상반신은 인간, 하반신은 말의 형상을 한 켄타우로스와 상반신은 말, 하반신은 인간의 형상을 켄타우로스. 켄타우로스가 어떤 마법에 걸려 있는 것인지는 알 수 없으나 소금이나 향유 같은 생필품을 얻기 위해서가 아니면 다른 종족들과 섞이기를 싫어하는 까다로운 종족이다. 사납고 거칠어서 영역을 침범하는 이방인들을 발견하면 가차 없이 화살을 쏘아댄다. 켄타우로스의 샤먼 부족은 평원에서 하얗고 파란 맹독성 개구리 플로프들을 잡아 그 등을 핥는 것으로 미래를 점친다고 전해진다. '찌르레기 대전'이 벌어지는 동안 켄타우로스들이 엘프들에게 몰살되었다는 것은 이 방법이 100퍼센트 믿을 만한 것은 아닌 듯하다.

살테렌스_ 살테렌스들의 나라로 수도는 살라. 나라의 문장은 파란색 투명한 소금을 물고 곧추서 있는 커다란 벌레. 왕은 없고 위대한 카샤라고 불리는 족장과 재상 일파봉이 통치하며 여러 부족으로 나뉘어 있다. 노예제도를 주장하는 종족으로 사자와 표범의 잡종인 두 발 동물이다. 침투할 수 없는 사막에서 숨어 지내면서 마법의 소금 광산을 개발한다.

셀렌다_ 엘프들의 나라로 수도는 세보른. 문장은 대각선으로 시위를 메긴 두 개의 활 위로 보이는 은빛 보름달.

엘프들은 마법사들과 마찬가지로 마법에 재능이 있다. 겉모습은 인간이며 뾰족한 귀와 고양이의 눈처럼 동공이 수직으로 움직이는 크리스털 눈, 은발이 특징이다. 아더월드의 숲과 평원에서 살며 가공할 만한 사냥꾼이다. 엘프들은 전투와 싸움, 상대를 유인하는 온갖 종류의 게임을 좋아하기 때문에 그들의 에너지를 적절히 이용하기 위해 경찰국이나 국가정보국에 고용된다.

하지만 엘프들이 옥수수나 마법의 귀리를 경작하기 시작하면 아더월드의 종족들은 불안해한다. 그건 엘프들이 전쟁을 시작할 거란 뜻이기 때문이다. 실제로 전시에는 사냥할 겨를이 없기 때문에 엘프들은 곡식을 재배하고 가축을 기르며, 일단 전쟁이 끝나면 예전의 생활로 돌아간다.

또 다른 특성으로 아이들이 걸어 다닐 수 있을 때까지 수컷 엘프들은 배에 달린 육아낭 같은 작은 주머니에 아기를 넣고 다닌다. 여자 엘프는 남편을 다섯 명 이상은 가질 수 없다. 엘프는 거의 죽지 않기 때문에 아이들이 별로 없다. 하프엘프 로빈은 혼혈이라는 이유로 엘프들에게 따돌림을 받고 있다.

🐌**스몰컨트리_** 땅신령, 꼬마도깨비 파보, 요정, 고블린의 나라로 수도는 스몰빌. 문장은 원 안에 도안한 꽃, 새, 거미. 땅신령은 파란색, 꼬마도깨비는 초록색, 고블린은 회색, 요정은 여러 가지 색이다.

땅신령은 작달막하고 단단한 체구며 털은 오렌지색이다. 돌을 먹고살며, 난쟁이들과 마찬가지로 광부들이다. 그들의 털가죽은 고성능 가스

탐지기이다. 털이 곤두서면 별 탈이 없지만, 털이 내려앉는 순간부터 땅신령은 광산에 가스가 있다는 걸 알아채고 도망치기 때문이다. 또한 알 수 없는 이유로 인해 땅신령들만 '진실의 입들'과 교감할 수 있다.

스몰컨트리의 익살꾼인 꼬마도깨비 파보들은 키디코이라는 막대사탕을 만들어낸 이들이다. 착시 현상을 일으키거나 일시적으로 보이지 않게 할 수도 있으며 금을 좋아해 비밀주머니에 숨겨둔다. 그 주머니를 찾아낸 자는 두 가지 소원을 빌 수 있고, 귀한 금을 회수하려면 반드시 그 소원을 들어줘야 한다. 하지만 꼬마도깨비들은 반대로 해석하는 데 선수여서 예측불허의 결과가 일어날 수 있으므로 소원을 비는 것에는 항상 위험이 따른다.

요정들은 꽃을 가꾸면서 작은 마법을 날리지만 위협적이며, 고블린들은 요정과 움직이는 것은 무엇이든 잡아먹으려고 한다.

🐟 **오무아**_ 인간이 지배하는 가장 큰 제국으로 수도는 팅가푸르. 제국의 문장은 100개의 금빛 눈을 가진 주홍빛 공작이다. 타라의 고모인 여제 리스베스틸랑넴 탈 바르미 압 산타 압 마루와 삼촌인 황제 산도르 탈 바르미 압 마르치 압 브레비스가 통치하고 있다. 제국을 설립한 최고 마구스 데미데루스의 후손들이다. 오무아에는 약 2억의 주민이 살고 있다. 다른 나라들과 교역하고 있으며, 셀렌다를 제외하고 가장 많은 수의 엘프 군단을 거느리고 있다.

🦇 **크라살비**_ 뱀파이어들의 나라로 수도는 우를라. 나라의 문장은 천문관측기 위에 무한을 상징하는 누운 8자와 별이 올라앉은 형상이다.

뱀파이어는 총명하고, 인내심이 많으며 학식이 깊다. 수명이 아주 길고, 수학과 천문학에 몰두하며, 대부분의 시간을 명상하는 데 보내면서 삶의 의미를 추구한다.

아더월드의 뱀파이어는 동물의 피를 먹고살기 때문에 가축을 키운다. 브르르아아아, 모오오오우우우, 지구에서 수입한 말, 염소, 양 등. 하지만 몇몇 피는 금지되어 있다. 유니콘이나 인간의 피를 먹으면 미치게 되며, 수명이 절반으로 줄고, 햇빛을 쐬면 치명적인 알레르기가 일어나기 때문이다. 반면에 뱀파이어에게 물리면 독이 퍼지게 되며, 뱀파이어에게 물린 인간은 그들의 노예가 된다. 게다가 독성 피가 전이되면 뱀파이어가 되는데 이 경우의 뱀파이어는 파괴적이고 악독하기 때문에, 저주에 희생된 뱀파이어는 동족으로 구성된 특별수사대는 물론 아더월드의 모든 종족에게 쫓겨 다닌다.

🪱 **크랑카르_** 트롤들의 나라로 수도는 크리아. 나라의 문장은 나무 꼭대기에 몽둥이가 걸려 있는 형상이다. 트롤 외에 식인귀, 오크, 고블린 들이 살고 있다.

트롤은 거대한 몸집에 납작한 이빨이 있는 초록빛 털북숭이로 채식주의자지만, 고기를 흡수할 경우 식인귀가 될 수 있다. 식인귀가 되면 크랑카르에서 쫓겨난다. 먹고살기 위해 나무를 마구 죽이며(이것이 엘프들의 울화를 치밀게 한다), 쉽게 자제력을 잃어버리는 성향이 있어서 한번 성질이 나면 닥치는 대로 짓뭉개버리기 때문에 평판이 나쁘다.

🪱 **타트란_** 타트리스, 카홈보움, 타츠보움의 나라로 수도는 시티빌.

문장은 양피지 위에 놓인 직각자, 컴퍼스, 크리스털 볼.

타트리스는 머리가 둘인 특성을 가지고 있다. 관리 능력이 뛰어난 데다 신체적 특성 덕분에 행정관이나 정부 고위층에서 일하고 있다. 타트리스들은 오로지 일을 중요하게 여기면서 헛된 꿈을 꾸지 않는 현실주의자들이다. 타트리스들은 꼬마도깨비 파보들이 즐겨 놀리는 대상 중 하나며, 이 장난꾸러기들은 유머가 결핍된 종족이라는 소리를 듣지 않기 위해 수세기 동안 끈질기게 타트리스 종족을 웃기려고 애쓰고 있다. 게다가 파보들은 웃기는 데 성공한 자들 중 1등에게는 상까지 수여하고 있다.

카흠보움은 빨간 눈과 촉수들이 있는 노란색 덩어리 모습을 하고 있으며 주로 도서관 사서로 일한다. 타츠보움은 촉수로 놀라운 멜로디를 연주하는 음악가들이다.

🐾 **파트로크_** 에드라킨족이 사는 나라로 수도는 키크로크. 나라의 문장은 바람의 원소에 올라앉은 불새. 에드라킨족은 강력한 마법사들이며, 모습은 인간이지만 귀가 뾰족하고 털로 덮여 있다. 머리털은 두상의 절반 정도까지만 자라며, 코는 거의 보이지 않는다. 다른 종족을 싫어하지만 의무적으로 여러 나라와 교역하고 있다. 에드라킨족은 아더월드를 정복하기 위해 네 번이나 침략을 시도했다.

🐾 **히믈리아_** 난쟁이들의 나라로 수도는 미나트. 대장장이 씨족이 통치하고 있다. 나라의 문장은 광산 지하의 전쟁용 모루와 쇠망치.

키와 몸통 폭의 길이가 똑같은 단단한 체구가 난쟁이들의 신체적 특징이다. 아더월드의 광부, 대장장이로 활동하고 있으며, 뛰어난 금속 가공업자, 보석 세공인도 거의 난쟁이들이다. 성격이 몹시 까다로운 것으로 알려져 있고, 마법을 싫어하며 아주 길고 복잡한 노래를 즐겨 부른다. 또한 돌을 통과하거나 돌을 용해시키는 특별한 재능을 지니고 있는데 마법과는 다른 차원의 힘이다.

❋ 아더월드와 주변 행성의 동·식물상 및 속담

❧ **가즈즈**_ 사슴뿔이 달린 네 발 짐승으로 털이 빨간색(트롤들의 나라에서는 초록색)이다.

❧ **간다리**_ 대황에 가까운 식물이며, 꿀처럼 단맛이 난다.

❧ **갬볼**_ 마법에 흔히 이용되는 파란 이빨의 설치류 동물. 그 살가죽과 피에 마법이 침투하지 못할 정도로 땅을 깊이 파고 들어간다. 건조시키면 딱딱해졌다가 가루처럼 변하며, '갬볼 가루'는 마법을 실행하기 힘들게 만든다. 몇몇 마법사들은 갬볼 가루를 식용하는데 그것은 그 가루가 환각 증세를 일으키기 때문이다. 갬볼 가루 복용은 아더월드에서 엄격하게 금지되어 있으며 위반할 경우 엄중한 처벌을 받는다.

❧ **글로우톤**_ 털북숭이 동물. 길게 늘어나는 특성이 있어서 목을 조르는 밧줄로 사용한다.

648

🐊**글루릅스_** 머리가 아주 갸름한 초록색과 갈색의 도마뱀으로 호수와 늪에서 서식한다. 식욕이 왕성하며, 물속에서 숨을 쉬지 않고 몇 시간을 견딜 수 있어서 목을 축이러 오는 순진한 동물을 잡아먹는다. 물가의 은신처에 굴을 파놓고 살며, 호수 바닥의 구멍 속에 먹이를 숨겨놓는다.

🐊**드래코-티라노사우루스_** 뱀과 공룡의 잡종. 드래곤의 사촌이지만 지능은 많이 떨어지며, 날개가 작아서 날지 못한다. 가공할 만한 포식동물로 움직이는 것뿐만 아니라 움직이지 않는 것조차 닥치는 대로 잡아먹는다. 오무아 제국의 따뜻하고 습한 숲에서 살며, 이 지역은 관광 개발이 불가능하다.

🐊**디스쿠타리움/데비자투아르(사용하는 국민에 따라 다르다)_** 지구와 아더월드, 드란보우글리스펜쉬르, 악마들의 림보와 관련된 모든 책, 영화, 예술 작품에 관한 정보를 조회할 수 있다. 디스쿠타리움에서 나오는 목소리는 어떤 질문에도 답변을 못하는 경우가 거의 없다.

🐊**로크 새_** 공중에서 사는 자이언트 새. 인공위성을 궤도에 올려놓거나 아더월드에서 마딕스와 타딕스로 여행할 때 이용한다.

🐊**마누릴_** 마누릴의 하얀 싹은 즙이 많아서 아더월드 사람들이 즐겨 음식에 곁들여 먹는다.

모오오오우우우_ 뿔은 없고 머리가 둘 달린 고라니. 머리 하나가 먹을 때 다른 하나는 포식동물들을 감시한다. 이동할 때는 게처럼 옆으로 걷는다.

무슈티크_ 벌처럼 쏘아서 아더월드 사람들의 피를 빨아먹는 공격적인 곤충. 흡혈파리보다 크기가 더 크며, 트라둑이나 브르르르아아아에 앉아 있다가 살 속을 파고드는데 치명적인 독을 분비하기 때문에 아주 위험하다.

므르르르_ 초록색 귀가 달린 오렌지빛 고양이. 같은 능력을 가진 빨간 생쥐 뿌익을 잡기 위해 공간이동을 할 수 있다.

므르모움_ 나무들이 숲 모양으로 거대한 군락을 이루고 있어서 따기가 아주 힘든 과일이다. 므르모움나무는 접근하는 것이 있으면 괴상한 소리를 내면서 땅속으로 파고들기 때문에 붙여진 이름이다. 아더월드에서 산책을 하다보면 므르모움나무 숲이 통째로 사라지고 벌판만 남는 아주 놀라운 광경을 목격할 수 있다.

미암_ 크기가 복숭아만 한 빨간 체리.

발로르키데_ 꽃이 아주 화려한 기생식물. 이름은 개화하기 전의 노란빛과 초록빛의 봉오리에서 따온 것이다. 성장 속도가 아주 빨라서 몇 계절 만에 나무 한 그루를 죽일 수 있으며, 뿌리로 이동해서 그다음 나무를 공격한다. 그래서 아더월드의 나무들은 발로르키데들이 들러붙지 못하게 부식시키는 물질을 분비하는 것으로 생존경쟁을 벌이고 있다.

🌿 **발분**_ 거대한 고래로 붉은색이며 지구의 고래보다 두 배로 크다. 발분은 잊지 못할 멜로디의 노래를 부르며, 젖이 아주 풍부하다. 발분의 젖으로 만든 버터와 크림은 영양가가 높은 인기 식품이어서 물에 사는 트리톤과 사이렌들과 육지에 사는 거주자들 사이에 무역 교류의 대상이 되고 있다. 노래를 아주 잘 부를 때 '발분처럼 노래 부른다'는 말로 칭찬한다.

🌿 **뱅뱅**_ 붉은색 나무로 인간이 이 식물에서 추출한 빨간 가루를 먹을 경우 행복을 느끼다가 황홀경에 빠져서 죽음에 이른다. 트롤들은 이빨이 아플 때 복용한다.

🌿 **버디 드라이어**_ 바람의 원소를 이용한 무형물로 욕실에서 주로 사용한다.

🌿 **베에에**_ 아름다운 흰털 양. 마법 행성의 변화무쌍한 계절에 대한 적응력이 뛰어나서 몇 시간 만에 털이 빠지거나 털을 자라게 할 수 있

다. 그래서 털 깎는 시기에 사육자들이 그 특성을 이용해서 날씨가 갑자기 몹시 더워졌다고 하면 베에들은 즉시 털을 홀랑 벗어버린다. 아더월드에서 '베에처럼 순진하다'는 표현을 쓰는 것은 여기서 유래한다.

🐾 **벤드룩_** 림보의 여러 우상 중 하나인 벤드룩은 생김새가 어찌나 흉측한지 다른 우상들조차 그 끔찍한 모습에 두려움을 느낄 정도다. 벤드룩은 내장이 몸 밖으로 나와 있어서 먹을 때 소화되는 과정을 구경할 수 있다.

🐾 **벨루르 목재_** 내구성이 좋고, 아름다운 금빛 색깔 때문에 아더월드에서 실내 바닥재로 많이 사용한다. 겉보기에는 차가운 느낌이지만 양탄자처럼 폭신하다.

🐾 **보벨_** 앵무새와 유사한 아더월드의 화려한 새로 마법사들의 마음을 사로잡는 마법 능력이 있다.

🐾 **보우둘 필터_** 파란색 자루처럼 생긴 유기체. 아더월드의 항구에서 온갖 쓰레기를 먹어치우는 것으로 맑고 깨끗한 물을 유지해준다.

🐾 **부이브르_** 야행성의 날개 돋친 도마뱀으로 키가 30미터에 이르며, 물고기를 먹는 동물이다. 부이브르의 이마에 박힌 보석에는 독을 중화시키는 성분이 있고, 도마뱀의 부위들은 주로 묘약의 재료로 사

용된다. 최초의 부이브르는 알에서 태어난 것으로 전해지고 있지만 생물학적으로 도저히 불가능한 일이다.

🐟 **불사르딘_** 공격을 받으면 몸이 팽창하는 특성을 가진 일종의 정어리. 껍질은 칼이 들어가지 않을 정도로 아주 질기다. 그래서 아더월드에서 파괴되지 않는 것을 보면 '불사르딘 같다'고 말한다.

🐟 **불새_** 깃털에 불이 붙어 있지만 신기하게도 털이 재생된다. 아더월드의 불에 타지 않는 나무에만 둥지를 틀며, 물을 떨어뜨리면 불새를 죽일 수 있다.

🐟 **붉은 트르르_** 썩지 않는 목재. 부서지거나 맥주에 부식되지 않기 때문에 집과 술집에서 주로 사용한다.

🐟 **브룸므_** 일종의 빨간 무로 아더월드 사람들이 즐겨 먹는다.

🐟 **브르르르아아아_** 거인들의 나라 간디스에서 생산하는 엄청나게 큰 소. 털은 숱이 아주 많아서 거인들이 그 털가죽으로 옷을 지어 입는다. 몹시 공격적이어서 움직이는 것이 있으면 뭐든 덤벼든다. 제 그림자를 쫓다가 녹초가 된 브르르르아아아를 보게 되는 것은 그 때문이다. 흔히 고집불통인 사람을 '브르르르

아아아 같다'고 표현한다.

브르리르_ 흰빛과 금빛이 어우러진 고양이과 동물로 다리가 여섯 개. 특히 브르리르를 사랑하는 오무아 제국의 여제는 이 동물들이 궁전에 갇혀 있다는 생각을 하지 않도록 주문을 걸어놨다. 그래서 브르리르들에게는 가구와 침대의자가 나무와 편안한 바위로 보인다. 브르리르에게는 궁인들이 안 보이며, 궁인들이 쓰다듬어주면 바람에 털이 살랑살랑 흩날리는 것이라고 생각한다.

브르맥주_ 첫 모금에 몸이 부르르 떨리기 때문에 붙여진 이름이다.

브리양트_ 요정의 사촌으로 아더월드의 조명 기구. 대륙에 따라 날개 달린 작은 요정 형상, 날개 돋친 뱀 형상 등 여러 가지 모습이 있다. 어둠 속에서 100와트 밝기의 빛을 발하며, 거리의 가로등이 되기도 하고 투명한 스탠드나 램프의 모습으로 아더월드의 모든 가정을 밝혀준다.

브릴_ 브릴의 싹 요리는 아더월드에서 아주 인기가 높다. 브릴은 히믈리아에 있는 마법의 산골짜기에서 자라며 난쟁이들이 그 싹을 수확해서 아더월드의 상인들에게 비싼 값으로 판다. 게다가 히믈리아에서는 브릴을 잡초로 여겨 먹지 않기 때문에 난쟁이들은 이 불로소득에 즐거운 비명을 지른다.

654

블라즈_ 청소하는 푸프푸프와 비슷하지만 블라즈는 날아다니며 아더월드의 자이언트 거미들을 공포에 떨게 한다.

블루룹스_ 갈색 가죽배낭 같은 모습으로 흙 속에 숨어 있다가 접근하는 곤충을 잡아먹는 식물. 어린 블루룹스들이 흰개미처럼 어미 블루룹스에게 물과 먹이를 공급하며, 다 크면 둥지를 떠나 다른 데에 뿌리를 내리고 흙 속으로 파고 들어간다. 아더월드에서는 궁지에서 헤어날 기회가 전혀 없을 때를 가리켜 '블루룹스 둥지에서 헤맨다'고 표현한다.

블루투르_ 썩은 고기를 먹는 회색과 노란색 새로 무엇이든 소화할 수 있다. 블루투르가 죽어도 몇 달 동안 창자는 살아 있어서 먹은 것을 계속 소화시킨다. 블루투르의 창자는 독을 신선하게 보존하는 데 사용된다.

블를_ 대부분 물속에서 생활하다 번식기에 물 밖으로 나오는 날개 돋친 물고기. 색이 아름다워서 수영장 장식용으로 쓰인다.

블리르_ 아더월드의 금빛 자두. 지구의 자두와 아주 흡사하며 더 달콤하다.

비마_ 비마법사를 축약한 것으로 비마는 마법 능력이 없는 인간들을 가리킨다.

비즈즈즈_ 빨간색과 노란색의 커다란 벌. 지구의 벌들과는 달리 비즈즈즈는 독침이 없다. 독극물을 분비해서 잡아먹으려고 달려드는 포식동물을 독살하는 것이 비즈즈즈의 방어 수단이다. 비즈즈즈들이 아더월드의 마법 꽃에서 생산하는 꿀은 그 어떤 꿀에도 비길 데 없는 맛이다. 아더월드에서는 '비즈즈즈 꿀처럼 달콤하다'는 표현을 자주 사용한다.

빠그락-땅콩_ 벌어질 때 나는 독특한 소리 때문에 붙여진 이름이다. 이 땅콩에서 짜내는 기름은 향이 좋아서 아더월드의 유명한 주방장이나 숙련된 가정주부들이 주로 애용한다.

빨간 바나나_ 색깔을 제외하고는 지구의 바나나와 똑같다.

뿌익_ 이 장소에서 저 장소로 자신의 몸을 물리적으로 전송할 수 있는 꼬리가 둘 달린 빨간 쥐. 천적은 같은 능력을 지닌 초록색 귀의 오렌지색 뚱보 고양이 므르르르이다.

사카트_ 맹독성의 공격적인 빨갛고 노란 곤충으로 아더월드에서 특히 좋아하는 꿀을 생산한다. 미식가들인 난쟁이들만 사카트의 애벌레를 먹을 수 있다. 다른 종족이 먹었을 경우에는 애벌레의 딱지가 인

656

간이나 엘프의 소화액에 용해되지 않기 때문에 배 속에
서 벌떼를 분봉할 위험이 있다.

샤먼_ 아더월드에서 의사 역할을 하는 치료사. 마법사는 누구나
다쳤을 때 레파루스 주문으로 상처를 아물게 할 수 있지만, 이 주문만
으로는 치료할 수 없는 병도 많기 때문에 꼭 필요한 존재이다.

샤트릭스_ 일종의 하이에나. 검은색이며, 독이 든
이빨을 사용하는 아주 공격적인 동물로 밤에만 사냥한
다. 길들일 수 있어서 오무아 제국에서 샤트릭스들을
문지기로 이용한다.

소포르_ 향기로운 꽃들이 탐스러운 식물. 최면 작용을
하는 꽃가루로 곤충과 동물을 함정에 빠뜨린다. 곤충이나
동물이 잠들면 꽃가루를 뿌려서 번식을 도와주는 매개체로 삼
는다. 소포르 주변에서 육식동물이 보이는 것은 그 때문이다.

스너피_ 생김새는 여우와 비슷하지만 두 발로 걸어 다니
며 누더기를 걸치고 옆구리에 배낭을 달고 다닌다. 닭이나 스
파슌을 훔치기 때문에 아더월드의 농부들이 아주 싫어한다.
제 몸을 복제하는 특성이 있어서 감옥에 갇혀도 탈옥할 수
있다.

스쿠프_ 아더월드의 기술로 생산되는 날개 달린 작은 카
메라. 스쿠프는 지능을 가지고 있어서 촬영한 영상을 크리스
털리스트에게 전송한다.

스트리둘_ 지구의 메뚜기에 해당된다. 몹시 파괴적이어서 구름
같이 떼를 지어 이동할 때는 삽시간에 농작물을 휩쓸어버린
다. 스트리둘은 아주 풍부한 점액을 생산하기 때문에 마법
에 널리 사용된다.

스파슈니어_ 닭장처럼 스파슌을 가두어두는 우리.

스파슌_ 금빛의 자이언트 칠면조인데 시종일관 울음소
리를 내면서 거드럭거리고 다니는 통에 사냥하기가 아주 수월
하다. 흔히 '스파슌처럼 어리석다' 또는 '스파슌처럼 거드름
피운다'고 표현한다.

스팔렌디탈_ 일종의 전갈이며 스몰컨트리가 원산지다. 땅신령들
은 스팔렌디탈을 길들여서 말처럼 타고 다니며, 가죽이 아주 질기기
때문에 유용하게 사용한다. 새를 좋아하는(미각적 의미에서) 땅신
령들은 스몰컨트리의 서식동물을 절멸시킴으로써 곤충
과 다른 동물에게 생태적 지위를 열어주었다. 천적
들에게서 해방된 스팔렌디탈들은 위험 없이 자라면
서 그 개체 수는 점점 더 늘어났다. 땅신령들 때문에 스

몰컨트리는 결과적으로 자이언트 전갈, 자이언트 거미, 자이언트 다족류에게 점령되었다.

🐛 **슬루룹_** 멘탈리르 평원이 원산지인 식물이며 그 즙은 신기하게도 후추를 친 쇠고기의 깊은 맛이 난다. 고기 맛이 나는 것은 초식동물인 유니콘 떼의 공격을 피하기 위해서다. 하지만 이 독특한 맛을 발견한 아더월드 사람들이 슬루룹 즙으로 요리하는 습관이 생겼다.

🐛 **아스토펠_** 장밋빛 작은 꽃으로 냄새를 맡으면 며칠 동안 후각을 마비시키는 특성이 있다. 아스토펠은 후각으로 초식동물과 포식동물을 탐지하는 능력이 발달되어 있다.

🐛 **에프리트_** 지각단층을 둘러싼 전쟁이 일어났을 때 인간들 편에 서서 악마들과 싸웠던 악마 종족. 감사의 뜻으로 데미데루스는 마법사의 호출을 받는 에프리트에게 아더월드로 오는 것을 허락했다. 아더월드에 온 에프리트들은 자기들의 능력을 인간을 돕는 데 사용하기로 결정했고, 대부분 하인, 전령, 경찰로 일하고 있다.

🐛 **엠엠로움_** 아더월드에서 재배하는 과일로 즙이 아주 많고, 달콤한 살구와 바나나를 섞은 맛이다. 엠엠로움나무는 침입자가 다가오는 즉시 땅속으로 사라지는 능력이 있다.

🐛 **원소_** 불, 물, 흙, 공기 등 여러 종류의 원소가 존재한다. 성질이

포악한 불의 원소를 제외하고 원소들은 대체로 다정하며 일상생활에서 아더월드 사람들을 도와준다.

🐉 **위베른족_** 드래곤들의 시중을 드는 자이언트 도마뱀으로 금빛 비늘이 덮여 있고, 회전하는 엉덩이 덕분에 두 발로 걸어 다닐 수 있다. 드래곤보다는 덜 영리하며, 유머 감각은 전혀 없다. 드래곤의 세포 실험 과정에서 태어났으며, 드래곤의 먼 사촌으로 볼 수 있다.

🐉 **유니콘_** 갈라진 쌍발굽과 이마에 뿔이 하나 달린 말. 멘탈리르 평원에서 자라는 지혜의 풀 덕분에 아주 영리한 동물이다.

🐉 **자이언트 강철나무_** 마법을 사용하지 않고서는 파괴할 수 없다. 키가 무려 300미터까지 자랄 수 있으며 야생 페가수스들이 둥지를 짓는다.

🐉 **자이언트 거미_** 스팔렌디탈과 마찬가지로 스몰컨트리가 원산지이다. 땅신령들이 말처럼 타고 다니며, 그 거미줄은 아주 질긴 것으로 유명하다. 여덟 개의 발과 여덟 개의 눈, 전갈처럼 독침이 있는 꼬리가 달려 있는 것이 특징이다. 아주 영리하며, 잡아먹기 전에 먹이에게 수수께끼를 내는 것이 취미이다.

🐉 **젤리소르_** 림보에서 숭배하는 신. 입김이 어찌나 센지 향기가 나

는 천으로 주둥이와 얼굴을 가려야만 신전으로 들어갈 수 있다. 악취 때문에 젤리소르의 신전에서는 파리도 살 수 없다. 다른 신들과 회의가 있을 때는 실내 공기를 고려하여 송곳니를 깨끗이 닦고 들어가야 하며, 젤리소르 옆에서는 담배를 피울 수 없다.

🐛**주르스탈_** 텔레크리스털이 방송하는 아더월드의 뉴스이며, 마법사와 비마는 크리스털 볼과 크리스털 전광판으로 받아 본다.

🐛**진비지블_** 보이지 않게 모습을 감출 수 있는 카멜레온. 오무아 황실과 여제를 위해 일하는 살아 있는 녹음기이자 스파이이다.

🐛**진실의 입_** 아더월드에서 가까운 얼음 행성 산티보르 원산의 식물성 존재. 텔레파시 능력이 있어서 어떤 거짓말도 탐지할 수 있다. 말을 못하기 때문에 진실의 입들의 생각을 읽어낼 수 있는 파란 땅신령을 통해 의사소통한다.

🐛**진흙먹보_** 간디스의 황무지 늪에 사는 털북숭이 동물이며 진흙에 들어 있는 영양소와 곤충, 수련을 먹고산다. 진흙먹보들의 원시족은 아더월드의 다른 거주자들과 거의 접촉이 없다.

🐛**친파프_** 콜라, 사과, 오렌지 맛이 나고, 콜라처럼 거품이 생긴다. 상쾌하게 해주고 활력을 주는 청량음료.

🐾 **카멜레_** 하트 모양의 식물로 잎은 식용한다. 계절과 장소에 따라 색이 변한다. 카멜레 잎만 섭취하고도 생존한 여행자가 많아서 '여행자의 식물'이라고 불린다. 치즈 샌드위치 맛과 비슷하다.

🐾 **카멜린_** 환경에 따라 색이 변하는 특성에서 이름이 유래한 희귀종 식물. 멘탈리르 평원에서는 파란색이고, 살테렌스 사막에서는 금빛이나 흰색이다. 꺾거나 옷감으로 짜도 그 특성은 유지되기 때문에 활용 가치가 높다.

🐾 **칵스_** 근육을 풀어주는 효능이 있는 약초로 달여 마시며, 잠자기 직전에만 복용하라고 되어 있다. 근육에 영향을 준다고 하여 아더월드에서는 '몰몰'이라고도 부른다. '이런 칵스 같은 놈!'이라고 말하면 아주 흐늘흐늘한 사람을 가리킨다.

🐾 **칸타루프_** 공격적인 식충식물이며, 주로 곤충과 설치류 동물을 잡아먹는다. 꽃잎의 색은 다양하지만 항상 눈에 거슬리는 빛깔이며, 날카로운 가시를 사용하여 마치 작살로 찍듯이 먹이를 잡는다. 크기는 큰 개만 해서 꺾기가 힘들고, 아더월드의 특선 요리에 들어가는 재료로 사용한다.

🐾 **칼로르나_** 숲에 피는 매혹적인 꽃. 달콤한 장밋빛과 흰빛 꽃잎으로 아더월드의 초식동물과 모든 동물에게 특선 요리를 만들어준다.

멸종을 피하기 위해서 칼로르나는 세 개의 꽃잎을 포식동물의 접근을 감지할 수 있는 탐지기로 만들었다. 커다란 눈 모양의 이 꽃잎들 덕분에 칼로르나는 재빨리 모습을 감출 수 있다. 그런데 불행히도 호기심이 많은 칼로르나는 그 꽃잎들을 세우고 있다가 포식동물을 제때에 피하지 못하는 경우가 종종 있다. 호기심이 많은 사람을 보고 '칼로르나 같다'고 말하는 것은 바로 그 때문이다.

🌿 **켈트릴_** 가볍고 아주 단단해서 갑옷과 보호대를 만드는 데 사용하는 은빛 금속. 난쟁이들이 만들어서 엘프와 인간에게 아주 비싼 값으로 판다.

🌿 **크라켄_** 시커먼 발들이 위협적인 자이언트 문어. 엄청난 크기 때문에 아더월드의 바다에서 발견되지만, 민물에서도 살 수 있다. 뱃사람들에게는 위험한 존재로 널리 알려져 있다.

🌿 **크라크덴트_** 트롤의 나라 크랑카르 원산의 장밋빛 털북숭이 동물. 앞뒤가 분간되지 않지만, 세 배 크기로 늘어나는 입을 갖고 있어 무엇이든 거의 한입에 덥석 집어삼키므로 상당히 위험하다. 아더월드를 방문한 많은 관광객들이 "어머 어쩌면 이렇게 귀여울까!" 하고 감탄하다가 목숨을 잃었다.

🌿 **크레크레크레_** 레몬빛 털의 설치류 동물로 생김새는 토끼와 비

숫하다. 빛깔이 화려한 아더월드의 환경을 이용해서
포식동물들을 아주 쉽게 피한다. 고기는 맛이 없는데
도 굶주린 여행가나 사냥꾼이 먹기도 한다. 아더월
드에서는 크레크레크레를 사로잡아서 사육한다.

🐾 크렐_ 아더월드의 금빛 미모사나무. 놀랍게도 지나가다가 건드
리는 동물이나 사람들의 감정을 색깔로 반영한다.

🐾 크로그로세이유_ 갈증을 풀어주는 청량음료. 아더월드 사람들이
즐기는 탄산음료 중 하나다.

🐾 크로쉬엥_ 살테렌스 사막의 재칼. 크로쉬엥은 무리를 지
어 사냥한다.

🐾 크로아_ 두 가지 색의 개구리. 크로아는 글루룹스들의 주식이
며, 신경을 거스르는 독특한 울음소리 때문에 쉽게 찾을 수 있다.

🐾 크로우즈_ 향기가 짙은 야생장미의 일종으로 꽃의 색깔이
다채롭다.

🐾 크로크-르캥_ 아더월드의 바다 포식동물인 일종의 상어. 날카로
운 이빨을 무기로 주저치 않고 크라켄을 공격한다. 크로크-르캥은
아더월드의 바다에서 크라켄과 함께 뱃사람들에게 위협적인 존재들

664

이다.

🦎 **크루이크크크**_ 빨간 상아가 돋친 파란색 잡식성 포유류 동물. 성질이 포악한 것으로 알려져 있으며, 고기가 맛있어서 사육한다. 야생 크루이크크크 떼는 삽시간에 밭을 황폐하게 만들어놓는다. 그래서 아더월드의 농부들은 곡물을 지키기 위해서 크루이크크크 퇴치 주문을 사용한다.

🦎 **크리크리**_ 보랏빛과 노란색의 메뚜기. 이 곤충들이 수
풀 속에서 울기 시작하면 어찌나 요란한지 잠을 잘 수가 없다.

🦎 **키디코이**_ 장난꾸러기 꼬마도깨비 파보들이 만들어낸 막대사탕. 겉을 빨아먹으면 속에서 예언 글귀가 나타난다. 이 예언은 항상 실현되지만 그 순간에는 당사자가 이해하지 못하는 경우가 대부분이다. 모든 국가의 최고 마법사들은 그 기능을 이해하기 위해 신비한 키디코이를 연구하고 있지만 성과를 얻지 못했다. 파보들이 그 비밀을 잘 지키고 있기 때문이다.

🦎 **키마이라**_ 아더월드 군주들의 고문관 역할을 하며, 사자 머리에 염소의 몸, 드래곤의 꼬리로 이뤄져 있다.

🦎 **타로데르**_ 자는 동물의 살 속에 유충을 넣어서 번식하는 벌레. 타로데르에게 물리면 통증이 심하므로, 유충이 몸속으로 퍼지기 전에

즉시 소독해야 한다. '타로데르 같다'고 하면 들러붙는 사람을 가리키는 모욕적인 말이다.

🐁 **타오르미_** 얼굴이 개미처럼 생긴 쥐인데 깨물면 굉장히 아프다. 개미집처럼 생긴 타오르미 굴 하나가 이동할 때 숲 전체가 쑥대밭이 될 수 있다. 타오르미는 아더월드의 동물이 좋아하는 꿀을 생산하지만, 그 꿀을 얻으려면 목숨을 걸어야 한다.

🐁 **타춤_** 노란색 꽃이며, 그 꽃가루는 아더월드의 후추로 사용된다. 자극성이 아주 강해서 타춤의 냄새를 맡으면 어떤 상태의 코든 뻥 뚫린다.

🐁 **타크_** 초록색 또는 회색 쥐로 항구 주변에서 많이 발견된다. 타크들이 며칠 만에 배를 갉아먹기 때문에 선원들이 아주 싫어한다.

🐁 **타트롤_** 지구와 아더월드는 측량 단위가 서로 다르다. 타트롤은 킬로미터, 바트롤은 미터에 해당한다.

🐁 **탈루디_** 눈이 셋 달린 모자 모양의 작은 동물이며 무엇이든 녹화하는 능력이 있다. 촬영한 것을 보려면 머리에 쓰면 된다.

🐁 **테오디르_** 드래곤들이 즐겨 마시는 일종의 금빛 샴페인. 인간들

은 부동액 맛을 느낀다.

톨리스_ 아더월드의 아몬드.

트라둑_ 살코기와 털가죽을 얻기 위해 켄타우로스들이 키우는 동물. 악취를 풍기는 특성이 있어서 포식동물들로부터 자신을 보호한다. 그러나 트라둑의 냄새를 맡지 않기 위해 콧구멍을 막을 수 있는 늑대 크르르렉은 예외다. 아더월드에서 '병든 트라둑 같은 악취가 난다'라는 표현은 모욕으로 받아들여진다.

트리_ 작은 새로 아더월드의 숲에서는 루비 빛깔이고, 트롤들의 숲에서는 초록 빛깔이다. '트리이이이이' 하면서 우는 독특한 울음소리를 따서 붙인 이름이다.

트리크로크_ 표적을 정확하게 찾는 마법의 무기로 3개의 치명적인 침이 달려 있다. 공격자가 표적을 죽이고 싶은가, 잠들게 하고 싶은가에 따라 3개의 침에 독이나 마취제가 생성된다.

트실_ 살테렌스 사막의 벌레. 모래 속에 숨어서 동물이 지나가기를 기다리다 동물에 들러붙어서 살갗이든 딱딱한 껍질이든 뚫어버린다. 그 알들은 혈관을 침투해서 숙주의 몸속에 퍼진다. 100시간이 지나면 알들이 부화하며, 새로 태어난 트실들이 숙주의 몸을 먹는다. 아더월드에서는 트실로 인한 죽음이 가장 끔찍한 죽음 중 하나다. 이런 이유로 살테렌스 사막을 여행하는 사람은 거의 없다. 일반적인 트실에 대한 해독제는 존재하는 반면에 금빛 트실에 대한 해독제는 없어서 공격을 받으면 죽음을 면할 길이 없다.

페가수스_ 날개 돋친 말. 지능은 개의 지능에 가깝다. 발굽은 없지만 갈퀴발톱이 있어서 어디든 쉽게 올라앉을 수 있다. 야생 페가수스는 키가 무려 300미터까지 자라는 자이언트 강철나무에 거대한 둥지를 짓고 산다.

푸프푸프_ 발이 여섯 개 달리고 커다란 뚜껑이 있는 작은 상자로 아더월드의 청소기이다. 바닥에 떨어지는 모든 쓰레기를 집어삼킨다. 마법과 과학기술로 만들어진 푸프푸프는 안드로메다은하의 블랙홀과 연결되는 작은 공간이동의 문을 통해 쓸모없는 쓰레기를 자동으로 배출한다.

프르루트_ 아더월드의 식충식물로 하이에나와 포식동물을 유인하기 위해 짐승의 썩은 고기 냄새를 피운다. 동물이 다가와서 촉수에 닿는 순간 꿀꺽 삼킨다. '트라둑처럼 악취가 난다'는 표현과 함께 '프르루트처럼 악취가 난다'는 표현도 많이 쓰인다.

플로프_ 맹독성의 하얗고 파란 개구리로 멘탈리르의 평원에서 볼 수 있다.

피크크크_ 이름이 가리키는 대로 피크크크는 흡혈파리처럼 피를 빨아먹고 사는 아더월드의 곤충이다. 피크크크의 독침에 쏘이면 트라둑이나 모오오오우우우, 베에는 몸속의 피를 다 토해낸다. 다행히 피크크크는 늪 주위에 서식하면서 알을 낳는다.

흡혈파리_ 물리면 통증이 몹시 심하다.

히드라 아더월드에는 머리가 3개, 5개, 7개 달린 히드라가 있으며, 강이나 호수에서 산다.

랑코비트의 덩컨 가문 가계도

-5015년 파이초 25일(아더월드력)을 기준으로 작성-

마니투 덩컨 & 마젠티 발 아르젠몽 레틸라
(4850 DA~∞)   (4849 DA~4928 DA)

메넬라스 트리 브란릴 & 이사벨라 덩컨   레벤탈 덩컨 & 테일러 압 잔
(4805 DA~4994 DA)   (4910 DA~)   (4901 DA~4998 DA) (4876 DA~)

셀레나 덩컨 브란릴 & 단비우 탈 바르미   배반자(라고 불리는) 바리우스 덩컨
              압 산타 압 마루
(4977 DA~)   (4973 DA~5002 DA)   (4952 DA~)

타라틸랑넴 탈 바르미   자르틸랑넴 탈 바르미   마라틸랑넴 탈 바르미
압 산타 압 마루 탈 덩컨   압 산타 압 마루 탈 덩컨   압 산타 압 마루 탈 덩컨
(1991 DT/5000 DA~)   (5003 DA~)   (5003 DA~)

DA = 아더월드력
DT = 지구력

오무아 제국의 탈 바르미 압 산타 압 마루 가문 가계도

-5015년 파이초 25일(아더월드력)을 기준으로 작성-

'불의 주먹' 데미데루스, 오무아 제국의 시조
(―2984 DT~)

5000년 이후의 후손

오무아 여제
리스베스틸랑넴 & 다릴 크라투스
탈 바르미 압   (4950 DA~5005 DA)
산타 압 마루
(4970 DA~)

전 오무아 황제
단비우 탈 & 셀레나 덩컨
바르미 압   (4977 DA~)
산타 압 마루
(4973 DA~5002 DA)

**오무아 여제의 이복오빠,
이복형제 단비우를 계승한
현 오무아 황제**
산도르 탈 바르미 압 마르치
압 브레비스 (4958 DA~)

타라틸랑넴 탈 바르미
압 산타 압 마루 탈 덩컨
(1991 DT/5000 DA~)

자르틸랑넴 탈 바르미
압 산타 압 마루 탈 덩컨
(5003 DA~)

마라틸랑넴 탈 바르미
압 산타 압 마루 탈 덩컨
(5003 DA~)

DA = 아더월드력
DT = 지구력

Photo, Didier Pruvot © Editions Flammarion

🌞 소피 오두인 마미코니안
Sophie Audouin-Mamikonian

아르메니아 왕위 계승자인 소피 오두인 마미코니안은 파리의 아사스 대학에서 법학을 전공했으며, 두 딸을 둔 어머니이다. 할머니와 어머니에게 러시아의 독특한 이야기를 들으며 자란 그녀는 열두 살 때 복막염을 앓으면서 꼼짝할 수 없게 되자 시간 죽이기 요량으로 처녀작 「샹들리에, 황금 불사조」를 썼으며, 15,000여 권의 공상과학 소설을 읽은 독서광이기도 했다. 15년이라는 오랜 작업 끝에 1권이 출간된 『타라 덩컨』의 주인공 소녀는 두 딸의 성격을 합해서 만들어낸 캐릭터라고 한다. 캐나다, 일본 등 26개국에서 번역된 『타라 덩컨』 시리즈는 2015년 12권으로 완결될 예정이다. 그 외 작가의 주요 작품으로 『뚱보들의 저녁식사』, 『인디아나 텔러』 시리즈 등이 있다.

🌙 옮긴이 이원희

프랑스 아미앵 대학에서 「장 지오노의 작품 세계에 나타난 감각적 공간에 관한 문체 연구」로 석사학위를 받았다. 현재 전문 번역가로 활동 중이며 역서로는 아민 말루프의 『사마르칸트』와 『마니』, 앙리 지델의 『코코 샤넬』, 생텍쥐페리의 『야간비행』, 칼릴 지브란의 『예언자』, 다이 시지에의 『발자크와 바느질하는 중국소녀』, 장 크리스토프 뤼팽의 『붉은 브라질』, 안니 뒤페레의 『파티』, 기욤 프레보의 『시간의 책』(전 3권), 피에르 보테로의 『에윌란의 모험』(전 3권) 등 다수가 있다.